U0690067

伊玲作品集
平凹题

伊玲文集

80后相亲记

Love

伊　玲 / 著

ZHEJIANG UNIVERSITY PRESS
浙江大学出版社 | 全国百佳图书出版单位

每个人的心中，都有美好或悲伤的记忆。人们都希望留下美好的，过滤悲伤的。留在内心最深处的那些回忆，足以让你刻骨铭心，没齿难忘。

目　录

开　场

她叫苏阳，1980 年 1 月 16 日出生在上海一个知识分子家庭。2010 年，她 30 岁，依然单身，依然努力且有目标地生活着，依然在爱情里寻寻觅觅。她以为通过认识不同的男人可以代替曾经的一切，却不知越是如此，越是增添了困扰和痛苦；越是如此，越是搅乱了她那颗本不平静的心。

每个女孩的心中，都有一个神圣而浪漫的梦想，那就是心爱的男人在特定的地点向自己求婚，并单膝下跪送上一把象征爱情的玫瑰，说："亲爱的，请嫁给我吧！"只是，在现实的冲击和变数下，这个愿望只能渐渐深藏于心底。

苏阳也不例外。

2010年，苏阳30岁，依然单身，依然努力且有目标地生活着，依然在爱情里寻寻觅觅。

苏阳很优秀。在中国XX大学新闻传播学专业学习时，连续两年拿到奖学金，同时还自学了平面设计。毕业后，先后进了电视台和广告公司工作。五年前，辞去高薪的白领工作，和钟大伟、章勇两个朋友一起，成立了百马文化传播有限公司。苏阳负责广告策划、设计与业务。一年后，公司规模扩大、业务量不断增多，从电视广告代理一直发展到企业广告形象宣传片制作等。而后，苏阳又创立了时尚杂志《秀》，专设美容化妆、服饰名品、名人访谈、美食、健康、金融、房产与汽车、情感等八大版块，并很快在业内获得了良好的声誉和评价。28岁那年，她还在上海的市中心路段，贷款买了房。

这天，苏阳和往常一样，身穿亮丽的时尚套装，踩着高跟鞋匆匆走进公司。一顿忙碌后，开始主持部门会议："这个月的稿件到位了没有？"编辑吴姗姗马上接应："基本到位了，就差一篇家具公司老总的人物专访。"

"好。"苏阳又拿起杂志翻看，"上一期有读者反馈，觉得情感专栏的版面太过花哨。这一期，尽量要做到简洁、清爽，但内容上要丰富。要让读者觉得，《秀》是一本有内涵、有档次的时尚刊物，而不是一本普通的画报……大家有信心吗？”

“有！”

中午，苏阳靠在椅背上休息，想起前几日家人为自己设的宴，还有兄弟姐妹们的一顿“怂恿”，不禁皱起眉头……

嫂子何梦：“当初我和你哥，就是通过他同学介绍认识的。你看，现在不挺好，还有了儿子。其实相亲，是可以遇到合适的人的。”

表妹付曼：“姐，现在是什么社会，只要你慢一拍，肥肉就都被别人给吃去了。如果手头有更好的资源，咱们当然不能肥水往外流啊。”

“就不能顺其自然吗？”

付曼接上：“你说的顺其自然是可以，但很有可能就是遥遥无期。”

表哥梁捷补充道：“人和人在同一个地球上相遇其实并不是件容易的事。”

付曼又插话：“你永远别想把全部的希望寄托在顺其自然会遇到生命中的另一半，这就等于给自己要了个无期徒刑。也许，你的白马王子一天会出现，也许一个月，也有可能，会很久……你能预测他什么时候会出现？除非，你是半仙。”

梁捷倒安慰起来：“每个人都要知道自己的问题，别人努力奋斗了很多年，虽然拥有稳固的婚姻，可他们还要拼命地工作，为了每月的贷款勒紧裤腰带。似乎过得很幸福，其实只有自己关上门来才知道到底快不快乐。在这些人中，你就是胜者。”

苏阳自嘲：“所以说，老天还是公平的。我有稳固的事业，美好的生活，但无婚姻。这样想来，也该平衡了噢。”

付曼环绕双臂：“我总结了，人类大致分为这么几类：这有钱有幸福，有钱没幸福，没钱有幸福，没钱没幸福。所以我认为，有钱没幸福和没钱没幸福最不好。前者不快乐，后者，很悲哀。”

何梦继续打气：“阳阳，你是万事俱备，只欠东风了。”

“可就是不知道这东风什么时候会吹进我们阳阳小姐的心里哦。”

梁捷半开玩笑地向苏阳使了个眼色。

家人这一唱一和的，苏阳心里总感到一阵阵莫名的酸痛。不是因为相亲本身，而是为了不让家人失望。也许未来的幸福，还真要靠相亲来解决呢，谁知道呢！

编辑吴珊珊敲门："苏总，家具公司的蒋总来了。"

"好，我马上就来。"苏阳猛地将思绪拉了回来。

苏阳和蒋总在会议室聊完工作后，又聊起了苏阳的个人问题："苏总，最近，个人问题有眉目了吗？"

"蒋总，您看我每天都忙得焦头烂额的，哪还有心思考虑这个。"

"阳阳啊，我也算是你的长辈了，亲眼看着你的公司起步、成长到发展。事业上我不担心，相信你们三个年轻人会主持好大局。我关心的，是你的终身大事。"

"谢谢蒋总。只能说……可遇不可求吧。凡事，都要看缘分了。"

"女孩子的黄金年龄很宝贵的，该好好把握。哎，现在相亲很流行啊，我的外甥女今年 5 月要结婚了，也是相亲认识的。"

"真的？那要恭喜你们了。"

"谢谢啊！今年，她满 34 岁了。"

苏阳低头笑笑："蒋总，看来现在相亲，成功率还不低呢。"

"是啊，只要有缘分就会遇到。你也别不好意思，大胆地去尝试、去体验，就像当初，你们创办公司一样。拿出那股活力劲，感情，也是需要奋斗的。年轻嘛，没什么不可以。"

"谢谢蒋总，我会记住您的话。如果可以，我会考虑的。"

"哎，我有个老朋友的儿子，现在好像是单身，条件不错，服装设计师，人很优秀的。你看，要不要我牵个线，让你们认识一下啊？"

苏阳笑笑，明白蒋总也想做媒人了："这个……到时候看吧。假如我有时间，就打电话给您。"

和蒋总分开后，苏阳赶往酒吧，与那三个闺蜜会合。只要一有空，四个同伙就会聚在“爵士”，这是她们的根据地，浪漫、舒缓的西洋爵士乐是她们四人的至爱。

张小柔刚结婚，正沉浸在甜蜜的小夫妻生活中。周程程家有一女，名叫妍妍，一出生便成为大伙的掌中宝。苏阳三人可是不折不扣的干妈，就快代替程程的职务了。潘静之前有个谈了两年的男友，上个月刚分手，目前还未走出悲伤的阴影。

四人碰杯、微笑，诉说衷肠。苏阳把相亲的事告诉了大家，谁知三位女友举双手双脚表示赞成。

苏阳明白，自己年纪不小了，一个30岁的单身女人，虽生得年轻漂亮，独立又自主，有让人羡慕的资本，但也有让人挤兑的时候。总有人会用异样的眼光看待单身，总会找出千种万种理由来评价一个没有结婚的女人，好像单身在众人眼里就是个异类。他们落入婚姻，就开始嫉妒单身。享受不到自由和快乐，对现状不满，就要抱怨和发泄。

不过苏阳并不在意，她认为，婚姻是一辈子的大事，不能唐突、不能随便、不能顺从，更不能违背婚姻的本意。只有遇到了想结婚的那个人，并且双方合适，才会结束单身生活。

其实，苏阳并不是没人爱，只是那一次刻骨铭心的初恋，让她纠结了十多年。如果不是因为他，说不定苏阳早就结婚生子了。“十年”，多么讽刺，苏阳常在心里自嘲。

苏阳自问，到了这个年龄，为何还是没有遇见那个有缘人？身边的机会那么多，可为什么，就是没有自己中意的？她不是要求高，她要的也并不多，她只想找个懂她的男人，谈一场刻骨铭心的恋爱，然后相依相伴到老。对别人来说那么轻而易举的事，为什么到了自己身上就这么难呢？

难道，相亲是目前唯一的办法了吗？换言之，如果说婚姻是一场赌博，那么相亲，就是唯一改变命运的筹码么？

相亲第一记——大男人主义

我看，是你给自己找借口吧。好有理由说明，你可以有机会对婚姻和感情不忠，是不是？就因为有你们这些放任自流的单身女性，才使得这么多美好婚姻到最后濒临崩溃。那些外遇和小三，你们单身女性可是制造者！

相亲初体验

这天下班前。

苏阳的嫂子何梦为她张罗了一张牌：钱亮，1972 年出生，意轩茶馆主人。爱好房地产、古玩。

出公司前，合伙人钟大伟和章勇叫住苏阳："阳阳，晚上有事吗？一起请电视台的黄主任吃个便饭，怎样？"

"今晚？"

"怎么，有约了？"

"哦，是，是啊，有个饭局。"苏阳结巴了。

"那就明晚吧。"

"行。我先走了啊。"苏阳拿包逃之夭夭，怕自己再慢半拍，同伙就会看出她脸上的破绽。倒不是说不出口，只怕这两人一个不注意，走漏了风声，"坏"了自己的"名声"。不过，苏阳也纳闷，自己什么场面没见过，今天却为这相亲而忐忑不安起来？

嫂子何梦、媒人和苏阳三人到了约定的餐厅，法国哥特式建筑、古典的欧式吊灯、罗马风情的廊柱。苏阳心想，这对方应该是很有品味的。

进了包厢，苏阳打量眼前这位名叫钱亮的男人。中等个子，显得不老也不嫩，微胖，眼睛很大，炯炯有神。一见苏阳，他似乎立马被吸引住了。

坐下后，钱亮拿起菜单浏览，边看边说："这里专做川菜和粤菜，很有名的。不知苏阳小姐和何女士吃得惯吗？"

"可以，我们不挑食，只要别太辣就行。"苏阳微笑。

"这里的格调不错，我个人很喜欢。三位想吃点什么？"

"都行，钱总来定吧。"媒人接话。

"小姐，点单。冷盘给我来个麻辣海蜇、私房凤爪、万年青，热菜来黑椒牛肉、银丝干贝、蟹粉豆腐、烧汁鲈鱼、巴蜀飘香……"

嫂子何梦立马说："钱先生不用太客气，点多了浪费不好。"

"哪里的话，只是家常便饭而已。"

"钱先生好像点的都是荤菜，是不是也该来个蔬菜啊？"苏阳补充道。

"哦，对对对，女士们应该多吃蔬菜的。那就来个鸳鸯时蔬，就是炒双菇配白灼芥蓝。"钱亮放下菜单，笑笑，"看似是些荤菜，其实脂肪含量都不高。"

待菜上齐后，钱亮主动给苏阳夹菜："苏阳小姐，多吃点。"两媒人在一旁看了直乐呵，心想这下有戏了。

期间，他们攀谈顺畅，聊些工作、生活和社会问题。不是他俩真有很多共同话题，而是对方太能说，几乎都不带喘气。苏阳只能迎合对方的话题，尽量做到不冷场。钱亮的思维相当活跃，那两片明晃晃的嘴唇，上下快速地摆动着。这一边吃着饭，脑子还能像个机器一样不停运转，苏阳很是佩服。

"苏小姐，来，尝尝巴蜀飘香。"

"叫我苏阳就行。"

"好。阳阳，你看，这里面有蹄筋、大乌参、鱼皮、鹌鹑蛋、鲜菇。大家都尝尝，很补的。"钱亮毫不避讳地就把她的姓氏去掉了，像是很熟识的老朋友似的。

整顿饭，钱亮占主动权，这东家他是做定了。

结账时，小姐把账单拿进来。钱亮一伸手：“小姐，我来！”苏阳客气一声：“要不我来！”钱亮很大方：“嗨，初次见面，怎么能让阳阳小姐破费。买单的事，应该男人来做的。”

俩媒人微笑着一对眼，心领神会。

钱亮早一步起身，为苏阳拿过外套。苏阳点下头：“谢谢！”“应该的！”俩媒人一看，心里更美了。这男方又绅士又懂人情世故，肯定和苏阳有戏。

出了饭店，钱亮提议：“我们要不再去唱个歌，三位看呢？”媒人正想开口说好，苏阳笑着答：“改天吧，明天上午有个重要的会，我还要回家准备一下。”钱亮犹豫了：“那要不，我送苏阳小姐回去？”

“不用了，我自己开车来的。”“那下次，我们再约时间。”“好，再看吧。”

车上，嫂子问：“怎么样？”“什么怎么样？”苏阳只顾开车，没有转头。“还装傻，看你们蛮能聊的。”“是人都能聊。”“看来钱亮对你很上心，处处都照顾着。”“做做样子谁都会啊。”“行了，别总这么拒人于千里之外的。我看他真不错，有机会接触一下，发展看看？”“顺其自然吧。”

这世界有点小

第二天，苏阳在公司忙活了一天。

章勇进门：“阳阳，黄主任说晚上去茶馆喝茶谈事。”“好的。去哪家茶馆？”“意轩茶馆。”

“哦，好。”苏阳抬起头问，“什么？意轩？”“是啊，去过吗？”“哦，还没。”苏阳纳闷，这事还真巧了。昨晚刚与钱亮见的面，今儿就要去他的茶馆了。

晚上，苏阳三人到了意轩茶馆。

大堂一派古色古香，典雅精致，纯木建筑结构。苏阳被眼前的景致吸引住了，屋顶上檐棱飞翘，木质门棂配透明玻璃，大厅中央水帘紧贴着石壁顺流而下，悠扬的古筝伴随着潺潺溪流，祥和里透着一份宁静。

老黄一招手："在这儿！"大伟问："黄主任，怎么想到来这么悠闲的地方了？"他笑着招呼大家入座："这里环境好，清静，适合聊天。意轩的老板和我是好朋友，一会儿介绍你们认识。"

苏阳抬头，直直地望向老黄。这世界有点小，电视台广告部主任居然和钱亮是朋友。这不会真是传说中所谓的缘分吧，但愿不是。要是缘分，自己倒真要去烧三炷香了。

正想着，钱亮向这边走来。老黄起身说："我给大家介绍一下，这位是意轩茶馆的主人钱总。""大家好啊，在下钱亮，幸会幸会！"钱亮堆着笑容伸出右手。

老黄介绍："这三位分别是百马广告公司的钟总、章总和苏总！"当钱亮的目光落在苏阳身上时，他先是一愣，立马咧着嘴说："苏阳小姐，是你？""你好。"

老黄诧异："难道，钱总和苏总认识？"钱亮抢着回答："哦，是啊，我和苏总认识。""哈哈，这世界还真是小，大家都是自己人了。"

苏阳矜持地坐下，也不敢多话，平日里的自信满满顿时消失得无影无踪。她怕钱亮有意无意地煽动，一语道破他俩之间的那层关系。虽然，他们什么关系都没有。

苏阳如坐针毡，她堆上笑容说："不好意思，我去下洗手间。"

洗手时，苏阳注视眼前的青花瓷盆，仿古建筑的一景一物，做得极为讲究、美观。一方建筑，也可看出一个人的秉性和爱好。经过长廊，墙上一溜儿名人名家的字画，让人惹眼。其中不少有名家的题字、题画。钱亮聪明得很，与各界社会名流打成一片，借用他们的名气带动茶馆的生意。十足的精明。

苏阳沿途经过，红木架子上摆着不少错落有致的青铜瓷器。大堂小溪流水边，只见身穿旗袍的小姐正悠闲自得地表演茶艺，旁边一位小姐则自如地弹奏着古筝。悠扬的流水加琴声，好一副相得益彰的美景。

当她回到座位，茶已全部上齐。浓郁的茶香随着热水的泡腾弥漫在整间包厢内，让人微醉。只见钱亮一手拿块玉，一手拿点心招呼宾客。

章勇问："钱总，听您好像有些北方口音。""呵呵，章总好耳力。""您是北京人吗？""哦，不，我是地地道道的上海人。只是早些年，去北京发展过。这不，带了些京腔回来，改不掉了。"

大伟边看周边的环境，边赞叹："钱总，您的茶馆别具一格，非常有品味！""呵呵，过奖了钟总。我个人喜欢喝茶、品茶，爱好字画和古玩，所以开了这家茶馆。意轩集名茶、名画、名品于一馆，弘扬茶文化。"

章勇接叹："钱总不愧为成功的经营者，茶馆想不红火都困难啊。佩服！"

钱亮只要一聊起自己的茶馆，便滔滔不绝起来："哪里！其实做生意并不是我的终极目标，以茶会友、以文会友、以画会友这才是我的真目的。来茶馆的客人，不仅可以喝茶、品食、观书画、茶道与筝琶表演，还可以下棋、学习印泥篆刻和制作陶器。我要让来这里的朋友，感受独特的悠闲和自在。现在的生活节奏已经够快的了，如果在这里还不能得到放松，那我就可以关了这扇大门了。"

老黄补充："钱总啊，是位很有生活品质的人。他强调不仅要会赚钱，还要懂得如何花钱，如何享受生活。他开这间茶馆，就是不想违背自己的意愿。最重要的，是能给朋友提供一个交流与感受的平台。是这样吧？"

钱亮一看老黄帮自己打广告，便打趣道："呵呵，黄前辈啊，您真不愧是我肚子里的蛔虫。我看，这茶馆要想发展得好，可得聘请您为高级顾问了。以后您开金口，可是要我付您茶钱了。哈哈哈！”老黄一拍桌子：“呵呵，好！这个主意妙，就这么定了！”

“钱总，店里的建筑与摆设很精致，都是您个人的创意吗？”苏阳终于开了口，她不想让人觉得自己像尊沉默的雕塑。

“正是，店里每一处摆设都是我个人的创意。这些桌椅，全是从安徽西递宏村运来的。”“哦，怪不得，有徽派的味道。”“我个人比较崇尚徽派建筑，又沿用了一些老北京的传统风格，将两者结合了一下。我们茶馆还设有各式风格的单间，日式、中式、欧式、商务式的都有。”

“画廊里的字画，还有瓷器，都是艺术家的真品吧？”苏阳继续发问。钱亮点点头，得意地道来：“对，那些字画都是业内知名的艺术家亲手提的。还有瓷器，是我的珍品，有的还是文物。以前都是敞开式的，上回被小孩打碎了一个瓷器后，就都用玻璃封起来了。幸好那个是赝品，摆着观赏用的。要是打翻一个真品，那我这茶馆可就白做了。”

苏阳暗笑：表面说得好听，不是利益第一，有谁真会做赔钱的买卖？若不是想招揽更多的客人，茶馆里放那么些珍品干什么？照这样，那些名人都可以去当慈善家了。这年头，还讲什么纯艺术！

这以茶会友是没错，而以茶赚茶钱那才是根本。这茶楼好歹也是价值连城，有艺术品与之相辅相成。多些人捧场，也不枉费钱亮对茶馆的一片用心了。

“四位要吃些什么？这里提供自助餐，广式点心、麻辣烫，有沪、粤、台、川菜，干果小食、还有单点套餐……”钱亮一口气罗列出店里所有的食物，舌头都不带打结的。

拿食物时，钱亮特意凑近小声说：“苏阳小姐，你看，本想约您来我的茶馆小坐，给评价一番。这不，隔了一天苏小姐便登门造访了。真是机缘巧合，荣幸呐！”“呵呵，真巧。”

苏阳也不看他，只顾挑食物：“我们和黄主任谈些业务上的事，他说这里清静。没想到，就是钱总开的茶馆。”“所以说，很多事都是注定的。呵呵，来，我帮你拿。”她快速地挑了些食物，转身想走。钱亮又在托盘里放上一碗红枣银耳汤：“吃这个好。”

几人坐下后，大伟边往嘴里放食物，边打开电脑读取文件。

钱亮：“钟总、章总、苏总，真是年轻有为啊！”

章勇：“哪里，钱总才是我们学习的榜样。虽说是同辈，但在业务上，您算是我们的前辈了。”

钱亮看着正喝银耳汤的苏阳：“哪里，我倒是很羡慕你们的铁三角团队，三人行必有我师。况且，身边有这么一位年轻优秀的女军师，成功是志在必得的事。”

章勇说：“如果缺了苏总这位主力军，我们百马不会有那么好的发展。在业务上，她可是立了汗马功劳的。”苏阳赶紧为自己脱身：“瞧你说得这么夸张，我只是尽职而已。”

老黄补充道：“哎，这有成绩我们不能作假。苏总的才识，大家可是有目共睹的。”钱亮和他一唱一和起来：“是啊，一看苏阳小姐就是才女。我本人很是佩服。”

互相吹捧后，钱亮主动说：“四位请慢用，你们聊正事。今天的单，签我的账上。”老黄立马起身摆手：“哪有这回事，不行不行。”“客气什么，老朋友了。”“这次不行，由我来买单。你要都这样，以后我不敢带人来了。”

钱亮拍拍老黄的胳膊：“到了意轩，还有你们买单这回事？老黄，你就别啰嗦了。”“你啊你……”“好了，你们聊，失陪了。”

待钱亮离开，四人进入正题。他们就今年的广告计划书拿给老黄过目，希望能得到他的支持。两个小时，双方谈得很融洽。

几人茶水喝足、食物下肚。大伟正合上笔记本，钱亮过来了，手里提着几个大礼袋。“这是店里的龙井茶叶，和江苏宜兴的紫砂壶。

一点小意思，不成敬意，请各位笑纳。”

“哎，这怎么好意思。这白吃的不算，还白拿，不好不好。”大伟和章勇推辞。“嗨，几位就别客气了。这个面子总得给我吧，我还指望着大家给我带生意呢！”“呵呵，那是自然。”“那就请收下吧。”老黄见罢，赶紧说：“钱总的一番心意，各位就收下吧，别推辞了。”大伟和章勇只得收下：“好吧，那我们就恭敬不如从命了。多谢了！”

钱亮把几位送到大门口：“今天，在下很荣幸认识钟总和章总，很感谢黄主任和苏总的光临。往后，望各位多多来喝茶，好给意轩捧个场，提个意见。”老黄拍拍他的肩膀，笑答：“那是一定的。”

路上，苏阳开着车。章勇一脸笑意地说：“这钱总倒是蛮热情的。”苏阳心不在焉地看着窗外。章勇：“原来你们也认识。真巧。”“嗯，刚认识。”“听说这钱总还投资房地产，以后可以谈谈合作。”

“合作？”苏阳回过脸来，她没想到章勇去了一趟茶馆，这么快就为业务上心了。苏阳赶紧推托：“这才刚认识呢，要合作，等以后再说了。”“嗨，有你这层关系，以后也好说话啊。”苏阳立马解释：“我和他也是刚认识不久，并不熟。”章勇自信十足：“有你在，不怕做不成事情。”

苏阳不高兴了：“我没和他打过生意上的交道，不清楚。”“呵呵，没事，多联络感情不就熟了。”“我又不是圣人，你们别把希望都寄托在我身上。”

章勇赶紧缓和：“好了，好了，不拿你说事了，看把你急的。好，我到了。”

苏阳看看后座的礼袋，不禁添几分生气。不管章勇说的是玩笑也罢、当真也好，往后那“业务差事”，自己是无论如何也不会去做的。

到家楼下，苏阳没有拿走那贵重的礼品。

日本料理 VS VIP 金卡

周四下班前，张小柔拎着大包小包赶到苏阳公司。她没敲门，径直闯进办公室："宝贝儿，我来了！""小姐，你没事吧，买这么多东西？""我刚从百货公司出来，顺路经过这里，看看你在不在。""我不在公司还能在哪儿啊，可不像你这么幸福。""一样一样，都幸福。"

苏阳放下笔："哎，你今儿发什么大兴？不用二人世界啊？"小柔抿抿嘴："嘿嘿，下午自由时间，晚上再一起过。这不，来找你一块吃饭。""找我？让我那么一大块夹心饼干放在中间，你们不难受啊？""屁，什么话，我乐意。晚上想吃什么？我请客。"

"我还真没想好吃什么。""那……要不去喝茶，我们好好聊聊？""喝茶？算了吧，我昨天刚喝过。"苏阳现在一听到"喝茶"二字就极为敏感，好像上海所有的茶馆都跟钱亮有关似的。

"那要不，日本料理？"苏阳想了想："行，就它了。"

上车时，张小柔把战利品放在后座。她一看座位上的礼袋，拿起来便问："这是什么？""一个朋友送的礼品，就昨天喝茶时送的。""是吗？我看看。哇塞，紫砂壶，好漂亮啊！"

"你喜欢啊，送你咯。"苏阳边开车边说。小柔一眯眼："你知道这上等的紫砂壶价格可不便宜啊，先告诉我，谁送的？""就是昨天相亲的那男人。""是吗？昨天你们又见面约会啦？都没有向我们汇报。"

"汇报什么啊，昨天客户说去那里谈业务，才知道是他开的茶馆。""那么巧啊，世界真小。那这个礼品我可不能要，罪过。"

"有什么的，喜欢就拿去。""不要不要，这种事我张小柔绝对不做的。""呵呵，随你吧。""极品龙井和紫砂壶，看来他对你有意思。这见面礼可不轻啊。"

"小姐，他给每人都送了一套呢。""哦，那他真是慷慨。凭我的直觉，他对你很上心。”“何以见得？”小柔拿腔拿调，双手比划着：“凭我刚才拿紫砂壶的一瞬间，就感觉从上面透露出浓浓的相思，在我手心里散发着一股余温。”

“妈呀，你肉麻死我了。这蜜月过得怎么整个人都这么腻歪了，怕了你了。”

来到日本料理店，张小柔看见大半天没见到的新婚丈夫王辉，像追蜜似地快速扑到他怀里。也不管身在何处，旁若无人地搂紧对方的脖子。她娇嗲地说：“老公……我好想你哦。”“老婆，我们多久没见面了？”“从上午十点到现在已经过去九个小时了。”“这么久了啊，我也好想你，好久没有分开这么长时间了。”

看着他俩“肆无忌惮”的亲热，苏阳身上顿时起了一层厚厚的鸡皮疙瘩。虽然这是腻歪的炒冷饭，是几个闺蜜眼中看得老掉牙的片段。但，还是震撼到了苏阳。

苏阳拿着手中的单子看他俩，心中不禁泛起感慨。王辉为小柔温柔地倒茶水，顺便捋过她掉落的刘海。然后含情脉脉地望着她，问她一天都做了些什么，累不累、开不开心。而小柔则小女人地为他摆好眼前的碗筷，为他倒好碟中的酱醋汁与芥末。然后泪眼汪汪地望着他说：“老公，芥末辣我眼睛里去了。”“这么不小心，老公帮你用冷毛巾敷敷。”

吃三文鱼时，小柔给王辉夹了很多。她知道他爱吃，把自己的那一份都给了他。而王辉知道小柔最爱金枪鱼和寿司，为她连点了两份。

苏阳拿起杯中已冷却的大麦茶，虽不是寒冬腊月，那一口凉茶却像一阵冰似的直入她的喉管和心脏。不是茶凉了让她受不了，而是心里的温度骤降了。凉水再一下去，更添冰冷。

苏阳夹过一块三文鱼，蘸上芥末，放入口中。鼻子一冲，刺得她睁不开眼，泪水在眼眶中涌动。苏阳已分不清是心酸还是芥末的作用，总之很想哭。想起当年在北京上大学，初恋男友欧阳立帆带着她吃了生平的第一顿日本料理……

当欧阳把生鱼片放进苏阳嘴里，她立刻流泪了："过瘾。""你喜欢的话，以后我经常带你来吃。等我赚了钱，就给亲爱的开一间日式料理店，让你做老板娘。这样，你就不用去外面打工了。"

"真的吗？""当然。"苏阳心里感动至极，顺着芥末的作用，哭了。

她颤抖着声音说："假如以后我们分开了，我就天天到这家日本料理店来吃饭，就要这个包厢。我会吃掉所有的三文鱼，用芥末来代替我的眼泪。走的时候，我会和服务员说，这笔账，一会儿有人来结，我在这里等他。他说过会来的，他一定会回来的……"

苏阳说着把头埋在桌上。欧阳的眼睛湿润了，他抱住苏阳："我答应你。我一定会来结账，一定不会让你等。"

苏阳紧紧抱住欧阳，她心里害怕，怕再一次失去他。如果欧阳再度离开，她真的会这么做的……

想到这里，苏阳收控下情绪，硬是把眼眶中的泪花憋了回去。

告别时，苏阳目送王辉和小柔上车。他们相识两年，相恋两年，结婚一个月。这俗话说得好，三年一个坎，真正的苦头小夫妻还没尝到过。趁着新婚劲还没退却，他们是该好好享受享受这平静的生活。

苏阳坐在车里，想起刚才吃饭的一幕，彼此为对方点了爱吃的食物。其实，最爱吃三文鱼的不是王辉而是小柔，最爱吃金枪鱼的也不是小柔而是王辉。他们看对方都喜欢吃自己喜爱的食物，就把最爱的换给了对方。其实幸福就这么简单，看到爱人吃掉自己最爱的食物，比自己吃更为快乐。

苏阳把车开到家门口，瞅瞅车后座上的礼袋，还是把它带上了楼。

刚进屋没多久，她接到了钱亮的电话。

"喂，你好，请问是苏阳小姐吗？""我是。""在下钱亮。""哦，你好。""苏小姐还在忙吗？""我刚到家。""明晚是周末，请问您有空吗？我想约您吃饭。""目前没有安排。""就这么定了。礼品，您还喜欢吗？”

苏阳赶紧拿过礼袋，取出紫砂壶端详：“哦，挺喜欢的。谢谢钱总，让您破费了。”“哪里，喜欢就好，叫我钱亮吧。那我不打搅您休息了，明天，我等您电话。晚安。”

礼袋中还有一个粉色信封，是张金卡，印着意轩茶馆的字样。还附了一张卡片，写道：苏阳小姐，这是本店的VIP金卡，里面含有3000元的消费现金。不成敬意，请笑纳。望您空闲时带朋友常来意轩品茶。钱亮。

她拿着这张和名片一样大小的金卡，陷入了沉思。

马克西姆的约会

第二天傍晚，苏阳准时来到马克西姆西餐厅。古典高雅的木雕、别致的栗树叶形吊灯和彩色壁画，富有浓郁的法国浪漫主义情调。钱亮早已在靠窗的位置上坐定，服务生把苏阳带了过去。

“你好，苏阳小姐，我们又见面了。”“你好。”钱亮绅士地起身，为她拉开椅子。服务生拿来菜单：“请问，二位是来法国情侣套餐还是单点？”钱亮微笑着把手掌摊开指向对面。

苏阳说：“单点吧。”钱亮问：“阳阳小姐，喜欢吃些什么？牛排、鹅肝怎样？”“可以啊。”钱亮拿着菜单对服务生说：“你好，前菜给我来法式蜗牛、洋葱汤、鲜煎鹅肝；主菜来两份红酒肉眼牛排、百里香羊排；甜点来提拉米苏，橙汁大虾沙拉。还有红酒和咖啡。就这样。”

苏阳小声对钱亮说：“西餐，我吃不多，点多了怕浪费。”“没关系，马克西姆的美食很出名，阳阳小姐试试看。这可是法国著名设计师皮尔·卡丹先生投资的，以前来过吗？”“来过。”

钱亮对那法式蜗牛饶有兴致，放进嘴里津津有味地咀嚼着，并扬起眉头微笑。他喝一口葡萄酒：“阳阳小姐不尝尝蜗牛么？很美味的。”“呵呵，我来鹅肝好了。”

钱亮用手巾擦擦嘴：“也好，喜欢什么就吃什么。马克西姆所有的菜肴我几乎全都尝遍了，最钟情的开胃菜还是这道法式蜗牛。如果您觉得别扭，也可以把它看成是田螺，法国人都是这样叫的。它与干贝、鱼翅、鲍鱼并列为世界四大名菜呢。”

钱亮兴致勃勃地阐述起对美食的博学精通，他还以为苏阳是没见过市面的小姑娘，更会对自己的见多识广感到钦佩甚至是崇拜。他好像忘记了对方可是时尚杂志的主编，上海知名的大小餐馆都有她的足迹。这法式蜗牛算得了什么，在苏阳眼里，这早已算不上是什么新鲜、稀奇的食物了。

一次名副其实的美食讲堂就这么诞生了。苏阳真后悔没把她的录音笔带来，回头把这些资料整理成一篇论文，发表后说不定还能成个名呢。

苏阳有些腻味了，这肚子没饱，耳朵倒是先填饱了。

她切下一块牛排放进嘴里：“我们的杂志经常会刊登这里的系列报道，也会定期发表美食评论。去年的周年庆活动，公司和电视台还专门来采访过。”

一听此话，钱亮立刻放下手上的刀叉，用餐巾抹抹嘴巴，喝一口白水。“呵呵，原来阳阳小姐是这里的熟客啊。哎，我本以为，自己是个美食专家，还在这里自圆其说了半天。没想到阳阳小姐才是业内专家，您才最有发言权。我充其量只能算是个美食爱好者，和美食评论家比起来，真是小巫见大巫了。失敬，失敬！来，干杯！”

“那倒没这么夸张，我们只是对上海特别的餐馆做些宣传和研究罢了，不值得一说。和那些真正的美食家比起来，我那才是小巫见大巫呢。”“那我真是要自愧不如了，和他们比起来，我不就是小巫见大大巫了吗？”

“呵呵，瞧你说的。”一句玩笑话，把苏阳逗乐了。

“阳阳，你笑起来，真美。”钱亮透过昏暗的烛光凝视苏阳的脸。

钱亮的一句话，听得她浑身起鸡皮疙瘩。苏阳看碟中的牛排，好似也被钱亮说得起了疙瘩。她立即转移话题：“这盆中的食物，不是更美，更让人垂涎欲滴吗？”

“可我更欣赏女性的美。那是一种自然的，从骨子里透露出来的气质，让人难以抗拒。就像，阳阳小姐这样。”

苏阳吃的那口牛排一下堵住了喉咙。钱亮忙问：“阳阳小姐，没事吧？”“没事没事，可能牛排有点生，腥到了。”

“是吗？您要的是七成，应该不生吧？”“也许，我咬到的那块正好带点血丝。”“没事，可能阳阳小姐吃不惯带血丝的，我五分熟就可以。”

其实，苏阳不是被牛排腥到了，而是被钱亮刚才的那句话恶心到了。她再一联想到他可以就着那血淋淋、半生不熟的肉往嘴里塞，顿时胃口全无。

苏阳提示：“牛肉里有大量的细菌，吃半生的对身体不太好。”钱亮又将一口牛排放进嘴里：“太熟的牛排会影响肉质口感，又老又嚼不动。在法国，几乎没人会点全熟的牛排。生的带血，那才是真正的牛肉原味。”

钱亮的意思就是，像苏阳的七成牛排，在法国是不被人接受的。

苏阳反驳：“可这是在中国，西方人和东方人的肠胃不太一样。”“嗨，个体差异总是有的。吃牛肉就要保持美妙的原汁，时间越长，肉质会变得坚韧。这样，就丧失了吃牛排的本意了。”

钱亮又以为苏阳在食物熟与不熟的问题上产生了疑问，这和懂不懂吃西餐是两码事。

他们开始有了分歧。

钱亮每每都要用十句话来反驳她的观点，想以自己的立场和义正言辞的观点告诉对方，他才是正确的。苏阳发觉钱亮有个特点：不仅大男子，而且，还有些“霸权”。这是一般人用肉眼观察不到的，而机敏的苏阳偏偏就嗅出了这股味道。

“女朋友”与“小情人”

吃甜点时,旁边有一男一女经过。“哟,这不是钱总吗？”“哎,老李,怎么是你，真巧。”“呵呵，我来这里吃饭，一会儿去大剧院看演出。这位是？”苏阳刚想起身打个招呼，钱亮替她先开了口：“我来介绍，这位是我的……女朋友苏阳小姐，百马广告公司的副总。这位是，投资公司的李总。”

苏阳瞪大眼睛望向钱亮，她诧异，怎么突然就变成了他的女朋友，还不带打结地把这句话顺出了口。苏阳感到十分尴尬，又不能解释什么。她只能僵硬着表情说：“你们好。”“你好，苏阳小姐，幸会。”

站在一旁的女人斜着眼从上到下把苏阳瞅了一遍，让她更显尴尬。老李拍拍钱亮的肩膀，笑着说:“钱总，那不打搅你们了。”“巧了，一会儿我们也在那里碰面。”“是嘛，那好啊，待会见。”

男人搂着那妖艳女人走了，只听她小声娇嗲地责怪：“刚才怎么都不介绍我的？这么不把我放在眼里。”“哎呀，都是自己人，还用介绍什么。”

钱亮眯笑着眼说：“他们是情人关系，老李包的二奶。”

苏阳喝着咖啡,不语。她根本不想知道别人那些乌七八糟的关系，她只想清楚钱亮为什么要以“女朋友”这个称呼向外人介绍。他擅自主张，把一顶无中生有的帽子牢牢地扣在自己的头上。

这老李的情人是很想被更多的人认识和认可，只可惜，他们只能在暗，不能在明。哪怕当众被人看到，也得一带而过，甚至装作是透明的。她想让自己有些地位和名分，想必这辈子都难了。

而苏阳却恰恰和那小情人相反，她不喜欢高调，喜欢按事实说话。

对子虚乌有的事情，她最为反感。她宁愿钱亮紧闭尊口，也不希望他添油加醋。对于两人之间那微妙的关系，不声称、不评论那是最好。

只可惜，钱亮不但喜欢高雅，还喜欢高调。

苏阳觉得自己该表明态度，否则对方以为沉默就是应允了。也许，这正好是钱亮探听苏阳口风的最好时机。

苏阳正想开口，钱亮发话了：“晚餐后，我们去大剧院看演出吧。我手上正好有两张票。”“看演出？”“是啊，上海芭蕾舞团的演出，很精彩的。”苏阳心里咯噔了一下，钱亮又一次擅自主张地决定了行程。大男子主义的轮廓，再一次得到了验证和被扩大。

钱亮很聪明，做的都是顺水推舟的美事。

买单时，服务生拿来账单：“您好，总共消费890元，请问哪位买单？”钱亮说：“我来。”“请问，先生有广发信用卡吗？可以享受九折优惠。”“有，给你。”

“谢谢钱先生的盛情款待，下回，一定得我来买单。”“阳阳小姐开心就行，买单这回事，如果让女方来承担，就只能说明男方没有能力。”“那倒不能一概而论，女方买单也是很正常的事。”“可是在我看来，还是那么回事。”见钱亮如此执意，苏阳也不好再说些什么。

“一个人”的芭蕾舞剧

来到剧院大堂，钱亮主动去小卖部买了水和薯片。苏阳说：“谢谢，刚才已经吃得很饱了。”钱亮望着手里的东西，笑笑：“呵呵，没关系，有备无患。”

正准备入场，老李和那小情人也走了过来。看到钱亮，他便上前打招呼：“钱总！”“嗨，李总！”“苏总，我们又见面了。”苏阳陪上一个笑容。老李说：“真巧啊，你们也来看演出。快到时间了，一起进去吧。”

钱亮尴尬地笑笑："不好意思，我先去趟洗手间。"苏阳很识趣地接过他手里的食品。她看看老李和那女人站在原地，心想，也许此时是为自己洗脱"嫌疑"的最好时机了。

老李看着苏阳说："苏小姐真是年轻有为，让人佩服。""哪里，李总过奖了。""钱总，还真是有福气，能遇到苏小姐这么能干的女朋友。"苏阳立马接话："哦，李总，可能您有些误会了。我和钱总只是普通朋友，并不是什么男女朋友。"

老李的脸色一下子变了，他愣住，然后尴尬地斜着嘴角一笑。"噢，原来是这样？那可能，我多想了。"旁边那女人多事，又小声添一句："可我们刚才明明听到钱总介绍的是，女朋友。"

苏阳对眼前这位小情人简直反感到了极点，不仅三八，还喜欢"咬文嚼字"。

苏阳只有堆着笑容开玩笑地回击道："那当然了，天下就只有男人和女人两种。我是钱总的朋友，他总不能当面介绍说我是他的男朋友吧。"

老李一听，便笑道："哦，哈哈！那是那是，苏总说得有理。"小情人显然对苏阳的反驳感到不快，认为是在有意挑衅。她瞪了苏阳一眼，笑里藏刀地说："是不是真正意义上的男女朋友关系，我们就不好说了。这个，只有当事人清楚。老李，演出开始了，我们先进去吧。""苏总，失陪了，不好意思。""你们请便。"

苏阳真后悔来赴钱亮的这场约了。这吃顿饭倒没什么，却凑巧碰上他的朋友，还稀里糊涂地当上了他的女朋友。更可气的是，竟被那个小狐狸精当中挑衅了两句，心里实在是不舒坦。

这女人与女人之间的排斥，不仅仅在于争夺一个男人。对于两个毫不相干的人来说，不屑像是与生俱来的。任何同性都有可能成为敌人，不友好，是为了保全自己的一席之地。这样想来，倒也罢了。

只能说，女人，都是天生的嫉妒者。

灯光暗下，大幕拉开，晚会正式开始。钱亮把水递给苏阳："喝水吗？""谢谢，我不渴。"

苏阳见钱亮拿着那袋大薯片，"刺啦"一声扯出个口子，不由分说地就往嘴里塞了两片。这近九百的法国大餐下肚才不到一小时，他就又嘴馋了。

"晚餐没吃饱吗？"苏阳故意问。钱亮笑着说："这个吃着玩的，你吃吗？""我不吃，我没有看演出吃零食的习惯。"苏阳其实是想让他也别吃了。可惜，钱亮没能会意。

他继续嚼着薯片，并发出轻微的"嘎嘎"声。虽然，偌大的会场是可以容忍钱亮那仅有的一点咀嚼声的。但它就在苏阳耳边，伴着那美丽的《天鹅湖》、《胡桃夹子》芭蕾舞选段……

苏阳心想，这钱亮不是好高雅，不正是想证明他品味不凡吗？可现在一个小小的举动，就全盘毁掉了他精心包装的华丽外表。真正懂得欣赏艺术的人，是用心去感受、去体验，而不只是把它当作一种娱乐消遣。

苏阳斜过头看钱亮，又瞥见他那隆起的肚子，这和他爱好食物的程度应该是成正比的。高热量、高胆固醇、高脂肪，也是钱亮对食物的高标准吧。

前半场，苏阳是伴着钱亮的薯片声度过；后半场，则是在其鼾鸣中度过。直到谢幕鼓掌时，钱亮才从梦境中醒过来。

"结束了吗？""是啊，演出很精彩。只可惜，你去见周公了。""这两天有些累了，听着音乐就睡过去了。况且，我对西洋艺术不太精通，没有深入的研究。"苏阳不再发表观点。

走出大剧院，夜已深。

苏阳主动提起："对了，我想和你声明一件事。""请说。""刚才演出开始前，我向李总解释了一下我们之间的关系。""是吗？阳阳小姐是怎么说的？""我告诉他，我们只是普通朋友，请他不要误以为我们是男女朋友。这样说出去，对你我的声誉都不好。”

钱亮的脸色渐变:“哦,对对。看得出,阳阳小姐是很讲原则的。”“当然，每个人都应该讲究原则，这是最起码的。”“那是，那是。”苏阳这样说,是想告诉他不要擅自主张。她要让他看到自己有独立的个性,不会人云亦云，他钱亮也别想用自己的思想去掌控别人的行为。

苏阳的心里有些不是滋味，她在考虑，与钱亮的交往到底还要不要进行下去。

闺蜜你、我、她

周六，苏阳和几个闺蜜在周程程家聚会。

一见到五个月大的小宝贝妍妍，苏阳、张小柔和潘静爱不释手，又是抱又是亲的。苏阳问:“莫华呢？不在家啊？”程程边泡奶粉边说:“去公司了，这两天事多。”小柔边抱孩子边说:“孩子她妈，要不我跟你换。妍妍让我带两天，怎么样？”

程程笑她:“时间一长，你保准嫌烦。小孩不是玩具，你得时时刻刻管着她。”潘静臭小柔:“得了吧，你那是三分钟热度，过后逃得比谁都快。”小柔撅嘴:“这么看不起我啊，至于吗？”苏阳笑了:“没生孩子都一样，等有了宝宝母性都会自然而然地出来了，这是天性。”

“就是的，还是阳阳说得对。”小柔拿过程程手里的奶瓶。小家伙一下哭了起来，弄得她不知所措:“这好好的，怎么突然就哭了呢，饿了吧，马上给你喝奶。”小柔正准备把奶嘴放进宝宝的嘴里，她用鼻子嗅了嗅:“你们闻，什么味，好像臭臭的？”

宝宝哭得更凶了,似乎对小柔的举动不感兴趣。她一下乱了阵脚,不停地拍宝宝:“妍妍怎么了，还是不停地哭？”大伙围上:“是不是拉屎了，你看看。”小柔一摸宝宝的屁股:“哎呦，热热的，真拉了。”她立马大喊道，“孩子他妈，快来，你家宝宝便便了。”

程程从洗手间出来，麻利地抱过孩子：“宝宝原来便便了呀，把小柔干妈吓着了哦。来，我们换个尿不湿。”

“你看，我没说错吧。”潘静一笑。

小柔忙去闻自己的手：“那我也是没碰到过嘛，真是的。”

程程边换尿不湿边补充道：“带孩子可没有想象中那么容易，你们啊，都得做好充足的思想准备。不过，也是乐在其中。”

潘静又冲小柔喊道:“嗨，说给你听呢，未来妈妈。”小柔撅撅嘴:“什么说给我听的，程程是说给大家听的，你们每个人都是未来妈妈。”潘静一摆手:“哎，别把我扯进去，我刚和那家伙分手。现在正逢单身，还不会那么快成为母亲。”“呵呵，那我也一样了，我也单身。”苏阳补充。

“你？”三人一致把苗头指向苏阳。

小柔先发话：“你的情况不一样，你正朝着未来妈妈这条道路上发展，离单身会越来越远。”潘静赶紧接话：“你得时刻为结婚做好准备。”程程则反问：“这不正是你所希望的吗？”

苏阳诧异地看着眼前的三个死党，反驳道：“你们怎么回事？这哪儿跟哪儿，什么都还没有，就想着那么遥远的事情了。虽然我是想成为母亲，是想有家庭和婚姻，但不代表我就会为了结婚而把自己随随便便地嫁出去。或者说，是嫁给一个不爱的人。”

“爱都是从无到有，谁都说不好你明天会爱谁。”潘静若有所思地分析着。

苏阳不高兴了：“哎，你们别以为我相亲了一次，认识了一男人，就要把自己托付终身了。”

“我们可没这么说。”大家齐声否认。

潘静又特意向苏阳凑过去：“宝贝儿，是不是给你介绍的男人不好啊，说来听听吧。”

苏阳一脸平淡地回答：“他叫钱亮，意轩茶馆老板，投资房地产，爱好古玩。”潘静立马接上：“意轩茶馆，我去过。那儿环境不错，茶不赖，东西也好吃，就是价格贵了点。”

“那价格可不得高吗，店里有那么多名人的字画，怎么样也要把那茶钱赚回来。”苏阳似乎有些不屑，“那是一派古色古香，还有不少正品的青铜瓷器呢。”

潘静帮忙确认：“是的，那玩意确实名贵。上次我和朋友去那喝茶，他懂一些古玩，说那些宝贝很值钱的。”

苏阳接着说：“我们去茶馆谈事，他还送了每人一套西湖龙井和紫砂壶的礼品。”

“对对对，我看到过。那紫砂壶价格可不便宜。”小柔也抢着作证。

“里面还有一张茶馆的消费金卡，面值三千元。之前我都不知道。”

小柔窃笑：“这张贵宾卡就是给你一人的。”程程点点头：“他想以这样的方式，来拉近你们之间的距离。”潘静不屑地说：“他想讨好你，不过他想得太美了。”“只可惜，他这样是收买不了我们阳阳小姐的心的。”小柔坐在摇椅上不紧不慢地说。

苏阳一笑：“最懂我的莫过于你们仨。”

“那是。”三人齐声答。

“还有还有，他有大男子主义倾向。”程程接上句公道话：“这不足为奇，每个男人的身上多少都有大男子的成分。你说莫华，他也有啊，就看用在什么地方。”

苏阳一想就来气：“我们在餐厅遇到他的朋友，可恶的是钱亮介绍我时，舌头都不带打结地就把我说成是他的女朋友了。”

小柔一摊手：“看来钱亮已经把你当作是他的女朋友了。”程程认真地说：“他这也是在暗示你，看看你的想法。如果你默认，那就是你并不反对他这么称呼你。”潘静摇摇头：“可怜的苏阳小姐，哑巴吃黄连咯。”小柔：“得了，他赚了。”

苏阳无奈地摇摇头：“我巴不得钱亮不要介绍我。你说他说什么不好，非得称我是女朋友。”

潘静两手一摊："那他能怎么说？说你们是合作关系太假，说你们是同学他比你大。"小柔一撅嘴："难不成，他还要介绍说，苏阳是我的普通朋友？"

"哎，他可以把那普通二字去掉，只介绍说这是我的朋友苏阳，不就完了吗？"

程程无奈地笑笑："可惜你是女的，说不定他顺口就把这个字加上去了。"

苏阳气急了："可他不知道就这一个字，我要背负多大的责任！我跟他只不过吃了两次饭而已。"

小柔接上："见了三次面。""对，我苏阳的名声搞不好就毁他手里咧。"程程："很有可能，这是个陷阱。"小柔："哈哈，爱的陷阱。"潘静："狗屁吧。"

程程比较客观些："仅凭两次吃饭确实不能说明什么，你们还不够了解。"小柔又补充道："你们还没有谈到正题，比方说他的事业、你的事业、他的家庭背景和社会关系、他对爱情和婚姻的看法和定位……这些，你们都还没有涉及。"

苏阳不解："扯这些，是不是有点远了？"

潘静加大嗓门："你们总不可能以后每次见面吃饭都聊些冠冕堂皇的话，而不说些实际的吧？"程程总结："你们没有核心，就永远没完没了，永远进入不了主题。"

苏阳有些排斥："进入什么主题？没完没了的结果就是不了了之，这不挺好。"

潘静来了句："抓住正题，开门见山，是为了更快了解对方的想法，不用浪费各自宝贵的时间。现在是快餐经济，讲究速度。"

苏阳觉得自己在闺蜜面前如同一个不经世事的小女孩，遇到问题竟会不知作何应对。她生怕哪里做得不好被人抓了话柄，到时候，跳进黄浦江都洗不清了。

苏阳起身拿包走人："好了，今天的谈论结束。我要赶去梁捷家，下一轮糖衣炮弹式的审问正等着我呢。"

程程提醒道："在家人面前，有些事不必说得太露骨，免得他们多想，瞎操心。"苏阳边换鞋边笑着说："明白。我只在你们面前是透明的。恩情我先收着，得对付我们家那些人去了。妍妍的衣服下回再给你带来，走了。"

婆婆与媳妇

这小柔两口子新婚还没过新鲜期，前几天还甜蜜得要命，没过多久，这架就吵上了。当然，原因出在小柔和婆婆的关系上。从古到今，婆媳关系一直是家庭中难解的棘手问题。放在这对恩爱的小夫妻身上，照样避免不了。

小柔和王辉正享受着二人世界，婆婆大人驾到了。她不由分说来到他们家，还带着衣物准备住下了。小柔一看慌乱了，对王辉说："老公，看妈的样子，是要住在我们家了。""别急，我先去问问。"王辉来到客厅，小心翼翼地问："妈，你怎么来了，也不打个招呼，好让我和小柔去接你啊。"

婆婆坐在沙发上："我来自己的家还需要和你们打招呼吗？""妈，这当然是你的家，您想什么时候来就什么时候来。""我这次过来，是想看看你们小两口是怎么过日子的，再帮你们收拾收拾。"

王辉母亲起身往厨房走，看见水池里堆了满满一叠碗筷，立即皱眉。"我的天！你们就这样过日子呐？"他上前解释："不是，妈！昨天朋友来家里吃饭，晚了就没来得及洗。阿姨还没来打扫，我现在就洗。"

母亲阻止道："哪有一个大男人在厨房里洗碗的？叫你们家媳妇出来！""妈，昨天睡得晚了，小柔还在房里呢。"母亲一听更添气："这太阳都晒到屁股了，还睡呢？家里又不是没有人，要请什么阿姨？”

王辉拗不过母亲，只得把小柔叫出来。小柔低头喊了妈，知道又免不了一顿家庭式教育。母亲说：“小柔啊，这活呢其实也就这一点，不管忙不忙、累不累，它都得有人去干。干好干不好是一回事，这愿不愿干又是另一回事。一个家就要像个家的样子，一个女主人就要做个女主人的样子出来。”

小柔一只耳朵进，一只耳朵出。婆婆一扭头，示意让她把碗洗了。小柔说：“妈，一会阿姨来了会洗的，您去屋里歇着吧。”“这几个破碗瓢盆的还要等到阿姨来洗啊，你直接洗了不完了。”

小柔轻轻地说：“妈，我在家不洗碗的。”“什么？你不洗碗，那你都做些什么？饭也不做，碗也不洗，卫生也不打扫，就知道吃吃喝喝。”“妈，我有自己的工作，我平时也很忙的。”

母亲一听，不高兴了：“谁不忙，谁都不是成天坐在家里吃现成饭的，哪个不要做家务啊。你不做，他不做，这个家还像什么样子？”“平时，王辉都会做的，忙不过来的话，就会叫阿姨来帮忙。”

小柔一出口便知话多余了，赶紧补充：“我也做的，只是少点而已。”“小柔啊，你也是成家的人了，应该懂得事理。自己的老公呢，要在外面辛苦赚钱。这女人呢，就应该把家搞得像个样子，让老公回来有口热饭吃，有个热被头睡觉。”

王辉看形势不对，上前说：“妈，不就几个碗吗，你和小柔去外边看电视，我一会就完了。”

母亲拉住他：“你去外边，女人的厨房，男人不要进来。”小柔一听不舒服了，什么叫女人的厨房，男人不要进来。这么说，这厨房里的事，就规定是女人做的了？

她反驳道：“妈，您这话有些偏激了。现代社会讲究人人平等，没有规定谁要做什么不该做什么。照你这么说，这女人生孩子也都是自己可以完成的咯，那还要男人干什么？”

母亲血压都要高了："你强词夺理！我不跟你狡辩。今天的碗你是洗定了！"说完，她走出厨房，关上房门。这王辉母亲是出了名的说一不二，连父亲都要看她几分脸色。小柔没了辙，只得拿起抹布倒上洗洁精洗起油腻腻的碗筷来。

母亲推门进来："哎呦，我的姑奶奶，洗碗怎么能这么洗。你一边流水，这抹布上的洗洁精不都给你洗掉了。应该先用抹布擦拭一遍碗筷，再用清水冲洗。"小柔心想：不就洗个碗吗，哪还有这么多规矩，洗干净不就完了。

刚洗一半，她大叫道："哎呀，我的戒指！"王辉跑进来一看："怎么了？"小柔的眼泪掉了下来："你看你看，让我洗个碗，把我的戒指也洗没了。"小柔的手指细，戒指随着润滑的泡沫逃了出来，一不留神掉在了水池里，顺着水槽漏了下去。

王辉赶紧安慰："没事没事，还好不是结婚的钻戒。明天，我再给你买个新的回来。"母亲立马说："还买？买那么多戒指当饭吃啊？装饰装饰的，都当起宝贝来了。你带着首饰，当然干不好活了。这过日子是要吃饭的，不是买几个破戒指摆着看看的。"

小柔哭着说："妈，那个白金戒指好几千块呢，说没就没了啊。""好几千块？这么一个套指头的小圈圈就要几千块？我的天哪！我说小柔啊，你这到底是跟油盐酱醋过日子呢，还是和你的戒指过日子呀？戒指无非就是戴在手上好看好看的。日子是靠过出来的，不是靠看出来的。我看呐，这戒指丢了也省心，这样，你就可以踏踏实实地做家务了。"

小柔憋屈着眼泪，继续洗碗。没出两分钟，她又在厨房间大喊起来："哎呀，我的手！"母亲跑了进来："又怎么啦，洗个碗都不安生。"小柔哭着说："我的手，我的手啊！"王辉上前捂住她手指的伤口："流血了，我给你拿创口贴！"小柔娇嗔地责怪说："什么碗嘛，缺了个口，让人怎么洗啊。"

母亲拿起那口碗看了看："你还别说，这个碗就是上次被你不小心碰裂才会缺个口的。要怪啊，只能怪自己不勤做家务。哎，算了算了，你们都出去吧，这两口碗啊，还是和我最亲。”母亲摇摇头洗起剩下的碗来。

小柔坐在卧室里哭鼻子：“你妈倒好，要么不来，来了就会挑我的毛病。这下好了，洗两个破碗，戒指没了，手指也划破了，搞出这么多事来，真是烦死了。”“嗨，你也知道我妈的脾气，年纪大了，就让她说两句，也伤不了你的脾胃。”

小柔站起身来：“你妈一来你就要和我唱反调是不是？你那么听她的话，那你和她去过好了，你娶我干什么？”“我不是这个意思，老人家说两句,你让着她就是了。”“让她说？你看你妈都说了些什么？我就这么好被你们王家人欺负是不是？”“谁欺负你了，你这不是自找烦恼吗？”

两人一来一回，越吵越激烈，这好好的感情也被伤了和气。一气之下，小柔拿包回了娘家。她宁可被自己的妈说，也不愿被别人的妈数落。

王辉母亲看不下去，把他们的屋子好好收拾了一番，买好生活用品,住了两天就走了。待母亲回家后,王辉上丈母娘家“投案自首”去了。好不容易又是哄、又是宠的，才把这个娇妻劝回了家。

王辉决定，以后母亲要是再来家里，他就让小柔直接回娘家避两天风头,就说娘家需要人照顾。这样,好过婆媳两个一见面就针锋相对，让他这块夹心饼干里外不是人。王辉无奈，这手心手背都是肉，谁都得罪不起。

现在，他终于体会到男人的苦，尤其是被两个女人夹在中间的男人，更是苦。

"找上门"的客户

今晚，海苑置业公司的总经理陈祥和，约了苏阳在饭店用餐。

一见面，陈祥和便盛情款款，有意把新开发的房地产楼书设计方案交给百马公司来代理，并点名要让苏阳担当总策划与设计的工作。

苏阳委婉地说："陈总，目前我负责杂志和广告业务居多。贵公司的楼书设计方案，我可以策划把关，至于具体的执行工作，我们有优秀的策划文案及专业的平面设计团队。"

"呵呵，你办事我放心。那就这么说定了，海苑房产的策划方案就全权委托给百马了。""没问题，陈总请放心，百马公司一定会交上一份满意的答卷。"

陈祥和又转向包里取着什么："对了，下周三上午，苏总有空吗？届时，在香格里拉酒店，有海苑主办的高峰论坛暨海苑一期的世纪城产品说明会。不知苏总能否抽空来捧个场？"

苏阳接过精美的邀请卡："好啊，到时候我叫上同事，让电视台来做个报道。""如果能请到苏总为海苑添色，那是再好不过了。您也可让贵公司的设计师一道前来参观，为我们下一个作品做准备。""好，没问题。"

买完单后，两人走到酒店大堂。陈祥和去洗手间了，苏阳在门口遇上电视台的老黄："黄主任，这么巧？""是啊，我请几个外地朋友来这里吃饭。你呢？"

"我也是，和朋友聊些业务上的事。"老黄问苏阳："我们刚在顺风厅，你们呢？""我们在云楼。""噢，那我先告辞了，陪朋友去外滩转转。""好，黄主任再见。"

苏阳准备去提车，陈祥和则谎称自己的车拿去修理了。她心知肚明，对方有宾利与宝马，不可能同时都去修理厂了。就算没车，公司不还有四个圈圈吗。陈祥和是想多些时间与苏阳独处，看似精明的小伎俩还是一眼被苏阳识破了。她只好来个顺水人情："那我就载陈总一程吧。"

来到停车场，苏阳开玩笑道："陈总，您有宝马坐，介意坐我的小马吗？""呵呵，苏总，瞧您这话说的，马六也不赖啊。"两人边说边坐进车里。陈祥和感叹道："我那宝马啊，倒真比不上苏总的小马，成天日晒雨淋的，外强中干咯。"

苏阳特意问："今天又去接待客户了？""去外地接人了。""那不是还有奥迪吗？""是啊，助理去虹口送人。""那宾利呢？卖了？""呵呵，这倒没，在家待着，结灰尘呢。"

"陈总这是要去哪？"

看时间已过九时半，陈祥和笑笑说："那麻烦苏总送我回家吧。"

"好。"

兜了一大圈，车子终于抵达陈祥和的别墅大门口。

"太麻烦苏总了，多谢了。要不，上我那坐会，沏壶普洱茶，我们再好好聊聊。"正当时，苏阳的手机响了，是潘静的电话。"不好意思，我接个电话。""请便。"

潘静急切地问："亲爱的，在哪儿？""在送客户，有事吗？""有事，你不方便就先挂了，回头再说。""你就说吧，是好事还是坏事？"潘静停顿了两秒："对别人，也许是好事。对你，应该是坏事。""到底什么事？""那我要说了，你可别骂我、别激动、别摔杯子、别砸车！""哎呦，你贫不贫？"

"欧阳……年前和那个妞分了，现在……谈了个……比他小 10 岁的中国女孩，在伦敦读大学，上海人。"

苏阳愣了愣，表情却很平静："你要和我说的就这事？""就这事。""说完了么？""说完了。""说完我挂了。""哎，亲爱的，你千万别往心里去，他欧阳不会和那个小狐狸精长久的……"

她转头对陈祥和说："时间不早了，就不打搅陈总了。您早点休息吧。”看苏阳如此执意，陈祥和也不好多说什么：“那好吧，苏总路上小心。”“谢谢。”

当你说爱我的时候

苏阳一脚油门冲出去，不带减速地驶到人烟稀少的道路上，再一脚踩住刹车。她开启收音机，电台正好传来杰西卡·辛普森的 When You Told Me You Loved Me（当你说你爱我的时候）。音乐声一响起，苏阳便陷入了沉思。

一扭头，只见副驾驶座上静静地躺着一包中华香烟，铁定是陈祥和落下的。苏阳拿出其中一根，点上，摇下车窗，缓缓吸了一口。伴随撕心裂肺的旋律，思绪跟着起伏。

那歌词，一字一句敲打在苏阳的心上，仿佛又照出了她的当年：“Once Doesn't mean anything to me…”（一次，对我来说并不意味着全部……我们的爱情哪里出了问题，我们曾经如此深爱，我如何继续。当你说你爱我的时候，你可知道那将耗尽我的余生。深陷此中，无法自拔。当你让我相信，你我将相伴到老。我怎曾想到，你竟然会走，你竟然会离我而去。亲爱的，我原以为你是我的唯一。）

苏阳靠在车窗上的左手没有动弹，烟灰燃成一截，掉在地上。她想起自己的初恋，刻骨铭心的疼痛。

高中毕业时，情窦初开的苏阳得知同班的班长欧阳立帆要远赴英国伦敦读大学，不禁一阵失落。离别前一晚，两人见了面。苏阳的泪水在眼眶中涌动：“你真的要走？”“我并不想走。可是没办法，我不能违抗父母的安排。”“这样也说明，你是个听话的孩子。”“阳阳，我走了以后，你会想我吗？”

一句话，让苏阳潸然泪下。苏阳点头：“嗯，我会想你。”

欧阳也红了眼眶：“阳阳，我们能拥抱一下吗？为了……最后的拥抱。”这是他们第一个拥抱，苏阳心想，也许，这真的是最后一个拥抱。

两人对视许久后，欧阳认真地说：“如果可以的话，你等我，好吗？”苏阳低下头，泪流不止。欧阳抬起手，轻轻擦去她脸上的泪痕：“四年，很快就过去了。我们能经得起时间的考验，命运不会把我们打败。阳阳，你愿意等我吗？”

苏阳擦擦眼泪，坚定地抬头：“为了你，为了四年后我们还能重逢。我等你！”

开学后，苏阳在北京，欧阳在伦敦，两人虽一直保持着联系，可那种听着熟悉的声音，想见却又见不到的感觉，实在让人抓狂。

一个学期结束，苏阳回到上海。

一天，她接到欧阳的电话：“阳阳，你猜我在哪里？”“你不是在伦敦吗？”欧阳兴冲冲地说：“不对，我回上海了！”“你没骗我？你真的回来了？”“不骗你，我就在你家楼下，不信你打开窗户看看。”

苏阳打开窗户，眼泪夺眶而出。欧阳就站在那里，微笑着对她招手。苏阳简直不敢相信，以为自己眼花了。她飞奔下楼，只见欧阳手拿粉色玫瑰，伸开双臂：“亲爱的，我回来了！”苏阳一把扑到欧阳怀里，死死地抱住他：“欧阳，你真的回来了？我没有在做梦吧？”

“这不是梦，这是真的，我回来了！”“这个惊喜太大了，太让我意外了！可是……你回来几天呢？过不了多久，你又要走了……”想到这些，苏阳又开始惆怅起来。

欧阳托起她忧郁的脸，深情地说：“我要告诉你一个更意外的消息。这次回来，我不走了。我要留在中国，留在你身边。”苏阳挪开他的手：“别开玩笑了，这怎么可能，你不用安慰我。”欧阳认真地说：“我没有在安慰你，我已经退学了，不回英国了。”

苏阳惊呆了，眼泪不住地掉下来：“我曾经幻想过很多种和你在一起的情景，幻想过你有一天不想在国外生活，想回来了，那样我们就会在一起。如果有那么一天，我想我会快乐地死掉的。可是现在你真的回来了，我该去相信吗？你为什么要回国？回来后，你又要去哪里上学呢？”

欧阳将苏阳的手贴在自己脸上：“实在是放不下思念，放不下你。如果真要在伦敦生活四年，我想我等不了那么久。所以，我最终还是说服了父母，我一定要回国。学业和爱情，我想我可以权衡好。”

“你拿什么理由说服父母呢？他们不怪你吗？”“这个不是重点，我自有我的办法。来，还是先看看我下学期在哪里上学吧！”欧阳从背包里拿出一份通知书，交到苏阳手里。

苏阳仔细地看了好几遍，没错，上面写着：中国 ×× 大学录取通知书。

“能告诉我，这是什么意思吗？”她问他。

欧阳笑着抚摸苏阳的脑袋：“傻瓜，这就是说，从现在开始，我要和你在同一所大学读书了，高兴吗？”苏阳激动地抱住欧阳又哭又笑：“我不敢相信，这是真的吗？是真的吗？我不是在做梦吧？”“这不是做梦，是真的！以后，我们都会在一起，我们再也不分开了……”

玫瑰花掉在地上。它见证了欧阳与苏阳的初吻。

新学期开始，苏阳与欧阳牵手来到北京，走进了中国 ×× 大学。女孩继续新闻传播专业，男孩主修工商管理。

苏阳终于知道，欧阳为了回国，想出了一个馊主意。父母到达英国前一天，他特意淋了雨，硬是让自己感冒、发烧，变成了一个病人。当父母看见儿子虚弱地躺在床上，心疼不已。母亲说：“儿子啊，你身体一向都很棒啊，怎么到了国外，动不动就生病呢？”

欧阳连连咳嗽：“是啊，爸妈。也许，国外的水土真的不适合我，一个月就感冒了三次、发烧两次。我吃不惯这里的食物，总不可能天天跑去中餐馆吧，只能用方便面对付。”“孩子啊，你这样身体怎么吃得消？要不，妈妈在这里陪你一段时间，照顾你的饮食起居。等你适应了，我再回国。”

“妈，你又不是神。你能照顾我的一日三餐，但能改变大西洋的气候吗？多方原因，才会造成水土不服的。看来，英国真的不太适合我啊。”说着，欧阳连咳了一阵，脸涨得通红，看得父母是心疼不已。

“孩子他爸，你说怎么办呢？”欧阳母亲没了主意。父亲来回踱步：“假如真的不能适应，我看，还是回国吧。在国内，至少我们还能照顾到孩子。这每天都担心着，以后长长的日子，该怎么熬？”

“就是，妈妈。本来在北京多好，很多同学都考到了那里，互相都有照应。不像在这里，异国他乡的，有个什么事也没人能帮上忙。平时想找个说话的人都没有，只有这冷冰冰的四面白墙，孤单得很。”母亲坐在床边，为难地说：“哎，原本我们一心想让你在国外接受西方教育，有更好的发展。没想到……”“妈，你儿子是最优秀的，到哪里都能发光。”

最终，父母决定让欧阳退学……

对此，苏阳万分感动。他们彼此倍加珍惜，一起度过了人生中最美妙的校园时光。苏阳一直都记得欧阳和她说的那句话：你叫苏阳，我叫欧阳。你的名字就是我的姓氏，所以，我们注定要在一起。

毕业后，两人重回上海，开始规划未来……可没想到欧阳母亲朋友的一个电话，打破了所有的一切。

母亲的朋友和英国 ×× 学校的校长是好友，当初，就是托她的关系上的大学。退学时，父母没有过多询问校方此事，只是说想回国发展，朋友也不好多加干涉。直到朋友打电话给校长，顺便提到了欧阳的事。校长说这孩子聪明，很优秀，可惜回国了。朋友说是因为水土不服很厉害，实在适应不了那里的环境才回的国。可当时班主任反馈给校长的是，欧阳身体素质很好，并未出现过什么水土不服的现象。

于是，欧阳的谎话穿了帮。母亲逼问他为什么要撒谎，他说实在不想孤身一人在外面。母亲说："现在好了，你长大了。既然不是水土不服的原因，那么你可以去英国读研究生了。"

母亲的命令如同圣旨。这一次，欧阳再也没法抗衡了。

再次面对离别，苏阳简直快崩溃了。这一走，不知何时才能相见。

"亲爱的,再等我两年。我知道这样对你太不公平,可是我的人生,总有一部分要让父母来决定,我得尊重他们。希望,你能够理解我。""你又要走了，原本打算等你四年。现在四年过去了，你还是要走。""我也不想的。对不起，对不起，对不起……"

眼看着心上人无奈的道歉，却无力改变自己的命运、无法选择自己的人生，苏阳心碎了。

"学业和爱情，不能两者兼顾。对你来说，个人前途是最重要的，对不对？"苏阳流着泪问他。欧阳信誓旦旦地说："同样重要！如果我没有能力保护自己的爱情，那么有了事业又有何用？一个只懂得如何赚钱的男人，当他拥有了成果后又该和谁去分享？"

"在父母眼里，欧阳立帆是个宝。一直以来，你都是众星捧月，都是人中的焦点。等你有了成就后，会有更多的女孩跟着你。那个时候，不怕没人和你分享成果。"

"可是我要你，我要和你一起分享！"欧阳紧紧拽着苏阳的胳膊，"阳阳，不如和我一起去英国吧！我们一起走，到那里发展各自的事业！这样，我们就不会再分开了。"

"你说什么，你要我和你一起去国外生活？"

"怎么？你不愿意和我一起出国？"

"不是不愿意，只是……"

苏阳想到，若是自己不顾一切为了爱情和心上人远赴他国，那么她就要放弃眼前的所有，远离家人和朋友，重新来过，从零开始。对苏阳来说，这是一场残酷的赌局。说好听点是为了前途去的，说直白了就是为了欧阳、为了爱情而去的。这并不是苏阳的初衷。

苏阳反问："要让我做出这个决定，你认为我的家人会理解吗?舍弃梦想,留住爱情。就如同,你的父母一样。"欧阳低下头,叹了口气:"哎，让你一个女孩子放弃国内的一切和我到异乡漂泊，太难为你了。我知道，自己不能这么自私。"

"每个人都有梦想和目标，如果不能用自己的能力去实现，那是不是太悲哀了？我希望，你也能理解我。""你是对的。我不能去要求你，来实现我的人生目标。这不是爱。"

"所以，彼此都要放下私念，这样才能达成各自的梦想。我们，必须学会割舍。"苏阳强忍心痛。

"阳阳，我希望你能幸福！"只这一句，如同一把尖刀刺在她的心上，万般疼痛。她流泪沉默：没有你，我又怎么会幸福呢。

这一次，欧阳没有再对苏阳说"等我"，因为他不知道这一别，究竟什么时候才能再回来。欧阳觉得自己不能再耽误苏阳的感情了，虽然，他很想再说一次："等我回来"。

这一走，苏阳明白，欧阳再也不会回来了。他们真的要说再见了，注定的分别。

那一晚，苏阳把自己醉倒在酒吧里，陪伴她的就是那三个闺蜜室友。

没齿难忘

之后的两年，欧阳在伦敦攻读了工商管理硕士，而苏阳则进了电视台做记者和编导。他们一直有联系，还是像以往那样互诉衷肠。虽然苏阳身边的追求者不少，但为了心上人，她和他们只谈友情，不谈爱情，止步感情。

欧阳拿到硕士学位后，进了伦敦一家合资企业做人力资源专员。很快，他被晋升为人力资源管理师。

那年冬天，欧阳回到上海过年，身边带回了一个女孩。

欧阳镇定地对苏阳说："阳阳，人生有许多变数，这不是靠我们自身能力所能控制和改变的。我只想告诉你，我欧阳立帆不能拖累你的幸福！"

苏阳强忍住眼泪："你用这样的方式来和我说再见，是在宽慰我吗？"欧阳低着头："对不起！我并非想这样，而是没得选择，你明白的。我们都要面对现实，不是吗？"

"当初，你父母要你出国，你说要我等你，我等你了。后来你为了我回来了，我发誓要好好待你，好好爱你。可毕业后你又要离开，你没说要我等你，可我还是一心等着你。等到你学有所成，事业上了轨道后，我还在等着你。如今你和别人在一起了，就说你不能拖累我的幸福。你怎么可以这么自私？所有的事情都是你一人说了算！"

"阳阳，你听我说！我心里爱的是你，因为爱，我也做出努力了。可是不能事事如愿，你应该理解我！"

"难道我对你做的还不够吗？这么多年了，我不都是在理解你、包容你？为了你，我可以等你！我所能做的事情，就只有等、等、等！你每次在大洋彼岸说想我、爱我的时候，有没有想过我也在流泪、也在心痛？你难道一点都感觉不到吗？"

"我感受到了，我都明白！"

苏阳崩溃了："你不明白！如果你真的明白，就不会让我苦等这么久后，再带回来一个女孩，告诉我那是你的新女朋友！"

"阳阳，请你理解我！"欧阳又一次紧紧抓住苏阳的胳膊，"我知道你身边也有很多优秀的追求者，如果有自己喜欢的，就选择吧！"

苏阳瞪着欧阳，眼泪流过嘴角。她没有想到曾经口口声声说深爱自己的人竟会吐出如此可笑的话。多么讽刺，多么荒唐！

"你真大度，你在成全我的幸福吗？欧阳，你好残忍！""阳阳，请不要这样说！我是真心希望你能幸福！"

苏阳狠狠甩掉欧阳的手："够了！不用你来当我的救世主！欧阳立帆，我们到此为止。收起你假惺惺的大度吧，我受之不起！再见！"

"阳阳，请你理解我！在我心里，你始终都是我最爱的人！阳阳……"任凭欧阳怎么追赶，苏阳没有再回头。

寒假过后，欧阳和女孩回了英国。

尽管,欧阳一直发邮件给苏阳;尽管,他心里确实是真爱着她。但，苏阳已绝望了。

她接受了那个追了她两年的男人。苏阳对他有喜欢、有感情，但不会再有那么深刻的爱了。

一年后，两人以性格不合分了手。

之后，苏阳分别有过几段或长或短的感情经历。不是双方爱得不够，只是，都不合适。哪怕苏阳单身着，周围依旧是追求者不断。

欧阳与苏阳又联系上，彼此似乎都很默契，可以聊很多话题。只是，再也不会提到过去、提到爱。

回想一路走来的感情经历，苏阳只能用"痛彻心扉"四个字形容自己。这么多年过去了，身边的人换了又换。但在苏阳的内心深处，最深爱的还是欧阳。这是无论用多少份感情、用多少男人的爱都不能替代的。她不得不承认，他在自己心里扎了根，很深。

因为这是初恋，没齿难忘的爱情，一生只能有一次。

苏阳在公司召集策划部和设计部开会，就海苑房产二期的太阳城楼书设计方案作讨论。

"这次业务，是海苑老总主动提出由百马公司来代理，说明客户对我们有着很高的期望，希望大家能拿出最好的状态，全力以赴应对这次挑战。周三，由海苑主办的房地产高峰论坛暨海苑一期的世纪城产品说明会在香格里拉酒店举行，开盘在即。到时候，策划部李维和设计部江旭、编辑部吴珊珊，还有电视台的小杨和我一起前去参加。

一期的目标消费群是以三四十岁的高级白领和成功人士为主，定位是高档公寓。而二期的太阳城，则以有一定消费能力的老百姓及中青年为主。”

苏阳在白纸上画图，写下几个关键词 :“太阳城的定位是老百姓都能住得起的现代公寓。太阳，代表着大自然和希望。我们要让住进太阳城的人们，感受到如同身处大自然一般。而景观阳台就像是空中花园，让室外温暖的阳光和美丽的景色照进室内，与大自然来个亲密接触。策划部的看法呢？”

李维 :“首先，要把楼盘所倡导的生活方式和特色表现出来。文案上表现为生活化又不失格调，要充满浪漫意境。太阳城，通过推广的主题，要体现出它的楼盘优势和卖点。”

苏阳点头 :“推广的主题，大家好好想想点子。精短的一句话，就能概括楼盘的特色，要抓住核心。要和太阳有关、和自然有关。设计部的意见呢？”

江旭 :“根据消费群体和建筑风格，楼盘的外立面现代和简洁，那我们的楼书整体风格就应该大方、浪漫、明快。色彩为欧陆风格，版式设计要突出现代感。”

“大家把构思再好好想一想，一定要用最精确、最到位的方案体现楼盘特色。李维负责这次的策划文案，江旭负责平面设计。文稿可以预备两份以上，以备挑选。”“好的，没问题。”

苏阳有条不紊地把工作安排给大家后，回到办公室，打开手机一看，七个未接电话，其中两个是钱亮打的。她回电 :“钱总吗？我是苏阳。”“阳阳小姐，你好。”“不好意思，刚才我一直在开会，电话静音了。”“我就知道您一定在忙。想问问阳阳小姐，这两天有空吗？我想请你去农家乐吃饭。”“吃饭？真不好意思，这两天恐怕都没时间了。我手头刚接了个案子，忙着赶任务。过两天我们再联系吧。”

钱亮迟疑了会儿 :“这样啊？”他又立马接道 :“饭总是要吃的，

一点时间都没吗？”“抱歉，这两天晚上有重要活动，已经定好了的。”“冒昧地问下，是公事还是私事？”“公和私都有。”“那好，我就再等阳阳小姐两天，我会耐心地等到您有空的那一天。”“好，到时候和您联系。再见。”

苏阳快速挂了电话，心里莫名上来一丝紧绷感。

苏阳翻过日历，在昨天一栏上用红笔划了小圈，写道:欧，新恋。她心想：潘静的消息应该不会有错。欧阳的铁哥们庄博和她在大学时曾是恋人，后因性格不合和平分手。之后，他们的关系反倒变得异常融洽，无话不说。庄博成了潘静的蓝颜知己，潘静则成了他的红颜知己。

苏阳羡慕他俩的关系，想着自己若与欧阳也能变成那种掏心窝的知己，该有多好。只是闺蜜的话点醒了她：“你们之间，永远不可能成为真正的知己。”“为什么不可能？”“因为你们之间有屏障，永远无法跨越。”“什么屏障？”“爱，余情未了的爱！”

一句话，让苏阳哑口无言。其实苏阳自己心中也明白，只是不愿面对而已。他们虽然离得很远，虽然再也不会说那句“我想你”，两人只能用聊天来掩盖内在的脆弱，用这唯一的方式支撑彼此之间的感情。虽然，那早已不是什么新鲜的爱情了。

开上车，苏阳径直向父母家驶去。此刻，她好想念妈妈，想念妈妈做的菜。踏进家门,苏阳跑进厨房。母亲被她的突然袭击吓了一跳:“女儿，怎么突然来了，也不打个招呼？你早一点说，我和你爸好多做几个菜。”“不用，有这些就够了。我来做，妈妈。”“今天这是怎么了？变得这么乖巧？”“我就是想你和爸,想多抽些时间陪陪你们。”“妈妈知道女儿最乖了。”母亲轻拍苏阳的脸蛋笑着说。

吃饭了，苏阳往父母碗里夹菜，看着他们开心的模样，心里很是感慨。父母给她空间，给她自由，给她信心和勇气。不论何事，他们总是先民主地问问苏阳的意见和想法，绝不会擅自为她做什么决定。

比起欧阳，她觉得自己幸运很多。因为人生，可以掌握在自己手里。

夜深了，父母把苏阳送到楼下。母亲问："女儿，下次大概什么时候回来？"苏阳红了眼眶，她转过头回答："爸妈，我有空随时都会回家。下次我带菜过来，你们上楼吧！""你慢点开车，晚上别熬得太晚，要早睡。想吃什么就回家，妈妈给你做。""我知道了，谢谢妈妈。"

车子缓缓前行，苏阳从反光镜中目送渐远的父母，眼里，泪水充盈。

化悲愤为食物

苏阳赶往闺蜜的聚集点。"亲爱们，你们真准时。饿死我了，先给点吃的吧。"

潘静递上咖啡和比萨："不会少你的份，快吃吧。"程程跟着感叹道："大家都没有你忙啊。"小柔立马补充："我们一个是报社的大编辑，现在为人母，做准太太，在家带孩子，要聚会还是可以把孩子放在娘家的；一个在电视台做完节目、开完会就随时可以出来潇洒；我呢，还没过新婚甜蜜期，开的精品店有人帮忙打理，只要老公不在，我的时间全属于你们。现在我们苏阳小姐可是最忙的人咯，不但要管公司、顾家人、参加各式各样的活动，而且最重要的……""是有大工程在身咯！"三人异口同声。

"行了，你们都别糗我啦。"苏阳一边吃着披萨一边回应，"他又想约我吃饭，可我最近没空。"潘静接话："那当然了，你把时间都留给了我们，哪还有时间给别人啊。"程程赶紧对着苏阳认真地劝说："对我们再友好也不能误了正事，知道不？"苏阳喝下一口咖啡："什么是正事？见你们就是正事！"

"好了，言归正传吧，时间很宝贵。"潘静一说完，包厢内立马安静下来。苏阳则在一旁默默地吃着，咖啡、披萨、奶油蛋糕、萝卜仔排汤……三人齐刷刷地盯着她看。程程感慨着："看来你是真饿了。"

潘静皱着眉头:“想当年闹饥荒的时候也不过如此吧?”小柔担心地说:“宝贝儿，你这不会是化悲愤为食欲吧?别吓唬我们。”

“什么化悲愤为食欲啊，我哪还有时间又悲又愤啊。下午要开会，中午来不及吃饭，让人带了个三明治。”

潘静大声道:“你就非得忙成这样，连好好吃顿饭的时间都不给自己留出来?”小柔叹口气:“说得好听点是老板，还不是被时间给绊牢啦。”程程摇摇头:“我看比当初在电视台还要忙，那时候你是给领导打工，现在，你给下属打工。”

苏阳点点头:“差不多，就那样。”

看苏阳吃得狼吞虎咽,潘静不好意思在这节骨眼上打断她的食欲。直到她用纸巾擦拭嘴巴，满足地喝了口水，潘静终于发话了:“吃饱了么?”“吃饱了。”“我从庄博那里得到消息，欧阳也许会回国发展，说是开咨询公司，90后女孩也会回国。”潘静像宣布重大新闻一样一字一句郑重地说。

“他为什么不和前面那女孩结婚?他抛下吃香喝辣的好机会，就为了回国自己发展。那当初去国外又是为了什么?如果只是为了不违背父母的意愿，那现在呢?”苏阳愤愤地抛出一连串的质问。大伙默不作声了。

苏阳又平静下来:“过年的时候我们还联系，欧阳一直没有提起这些。”“他哪能当你的面说这些，他又不是傻瓜。”小柔忙解释。苏阳的眼圈有些湿润:“为什么不能说?我们现在是朋友，有什么不能告诉的。”程程感叹道:“朋友?你们要真的是朋友就好了。他不说，也是为了尊重你。”潘静也开始宽慰:“欧阳可以对任何人称之为朋友，但对你这个朋友……是个例外。”

苏阳抬起头看看三人，包厢内一片寂静。

沉默数秒后，苏阳端起一杯白开水一口气喝了下去，然后是一脸浅笑:“很好啊，这样也不错……”三人沉默。

“谁有烟？”阳阳下意识地明知故问。程程解释：“我在喂奶，不能抽烟。结婚后，我没有再碰过它。”小柔轻声低语：“我刚结婚，以后准备要孩子，也不会碰烟了。”“所以，只有我才能带烟，对不对？”潘静笑着从包里拿出一盒香烟，“今天没有女士烟，只有红双喜，不介意吧？”

“怎么会介意呢，偶尔来一根，不遭罪吧？”“不遭罪。”三人异口同声。

“对不住了宝贝们，让你们吸二手烟。”“没关系，我们不介意。”潘静帮苏阳点上烟。苏阳重重地吸了一口，沉思。

潘静试图打破这异样的寂静：“总以为抽红双喜的人会有双喜临门的好事，你呢？抽的又是什么？”

“谁说我不是双喜临门？”苏阳反驳，“我就是有双喜！我开始相亲了，我即将要和单身生活告别了。我又接了个新项目，还是客户主动找上门来的。你们说，这不是双喜临门是什么？难道不应该庆祝吗？我他妈抽的就是喜！”

三人顿时目瞪口呆，脏字都冒出来了，暴风雨即将来临。

只见苏阳从沙发上一跃而起，一手拿烟，一手来回比划：“哎，你们说，那女孩比欧阳小 10 岁，这事好不好笑？他找谁不好，偏偏找了个小孩！ 90 后，她懂什么是爱么？她能给欧阳带来什么幸福？”苏阳边说边在狭小的包厢内踱来踱去，香烟灰随着手的摆动稀稀拉拉地散落下来。小柔立马递上烟灰缸，紧跟着苏阳拿烟的手。

“你们说，现在的小女孩懂什么？只知道穿衣打扮、吃喝玩乐、怎么花钱和享受，只懂得索取不知道付出，她能为自己和对方负多少责任？她们把爱想得如此简单，以为只是挂在嘴上，只是撒撒娇依偎在男人身边，或者上个床玩暧昧关系，这就是爱么？”

压抑已久的情绪终于在这一刻爆发了出来，好像刚才的狼吞虎咽都是为了现在的一鼓作气而准备的。她像打了鸡血似的一发不可收拾了。“爱不是心血来潮，不是有感觉有喜欢就可以承担的。人人都渴望新鲜，可激情过了之后，剩下的是什么？是什么？她20岁的小屁孩懂什么是爱的代价，懂什么是爱过之后的痛么？她以为只要安慰和陪伴欧阳，欧阳就会心甘情愿地接受她？那欧阳要接受的人不要太多噢，她90后算得了什么？她不要以为欧阳回国，她也放弃学业回国，欧阳就会一辈子感激她，不可能！”

望着歇斯底里的苏阳，三人好似又看到了10年前的那个她。她只是年龄在长大，其实，一点都没变。

爱情赢家

潘静平静地一语道破:“你在20岁的时候,已经懂得什么是爱了。”小柔接上:“你20岁的时候,好像已经爱得死去活来的了。”程程补充:“你20岁的时候,好像只懂得付出却不知道如何索取。”潘静又说:“你当时那么懂爱、那么包容和无畏，可最后呢？你得到了什么？”

苏阳和欧阳之间那一场赴汤蹈火的爱情，谁也没有得到的更多，谁也没有受伤的太少。只能说，他们的爱情，是种讽刺。

苏阳终于缓和了些：“是我自己太傻了。”小柔盯着她：“在爱里，人人都是傻子。所以，你不必忏悔。”程程总结：“不是你傻，你是痴狂，为爱痴狂。”“每一个女孩，都曾经为爱疯狂过。而最疯狂的那一次，只能给一个人。”

潘静说出了闺蜜的心声，四个女孩同时红了眼眶，哦不，现在算是四个女人了。

大家想到自己最刻骨铭心的那一次爱恋，痛彻心扉。在感情这个难解的问题上，说到头来，几个死党只能互相扶持共勉。抛开那些玩笑话，她们谁也没有能力和资本去讽刺对方。每个人，都是感情的弱者。谁也别想英勇地胜过它，谁也别想成为真正的赢家。如果可以超越，那就不能称之为爱情。

爱情，说到底就是等待了、争取了、得到了、又跌倒了、想放手了，最后远去了，直到消失得无影无踪。

程程感悟："每个人，都曾在爱情里冲昏过头，不知天高地厚，只想彼此拥有和厮守。爱情，本身是没有罪过的。"

苏阳自嘲："而我们不都是在爱情里载过跟头，然后爬起来拍一拍身上的尘土，再继续上路。只是有的人，能掸掉身上的尘土，为上一次爱情画上一个完美的句号；可有的人，不但掸不干净，反而还会越积越多。"

潘静提高嗓门："它就像可恶的牛皮癣一样黏贴在你身上，无论如何也去除不干净。它是你身上的一个污点，假使你没有做错，你也觉得它不干净。一个一个污点慢慢积少成多，在身上变成大大小小的创口，直到污浊了你清透的灵魂。"

小柔低吟："爱情本身就是个坑，是个陷阱，就等着痴男怨女们往里头跳。"

程程再添一句："它是种无形的毒药，你想去抵抗，可你又看不到它。所以，只能向它投降和求饶。"

潘静来了个大总结："每一段恋情说直白了，就是现在你把自己的身体和心灵或者灵魂给了一个人，等到对方照单全收后退了回来，然后你再把自己重新送给另外一个人。最后，再重演前剧，一遍又一遍、一次又一次。周而复始，没完没了。"

如果是这样，那欧阳和那个女孩在一起又有什么错呢？苏阳干吗非得和自己较劲，和自己心里的小鬼打架？也许只是不服气，一口怨气累积在体内十余年。

"也许那女孩时间长了就会失去新鲜感，她会知道厮守和等待，是需要付出代价的。"苏阳开始找理由。

三个闺蜜心里清楚，苏阳其实想的就是欧阳如果当初能和她说"我们结婚吧”，她一定会抛下所有来迎接他。可是这么多年过去了，她既没等来这句话，也没等来他的人。物是人也非。

“我倒要看看欧阳能和她相处多久，他们最后能不能结婚。如果能结成婚，我苏阳一定会送上重重的厚礼，好好恭喜恭喜他们！”阳阳忽地起身大声说道。

潘静冷上一句：“你想的有点远，谁说他们一定会结婚！”

“结啊，干吗不结，他不结我还要结呢。我这不是在相亲嘛！那个钱亮，也不是不可取嘛！”苏阳开始为自己找退路，“他也算是功成名就了。我干吗不给自己机会，干吗要把自己圈得那么死。条条大路通罗马！”三人对望，明白她的用意。

既然不能如愿以偿,苏阳也要风风光光地生活。哪怕是做做样子，也不能输给那个曾让她百般痛苦的男人。

只是，她们似乎又忘了那句真言：在感情面前，谁都不会成为真正的赢家。

如果违心真的能换来一点点成效，那三个闺蜜都会笑着流泪为苏阳祝福。

聚会后，苏阳开车把她们依次送回家。

潘静上副驾驶,看见座位上有条烟。她拿在手里惊讶地大叫:“呀，这不明明有高档香烟嘛！苏阳你真不够意思，放着75块钱的中华不抽，非要抽我那7块5的红双喜。心里有落差噢！”

苏阳边发动油门边说:“别逗了，这是明天我送给客户做人情的！再说了，这红双喜不是号称小中华吗？”潘静逗乐：“那行啊，我给你一条红双喜做人情，你把软中华让给我行不行？”“呵呵，行啊，只要你拿得出手！明天海苑一期世纪城说明会，我去给老总捧场。最重要的，是他主动把二期太阳城的策划案子给我们做，那还不得意思意思啊。”“原来如此，这是必要的。哎，是不是人家想追你来着？”

苏阳“嗯”了一声。

小柔把头凑上前：“那这么说，二期的房子如果你买就可以有很好的折扣了呀？”苏阳不以为然：“我都有房子了，还买？就是再要好的关系，这房价最多的优惠也只能是95折。”

小柔幻想着美景：“那要是200万的房子，这不就便宜了10万么。要是阳阳和那老总成一对，那不就是百分百赚了嘛？”潘静：“嗨，俗，我们苏阳会那样嘛。”程程：“要那样早那样了，还等到10年后？”小柔解释：“呵呵，开个玩笑，你们别当真啊。”

程程：“你以为买房子跟买衣服似的，打7折、打5折啊。”小柔撅起嘴念叨：“我也没说会有这么低的折扣嘛，不就看在苏阳和老总认识的份上。”潘静：“这买房虽然和买衣服不一样，可以折上折，其实说到头和买菜就是一个道理。”大家问：“买房和买菜？”

潘静继续说：“你们想，这买把青菜要1块5、2块，你说菜农能打5折一半卖么，他不得亏死。最多就是去掉个零头1毛、2毛，买完菜后再赠送你几根葱，这已经算是很不错咯。你说人家开发商花这么多钱把地皮买下，卖一两百万一套的房子，他还不得把那些钢筋、水泥钱赚回来。”

“哈哈哈……精辟！”三人齐夸潘静的伶牙俐齿。

潘静开始精打细算起来：“你们算算，买小点的户型起码100万，95折的价格便宜5万；买大点的户型就要200万，95折的价格便宜10万。这两者，你们选哪个？”

程程：“好像看看那10万是便宜不少，你不想想这100万和200万之间相差多少，足足100万呐。多一平方就是多少钱？你是要多那便宜出来的5万，还是要多付那100万？这个道理，用脚趾头都能想出来。”

阳阳感叹：“哎呀，这房价就是天价。我那房子，不就得分期付款还呐。说得好听点，就是个高级房奴。”潘静：“那你也是有车有房一族。我是要想想以后我把自己的房子买在哪里好。”

程程问：“你们台里，不是已经给你分房了么？”潘静：“嗨，那儿的房子不好，和电视台的同事挨得太近，进进出出都看到，不好不好。”

小柔突然冒出一句：“我也要想想。苏阳，明儿你就和海苑的老板说，帮你姐妹留个小面积的户型，那95折的房子我要了。”阳阳：“没事吧你，抽风了啊？”程程：“你不刚结婚？还买？”潘静：“你不会想再结一次婚，再买套婚房吧？”

小柔正经地说：“什么呀，我那是未雨绸缪。万一哪天王辉要是对我不好了，我可以有个避风雨的小金窝啊。你们别忘了，我们现在住的可是婚前房产，王辉以个人名义买房申请的按揭贷款，房产证上登记的只有他一个人的名字，还是他老妈付的头款。这个主意是他妈出的，他王辉有什么说话的权力。他们还不是怕我到时候会分割他王家的财产嘛。”

潘静：“你结婚的陪嫁是车子和家电，所以他们也不要你按揭付款。”程程：“他们王家还是很精明的。”阳阳：“他们那是未雨绸缪啊，和你一样。”程程：“所以啊，你为了这口气，也要和王辉好好过。让他妈看看，你们就是能相依到老。”

潘静冷笑一声：“呵呵，估计等他们到老的那天，王辉母亲已经看不到啦。”程程补充：“哦，那就相依到半老吧。”

苏阳先把程程送到家楼下。程程边开车门边说：“我先走一步了，亲爱的同志们。我的革命任务重大，我妈在家替我看妍妍呢。”三人异口同声地说：“保重！革命尚未结束，同志仍需坚持！”“谨记！”程程说完快速地往家赶去。

这句名言是四人每次聚会告别前必说的话，只是，她们把成功改成了结束，把努力改成了坚持。

当婚姻遭遇背叛

三人看着程程远去的背影，潘静突然来一句："你们知道么，莫华他有外遇。"

苏阳和小柔一个快速转头，一个往前耸，问："什么，程程老公有别的女人？你怎么知道的？"潘静丧着头低语："被我看到了。"小柔责怪道："哎呀，那你怎么不早说？"

"我怎么说啊，程程当时怀孕五个月，我能在那时候火上浇油嘛。我要是说了成什么了，罪魁祸首了我。"潘静说出了去年看到的那一幕……

2009 年 5 月，周程程已怀有五个月的身孕。那天傍晚，潘静和领导在虹桥机场接下几个客人，前往就近的饭店就餐。

潘静中途去洗手间，出来时，她一眼瞥见角落里的一桌，程程的老公莫华正和一位年轻女子在用餐。两人行为举止异常亲密，对面还坐着看似一对恋人的朋友。说到兴奋处，莫华还会当众亲那女人的脸颊。潘静看傻了，她立马躲到柱子后，仿佛自己做了什么见不得人的事，心虚得要命。

她重回洗手间，拿出手机拨通程程的电话："喂，亲爱的在干吗呢？""吃饭呢，你在哪儿呢？""哦，我在外面接待客人呢，莫华给你做的饭么？"潘静故意问。程程："没有，他不在家，去苏州出差了。我妈来家里给我做的饭。"

潘静一听，心往下沉，心不在焉地说："这样啊，那……你吃饭吧，多吃点，好好休息，我们空了聚。"程程问："没什么事吧，妞？""没事，就是想你了。你好好养着，记得要心情舒畅啊。"潘静的眼眶湿润了。

"舒畅着呢，莫华还说回来给我带苏州糕点和无锡酱排骨呢。呵呵。""噢，那好，我挂了啊。"潘静快速合上手机，她怕自己再不挂，便会全盘托出所闻所见。潘静为程程感到愤愤不平，自言自语道："什么破糕点、什么无锡酱排骨，在超市都能买到，糊弄谁啊。妈的。”

她为闺蜜感到心痛，表面看似忠心耿耿的丈夫，居然也会搞外遇。当时潘静就觉得莫华长得太帅，提醒程程要提防。可她哪会多长个心眼，恋爱中的女人都是傻子。莫华的百般追求和无微不至的照顾和呵护，最终打消了闺蜜们的顾虑。

程程在结婚前一天对她们说：“看到了吧，我说莫华会对我好的。你们大可放心，有了这张纸，他更会对我衷心不变了。”

看着她幸福洋溢的表情，大伙都希望这是个完美的结局。陷入甜蜜中的程程恐怕想不到，一张纸也不能一辈子保证感情不变。男人的心随时随地可以分给其他女人，拽着那个薄薄的红本本，难道就真能拽住一个人的心了么？就真能把一辈子的幸福牢牢地拽在手里了吗？未必。

潘静的猜测没有错，她担心的一幕还是发生了，且就在自己的眼皮底下。程程还天真地在家等莫华带苏州糕点和无锡酱排骨回来。这个傻女人，临盆在即，到底该怎么办才好。她要是知道了莫华在外面有女人，是和他大吵大闹，以离婚相逼？还是去找那个女人算账，把她娇人的面容撕个稀巴烂？还是会气愤地去医院做引流？还是会可怜巴巴地带着肚子里的小宝宝跳黄浦江？让那个负心的男人一辈子都得不到安生。

种种预想让潘静不寒而栗，平时天不怕地不怕，可碰到一个大肚子的女人，她却没了辙，束手无措。

没有第二条路，只有隐瞒，把这个晦气硬咽到肚子里。潘静甚至没勇气告知另两个闺蜜，她怕她们骂自己是小巫婆，不说则罢，一说全中。看来长得帅真不是件什么好事，就算一时不出轨，也难保一世不出轨。长得好看不是莫华的错，但搞外遇就是他的错了。他花心、不可靠、爱说谎，甚至是居心叵测。这么看来，长得一脸好人像的莫华，也并非是什么厚道之人。

可见男人的心，也是海底针。

你根本不知道他和你说的话哪句是真哪句是假，哪句又是真假参半。可在程程眼里，莫华的话那是句句逼真。他只要稍微哄一哄，程程就会心儿肝儿一股脑儿地把自己献给对方。不知道真相那便是幸福的，知道了，那就离悲惨仅一步之遥了。

吃完饭，潘静带着客人往餐厅门口走去。正巧碰到莫华也在前台，她立马压低鸭舌帽。他没看见自己，搂着那女人走在前面。来到电梯口，客人与领导说着话，潘静躲在身后低头。

她看见前面的莫华按了向上的电梯，只听旁边那个男人说："莫华，今晚准备在这里逍遥快活了。""呵呵，要不去房间坐一下？""我们可不想打破你们的良宵美景，现在你们是争分夺秒，哪舍得消耗那宝贵的时间啊。""那好，就不送你们了，我们上楼了。"

电梯开了，潘静低头顺着人流进了向下的电梯，而莫华和那女人，进了一旁向上的电梯。随着电梯门关上往下走的那一秒，潘静闭上眼，心在往下沉。

女人的悲哀

苏阳和小柔听完潘静的诉说，两人都气愤地破口大骂起来。

小柔："妈的，人长得帅，他倒当成搞外遇的资本了。胆大了！"苏阳："他胆一直都大，只是没有时机。直到程程怀孕，他就有空子可钻了。"小柔："是不是女人一怀孕，男人都忍不住那 10 个月？"

潘静："男人可省事了，晚上一关灯，上了床动几下什么都解决了，留给女人一摊子的事。凭什么男人只懂享受，女人就非要遭受十月怀胎的辛苦，太不公平了！"苏阳："也许，正好为自己找了个出轨的理由。哪怕不怀孕，那小子也未必会衷心。人都是生好的，该怎么样就会怎么样。只能说，程程不幸，被她摊上了。"

小柔问她俩："还有烟吗？很气愤。"苏阳："你不是要宝宝吗，还抽？"小柔："太令我生气了，不抽烟不解恨。"潘静："抽了烟也解不了恨。我那盒红双喜，最后三根被阳阳掠夺了。"

"我这里有，补上！"苏阳指指副驾驶前的柜子。潘静摸到那盒软中华："呦呵，藏得够好的啊，还说没有烟呢。""什么呀，那天我送海苑老总回去，他落在我车里的。所以我才准备送他一条意思下。"潘静："可以啊，一包换一条！说真的，有哪个男人能抵御得了真正的诱惑，有哪个男人能一辈子老实地只守着一个女人？你去找 100 个男人问问，有哪个会除了自己的伴侣没有对其他任何一个女人动过心、有过邪念？哪怕是没有实质的身体背叛，精神上也一定出过轨。"

小柔压低语调："也许亲热的时候抱着自己的老婆，心里想的却是另一个人。更何况，程程是个怀了孕的女人。"苏阳："不用 100 个，10 个就足够说明问题。"小柔和潘静齐声："精准！"

小柔："这和尚现在都会偷腥了，何况是个从不吃素的大男人。"苏阳："没有哪个男人天生就喜欢吃素。"

她们三个决定，把这个秘密永远埋藏心底，谁也不能说漏嘴。就当，莫华还是个好丈夫。看看嗷嗷待哺的妍妍，看看因为生育而使身材走样的程程，学生时 1 尺 9 的小蛮腰如今变成了 2 尺 3 的水桶腰。看看她那曾经坚挺值得骄傲的乳房，因为喂奶的缘故，已变得肿胀、下垂。以前很保守，四人在学校澡堂洗澡时她还要遮遮掩掩。现在有了孩子，程程可以随时随地毫无顾忌地拉起衣服，不顾形象地把自己的乳头塞进妍妍的小嘴里。只要一看到这些情景，三个闺蜜都会臭她，如此不拘小节。程程只是一笑而过地说："有了孩子，哪还管得了那么多，宝宝是第一位的。"

尽管程程的面容还没苍老，算是有几分姿色。但她的眼神再也不会关注自己，只放在宝宝和老公身上。想到那尚未恢复的体型，程程该拿什么去和那些窈窕女子竞争。拿她的年龄？她的剩余姿色？她的工作？还是拿她的婚姻或是丈夫？如果这些都不再成为骄傲的资本，那么剩下的，就仅仅只有一个需要父爱的孩子了……

想到这里，三个闺蜜心痛地为程程流下了眼泪。

小柔抽泣地边回想边说："过年的时候，程程要我陪她去商场买件大衣。她说从怀孕到现在，自己再也没有买过新衣服。只要去商场，挑的看的都是宝宝和丈夫的东西。我那时还笑她，以前的周程程哪儿去了，以往都是别人围着你转。现在倒好，是你围着他们转。程程笑笑说，一个家嘛，总是要付出的。说我现在也是有家的人了，不能再像以前那样总想着自己舒坦，也要想想老公和家庭。程程好不容易挑到一件适合自己的羽绒服，要860，她说不划算。她又满楼跑，给老公和宝宝挑东西，直到总价凑到了1800，才能满就减。她说如果一件羽绒服就不买了，给他们买东西，这样才觉得值当。"

小柔越说越伤心，描述起当时的情景：程程穿着以前那件臃肿的大衣，头发因为试衣服没有打理显得很凌乱。下电梯的时候，背后有人喊她："大妈，请让一让！"回头一看，是个20出头的小女生。

小柔立马还嘴："谁是大妈啊？看清楚了再叫！"那女孩又说了句："大姐，请让让！"小柔当时想安慰程程，又难以开口。只能对她说："那女孩近视眼，别理她。"程程只是笑笑，不再说话。

小柔边描述边流泪："她和那女孩只相差了10岁，真就显得那么老吗？我和程程同年，为什么走在一起，别人就会对着她喊大妈？"

说到这里，三人都伤心地抽泣着。

小柔颤抖地说："就因为，程程比我们结婚早；就因为，她有了孩子。所以，她就必须显得比我们老吗？是这样吗？"

苏阳和潘静沉默了，她们再也说不出什么来形容同窗姐妹。不忍心评论她、不忍心责怪她、更不忍心数落她。想想三个人的生活，和一位母亲相比，会有如此的天差地别。也许有一天，苏阳、潘静和小柔也会步入和程程一样的境遇，也会穿着臃肿的大衣去服侍自己的老公和孩子。可至少现在，她们三个还是富有激情和活力的。

只能说，这就是生活，现实的生活。

三人同时把目光扫向程程家的窗户。灯亮着，有个影子在窗帘后面晃来晃去。那个穿着棉大衣的女人，此刻正在忙活吧。给宝宝换尿布、灌奶粉、哄睡觉、伺候老公……终日马不停蹄地忙碌着。

苏阳默默地看着远处的影子，她似乎突然明白了。其实，我们都不是在生活，而是，被生活了。

再见欧阳

欧阳带着90后“新女友”徐雅如约回到上海，苏阳及好友一齐在饭店为他俩接风。欧阳比以前越发成熟与稳重了，唯一不变的，是他那温和的眼神。就这一眼，便让苏阳爱到迷途，痛彻心扉。

苏阳面前的“情敌”，娇小、稳重，还有些腼腆，她没有浓艳的彩妆、没有性感的衣饰、没有左手烟头右手酒瓶，就连头发也是正宗的黑色。这个90后，没有张狂与不屑，对每个人都报以微笑和礼貌。她的谦和，让苏阳感到心虚。

这一刻，苏阳觉得自己老了。

如果不涂脂抹粉，她能自信地站在徐雅面前吗？10年前，苏阳可以素面朝天，可现在，她不会了。尽管她的皮肤很光泽，身材很苗条，不说年龄，没人看得出她已30出头，可苏阳心里还是会发虚，30岁的年龄是女人的一个坎。

这个和善的徐雅，偎依在欧阳身边，给他夹菜、倒水、递纸巾……一副小女人的样子。如此乖巧平和，让每个人都喜欢她，苏阳无法从内心深处对她充满敌意。

庄博举起酒杯，很是兴奋："来，朋友们，为我们远道归来的大才子欧阳立帆及美丽动人的徐雅小姐干杯！"

饭桌上，欧阳与苏阳显得很是尴尬。

苏阳借故来到洗手间，看着哗哗的流水，沉默。潘静跟进来，靠在水池台前："本世纪苏阳小姐最不愿看到的，就是今天的这一幕。"苏阳冷笑一声："我发觉这个世界最擅长做的，就是和我作对。"

潘静安慰道："别太难过，苏大小姐，事情还没有你想象的那么悲哀。"苏阳回头望望潘静："这还不算太糟？""庄博说，实情和我们想象的有些区别。徐雅一心跟随欧阳回国是事实，但是，欧阳只把她当妹妹看待。""难道，他们不是在谈恋爱？""应该说，是徐雅单相思，一厢情愿罢了。"潘静拍拍苏阳的肩膀一笑，"放心，你还有机会。"

苏阳再次回到饭桌上。他们，真的没有恋爱吗？如果徐雅真是像外表看来那么温文尔雅、通情达理，那么接下来的这场战争，也应该是没有硝烟的吧。

席间，钱亮突然来电。这次苏阳很爽快："要不，你来接我吧。"如果要为这场饭局画个等号，苏阳觉得这会是个不错的主意。

9点整，钱亮驱车准时赶到饭店门口。庄博在欧阳耳边稍作解释："哎，这是阳阳的相亲对象。"欧阳没做声，只是愣在那里。苏阳特意转到欧阳面前，对钱亮介绍："这是我的大学同学欧阳立帆，刚从英国回来，这是我的朋友钱亮。"两人互相握手问好。钱亮热情招呼："欢迎你回国，有空一块喝茶。"

苏阳在众人的注视下上了钱亮的车，车子一发动，她的心便开始下沉了。钱亮见苏阳一脸沉郁，连连道歉："真不好意思，客户一定要和我吃饭，推不掉。没有参加你们的聚会，不生我气吧？"苏阳笑着摇摇头，望向车窗外，思绪万千。

回到家，苏阳接到欧阳来电。一阵闲聊后，欧阳对钱亮"大加赞赏"，称其很绅士。苏阳便顺水推舟，称徐雅对他也是照顾有加。欧阳欲言又止，两人沉默片刻后便草草挂了电话。

这一晚，苏阳没睡好。一想到吃饭时欧阳看自己的眼神，她的心还是会痛。10 年前的今天，好像就在昨天……

我在日本料理店等你

大学毕业那年，8 月末。

得知欧阳的谎言被母亲戳穿，他不得不接受家人的安排，再次远赴英国伦敦攻读硕士学位后，苏阳毅然买了火车票直奔北京，陪同自己的是三个闺蜜室友。

苏阳发信息给欧阳，告诉他自己到了北京，如果他真的爱她，就去那家日本料理店找她，她会在店里一直等到他来为止。

苏阳来到那家日本料理店，要了同一个包厢，点了同样的食物。苏阳将寿司一个个塞进嘴里，直到满得没有一丝空隙。她一块接一块地吃三文鱼，毫无节制的眼泪已分不清是因为伤心而流还是因为芥末所致。

次日凌晨，料理店已将近打烊，只剩下她们四个女生。老板娘来催问，苏阳满含泪水低头回应道："我等的人还没有来，能不能继续让我在这里等他一下？"老板娘看着满桌的盘子与酒杯，多少有所会意："是在等男朋友吧？"苏阳使劲点点头："对，我和他约好的。我要等到他来见我为止。他不来，我就不走！""阳阳，你这又是何苦呢？今天太晚了，欧阳应该不会来了，我们明天再来吧。"在三位好友的苦心劝说下，苏阳终于被搀扶着离了店。那一晚，她们几近打爆了欧阳的电话，却依然是关机。

就这样，苏阳在那家日本料理店守了整整七天。看着不停点餐的苏阳，老板娘都有些不忍了："姑娘，要不咱们换个方式等他好吗？"

可苏阳却坚定地说："不，我就要这样一直吃下去，我男朋友说过他会来替我买单的。他还说等他赚了钱，会给我开家日式料理店。

他亲口在这里和我承诺过的，他不能食言的！不能！”

苏阳趴在桌上，泣不成声。

苏阳与闺蜜给欧阳发了无数条短信，内容始终如一：我在北京，我在我们经常去的那家日本料理店等你，等到你来见我为止。你不来，我会在那里一直等你！等你！等你！

最后，她们用尽了身上带来的所有现金。为了去店里消费，四人只能挤在一间小旅馆里，饿了就吃方便面，渴了就喝水。

第十天，欧阳终于来了电话，告诉苏阳自己看到讯息时，人已在英国伦敦。他很后悔，连连道歉赔不是，劝说苏阳赶快回上海。等过年他回家，会还清她们在北京的所有开销。苏阳最后只说了一句话：“我们之间，仅仅是几顿日本料理就能还得清的吗？”

此时的苏阳反而显得异常平静，挂了电话，转身对三位闺蜜说：“我们走吧，欧阳不会来了。”她付了账，缓缓走出店门，只觉眼前一片漆黑……

幸好还有三位好友。她们将昏迷的苏阳送回旅馆，买药、喂药、物理降温……苏阳醒来时，一阵痛哭。

回到上海后的苏阳，像是换了一个人似的。她拼命地工作、学习、学习、工作。她对自己说，一定要独立，一定要成功。她想证明给欧阳看，没有他，她苏阳照样可以生活得很好。

如今的苏阳，真的做到了。她拥有同龄人都为之羡慕的生活，她可以趾高气扬地当着欧阳的面，光彩照人地炫耀资本，她完全可以骄傲地拿新男友向他示威。可当她再次见到欧阳时，她终于明白，原来那些努力的结果都是微不足道的。因为在她心底，他从不曾缺位过。

圈中圈

这天，苏阳和编辑吴珊珊、策划李维、设计江旭，赶赴会议现场。

海苑主办的房地产高峰论坛暨海苑一期的世纪城产品说明会正在如火如荼地进行。

刚坐下没两分钟，付曼来了电话："姐，你在哪儿呢？""我在开会。""是不是海苑世纪城的说明会啊？""是啊，你消息真灵通。""正好，报社要新闻。我现在能过来做个报道吗？""好啊，你过来吧。"随后，付曼也赶到了会场。

会上，陈祥和代表置业负责人首先发言致辞。主持人邀请党委书记、开发商与设计师对话主题——"中国式居住理念"，就怎样的房子适合中国人居住，如何打造适合中国人居住的房子两大问题展开讨论。

随后，陈祥和再次发言：海苑世纪城作为海苑置业的第一个品牌项目，打造与国际接轨、与世界同步的高档楼盘。在建筑设计风格上，结合了东西方的文化背景和元素，让住户不出家门就能领略到国外的风光。期间，开发商还邀请了世纪城的设计规划团队作代表演讲。

回到座位上，付曼和苏阳低声开起了小会："这房产商说了一大堆，不就是想推自己的品牌嘛。想告诉大众，他的房产就是最适合中国人居住的。不仅中国，还很国际。这一套套的。"

苏阳："嘘，小声点！心知肚明就好了。"

"老百姓啊，就是这样一次次被套进去的。现在买房成了生存的首要条件，不仅要有房，还要有好品质的房。你看那价格，标着'好品质'三个字，就得贵多少钱，这都是用老百姓的血汗钱砸出来的。那普通老百姓就只有眼巴巴看看的份。"

"所以啊，马上又要推出二期的太阳城房产，让我们公司代理楼书。这次的理念，是要打造让老百姓都住得起的房子。"

付曼翘着嘴："说得好听，还不是挂羊头卖狗肉的事嘛。到时候看看那标价，照样还是令人望而却步。"

苏阳苦笑一声："所以这社会永远不可能一步到位，永远都是两极分化。也只能是让一部分人先富裕起来，不可能做到全民小康。那钱都被有钱人赚了，那没钱的人当然赚不到钱了。”

付曼不服气地说：“中国永远脱离不了这个现象。穷的穷死，富的富死。有钱的人赚了钱,那是因为下面有这么多没钱的人垫着底呢。”

“所以啊，我们就做夹心饼干好了。不用富得漏油，也好过穷得叮当响。”

“对了，陈祥和，是不是就是追你的那个开发商啊？”

苏阳立马瞪了她一眼：“嘘，给我小声点。”。

付曼忙捂住嘴诡笑：“哦，明白。”

中场休息后，苏阳对付曼说：“你猜我在会场看到谁了。”“谁啊？”“钱亮。”付曼立刻张大了眼：“啊，什么？钱亮？就是那个……这么巧啊，你们这是第几次巧遇啊？”“嗨，巧什么遇啊。我压根就没有进一步发展的想法。”

会议结束后，几家电视台开始争先采访陈祥和与设计师。

“姐，这就完了，那我回报社啦。”“行，你先回吧。”

正当苏阳与同事们往门口走去时，迎面就来了钱亮。“呦，这不是苏总吗？太巧了！”

“钱总，真巧。我给您介绍，这是我公司的同事。”

“你们好啊，很高兴认识大家。”钱亮又转向苏阳问道，“苏总也来参会？”

“对，做些报道。”

正说着,电视台的老黄也走了过来:“呦,苏总啊,你们也来了。”“黄主任，您也在啊。”“是啊，老陈让我来捧个场。”钱亮添话：“原来都是自己人了，聚餐一起吧。”

一会儿，陈祥和也出来了：“钱总、黄主任！哎，记者拖住我问个不停，嘴皮子都干了。”一看苏阳和一行人也在，他又立马微笑道，“苏总来了啊，让你们久等了。”苏阳介绍说:“陈总，这是百马的李维、江旭、吴珊珊。”陈祥和一一向他们握手：“好好，幸会幸会！这二期太阳城，就麻烦各位了。”“哪里，都是应该的。”

陈祥和看看一旁的钱亮和老黄，正准备介绍时，钱亮一挡手：“嗨，陈总啊，苏总、老黄，我们互相都认识的。”“是吗？这么巧啊，原来都是自己人。”

苏阳纳闷，原来钱亮不仅和老黄熟识，和陈祥和也是同行，还是老朋友。这上海还真是小啊。

“正好，今天来得巧不如凑得巧。既然大家都认识，不如我们四个一起吃个晚饭。”陈祥和随即提议。

苏阳有些为难：“要不你们去吧，我就不去了。”没想到老黄上来一摆手：“要去要去，苏总怎么能不去呢。这唯一的娘子军都不到场，我们三个大男人倒不如直接去喝二锅头好了。”“那……好吧。”

这倒正合了钱亮的意思，既然没能私下约到苏阳，有这样的机会也是好的。而陈祥和呢，与钱亮的想法似有异曲同工之意。这请客吃饭一大半的用意，也是为了制造和苏阳相处的时机。既然不能单独，那就找人陪同。

言外之意，就是老黄和钱亮做了陈祥和的“和事佬”，而在钱亮眼里，则是老黄和陈祥和做了自己的“和事佬”。得意之余，他们都不知道，真正的“和事佬”其实只有老黄一人。钱和陈两人，彼此并不清楚对方和苏阳之间那一层微妙的关系，都只以为是普通的合作关系罢了。

说白了，就是两只大灰狼，心里都想着吃同一只小白兔。他们似乎都高估了自己，现在又成了不为人知的竞争对手。可惜，这只小白兔对眼前的两只大灰狼丝毫不感兴趣。要不是为了其中一只大灰狼手中的那块肥肉，小白兔早就逃得远远的了。

这顿饭，本好推辞掉的。那条中华还没送出去，苏阳想着一会吃完饭该如何把烟送到陈祥和手里。

到了一农家乐，陈与钱忙着点菜，黄和苏先进了包厢。

老黄一坐下，便侃侃而谈起来:“苏总啊，你说这上海还真是小啊，转了一圈原来大家都认识。”“呵呵，是啊。说明他们的人缘好啊。”“我与钱总认识七八年了，当初和陈总认识，也是钱总牵的线。”

这老黄可以毫无顾忌地把他们之间的关系公布于众，但苏阳不行。她可不能当着老黄的面说自己和陈总认识两年，和钱总只认识半个月，见过三次面，加今天是第四次，还是以相亲名义结识的。

待钱亮和陈祥和入座，苏阳已开始有些不适。菜上齐后，她一看，满桌的荤菜：老鸭煲、三黄鸡、砂锅鱼头、红烧猪蹄、野生水鱼炖牛鞭……唯一的农夫豆腐和茶树菇木耳炒青菜，像是两盘点缀，依托在满桌的荤菜旁边，毫不起眼。

这让苏阳想到，荤菜与素菜好比就是男人与女人。女人永远要依附在男人的身边，不能当主角。如果桌子上摆的全都是素菜，只有两盘荤菜，那会是怎样。除非，男人都去当和尚。而那两盆荤菜，也只有让苏阳一人独食了。

苏阳是今天唯一的女主角，是绿色丛中的一点红。可笑的是，两位房产商同时起身为她倒茶水。这一举动让局外的老黄看出了端倪，他笑笑：“你们两人小心啊，别把茶水满出来了。”一句玩笑话，让苏阳异常尴尬。

陈祥和忙着招呼：“这吃饭啊，就是想吃什么就吃什么是最好不过了。如果想吃什么，就说明你需要什么，身体里缺少什么。”钱亮舀起一勺水鱼炖牛鞭，放进嘴里。

苏阳心想，自己吃的是鸭子，言下之意不就是……

只见陈和老黄分别拿起一块红烧猪蹄往嘴里送，那样子吃得是津津有味。钱亮对苏阳说：“阳阳，不来一个吗？猪蹄很美容的。”想到吃相不太雅观，她说：“我吃鱼好了。”

钱亮把大猪蹄放回自己碗里：“那好吧，我吃。”苏阳看着面前的三个男人，自顾自地品尝美味。那红烧的汤汁、嫩肥的皮肉，是男人眼中的一等货。就像馋涎欲滴的物品，只想一口吞下肚里，占为己有。

她喝下一杯茶水，吃一勺蔬菜，清口。

三人的猪蹄啃完了，用毛巾擦擦嘴和手。

陈祥和笑笑："这菜做得再好看，味道再鲜美，吃到肚子里都一个样，又不能变成黄金。"老黄："哈哈哈，不是黄金，胜似黄金啊。人们就喜欢拿这个吃来赚钱，把心血花在表面文章上。比方说西方的披萨，花里胡哨一点缀，同样是面粉，就比大饼油条贵几十倍价格。你们说，出来的价值是多少。"

酒桌笑话

饭桌上，三个男人从时政谈到经济，从经济谈到文化，又从文化谈到明星……最后，终于也不能免俗，把话题转到了男女关系上。他们似乎压根就没把苏阳放在眼里，肆无忌惮地讲起了黄色段子。苏阳故说去洗手间。

这样的场合苏阳不是没经历过，只是今天从钱亮、陈祥和、老黄这三个男人嘴里说出黄段子，她觉得极为讽刺和可笑。他们可都是有头有脸的人物！

抛开老黄不说，那是业务主子，得罪不了。他就是再会开玩笑，苏阳也只能硬着头皮听着，脸上堆着死人一样的笑容，过后就当风吹过。陈祥和这样也不足为奇，两人除了业务关系，自己也不会和他有什么。可钱亮呢，看似有文化、有品味、讲情调、会浪漫，抛开那些虚伪的外表，其实骨子里就是一个庸俗之人。

男人讲黄色笑话，从另一种意义上来说，其实就是用语言来满足心理上的匮乏。不能用行为，那就用语言来代替。就算只是茶余饭后的消遣，也给自己的肠胃来了一支强而有力的催化剂。食物填饱了肚子，就该来点思想上的刺激。在男人眼里，兴许这黄色笑话，真能为酒饭添色不少呢。倘若饭桌上没有女性作陪，几个大男人还会无聊到讲这些穷段子么？笑话，那才是笑话呢！

好不容易挨到了饭局的尾声。他们走出饭店，陈祥和红着脸对苏阳说："苏总，真不好意思啊，几个大男人在一起吃酒聊天，开心了就胡乱说了几句。您千万别往心里去啊。""哪里，不会的。对了陈总，我车上有点东西要带给您。"

苏阳从车里拿出那条软中华，用纸袋装好，交到有些摇晃的陈祥和手里。"这是什么，苏总？""一点小意思，请陈总收下。""是中华啊，那怎么好啊。""上回陈总在我车里落下了一包。现在，算我赔给您的。""呦，一包换了一条啊。""应该的，陈总。""那好，多谢苏总。下次见了。"

苏阳把陈祥和送上车后，又和老黄、钱亮告了别。回到车里，她摸摸自己的脸，微烫。终于可以舒口气了。

将功补过

钱亮约苏阳在自己的茶馆见面。周五晚，苏阳准时赶到意轩茶馆。

"您好，欢迎光临，请问小姐几位？""我找钱总。""小姐，请问贵姓？""姓苏。""哦，苏小姐，请跟我来。"迎宾小姐把苏阳带到了一间日式包厢："苏小姐请坐，这是钱总为您预留的包厢。他稍后便到。""好的，谢谢。""苏小姐，想喝点什么茶？""给我来……碧螺春吧。""好的，请稍等。"

茶刚上来，钱亮已推开包厢的移门："阳阳，让您久等了，刚在处理一些事情。""你好，钱总，我刚到。""还钱总钱总的，该改口了，呵呵。"钱亮转身对服务员说："把小吃和点心全都拿上来，还有水果。""好的，钱总。您要什么茶？""西湖龙井吧。""好的，二位请稍等。"

钱亮看着苏阳说："我们前天才见过面的，怎么好像感觉隔了很久一样。""也许是钱总太忙了呢。""其实准确来说，我们总共才见了五次面，两次都是凑巧碰到。单独见面，这是第三次，对吧？""呵呵，您的记性可真好。""倒不是我的记性好，是我们见面还不够多，屈指可数啊。"

苏阳表明来意："我想问您个问题。""请讲。""意轩茶楼的那张VIP卡，黄主任那里也有吧？"钱亮笑笑，摇摇头说："老黄要来喝茶，签我的单就可以了。VIP，只有阳阳小姐一人才有。"

苏阳心里一愣，原来醉翁之意真的在酒里面。倘若自己真收下了这张价值3000元的金卡，是不是意味着就要接受钱亮变相式的追求了呢。3000块，在商场可以买个戒指或者项链什么的了。

她想了想，还是决定婉拒："那这金卡，我想我没办法收下，您的龙井茶叶和紫砂壶对我来说已经是厚礼了，谢谢您的好意。"苏阳从皮夹里掏出那张VIP卡，轻轻推向对座的钱亮。

钱亮脸色一变："阳阳小姐的意思，我不太明白。""拿着这张卡，我以后还怎么喝得下意轩的茶呢。""难道，是我礼轻了？""哦，不是不是。我的意思是，用您的卡来喝我的茶，这好像不太说得过去。"

"嗨，阳阳小姐多虑了。这没什么的，一点见面礼，就收下吧。""这不太好，我真收不了。""阳阳小姐，不会这么不给我面子吧？""这，和面子无关，是原则问题。""呵呵，我不知道阳阳小姐在顾虑什么。您既不是需要受贿的对象，我也不需要挖空心思给对方好处。为什么这点小礼，就让您望而却步了？"

这钱亮真是够圆滑，明知苏阳的用意，却绕个弯子给堵了回去。"这么说吧，我钱亮送出去的东西，是绝对不会收回来的。阳阳小姐要是觉得拿在手里硌得慌，也可以送给亲朋好友，客户也行。总之意轩的大门，永远为你敞开着。你若是想来这里喝茶，我钱亮一定奉陪。"

她定了定神："那好吧，情谊我先收着，不过您也得让我回请一顿饭吧，也算是一种礼貌。”“阳阳小姐的提议，我一定尊重。下回。只要出了意轩的门，都可以。来，尝尝点心。”

只见服务员小姐端着满满一托盘的食物进来，她依次拿出放在桌子上。最后一碗红豆汤打得满了点，端的时候胳膊一抖，洒落在了苏阳的手上。服务员立马拿来纸巾：“啊，对不起小姐，真不好意思，我帮您擦。”“没事，没事。”

钱亮立马呵斥道：“32 号，怎么回事？这么不小心！端个盘子都不会，把汤洒在客人的身上，像什么样子！”那服务员连连低头道歉，脸涨得通红。苏阳说：“没关系，没关系，不就洒了点汤么，擦干净就好了。钱总，一点小事，不要怪罪她。”服务员弯下半个身子：“真的很对不起，对不起，汤太满了。”

钱亮又怒斥道：“不要找理由，要想想怎么去避免问题。培训的时候怎么和你们说的，什么是服务的质量？这么快就忘了？”“真的很对不起，钱总。我下次一定注意。”年纪轻轻的服务员被吓得都快哭出来了。

“下次，还有下次？这次要扣你的奖金。再这样下去，我意轩的门面都要被你们砸了。”“钱总，我知道错了。”“出去吧。”服务员为难地看了他一眼，委屈地关上了移门。

苏阳觉得钱亮有些过了：“钱总，我觉得这样不太合适吧。她也不是故意的，外来打工赚几个钱不容易。我看，扣奖金的事还是算了吧。”“阳阳，你不知道，这不给点教训，人就永远长不了记性。她才来两个月，就请了好几次假。你说，如果员工个个都像她那样散漫、做事粗心，我这茶馆直接关门得了。”

“规矩是要做的，但是，这样的方式，不太通人情吧。好歹这么多员工，也是为意轩服务的。您说呢？”“不做规矩，不成方圆！我那工资不是白给他们的，他们要为自己的行为负责。”

见钱亮如此执意，苏阳也不好多说什么。中途她去了趟洗手间，回来时看见刚才那位服务员在角落里偷偷掉眼泪。苏阳上前问："小姑娘，你没事吧？"她低着头，一脸歉疚地说："没事，是我没做好事。对不起啊，小姐。"

苏阳过意不去："哎呀，这没多大点问题，倒给你添麻烦了。小姑娘，你今年多大了？""19岁。""听说你才来两个月。"一说到这里，小姑娘哭得更厉害了："我还没过试用期，老板这就要扣掉我300块的奖金。""试用期的底薪多少？""800。"苏阳想了想说："这样吧，扣掉的那300块奖金，我补给你。"她拿出三张钞票，塞到小姑娘手里。小姑娘立马推辞："小姐，这怎么行，绝对不可以的。"

苏阳硬是把钱塞进她那冰凉的小手里："没关系的，你收下吧。就当，这顿茶钱算我的。""不可以，不可以的。要是被老板知道了，我肯定就做不下去了。""哎呀，你不说他哪知道啊。现在这里没人看见，你快把钱收好。别再哭了，好好做事。"

苏阳把钱放进小姑娘的口袋："收好了啊，要开心。""谢谢您，小姐。您的大恩大德，我马小丽这辈子会记在心上的。谢谢。"她向苏阳鞠了三个躬。

"好了，小丽，没事了，我进去了。你忙吧。"苏阳拍了拍她的肩膀，转身离去。

苏阳舒口气，进了包厢。

钱亮已为她斟满了茶。小茶壶在火炉上慢慢烧着，发出轻微的"吱吱"声。钱亮自顾自地介绍起来："这家茶馆，是我五年前开的，用我在北京淘金的钱开的。""你在北京生活过一阵子？""对，大学毕业，去北京发展了七年。那时候做销售，然后跟着别人学古玩，帮着瓷器店料理生意。"

钱亮对自己的个人发展史如数家珍，从给别人打零工到销售，再到赚钱开店、房产买卖，生怕漏掉了哪个重要细节。

“我能有今天的这一切，和一个人有着密不可分的关系。如果当初没有她，我想我不可能有动力去奋斗。”“是谁在钱总的生命里起到了如此重大的作用？”“呵呵，不瞒您说，是我的初恋女友。”

“看来，你当初很爱她。”“的确，我是非常爱她，她教会了我很多做人的道理。就是因为她的话，我才决心要出人头地。毫不夸张地讲，我的初恋女友是现在红得发紫的一线明星。”

苏阳心想，您这准备畅谈过去的光荣情史，是想证明自己有多能耐么？“那后来呢？你们为什么不在一起了？”

“呵呵，原因很复杂，很难说清。只能说，那时候还小，好像很少有初恋是成功的。后来她进了演艺圈，开始拍戏，我们的观念有了差异。所以我在那时就发誓，一定要出人头地，一定要让她知道，我钱亮也会有强大的一天。只是到如今，她说还是忘不了我当初的那个眼神，最让她心碎。”

那既然彼此都这么忘不了对方，干吗不再把人家追回来呢？只可惜，进了娱乐圈的人，怎可能再吃那些回头草，眼光与观念也早已不会停留在情感萌芽的那个阶段了。哪怕钱亮是富得漏油的人，哪怕他们当初爱得有多激情似火，那个人和那段爱恋，只能成为她人生中的一个记号。如今她的身边，会出现更多的“油翁”和更多值得炫耀的情感。钱亮若是有能耐,也可以寻找他心目中的另一个“女明星”。

钱亮盯了茶壶半晌，又补充道：“是她让我知道了，金钱，对一个男人来说意味着什么？”“可钱，也并不是万能的。”“可没了钱，却万万不能啊。”

“那您现在算是功成名就了，为什么个人问题还没有着落呢？”苏阳也不再忌讳什么，将直白的问题赤裸裸地摊上台面。

“这个嘛……”钱亮随意地捡起一颗花生米吃，若有所思地回答，“因为，最终没有遇到有缘的那个人。我承认，我钱亮是接触过很多女性朋友，但要是做老婆，可能都不合适。”“为什么？”

他看看苏阳，想用眼神意会她：“这么说吧，女朋友和老婆，还是有一定差别的。女朋友可以有很多，但老婆，唯独只能有一个。所以，能成为老婆的，并不是想象中那么容易的。”苏阳，默不作声。

“那……阳阳小姐呢？为什么现在还是独身一人？按您的现状，周围一定有很多选择的机会。”“呵呵，或许，我也还没遇到生命中的那个人。”“是不是追求者太多，让阳阳小姐挑花眼了？呵呵。”

“那倒没有，我还没夸张到挑花眼的地步。倒是像钱总，身边一定是美女如云。”“哈哈。确实是美女如云，也不乏有很多优秀的。但是，都还不够那个份。”苏阳想说，还不够做老婆的份么？你又不是皇帝选妃子，样样都要如你的意？

“现在的女孩，都太现实。她们只看重男人口袋里的钱，看他是否能为自己买车买房。要是硬件条件符合了，再丑的癞蛤蟆都能找到美女。呵呵，当然了，不是所有。像阳阳小姐这样独立的女性，我钱亮很是佩服的。和那些用金钱堆出来的女孩相比，您是出类拔萃的。”

“呵呵，哪里，您过奖了。”苏阳听得很是别扭，把她和那些女孩相比较，怎么想都觉得是一种讽刺。就像是在沸腾的油锅里，硬生生地拽起一根长麻花来。那麻花虽然特别，但上面也沾满了明晃晃的油水。因为麻花，都是用油造就的。

钱亮顿了顿：“不过，我觉得，像您这样身份的女性，会不会令很多追求者望而却步呢？或者说，是高攀不起。”苏阳没听错，她明白这话里的意思。对于单身女性，别人总会有偏见。高攀不起？那是你吃不到葡萄说葡萄酸吧。她想停止这场无聊的谈论，再下去也许会拽出更多的错话。

苏阳反问：“可我并不觉得是这样，不知道你为什么会有这样的想法？”“哈哈，我是想对阳阳小姐多些了解，这样，我可以看出自身的不足，好赶上您的脚步啊。”“没有谁赶上谁这一说，如果两个人的脚步是一致的，他们永远都会同步。但要是谁合不上那一拍，也就永远无法同步。”

“你的话很有道理，两个人在一起，其实就是合不合拍的问题。说到头来,男女之间就是互补的事。”“合不合适很重要。”“对,我赞同。”

这拉拉扯扯，时间已接近 9 点。苏阳一看表，说：“差不多了，今天就到这里吧？”“也好，我看阳阳小姐也有些疲倦了。这段时间工作很辛苦吧？”“是啊，马不停蹄的。”“明天不是周末吗，也不休息？”“没有这个概念，有事就做。”

苏阳起身拿包拉移门,那位叫马小丽的服务员过来相送:“苏小姐，请慢走，欢迎下次光临。”她的眼神中满是感激之情。

钱亮把苏阳送下楼，假装随意地问起：“能冒昧问一下，阳阳小姐和陈总之间，最近是不是有什么合作？”“对，最近我们公司接了海苑二期的楼书策划案，所以比较忙一些。”“哦，是这样，那不错。照这么说，你们是业务关系了？”“是啊，怎么了？”“没什么，随便问问。业务关系好啊，相互合作么。”

“那我走了，谢谢您的款待。”“呵呵，应该的。”“下回，换我请你。”“好。”

钱亮送走苏阳，转到楼上。服务员忙着收拾：“钱总，这里有一盒东西,好像是名片,是不是刚才那位小姐忘记的？”钱亮接过来一看：“哦，交给我吧。”他望着手上的黑色名片夹，放进了自己的上衣口袋。

借花献佛

第二天晚上，苏阳在皮包里寻找名片夹，正纳闷时，钱亮突然来了电话。“阳阳，在忙吗？”“你好，钱亮。”“呵呵，昨晚，阳阳小姐是不是有什么东西落在茶馆了？”

“哦，一盒黑色的名片夹？”苏阳恍然大悟。“对，名片夹我暂且帮您保管着，什么时候方便给您？”“要不，明天我来茶馆取？”

“如果阳阳小姐不介意，我现在可以开车送到您的府上。”苏阳一想，这钱亮定是想以还名片之便来家中套近乎，便应付说：“区区一小盒名片，怎么能劳您大驾。”“那有什么，阳阳小姐的事有求必应。”“不用这么麻烦，明天我去茶馆取。”

“真不好意思，明天我一早要去外面开会，晚饭时才能回来。”“这样吧，麻烦您把名片放在总台，我到时候去取。”“那我放在大堂俞经理那里，阳阳小姐到了茶馆找她便可。”“也好，谢谢你了。”“一日不见，我就如隔三秋了。等我开会回来，我们再约时间。”“到时候看吧，那您先忙。”“我不忙，您一定很忙吧？”

苏阳看看墙上的挂钟，9点一刻：“是有些忙，刚回家。”“呵呵，忙着和别人约会吧？”她心里一愣，什么意思？

“哈哈，阳阳小姐别紧张，我开玩笑呢。不打搅了，早些休息。晚安。”“好，再见了。”

苏阳觉得电话那头的他，虽然说话客气，也不缺乏亲切，但总感觉有一堵厚厚的墙，在时时刻刻压迫着自己。

这时，付曼来了电话：“姐，问你个事。明天我们同学聚会，他们定在意轩茶馆。听说那里不错，但价格不便宜，是吧？”“嗯，价格是有些贵，不过环境不错，东西也可以。你们多少人，谁请客？”“大概五六个吧，AA。”

“这样吧，我上午正好要去那里，把那张卡给你用。”“你说钱亮送你的那张贵宾卡？”“是啊，反正我也用不到，你就先拿去消费吧。正好，你去刷卡，让你同学把茶钱都交给你。还能打八折，一举两得。”

“这么好的差事？行不行啊？”“有什么不行的啊，给你占便宜还不好？”“那我不是占俩便宜了？”“你不乐意啊，不乐意我给别人了啊。”“行行，就这样吧，明天上午在意轩茶馆碰头。你也去那喝茶？”“昨天刚去过，东西忘那儿了。”“好，明天见。”

苏阳从钱包里掏出贵宾卡看了看，这张积压在她心头多日的小卡片终于有了新的去处。既然钱亮说送出去的东西不会拿回来，给自己的妹妹用，她觉得心安。

周日上午，苏阳准时来到意轩茶馆。

同样还是那张迎宾小姐微笑的脸："小姐，请问您几位？""我找大堂俞经理。""好，请稍等。"一位身穿藏青色职业装的女士向苏阳迎面走来："您好，请问是苏小姐吗？""我是。""您好，我是意轩茶馆的大堂经理，这是我的名片。""你好。""这是您的名片夹，钱总吩咐过要我亲自交到您的手里。您看一下，有没有少。"

苏阳接过名片夹，笑笑说："太谢谢了，不会少的。""苏小姐要不再坐会，喝杯茶？""不了，我一会就走，找个朋友，她正好也来这里喝茶。""那好，有事您提前打电话，我给您预定位置。""好的，谢谢你啊，俞经理。"

正好付曼和她的朋友们也已在茶馆，苏阳把贵宾卡交给她后便准备离开。当苏阳经过大厅时，听到背后有人喊："请问，您是苏小姐吗？"苏阳转头一看，是那天负责包厢的另一位服务员。"我是啊，你记性真好。""我是听钱总这么叫您的，对您印象特别深刻。""是吗？你叫什么？""我叫张玲，我是有件事想告诉您，没想到苏小姐这么快就又来茶馆了。""有什么事吗？"

张玲看看周围，小声说："苏小姐，和我来一下吧。"走到没人的拐角处，张玲突然问起："您还记得那天给您服务的马小丽吗？"苏阳一回想，马小丽，不就是在包厢被钱亮训斥的那位小姑娘吗？"是不是皮肤白白的，个子不高，脸圆圆的那位？""对，就是她。""马小丽，她怎么了？"

张玲凑近苏阳说："马小丽，昨天被老板炒鱿鱼了。""什么？被炒鱿鱼了，怎么回事？"张玲皱皱眉，一脸无奈地说："苏小姐，不瞒您说，我和小丽是安徽老乡，在意轩我们关系最好，她什么事都会和我说的。那天，她不是在包厢打翻了汤吗？”

“是啊，没有大碍。”“当时，钱总不是训了她两句吗，说要扣奖金。她很难过，刚来才没两个月，就要被扣掉300块钱。您不是出来看到了，还好心补了小丽300块钱。她感动坏了，说以后等您再来时把钱还给您。可是……”

“后来呢？”“没有想到，这一幕，不幸被俞经理看到了。”“俞经理，是不是你们的大堂经理，穿藏青工作服的那位女士？”“对，她事后报告给了钱总。马小丽被老板大骂一通，说竟然索取客人的小费，毁坏意轩茶馆的声誉，严重违反了规定。小丽怎么解释都没用了，因为茶馆大厅有监控。俞经理把那天的录像给老板一看，就立马炒了她的鱿鱼。”

“那马小丽人呢？”“她不能住在职工宿舍了，这两天准备搬家，再找活干。还有……”张玲从口袋里掏出一个信封，“这是那天您给小丽的300块钱，她嘱咐我，如果哪天看到您再来茶馆，一定要我把它还给您。”苏阳为难地接过信封："怎么会这样……”“苏小姐，我们这里管得严，一举一动都被监视着。我不能和您多聊，否则被俞经理看到了，我也没好果子吃。”

“那你快去吧，这里不会被人看到吧？”“这里是死角，没有监控。”“哦对了，你有小丽的电话吗？我到时候和她联系。”“有，我告诉您。”“你们真不容易，辛苦了。”“嗨，没办法，我们外来打工的，赚几个辛苦钱不容易。在意轩，我们都要小心做事，处处都有眼睛约束着，一不注意就要惹祸上身。难啊。”

“服务行业是不容易，尤其是在这样的茶馆。”“那我先去忙了，苏小姐，您真是大好人。如果您是我们的老板，那该有多好啊。”“呵呵，谢谢你对我的肯定。”

苏阳看着张玲离去的背影，心里被纠得有些生疼，很是气愤。

好人好心

苏阳回到公司，从那盒失而复得的名片夹里找出要见面的客户电话。然后又从手机上翻出马小丽的电话，想想，拨了出去："请问是马小丽吗？"对方传来轻柔细语的声音："我是马小丽，请问您是哪位？""我姓苏，周五晚来过意轩茶馆的。"

马小丽一听，立马抬高嗓门："噢，是苏小姐吗？您好您好。张玲和我说了，您今天上午去过那里。""对，我都知道了。对于这件事，我很过意不去，害你丢了工作。""苏小姐，您怎么能这么想呢。您那么好心帮我，是我自己不争气，没有干好工作。"

"那你现在住哪儿？""我在找农民房，正好有个老乡也来上海了，我可以和她一起合租。""那工作，就得先找好房子再去找。""对，总要先有个安生的窝。""这样吧，你先把房子问题解决好。工作呢，我可以帮你想想办法。""真的吗？苏小姐，我要怎么感谢您好呢？"

"没事的，小丽。毕竟这件事，有我一部分责任。钱总这样苛刻你，我觉得很不妥当。你放心，我会把你安顿好的。""苏小姐，我们非亲非故，您能对我这样上心，我马小丽感激不尽。"

苏阳想起朋友徐总开了一家咖啡馆。"是徐总吗？""您好，是苏总吧。今儿这么难得给我电话？""徐总，开门见山，我有一事相求。""苏总请说，只要我老徐能办到的事，您尽管开口。""我现在身边有个小姑娘，正在找活干。她年轻，人很本分，以前也在茶馆做过。不知道您的咖啡馆，能不能让她去试试？"

"噢，我们咖啡馆过完年又重新调整了人员，基本都到位了。""这样啊……""不过有个服务员，她老家有急事先回去了，还不知道什么时候能来上班。要不，让她先过来试试，如果可以，就留下来。""真的啊，那我先谢谢徐总了。""哪里，苏总一句话，我肯定放在心上。"

苏阳心里很压抑，就是因为那一点汤汁，而引发了一连串事件。

她只要一想起马小丽是因为自己的缘故被炒了鱿鱼，心里就觉得非常内疚。而苏阳对钱亮的为人，又多了一分“周扒皮”的印象。外表看来成功的老板，底下都有一批为他拼死拼活的员工。如果没有欺压与剥削，哪里出得来这么多油水。

钱亮这姓，可真好，钱亮、钱亮，都掉进钱眼里去了。怪不得他总说茶馆的流动性大，很难留住人。谁遇上这样不通情理的老板，肯定都会想逃。

两只大灰狼和一只小白兔

当晚，苏阳与客户在饭店用餐。

酒足饭饱，感情程度刚刚好，业务基本顺利到手。正巧，陈祥和与一帮政府部门的领导从包厢里走出来，回头看见隔壁小包厢坐着苏阳与一位陌生男子。苏阳走出包厢，主动与陈祥和握手：“陈总，这么巧？您也在这里用餐。”“苏总，我们真是有缘，又见面了。我请几位政府领导吃饭，二期的太阳城开工在即，看看有些政策能否放宽一点。你呢？”“我请客户吃饭。”“这么说，也是业务请客咯。”陈祥和又伸头往里面看了眼。

“是啊。到时候我们的初稿出来，还要请陈总先检阅了。”“没问题，我对百马，对苏总有信心。那我先告辞了，陪他们桑拿去。有空我再约苏总一起吃饭。”“好的，没问题。”“噢，您的中华烟很好，我已经在享用了，谢谢。”“我有个朋友刚去了国外，到时候给陈总再带几条外国烟回来。”“好啊，那先谢了。再见。”“再见。”

苏阳回到车内，正要发动油门，钱亮来电：“阳阳，你好吗？我刚开会回来。”“是吧，我还好。”“在哪儿呢？饭吃了吧？”“在外面，刚吃好。”“噢，我还没有吃饭，本来想着如果你没吃饭，我们可以一起吃。”

苏阳看看时间，8:50，酒都消化了一半了。“那你快去吃饭吧，别饿着了。”“有阳阳小姐的关心，我就是再累也无所谓了。上午，您去茶馆取名片夹了吗？”“去了,谢谢。我先开车了,你去吃饭吧。”“那好，回头我们再聊。”

苏阳快速挂了电话，一脚油门驶了出去。

在洗浴中心，陈祥和与几位官员正在桑拿。电话响起，也是钱亮：“陈兄，在哪儿潇洒呢？”“钱总啊。我请政府的人桑拿呢，你来么？”“嗨,我刚从外面开会回来。这不,饭还没吃,想找人陪嘛。”“呵呵，你钱大少还怕没人陪，一个电话功夫，一大串女人都赶着场来作陪了。”“我可没有陈总那么风流，身后有一群女粉丝追捧着。我要是真有人陪，还给你打什么电话呀。”“钱总，你就不要谦虚了。有多少女人向着你，我陈祥和很清楚。”“呵呵，女人是有。可我现在，只钟情于一个。”“哦，究竟是什么女人有如此大的魅力，能让钱总连整个后花园都愿意舍弃？”

钱亮想了想，还是没有松口：“是一位蛮有品位的女人。我很欣赏，正准备向她进攻。”“是吗？那先祝钱总马到成功了！”“借你吉言！”“呵呵，其实不瞒你说，我也正仰慕一位女性。认识已久，就是没有攻破的机会。”“居然还有陈总您追求不到的女人？”

“是啊，她冰雪聪明，做事又讲原则，毫无半点空子可钻。所以我头大啊，怎么才能顺理成章地接近她。最近，我把公司的业务让给她做。这样，我就可以用工作的名义和她接触了。”

“呵呵，老陈啊，有你的啊。只是你刚离婚，不会再想跳进去吧？”“呵呵，喜欢和落入婚姻可是两回事。这谁说得准呢，要是真投入了，再结一次也无妨啊。最多就是再分我一半的家产，海苑的世纪城和太阳城，只要还有空房，让她随便挑，哈哈哈。”

“老陈，看来你还真是豁出去了啊。”“可不是，我陈祥和是一把年纪，跪倒在石榴裙下起不来了。”“哈哈，我看，我也差不多。这样吧，等哪天合适，把我心仪的那位带来，让老陈过过目，怎么样？”“好啊，要不，等时机成熟了，也把我那位带来。不管成与不成，都先拿出来亮亮相，比试比试，怎么样？”“没问题，我们一起约上对方吃饭。别说得太明，很敏感。”“那是一定的，等哪天约好佳人，就一起座谈畅饮吧。”

钱亮和陈祥和很聪明，都没有点明心中的那位女神是谁，是因为好面子、怕尴尬。钱亮和陈祥和幻想着下一次把苏阳约出来与老弟兄见面的情形，彼此都很得意，想着自己的佳人一定能胜过对方的那位。

只是这一场闹剧该如何在同一时刻上演，他们心里谁都没有谱。

帮人帮到底

这天，苏阳来到餐厅。见马小丽站在大门口，低着头，双手拽着衣襟。“小丽！”“苏小姐，您好。”“小丽，怎么不进去等我，外边多冷。”“没关系，我应该在外边等苏小姐的。”苏阳揽着她走进去。

苏阳拿起菜单问：“小丽，你要吃什么？我给你点。”小丽抱住眼前的玻璃杯说：“苏小姐，您吃吧，我喝水就行了。”

苏阳把菜单放在她面前：“饭总是要吃的，喝水能喝饱吗？快，想吃什么？”小丽见菜单上的价格，更加大气不敢出。她推回到苏阳面前：“苏小姐，还是您自己吃吧。我一会回家，下点面就可以了。”

苏阳拿过菜单：“你回去都几点了，既然来了就不要不好意思。我请你吃。”“不好不好，您已经帮了我这么大忙了，不能再欠你的饭。”“小丽，瞧你说得那么夸张。既然我们能认识，说明咱们有缘分。不就是一顿饭吗，不要在意。”“这里的价格那么贵，一顿饭，可以抵我好多天的工资了。”

苏阳笑笑：“我给你点个套餐，然后再要个奶茶，可以吗？”“够了够了，谢谢苏小姐。”“不客气。服务员，给我来个红烧牛肉套餐饭，再来个珍珠奶茶。还要海鲜炒面、咖啡，再来个水果拼盘，就这些。”

“小丽，房子找好了吧？”“找到了，我和安徽的老乡一起合租。”“你来上海多久了？”“来了大半年，意轩之前，在一家中餐馆端盘子。后来生意不景气，老板把店面转让给了别人，我们就只有另找门户了。”“在意轩茶馆，做得开心吗？”

小丽摇摇头，皱皱眉说：“不开心。每时每刻都要小心谨慎，你的一举一动都有人监视着。有一次我来大姨妈，肚子痛得厉害，就在椅子上靠了一下。俞经理看到就说我偷懒，警告我服务态度不端正。说再看到一次，就要扣我工钱。她到老板那里一告状，我就是再怎么努力都无济于事了。”“这次的事情，也是她说的吧？”“嗯，俞经理看到了，这下，我是百口莫辩了。”

苏阳握住小丽的手说：“没关系，小丽。意轩不用你，还会有其他地方用你。只要你努力做事，别人一定会认可你的。别泄气，要有信心！”“对，我离开了意轩，也不是不好。那个地方，我做足了筋骨，每天和上刑场一样。现在解放了，我自由了。”

苏阳看着她，那一张圆圆的小脸上挂着两个酒窝。多么年轻的面容，如此乖巧的女孩，正值青春年华的好时光，怎么可以把时间浪费在意轩那样的“深渊”里。如此想来，小丽被开除，也不是一件坏事。

“苏小姐，真的太谢谢您了。我们非亲非故，您能这样上心帮我，我马小丽这辈子都要感谢您。”“人和人之间，都是需要关心和帮助的。还有，不要老把一辈子挂在嘴上。你的命运，掌握在自己手里。知道吗？”“嗯，苏小姐的话我记住了，我会努力的。”

饭后，苏阳与马小丽赶往咖啡馆。到了大门口，小丽拉拉衣襟，整理下头发，战战兢兢地跟在苏阳身后。

“徐总！”“哎，苏总，你们来了，快坐。”“徐总，看您店里的生意不错啊。”“还可以啦，听说苏总的公司最近也是业务连连，马不停蹄啊。”“哪里，混口饭吃。”“呵呵，瞧您说得这么谦虚。”

“徐总，这是马小丽，我跟您说过的。”小丽毕恭毕敬地弯了90度的腰：“徐总，您好。”“好，好，快坐吧。”苏阳拉着小丽的手说：“徐总，我把小丽介绍到这儿，就拜托您了。”“没问题，小丽以前也在服务行业做过的吧？”

小丽赶紧接上：“对，我以前在茶楼做过服务员。”“好。”老徐拿来一张表格：“把表填一下吧。身份证带了吗？”“带了。”“上岗证和健康证有吗？”“都有。”

小丽把表交给老徐，他看了看：“行，那从后天开始，你就来咖啡馆上班，包吃。试用期1200元一个月，过后1500元加奖金。这样行吗？”苏阳：“可以啊。”

小丽立马起身：“谢谢，谢谢徐总。我一定会好好干的，不让您失望。”“呵呵，苏总介绍过来的人，我相信不会错。”“那就拜托徐总了，有事我们再联系。”“呵呵，有事苏总您说话。”“感谢，感谢。”

离开咖啡馆后，苏阳又把小丽送回了她租住的农民房。

第二天，老徐叫来人力资源部经理，下达增加员工的消息。他又仔细看了一遍马小丽的表格。在从业经历一栏中，上面整整齐齐地写道：曾在上海意轩茶馆做过服务员。

老徐想了想，拿起电话拨了号码：“喂，是钱总吗？”“啊，是徐总啊，幸会幸会。”“最近可好？”“还行，忙着到处开会，你呢？”“我也还好，忙店里的事。对了，你茶馆的生意怎么样？”“好啊，托您的福。”“最近，员工的流动性大么？”“哎，难统一啊，不好管，这不刚走了一个么。”

老徐想了想，拿着表格问：“噢，刚走的那个是什么人？”“一个小服务员，安徽人。”“哦，是不是姓马？”“徐总怎么知道？”“哦，这两天公司在招员工，我在报名表中好像看见过。”“是么？那个马小丽真去你们咖啡馆应聘了？”“那我不是很清楚，招聘的事由人力部负责，我没参与。”“噢，这样啊。”“看来我们做大的，还要维护小的，哈哈，不容易啊。”“是啊，难伺候呢。什么时候空了一起喝茶下棋？”“没问题啊，你有空尽管吩咐。”

老徐放下电话，又拿起表格，默念：“马小丽，苏阳。”

“好戏”登场

苏阳正与部门同事开会，海苑二期太阳城的方案正在有条不紊地进行中。

“初案这星期可以拿出吗？”李维回复：“再加加班，周五前应该可以交初稿。”“好。大家要辛苦一下了。”

苏阳回到办公室，看到钱亮的未接来电，莫名有种厌恶之感。她把文件稿往桌上一扔，一屁股坐在椅子上，直接把号码拨到了陈祥和那里。“陈总吗？我是苏阳。”“苏总，您好啊。”“我想和您说一声，这个周末初稿差不多能出来，到时候给您过目。”“这么快？你们百马的工作效率真是高，这么短的时间就能拿下初稿了。”“我们都是加班加点工作的。”“哦，不急不急，时间上来得及。辛苦了。”“您放心，我们一定保质保效率。”

“百马做事，我放心。对了，明晚苏总有空吗？我想约您一块吃饭，顺便聊聊方案的事。”“是吗？还有谁？”“可能还有我两个朋友，一起聚聚，怎么样？”苏阳考虑到要维护客户关系，而且也不是单独，就答应了下来。“好吧，明天，我去。”“那好，明天我在自助餐厅定好位子。”“好，明天见。”

挂断电话，陈祥和暗自窃喜，又立刻打电话给钱亮：“钱兄，明天晚上在自助餐厅，我定了位子，四个人，叫上你心仪的那位吧。”“是吗？老陈已经约到仰慕已久的那位了？”“约好了，你也约下吧。明晚见。”

陈祥和只要一想到明天见面的情景，便情不自禁地笑了出来。他猜想，钱亮一定会大为惊讶："原来，陈总仰慕已久的人就是苏总啊。"

钱亮立马给苏阳拨了电话："是阳阳吗？"苏阳迫不得已接起电话："你好，钱亮。""刚才你没接电话。""我在开会，刚结束。""噢，知道你在忙。是这样，明晚有空吗？想约你一块吃饭。""明晚？"苏阳想到刚答应老陈的饭局，这下，她可以名正言顺地拒绝他了。

"真不巧了，明晚我有个饭局，刚决定的。抱歉。""是吗？就不能想办法推推？""不好意思，是对方约的，我已经答应了，没法推辞。"苏阳听出那头沉默了会儿。"明天，我想约你去参加一个小型的朋友聚会。没想到，你已经有约了。""下次吧，我也是和客户朋友聚一下而已。""哎，既然被人抢先一步，那就改日吧。"

钱亮挂掉电话，心里很是不快。明晚见面，不得让老陈长了自己的气势？左思右想，他钱亮再怎么样也不能唱独角戏啊，干脆就找个替补的。

周三晚，苏阳准时出现在自助餐厅。陈祥和热情地邀请她入座："苏总，来了。""陈总，您的朋友还没来吗？""他们一会就到，请坐。"苏阳脱掉风衣挂在位子上："我去趟洗手间。""请便。"

苏阳刚离开不久，钱亮便搀着一位女子入了场。钱亮先上前介绍："这位是海苑房产的陈总，这位是小齐，我的……"陈祥和笑着一点头："噢，幸会幸会。"钱亮补充："女朋友。""请坐。"

钱亮环顾四周："陈总，您那位……""噢，她到了，去洗手间了。"正聊着，苏阳缓缓走过来。陈一回头，笑着对钱小声说："她来了。"苏阳走到桌前一看："哎，是钱总啊。原来陈总约的就是您啊。"

这个声音好耳熟，钱亮猛一回头，是苏阳！他眼一晕，怀疑自己看迷糊了。陈祥和得意地说："你们都认识了，这位是钱总的女朋友小齐，这位是百马公司的苏总。"苏阳主动和那女子握了手。陈很聪明，委婉地介绍了苏阳，却让对方大开了眼界。

猛然间，钱亮手里拿着的玻璃杯"哐"地掉在了桌上。他盯着苏阳胸前那条粉色长丝巾，正是那次在马克西姆西餐厅围的那条。他保持镇静，压抑住心底泛起的情绪，笑里藏刀地说：“原来，老陈约的就是苏总啊。”

钱亮醋意大发。这苏阳怎么就突然成了老陈追逐的心上人了呢，她不正和自己相着亲吗？难道苏阳和自己认识之前，就已经和老陈有着不一般的交情了？他的脑子一头雾水，差点乱了方寸。

陈祥和这下可真是得意了。最无辜的要算苏阳，她根本不清楚两个男人之间的那点猫腻。看见陈约的原来就是钱，苏心里自然也有些尴尬。毕竟答应了陈拒绝了钱，再怎么有前有后，她都觉得不自在。

拿食物时，钱亮趁机凑近苏阳，冷言冷语道：“没想到，苏总是赴陈总的约啊。我想呢，怎么会突然拒绝了我。”苏阳边拿食物边说明：“陈总约我吃饭，在钱总您之前。出于礼貌，也该有个先后吧。再说了，我们百马公司和海苑置业有业务来往，吃个饭也很正常吧。”

“呵呵，当然正常了。只是，我不知道你和陈总除了业务往来之外，还有什么私人情感。”钱亮又小声补上一句，“苏小姐别忘了，你和我之间的关系，和别人不一样。我们现在，可是相着亲的。”

苏阳有些火了：“钱总您多虑了，好像没有规定不能和相亲以外的人吃饭吧。事实上，我和您之间也只是最普通的朋友关系。没有说以相亲的名义认识，谁就必须要墨守成规。如果吃饭就会让钱总误解的话，那是不是也说明您对自己太没信心了呢？”

钱亮一时语塞，而后轻笑道：“噢，呵呵，怎么会。我钱亮怎么可能因为区区的小事而有误解，我从来不会对自己没有信心。”“那就好，钱总没有多想是对的，要不，就有失您这身份了。我先过去了，您慢选。”

苏阳知道钱亮心里很是不服气，她心里偷笑，就是要杀杀他的气势，否则都不知道自己姓甚名谁了。

用餐时，陈祥和显得很兴奋，不停地说着笑话。苏阳时而应付，时而微笑。钱亮却心不在焉。他见苏阳那般镇静自若，一副满不在乎的模样，更是气不打一处来。旁边的小齐，显然成了一个道具。

“来，多吃点。”钱亮把自己盘中的大虾放在小齐的盘里，关切地看着她。苏阳抿嘴一笑，继续用叉子吃东西。陈祥和见罢，也将自己拿来的三文鱼放在苏阳的盘中：“快吃吧，新鲜着呢。”

钱亮一看，这不明摆着唱对台戏嘛，便怪声怪气地说：“陈总真是细心啊，照顾有加。”陈祥和听罢，满面得意：“那是应该的，男士就要照顾好身边的女士，这样才能让人家有安全感嘛。你也一样啊，钱总。”“呵呵，是啊。”小齐看看钱亮，顺势挽了挽他的手臂。

正尴尬着，一个柔美的声音传了过来:“苏阳姐！”苏阳猛地回头，徐雅！苏阳顿时一阵混乱：“徐雅，这么巧？”“真的好巧。你和朋友聚餐呀？”“嗯。你，也来吃自助餐？”“听说这里的三文鱼不错，我就吵着欧阳哥带我来吃。”

徐雅对着远处正在取餐的欧阳挥挥手。欧阳一回头，看见徐雅和苏阳，一时愣住了。他很快又回过神来，绅士地点头微笑。苏阳远远地望着他，只是沉默。徐雅笑着看看欧阳：“没想到远看欧阳哥也这么帅，好绅士哦！”“呵呵，是吗？”“苏阳姐，你不觉得吗？欧阳哥在人群中就是显得与众不同，爱死他那个背影了！”“呵，情人眼里出西施吧。”“没错！好了，不打搅你们用餐了，回见！”

徐雅坐回座位，好奇地发问：“欧阳哥，我觉得好奇怪哦。为什么苏阳姐身边坐的不是钱先生，而钱先生旁边坐的却是另一位小姐？”欧阳勉强一笑，只顾低头用餐：“不奇怪啊，大众聚餐嘛！”徐雅托着下巴，还是有些迷糊：“不对啊，你看，苏阳姐身边的那位男士对她很是照顾呢。再看钱先生，他对那位小姐也很殷勤哦！那位钱先生，不是苏阳姐未来的，男朋友吗？”

欧阳突然放下叉子：“这个，不知道。别老看别人了，你不是爱吃三文鱼吗，多吃点！”徐雅出奇地看着远处的一桌人，暗自偷笑:“苏阳姐，钱先生，女人A，男人B……呵呵，好微妙的关系哦！”

结账时，陈祥和买了单。他又问三人：“大家要不要去唱歌啊？”小齐立马回应：“也好啊。”苏阳却说：“我就不参加了，还得准备明天开会的材料。你们去玩吧。”

“你看，每次都拿工作来做挡箭牌。这次难得聚在一起，就别推辞了。”“陈总，瞧您说的。别忘了，这周末前，我们要拿初稿方案的。同事们还在公司加班加点呢。”“噢，对。那真是辛苦了。”

见苏阳是为自己的业务忙活，陈祥和也不好再作挽留。

暗中射箭

送走了苏阳，陈祥和明显失落不少。但能在钱亮面前约到心仪的人吃饭，也已满足了自己的私心。他又建议说：“要不，我们去洗脚吧。”

足浴店里，陈、钱、齐三人一字排开躺在松软的沙发上。陈边抽烟边说：“苏总还是很不错的，钱总认为呢？”“呵，是不错啊，要不也不会让老陈您这么上心。”“对了，你们是怎么认识的？”“朋友介绍认识的。”

陈说：“我和苏总认识两年，你还别说，她身边的追求者可是不少。有些，她都不正眼瞧的。前两天我在饭店招待客人，又巧遇她和别的男人在包厢吃饭。又是倒酒又是夹菜，好不亲热。看得我啊，直眼晕。”

钱亮一听，便问：“她和别的男人约会？”“她说是业务请客。”“业务请客也不至于那么亲热吧。”“很正常啊，一个女人要做成事情，恐怕都得用这套吧。”

钱亮在陈祥和的添油加醋下更显不平：“怪不得，苏总现在还是单身一人。她很聪明噢，懂得游戏规则。若是成了家，还怎么在道上混。那些男人，还怎么为自己所用。”“哈哈哈，瞧你说的，她的私生活我不感兴趣。我只关心，怎样才能收服美人的心。”

钱亮斜眼看了下陈祥和，心里更添堵了。此刻的苏阳在钱亮眼里，就是一个用美貌去吸引男人、用姿色来达成目的的女人。

陈祥和回到家后，又给苏阳打了电话："苏总，睡了吗？""要睡了。""我刚和钱总他们分开。""唱歌还开心么？""没唱歌，洗脚去了。没有苏总在，我们几个也没劲。等下次约上老黄，我们再一起去吧。""看时间吧。"

"对了，你觉得今天钱总带的那位朋友小齐怎么样？""挺好的，人漂亮，也很健谈。""是吧，像小齐这样的人，钱总身边有一打。你不知道，他的女朋友多着呢。反正钱总有钱，不愁小姑娘不跟他。"

苏阳故意问："他不是单身么？""单身也不可能没有女人啊。这年头，哪个男人会吃素。不过要做成他内人的，可不是一般女性能胜任的。钱总的标准啊，高着呐。最好是按他的要求，画一个出来。真要做他笼中的金丝雀，其实蛮不容易的。要按照他的轨迹生活，按照他的标准做事。你说，有哪个女人能做到。哈哈哈。"

"这个就是仁者见仁、智者见智了，每个人总会有另外一个人适合他的。""苏总说得好，但愿钱总早日找到他的金丝雀，也好收收他那倔强的牛脾气。好了，苏总晚安，改日我们再聊。"

苏阳挂掉电话，庆幸没有看错，钱亮果然和自己不是同类。

开门见山

上午，苏阳开完会回到办公室，又接到了钱亮的电话："哎，没有想到，苏总原来这么众星捧月啊。"苏阳听出来者不善，反问道："什么意思？"电话那头故意压低了嗓门："没什么意思，我只是觉得有些失落。明明我们是在交往的，可你却和老陈走得那么近。"

"钱总可能想多了，我和陈总之间有业务往来，接触频繁也属正常。希望你不要戴有色眼镜看我们。至于我和谁走得近，好像不是你应该关心的吧。”

“噢，我只是想提醒苏阳小姐一下，像您这样的单身女性走出去，稍不注意很容易让人误会。我只是不希望，别人对您有看法。”“我不知道钱总是不是忧国忧民惯了，您关心的似乎有点多了。”“怎么会多呢，目前，我们可是在相亲，您不觉得很多地方该注意一下吗？”

“我不太明白钱总的意思，你到底想说什么？”“实话告诉你吧，陈祥和对你有想法。”苏阳愣了下,告诉自己要沉住气:“那是他的事情，和我有什么关系？”“看来，你早就知道了。你不觉得，该自我检讨一下吗？”“笑话，我为什么要检讨？”“你不觉得别的男人对你有想法，是因为自身有让人家钻空子的地方。要是自己不左右摇摆，别人怎么对你进攻？俗话说得好，孤掌难鸣。”

苏阳早就料到钱亮会来这一招，她反问：“你是不是还想说，一个巴掌拍不响，苍蝇不叮无缝的蛋？”“阳阳小姐是聪明人，不会不明白这个道理。我是想说，既然我们是以相亲的名义结识，就应该对双方负责任。至少，在交往的过程中，应该彼此坦诚和专一。”

负责任，坦诚，专一？这还什么都没有呢，谈何而来的忠贞？苏阳反击：“好，如果我赴陈总的约就让你心里不痛快了，那钱总的心眼也未免太小了吧？你不是还带了个小齐么？”

钱亮突然加大了嗓门：“那是因为我约不到你！”苏阳震惊了。

“你知不知道，陈祥和聚会的真正目的是想让我们带各自心仪的对象出席，可没想到我们喜欢的却是同一个人！而他却抢先一步约了你，他不知道我想约的其实也是你！”

苏阳很意外：“那我也可以告诉你，你们之间有什么想法，我一点也不清楚。陈总只说和朋友一块吃饭，我根本不知道他约我是这个目的，也不知道那个朋友就是你。”“你当然不能知道了，知道了恐怕你就不来了。”

“所以你就心理不平衡了？这跟我有什么关系！”“怎么没有关

系？若不是因为苏阳小姐那么惹人注意，昨天出席聚会我约到的人就应该是你！”“那这么说都还是我的错咯，是不是我不认识你们两个，这就天下太平了？”“呵呵，阳阳小姐别想得太高深，我和老陈还不至于撕破脸。”“那你的意思就是在怪我？太可笑了。”

“你心里应该掂量得出轻重，至少得有些责任感。”“我不知道我们见了几次面，吃了几次饭就要遵守什么所谓的规矩，负什么责任。不是说我们认识了，就一定会有什么结果。”“难不成，阳阳小姐一开始就是抱着游戏的态度来见我的么？”“请你不要血口喷人。”“我是实话实说！我就觉得,你在感情这回事上有些轻浮了。”“你说什么？”

钱亮顿了顿说：“没什么，既然电话里讲不清楚，那我们约在咖啡馆见面。”“好啊，大家有什么想法就开门见山地说出来，不要在背地里嘀嘀咕咕。做人，坦荡一点比较好，尤其是男人。”

苏阳快速挂了电话，一屁股坐在椅子上，自言自语道：“是时候摊牌了。”她起身走出办公室，一脸气愤地厉声说道：“大家抓紧点，明天下班之前把海苑的初稿拿给我看！”说完“嘭”地关上了门。

唇枪舌战

午后,苏阳来到约好的咖啡馆。她发誓,这是最后一次与钱亮见面。

钱亮早已在包厢内等候了，他靠着沙发，一副兴师问罪的样子。好像苏阳做了什么见不得人的事，现在是上门负荆请罪来了。

“苏阳小姐,喝点什么？”“咖啡吧。”“刚才我的态度不是很友好,望您能谅解。”“恐怕钱总不是态度的问题,而是……您的观念有问题。”

钱亮一听，不以为然地说：“呵，我的观念有什么问题？”“您对人有看法和偏见。”“我钱亮做事向来有一说一，实事求是。我相信我所看到的。”“就因为我答应了陈总的饭局，您就妒忌和不满，就认为是我有问题。那我想请问，除此之外，您还看到了什么？”

“呵呵,那我就不好说了。这个,只有阳阳小姐自己心里清楚。”“我当然很清楚了，我做事正大光明，没什么好心虚的。”“那这么说，是我误解阳阳小姐了？”“可以这么说，您不会对以前的女朋友都是这样的态度吧？”“怎么说到其他人那里去了，现在，我只关心咱们俩。”“如果钱总一直都是这么独权，恐怕很难找到合适您的。”“阳阳小姐是在批判我吗？那我想请问，为什么您满 30 了，依旧是单身没有结婚呢？这是我一直都很好奇的地方。”

“30 出头没结婚，很奇怪吗？”“奇怪倒谈不上，只是，让别人会有看法。”“那是您有看法吧？”“我承认，我是有看法。”钱亮直盯着苏阳的眼睛，身体向前倾，“因为，我不愿看到我喜欢的女人成天这么游来荡去的，不安全。”

“游来荡去？这话说得讽刺，难道 30 岁还没成家的单身女人就是游来荡去？那男人 40 不婚也比比皆是啊。钱总，您好像也没结婚吧。”“男人和女人不一样。男人到了年龄不成家很正常，可女人不一样，别人会对上了 30 的单身女性有看法的。”

“这是男女歧视，现在社会讲究平等，你不可以用偏见的眼光看女人。”“难道，你还愿意这么一直放任下去，而不想让一个男人来管住你？”苏阳快被气炸了：“婚姻不是靠管，单身也不是放任，你太偏激了！”

“那你为什么还不结婚？还不想收心吗？”“难道结了婚就真能管住一个人的身和心？你就能一辈子保证婚姻不变，双方不会出现矛盾和问题吗？貌合神离、名存实亡的婚姻有的是，你的理论不能说明什么！”

钱亮往沙发上一靠：“呵，我明白了。阳阳小姐是个自由人，不喜欢受约束，喜欢自由自在的生活。”“的确是，但并不表示我不渴望婚姻，你别一概而论。”“哼，我看，是你给自己找借口吧。好有理由说明，你可以有机会对婚姻和感情不忠，是不是？”

“你凭什么这么说我？你这是对我的亵渎！”“哼，亵渎感情和婚姻的是你！就因为有你们这些放任自流的单身女性，才使得这么多美好婚姻到最后濒临崩溃。那些外遇和小三，你们单身女性可是制造者！”

“够了！”阳阳气得拍响桌子，她站起身说，“你蔑视单身女性也就罢了，别把你狭隘、迂腐的观点强加在每一个单身女性的头上。你是吃不到葡萄说葡萄酸，你这是嫉妒！”“哼，我就是要嫉妒，也不会嫉妒像阳阳小姐这样没有固定男朋友的单身女性。像您这样的身份，我怕了。”

“哼，我现在也终于明白了，像你这样的男人为什么到这个岁数还会讨不到老婆。看来你成不了家是对的。”“呵，那是我的事。我要什么样的女人做我的老婆，我心里有数，用不着你在这里指手画脚。我有钱有权，怎么可能找不到老婆。”

“告诉你，女人不是用钱堆出来的，你也别妄想控制某一个人来成就你的婚姻，你办不到！现在的女人都不是傻子，你别梦想还有金丝雀！”“你凭什么说我找不到？外滩头不要有太多女人等着做我的金丝雀噢！”

“像钱总这样的人，婚姻交给你，低贱了。”“你什么意思？”“没什么意思，先走一步，告辞了，您一人慢慢享用午餐吧。”

苏阳将钞票放在桌上后又转头冲钱亮说了句：“你就坐等着会有金丝雀上你的牢笼吧！”钱亮也不甘示弱，起身冲着苏阳的背影喊道：“会有的，我一定会找到我的金丝雀！但我能肯定，那个幸运的人绝对不会是你！”

苏阳轻笑：“做你牢笼中的金丝雀，那才是我人生的不幸！”

苏阳回到公司，把包往办公室一扔，辗转到大厅。同事们看她一脸怒气，谁都不敢出声。“初稿好了么？”李维小心翼翼地回答：“就快好了，苏总。”“4 点前，把稿子交给我。”“好的。”

电话响了，是钱亮来电。苏阳拿起手机纳闷，他怎么还有脸打电话来。要么是心里不平衡，想将刚才没发泄完的话一吐为快；要么就是觉得自己的言行实在过了，想缓和个气氛道个歉。

“阳阳小姐，忘了告诉你，不用你假好心做好人塞钱给我的员工。”一听这事，苏阳更添气了：“我还正想说，就因为芝麻绿豆点大的事，你就要把一个好端端的姑娘给开了。这么做也太违背人道主义了吧？”

“这是原则问题！苏小姐不是最讲究原则的么？马小丽手短收了你的恩惠，这只能说明我没有能力教育好自己的员工！既然她在我的小庙里学不会规矩，那就让她去汪洋中磨练吧。”“这也恰好说明了钱总的剥削主义，想必你对手下的员工向来都是这么苛刻的吧？”

“剥削？他们可是要我付工钱吃饭的，这算是剥削吗？”“不是吗？迟到早退一次扣 50、工作期间谈天休息扣 100、没请假算旷工扣 200、工作中出差错视情节轻重处罚 50 到 300 不等。”“呵呵，阳阳小姐对我茶馆的规矩了解的还真是一清二楚。不过我想告诉你，你管得真有点多了。那个马小丽和你有什么关系，你要这么帮她？前脚走出我的茶馆，后脚就为她找好了下家。”

苏阳纳闷，这消息只一个转身的时间怎么就传到钱亮耳朵里去了？“那又怎样，总不能让她没个落脚点吧？”“你以为你是圣人吗？别把自己想得这么伟大，管天管地还管人家的吃喝拉撒。”

“马小丽的事我管到底了！”苏阳气得头都快炸了，自己好心帮别人，这下反而成坏事了。“我就是看不下去，你和旧社会的资本家有什么区别？现在是社会主义，讲究人人平等。员工的心要是不齐，怎么凝聚力量？怎么管理好一个团队？”“阳阳小姐自己也是开公司的，若要是都像你这么博爱，那大家都去喝西北风好了。”

“最起码我不会苛刻自己的员工，待人处事比你人性化。因为，我懂得倾听他们的心声。钱总，您会吗？”“呵呵，一个人的心最难懂，你能保证听懂这么多人的心么？别把自己说得跟个神一样，员工永远成不了老板真正的心腹。”

“钱总打这通电话到底想声讨什么？”“我主要想告诉你，走了一个马小丽也就罢了，你别再过分地到我这里来挖墙脚！”“你什么意思？不要乱冤枉人！”“不是吗？马小丽走了就被你安顿了，紧接着她的老乡也赶着要辞职。据说也是去了马小丽干活的那家咖啡馆，想必，这也是您的杰作吧？”

苏阳一想，莫非是那个张玲？小丽一走，她也急着辞职了。

“你不要把责任都推到别人头上，我还没这么好心要义务帮助你每个离职的员工，你高估我了。”“没想到苏总真有一套，这唱的是哪出戏？”“你要从自身找问题，不要总觉得是别人卷走你的资源。为什么不总结你总是留不住资源、留不久资源，这是办企业、管理团队最根本的问题。”

“我想用不着你来教我怎么做吧，难道没有苏总您的指点，我的茶馆就不运作了？笑话！想活口的人有的是，还怕找不到个端盘子的。”“别忘了，你今天的坐享其成，都是从你员工身上一点一滴欺诈出来的。没有他们，我看你一人还怎么发达！再见！”

苏阳愤愤地挂掉电话，这场喋喋不休的战争终于画上了句号。她拿起桌上的资料翻了翻，起身往外走。随后把资料“啪”地扔在会议桌上，大声质问道:“谁能告诉我，这是什么？”李维和江旭立马上前:“苏总，这是海苑的初稿，还请您过目。”“过什么目？这种质量能拿出去丢人吗？重做！”

章勇见罢，忙上前说：“苏总，这可是大伙加班加点好几个晚上赶出来的活。”“加班加点出来的质量就是这样？不符合我的要求，说了重做！”苏阳扔下初稿，“啪”地关上了办公室的门。

章勇也不好再说什么，挥挥手让大家继续干活。他对李维和江旭补充说:“你们今天再把细节改一改，做得完美点。下周拿给苏总过目，我会和她再好好沟通。”

章勇一离开，同事们便开始小声议论起来：“苏总肯定是碰到了难对付的人，刚才电话里吵得这么凶。”“就是，苏总平时都不发火的。能把她惹毛的人，真是够大胆的。”

苏阳将闺蜜召集到家中开会。小柔冷笑一声：“你要是真跟他谈恋爱了，估计他就得把你锁在牢笼里。不让别的男人接近你，也不让你和外界接触。别人多看你一眼，他都会觉得是你出轨了，你在背叛他。”

潘静气不打一处来，她觉得不但侮辱了苏阳，也把自己概括进去了。“三十不结婚怎么了？我们又不犯法，又不违背社会道德。我们独立又自主，不靠男人过活。好像单身就一定是私生活混乱或者作风有问题！”

程程安慰道：“没事，好的男人有的是，走了钱亮，还会有别人来的。”小柔问：“那你现在是需要休息一段时间作调整，还是立马接上？”

阳阳站起身义正言辞：“休息什么？要调整什么？我毫发无伤！时间多宝贵啊，接上！”

有时候，自尊心和面子比事实更重要。只要把脸上的光占足了，哪怕内心伤痕累累也在所不惜。反正伤口自己关上门来舔舐就够了，脸上的那层薄纱，是一定不能让它破的。

相亲第二记——葛朗台再世

你嫌弃我了是不是？看见我拿你三十块钱你就心里不平衡了？别忘了，那也是为了送你回家！我不是也请你去家里吃饭了吗？花了我二十块大洋呢！

国家的人

令家人和朋友感到意外的是，这一次，是苏阳主动提出要继续相亲，而且越快越好。表哥梁捷最先有了人选：李民，他的同事，计划统计科的，比苏阳大两岁。

这天晚上，苏阳准时赶到大酒店的包厢。梁捷介绍："这是我的表妹苏阳，这是我的同事李民。"苏阳看着这位相亲对象，个头不算太高，1 米 72、73 的样子。脸很干净，没有一点胡须印子。只是有些害羞，总是低头微笑。

梁捷作为领导带头开了话题，简单介绍了李民的工作，还夸他在业务上认真负责、一丝不苟，是计划统计科的一把好手，有望提干。李民谦虚地说："哪里哪里，这是我的工作，应该把它做好。"

接着梁捷赞扬起苏阳来："我这个表妹，很优秀，和其他 80 后还是有些区别的。""哥，现在的 80 后都很努力的。""那是那是，不过我认为，像我妹妹这么出类拔萃的，那还是不多见的。"

李民看着苏阳，也表示了赞赏："苏小姐一看就是聪慧能干，能管理一个大团队真是不简单。我原本也想往这方面发展。只是，我不懂销售，也没有经商的头脑。"

苏阳补充道："我们团队每个人都是骨干，因为有团结合作，才有今天的成绩。广告公司，不属于单纯的买卖，它结合文化、艺术与现代信息技术，属于综合的、多元化的经营模式。"

李民似有茅塞顿开之感："原来如此！我每天都和数字打交道，不太和外界接触。看来还是要广泛地接触社会，吸纳新信息，这样才能不断进步和发展啊。"

苏阳也是言犹未尽："其实每个行业都不容易，要把它做好、做精，需要花时间花成本。当初我也想过考公务员，但最后还是觉得新闻传播更适合自己。私人企业属于自负盈亏，做了才知道压力有多大。但既然选择了，就要把它做好。"

李民听后越发赏识了，兴奋地拿起酒杯："来，苏小姐，我敬您一杯。能认识像您这么优秀的80后，我很荣幸！我们70后的，也应该多向你们学习和取经！""谢谢。您过奖了。其实我月份大，也属于70后的尾巴了。"

梁捷看他俩一来一去说得投机，心里自然十分高兴。两人毕竟只相差两岁，还是很容易找到共同话题的。妹妹开朗、活泼，李民内秀、稳重，性格正好互补，说不定这是最完美的结合。

吃完饭，梁捷先开了口："服务员，买单。"李民一看，马上起身客气道："梁主任，我来吧。""哎，这次我来买。下次，你来。""哦，那好。"

分别时，李民主动上前说："苏阳小姐，很高兴认识你。下回，我们再一起吃饭。""嗯，也好。"

梁捷把苏阳送上车，顺便探问："怎么样？我们单位的小伙子还行么？""嗯，挺实在的。""他可是我们税务局70后最后一棵独苗啦，好好把握。""怎么还没有女朋友？""以前有过，早就吹了，现在不单身嘛。"

苏阳笑笑："行啊，多个朋友也好。""看样子，你们有话题聊，都是年轻人嘛，应该不会有代沟。""先接触看看吧。""行，你的联系方式我告诉李民了，这是他的号码，你们自己联系吧。小心开车。"

苏阳和梁捷告别后，一路往家的方向驶去。她回忆着李民的模样，和先前的钱某某比起来，他很平和，至少很老实。稳重的男人应该会更可爱一些吧……

万花丛中一点绿

这天下午，苏阳去电视台办事。老黄告诉她，说前阵子钱亮旁敲侧击地向他打听过自己的消息，问些关于工作、生活、社交圈等私人问题。老黄是个聪明人，大致说了些业务上的事，其他的一概只字未提。

老黄明白钱亮的心思："你若是真要了解，应该自己去接触嘛。问我是没有用的，我不是本人，给不了你想要的答案。"一句话就把钱亮给顶了回去。

下楼时，苏阳拿出手机，直接删除了钱亮的名字。没过多久，小柔来了电话，约好晚上聚餐。刚放下手机，电话又响了："你好，我是李民。""哦，你好，李民。"苏阳一时没反应过来。"很忙吧？""还好，请说。""请问，你今晚有空吗？想约你一块吃饭。""噢，真是不巧，你打来电话的前半分钟，朋友刚约了我晚上聚餐。"

李民半开玩笑地说："呵呵，看来我慢了半拍。""要不这样，如果你不介意，晚上一起吃饭吧。都是我的几个闺蜜，大家应该谈得来。""方便吗？打搅你们的聚会，不太好吧？""没关系的，她们人很好，我介绍你们认识，一起来吧？""那也好，初次约你，就做万花丛中的一点绿，有些受宠若惊。呵呵。""那很好啊，说明你很有人缘。晚上见。"

李民还是有几分幽默的，并不是那般严肃。苏阳又电话给小柔："和你说一声，晚上要加一位成员。""好啊，谁啊？""我哥介绍的，税务局的李民。""行啊，这么快就成双成对啦。""什么呀，在你电话之后他约我的。我想干脆就一起，既不尴尬，也好让你们先过过目。""好嘞，包在我们身上。""对了，注意你们的言行举止，别乱说话啊。""知道啦，我们有数。”

晚上，娘子军齐聚在小柔介绍的餐馆。长桌、紫色餐布、蜡烛，环境优雅、浪漫。三人先是对苏阳一阵围攻：“你的新任相亲对象呢？”“嘘，别乱说。先点菜吧，他马上到。”

正说着，潘静的电话响了，她指指手机：“这么快就有人来向我打探军情了！”程程、小柔很好奇：“是谁呀？”潘静神秘一笑，故意提高些嗓音：“还能有谁呀，还不就是我们苏大小姐的前任……不对，是初恋情人的电话。要我向他汇报实情吗？”苏阳虽有些意外，但还是故作不在意的样子，拿起水杯，看向窗外。

小柔总是最积极的一个：“报，报，报！他能带徐雅示威，我们难道怕没人吗？你赶紧告诉他老人家，我们苏阳此时此刻正在相亲的路上！”潘静笑着接起电话：“大才子，有何贵干呐？”“潘静，我想问问，苏阳最近好吗？她和你们联系了吗？”

潘静装模作样：“好，她不要太好噢！现在正和我们吃饭呢。什么，你要她听电话？”苏阳摇摇头，在潘静耳边小声：“没心情。”潘静接上：“阳阳正在和人相亲呢，不方便听电话，要不，让她完了找你？”“相亲……”“是呀，相亲，上海滩的好男人一箩筐，我们要一个个给阳阳物色，怎么样，很赞吧！”“哦，那不打搅你们了，回见。”

“怎么样，苏小姐，这样讲满意吗？”苏阳不语。

菜上齐了，李民才拿着公文包进来：“不好意思各位，我迟到了。”苏阳赶紧说话：“没事，我们也是早到了些时间。我来介绍，这是李民，这是周程程、张小柔、潘静。”“你们好啊，三位美丽的女士。”小柔笑着说：“呵呵，谢谢，不过我们这里可有四位哦。”

李民连连弯腰：“噢，对对，四位美丽的女士。”

“菜上齐了，我们开始吧。”当大伙拿起筷子刚要夹菜时，李民却把双手放在膝上，怯怯地来了句：“你们吃，我喝茶水就行了。”苏阳不解：“怎么了？一起吃啊。”

他不好意思地低下了头:“那什么……我……刚才吃过了。”“啊？”大伙一阵惊讶。李民忙解释说：“呵呵，我下班早，5点在单位食堂吃了过来的，你们快吃吧。”

潘静睁大眼睛：“这叫什么事啊，哪有一个大男人看着我们四个女人吃饭的。”程程:“再吃点吧,反正也是家常便饭。”苏阳递上筷子:“就是，5点到现在，也该消化一半了，一起再吃点吧。”

可李民还是执意说：“谢谢，真的不用了，我很饱。你们快吃，菜凉了。”四人只好作罢。

为缓解尴尬气氛，潘静先挑起了话题：“哎，听口音，你好像不是上海人噢？”“对，我是江苏南通人。”

小柔问：“那现在，开始做上海人咯？”“呵呵，算是个新上海人吧，大学就过来了。”

程程点点头：“国家公务员，蛮不错的，现在很难考。”“是啊，我也是好不容易跻身进来的，所以要更加努力才行。”

小柔问：“你们科室都做些什么呀？”潘静笑笑：“嗨，说了你也不懂。”“去！尽会臭我。李民，说来听听嘛，也好让我们这些小女子长些见识。”

“我们主要负责税收计划管理、税收会计等信息数据的统计和分析工作，还有检查与执行税收方面的问题。”

程程点头：“噢，那都要和数字打交道了。”“对啊，成天要计算和分析，很费脑子的。”

潘静问：“会不会很枯燥？”“也有厌倦的时候，不过选择了这一行，还是要踏踏实实地干下去。成为国家的人了，就不能由着自己的性子，得有些约束。对我们年轻人来说，是有好处的。”

四人也表示一致赞成，但一想到自己都不属于“国家栋梁”，比起这国家的人来，便显得有些单薄和散漫了。幸好李民没有穿一身工作服过来，否则就显得太格格不入了。

饭吃完了，天也谈得差不多了，小柔喊服务员买单。原本是想看看李民的表现，但他却只管坐着，没有任何反应。服务员站在他身边问:“请问，哪位买单？”四人对望数秒后，小柔掏出了皮夹:“我来。”苏阳忙拿包:“这次我请。”“别,上次你已经请过了。今天是我提议的，应该我来。”小柔把现金交到服务员手里，斜眼看了下李民，四人心领神会。

走出餐馆，潘静提议：“要不，再想点活动，去唱歌怎么样？”李民一听，赶紧推辞：“噢，我就不参加你们的活动了。明早还有个重要的会，我得回去准备准备。祝你们玩得开心！”

“那好吧，下次见。”苏阳也不想强人所难。

小柔多话:“你自己开车来的吗？”“没有，我没买车，坐车来的。”李民说完，便往反方向走去。

潘静看着他的背影叹息道：“他可不够大方噢。你想，他没事干吗要吃完饭再过来呢。”苏阳倒为李民开脱：“也许，他是真的饿了呢。”“那我们提议去唱歌，他为什么又推脱不去？”小柔也不满。苏阳仍觉得：“也许，他真的是有事在身呢。”

程程是四人中最善于总结的：“哟，才小见了两次，就为人家说话啦。”“哪里，实事求是嘛。”“行了，你自己觉得好最重要。各就各位吧，我得回家看宝宝了。革命尚未成功，同志仍需坚持！”

苏阳拿着车钥匙向停车场走去，忽然想起什么，掏出手机将电话拨了出去：“找我有事？”那头传来欧阳的声音：“哦，也没什么事，就想问问你最近过得怎么样，还好吗？”“好的不得了，这不刚刚和朋友吃完饭嘛。”“上一次……”“哦,你说钱亮啊,我和他不是一路人。不过现在这个，看起来还不错。”欧阳愣愣，而后补了句：“嗯，你开心就好。”

苏阳一听这话，更不示弱了：“我当然开心了，有这么多亲朋好友想着我的终身大事,我苏阳一定不会让他们失望的。”欧阳有些无奈:

“那么，祝你心想事成。”“借你吉言，一定如您所愿。祝新生活愉快！再见！”“阳阳，其实我……”

苏阳不等欧阳说完便挂了电话，她不想给他解释的机会，她觉得只有彼此“对抗”，心里才会痛快。可是，苏阳真的痛快吗？发泄情绪、强撑颜面，不都是为了掩饰内心的脆弱和那真实的情感世界。

廉价大排档

苏阳把制作好的海苑楼书交到陈祥和手里。陈祥和很是满意：“我非常欣赏百马公司的作品，积极向上，朝气蓬勃，有创造力，如同你们这支年轻的队伍一样。”

苏阳顺势接话：“百马公司的员工平均年龄不超过35岁。因为年轻，所以有激情。做事光有头脑和努力还不够，如果缺乏激情，就缺乏动力和想象力。”“说得好！苏总果然是业务的一把好手，干练、大气。让我们这些60后的人很是佩服，回想从前，年轻真好。”陈祥和开始感慨起来。“陈总过奖了。年轻时不努力不奋斗，老来该后悔了。”“是，年轻嘛，没有什么不可以的。”

两人聊完了工作，陈祥和又把话题转到了私人问题：“对了，这段时间，你和钱总之间是不是有些误会？”

苏阳心里一阵发凉。那混蛋肯定是气不过，所以在别人面前恶意散播自己的流言。她笑笑说：“有吗？我没觉得。”陈祥和头一歪，皱皱眉：“那就怪了，钱亮好像对你有成见。我还说他呢，是不是对你有什么误会。”

“他是不是在您面前说我的不是了？”“那倒也没有，只是我听口气有些不对。其实也没什么，他人就那样，嘴大，喜欢评论人，也不是针对你。”

苏阳出了大楼，心里愤愤不平：那混蛋不在陈祥和面前说自己的不是心里就不会平衡。他得不到，也不允许别人得到，心理阴暗的人是看不得别人好过的。她自省，以后一定要提高警惕，杜绝和这类人接触。

不久，李民来电，约苏阳在一家大排档吃饭。她开了好久的车，跑街串巷好不容易才找到那家店。店里生意很好，连露天的位置也全被占满了。李民开心地说："苏阳你来了，我们去店里找找位置。"

苏阳一看，大家都是喝酒划拳，吃菜谈笑，闹闹哄哄，很是混乱。她的头有点晕，纳闷李民第一次约自己吃饭怎么会选在这里。这种廉价的大排档，应该是兄弟姐妹当夜宵消遣肚子的。她不好当众说什么，只能硬着头皮跟他进去。好不容易占到个位置，还是个靠门口的座。

"服务员，点菜！"李民一声吆喝，苏阳明白他应该是这里的熟客。他边看菜单边说："这里生意很好，菜也不错。你吃辣的吗？""别太辣就行。""有什么忌口的吗？""基本没有。"李民像念顺口溜似地报上一串："来个香辣小龙虾、微辣的，凉拌海蜇，血蚶，炒牛河，炒大肠，腐皮青菜。就这样。"

苏阳环顾四周，然后转回头问："你和朋友吃饭，一般都来这种大排档吗？"李民没听出话里的意思，笑哈哈地说："是啊，大排档方便又实惠，适合年轻人。尤其到了夏天，几个朋友凑在一起，来瓶冰镇啤酒，再来盆小龙虾和炒螺丝，那感觉，别提多棒了。你没有来吃过吗？""偶尔来。"

苏阳拿起残缺不整的杯子一看，杯口和杯底结了厚厚一层土黄色的茶垢。"服务员，有一次性杯子吗？"李民问："怎么了，不干净吗？""你看。"他看了看，尴尬地笑笑："来这里吃饭，就不能太讲究了。"

苏阳拿出筷子一看，上面还有未被洗净的污垢，已经干得抠不下来了。她又喊："服务员！"话还没说完，服务员瞥着眼问："又怎么了？""给我拿一次性筷子吧，你看看。""都是消过毒的，有什么关系。"服务员不情愿地拿来一次性筷子扔在桌上。

苏阳把筷子、勺子和碗全用茶水洗了一遍，然后又对李民说:“你的也洗一下吧。”李民说:“没关系的。大排档都是这样，不能太计较。我和朋友来吃过很多次了，也没什么问题。”苏阳见李民丝毫不介意，也不好再多讲什么。

“菜来咯！”随着伙计的一声吆喝，几盆菜从苏阳的头顶飘过。她猛地躲开，生怕油水不小心倒在自己身上。

“来，苏阳，快吃，这里的小龙虾很出名的。很多人晚上排队来这里吃夜宵呢。”“好，谢谢。”看李民津津有味地吃着小龙虾，自己也不能显得太娇贵了。她用手拿起一只小龙虾，学着众人的样，“鲜美”地品尝起来。

上来一盆血蚶，李民拾过几个放在面前，用牙签挑出肉，蘸上酱醋放入嘴里。苏阳也拿过一个，蚶壳是裂开的。李民立马说：“这个烫得过熟了，肉色老黄又无血。”苏阳又拾起一个，蚶壳揭不开，他说：“这个，不够熟。来，我给你挑几个。”李民熟练地剥开血蚶，蘸上醋递到苏阳碗里。

此刻，苏阳开始怀念起马克西姆那优雅、安静的环境。大排档，说话的分贝得不断升高，甚至要扯着嗓子说话，否则，自己的声音就会被淹没在一片嘈杂声中。夹杂着浓重的油烟和辛辣，苏阳的喉咙口感到一阵阵地发干。老板与服务员的叫嚷声、客人的说笑与碰杯声、起油锅的声……像是无数只苍蝇在苏阳的耳边嗡嗡作响。

苏阳觉得没有安全感，自尊心受到了一点影响，觉得对方有些怠慢自个了。至少，得正规一点。最起码，要有平调说话的环境吧。

可她转念一想，别人都能那么开心地说笑、吃菜，自己为什么就不能放低姿态融入其中呢？看李民吃得那个起劲，完全不被这些小细节所影响。他甚至认为，这些外界的因素，都是烘托气氛的最佳条件。难道自己真就那么高贵吗？就该是安静的环境、轻音乐、红酒配牛排吗？也未必。看他们干着瓶、抽着烟、跷着二郎腿，手抓食物的那个自在样，无拘无束的感觉多好！

何况自己还是个 80 后的新生代呢，比那些吃老酒的人应该更容易打成一片。大女子就该能屈能伸，放到任何一个地方，都能在最短的时间里融入适应。千万不能让大两岁的李民，觉得和自己是跨了年代的人，有代沟。也绝不能让人说自己清高、不落落大方，看不起老百姓的切实生活。

想到这里，她似乎也就放下了心中的包袱，与李民一块儿，大口地吃起菜来。

独特的 AA 制

最后，菜基本吃完，桌上剩下一堆残羹。抹嘴的一刻，苏阳忽然觉得这才是生活，这才真实。比起高雅的环境，这里很放松，不用拘束，不用细声细语，不用虚伪地面带微笑。你再是大声喧哗，没有人会来管你。这样想来，苏阳倒认为李民也是属于会生活的另一种人群。

结账时，服务员拿来菜单："一共 130，哪位买单？"苏阳心想，这么便宜，那么一大桌菜，却只是马克西姆的一个零头而已。她主动掏出皮夹："我来买单吧，上次让你看我们吃饭，真不好意思。"

哪知李民客气地说："没关系的。我来。"他拿出皮夹，"哎，要不这样，今天你出一半，我出一半，我们 AA。"

苏阳抬头看李民，这年头，还有男女吃饭 AA 的？"你说 AA 制？"李民笑笑，很自然地回答："对啊，你我各付 65 块钱。"这李民倒是会精打细算，不愧为计划统计科的一把好手。

苏阳说："不用了吧，我请客就行了。""哎，那不行，怎么能让你请客呢。"李民说着从口袋里掏出一张 50 元、一张 10 元和一张 5 元钞票放在桌上。

服务员小姐在一旁看着，苏阳满脸尴尬。明明不是自己小气，怎么就觉得那么别扭呢。她掏出一张百元："我没有零钱，只有100的。"李民见罢，立马说："那这样吧，我的50和你的100给她。"只见服务员拿着钱嘟嘴："100块的饭钱，还搞得那么清楚。"

服务员把找来的20元放在桌上，李民又说："这10块和5块的给你，一共找你35，拿好了。"苏阳勉强地拿过那35元，脸都快红了。到了门口，李民还不忘要了发票。

两人走出大排档，人流量依旧没有减少，反而越来越拥挤了。苏阳说："我送你一程吧。""也好，把我送到地铁口就行。"他们坐上车，苏阳又问："你没买车吗？""没有，犯不着。我每天就是上班、下班，坐地铁很方便的，不需要开车。看这上海交通那么拥挤，这走路都比开车快。"

苏阳特意问："你和朋友平时吃饭，除了大排档，还去哪里？""最多的就是这里，要不去小炒店、快餐店，或者是在家里聚餐。"

苏阳又问："那……如果要请客吃饭呢？""我们一般都不请客，基本AA。这样方便，互不相欠，朋友也能交得长久。"

苏阳想到自己和朋友之间，基本都是礼尚往来，极少AA。业务吃饭也是如此。苏阳又问："那如果是要请业务单位吃饭呢？""噢，这是少数。如果要请客，也是上级领导出面，我作陪同。买单这回事也就不用我费心了。"李民似乎觉察出了什么："苏阳，你不会介意和我AA吧？""噢，不会。"苏阳违心地摇摇头。

李民笑笑，说："这中国人呐，就是喜欢摆阔，穷讲究。一张面子最大，哪怕兜里没几个铜板，也要嚷嚷着请客买单。然后一回家就开始后悔，一次出去好几张票子。一顿饭吃掉半个月工资，多不划算。你看像西方多公平，大多都是AA制。我们中国，还真该向他们好好学习学习。你说对吧？"

苏阳勉强地笑笑，心想，这个李民不仅精打细算，还够会节省。崇尚AA，言下之意就是绝不会让自己亏上半毛钱。她又问："那你平时去西餐厅或是咖啡馆吗？”

李民撅撅嘴：“基本不去，那是洋人的玩意。我是中国人，就该崇尚中国的文化，饮食也如此。一把刀和叉，切下去的是肉，吃进去的就是钱，何苦呢。坐在那里，不能自在地说笑，要一本正经地穿西装打领带，吃东西还不能发出声音。讲那么多规矩，真麻烦，无非就是环境雅点。可这是外国人的作风，我们中国就是喜欢围圆桌，图个热闹。如果进餐馆是一片鸦雀无声，冷冷清清的，估计就没人会来吃饭了。我们为什么要把自己赚来的钱，再去买西方的饮食文化呢？”

“你说的也有道理。不过，这吃饭，是个人喜好罢了。对了，你应该喜欢去农家乐吧？”“也很少，说是农家菜，一个老鸭煲就要100块。已经变味了，少了那份淳朴，全是商业化运作。”

苏阳不作声了，李民把任何事物都用几分几两来衡量。他是国家公务员，和平民打工不一样。虽算不上很富有，但至少也是衣食无忧。虽是江苏人，却比上海小市民还要精，心里那个小算盘打得是贼溜溜的准。

回到家，苏阳感到口很渴，连喝了两杯水。辛辣的刺激，依然留在喉头，感觉很难受。

肠胃炎

深夜，苏阳被一阵剧烈的疼痛惊醒，肚子不断发出咕咕的叫声。她忙跑到卫生间，一阵腹泻。苏阳想，铁定是在大排档吃坏了。是海蜇泡得不好，还是小龙虾不干净，或是，血蚶没有烫熟？反正，自己的肠胃过于敏感。

起身时，苏阳的双腿软弱无力，直冒虚汗。她吃了两颗止泻药，又喝下一杯热水，重新回到床上。刚睡下没两分钟，苏阳的胃部感觉一阵剧烈的恶心，忙到卫生间大口大口地吐了起来。

完了，刚吃下的药没了。这是仅有的最后一颗药啊！她发誓，以后再也不去这种既不卫生又不美味的大排档了。130 块，把身体吃出毛病，实在是得不偿失。

苏阳拖着疲惫的身体来到客厅，喝下一口水，又跑去厕所哇哇地吐了。来来回回折腾半天，虚脱得没了任何力气。苏阳好不容易回到卧室，欧阳来电。她虚弱地接起:“喂……”“阳阳，我想说……”“我……我好难受……”“你怎么了？哪里不舒服？”“我……我……先挂了。”话没说完，苏阳捂着肚子又跑去卫生间了。

过了没多久，门铃响起。苏阳艰难地撑到门口，一开门，是欧阳！苏阳满脸苍白地靠在门柱上:“欧阳……你怎么来了？”话没说完，她一头倒在欧阳怀里，晕了过去。

在医院急症室，苏阳躺在床上挂点滴。医生将单子递到欧阳手上:“食物中毒，急性肠胃炎，患者需要留院观察一晚。”“好的，我这就去办手续。”“你是她的男朋友吧？”欧阳愣了愣，点头应允。医生补充说：“幸好你送来得及时，患者脱水引起休克，时间久了说不定会有生命危险。”

欧阳回到观察室，看着闭眼休息的苏阳。正巧，徐雅来电。他悄悄来到走廊：“徐雅，我正和客户在外面谈事，可能会很晚。你早点休息吧，晚安。”苏阳缓缓睁开眼，紧紧地抓住被角。

欧阳接完电话，走了进来：“阳阳，你醒了？现在感觉好点了吗？”“好多了，真的谢谢你。如果没有你，说不定我的小命……”“瞎说什么呐，你好好休息，明天就好了。”“麻烦了你一晚上，赶紧回去吧。”欧阳笑着帮苏阳捏捏被角：“没关系，我陪你。睡吧。”

这温柔的关心是致命杀手，虚弱的苏阳此时已无力反对，只轻轻地说道：“谢谢你，欧阳。”欧阳笑笑：“快睡吧。”苏阳缓缓转过身，红了眼眶。

第二天，欧阳将苏阳送回家中休息，并为她准备好药丸和白粥。

徐雅又来了电话，苏阳忙说："快回去吧，别让人家等急了。""阳阳，其实……""快走吧，你一晚没休息了。"

欧阳走到门口又回了头："有任何事，打电话给我。"苏阳感动地点点头。

藕断丝连

晚上，徐雅约欧阳吃饭，看出他一脸的疲倦。

"欧阳哥，看你的脸色不太好。"欧阳顿了顿，谎说："哦，昨晚没休息好。""昨晚我打去你家里没人接听，一夜未归吗？""嗯，我与客户谈事喝酒到半夜，有些醉了，就留在酒店了。""哦，真的是这样吗？"欧阳不自信地笑笑。

趁欧阳上洗手间时，徐雅拿过他的手机查看，晚间11点，有欧阳与苏阳来往电话的记录。她放下手机，全明白了。

苏阳休息一天后上班，中午，她让同事带了点清粥，放些干肉松，凑合了一顿午饭。大伟说："看你的脸色不是很好，再休息一天吧。""不行啊，一堆事要做呢！"章勇也劝说："那些事就交给手下去做吧，别老是亲力亲为。早点回去休息，这段时间你也累了。"

"知道啦，你们不也一样，还说我。"大伟突然又想起："对了，周末公司聚餐，地点定好了。"苏阳强作精神："行，集体活动必须人人参加。"

午后，苏阳靠在椅子上闭目养神。她想给李民打个电话，问问他的身体有没什么问题。正巧，李民打了过来："苏阳，你好。中午休息，给你拨个电话。忙吗？""还好。你那天回去后，还好吧？""好啊，怎么了？""没事，就想问问你几时到的家。""坐地铁很方便的。对了，我想约你周末去看花展，有空吗？"

"真不巧，我们公司搞集体活动。""这样啊，本以为你有空的。""要不,你也参加我们的聚会吧。反正都是年轻人,聊得来。""可以吗？""没问题啊，来吧。"

下班时，苏阳接到母亲的电话："宝贝，今天回家吃饭吧，妈妈给你炖红烧排骨。"苏阳一想到油油的肉骨头，顿觉一阵恶心。

为了不让家人担心，苏阳撒了个小谎："妈，晚上约了客户，不能过来了。""那明天呢？""明天也不行,约好了的。""那就周末。""周末公司搞活动。"

母亲有些担心："你每天都把自己的时间排得那么满，身体怎么受得了？""没事啊，妈妈。要不，我周日回家吧。""也只有这样了，我现在是退居二线了，公司的事交给别人去打理。妈妈现在有时间给你们做饭了，你有空就多回家。""知道了，谢谢妈妈。"

回到家楼下,小区保安和苏阳打招呼:"苏小姐,有您的包裹。""我有包裹？""刚才有位男士拜托我把东西给你。""是谁呀？""他只说，是你的好朋友。这么大一包，需要我帮您拿上楼吗？""不用，谢谢。"

苏阳上楼将包裹打开一看，原来是小米、鸡蛋面、水果、红枣、苏打饼干和糕点，还有健脾胃保健品。看着这一大堆东西，苏阳似乎明白了。

包裹内有一张卡片，苏阳一眼就认出是欧阳的字体：阳，肠胃炎期间，在外吃东西要小心，生冷辛辣要避免。希望这些食物能为你脆弱的肠胃带去一抹温暖。P.S: 小米熬粥养胃，面和水果易消化，糕点可以在疲惫的时候助你一臂之力，保健品能维持你每日的营养需求。祝一切安好。

苏阳拿着卡片备感温馨，随手拿起手机拨了欧阳的电话："谢谢你的贴心包裹,我收到了。""不客气,希望这些东西能派上用场。""你送的很及时啊,我家的厨房已经空了。""只要苏小姐有需要,一个电话,24 小时货物送到家。"一句话把苏阳逗笑了:"呵呵，免费的吗？""绝对免费。如果大小姐怕麻烦的话,我还可以上门加工服务。""这么好？"

苏阳沉下来，“这段时间太忙了，没时间顾及生活。”“再忙，也不能亏待自己。”“欧阳，谢谢你。”“我们，应该不需要说谢谢吧。”

两人沉默，苏阳内心一阵刺痛。为了缓和气氛，她忙说：“对了，创办公司，很辛苦吧。”“还好，劳有所乐啦。”“有什么要帮忙的，随时和我说。”“OK。”挂机后，苏阳的脑海里重复着欧阳照顾自己的情景。如果说从前的两人是爱得死去活来的恋人，那么现在的状态，又算不算是，藕断丝连呢？

寂静的深夜，当一切都安静下来，窗外传来一阵刺耳的尖叫，野猫在发春。还有和同伴争相打斗的声响，叫得人心里直发慌发毛，好像有只爪子在你的心上划了一道道印痕，挠心万分。那种响声，像一个小孩在哭泣，又像是一个女人在伤情。总之，让人恐怖和凄凉。

苏阳辗转反侧不能入眠，只能盖上被子蒙住头。要是困了，她就带上耳机，听着音乐入眠。

三四月里的夜晚，苏阳大多就是这么度过的。

混玩、混吃、混打包

周末下午，百马公司在娱乐城包了个大包厢聚会。李民最后一个进来，苏阳说：“我给你们介绍，这是李民，我的朋友。这是我公司的同仁。”几位同事与李民闲聊了几句，大家唱起歌来。

章勇小声问：“阳阳，这位是？”“别瞎想，普通朋友，今天正好凑一块了。”大伟说：“我看也不像是客户嘛。”

李民点了一首《我悄悄地蒙上你的眼睛》。音乐一响起，有人说：“这么古老的歌，谁会唱？”大伙纷纷摇头。李民把话筒递给苏阳：“你应该会唱。”苏阳一愣，有些不知所措。大伙起哄：“苏总来一首吧。”

李民先笑着唱起来：“我悄悄地蒙上你的眼睛，让你猜猜我是谁……”他唱得很投入、很用情，虽没有走音，但并不完美。苏阳竭力配合着，心想：90 年代的老歌，那可是自己读小学时风靡传唱的。在座的人三分之二都是 80 后，在他们眼里，这显得老掉牙和落伍了。

晚间聚餐，公司包了三大桌。大家吃饭、碰杯，好不热闹。李民和苏阳、大伟、章勇一桌，他完全没了一开始的拘谨和羞涩，似乎和大家混得很熟识了。只见李民使劲往碗里夹大鱼大肉，还不时地给苏阳夹菜："阳阳，多吃点，这鱼很新鲜。"搞得这顿饭是他请的一样。

苏阳看看周围，其他人都在聊天、喝酒，只有李民一人趁机默默地往嘴里扒菜。她小声说："李民，要不，和他们再碰一杯吧。""噢，好。"他放下碗筷，擦擦油亮的嘴唇："我干了，你们随意！"喝完后，他又拿起筷子夹菜："这个不错，好吃。"

大伙看看他，默不作声。苏阳觉得尴尬，又不好当面说什么。她赔上笑脸："大家快吃啊，别光顾着聊天，今天可不许浪费啊。"这句话，让李民很受用："就是，就是！这么多菜，浪费了多可惜，大家快吃！"大伙只能勉强地笑笑。章勇忙补充："快吃快吃，谁浪费可得罚款 100 哦！"

聚餐结束时，桌上还剩有三个猪蹄、两个甲鱼脚、清蒸鲈鱼的头和尾、一点残余的菜羹和汤汁。李民见罢，就让服务员拿来盒子，全部打了包。

苏阳被李民的举动怔住了，三个圆桌，其他没有一个人打包，只有李民一人笑嘻嘻地拎个塑料袋出来。进了电梯，吴珊珊问："电梯里什么味？"李民傻笑着拿起手上的袋子："是我打包的东西，不好意思啊。"她用手蹭蹭鼻子，低头不语。苏阳也尴尬地低下了头。

分别时，李民笑着说："谢谢你苏阳，今天让我参加了公司的聚会，认识了这么多兄弟姐妹。不仅吃了一顿丰富的晚餐，还外带打包，连周末的饭都有了着落。""呵呵，不客气，年轻人在一起，开心就好。""下周，我再约你。""再看吧。"

按理说李民这么节约是好事，应该值得表扬，但被他这么一摆弄，总觉得是在占小便宜。

一人吃饱 全家不饿

周日上午，苏阳准时赶到母亲家。母亲见女儿好不容易回来一趟，又是大鱼大肉地忙活开来。

饭后，苏阳电话响了，是李民："喂，阳阳吗？我是李民。""你好，李民。""在忙吗？""还好，我在妈妈家。""妈妈家？难道你还有别的家？""对，我自己有房子。""原来你不和父母一起住？""是啊。""挺好的。你今晚有空吗？我们去外滩走走吧。"苏阳想到晚上暂时还没约，就答应了他的邀请。

苏阳准时来到外滩头与李民会合。他们边走边聊天，李民笑着问："晚饭吃得好吗？"苏阳点点头："当然，也只有妈妈做的菜，最让我回味。你呢？"李民笑笑："我中午把昨天聚餐的菜拿出来，买了些黄豆，又煮了一锅黄豆猪蹄。还有甲鱼腿和黑木耳、胡萝卜一炒，又是一个菜。你看多好，很丰富的一顿午餐。"

苏阳听了，轻笑："你倒是……很会生活嘛。"李民挠挠脑袋："一个人生活惯了，总得学着好好计划每一天。"

苏阳想，李民有金饭碗，那稳拿的工资不算，优厚的福利待遇、过年过节的奖金、各项补贴、附加收入等。就算真要外出请客吃饭，也大多是领导签单。照这么说，李民是小康水平了，请一顿饭也不至于把他给吃穷，为什么和朋友在一起还要 AA？为什么还要看向饭桌上的那点残羹剩饭？

一大堆的问题在苏阳的脑子里辗转：莫非，他老家很贫困？或是，有下岗的父母？年迈的老人？还是，有读书的弟妹？

苏阳直截了当地问："你家有几个孩子？""我还有个哥哥，早就成家当爸爸了。""那你父母退休了吧？""退了。我父亲是教师，母亲是药剂师。”

照这么说，李民的家庭背景并不差。她又问：“那……你是不是感觉压力特别大,身上有很重的负担？”“我？”他看看她,笑笑说,“没有啊，我一个人吃饱，全家不饿。父母那里有我哥哥照顾着，我只需要定期回家就可以了。”

难道，李民是传说中天生的节约派？“那你现在住哪儿？”“这几年一直租房子，今年下半年，可以分到房子了。”“真不错，公务员享受的福利就是好。”李民说：“其实也不是各个公务员的待遇都像外面想得那么好，一些小县城的待遇就很一般。很多基层的普通公务员外表看似光鲜亮丽，实际上就是一块‘鸡肋’，弃之可惜，食之无味。若真想要变成‘肥肉’，还真得花一番苦功夫。”

苏阳补充：“国税，总体来说还不错。”李民两手插在裤袋里，叹口气说:“像我这样的,最多也就是混个科长什么的,发展很缓慢。其实，统计科室做的就是会计的活，每天销号，每月做汇统报表。天天守在办公室里，基本上不触及业务，顶多就是接触几个重点税源企业的会计，不过领导还是经常接触的。若真想有大作为，就别待在国税。还有，国税轮岗也挺频繁的，有的人几年就换一个科室，竞争很大的。”

苏阳有些不解:“照这么说，公务员也并不是你最理想的职业了？那为什么还要选择它呢？”李民低头笑笑：“嗨，待在机关单位，无非就是混个稳妥无风险。只要你工作扎实,不犯政治和经济上的错误，这饭碗到老就归你所有了。”

苏阳问：“你不是说，也想涉足其他行业吗？”“是啊，其实我也想去大企业，有发展空间、见识广、学的东西又多。或者是自主创业，但是没保障啊，风险又大。任何东西要靠自己承担，谁也想不到你今天赚了明天说不定就赔了。所以最后想想，还是努力一把进了国家单位。安心踏实，也就一劳永逸了。”

苏阳不置可否。

李民感慨："所以啊，我算是幸运的了。比起那些还在社会上摸爬滚打的同龄人来说，我是有备无患了。我们那些同学，没事就喜欢在一起比收入，无聊得很。不是有句话说得好，有两件事不能问：不要问女人的年龄和体重；不要讨论公务员的工资和待遇。呵呵。"

苏阳一听，也跟着哈哈笑："好像是有这个说法。""不过以后公务员的工资会变得更加透明。"苏阳突然又想到："那你买股票吗？""呵呵，不折腾那玩意儿。我那点工资，绝不会傻到拿去打水漂。""投资股市也是因人而异，保持平衡的心态就好。""其实，我很佩服你的，年纪轻轻就如此有魄力，真的很不简单。""每个人志向不同，大家总想做些自己热爱的事情。"

李民反问："广告公司的利润应该很可观吧？""看业务量，自负盈亏，多赚多得，少赚少得。""现在百马公司已经上了轨道，在同行中口碑还不错的。你主编的杂志就很出彩啊，我看过。""是吗？谢谢。""哎，阳阳，你还有新一期的《秀》吗？我想看看。""有啊，在我车上，一会拿给你。"

苏阳与李民一路散步聊天，路过小店，他也不会主动买瓶水给苏阳喝，只顾说话了。分别前，苏阳把自己车里最近一期的《秀》杂志送给李民。他拿过书，笑着和她道别。

32元与230元

星期一早晨，苏阳走进办公室，正听同事们在小声议论："哎，你周末聚会没去真可惜。来了一位苏总的朋友，只顾一个劲地吃。结束了还不忘打包，那个穷酸样，占点小便宜也能得瑟半天。""真的啊？苏总怎么会有这种小家子气的朋友？"

苏阳走近几步，故意咳嗽了两声。章勇见状，立马解围："今天大家别忘了交作品，抓紧点，不要只顾着聊天忘了正事。"大家各自伏案工作去了。

傍晚7点，苏阳还在办公室改稿子，突然有人敲门。她没顾上抬头："请进。"原来是李民："你好，阳阳。"苏阳很惊讶："哎，李民，怎么是你？怎么找到我公司的？"他笑笑说："你忘了，你送给我的杂志上有你们公司的地址啊。""噢，对，快坐。怎么想到过来了？"

"5点我发信息给你，想约你晚上去走走。可是你没回，我就琢磨着你是不是在忙。我下班后就顺道过来看看，没想到你真的在。"苏阳拿起手机一看："下午开会，我把手机静音了没注意，不好意思啊。"

"还没吃饭吧？""是啊，把稿子改完再走。你也没吃吧？"李民摸摸肚子说："我在食堂吃完过来的。你大概还要多久？"苏阳看看时间："差不多10分钟吧。"

苏阳改完最后一篇稿子，两人来到对面商业一条街的快餐店。刚要点单，李民突然皱着眉说："苏阳，我肚子有些不舒服。"她顿了顿："那你去吧，要喝点什么？""随便吧，我先去了。"说完，他快速地跑开了。

苏阳点了小吃和两杯饮料，付完账后坐在位子上等李民。五分钟后，他匆匆过来了。苏阳问："没事吧？""没事，可能有点着凉了。""快喝点热橙汁。""谢谢啊，你都帮我买好了。"李民说着拿起吸管喝了起来。苏阳抬眼瞟了他一眼，心想：这李民应该不是着凉了，而是为了躲过这几十元的账单吧。

两人散步到一旁的大超市，里面人不少。苏阳观察，李民在挑选物品时首先看价格，再看生产日期。如果类似的有哪个价格更优惠，他会把刚挑选的东西放回原处。李民不时地计算着："苏阳你看，这两个花生酱的价格相差一块钱呢。"

苏阳平时进超市都是大批量购物，小件物品不会太在意价格。她注重的是品牌和质量。假设稍微贵一些，只要东西好，她就不会犹豫。至于同类产品中相差了几毛钱，也不会专门去作比较。

转了一大圈，他俩在出口处集合。李民的篮子中只拿了一罐花生酱、一包芝麻糊、一盒卫生纸和一盒生猪肉。而苏阳则杂七杂八地挑了一大堆东西，平时忙，逮着个机会来一趟不容易。

排队结账时，服务员问："你们是一起还是分开？"

李民立即说："分开的，给我们分开装。"他拿出一张超市卡递给服务员。"您好，总共消费 32 元，"随后又补充道，"您卡里的余额为 2400 元，请拿好物品，欢迎下次光临。"

苏阳猛地回头，再用余光望向周围，好几个旁人都同时把目光集中在了李民身上。她心想：好家伙，卡里有那么多余钱，真是够会节省的。而苏阳则消费了 230 元。两人分别拿着两个袋子，一大一小，很是显眼。

这次，苏阳看天色已晚，故意说送李民回家。他见能搭顺风车，一路上不停地与她说话，怎一个兴奋了得。到目的地后，李民邀请苏阳去家里小坐一下。

刚进门，里屋突然走出来一个女孩，看了他俩一眼，又顾自进了厨房。"原来你家有客人啊？""不是客人，是合租人。"苏阳心里一咯噔："这房子，是你们俩一起合租的？""嗯，是啊，来我房里看看吧。"

出门的时候经过阳台，苏阳看见上面挂满了各式女性睡衣，妩媚、性感，一旁还有男士的内衣和衬衫，总感觉有些异样。看他俩一副毫不忌讳的样子，就像两口子似的。苏阳从那女孩的眼神中，好像看出了些什么。但要说出究竟是什么，自己又无从下定义。

李民将苏阳送到楼下："小心开车！改天，我请你来家里吃饭，我亲手给你做。""好，再看时间吧。"

20 元的请客大餐

这天，李民邀请苏阳到家里吃晚饭。

苏阳刚停下车，没想李民已在楼下等她："阳阳，你来了！我刚下班，咱们一起去买菜吧。”“去买菜？”“对啊，就在旁边，很方便的，不用开车。”

到了菜场，李民也不多问苏阳爱吃什么，只顾自己看着办。他还为 1 块 5 的小青菜和菜农讨价还价，苏阳眼巴巴地看着这一会功夫别人都买了一篮子的菜了，李民却连把青菜都没搞定。

他有些生气：“走，我们换一家。平时老在那里买的，连个折扣都不给我。”走到水产区，李民问：“鲫鱼怎么卖？”“鲫鱼 7 块一斤，野生鲫鱼 15 块，要哪一种？”“不用野生的，7 块的给我来一条。加了野生两个字，就要贵这么多。”“最近涨价了，对面的要卖 7 块 5 呢。”

渔农捡起一条刚要称，李民摆手：“不要这么大的，鱼一顿吃不了放着就不新鲜了。”“你们几人吃？”“两个人。”渔农又挑了条稍小些的：“这条怎么样？”“就这条吧。”

正说着，欧阳来电：“阳阳，忙吗？要不要一起吃个晚饭？”苏阳听不清楚，扯大嗓门：“什么，我听不见？”“你在哪儿，好像很吵？”“我，我在菜场呢！”“你在家做饭了？”“哦，不，不是，我和朋友在菜场……”李民将鲫鱼交给苏阳：“我再去买点小葱和生姜。”欧阳：“那不打搅你了，下次吧。”苏阳忙着拿东西：“那，我先挂了啊。”

回到家，李民边做饭边和苏阳聊天：“你新出的杂志，我都看了，真不错。尤其是那两篇采访企业家的文章，写得很到位。”“呵呵，那都是我手下写的。”“那也是苏总您教导有方啊，培养出了一批优秀的人才。”“哪里，你过奖了。”李民拿出那天在超市买的生猪肉，把它放进锅里煸炒，加老酒，再用小碗装上。炒茭白、韭黄、豆干时，他小心翼翼地从那口小碗中挑出一点肉丝，再放了些榨菜一块滚炒。

苏阳问：“肉丝不放完吗？”李民得意地说：“不放完，这个菜呢，肉只是点缀。这碗肉丝啊，我可以吃三顿呢。”

没一会，李民便吆喝了：“来来来，阳阳，吃饭了。”苏阳问：“你同屋回来吗？”“她加班，我们吃吧。”

只见桌上整齐地摆着四个菜：青菜炒蘑菇、茭白炒三丝、鲫鱼豆腐汤、番茄炒蛋。绿、黄、红，色泽丰富。

“你的手艺还不错。”李民边给苏阳夹菜，边得意地说：“四个菜里，荤菜就占了三个。还有这个茭白、豆干、韭黄、榨菜炒肉丝，味道很好的，过泡饭一级棒呢。”苏阳一看，菜虽然是菜，但那肉丝实在少得可怜，倒是韭黄占了大半盆。

“来，阳阳，喝点鲫鱼汤，很营养的。”“谢谢。”苏阳一边往嘴里送菜，心里琢磨着：说得好听有三个是荤菜，其实也就鲫鱼算一个。

整顿饭，李民不断强调自己会搭配菜，又不断说现在的菜价好贵，搞得苏阳每吃一口都觉得像在吃黄金似的。

饭后，李民为苏阳泡了一杯龙井。“这是你自己买的？”“不，别人送的，这上等龙井要好两千块钱一斤呢。你尝尝，香着呢。”苏阳心想：想来也是，平时连青菜都要讨价还价，这几千块的龙井估计杀了他也不会买的。

李民说：“对了，《秀》第三期里有篇文章，写得特别好。我拿给你看看。”他四处找了一番，从同屋女孩那里拿来杂志：“噢，在她那里。我觉得吴珊珊写的这篇文章，对人物的把握和定位非常准确。”“是啊，她是我们公司非常优秀的编辑。”

李民似乎又想起了什么，从书桌前拿过一个本子，翻开后开始用笔细心地记录起来。苏阳问：“你在做什么？”“我算算今天晚上总共花了多少菜钱。”她凑近看了看：青菜 1.5 元、豆腐 1 元、鲫鱼 7 元……油盐酱醋，晚饭总计 20 元。

苏阳瞪大眼睛问：“你每天还记账啊？”李民边记录边答：“是啊，职业习惯。每天的开销，我都记在账上，清清楚楚，便于查看。用账本最能说明问题，这样便于管理开支，知道哪些地方是浪费掉的，哪些以后是可以避免重复花钱的。”

“能让我看看吗？”“行啊。”苏阳拿起账簿翻阅，发现几乎每天的开支都有记录，就连鞋店修鞋2元、菜场买老酒1.2元、借同事1元坐车、5角的天津肉包掉在了地铁上……都写得清清楚楚。

苏阳惊呆了，她把账簿还给李民："你还真够细心的，记得这么详细。"李民笑笑接过账簿："是啊，这是中国人的传统美德，应该传扬下去。我建议啊，苏阳你也搞一个账本，把每天的开销记录下来。"

"我？""是啊，你把每一笔账都记录下来。这样一年下来，你就可以看出自己把钱用在了哪里。这样可以帮助你开源节流，很管用的。""好，那我考虑一下。"

"嗨，还考虑什么，就从今天开始，就从这一刻开始。我这儿有本子，送你好了。"李民拿出一本国税局的记事簿和一支笔，"来，把你今天花的钱都记录下来。坚持一个月，等慢慢养成习惯后，若哪天不记，你都会觉得像少了什么似的。"

苏阳被迫在本子上记录：早餐8元、加油350元、中餐20元、电话费100元……

李民在一旁看着，皱着眉头道："呦，我的天，你的账目和我的相差可真大啊，你一天的开销都抵上我半个月的开销啦。"苏阳朝他笑笑："你是国家单位，我是私营，我比你费是正常的。"李民笑着点点头："对，就是这样，把账记录下来，好好规划你的生活支出。"

苏阳正准备走，同屋女孩回来了。李民头一歪，对门口喊："你回来啦？""嗯。有朋友在啊？""是啊，我给你介绍，这是苏阳，这是刘燕。"她俩互相打了招呼，那女孩把苏阳从头到脚扫视了一遍，眼神里有些不屑。

李民的语气里，满是亲切和关怀："燕儿，吃了吗？""在公司吃的。"她往客厅的桌上一看，"呦，今天开荤了啊，这么好。""呵呵，有客人嘛。""你这点鱼骨头还放着？到明天就腥气了。"刘燕拿起那只碗准备进厨房。

李民一看赶紧走过去："哎，别倒！这不是还有点豆腐没吃完嘛，明天和泡饭煮在一起。”“又是泡饭,你什么时候能不吃剩下的?”“哎,残羹剩饭回锅更有味。泡饭里面下点鲫鱼高汤,用小火慢慢煮,营养不要太好噢。”“煮过又煮的食物有什么营养?”“呵呵,不浪费嘛,做个好公民。”“吝啬的好公民!”

李民看看苏阳,低下头傻笑,抓抓脑门。

离别时,李民把苏阳送到楼下。苏阳突然冒出一句:“你单身多久了?”“差不多有半年了吧。其实,我也蛮想有个家的。每天下班后,和爱人逛逛菜市场,一起回家做饭,多好。”“呵呵,会有那一天的。谢谢你丰盛的晚餐,改日,我请你。”

话说 AA

周四晚,几个闺蜜在小柔家吃饭。

王辉为自己的老婆和女友们准备了一桌子丰盛的菜,大家直夸他是个模范丈夫。小柔对这番夸奖很是受用,认为好老公都是靠自己一手调教出来的。

王辉热情地招呼:“姐妹们,趁热吃!”小柔骄傲地说:“我老公的手艺不错吧。”潘静又臭她:“嗨,那也是被你逼的。你不动手,就只有他下厨了。”程程帮着解围:“那他也乐意,是吧?”王辉边点头边往小柔碗里夹菜。“阳阳,你现在接触的那位小李同志怎么样?给我们大伙说说。”小柔转了话题。

苏阳的筷子上正好夹着肉丝,摇摇头说:“嗨,别提了。”她把自己和李民接触的经过复述了一遍。潘静假装一本正经地说:“各位,今晚的饭,我们是不是也要 AA?”几人一听,噗嗤笑出了声。

苏阳把一根肉丝挂在筷子上:“你们看到这肉丝了吧,王辉的菜,这一半都是肉丝。可在李民家的那碗菜里呢,一大半都是韭黄。你们知道伐,一碗几块钱的肉丝,他李民还要分三次吃。我在碗里啊,挑来挑去就只挑到了韭黄、豆干、豆干、韭黄，郁闷死我了。”

“哈哈哈哈哈！”大伙齐笑。

潘静冷笑：“哼，在李民看来，20块钱请你吃顿饭，那已经算是盛宴了。”

程程点点头：“估计他成天就是拿吃剩下的饭对付的。你的到来，也算是给他开荤了，改善下伙食。”

苏阳叹口气：“你们不知道，我每夹一口菜，都觉得非常有罪恶感。好像我吃他一顿饭，就会把他吃穷了一样。”

程程纳闷：“像李民这样一个国家公务员吃喝不愁的，去超市也是用公家的。他怎么还那么节省呢？”潘静提高嗓门：“他是觉得超市发的卡其实和钱是一回事，如果把这个福利变成现钱放在口袋里，他照样舍不得用半毛。”

大家举双手赞同。小柔不服气地说：“你花的每一分钱他都会和你计较，都会上账。你如果去菜场多买回一颗大葱，也会被他说成是浪费。”潘静轻笑：“更别提你去商场消费、去饭店请客吃饭、给朋友买礼物了，他会认为你那是在糟蹋金钱。”

王辉也看不下去了：“怪不得他还是单身，有哪个女人会受得了一毛不拔的人？”小柔趁机挑逗他：“嘿嘿，你身上的毛多，所以我就拔你的。”王辉摸摸她的头：“我很乐意被你拔。”

“哎，哎！你们俩少臭美了行不行。等我们走了，你们关起门来再亲热吧。”潘静瞥一眼他俩，把筷子放在嘴里，“我甚至怀疑，李民和他将来的老婆在亲热的时候，会不会也是AA？”大伙齐刷刷朝她看去，一脸惊讶：“怎么个AA法？”

潘静不紧不慢地说：“当然就是……谁主动谁被动了。”“主动、被动？”“嗨，意思就是说，李民和他老婆要非常公平，他运动花的力气和他老婆花的力气必须是相同的。”大伙一听，笑得人仰马翻：“哈哈哈……哈哈哈……太形象了！潘静，亏你想得出来。”

小柔还一本正经地补充说："哎，那也不公平啊。"大伙问："怎么不公平啊？""他最后，不是比他老婆还要多那么一道程序吗。"大伙一听，立马反应过来，笑得更离谱了："哈哈哈哈，哈哈哈哈哈……"

程程边笑边红脸，说："哎，大伙注意点！吃饭呢，聊到哪儿去了，有些过了啊。"几人收控了下情绪。苏阳拿出包里的记账簿："这就是他送我的东西。"大伙一看，更是笑个不停："苏阳小姐，你从这一刻起要开始勤俭节约每一天了，我们同情你。"

程程想了想："怎么也要想个办法，让他主动请你吃一顿饭。"

小柔说："他不是在家已经请了吗？"

潘静哼哧一声："就那个鲫鱼汤，还有那个看不到的肉丝，也能叫请客吃饭啊？"

王辉出了个馊主意："要不这样，明天你约他吃饭。就说把皮夹落在车上了，看他有什么反应。如果他还是要和你 AA 的话，那你彻底可以和他 Say goodbye 了。"

苏阳想了想，表示赞同。她也想用这个小伎俩，试探一下李民的猴精程度是否达到了极限。

难捱的大餐

周末，苏阳特意约李民在一家环境颇好的泰国餐馆吃饭。一入座，李民说的第一句话是："这里的消费一定很贵吧？"服务员拿来菜单，站在一旁盯着他看。

苏阳浅笑："还好，这里的菜味道不错的。"李民一打开单子，似乎有些坐不住了："阳阳，要不，我们换一家吧。""来都来了，就这里吧，我不想再走了。小姐，点单。给我来个咖喱牛腩、炭烧猪颈肉、香辣腰果炒大虾、榴莲蛋挞、椰奶西兰花、印度薄饼，就这样。"

李民望着苏阳，两手不断地搓裤子，尴尬地说："怎么想到这里来了，你看，我手上还有两张同事送我的牛排馆的优惠券，价值 40 元呢。”“没关系啊，改日再去吃。”

李民表现出不太情愿的模样。这人是在泰国的餐厅，可心却惦记着家里的那点高汤泡饭。他说：“昨晚，我从食堂带了点菜和饭回家，本想今天晚上做来吃的。看来，要浪费了。”

苏阳放下菜单，盯着他说：“如果你忍得住，也可以不吃这顿，把你的这一半打包回家。然后把昨天食堂的饭菜热来吃，明天晚上再吃今天打包的。怎么样？”

李民望着苏阳眨眨眼，尴尬地笑笑说：“这主意倒是可以，不过，好像熬不到回家了。”他拿起杯子，咕咚咕咚地大口喝起茶水来。

吃完饭，苏阳觉得时机来了。盘中没有吃完的菜，李民打了包。苏阳开口：“服务员，买单。”李民马上说：“我们 AA。”

苏阳打开包，装作拿皮夹，找了一圈：“呀，我的皮夹不见了。”“不会是掉了吧？”“应该不会，我记得出公司时放在包里的。”“再想想，是不是落在哪里了？”

苏阳假装想起来了：“噢，可能是落在车里了。”“那这样，你先去车里找皮夹，我在这里等你好了，回来一起买单。”苏阳一听，像泄了气的皮球，预言的话被说中了。

她只有起身出门来到车里。电话准时响起，是潘静：“妞，吃完饭了吧？测试结果如何？”“哼，和预期的一模一样，他果真让我去车里取皮夹，自己还笑嘻嘻地等我回去 AA 买单。”

潘静窃喜：“哈哈哈，说中了吧。好了，该到了你和吝啬鬼说再见的时候了。”“先这样吧，我得进去把单买了。要不他会一直在那里等我。别人不知道的，还以为我吃霸王餐，押了个人质在那里呢。”苏阳拿起皮夹，狠狠地瞪了瞪它。

回到位子上，苏阳问服务员：“一共多少钱？”“总共消费 260 元。”

李民极不情愿地从皮夹里掏出 130 元放在桌上。

唯心与唯物

出了餐馆，李民一直为刚才那一顿 260 元的晚餐感到不值。他嘴里不停地碎碎念 :“哎，你说这外国人还真会宰人啊。几块猪肉、几只大虾，拌上酱那么一搅和，就卖得这么贵，真犯不着。260 块，能吃两顿大排档海鲜了。这可是我半个月的伙食呢。”

苏阳说:“可是,你只承担了 130 块。”李民想了想,说:“照这样算，我都可以吃四顿大排档了。”苏阳呆住了，没想到他竟会如此的精打细算。

苏阳反驳说 :“可你也要看在什么场合，在两个不同的环境下，100 元起到了两种不同的作用。”李民轻笑 :“我觉得，苏阳你，还挺会享受的，是这样吧？”

这不是明摆着讽刺人爱花钱、好去高档场所吗？会享受有什么错？真是的。我花我自己努力赚来的钱，碍着别人什么事了。吃一顿泰国菜就是会享受？那他身边那些领导成天吃山珍海味，是不是就成皇上了？难道像他这样天天在家吃剩饭就是会过日子了？

苏阳不紧不慢地说 :“人有时啊，应该换换环境和形式，不要太故步自封。工作、学习、生活都是如此。要都像你这么说，那这个社会就不会进步和发展了。”

李民用惊奇的表情望向苏阳，冷笑道 :“呵呵，我可不像你这么唯心主义。”苏阳气愤地瞪着他，什么狗屁的唯心主义！自己抠门得一毛不拔，还不允许别人过优质的生活？她在心里说 : 你唯物，你最唯物行了吧。

李民把手放在裤袋里，耀武扬威地说 :“我爷爷是农民出身，我爷爷的父亲也是农民。虽然我没有生在农村，但我骨子里却依旧继承了祖辈勤俭节约的良好美德。从小我的父亲就教育我，做人要节俭，不管你是贫穷或是富裕。他让我知道浪费是可耻的，浪费资源和金钱更是一种罪过。”

苏阳反驳：“浪费当然不好，应该提倡节约。但如果生活中的正常开销就被说成是浪费资源和金钱，我觉得太偏激了，不能以偏概全。毕竟，我们在地球上还是要生存的。”

李民转身强调：“我指的是不必要的开销，这在生活中完全是可以避免的。”他盯着苏阳的眼睛说，“就像今天的这顿晚餐，其实我们可以更合理地安排好。”

“但你不觉得，人必须适应各种形式和环境吗？至少，你不应该去排斥它。”“其实话说白了，这吃饭吃的是食物和心情，不一定贵的东西就一定好吃，不一定在环境好的地方心情就会好。也不一定便宜的东西就不好吃，不一定在普通的环境心情就会差。就像那天我们在大排档，不也吃得很开心吗？”

李民的话是没错，可被他这么一说，却让苏阳更添堵了，嘴巴像被上了封条一样哑口无言。她真想破口而出：你那天的 130 块大排档把我吃得上吐下泻，折腾了我一晚上。

李民继续说:“我觉得在这一点上，苏阳你就不如我了。噢，当然，我不是说你不好。而是，倘若你将来要成家，就要为生活中的方方面面考虑，而不能只考虑自己了。”“这个当然，你不用担心。我会以我的能力安排好自己的生活。”“噢，那是最好了，我也是希望别造成不必要的浪费嘛。毕竟，人都要生活的。”

苏阳转身准备动车：“好吧，今天就到这里，我回去了。”李民立马掏出口袋里的票子问：“哎，苏阳，我这 40 元的牛排券什么时候去吃啊？”苏阳钻进车里:“你留着自己去吃吧。”李民心急了:“哎,苏阳,你生气了？”“没有啊，我干吗要生气。这样吧，明天晚上，我请你吃牛排。”“那不需要的，怎么好意思让你请客，我们不是都说好了 AA 的吗。”“那天去你家，你不是也请我吃饭了。要不要，我把菜钱还你？”“嗨，那几个小菜，算了，不必那么计较了。”

苏阳气得拿出皮夹："那天菜钱20块，我给你10块，这样总可以了吧？"李民看苏阳拿出钱来，堆上笑脸说："哎，阳阳，何必呢，别这样。不要因为几块钱伤了我们的和气，快把钱收好。"

苏阳瞪着眼望向李民，这明明就是他在计较，怎么最后反倒成了自己在计较了。

他露出李氏笑容："那说好了，明晚，我们一起去吃牛排。""我请你吧，就这样。"苏阳一脚踩下油门，冲了出去。

明天，将是与吝啬鬼的最后一顿晚餐。

一毛不拔的"婚姻"

夜晚，苏阳热了杯牛奶，希望能睡个好觉。最后奶剩了底，喝不下了。她正要把杯子往水槽里倒，一想起李民，这又变成他口中的浪费和不道德了。她喝下最后两口，拍拍胸口，打了个饱嗝，把杯子洗了才心安。

苏阳在床上辗转反侧，她思索人和人之间为何会有如此大的区别。她甚至怀疑到底是自己不能适应别人，还是别人不能适应自己。

最后苏阳总结出一个道理：人和人不能比较，也没有哪个是绝对的好与不好。总有一个人会适合另外一个人，不是你，就是他（她）。

入眠后，苏阳做了一个梦。她梦到与李民结婚成了家，过起了与以往天差地别的生活。这天，李民又为苏阳去超市买贵了一袋卫生纸而争论不休。他嚷嚷着："老婆，你看看，这个牌子比我们平时用的贵了2块6毛钱。"

苏阳不耐烦地说："我要买这么多东西，哪可能一个个牌子去比较价格。不就贵了两块多么，质量也比你原先那个要好。至于吗？""怎么不至于啊？"李民拿着那袋卫生纸对苏阳说，"它无非就是用来上厕所的，扔进马桶后冲走就没了。你非得浪费这些钱干什么？""这是和身体直接接触的，当然得用好点的。”

李民一听不高兴了，拿着卫生纸对苏阳说："要用好点？你的身子难道就比别人的精贵吗？是不是要用黄金做的卫生纸你才满意啊？”李民喋喋不休地抱怨、指责。苏阳每天都是从左耳进右耳出，她辗转到厨房准备饭菜："我懒得和你说。”

李民又跟过来："我和你说话你听到没有啊，怎么一点都不长记性？每次都这么大手大脚花钱，我们还要不要过日子了？”苏阳边摘青菜边说："我花的是我自己的钱，你担心个什么劲？”

李民拿起苏阳手中的菜心说，“你看看你，放着菜场 1 块 5 的青菜不买，非要去超市买什么有机蔬菜。价格高出一半多，我看你真是烧钱烧得慌！”

苏阳一听，立即反驳："你还好意思说？每次你不都是挑人家那些卖不掉的便宜菜，每片菜叶都是被虫咬得坑坑洼洼。洗菜还不让我用洗洁精，这吃下去多少农药都不知道。久了是要生病的，你懂不懂？”

李民扯着嗓子说："生什么病？祖祖代代不都是这样过来的吗？有哪个不是吃浇过大粪和农药的菜长大的？你呀，真是饱汉不知饿汉饥！”阳阳反驳："我买有机食品虽然贵点，但它天然无污染，完全不使用农药和化肥。所以它质量好，价格高是正常的，至少我吃了很安心。”

李民吼道："被你这样说来，老百姓都不要活了，菜农都好回家睡觉去了。你这哪是在吃菜啊，你压根就是在吃钱啊！”“我不和你争，你爱吃不吃，不吃拉倒。”

一年后，宝宝出生了。

苏阳一边喂奶，一边让李民整理孩子的衣服。他边叠边嘴里嘟囔："我不是都和你说了，这小孩长得快，不用都买新衣服，没多少时间就穿不下了。拿我哥小孩的衣服将就下不就完了，何必花那些冤枉钱。”

苏阳瞪着他："这可是你的孩子，你都不舍得花钱！我干吗要让宝宝穿别人穿过的衣服？再说了，你哥哥生的是儿子，我们是女儿。”“嗨，小孩子哪有这么多讲究，又没有什么传染病，干吗不能换着穿？”“我就是喜欢给她买新的。”阳阳不理他，顾自管宝宝。

李民一看旁边的奶粉、玩具和尿不湿，又嚷嚷起来：“你怎么又买这么多东西回来？你看看，一买就买几百块一罐的进口奶粉。小孩喝得快，这一年要花多少钱你算过没？都是一样的奶粉，你干吗不买个国产的，也好便宜点。什么都是牌子牌子，一个牌子就要贵多少钱？你的眼睛就是被这些牌子迷惑住了。”

苏阳拿过他手里的奶罐：“我干吗不给我孩子买好的，我可不想她吃廉价的奶粉吃成个大头娃娃，到时候你负责。”“不要出了个事，你就这么人心惶惶。孩子苦点没关系，从小养得这么精贵，以后怎么办？你看人家农村里的，生十个八个每人一口奶，不照样吃得白白胖胖没啥毛病。按你这么护着，我们的女儿将来一定是个标准的林黛玉。”

李民说上瘾了，又拿起沙发上的玩具：“还有这个，小孩子用得着买这些吗，没两天就给弄坏了。还有这个尿不湿，一天就是好几片。我说了一半用这个，一半用尿布，这样也好省一些。老底子小孩不都是用尿布的嘛，哪里会用这玩意。”

“够了，李民！既然你不肯花钱在女儿身上，那我花！我给我女儿花钱，你别成天嚷嚷，显得你多没本事！”苏阳火了，“我看你这么节约，也没变成个大富翁啊。钱不是省出来的，是赚出来的。你既然为我们娘俩花一分钱都觉得心疼，那你拿着自己的钱带进棺材去吧。我们不稀罕！”

苏阳抱起女儿就走，只听李民在背后不停地叫喊：“苏阳你长本事了，不要以为你比我有钱就可以为所欲为。不是我这么精打细算着，这个家早被你挥霍光了！我看有哪个男人能忍受你这样的浪费，除了我李民，你再也找不到像我这么会持家的男人了！”

苏阳甩上门，捂住自己的耳朵，大声叫喊着：“啊……我要离婚……

我要离婚！”

苏阳被自己的一阵厉声尖叫吓醒了，满头大汗。原来是做梦，幸好幸好，这不是真的，阿弥陀佛。

借花献佛

二日晚，苏阳来到李民说的那家西餐牛排馆。她想起昨夜的那场恶梦，浑身就起鸡皮疙瘩。

李民突然穿得很正式，行头一改往日的休闲。头发也被精心打理过了，抹了点摩丝，有些微微发亮。

他坦率地说：“阳阳，其实我蛮喜欢你的。你大方、性格好，人热情，我很喜欢与你交往。就是……”他挠挠头皮，没往下说。

“就是什么？”苏阳拿着叉子问，她知道他想说什么。“呵呵，就是……我李民自认为不太赶得上你的步伐，也许是我们两个的职业性质决定的吧。”

苏阳切下一块牛排放入口里：“也许是这样吧。”李民问：“阳阳，你接触的东西比我多，范围也比我广。所以我想想，有那么大开销是必要的。人嘛，总要学着去适应对方的脚步，对吧？”

苏阳勉强笑了一下，看似这句话有些退步和妥协的意思，真不知道他还会说出些什么深层次的话来。他又皮笑肉不笑地说：“但是，也要学着适量的减少。毕竟，以后是两个人在一起生活的。”

这时，李民看着旁边一桌人，回头说：“阳阳，你看见那对男女没？”苏阳发现那女的从皮夹里拿出钱来买单，然后找回来的几十块钱却被那男的放进自己的口袋里。

她看得呆住了，小声嘀咕：“怎么还会有这种人？”李民一副不以为然的样子，笑着说：“这不是很正常嘛，他们是一对呗。女人出钱，男人拿回扣。左口袋拿到右口袋，反正都是自己人。”苏阳盯着李民看，真受不了眼前这个爱占小便宜的男人。

结账时，李民拿出那两张优惠券递给苏阳，开心地说："这下，我们可以省40块钱呢,多好。"服务员走过来:"您好,总共消费190元。"苏阳递给她200元和优惠券。

服务员一看，赔上微笑说："不好意思二位，我们的优惠券规定一次只能限用一张。"李民说："为什么不可以？我明明有两张抵价券。""对不起先生，这是本店的规定，优惠券上写得很清楚。"苏阳对服务员说："没关系，那就用一张吧。"

李民失望地说："我还以为可以省40块，这下，还得来吃一趟。商家真精明，就惦记着顾客口袋里的钞票。"苏阳说："商家当然不能做赔钱的买卖了，你若是觉得不值，下次可以不来吃，这样不就没亏损了吗。""也是，那这20元不就浪费了嘛，商家就是喜欢吊顾客的胃口，用点小噱头来招揽生意。下回，不上他们的当了。"

苏阳起身拿包说:"呵呵,随便你咯。我上个洗手间。""好,我等你。"

服务员拿来发票和零钱，放在桌上："先生，请拿好。"李民望了望那30元零钱，两手互相搓了搓。

苏阳去洗手间途中，听到两个服务员小声嘀咕："现在这世道都变了，男人吃饭，买单的却都是女人。刚刚就看到了两对。""嗨，说明他们关系好呗,不计较这些。""我一看那两个男人就是一副穷酸样，吃的时候那么起劲,最后还好意思让女人付账,一点都不像个男人样。"

几分钟后，她借故跑到外面打电话："李民，刚在饭店门口遇到一个朋友，和她聊了几句。你要不直接出来吧，我就不进去了。""那也好，找你的钱还在桌上。"苏阳故意说："你替我拿着吧。""好。"

苏阳从窗户后望向里面，只见李民拿起桌上的零钱放进裤子的口袋里，自然地走了出来。

苏阳这次特意没开车："今天车子拿去修理厂检修了，我们打的吧。"李民一听立即说："要不，我们先走走吧，吃得太饱了，走走有利于消化。”苏阳摸摸头：“可我有些累了，想早点回家休息。明天上午，我还要参加一个活动。”

“这样啊……”他望望周围，知道附近没有什么地铁站，挠挠头皮，无奈地说，“那，那好吧。我们打车，我送你回去。”

一坐上车，苏阳观察李民，他一直伸着脖子看那计价表，每往上涨一块钱，他就皱皱眉头。苏阳心里暗自偷笑，好一个李民，这次就让你心疼口袋里的钱心疼个彻底。

到了路口，苏阳说：“师傅，就到这里停吧。”计价表上显示 29 元。李民看看表，迟疑着不动。苏阳就说：“我来付吧。”他突然想起什么，掏出钱说：“不用不用，你已经请我吃饭了，车钱我付。”

苏阳还是执意递上一张 100 元。李民立马摆手：“师傅，用我的，我这里有零钱。”“真不好意思，要你付车钱。”“没什么不好意思啊，这 30 块零钱就是刚才你请吃饭找剩下的。”

苏阳猛一回头，心想：敢情他用我找下的零头借花献佛，可真会做人家。

葛朗台再世

苏阳气得下车，她再也忍受不了李民的一毛不拔，再也受不了这个斤斤计较、爱占小便宜的小男人，种种行径让她恶心透了！

她大声地喊道：“够了，你不要再假装大方了，你付的车钱可是我的！”李民追上来：“苏阳，你怎么生气了，怎么连 30 块都要和我计较？刚才，不是你让我拿着零钱的吗？”苏阳更恼火了：“到底是谁计较？你搞清楚了！我一直忍受你，是看在你身为一个国家公务员的份上。要不然，我早就拆穿你了！”

“怎么了，这么几天就忍受不了我了？那这长长的一辈子还怎么过啊？”李民也急了起来。苏阳火大了：“你别搞错了，这还什么事都没有呢，谁和你一辈子啊，别把自己想得太好了！”

李民大声嚷嚷：“噢，原来你嫌弃我了是不是？看见我拿你30块钱你就心里不平衡了？别忘了，那也是为了送你回家！”“你别老揪着这个不放，根本问题不在这30块钱上！问题在于你一毛不拔，这在现代社会还真是不多见。”

李民义正言辞地回击：“我哪里一毛不拔了，咱们第一次见面，我不是也带你去高档大排档吃饭了吗？”一提到大排档，苏阳气不打一处来：“高档？你还好意思称那破地方高档？你知不知道那天的130块大排档把我吃得上吐下泻加休克，要不是朋友及时送我去医院，我早就死在你手里了！”

李民愣愣：“这……这是凑巧。你不能把一次食物中毒就怪罪到我头上来。要不是考虑到初次见面，又考虑到你是个总经理，我就直接请你去家里吃饭了。这样钱也省了，也不会吃坏肚子，更不会让你拿着这件事耿耿于怀！”

“耿耿于怀的是你不是我！每分每厘你都算得这么精细，哪有你这样当朋友的！”“我不是也请你去家里吃饭了吗？花了我20块大洋呢！”苏阳冷笑：“花了20块你就心里不平衡了？好，你要算钱，那我还你20块。算我请你的，好吧。”苏阳立马掏出20块钱。

“你这是什么意思？”李民问，“如果你真要算得这么清楚，那杯龙井茶还没算呢！”苏阳快被气得吐血了，她又掏出10块钱：“再加你10块，外面喝杯白水也比你好。你那点茶叶碎末末，还不够我塞牙缝的！”

李民拿着30元钱，一脸委屈地说：“这是干什么？你怎么能这么否定我，我确实请过你了！”他把钱塞回苏阳手里。苏阳喊道：“那我不是也请你吃饭了吗？这加起来，有多少30块你算算？”

李民两手一摊：“哎呀，我叫你不要乱花冤枉钱的呀！你偏不听我的，非要去什么高档场所，这和我没关系。”“我有这个能力，我愿意去那里吃饭，怎么了？”“是，我承认苏阳你比我有钱，那你也不能因为这样而嫌贫爱富吧。你就那么看不起我们勤俭节约的人啊？告诉你，传统美德是不会因为你们这些铺张浪费的人而消失的，它会更加发扬光大！”李民理直气壮地扯着脖子说。

“那我也请你搞清楚，节约和吝啬有着本质的区别！你那是一毛不拔！你就是现代版活生生的葛朗台！”

“这你可高估我了，至少我还没有达到像他那样的富裕程度。”

“呵呵，用不着达到他那样的。你现在就已经这么苛刻自己只吃残羹剩饭了，若到了他那么富裕的程度，说不定你会整夜守着钱财舍不得睡觉，就是把自己饿死看着钱你也心甘情愿！”

李民也气急了：“你别污蔑我的个人名誉！别血口喷人！”“难道不是吗？我说的是事实！”“什么事实？事实就是苏阳你爱慕虚荣！告诉你，一个女人如果在生活中不懂得如何勤俭节约的话，那她的人生是很可悲的。幸好，你旁边出现了一个像我这样能够拉你一把的人。如果你还是这么执迷不悟，不肯悔过和改进的话，那上帝也不会宽恕你的！”

苏阳忍不住了：“你说的是哪门子鬼理论？放什么屁话！”李民结巴了：“你，你，你怎么骂人了？这么不懂礼貌！”“你就守着你的钞票过一辈子去吧。怪不得你到现在还是单身，没有一个女人可以忍受一个不像男人的男人！”

李民将头一甩：“谁说我不像男人了，我是男人中的模范！谁找到我，那是她的福气！只可惜，苏阳你没有这个福气了。”“谢谢你，幸好我没有这个福气，要不然我早饿死在你手里了！”苏阳丢下最后一句话，把那 30 块钱扔到他面前，大步向前走去。

李民看着苏阳的背影，大声叫唤：“苏阳！你就等着坐吃山空吧，我看有哪个男人会忍受你的浪费！这是可耻的，是要受到社会的谴责的，别怪我没有提醒过你。你再也找不到像我这样会过日子的男人了，这世界上已经绝种了！”

李民拿起地上那30块钱，吹了吹，放进自己的裤袋，往反方向走去。

前车之鉴

这天，苏阳开完会回到办公室，手机上显示一个未接的陌生电话。苏阳回过去：“请问哪位打我电话？”那头传来一个柔和的女声：“请问您是苏阳小姐吗？”“我是，您哪位？”“您好，我是李民的同屋，刘燕。”“噢，你好。”苏阳纳闷，兴许是李民把事情和她说了，刘燕来为他讨个说法？

刘燕开门见山：“我觉得有些事，还是和你说清楚比较好。我知道最近李民在和你交往，他都和我说了。”“你别误会，我和李民只是普通朋友，并没什么。”“这我知道，我想说的是……其实，我是他的前女友。”

苏阳懵了，原来李民和刘燕竟然真的是一对。

苏阳问：“那为什么，你们现在还住一起？难道你俩的感情还没断吗？”“苏小姐，你别误会。我们去年年底就分手了，我现在有了新的男朋友。当初，他合住的同屋正好搬走了，我就和他一起住了。不过，我们所有的开销都是分开的，房租一人一半。他这人还好，没坏心，就是太小气。一分一厘都算得很清楚，根本不舍得为我花半毛钱。”

原来李民的前女友是到苏阳这里来倾诉他的罪状了，刘燕细数的家珍和苏阳看到的是如出一辙。

刘燕又说：“到最后，我实在是受不了了才提出和他分手。他居然拿出我们在一起一年的生活账单，把每天的开销报给我听，说有些钱是应该我补给他的。我和李民还住在一起，是因为他说去年年底暂时找不到合租人，就先凑合着住，等开年了再找。否则，他的开销就得一个人承担。这段时间我正在找房子，找到了就搬。”

“你告诉我这些，想说明什么？”“我是想说，如果苏小姐真的和李民这样的男人在一起，我觉得，你亏大了。我并不是有意破坏你们的交往，只是想以我的前车之鉴提醒你，不要再重蹈覆辙，那样不会幸福的。希望，你不会觉得我是个惹是生非的人。”

“刘小姐，我想你有些误会了。我和李民，只是最普通的朋友，吃过几次饭，仅此而已。从今往后，我也不会再和他有任何的往来。所以，你不必顾虑了。”“噢，原来是这样。上周末回家，李民很不高兴。他不说具体的情况，我也能猜到了。没有一个女人能忍受他的毛病，这是从骨子里带出来的，改都改不掉的。好了，那既然你和他没什么了，那我祝你再遇幸福吧。”

“刘小姐，谢谢你的好心。也祝你幸福。”“谢谢你，苏小姐。那再见了。”“好，再见。”

苏阳把头靠在椅子上，心想：这世上若真有人能配得了李民，那刘燕这下也该欣慰了吧。

正想着，苏阳接到李民的电话。他气匆匆地说：“苏阳，我忘了告诉你一件事。我之前的女朋友，就是你在我家看到的那位合租人刘燕！其实，我们并没有分开！”

苏阳轻笑地说:“我知道。”李民不解地问:“你，你怎么会知道？”她冷静地回答：“我怎么会知道，你前女友已经告诉我了，所以你不必多费口舌了。”“那她有没告诉你，我和她的关系一直都很好？”

“呵，你俩关系当然得好。否则，谁来替你承担每个月一半的房租和水电费，谁来补贴你的生活开销？以你的作风，怎么可能放过每一个可以替你承担责任的人，连女朋友都不例外！”

“既然你都知道，那我也不必隐瞒了。其实我和刘燕的感情一直很好，只是最后她和你一样，不能接受我的做法。只能说，你们都没有眼光，都没有发现我真正的好意。所以很可惜，你们都没这个福气。”

苏阳不紧不慢地说：“李民，你不要再为自己的吝啬沾沾自喜了。”“苏阳，不管你怎么看我，我李民还是要坚持自己的观点和做法。总有一天，你和刘燕都会后悔的，后悔当初错过了像我这样优秀的男人！”

苏阳笑道：“谢谢你的教诲，我想刘燕会很庆幸当初离开了你。如果你能找到自己的另一半，那我诚心地祝福你。你呢，也真该谢天谢地，拜菩萨去了。再见！”

“你，你什么意思？我就不信我找不到女朋友……”没等李民说完，苏阳愤愤地挂了电话。

苏阳不会再与他有任何往来了，幸好，自己没有让李民亏上一分钱。要不然，他会一辈子揪住她的把柄不放。可就算这样，在李民的眼里，苏阳铺张浪费的形象已经定格了，再也无法从他主观的意念上改变了。不过最起码，该算的账已经算清，也就无所谓有什么瓜葛之分了。

苏阳总结出一个经验，就是无论自己处于什么样的身份和位置，无论自己有能力或没能力，都别妄想用男人的一分钱，不管对方是富翁还是穷光蛋。

相亲第三记——“海归”选秀

我是按照找老婆的标准来相亲的。我不想浪费彼此的时间，现在生活节奏这么快，时间是很宝贵的。我理想中的另一半，是内外兼修型的，上得了厅堂、下得了厨房。概括来说，就是家庭主妇与现代女性的结合版。ok？

相约“海龟”

此时的苏阳，耳根清净了，她又想起了欧阳。家中的那些爱心食品，还静静地躺在桌上等着她消耗。

苏阳致电:“嗨,在忙吗? ”“哦,是啊,在,在忙。”她听出他的口气，是在忙着应付别人吧！只听后面传来徐雅的声音：“欧阳哥，你看这个怎么样? ”苏阳赶紧说:“那你忙吧,不打搅了。”“没,没打搅……”“我是想和你说一声，你送的保健品不错，我朋友也想买。”“噢，那是我从海外带回来的，我可以让那边的朋友邮寄过来。”“那麻烦你了，谢谢。”“不麻烦。”

原本还想再多说一句，只听徐雅又喊：“欧阳哥，你还在磨蹭什么呐，这家店要打烊啦！”苏阳便打住了:“不打搅你约会了，再见！”她挂掉电话，靠在沙发上，只觉胸口憋得慌。

苏阳一气之下，干脆让潘静陪自己去婚介公司，花了高额的费用入了白金会员。红娘介绍了几位男士的资料，都不合苏阳的意。最后，她指指一位海归的资料：“对，就他了！”

很快，婚介公司安排了两人见面。这位海归名叫杨智凯，33 岁，西装笔挺，一副文绉绉的样子。年前刚从澳大利亚回来，准备在上海开办自己的投资公司。第一次吃饭，红娘大致介绍了两人的基本情况，彼此的印象都还不错。

第二次见面，男方主动提出自己对婚姻的看法，以及对另一半的标准和要求。单刀直入，一针见血："我现在要找的，就是可以马上结婚并且相知相爱一辈子的人，而且要互相扶持的那种。"

苏阳答:"你要找的,是贤内助。"杨智凯斩钉截铁地说:"对。""但是，总要先有个接触的过程。""那是的，半年内或者一年内，如果各方面都合适，就可以结婚。"

这让苏阳倒吸了一口气："你蛮直接和果断的。""对，我做事就喜欢直接、果断，不喜欢扭扭捏捏、拖泥带水。"

"可是感情和婚姻，需要循序渐进。按照你的说法，会不会太主观了？""或许有些主观，但我确实是按照找老婆的标准来相亲的。我不想浪费彼此的时间，现在生活节奏这么快，时间是很宝贵的。"

"那你理想中的另一半，是什么样的？""内外兼修型的，上得了厅堂、下得了厨房。概括来说，就是家庭主妇与现代女性的结合版。"苏阳反驳："说实话，我不太喜欢家庭主妇这个词。"

"其实也就是说谁有空谁做家务，例如谁先回家谁做饭，我说的也并不是传统意义上的家庭妇女。"苏阳接着阐述："我的家庭观，是两个人共同面对和操持，而不是哪一方主内，哪一方主外。""那是的，我喜欢小女人一点的，温柔型的。"

苏阳心想：我一点也不小女人，甚至还有些大女人，而且，也不会对谁都温柔。杨智凯似乎有些心急:"苏阳你呢,你还没介绍自己呢?快点吧。"这句话，听得她很不是滋味。

"请问，你想听什么？""什么都想知道。""看来，你脾气有些急，我不喜欢急躁的人。"杨智凯耸耸肩："呵呵，我还好。我喜欢两个人生活在一起和和睦睦，相伴到老的那种。"苏阳来了句："我觉得，你应该去算一卦。"

"为什么？""算算你的另一半何时会出现咯。"苏阳想想，又补充道，"我觉得做什么事都别太急功近利，尤其是婚姻和感情。"

杨智凯说："如果这样也算急功近利的话，那你的出发点，不也和我一样吗？”

苏阳愣住了：是啊，我不也是奔着结婚来的吗？如若不是，那又是为了什么呢？

一个小时的谈话，像是一场辩论赛，只是最后谁也没有分出个胜负。最后得分，零比零。

自毁形象　彻底颠覆

此后，苏阳与杨智凯又见了几次面，谈话间两人明显感觉各自在观念及对一些事物的看法上存在着差异。苏阳的直觉，自己不会是对方理想中的另一半；而对方，也绝不会成为自己心目中心仪的对象。

杨智凯频频约苏阳，就想多一些了解和接触。而苏阳则想结束这场相亲，为了让对方反感，她豁出去了。

苏阳来到美发店，让发型师给自己烫了个一次性的劲爆卷发，朋克、夸张，像个大鸡窝。三个闺蜜见了，连连竖起大拇指。她还化了个浓艳的烟熏妆，深色的眼影、鲜红的唇。再换上性感的衣服，可谓一身妖艳。

小柔傻眼了：“姐姐，你这是要去哪家娱乐场所赶场子啊？”苏阳眼睛一亮：“对，要的就是这感觉！”程程看呆了：“看来这次苏阳真的是要自毁形象了。”潘静倒是说到了点子上：“欧阳的事让苏阳受了刺激，她这样是正常的。”

来到饭店，苏阳走进包厢一看，傻眼了，满桌子的人。看这架势，一副“兴师问罪”的样子。杨智凯愣愣，连忙起身：“苏阳，我给你介绍，这是我妈妈、这是我大姨、这是我二姨、这是我舅舅、这是大伯。”

苏阳像只花孔雀，不尴不尬地杵在那里，她打死也没想到这“海龟”会把家里七大姑八大姨都搬出来向自己示威。苏阳明显感到自己势单力薄，不禁后退了两步，轻声说：“大家好。”

杨智凯一见苏阳的打扮和行头，瞪直了双眼。他凑近她小声说：“阳阳，你今天怎么把自己打扮成这样？”“怎么，不好吗？你怎么也没事先和我打招呼就把家长叫来了。”海归低下头，勉强挤出笑脸：“这不，想让我家人认识一下你嘛。”

坐定后，杨智凯的大姨发问了：“听说苏阳小姐是大家闺秀型，自己也是经营公司的。这打扮，好像与你的身份不太吻合吧。”苏阳不紧不慢地回答：“请喊我苏阳就行了。我下午参加一个朋友聚会，还没来得及换装就过来了。”智凯的母亲冷冷地说：“以后要是出席这种场合，最好还是打理得庄重些再出来。可以上菜了。”

智凯的二姨数落起苏阳来：“听说苏阳小姐是时尚杂志的主编，以前也是学设计的，应该对美很有研究。可我看你的这副装扮，怎么样也想象不出，你是如何教年轻人打造自我形象的，你能给我们讲讲吗？”

苏阳笑笑：“每个人对美的看法不一样，尤其是不同年龄段的人。我这个小辈又怎么能在您长辈面前班门弄斧呢，我就是说得再正确，在您眼里也许始终都是错的。就像您今天这身衣服的搭配，里外加起来起码超过了五种颜色。别人就是看得再眼花缭乱，穿衣服的选择权还是在您手里。您自己若是觉得好，外人再不情愿也不能把眼睛蒙起来不见人啊，对不对？”二姨低下头瞅瞅自己的衣服，再看看周围的人，一脸尴尬地退了回去。

紧接着，舅舅发话了：“其实仔细看，苏阳长得倒是眉清目秀的，应该是会旺夫的那一类。”本来是句夸赞人的美话，可被他这么一说，完全变了味。苏阳觉得自己像一件即将被出售的商品，摆在货架上任人参观评论。

大伯问：“苏阳，你今年，也30了吧？”“嗯，刚过30。”“30对于女人来说很重要的，把握不好的话很有可能会全盘皆输。男人就不一样了，30对于他们来说，是一个新的开始。他们完全有大把的时间来挑选自己的感情和婚姻。男人有了事业，不怕没女人喜欢。苏阳小姐，你说呢？”智凯的母亲又把这个尖锐的问题抛给了苏阳。

她自信地抬起头：“我并不觉得女人一到30就充满了危机，这和有没有感情，有没有婚姻是两码事。自己独立，丰衣足食，就算没有另一半，也可以过得自在。”一句话把智凯的母亲给说愣住了。

大姨接了话题：“难道你就不想有一个稳定的家庭，有美满的婚姻？独身对一个上了年纪的女人来说，是很可怕和残忍的。”“每个女人都渴望，我也不例外。但并不表示我会把婚姻当作救命稻草一样去投靠，更不会做违背意愿的事，甚至对感情做出妥协。”

大伙一片沉默。

皇帝选嫔妃

苏阳从包里拿出一根烟，点上火抽起来。这个举动，让在座的各位都为之一惊。智凯母亲皱皱眉，反感地用手挥了挥。智凯大姨问：“哟，看不出来，你还会抽烟啊？”智凯小声问：“你怎么当我家人的面抽烟啊？”苏阳轻笑：“很奇怪吗？我想抽就抽啦。”

二姨瞥了一眼，捂住鼻子说：“女孩子抽烟可不是什么好事，抽坏了皮肤和身体不说，还烙下一个不好的印象。”智凯母亲端着身子说：“我们智凯名门出身，按理，就该找个门当户对的女孩。我可不想外人对我们杨家有看法。说我们没有选对人，没有教育好自家的媳妇。”

苏阳把烟一掐，站起身说：“你们多虑了，我还没有和杨智凯发展到要结婚的那一步。所以，这些话对我来说起不了什么作用。你们应该去教育有可能成为杨家媳妇的人，而不是我！”智凯母亲硬着嗓门问：“那我想请问，苏阳小姐来相亲的目的是什么？难道，你只是儿戏儿戏吗？”

“我来相亲，当然是奔着结婚而来的。但我没有想到，现在却变成了一场皇帝选嫔妃，而且还要老佛爷亲自上场监督，甚至把整个皇亲国戚都搬来了。我想，我吃不消你们的做法。”

苏阳边说边取出钱包里的现金摆在桌子上：“这顿饭我买单，你们慢吃，我有事先告辞了！”

苏阳以最快的速度冲了出去，不想让他们有任何可乘之机来侮辱自己。杨智凯追了出去,拿着钱质问道:“苏阳,你这是什么意思？”“没什么意思，前几次都是你买单，这回也该轮到我了。”

“你这么看不起我们家，你认为请你来吃饭，我们家人还会要你付账吗？”“这是礼节。”“你也知道礼节？哪有一个女孩子当着长辈的面甩门而出的，这就叫礼节吗？”

“你把你们家的人全部叫来，事先没有和我说已经很不尊重人了。难道还要继续听你家里人这样评论我吗？”“我们是小辈，没有理由不听长辈的话，他们说的也都很对啊。”

“杨智凯，请你搞清楚，里面那桌人是你的长辈，不是我的长辈！我没有理由要老老实实坐在那里挨你们家人的训。”“可是，你是我的相亲对象，也许就是以后的杨家媳妇。现在你连这点委屈都受不了，将来还怎么进我们家的门？”

苏阳哭笑不得：“那我现在可以告诉你，你们找错人了。杨家的大门，我是高跨不进了，你们另找他人吧。”“苏阳，难道我真是看错你了吗？你是一个有文化、有素养、有品位的女人，怎么今天把自己弄成这么一个小太妹的形象？还堂而皇之地抽起烟来，你让长辈们怎么想？别人不知道的，还以为你是从娱乐场所出来的人。”

苏阳轻笑：“随便你们怎么想好了，反正我在你们眼里的印象已经那么糟糕了，没必要在形象上花心思改变。”“你……你这不是在自我损毁形象么？”“对，我可以不顾及自己的形象，但是自尊，我是绝对要的。再见！”

苏阳头也不回地走了，杨智凯在身后大声地喊道：“苏阳，你今天的表现，真是太令我失望了！”苏阳“哼哧”了一声，进了电梯。

杨智凯没趣地进了包厢，家人早已议论开了。

大姨摇摇头说："这个女孩可真够新潮的啊，头发乱得像鸡窝，穿得这么性感，又抽烟又爱说大话，一看就像是在道上混的人。我们杨家怎么吃得消，这完全是两个层次的么。"

杨智凯解释："大姨，苏阳不是你们想的那种女孩。人家是书香门第出身，家教很好的。前几次见面，她都很大方得体的。苏阳不也说了么，下午是参加朋友的聚会才打扮成那样的。"

二姨反问："那抽烟呢，抽烟总不是装的吧。我就奇怪她的公司是怎么办起来的，这样反派的女孩，也能当领导？"舅舅叹口气："你看她说话的口气多牛啊，没有家人给她撑腰，她一个80后的女孩子能有什么过人的能力？"大伯摇摇头："现在的女孩子都很自我，不像我们那个年代容易管教。翅膀硬了，都不知道自己是谁了。"

"像苏阳这样的女孩，不懂规矩礼节、不懂和人相处，她要是成了我们杨家的媳妇，那我们整个家族的脸面都被她给丢尽了。"智凯母亲总结性地发言。

"够了！你们有完没完？"杨智凯不耐烦了，"到底是我相亲还是你们相亲？"

母亲劝道："儿子，我们都是过来人，不会看错的。"舅舅也说："我们是你的家人，不会害你。"大伯指指他："不听老人言，总有一天你会后悔的。"大姨瘪瘪嘴："苏阳这样的女孩，要不得。"二姨顿了顿："我看，咱们还是另找他人吧。"

"我的事我自己会处理，登记的那一刻，你们说了没用，还要我点头才算数！"杨智凯实在坐不住了，丢下一句话便起身走人。

势单力薄

苏阳气呼呼地回到家，肚子饿得咕咕叫，刚才的口水全用在那帮老女人身上了。欧巴桑的威慑力果然强大，几个人随便两口唾沫星子就把自己淹没了。一个人势单力薄，好女不和欧巴桑斗，三十六计走为上计。惹不起，躲总是躲得过的。

苏阳站在镜子前，摆弄了几个造型，自言自语道："很难看吗？不是挺有个性的么。"正美着，潘静的电话响起："亲爱的，有效果吗？把那海归吓跑了吗？"

"看来这造型还真有效果，"苏阳指着镜中的自己，"你知道吗，杨智凯居然把他七大姑八大姨都叫来向我示威。我心里那个火啊。"

潘静忙问："结果呢？结果如何？"苏阳扭动一下身体："结果当然是达到了预期的效果，形象是被自己毁了，也被他们臭得很惨。""我的天……这不怪你。"

"当然不能怪我，他们坏我自尊，损失的是我！我找不到男朋友也不是我的错！"苏阳突然像发了疯一样狂躁起来，她歇斯底里地弄乱自己的爆炸头，像只狂乱的狮子。

潘静怯怯地问："宝贝儿，你没事吧？别吓我。"

"我没事。"苏阳对着镜中的自己，又突然安静下来，"静，你说，我到底能不能找到男朋友，像小柔那样，嫁给王辉这样的好男人，然后幸福地过一辈子？"

"你能，一定能！阳阳，像我们这样虔诚面对爱情的人，最终一定能得到好运的。要相信自己，相信我！""真的可以吗？""当然。"

苏阳拿过纸巾，轻轻擦拭起嘴上的深色口红。每擦一下，心就痛一下。她对着镜中的自己，默默地流出黑色的眼泪。

周末，苏阳正准备出门，接到杨智凯的电话："苏阳，我是智凯。很抱歉，对于昨天的事，我真诚地向你赔个不是，对不起。我没有想到会变成这样，还请您见谅了。”

苏阳猜不透,这杨智凯的葫芦里还卖着什么药,莫非想将功补过?苏阳不语。

杨智凯说：“如果苏阳小姐给我这个机会的话，下午能否请你喝咖啡？”“喝咖啡，好像没有必要了吧。”“可是，我还有话想问你，想和你聊聊。”苏阳平静地说：“抱歉，我可能没时间。你有什么话，就在电话里问吧。”

“那什么……我现在就在你家小区的门口。”“什么？你在我家门口？”苏阳纳闷，自己好像没有把住址告诉给对方，他怎么会知道？

她又问：“你怎么会找到我家来了？”“是这样的，我和婚介公司的周老师是好朋友，在我的再三请求下，她把你的住址告诉了我。对不起，冒昧了。”

苏阳心想:关系多，办事效率到底是高，连家庭住址都被找到了。看来以后个人资料不能随便外传，到头来相个亲连一点隐私都没了。

“那这样吧，你在我家对面的咖啡馆等我，我马上就到。”苏阳不想给他任何机会，只是出于基本的“礼节”问题。

处女论

在咖啡馆的包厢，只见杨智凯毕恭毕敬地起身迎接苏阳。她冷言冷语道:“有什么话你快说吧,我一会还有事。”杨智凯搓着双手说:“先叫些东西喝吧。”“不用了，我不喝。”“那怎么行，服务员，两杯蓝山咖啡。”

杨智凯盯着苏阳道：“昨天，真的很抱歉，没有经你允许，就让家里人一起来吃饭了。这也是……我母亲的意思。”他低头，递过来一个信封，“哦，还有，这是昨天吃饭的费用，母亲说，让我把它还给你。我们家这点礼节还是懂的，请客吃饭绝不会让女方来买单。”

可以看出来，杨智凯是妈妈至上，什么都要以母亲的标准来衡量。看他昨天在家人面前的那个轻声细语样，活像一个缩头乌龟。自己要真成了他们杨家的媳妇，命运不知会有多悲惨。到时候自己就算是对的，也会被说成是错的；是错的，那岂不是错上加错了？

他们杨家人多理强，自己根本占不上半点优势。这种富人里的“穷苦”日子，苏阳是无论如何不会去过的。何况自己也不穷，没有必要像盼星星一样去高攀人家。

杨智凯笑笑说：“其实，昨天有些话，因为人多，我母亲没好意思问，她老人家还是很给年轻人面子的。”苏阳看着他，恨不得一把砸烂他那副眼镜。这虚伪的样子，她实在看不过。

“照这么说，我倒还是要谢谢她老人家了。当着这么多人的面，没让我下不了台。”杨智凯看看周围，凑上前小声问：“我们想问的是……苏阳小姐，现在，还是不是个姑娘？”“啊？什么？”一句话，令她瞠目结舌。苏阳怕自己听错了，又问一遍：“请问，你说什么？”

杨智凯低头羞涩地一笑：“呵呵，我的意思就是……姑娘，苏阳小姐，你还是姑娘吗？”苏阳故意问：“姑娘？呵呵，难道你觉得，我像个小伙子吗？”杨智凯压低声音问：“我不是这个意思，我指的是，你现在，还是处女吗？”

苏阳嘴里喝的咖啡差点喷了出来，她没想到对方竟会问出这么幼稚和低级的话，真让人大跌眼镜。苏阳压住心中的怒气，悄悄问：“这个问题到底是你的疑虑，还是你母亲的疑虑？”“呵，都一样，我母亲的疑虑其实就是我所关心的。”

“我很奇怪，你怎么突然会问这个问题？”“很奇怪吗？你不觉得这个问题很重要，它牵涉到一个人的很多方面，比如做人、对感情与婚姻的态度。”

苏阳哼笑一声：“这种幼稚的问题，大概只有小朋友会那么问。”杨智凯一本正经：“那可不，我问，自然有我的原因和理由。你知道，我们杨家向来家教严谨，规矩又多。所以对即将进门的另一半，会比较慎重。我们希望，杨家的媳妇是纯净如水的，最好……是一尘不染的。”

杨家的“处女理论”简直快让苏阳吐血了，21 世纪还有这样的论调？她问：“那我想请问，杨先生到现在还是处男吗？”一句反问令他羞愧难当，顿了顿：“你觉得像我这样一个 30 多岁的男人会是吗？我说是，你又会信吗？你会认为我在撒谎。除非，我在那方面不正常。”“那不就结了吗，你都不能要求自己，有什么理由来要求别人？”

“我要求的不是别人，是我未来的妻子。难道，我还不能对我的妻子有些要求和规矩吗？”“那为什么男人就可以，而女人就不行？”

“男人在这方面可以放松裤腰带，而女人不行。从古到今，女人就是应该从一而终的。”“那如果不是处女，是不是就会被你们否决了呢？”

“最好是。女孩子良好的操守和品行很重要，我不想她嫁进杨家之后，再遭来外人的白眼。说我们杨家娶进了一个不守妇道的女人，坏了几代的清白。”

苏阳差点背过气去，杨智凯一家的思想古怪得不可理喻，简直是有些变态。苏阳斜着脸，反问：“那你觉得，我像吗？”

杨智凯低下头：“呵呵，这个，我看不出来。不过从你昨天在饭桌上当着全家人抽烟的样子，我倒是觉得，你挺不简单的。至少，经历不会空白。”

“你觉得我一个 30 岁的女人，像没谈过恋爱的吗？”杨智凯猛地抬起头，加大嗓门道：“谈恋爱也并非一定都要上床！我曾经谈过一个女朋友最多也只是牵手拥抱而已，并不是男女朋友就一定要发生关系！”

“我也没说谈恋爱就一定要上床！按照你的理论，婚前只要有过性行为的女人都是不检点的。那么倘若是婚前流过产了，是不是就要一辈子遭人唾弃，难道她们将来就不结婚、不生子、不过日子了吗？”

杨智凯瞪着眼睛问："莫非，你也流过产、堕过胎？""你才堕过胎呢！"苏阳猛地回了过去，"告诉你，不要把你的理论强加到每个女人的头上，不是有过性行为的女人就一定是堕落和作风不检点。"

"但你不得不承认，关系多了就乱了，对女孩的自身和名誉都不利。复杂的女人，会让男人敬而远之，有哪个男人会挑这样的女人当老婆。就像一件商品，男人会喜欢二手的吗？会喜欢在之前被很多男人占有过，再轮到自己使用？关系复杂的女人，说得好点是情感经历丰富，受男人争宠；说得难听点，就是私生活不检点，这和拿身子出来卖有什么区别？"

"够了！你给我闭嘴！"苏阳气得拍响桌子，"你是不是心理有缺陷，受过什么刺激？在你眼里，不，在你们全家人的眼里，好像所有女人只要有过性行为的，都不能算是好女人。那是不是你要找的另一半，在遇到你之前都要为你们杨家洁身自好？不恋爱、不投入感情、和任何男人保持距离，然后一尘不染地站在你面前说'我清清白白地为你保留到了现在'，这样你们才会满意？"

杨智凯眯眯眼："这个问题，只是其中的一点，不包括所有的要求和条件。"他得意地拿出一张纸递给苏阳，"这才是成为杨家媳妇所有的要求。"

只见上面密密麻麻地写了一大堆：年龄 25—32 岁，大方得体、温柔贤淑、内外兼修。外貌细节上清楚地描述出：

1. 皮肤白皙为好，不准脸太小、克夫；不准脸太大，不上照。

2. 脸上最好不带痣，尤其是眼角、嘴角和鼻翼（哭痣、吃痣和凶痣）。

3. 眼睛最好是双眼皮，不要单眼皮；鼻子最好圆润，不要鹰钩，鹰钩鼻看上去不温柔又有心计。

4. 嘴巴不要太厚也不能太薄，太厚不美观；过薄了人不厚道又爱道是非。

5. 最好是垂直的黑发，不烫不染不漂发；卷得像方便面的头发，请自动放弃。

6. 淡妆为宜，穿着大方得体；浓妆艳抹、穿着暴露者自动放弃。

7. 脚不能太大，不能有脚臭、不能有脚茧、不能有灰指甲。最重要的是不能有抠脚趾的坏习惯。

8. 身材参照亚洲女性的标准三围：胸 84cm、腰 62cm、臀 86cm，上下相差幅度不超过 5cm。

苏阳看傻了，光形象这一栏就足足列了八条，还不包括工作、待人接物、对待感情和婚姻的要求、孝敬长辈等。

杨智凯靠着沙发得意地说："这是经过初选后有希望成为杨家媳妇的人才会看到这张纸的。怎么样，看看里面有几条，你可以符合？"

"请问，你们家到底是在挑媳妇还是在选皇后？况且婚姻也不可能这么严苛地去参照，没有一个女孩能忍受被你们这样挑来选去。这世上恐怕很难有一个人符合你们杨家的标准，我看你还是拿一些参照物比较好。比方说哪个明星的脸蛋、哪个明星的身材，把她们全部合成在同一个人身上不就得了。"

"你别和我扯远了，我就问你，你是不是？这是我们挑选对方的第一个条件。""我是与不是都和你没有半点关系，我做人的标准和原则也不会迎合任何人的口味。我心里有一杆秤，只要对得起自己的良心，不违背社会道德就可以了。"

"那这么说，你也不是了？如果不是，那很对不起，我也要否决你了。"

"我也没想过要和你有什么发展，你别把自己太当回事了。你别妄想这辈子还有女人能为你杨智凯一个男人守身如玉一辈子！你若是真要找处女，你去幼儿园找好了，你来婚介所找什么找！浪费那些金钱和人力不说，我看你直接画个女人在你家墙上就行了，然后一辈子让她跟随你。这样，你就满意了！"

“苏阳你怎么能这么讲话？一点都不像个文化人！”“我看没有文化的人是你吧？”“哼，笑话。我名牌 MBA 毕业，有知识有文化，在海外留学创业多年，有良好的家教和背景。是你不懂欣赏，我也没办法。”

“你是有知识没文化！像你这样的人，我觉得真悲哀！再见！”苏阳起身走人。“苏阳，拿走你桌上的钱！”“不必了，你留着给下一任应聘对象当餐旅费吧！”

苏阳径直离开了咖啡馆。她不明白这世界是怎么了，到底是自己错了还是现在的男人都这么古怪。为什么在光鲜亮丽的外表之下都有着如此怪异的秉性和“惊人之举”。

她只能笑自己，眼不够宽，你可以选择不接受，但却不得不承认，这种“百怪”的现象它真实存在。

相亲第四记——完美男人？

她觉得这个世上，真的没有什么是一成不变的，任何事物都会有破碎和消亡的一刻。比如亲情、比如友情和爱情、比如生命。也有很多事情，是你拥有天才般的智商和情商也无法预料和想象到的……

单身贵族

周日晚，老蒋逮住了从国外出差回来的马杰锐，终于安排了两人的会面。

苏阳一见到这位34岁事业有成的服装设计师，心里立即泛起了一层淡淡的好感。他时尚、有风度、充满活力，用手一捋那飘逸柔顺的头发，瞬间就抓住了苏阳的心。还有那深邃的眼窝，格外迷人，好像一下就能穿入你的内心深处，让人无处可躲。

马杰锐前两天刚从法国巴黎回来，代表上海的设计师出席国际服装研讨会。他在上海拥有自己的"杰锐"品牌和服装公司，他的目标是把自创的品牌打入国际市场。

他们都是年轻的时尚达人，很容易找到共通点。杰锐说苏阳是80后的典范，苏阳却摇头说自己是个幸运儿。

老蒋在一旁看得高兴，心想这回一定有戏。两个时尚达人，堪称男才女貌，这么绝配的一对，估计是翻遍外滩头都找不到了。

吃完饭，老蒋主动提出让苏阳和杰锐再去哪里坐坐。没想他先开口："下次吧，我还要去赴一个朋友的约，他刚从外地回来。"苏阳有些小小的失落，但还是表现得很大方："那就下次好了。"杰锐坐上他的路虎："我们都有联系方式了，随时电联。""好，再见。"

两天过去了，苏阳除了平日的忙碌也一直关心着自己的手机。她纳闷，那个杰锐怎么一点动静都没有，甚至没来个电话和短信。这和她以往交的朋友都不一样，换作他人，一分开，问候的电话和短信便殷勤地纷纷送上了。是不是他对自己没感觉，还是太忙了？

苏阳主动拨了电话："请问，是杰锐吗？""你好，我是杰锐，您哪位？"很显然，对方对自己的号码很陌生。"你好，我是苏阳，前几天我们见过面的。""哦，是苏小姐，幸会幸会。怎么想到打电话给我了？"杰锐的一句话，让苏阳有些尴尬。

她赶紧找了个说辞："噢，是这样，我听说周末有个时装发布会，好像是你公司承办的。""对对，是我的2010年春季新装发布会。苏小姐，你的消息可真灵通。""我是做媒体的，嗅觉上比较敏锐。""这样吧，如果你有空，来参加我们的发布会吧。你到现场找我就行。"

"是吗？那好啊，我来捧场。"苏阳求之不得，"不过，我还有个小小的提议。""您说。""我想，能不能叫上我公司的记者？这样，可以给这次发布会做个报道，顺便给你做个简要的访问，在我们的杂志上刊登专栏。您看，这样可以吗？"苏阳在以公求私。

杰锐说："媒体方面，我们已经全部到位了。若再能请到《秀》杂志为发布会捧场，我很期待，也算是朋友间的互相协助吧。"听到他不反对，苏阳说："那好，周六见。先预祝你发布会圆满成功。""多谢多谢，苏小姐，我们周末见。"

挂掉电话，苏阳琢磨着，这杰锐不是时尚达人吗，为什么和自己说话的口气那么公式化和一本正经，丝毫感觉不出他是个服装设计师，倒是像上了年纪的领导。也许，是两人还不熟的缘故吧，必要的故作城府可以理解。

周末晚，苏阳在父母家吃完饭。她接到电话："苏阳吗？你好，我是杰锐。"她一阵惊喜："哦，你好你好，我是苏阳。""是这样，我现在和两个朋友在清吧喝点东西，顺便谈一谈明天发布会的事。你要是有空，也一起过来坐会吧。"

苏阳听到杰锐主动邀请自己，心中不禁泛起暖意："那好吧，我刚忙完，一会过来找你。”她和父母说了声拜拜，便急急出了门。母亲对父亲说：“这孩子，估计又是谁约她了吧，看把她兴奋的。阳阳不是和梁捷单位的那个公务员不联系了吗，估计她又看不上人家。”

“孩子的事要她自己喜欢。”母亲有些忧心忡忡：“表面我不多说什么，可心里也一样急呐。我的闺女，我能不犯愁吗。”

父亲安慰道：“愁了也无用，我们做家长的观望就好了。”母亲急着说:“好，好，观望。30岁的人了，再观望下去，我的头发都白了。”父亲瞅瞅母亲：“哪儿呢哪儿呢，我怎么都看不到一根白头发。你走出去，人家顶多以为你四十出头。”

“得了吧，你越来越会说话了。”父亲揽着母亲的胳膊：“实事求是嘛。女儿大了，她的人生，应该掌握在她自己的手里。你说呢？”

芳心荡漾

苏阳赶到清吧，看见靠墙的一张圆桌，杰锐与几个男女正在那儿说事。他一抬头，一摆手：“这里！”

杰锐说：“来，我给大家介绍一下，这位是我的朋友苏阳小姐，百马公司的创始人,《秀》杂志的主编。这位是发布会的现场导演维克，这位是我的模特艾米丽，这位是室内设计师汤尼、也是这次发布会的舞台总监。他们都是我的工作伙伴，也是我最好的朋友。”

苏阳与他们一一握手示好,杰锐为她点了饮料。杰锐指着图纸说:“这次我的时装秀走大胆前卫风格，运用多变的色彩、强调层次还有褶皱感来体现。所以明天在现场，模特最后一次集体走秀时，也可以再变动一下，突出层次感。”

导演维克补充：“明天上午彩排的时候，和模特关照一声，集体走秀把队形先改成V字，最后再齐排，怎么样？”“这样可以。”杰锐说，“艾米丽，你在最前面站定后，在变换队形时，再走回去把我请出来。”“嗯，也可以啊，不冲突就好。”

几人热乎地讨论着，苏阳偶尔和杰锐点头微笑，几乎插不进什么话。此时，她像个小女人，依偎在杰锐身边，独立的个性被磨得看不见棱角。苏阳听着大伙谈论工作，除了能吸取点经验，最主要的还是为了多了解一些杰锐。

苏阳观察了杰锐身边的朋友，最后把目光定在汤尼身上。有好几次，她都发现对方在注视自己。虽然他脸上带着微笑，可苏阳觉得，这并不友好。汤尼的眼神里，有种很难说清的感觉。犀利、逼人，有威慑力。这让苏阳觉得不自然，心想，是不是什么举动让人不讨好了？也许，汤尼是不适应有新成员加入他们吧。

结束时，杰锐主动说：“苏阳，时候不早了，我送你。”苏阳愣了下：“噢，我自己开车来的。”杰锐转身把车钥匙交给汤尼：“你把艾米丽送回家吧。”他拍着汤尼的肩轻声说了几句，走到苏阳面前，笑笑说：“我送你。”

杰锐上了苏阳的车，发动油门。他转过头说：“今天我来当司机。”苏阳的心被包上了一层糖衣，觉得两人之间的距离瞬间被拉近了不少。

回家的路上，杰锐把车窗摇下一些，让阵阵凉风吹进来。一路上，杰锐说了他的一些经历，苏阳很仔细地听着。她认为，这是杰锐想让自己更快地了解他。苏阳每次转头接话，都会偷偷注视杰锐那迷人的大眼睛，浓郁的睫毛让她的心微微颤动着。苏阳偷偷地幻想，这个叫杰锐的男人，也许会再一次打开自己封锁已久的心门。

车开到大门口，苏阳不情愿地说：“我到家了。”杰锐下车：“好了，安全把你送到家，我的任务完成了。”苏阳点点头微笑，她看着杰锐，风把他的头发吹散了，盖住了眼睛。他用手轻轻一捋，露出深情的眼眸。这一小小的举动，苏阳觉得似曾相识，十多年前，她看见过，且非常熟悉。

“谢谢你送我回家。”“不客气，明天，等待你的光临。”杰锐盯着她的眼睛说。苏阳浅笑："一定。再见。"

杰锐转身，打上一辆出租。苏阳望着远去的背影，心里暗自喜悦，也许，自己的爱情就要来了。

爱情的味道

周六，苏阳早早就醒了。她把自己盛装打扮了一番，为的就是出席杰锐的服装发布会。

到会场，苏阳打电话给杰锐："我已经到了，在门口。""苏阳，我在后台忙。我让汤尼来门口接你。"一句轻飘的话让她有些失落，但想到杰锐今天是主角，忙是应该的，也就消除了那点顾虑。

汤尼把苏阳和吴珊珊带进会场："这是发布会的资料，你们先看看，差不多 20 分钟后就开始了。我先去忙了，你们坐。""好的，谢谢你，汤尼。""不客气。"今天的汤尼似乎比昨天显得热情多了，苏阳内心的紧箍咒顿时被松开了。

苏阳对吴珊珊说："多拍些照片，到时候好挑选。发布会结束后，会有很多媒体采访。你记录下杰锐的采访对话，也可以临时提几个问题。""好，没问题，交给我好了。"

发布会开始，女模特穿着高级时装纷纷登场。白、灰、黑三种主色调，虽简单，但通过设计师的手法，却彰显个性与前卫，把整个 T 台点缀得非常丰满。苏阳一边欣赏一边暗自佩服杰锐的才华，她对杰锐的好感也正随之增多了。

当艾米丽身穿白色套装出来时，全场响起了一片热烈的掌声。随后，一排女模特依次出场。艾米丽转身回到出场位置时，请出了帅气的设计师杰锐。他身穿黑色休闲西服，淡绿色的衬衫格外显眼。

又是一阵响亮的掌声，全场观众站起来。杰锐与艾米丽走到台前，向观众鞠躬致敬。杰锐接过鲜花又是深深一鞠躬，微笑地捋捋头发。

全场掌声不断，苏阳也努力地鼓掌，直到把手掌拍麻为止。

发布会顺利结束了，数家媒体争先恐后地采访起设计师来。苏阳在门口等候着，遇到汤尼："怎么样，苏阳，杰锐的作品还不错吧？""很棒，概念非常好，我很喜欢他的作品。"

汤尼望了望受访的杰锐，笑笑："是很棒，我也很喜欢。我相信，通过杰锐的努力，他一定能打入国际市场的。"苏阳点点头："一定。"

晚上，酒店有一场发布会的庆功宴，苏阳也应邀参加了。她看着眼前这个和别人不断碰杯、脸上保持微笑的男人，心里不禁浮想联翩。

"苏总！"苏阳被吴珊珊的胳膊碰了碰，才回过神来。"啊？怎么了？""有人敬你酒。"汤尼走到苏阳面前，举杯说："谢谢苏总，在百忙之中抽空来光临杰锐的发布会。我敬你们。"他一口饮下杯中的红酒，招呼说："你们随意，多吃点，别客气。""好，谢谢。"看汤尼，宛若一个主人的样。

"大伙接着喝，今夜我们不醉不归，呵呵！"杰锐的身旁，美女如云，苏阳远远地坐着。他和朋友进了舞池，欢快地舞动起来。

苏阳看着舞池中的杰锐，活像个不畏世事的大男孩，很天真、很单纯。

汤尼走了过来："来，苏总，我们干！""谢谢，汤尼，喊我苏阳就行了。""苏阳你看，杰锐像不像个大男孩？"她笑着点点头。汤尼盯着舞池中的杰锐说："每次有重大活动后，他都喜欢来这儿庆祝一番；每次，都会喝得不省人事；每次，都是我把他抬回家。"

"呵呵，这也是他有了成果后想和大家分享的一种表现，可以理解。看得出，杰锐很重情义。""是啊，他的确很重情义。杰锐最大的梦想，就是能打入国际市场。他年轻，又这么有才气，我真为他感到骄傲。"

苏阳对着汤尼说："你也很优秀啊，年纪轻轻，就在业内获大奖了。"汤尼谦虚地说："我热爱自己的职业，不过在才气上，我还不及杰锐。""每个人都有自己的特质和优点，能发挥各自的长处就好。"

汤尼若有所思地说："呵呵，我更希望杰锐能成功。因为，他的梦想比我大。""那你的梦想是什么呢？"汤尼拿起酒杯喝了口，顿了顿说："我的梦想，除了发展个人的事业外，还希望，能和自己所爱的人永远在一起，不被任何人打扰。安安静静地，过只属于我们两个人的生活。"

"看来，你已经心有所属了。成家了吗？"汤尼一脸幸福："噢，还没有，不过有一个很稳定的对象。"苏阳举杯道："那祝福你，希望你和心爱的人终成眷属。""谢谢你，我一定会的。哎，杰锐过来了。"

他跌跌撞撞地走到苏阳和汤尼身边，两手自然地搭在他俩肩上。苏阳的心一下提了上来，怦怦直跳。杰锐醉笑地问："怎么样，你们聊什么这么开心呢？"汤尼笑着说："当然是聊和你有关的东西喽。""来，我们干一杯，为了美好的明天！"杰锐已经醉了，一把揽住苏阳的腰，附在她耳边说："我们去跳舞吧！"苏阳尴尬地扶住杰锐，看看汤尼。汤尼示意："去吧，陪杰锐去跳一会。"

杰锐自然地拉着她进了舞池，两人的手触碰在一起。他揽着她的背，随着慢音乐轻轻动起来。杰锐的脸与苏阳贴得很近，嘴里的酒气就吐在她的耳朵上。苏阳还没做好准备，杰锐就已把头靠在了自己肩上。她的脸涨得通红，微微发烫。

苏阳不讨厌眼前这个和自己亲近的"酒鬼"，甚至不反感他身上散发出的浓重酒味。她细细地嗅着那股香水与烟草夹杂酒精的味道。她甚至认为，这就是所谓的男人味。

苏阳慢慢将双手放在他宽厚的背上，闭上眼，与他默默地配合着慢步。她心想：除去酒精与混沌之外，杰锐应该会对自己有所好感吧。

苏阳睁开眼，见汤尼正远远地注视着他俩。她下意识地推开杰锐，再看汤尼，已不见了踪影。杰锐搂住苏阳，在她耳边轻轻地说："阳阳你知道吗，别看我在人面前挺风光的。其实，我也活得很累。"

一句话，刺痛了苏阳的心。她把手紧紧贴在他的背上："我懂。""你真的会懂吗？”杰锐回头盯着她，“你会懂我的心吗？”苏阳沉默，慢慢抱住他：“如果，有这个可能的话，我会懂。”杰锐不说话，继续拥抱着。

出酒吧的时候，维克和汤尼搀着杰锐上了车。他已醉得看不清眼前的人，苏阳想，那自己，还会是他记得住的那个人吗？过了今夜，杰锐会不会忘却刚才说过的话，还有，他给予自己的那一个缠绵的、温暖的、长久的拥抱。

杰锐躺在后座上，汤尼为他盖上衣服。苏阳觉得好像和对方认识了很多年，熟识和了解的程度，超过了在场的任何一个人，甚至是汤尼。杰锐闭着眼，苏阳似乎看到了他的心，那么干净和透明。

汤尼开车带走了杰锐，苏阳独自回了家。

她在浴缸里泡上水，突然拿起右手闻了闻，那股淡淡的烟草味道似乎还停留在自己的指间。她怀念起他的味道，希望不会因为流动的水而冲刷掉对他的感觉。

这一刻，苏阳似乎闻到了，爱情的味道。

久违的知音

周日下午，苏阳正打算和四个闺蜜见面，突然接到杰锐的电话：“阳阳，你好，我是杰锐。”苏阳一听是他，立马停住了脚步：“你好，杰锐，我是苏阳。”

电话里传来一丝慵懒、沙哑的声音：“真不好意思，昨晚我喝多了，不太记得清什么事了，我没有对你不尊重吧？”“哦，没有没有，你还好吧？”“我刚醒来，现在感觉头有些痛。”“噢，喝醉酒是这样的。你今天好好休息一下，吃些清淡的。晚上早点睡觉，明天应该就会没事的。”

“谢谢你的建议，不过我睡够了。想问问你，一会有空吗？我想请你吃晚饭。”听到杰锐主动约自己，苏阳怎么舍得拒绝。她立马答应：“哦，这样啊，那好。”“太好了，你想吃些什么？”“你刚醒酒，不易吃油腻的，吃些清淡的吧。”

“不用考虑我，只要告诉我你喜欢吃什么，我没有关系。”一句简短干练的话，暖意瞬间填满心田。苏阳温柔地回答：“那要不，就粤菜好了。”“好，你在哪儿，我现在来接你。”

苏阳愣住了：“你来接我？”“对啊，我来接你，好吗？”“我在家。”“大概半小时后，你在楼下等我。”“我等你。”

苏阳立马拨电话给程程：“亲爱的，真对不起，今天恐怕不能和你们吃晚饭了。杰锐约我了！你们去吧。”

苏阳快速辗转回楼上，想到还有半个钟头时间，可以再准备一番。她换掉了原来的休闲装，把衣柜里觉得对眼的衣服通通拿了出来，最后换上了一套很具女人味的衣服，又上了脂粉和闪亮的唇蜜。

下楼时，苏阳走得急，竟把钥匙落在了桌上。

杰锐准时来到小区门口，很绅士地为苏阳开车门。她想，这应该算是自己与对方的第一次约会吧。一路上，杰锐放着舒缓的爵士乐，说着笑话，逗乐了苏阳。她看着健谈幽默的杰锐，心中不断滋生出浓浓的情愫。

在粤菜餐厅，苏阳特意为杰锐点了生滚鱼片粥，让他暖暖胃。虾饺皇、沙田乳鸽、黑椒凤爪、蜜汁叉烧、榴莲酥、白灼芥蓝，杰锐点的全是苏阳爱吃的食物。他先为苏阳盛了一碗鱼片粥：“来，喝粥，暖胃。”“这是给你点的。”“我们可以一起吃啊。本来，我想请你去西餐厅的。”杰锐耸耸肩，“但是阳阳小姐让我吃清淡的，我就听你的话喽。”“你很乖，呵呵。”

眼前的杰锐，说话风趣不失大雅，句句中听。两人聊各自的事业、爱好与观点，很多问题在不经意间不谋而合。他们对时尚和生活的见地十分深刻和相似，像是找到了久违的知音。苏阳提出，希望杰锐能成为下一期《秀》杂志的专访人物，他欣然接受。

“但我有一个要求。”他说，“我想让阳阳小姐本人采访我，并亲自撰写文稿，可以吗？”苏阳低下头一笑：“我想，我可以答应你的要求。”

杰锐望着她，脱口而出：“我喜欢看你笑。”苏阳愣住了，脸颊泛红。他又问：“苏总有没有兴趣参观我的服装工作室？”“什么时候？”“改日不如撞日吧，就一会，也好认个门。”

渐入佳境

杰锐开车载着苏阳，一路上，苏阳的脸烫烫的。没有喝酒，却像喝了酒似的，红得微醉。她用手捋过散落的头发，一转头，见杰锐正深情地注视自己。苏阳赶紧回头，并轻轻地说：“绿灯了。”

来到工作室，苏阳感叹，艺术家的构思就是和常人的不一样。透明落地橱窗内，矗立着各式高级成衣。红、白、黑、黄、蓝，各种色系掺杂在一起，形成了一幅绝美的画卷。桌上摆放的设计效果图手稿，她用指尖轻轻触摸，那一张张白纸上好似散发着杰锐的灵感与才气。

杰锐从衣架上挑出一套，摆在苏阳身上比划：“嗯，这套应该适合你。有机会，我也要让你穿上我设计的衣服。”

“可以吗？”苏阳红着脸问。杰锐自信地说：“当然，阳阳小姐的身段不比那些专业模特逊色，穿这个系列应该会很出彩。”苏阳抿嘴笑笑。杰锐拍拍大腿：“来杯咖啡吧。”

两人坐在沙发上聊天，苏阳突然冒出一句：“不然，我们就在这里开始采访吧。我可不想让你的金玉良言就这么平白无故地流失掉。”“如果苏大主编不觉得时间晚，也不觉得累的话，我可以奉陪。反正，这里有的是咖啡和点心。”他举起杯子笑着说。

苏阳看看手表，9 点 30 分。她把手机开到静音，拿出包里的本子和笔："那我们开始吧，只是，我没有带录音笔，可能写字的速度会慢一些。""没关系，我会一字一句说得很清楚，保证让苏大主编完整地记录下全过程。""好的，多谢了。"

一个半小时，两人就这样面对面坐着。杯中的咖啡和茶冷却后又变热了，一杯接一杯。杰锐诉说自己的成长历程，他很绅士，尽量放慢语速，看到苏阳在纸上写完最后一个字后才继续往下说。

苏阳放下本子，微笑地伸出右手："非常感谢杰锐设计师接受《秀》杂志的采访，我们期待您更多优秀的作品。"杰锐默契地与她握手："也非常感谢苏大主编，给我这个大好机会抒发自己，非常期待您的大作。"

两人同时笑起来，彼此对望着。苏阳害羞地低头一看："呀！都11点多了，我们走吧。""OK，我送你回家。"苏阳见有欧阳的来电，将手机放回了包内，和杰锐出了门。

杰锐把苏阳送到家门口，她突然想起什么，走时那个关门的动作，让她恍然大悟。苏阳掏掏自己的包，尴尬地说："杰锐，我……""怎么了？""我出门的时候把钥匙落在屋里了。""啊？"

苏阳看时间，已过零点。父母早已睡了；程程、小柔都是成了家的人，去了也不合适；只有潘静还是单身，没想得到的答案却是关机。

苏阳看看杰锐，尴尬地笑笑："这么看来，我只能在附近的宾馆住一晚了。""要不这样，如果你不介意，去我家住一晚，那儿有专门的客房。我呢，去朋友家住。"杰锐诚恳地邀请。苏阳心里有些感动："这样……不太合适吧？""你是不是怕别人说闲话？我想，没关系的。"

苏阳随着杰锐来到他家，温馨而不失格调。杰锐布置了客房，并为她热了牛奶："苏阳，今晚就委屈你在这儿凑合一夜。""那你呢，去哪住？""我去汤尼家，你早点休息，晚安。"

杰锐转身准备关门，苏阳说："谢谢你，杰锐。""不客气，应该的。你一般几点起床？""八点前。""那好，你休息吧，把门锁好。我走了，晚安。”

苏阳看着杰锐离别前的眼神，有几许依恋，如自己一般。她拉开窗帘，见楼下的车灯亮起。杰锐仰起头，朝窗户这里看看并招手。

这个夜晚，带给苏阳太多的惊喜和感动。

“准女婿”见“丈母娘”

第二天，苏阳起床开门，看见杰锐正在客厅准备早餐。她惊奇地喊了声：“杰锐？”他笑着说：“早啊，阳阳小姐，睡得好吗？”“睡得很好。”“我为你准备了早餐，请笑纳。”苏阳一看，桌上摆着火腿、面包、牛奶与水果，还有清粥。她笑笑：“谢谢你，杰锐。”“应该的。对了，你怎么拿回钥匙呢？”

“我下班去爸妈那，那里有备用钥匙。”“要我送你去吗？我想，你的车钥匙应该也在家里吧？”苏阳咬了口面包，抿嘴笑：“的确。你今天不忙吗？”“忙归忙，阳阳小姐的事我当然要放在心上。再怎么说，都是因为赴我的约，才让你急匆匆地出门的。所以，我要负全部责任。”

杰锐先送苏阳去了公司。傍晚6点，他又准时出现在她的公司楼下。苏阳已记不清，有多久没有被人接送上下班了。记忆里，有多少个日日夜夜，都是自己开车接送自己。无论春夏秋冬，刮风下雨。

苏阳感动得想哭。虽然没有“喜欢你”这三个字，但依然可以感受到那份渐增的爱意。

杰锐把苏阳送到父母家楼下，不舍地望着她：“你该上楼了。要不，我在车里等你吃完饭再把你送回家？”“这怎么行，怎么能让你在车里饿肚子呢。这样吧，我上楼拿钥匙，然后请你去吃饭。”“呵呵，好，我等你。”

苏阳一进门，父母因为女儿要回来，做了一桌子丰盛的菜。她告诉他们，有朋友在楼下等她。母亲说："还去外面干什么，让你朋友一起上家里来吃吧。"父亲说："是啊，家里多好啊，难得回来，就别出去吃了。"母亲扭头问:"女儿,是什么朋友啊？"苏阳不好意思地答："是……马杰锐。"父母眼睛一亮:"好啊,那快请他上来吧,还等什么。"

苏阳拨了电话:"杰锐,我爸妈让你来家里一块吃饭,你看呢？""真的，伯父伯母让我也一起吗？""是啊，你来吗？""我来，可是两手空空不太好吧。要不我去买点礼品再上来。"苏阳咯吱笑了："没关系的，我爸妈很随和，不用讲究。你上来就好了。"

杰锐进门时，手里提着两个袋子："伯父伯母好，我叫马杰锐。很冒昧登门拜访，也没特意准备什么。一点小礼品不成敬意，请二位笑纳。""嗨，来了就好，不用带东西，快坐。"母亲乐开了花。父亲拿出五粮液说："来来，小马会喝酒吗？陪我喝一口吧。"杰锐谦虚地说："叔叔，我酒量一般，今天就陪您喝一点吧。"

苏阳立马说："爸，杰锐这两天胃不好，你可别灌他，再说他一会还要开车呢！"父亲笑笑："这不还有你吗，你开就行了。"杰锐连连说:"伯父,您想喝多少,我就陪您喝多少。""哈哈,好,我给你满上。"

虽然他俩还只是朋友，但在苏阳心里，却已经开始勾勒那美好温馨的画面了。

吃完饭小坐后，母亲说："杰锐，以后有空常来啊。""好嘞，阿姨做的菜这么可口，我一定会再来麻烦的。"父母齐声："不麻烦，不麻烦，来了就好。"

苏阳开车来到自己家门口，主动提议："要不要，上去认个门？等酒劲过了再回去。""好。"他上楼小坐了一会，喝了杯茶水，然后很有礼貌地走到门口。"不打搅你了,好好休息。明天给你电话。""嗯。晚安。"

杰锐没有像想象中那样给苏阳来个临别拥抱，而是很绅士地为她关上了房门。那种在得到与未得到之间徘徊的感觉，很微妙。好比你要摘树上的果子，差那么一点就够到了。其实真正摘到只需要短暂的一秒，而从踮起脚尖到抬高手臂向上跃起，再一伸手触摸到心爱的果子，这个过程，更令人回味无穷。

这一晚，苏阳又失眠了。

失眠的原因，还有欧阳，他正在苏阳的楼下等她。苏阳在拉窗帘时看见了欧阳的车，她拨通电话："是不是想看看我和新的相亲对象约会的情景呀？""呵呵，别误会了，这些天你的火气好大，电话又不接，只能上这儿来看看你好不好。放心，我不会打搅你。"

"我当然好啦，每天约会都忙不过来。下一次，介绍给你们认识啊！""苏阳，你这样不累吗？""很 OK 啊，我要睡了，再见！"

苏阳挂掉电话，拉上窗帘。她忽然意识到，所有的不开心其实都和相亲无关，原因只有一个，那就是，欧阳。

《人类的灵魂嫁衣》

两天后，苏阳把专访稿传阅给杰锐过目，题为《人类的灵魂嫁衣》。杰锐说此文写得很生动，深深触动了他。以往有很多采访报道，常是夸大其词、挑些有的没的写，来刺激读者的眼球。有些甚至像新闻纪要，一问一答式的访问，毫无新意。在杰锐眼里，这算不上什么真正的好文章。而这一篇则不同，文笔流畅，内容真实、感人，不带功利性，是自己多年来一直期待看到的共鸣。

晚上，杰锐请苏阳在欧陆餐厅吃法国大餐，感谢她为自己带来如此丰盛的一道精神食粮。从 33 楼的窗口望出去，淮海路的风景独好，灯火辉煌。两人品着顶级红酒，吃着美味牛排，幸福感在彼此的心中一点点加深。

离别前，杰锐一如既往地把苏阳送回家。转身前，他们彼此有了第一次拥抱。

周五晚，杰锐约上汤尼、苏阳还有导演维克在咖啡吧小坐，商量周日下午的一场时装秀。维克与杰锐在一边讨论细节，留下汤尼与苏阳在一块聊天。

“苏阳，我看了你为杰锐写的人物报道，确实很精彩。不过有个细节，我觉得不是很妥，是否能改改？”汤尼拿出打印稿件，“你看，你写杰锐将来的愿望是踏上国际的舞台这没错，但又写他另一个愿望是能和心爱的女人周游全世界，这恐怕不太合适吧？”

苏阳接过稿子说：“这都是按照杰锐本人的意思写的。”汤尼怀疑地看着她：“不会吧，杰锐怎么可能把自己的隐私公布于众？”“怎么不可能，这就是我说的。苏阳写的没错，表达很准确，这文章不需要改一个字！”杰锐拿过稿子放进包里，笑着说，“阳阳，就按照你写的刊登。”

苏阳被弄得有几分尴尬，低头不知所措。汤尼不服气：“可是，这样刊登出去我怕对你造成不必要的负面影响。”“不会的，这是我内心真正的愿望。事业归事业，我也要给自己的感情生活一个交代，没有人可以阻止和干涉我追求幸福的权利。”

“可是……”杰锐拍拍汤尼的肩膀：“别可是了，采访的对象是我，没有人比我更了解自己内心的想法。”汤尼无话可说，眼神中闪过一丝责怪。

这时，只见维克挂掉电话急匆匆走了过来：“真是麻烦了，后天的秀有一个模特临时有事来不了了。”杰锐说：“那打给莉莉，看看她有没时间顶替下。”维克失望地说：“她去北京了。”杰锐为难地低头：“那怎么办，后天下午的秀是一个模特也不能少的。”“是啊，找谁好呢？”

大家想了半天，杰锐突然眼前一亮：“有一个现成的好模特。”维克和汤尼惊讶地问：“谁？”杰锐盯着苏阳神秘地说：“远在天边，近在眼前。”汤尼和维克同时把目光投了过去：“苏阳？”“我？”

杰锐自信地说：“对，就是你，苏阳小姐。这次的秀由你来顶替空缺的位置。”苏阳连连摆手：“不行不行，我不是模特出身，没有经过专业的培训，身高也不够。”“我说行就行，苏阳你有 1 米 7 吧？”“不到一点，1 米 69。”

“没问题，明天下午进行彩排。苏阳，我看好你，一定行。”杰锐把手搭在她的手背上自信满满地说。维克笑着说：“是啊，苏阳你就试试。说不定，能创造模特界的一个新奇迹呢。”汤尼补充道：“就算，是帮杰锐一个忙。”杰锐再次打气：“阳阳，你穿上我的衣服一定会非常出彩的，我保证！”

苏阳看看大伙，腼腆地一笑：“那，我就试试吧。万一出丑了，你们可千万别怪我。”大伙齐声：“不会，不会，你一定可以的。”

“冒牌”模特

周六下午，苏阳经过几个小时的努力排练，已基本掌握了队形与流程。虽然不如专业模特那么标准，但她对走秀却并不陌生。国内外的表演苏阳看过不少，也对此有些研究。她的顾虑是怕临场发挥不好，坏了整体的表演，砸了杰锐的场子。

晚饭后，杰锐把苏阳送回家，并鼓励她要对自己有信心。苏阳低头，怯怯地说：“杰锐，我真的有些担心，怕做不好。”他双手扶过她的胳膊，温婉地说：“阳阳，你是我见过的女生中最有自信、最有个人魅力的。不要退缩，我相信你一定会做得很漂亮。”

苏阳低着头，像个害羞的小姑娘。

“来，你若不放心，我陪你练习，怎么样？”杰锐在一旁打着拍子，苏阳踩着高跟鞋学着走台的步子。前进、停顿、转身……整个晚上，他们就在这花园里，一遍遍地反复练习。两个快乐的人影被拖拉得很长。

分别前，杰锐给了苏阳一个大大的拥抱。

周日上午，苏阳给她的后援团打电话：“同志们，今天下午一定要来帮我加油助威，谁也不准迟到！”“要叫欧阳吗？”“……随便啦。”

离发布会还有20分钟时间，苏阳和模特们在后台加紧准备。穿着10厘米的细高跟鞋和性感的服装、化着浓妆，苏阳的心都快跳到嗓子眼了。

她悄悄跑到台前，往远处张望了一下。三个闺蜜，连同梁捷、何梦、付曼等人，一字排开坐在最显眼的位置上。没想到，欧阳和徐雅也来了。苏阳下定决心，这一次，一定要好好表现。

转到后台时，杰锐突然出现在苏阳面前。他捋捋她的刘海，给了她一个拥抱：“阳阳，加油！加油！加油！我相信你！”

走秀正式开始，随着音乐的起伏，模特依次亮丽上场。轮到苏阳时，灯光一下子洒在她身上，灼得她只感觉从头到尾的发热。她平视前方，努力让自己保持淡定。

走到台中央时，苏阳突然觉得似有千万双眼睛在盯着自己。“今天的苏阳姐，好漂亮哦。”欧阳不禁脱口：“她的每一天，都是漂亮的。”徐雅转头直直地看着他。欧阳意识到自己失口了，拍拍她的手背安慰道：“当然，你也是。”

几次轮番登场后，苏阳变得越来越有信心了。最后一次，飘逸的服装随着苏阳富有韵律的摆动翩翩起舞，每往前跃进一步，身体就会变得越来越轻盈。

全场模特来到台前谢幕时，杰锐作为设计师隆重登场。所有嘉宾起身鼓掌。还没等苏阳反应过来，杰锐已顺手握住了她的手，并自信地对台下微笑、鞠躬。苏阳觉得脸发热，耳边只剩下鼓掌声。

徐雅望着台上：“欧阳哥，苏阳姐和设计师真的好配哦！”欧阳愣愣：“是吗？”“难道不是吗？”“呵呵……”

走秀结束后，杰锐兴奋地抱住苏阳：“阳阳，你做到了，你真的做到了！你很棒！我为你感到骄傲！”苏阳激动地搂住他：“谢谢你杰锐！我没有想到自己还可以做业余模特！”杰锐深情地盯着她的脸：“在我眼里，你不是业余的，你比专业的模特更有说服力！”

大家纷纷鼓励苏阳，并劝说她干脆也加入模特队算了。她害羞地低下头：“谢谢，我只是个冒牌货，这次是来给大家充数的。我不想影响你们的好成绩。我还是去台下做我的老本行吧，这个舞台是属于你们的。”

来到台下，苏阳把杰锐介绍给各位认识。付曼笑着小声说：“姐，你真不是盖的，太完美了。这个帅气的杰锐，就是来拯救你的黑马王子吧。”“真的，你也这么觉得？”“那当然了，我的直觉不会错。你们郎才女貌，一定能在业界谱写出一曲动人的乐章。”“呵呵，借你吉言，小半仙。”

欧阳主动伸手祝贺：“杰锐的设计很完美，你的表演很精彩！恭喜你们！”苏阳笑着接受：“谢谢你。”闺蜜们问杰锐：“黑马王子，你该如何答谢我们阳阳的临时救场啊？”杰锐瞬时拉起苏阳的手放在胸口：“发自内心的感谢！”杰锐主动提议，“这样吧，晚上我请大家吃饭。”几个人默契十足，齐声说：“我们一会还有事，你们去吧。”苏阳笑笑：“他们都有安排，我们自己去吧。”杰锐只好作罢：“好，那下次，我一定再请你们。”

“没问题。”“快去吧，宝贝儿，加油。”“那我走了，多谢亲爱们，回见。”众目睽睽之下，杰锐拉着苏阳像一阵风似地离开了会场，留下一片羡慕的眼神。

程程看着他们的背影：“看来这次，阳阳真的要恋爱了。”小柔笑着说：“他们一定会成功的，我敢肯定。”潘静羡慕着：“黑马王子带走了我们的公主，那座城堡一定非常特别。”只有欧阳，望着苏阳的背影，一直沉默。

深夜，欧阳将徐雅送回家。下车前，徐雅说：“看到苏阳姐和杰锐哥，真的好羡慕哦，真想尽早喝上他们的喜酒。”欧阳顿时愣然。徐雅看看他："其实，我更想别人喝上我们的喜酒。"

"徐雅,其实我……"欧阳刚想开口,徐雅赶紧用手遮挡住他的嘴,然后紧紧地拥抱了一下，快速下了车。面对徐雅那直白的爱，欧阳很是为难。他在心里默默地说："徐雅，其实，我只是不想伤害你。"

她恋爱了

这一晚，杰锐带苏阳共进烛光晚餐，看夜景，兜风。

零点，杰锐把苏阳送到家楼下。他扶住她的胳膊，柔和地说:"如果每天都能像今天一样这么开心,那该多好。"苏阳低头腼腆一笑:"生活本来就如此美好，看你怎么去对待了。""关键是，和什么人在一起很重要。"杰锐在暗示她，"如果能一直拥有这样单纯的生活，此生无憾了。"

杰锐轻轻抬起苏阳的脸颊，深情地说："阳阳，我……"她知道他想说什么。他在她的额头轻轻地一吻，苏阳能感觉到，这不是礼貌的亲吻。她闭眼接受了。

当杰锐的唇放在苏阳嘴上的那一瞬，她只觉得有一股温热的清风注入了自己的身体，无法抗拒。有多久没亲吻了、有多久没拥抱了、有多久没有那种彼此需要的感觉了。

两人紧紧相拥着，深怕一松手便触摸不到对方的身体了。

俗话说陷入恋爱中的女人会格外动人，苏阳也不例外。她对每个人保持微笑，脸上泛着红光。同事一看便心知肚明，大家谁也不主动发问，很默契地各自埋头工作。

苏阳想起欧阳和徐雅来参加时装发布会的情景,和杰锐的这一页,应该会给欧阳带来不小的震撼吧。这场战争，最终会胜利吗?

她忙给欧阳发了一封邮件，内容只有几个字：我恋爱了！欧阳及时回复：了解。苏阳：你不祝福我吗？欧阳：祝福。

苏阳对着电脑屏幕，自言自语道："怎么样，欧阳立帆，我说过一定会交给你一份满意的答卷。现在，你有了徐雅，我有了杰锐，这应该会是个美好的结局吧。我们，扯平了。"

5月新一期《秀》杂志正在紧锣密鼓地进行中，苏阳想把它作为礼物送给新男友。这段时间，她与闺蜜们的见面次数变得稀少了。其实，重色轻友的不只苏阳一个，就连潘静最近也都是神出鬼没地找不到人。原来，她也恋爱了。

每天下班，只要杰锐有空，都会准时出现在苏阳的公司楼下。看电影、吃饭、参加朋友聚会、听演唱会……杰锐看着心爱的女孩，真希望天天都能见到她可爱的笑容。

当杰锐把时装发布会苏阳走台的照片交到其手里时，她很是惊讶："这些照片是从哪里来的？""是我在台下帮你拍的，喜欢吗？""太漂亮了，我喜欢，谢谢你，杰锐。"苏阳激动地将杰锐拥入怀中，幸福极了。杰锐还挑了一张自己最喜欢的，做上相框放在自己的房间里。

杰锐带苏阳回父母家，以正式女朋友的身份介绍给长辈。杰锐的父母非常喜欢这位独立自主的80后女生，大方、活泼又不失真诚。在二老眼里，苏阳就是马家未来的儿媳了。

初恋情人与现任男友

5月，美丽与丰收的季节。

苏阳一连收到了三个"红色炸弹"，两个大学同学的、一个好朋友的。幸好现在身边有了杰锐，终于可以堵住那些是非人的大嘴巴了。

大学同学，自然也会叫上欧阳。潘静之前打过招呼，不要把欧阳和苏阳的名字放在同一桌，免得尴尬。同学还笑说："让他们在同一桌叙叙旧，说不定还能再续前缘呢。到时候他们真的成了，还要感谢我呢。”

这看着自己的红包塞到了别人的口袋里不说，还要强装笑容送上百年好合的祝福。然后骗自己就当定期存折，事实上什么时候再收回来，那都是遥遥无期的事。你根本算不准自己哪年哪月能结婚，哪怕笃定办喜酒，你也不能确定以前办婚礼的人能来现场送还你的款子。说不准他们去年结，今年就离了，碍于面子，两人都不来了。

结果是苏阳与杰锐、小柔与王辉、程程与莫华、潘静与新男友一桌。欧阳则带来了徐雅，在他们斜对面一桌。杰锐一眼看见对桌的欧阳："阳阳，那不是你老同学欧阳吗，我们过去敬个酒吧。"潘静连忙说："不用过去，一会他们自然会过来的。"苏阳对杰锐说："我去下洗手间。""需要我陪你过去吗？""不用。"

出来时，苏阳正巧碰到欧阳，两人一阵尴尬。欧阳先开了口："嗨！下一场喜酒，是不是……该喝你和杰锐的了？""不一定，我看，应该是我们先喝你的吧？""呵呵，不会的。徐雅是我的小妹妹，不能算是女朋友。""可你们已经是出双入对的了。"欧阳叹一口气，无言以对。

欧阳盯着苏阳的眼睛："杰锐很不错，希望……你们能幸福。"苏阳此刻真想问一句：你真的希望我们幸福吗？她还是忍住了："谢谢，我们会幸福的。先过去了。"

当新人宣誓"我愿意"时，苏阳表面微笑，内心却在痛楚。新人十多年的艰难恋爱历程，从大学到现在，两人谱写了一段感人的佳话。他们爱过、闹过、纠缠过、分离过……终于在这一刻画上了圆满的句号。

当年他们还和苏阳说，看两对情侣谁先结成婚。对方一直认为苏阳和欧阳的感情好，一定比自己先能喜结连理。可到最后，结婚的却是对方。

苏阳的邻桌，坐着10年前的初恋情人;左手边，是现任的男朋友。灯光照耀在台上，所有的目光集聚在那闪亮的一角，此刻没人发现台下的她正在流泪。

敬酒间隙，欧阳和徐雅过来打招呼。酒杯碰触的那一刻，苏阳的心开始往下沉。曾几何时，她幻想和欧阳共同举杯接受祝福。这原本明明可以成为自己的婚礼！却又一次成了看客！

婚礼结束,苏阳终于舒了口气。杰锐在车上握住她的手:“亲爱的,如果你愿意，我也可以给你想要的一切！”苏阳什么也不说，上前紧紧地抱住他。

杰锐无法看见，苏阳的眼角还有泪痕。

第三者

5月最新一期的《秀》杂志终于出炉了。苏阳看见男友帅气地出现在自己的作品中，很是激动。她立马拨电话：“杰锐，杂志出来了，效果很不错，图片也很漂亮。”

杰锐兴奋地说：“真的？太好了，我现在就去报刊亭买，我想马上看到它！”“不，我要把杂志亲手送到你面前。”“那好，晚上我在家里等你！”“嗯，你在哪儿呢？”“我在公司，和汤尼谈些事情，晚上我等你。”

苏阳触摸杂志上的杰锐，心里充满了浓浓暖意。

傍晚还没到，天色便暗了，乌云在头顶蔓延，快要下雨的样子。苏阳想给杰锐一个惊喜，便想提前先到工作室接他一起回家吃饭。谁知到了那里，却不见人影。苏阳问同事：“请问，杰锐在吗？”“他不在。”“他下午什么时候离开的？”“杰锐下午没有来过公司。”

苏阳懵了，下午明明跟杰锐通过电话，他说在公司和汤尼谈事情。她坐进车里，打杰锐的电话，却始终关着机。一种不祥的预感顿时升起。她想也许是杰锐太忙了，手机没电才会关机。也许他在时刚好那位同事跑开了。也许、也许……

苏阳给杰锐找了很多理由和借口，只不过是关机，只不过随口撒了个小谎而已，根本没必要大惊小怪怀疑对方。假设对方有别的女人，自己是不是该放下自尊来妥协这段感情？苏阳隐隐觉得，好像真的有事要发生。

她开车来到吴江路，走了好几个摊位，买了杰锐最爱的生煎、排骨年糕、糟田螺和红豆汤，然后往杰锐的住处赶去。她想在他回家之前先布置好房间，准备好可口的食物，把杂志放在杰锐面前，然后看到杰锐兴奋地将自己搂入怀中，大赞一番。

到杰锐家门口时，苏阳又试拨了一次。电话终于通了："阳阳，是你？""杰锐，在哪儿呢？我一直都找不到你。"电话里很安静，没有半点嘈杂的声音："哦，我手机没电了。我，我还在公司，一会就回去了。你，你在哪儿呢？"

吞吐的回答让苏阳感到不妙，她故意说："我在外面，晚上和你碰头。""好的好的，你开车小心啊，慢慢来，我马上回家等你。""好，你等我。"

她看看手里提着的外卖袋子，从包里拿出杰锐家的备用钥匙。刚想开门，手一抖，钥匙滑落在地上，发出清脆的声响。苏阳拿起钥匙轻轻开门，发现地上摆着几双鞋子。卧室的门紧闭着，隐约能听见里面有微弱的声响。她的心跳得厉害……

苏阳拿出手机再次拨了杰锐的电话，只听里屋传来一阵熟悉的音乐铃声。她闭上眼，心急剧下沉。只听杰锐在那头说："亲爱的，怎么了？"苏阳没出声，杰锐的声音从手机和卧室里同时传入自己的耳朵。他继续问道："喂，阳阳，阳阳，你怎么了？说话啊，你到底怎么了？"

苏阳无法想象杰锐会和什么样的女人躺在床上。女模特？一定是吧。她们年轻貌美、身材曼妙，最能吸引男人的目光。如果她们不和设计师发生些什么，是不是就不正常了？苏阳极力为他找理由，手放在门把上，又缩了回来。

她一狠心，转过身去，却不小心碰到了架子上的花瓶。

“外面好像有动静，我去看看。”里屋传来杰锐的声音，苏阳站在原地不动，心已凉到谷底。门开了：“阳阳，是你？”

她慢慢转过头，只见自己的男友赤裸上身站在门口，眼泪像断了线的珠子一样不停往下掉。她往里一瞥，惊呆了，手里拿着的打包盒掉落在地上，生煎滚出来，红豆汤撒在了明亮的地板上。

她不敢相信自己的眼睛，在床上躺着的，并不是什么艳丽的模特，也不是性感的女人，而是，而是一个全身裸体的男人。而这男人不是别人，正是杰锐最好的朋友汤尼！他见苏阳站在那里，连忙用浴巾裹住下身。

“原来,原来那个第三者,是汤尼？”苏阳强忍住眼泪质问道。“阳阳，你听我说，听我和你解释，事情不是你想的这个样子。”杰锐着急地想说明什么，却没有半点底气。

汤尼走过来，拥住杰锐的胳膊，冷静地说：“苏阳，你都看到了。其实，杰锐也不想骗你的。”杰锐大声呵斥：“你住嘴！”

“既然她都看到了，为什么不敢承认？”“够了！够了！你不要再添乱了！”杰锐上前想拉住苏阳，却被她一把甩开了：“我一直觉得，你有什么事瞒着我。汤尼的眼神，对我一直很排斥。原来你们才是真正的一对。那个第三者，是我，是我！”

苏阳将手中的杂志朝杰锐身上狠狠一扔，夺门而去。

“苏阳，苏阳！听我说，听我和你解释！”杰锐匆忙穿上裤子和衬衫。汤尼却从后背搂住他：“杰锐，不要去找她！不要离开我！不要走！”杰锐甩开汤尼的胳膊：“你给我放开！我要去找她！没有人可以阻止我！这次我伤了苏阳的心。”“杰锐，你宁可要她也不要我！我们这么久了，难道还比不上才认识一个月的苏阳？”

杰锐没有回答，他转头甩门而出，留下汤尼一人。汤尼拿起一旁的杂志，紧紧地拽在手里，眼神中充满了怨恨和敌意。

同性恋与双性恋

天飘起雨来。

苏阳躲进车里，任凭杰锐死命地敲打车窗，头也不回地踩下油门往前冲。她觉得自己像个偷窥者，是个罪人，做了第三者，破坏了人家美好的感情。苏阳万万没有想到，自己竟惨败给了一个男人，一个和杰锐有着相同特征的同性人！她就是再有怨气和不服，也无法和一个同性恋、一个长着喉结的大男人去争风吃醋。

她转念一想，杰锐不仅仅是同性这么简单，事实上，他是个双性恋者！

苏阳痛恨卑微的自己。她无法想象自己和一个男人同时拥有一个男人，而这个男人，同时又拥有一个男人和一个女人。杰锐怎么可以对汤尼和自己左右逢源？她无法想象他和汤尼在一起时，会想到还有一个名正言顺的女朋友吗？当苏阳和杰锐在拥抱，他的心里是不是还一直惦记着汤尼？

苏阳的头脑一片混乱，刚才的那一幕像是演电影，戏剧般的情节偏偏就发生在了自己身上，太讽刺可笑了。

苏阳觉得这个世上，真的没有什么是一成不变的，任何事物都会有破碎和消亡的一刻。比如亲情，比如友情和爱情，比如生命。也有很多事情，是你拥有天才般的智商和情商也无法预料和想象到的，又比如，同性恋与双性恋。

副驾驶座上还放着一本以杰锐为封面人物的新杂志，看着他帅气的面容，苏阳再也无法说服自己的心。这刻，一个将要在国际舞台上发光的优秀服装设计师的形象，在她眼里荡然无存。

苏阳将杂志一页一页撕了个粉碎，将它们扔出车窗。

苏阳在车里痛哭，她想给欧阳打电话，却没有勇气按下去。闺蜜的电话一个个打来，苏阳根本没心情接。

深夜，她回到小区门口，竟看见欧阳在雨中等自己。他上前撑开伞，一把拉过她的胳膊抱进自己怀里。

此刻，苏阳再也强撑不住自尊和颜面，靠在他的肩上狠狠流泪。她紧紧抓住他的衣襟，雨伞掉落在地上。这个让苏阳痛到骨子里的男人，此刻，她真的很想他，也怨恨他。

远处，徐雅在车里目睹眼前的一切，愤怒地红了眼眶。

第二天醒来时，苏阳觉得天旋地转。

昨夜淋了雨，受了些风寒。欧阳为她熬了姜汤，准备好点心上班去了。苏阳打开手机，一连串的电话和短信，全是杰锐的。无数个“对不起”，看得她身心麻木。

苏阳回到公司，整个人像泄了气的球一样，憔悴、疲惫，不堪一击。同事们纳闷，昨天和今天怎么就相差这么大，完全跟换了一个人似的。

摆在桌上的，是最新一期的杂志，封面上的杰锐正对着苏阳微笑。她敏感地把它翻了面，一扭头，柜子上还摆着十余本相同的杂志。苏阳把它们全部请出了自己的办公室，并提醒说：“5月的《秀》，以后不要拿进我的办公室。谢谢。”伙伴们看看她，没吱声，默契地点了点头。

中午下楼，苏阳经过对街的报刊亭，看见《秀》杂志放在最显眼的位置上。依旧还是杰锐的风姿与笑脸，她感到一阵窒息。路人买了一本，边走边翻阅。苏阳瞄了一眼，正好是采访杰锐的访问。她快速地离开，想远离有杰锐影子的地方。

行走在斑马线上，她在心里和自己说：杰锐和苏阳，到此结束了，黑马王子再也拯救不了公主。自己选择退出，让他自由地去飞吧。

到了公司楼下，苏阳看见一辆熟悉的车停在那里，杰锐走下来，站在原地望着自己。苏阳的眼眶红了，她想上前给他一个拥抱，但现实不可以，已经没有扭转的余地，一切似乎都不可能了。

两人来到对街的咖啡吧，杰锐显得很憔悴："我今天没心思做任何事，就想到公司来等你。哪怕看一眼也好，能见到你，我就心安了。对不起。"

"有什么话，就在这里说吧。"苏阳很平静，她不再像昨夜那般气急和冲动。她觉得该给杰锐一个坦白和解释的机会，这样对谁都公平些。两人搅拌着眼前的咖啡。苏阳喝一口，皱眉："好苦。""怎么会呢，我点了你喜欢的卡布基诺，加了奶的。"苏阳二话没说，又在杯中加了包白糖。她再喝一口："还是苦。"

杰锐明白苏阳是心里苦，他握过她的手："对不起，对不起，我真心地向你赔罪。"苏阳抽出自己的手："没事，你说吧。"

"地下情"背后的故事

在这个阴郁的午后，杰锐对苏阳道出了自己的故事。

上大学时，杰锐有一个非常要好的女友萱，毕业后两人交往也很不错。而汤尼是杰锐最铁的同学兼哥们，三个人有事没事经常聚在一起。后来，萱嫁给了老外，随着他出国定居了。

杰锐度过了人生中最灰暗的一段时光，他成天把自己灌醉在酒吧里，天亮才醉醺醺地回家。家里脏乱不堪，满地的烟头和酒瓶。颓废的杰锐不吃不喝，更没有心思努力做事。汤尼一边守着他，一边照顾他的饮食起居。

那一夜，汤尼扶着喝得烂醉如泥的杰锐走出酒吧大门。他看见他为了女人一蹶不振，怒气地吼道："你看你现在像什么样子，一个女人就把你折磨得人不像人鬼不像鬼了。既然萱都不爱你和别人走了，你还在幻想什么？死心吧。"

杰锐倒在地上，落魄地说："她真的走了，她真的不要我了？"汤尼红着眼眶说："杰锐，你的方向去哪儿了？难道只是说说而已，你不想成为一名优秀的设计师了吗？与其把时间浪费在那样的女人身上，还不如想想怎么去奋斗。你不能整天躲在酒吧里自暴自弃，懦弱到要靠酒精来麻痹自己。我要带你离开这混沌的地方，我要让你清醒！这不是真正的你，T台才是你的舞台，那才是你的人生！"

"可是，萱还没穿上我为她设计的婚纱，就已经和别人走了。让我怎么接受这个事实？她亲口说过要第一个穿我设计的衣服的，她食言了！"杰锐伤心地哭着。

汤尼摸着他的脸，心疼地说："是她不懂得珍惜，是她没有这个福气。她走了，说明你们没有缘分。忘了吧，忘记过去从头来过。她离开你，我会一直在你身边关心你、照顾你，永远不会放弃你。我要让你知道，这世上除了女人，还有很多东西值得去追求。"

杰锐摸着汤尼的手："我知道，你也会对我好的，是吗？"汤尼红着眼："她不爱你，你就把我当作她，让我代替她来爱你，好吗？也许你会发现，我比她更懂得珍惜你。我们在一起，一定会比从前更快乐……"

借着酒劲，杰锐像抓救命稻草一样抓住了汤尼。在这个世上女人可以抛弃他，唯独汤尼不会。第二天醒来，杰锐看见汤尼温柔地躲在自己怀里熟睡，发出微弱的呼吸声。他好像想起些什么，只觉得头痛欲裂。杰锐推醒汤尼："我们这是在干什么？我们怎么会……怎么会成这样？"

汤尼睡眼惺忪地坐起来，从后面环抱住杰锐。他轻轻抚摸他的前胸："昨晚，我们在一起很开心。"杰锐拿开汤尼的手，自责懊悔地抱住头："我们怎么可以？我觉得很龌龊，很讨厌这样的自己。"

汤尼望着他："真心地对待彼此，这也叫龌龊吗？"杰锐皱着眉说："可是，这样太不道德了。""为什么就不道德了？难道男女之间的欺骗和背叛就道德了吗？”“可这是违背社会伦理的，是要遭到世人唾弃的。我无法想象，我到底做了些什么。”杰锐边说边下床穿衣服。

汤尼拉住他：“你昨晚很棒，我们在一起非常和谐，你忘了吗？”杰锐的脑里一片混乱：“不要说了，不要再说了！我们就当什么事都没发生，都过去了，我和你还是最铁的兄弟。”

“我不要，我不要只做你的兄弟！”“那你要做什么？”杰锐穿上裤子站着问他。汤尼下身包上浴巾，环抱杰锐的腰，温柔地说：“我要做你的女人，做你的伴侣！”

杰锐奋力甩开他的手：“你疯啦？你知道自己在说什么吗？”“我当然知道！难道这么长时间你还看不出来，是谁在背后关心你、照顾你、支持你……你应该明白的。”

“我明白……可是……”汤尼用手堵住杰锐的嘴，深情地望着他：“明白就好，我会让你知道，在这个世上真正对你好的人，是我。”

杰锐面对真诚的汤尼，无法再找理由拒绝。男女之情，到最后不是撕裂就是变成仇人。也许同性在一起，真的会比异性在一起得到更多的自由和幸福呢？杰锐这样想。

最终，杰锐没有推掉汤尼环抱在自己身上的那双手。

男人的嫉妒

杰锐与汤尼开始了一段潜在水下的同性之恋。

汤尼很用心地维护着杰锐，为他做了很多很多事。杰锐从内心深处感激他，并承诺一定会好好对他。

之后，杰锐谈了一段不长不短的恋爱。汤尼一开始排斥，认为杰锐不再爱自己了。杰锐对他说：“我是个男人，是个正常的男人，我应该拥有自己正常的恋爱生活。你也一样，应该去寻找自己的幸福。”

可汤尼却执着地说：“我要找的人就是你，我爱的人也是你。除了你，我不会再关注任何人！”杰锐告诉他：“可是我需要的，是正常男人可以拥有的。如果你能接受，我们还能在一起。如果你接受不了，我也没有办法。”

汤尼握住杰锐的手，郑重地说：“我接受，我可以接受你身边所有的女人。我知道，她们就算再优秀，也无法和我相比，无法替代我在你心里的位置。因为在这个世界上，汤尼只有一个。”

杰锐明白，汤尼陷得很深，到了无法自拔的地步。他爱他爱到了骨子里，甚至可以付出自己的生命。当车子与货车相撞的那一刻，汤尼硬是从副驾驶上跳到杰锐的身前，为他挡掉了整面撞碎的玻璃。汤尼流着鲜血倒在杰锐怀里，虚弱地说了句：“杰锐，你没事就好了……”

杰锐心里充满了自责与愧疚，他觉得比起汤尼，自己付出的太少了。他也明白，无法做到两碗水端平，这样无论对谁都不公平。毕竟，杰锐是个双性恋者。

杰锐先后换了几个女友，最终都因各种原因无疾而终。她们得知杰锐是同性恋后，更是毅然地离开了他，只有汤尼始终在他身边不离不弃。每当这时，汤尼都会说：“她们都是过眼云烟，玩玩就算了，不必太在意。我会一直对你好的，只要我们在一起。”

杰锐沉默，闭眼流泪。汤尼不知道，杰锐其实是想过正常人的生活，他不想这样一直苟活下去。可他无法拒绝汤尼，因为自己已成为汤尼生命中的一部分，再也无法分割了。

直到杰锐遇见苏阳，他是真的爱上了。这一次，他想安下心来。

当苏阳出现在杰锐面前，一旁的汤尼立马感到了不祥之兆，眼神中流露出警惕和敌意。他认为，又一个情敌出现了，又要来和自己抢夺心爱的人了。

苏阳回想，难怪第一次在清吧看见汤尼，总感觉他对自己很排斥。后来在酒吧庆功，当杰锐醉倒在自己怀里，汤尼又把犀利的目光投到她身上。苏阳只要一想起他的眼神，全身就会不寒而栗。她没有意识到，女人特有的嫉妒也可能发生在男人身上。想到这里，苏阳捂住脸哭了……

事后汤尼问杰锐："你是不是真的喜欢上那个苏阳了？"杰锐不答，只管自己做事。汤尼感觉身边危机四起："她又要来和我抢你了，对不对？"杰锐语重心长地说："苏阳是个好女孩，我不想错过她，也不想伤害她。"

那天苏阳把钥匙忘在家里，杰锐主动提出让她去自己家住。他趁身边没人的时候打电话给汤尼："今天你不要去我家了。"汤尼问："为什么？"杰锐说："我有朋友过去，不方便。"汤尼嗅到了味道："是不是苏阳？"杰锐没有回避："是她。""你们……""别多想，她只是在我家借宿一晚，回头我去你那里。"

这一夜，杰锐到了汤尼家倒头就睡，与他没有任何亲密接触。

杰锐的采访初稿出来时，汤尼在第一时间看完了它。当他拿着稿子对苏阳指出有一处不妥时，杰锐却说这是按照自己的意思写的。当着大家的面，说要给自己的感情生活一个交代。汤尼心里充满了醋意，他更加嫉恨苏阳了。

汤尼看见杰锐的房间里摆放着苏阳的照片，他握在手里，真想把它砸烂。看到杰锐过来，他又连忙把它放回了原位。杰锐笑着说："怎么样，我女朋友很漂亮吧？""嗯。"汤尼没有吱声，把内伤一点点往下压，他恨透了照片中苏阳那张和善的笑脸。

没名没分的"小女人"

那天中午，汤尼在杰锐的车里发现了小礼盒："这是什么？"杰锐开着车，洋溢着幸福的笑脸："打开看看。""是戒指？""我打算送给苏阳。如果她给我机会的话，我想向她求婚。"

汤尼吃惊地问："你说什么，你想和苏阳结婚？""是啊，难道你不希望我幸福吗？"汤尼失望地松开手，戒指差点掉出来。"小心！别把它弄坏了。"杰锐把戒指盒盖上，放进礼袋中。汤尼直白地盯着他："你认为，你和苏阳在一起会幸福吗？"杰锐回答："当然，我可以坚信。"

汤尼对他吼道："你别妄想了，苏阳和那些女人一样，对你只是新奇罢了。她不会花心思在你身上的，你们是不会长久的！""你住嘴！"杰锐停下车，"汤尼，难道你希望我们永远维持这样的关系吗？我早就说了，我们应该追求真正的幸福，过正常的生活。现在我找到了，苏阳是个好女孩，我不想错过。我不想再重蹈覆辙，走以前的老路，我希望你也不要。收手吧。你该去找一个女朋友，过正常的男女生活。而不只是每天跟着我，做我背后没名没分的'小女人'，这样对你不公平！"

"好啊，你现在遇到新欢了，就想把我开除了？""汤尼，我不是这个意思。说得直白点，我们这种见不得光的关系总有灭亡的那一天，你和我其实都清楚！"

汤尼哭着说："可是你别忘了，当初萱离开你的时候，是谁在你身边不离不弃地照顾你、关心你，当你兄弟、当你的垃圾桶。如果没有我一直在身后帮助你，你能有今天的这一切吗？你敢说当初没有我汤尼，你能那么快出人头地吗？能吗？"

杰锐红着眼沉默。

汤尼边说边流泪："你不要忘了，是谁把你拉上正轨的。如果当初不是我把你从泥潭中救出来，说不定你早被那些高利贷的人打死了！打不死，也成了一个不折不扣的隐君子。你只有躲在酒吧后面的那条臭阴沟地里，像只老鼠一样四处躲藏。马杰锐这个名字，永远不会被人所知。想想从过去到现在的这一切吧，你不觉得对我很不公吗？"

杰锐心里也是非常难过：“我知道你对我好，你有恩于我。在这个世上再也找不出比你汤尼对我更衷心的人了，连我的亲兄弟也不及你。你对我所做的一切，我马杰锐都放在心里，并会感激你一辈子。但是，生活是现实的。我作为一个男人，我不能到最后连自己的性取向都模糊不定。我需要正常的家庭，一个我爱她、她也爱我的妻子，一个可爱的孩子。这才是我应该过的生活，你也同样。一个男人真正的成功，是有个幸福、稳定的家庭。这些不是你汤尼所能及的，你也不是万能的。”

“现在不都流行领养孩子吗？我们也去领养一个，可以把他当作亲生的对待。”

“别傻了，汤尼，这根本就是两码事。别忘了，我们始终是个男儿身，再怎么修饰，也永远变不成女人。男人天经地义就是应该爱女人，如果男人和男人也可以相爱和生活，那么人类就不会发展到今天。为什么你还是不明白呢？”

“你就是怪我不是女儿身，怪我不会给你生孩子，怪我不能满足你的生理欲望？对不对？”汤尼的思想越发变得畸形和怪异。

“汤尼，我不是这个意思。我们根本就不能相爱，这是违背伦理道德的，这个社会最终也不会承认和接受的。第一天我就和你说过的，你为什么还要执迷不悟？”

汤尼心痛地质问他：“你现在怪我执迷不悟？当初你很清醒，那为什么还要接受我？现在有个心爱的女人，就想把我一脚踢开。为什么？为什么？”

“对不起，对不起……”杰锐边开车边连连道歉。汤尼使劲抱住杰锐的胳膊，激动地大喊：“我不要离开你，我不要！我不要让别的女人抢走你！”

“汤尼你干什么？我在开车！别这样！放手！冷静点！”车歪歪扭扭地行驶着，遇到转口，和对面的车险些撞上，杰锐一个快速转弯，被迫紧急踩了刹车。

杰锐大声呵斥："你这是要干什么？不想活了吗？"

命中注定离开你

汤尼把头埋在杰锐肩上痛苦地哭诉："杰锐，我是真的爱你，我真的爱到无法自拔了！这么多年来，我对那些女人视而不见，为的就是能和你在一起。只要你开心，我就是再苦再累也值了。面对家人和朋友，我始终保持一个口径：我喜欢自由的生活。我也活得很辛苦，我也失去了很多，不是吗？我汤尼就是为你而活着的，没有你，我就是设计出再多再好的作品又有什么用？我所有做的努力都是为了证明给你看，我要让你觉得和我汤尼在一起是值得的！"

汤尼颤抖着身体，放声大哭，把这些年所受的委屈和痛苦连同压抑通通发泄了出来。

杰锐傻了，他靠在车座上，眼泪不自觉地往下掉。他撕心裂肺地哭喊着："为什么？为什么？这到底是为什么啊？啊……啊……"

阴郁的午后，更添凄凉与悲痛。他们觉得世界末日来临了。

汤尼从口袋里掏出一枚硬币，闭上眼："我们没有选择，那就交给老天爷来决定吧。如果正面是人字头，你就和苏阳分开；如果是花，我们分手，你可以和她走。"

杰锐点点头，无奈地说："好，就交给老天爷来决定吧。10年的感情，也该让它做个了结了。"

汤尼心痛地拿着硬币，向空中奋力一弹，两人同时向上眺望。汤尼用右手盖住左手背，闭眼等待抉择。当看见硬币的面是花时，他闭上眼抱头痛哭。杰锐松了一口气，不断流泪。汤尼抱住他："杰锐，杰锐……你真的要离开我了！"

"汤尼，这是老天爷的决定，命中注定的，我们不得不面对。""最后再答应我一个要求吧，现在我去你那里，我们最后再重温一次。给10年来的感情，画上一个完美的句号。从今以后，我汤尼再也不影响你的前途和幸福。你可以和苏阳走，但在今晚之前，你还是属于我的。好吗？别拒绝我！”杰锐流泪答应了汤尼的请求。

这世上，谁也成不了谁的救世主。面对最后的抉择，汤尼不得不面对这残忍的结果。

当苏阳下午打电话给杰锐时，他只能撒谎。他想满足对方的最后一个心愿，也为了弥补对汤尼的愧疚。杰锐说：“晚上苏阳要过来，你6点前必须离开。”

汤尼抱着杰锐，把心痛咽进肚子里。用尽他全身的温柔与激情，只为了与最爱的人再重温一下这10年来的情感……

“接下来的事情，你都看到了。”杰锐对苏阳说，“我想了一晚上，就算最后不能得到你的原谅和理解，我也要和汤尼说清楚。这10年来我过着非人一般的生活，没人知道我心里有多痛苦，汤尼也一样。他比我承受了更多的伤害和委屈。我至少还有女朋友，可是汤尼，他只有我一个男人，唯一的男人！”杰锐颤抖地抽泣着。

苏阳流泪，万分心痛。为汤尼，为杰锐，也为自己。

“这是畸形的，是变态的。所以我不能再错下去了，再不停止错误，将来对他的伤害就会更大。这是对感情、对家人、对社会、对人生的不负责。”

苏阳喃喃自语：“这个打击对汤尼来说太大了，是致命的。”

杰锐点点头：“我明白，所以，该停止了，一切都该结束了。阳阳，我知道这件事对你造成了莫大的伤害。我诚恳地向你道歉，对不起，我不是有意的。”

苏阳哭着摇头。

“我不奢望得到你的原谅，只希望，你能够理解我，理解一个在心理上有缺陷的男人。”杰锐哽咽地说，“就当，我是残疾的，我允许你离开我。放你走是对的，我不该再自私地拥有你，那样你不会快乐和幸福，对不对？”

苏阳终于忍不住，趴在桌上狠狠地痛哭起来。只听杰锐一遍遍地说着：“对不起、对不起、对不起……”

苏阳没有勇气接受杰锐，她觉得不能完全怪他，这是命运的安排。虽然杰锐还是希望苏阳能重回自己的怀抱，但他明白，自己已搂不紧一个伤透心的女人了。他的拥抱会心虚，手会发软。他会不自觉地想到这双手在上一刻，还触摸过另一个男人的身体。这是侮辱和不尊，若是这样，他宁可远远地看着她给她祝福，至少，她可以清白地过日子。

杰锐看着苏阳远去的背影，右手触摸到那个娇小的盒子。戒指还在口袋里安静地躺着，正等待和那个女人亲密地结为一体。这枚忠贞的钻戒，这辈子，再也套不进苏阳的手指里了。

他紧紧地握着它，站在原地，直到雨水从空中降落，再一次冲刷身体和心灵。

诬　陷

三天后，苏阳在公司接到一个电话：“苏阳，我是汤尼，我有事问你，在公司楼下等你。”“有什么事，就在电话里说吧。”“你别怕，我不会伤害你的，下来吧。”

苏阳来到楼下，上了汤尼的车。她低头不语，觉得对汤尼有愧疚，但却说不出任何可以道歉的话。

“我今天过来，就是想问问你，这是怎么回事？”汤尼把一本八卦杂志放在她面前。封面上赫然矗立着一行大标题：“著名青年服装设计师杰锐与一男子的十年同性生活浮上水面。一段三角恋被曝光，谁是幕后真正的第三者？”

她翻开一看，一篇名为《十年的同性生涯》的文章，让苏阳的脑袋“轰”地炸开了。文中不乏公开了杰锐与一同性男子的私密生活照，只是打上了马赛克。还阐述了杰锐的情感生活和背后的故事，甚至还提及了他的现任女友，某杂志的主编。虽然没有写真名，但却把苏阳的照片也登了出来，脸部打了马赛克。

文中写道：“十年来的蹉跎岁月，让杰锐在本市享有了一定的知名度和人气。而他背后的那个‘女人’，其实是个男儿身。是一位在杰锐身后，默默为他付出所有的男人……”

苏阳的手颤抖着，她不敢相信这篇文章怎么就鬼使神差地上了八卦杂志的头条新闻。她摇头：“不会的，不会的，怎么会这样呢？”汤尼瞪着眼质问她：“是不是你干的，是不是？”

苏阳诧异地回头：“汤尼，你怎么能怀疑是我做的？”“不是你会是谁？我和杰锐这么多年了，几乎没人知道我们之间的隐私和秘密。现在被你知道了，紧接着就上了八卦杂志。因为你气不过，你看见杰锐和我在一起你就嫉恨他。女人的嫉妒心真是可怕，我无法想象。你得不到他就要把他毁掉，让他身败名裂，这就是你的目的对不对？”

苏阳使劲摇头：“不是、不是、不是！我怎么可能会用这种卑劣的手段对付杰锐？你这是在诬陷我！”“我诬陷你？你本身就是干这一行的，上杂志登篇文章对你来说小意思。你能让我和杰锐相信，这不是你干的吗？”

苏阳捂住头，觉得快崩溃了：“我说了不是我、不是我、不是我！我不会做违背良心的事，你不要冤枉我！”“亏杰锐对你这么好，连戒指都准备好了，一心想着向你求婚。可是你做了什么？这下，全上海人尽皆知杰锐是个同性恋，还是个双性恋。你让他以后的路该怎么走？他的人生正要往上跨一个台阶，却被你一脚踢了下来。苏阳，你好狠心！我恨你！”

“够了够了！不要再说了！即使你再怎样污蔑我、怪罪我，我始终都不会承认的！你不要妄想屈打成招，我没有做过的事情我凭什么要承认？汤尼,别再自欺欺人了,够了！”“你什么意思？难道你认为，是我想要害杰锐？”

苏阳把眼睛看向前方："我没有这个意思，但你心里很清楚，我不需要再多说什么，自重吧！”她说完下车。汤尼踩上油门，经过她身边又丢出一句话："苏阳，你够狠！”

苏阳没有理会，只是在心里说：汤尼，是你狠！

又路过对街的那家报刊亭，苏阳敏感地看见那本八卦周刊。两个女孩买走了它，惊奇地说："哇，你知不知道，原来那个杰锐，是个同性恋啊。”“准确来说，他是个双性恋，男女都爱啊。”“天哪，这么开放啊。杰锐原来在我心目中是多么完美，没想到他的私生活这么复杂混乱。”“正常啊，对搞艺术的人来说一点都不足为奇，只是我们普通人不知道罢了。”

女孩的对话，像把尖刀一样戳在苏阳的心上，生疼。

汤尼从苏阳公司离开后，便赶往杰锐的工作室。他把杂志往桌上一扔："看到了吧，这就是她对你的杰作。”杰锐翻了翻，把它扔到一边："荒唐！苏阳绝对不可能这么做的，我相信她！”

“你相信有什么用,事实上这消息就是她散播出去的。”“你胡说！苏阳不会这么做的！”“为什么不会？”汤尼拿起杂志，“我刚刚就是从她公司过来的，她亲口向我承认的，这件事就是她做的！她苏阳想毁掉你的一生，难道你还看不出来吗？”

“不要说了，不要再说了！我现在想冷静一下，你走吧，把这个带走，别让我再看到它！”杰锐捂着头指指一旁的杂志。汤尼愤怒地拿过它："杰锐，10年了，你宁可相信她也不相信我！”

杰锐吼道："别他妈再跟我提什么10年！够了！”“杰锐，你可以！”汤尼指着他的鼻子，甩门而出。

胁 迫

晚上，苏阳在床上辗转反侧。她觉得该打个电话问一下杰锐。听到杰锐的声音，苏阳声泪俱下：“我看到报道了，很心痛。”“我也看到了。”苏阳捂着手机：“怎么会变成这样的？怎么会这样？”杰锐温柔地说：“我知道，这和你毫无关系，对不对？”

苏阳没有把汤尼找过自己的事告诉杰锐，她不想再惹是非。“杰锐，你相信我吗？相信我吗？”“我相信，我当然相信！”听到杰锐肯定的回答，苏阳失声痛哭：“杰锐，我苏阳向你保证，我绝不会做违背良心、违背道德、违背原则的事！”

“阳阳，你不需要和我保证，你是绝不会做那样的事情的。你是个好女孩，是我辜负了你。对不起，对不起。”“不要再说对不起了，杰锐、杰锐……”苏阳心痛地叫着他的名字，她多想把那句“我爱你”说给他听。事到如今，自己却再也说不出口了。

寂静的深夜，只有手机信号灯的光亮，那么微弱和凄凉。

第二天，苏阳晚 9 点离开公司。进车库取车时，突然窜进一个人：“汤尼，是你？”他将刀子架在苏阳的脖子上，凶狠地说：“别废话，快开车！”苏阳没有吱声，踩下油门，汤尼藏好手中的刀子。经过车库路口时，保安望望车里的人，然后示意将车开出去。

汤尼逼着苏阳开到了偏僻的道上，他又拿出刀子，把刀背架在她脖子上：“下车！快下车！”苏阳被迫下车：“汤尼，你到底要干什么？你冷静点！”

汤尼像只发了疯的豹子，边哭边吼：“我无法冷静了！杰锐再也不要我了，他不爱我了！都是你！如果没有你的出现，我和杰锐就能好好地生活下去！你打破了我所有的计划，打破了我们将来的路。我完了，我什么都没有了！”

苏阳哭着喊道：“汤尼，不要再执迷不悟了，醒醒吧！”“你有什么资格这样说我！”“我是没有资格说你，但你的行为，伤害了每一个爱你的人。求你，不要再错下去了！”

汤尼将刀背一使劲：“你这个贱女人，给我闭嘴！凭什么来教训我？你以为用你的小脸取悦杰锐，他就会被你打动吗？信不信我现在就刮花你的脸，这样杰锐就再也不会要你了！”

苏阳哽咽地说道：“汤尼，我和杰锐已经结束了，我们不可能在一起了，你可以放心了！”“那有什么用？杰锐也不会再理我了，我们也完了，都完了！”“汤尼，我替你感到惋惜，真的！”“我不要你来充当救世主！”

“真正的救世主就在你心里。杰锐这10年来能这样接纳你，也够可以的了。你对他付出一切，你委屈、你无辜，你连生命都可以拿来捍卫爱情。可是这样，对方就应该拿自己的一生作代价来感激你、补偿你、回报你，是这样吗？”苏阳说出了发自肺腑的话。

汤尼边听边哭。

苏阳痛哭：“你有没想过，对方是不是也心甘情愿地想要接受你的一切，这个是症结！爱本身没有错，可是爱过了头，会变质、会用错方式、会往畸形的路上不断错下去。你一味地用自己的爱来圈住他、占有他、控制他、迫使他，以为给他的是幸福。其实你不知道，你圈住的，是自己的幸福。你在精心设计的陷阱里自欺欺人，值得吗？”汤尼抬起头，大喊：“值得！值得！我为杰锐付出的这一切，我永远都不会后悔！”

苏阳想让汤尼清醒，假使今天用刀子割破自己的喉管，也要让他知道错误的根源在他自己。

“我相信你们之间确实是真感情，你们的爱很伟大，超越了世俗的男女之情。你想得到世人的认可，这没有错。每个人都有权利选择自己的人生，但是你选择的，恰恰是一条遥遥无期看不到尽头的路。人人都希望执子之手，与子偕老。反过来想想，人这一辈子究竟做对了几件事？也许一件事，只要走错一步，就足以毁掉你的一生。这个代价，难道还不够大吗？”

架在苏阳脖子上的手渐渐松了下去。刀掉在地上，发出清脆的“咣当”声。汤尼坐在地上，呜呜地哭起来。苏阳看见对面停下一辆货车，司机站在对面打电话。苏阳立即说：“汤尼，快走，他们喊110了！”

汤尼慌了神，急忙起身。苏阳说：“快啊，还愣着干吗，快跑啊！这里就交给我吧，快走啊！”

他对苏阳望了一眼，然后撒腿跑开了。司机扶过苏阳：“小姐，你没事吧？”

“我没事，没事。谢谢你。”“我刚在路口看见他把刀架在你脖子上，是拦路抢劫吧？你别怕，警察一会就到。”

110来后，苏阳被带到派出所。警察问：“那男子长什么样，你还记得吗？”苏阳平静地说：“不太记得了，天那么黑，我看不清。”警察问：“那么晚了，你一个单身女子开车去那么偏僻的地方干什么？”

“我开错路了。”“他是劫车的吗？”“对，他想要钱，但我没给，和他僵持了一会，你们就来了。警察同志，反正我也没有什么损失，就不要调查下去了。”“最近拦路劫车的案件很多，你们女孩子特别要引起重视。天黑，尽量不要往陌生的地方行驶。”

“知道了，我会记住的，谢谢。我可以走了吗？”“在这里签个字，你可以走了，需要我们送你回家吗？”“不用了，谢谢。”

苏阳没有向警察交代出实情。她认为汤尼只是个不懂事的孩子，孩子犯了错，是需要别人给予宽容和理解的。只要他承认错误，还是可以得到原谅的。

上帝是宽容的，苏阳这样想。

以死谢罪

几天后，苏阳接到杰锐的电话："阳阳，我是杰锐。有件事必须当面和你说，你能出来吗？我在公园的石凳上等你，不会耽误你太多时间。"

苏阳感觉不妙，赶到公园，看到杰锐正坐在石凳上落寞地抽烟。他看见苏阳，上前猛地抱住她的腰，大声哭了起来。苏阳一脸困惑，问："杰锐，怎么了？别这样！"杰锐神情恍惚地说："汤尼、汤尼、汤尼他……""汤尼怎么了？汤尼到底怎么了？"

"汤尼……汤尼……他死了……"杰锐抽泣着。

苏阳呆住了，她的脑袋被抽空，思绪一片空白："你说什么？汤尼……他……死了？"杰锐抱住头："汤尼死了，是我害了他，是我害死了他……"

杰锐对苏阳讲述了后来发生的事情……

杰锐从报刊亭买来八卦杂志，仔细地看了那篇报道。文中的诸多情节，牵涉到自己与汤尼的很多生活隐私。那些私密的细节，除了当事人没有人会知道。还有那些亲密无间的照片，除了汤尼的电脑里有，不可能流露到外面。杰锐一看便明白是汤尼所为。

杰锐找到汤尼，拿着杂志对质："告诉我，这是你做的对不对？"汤尼一看，心虚地转身："怎么可能是我干的，我和你在一起都10年了，难道你还不信任我？"

杰锐拉住汤尼，把杂志扔在他面前："你自己看看，这些事情除了我俩，还有谁会更清楚！"汤尼闪烁其词："那我怎么知道，或许我们的事情早就流露出去了呢。况且，苏阳都已经承认了，你为什么不肯相信我？"

杰锐镇定地说："不要骗我了，汤尼。这10年来你那么衷心于我，可是这一次，你的眼睛欺骗了你的心。"汤尼躲闪地问："有吗？"杰锐盯着他的眼睛："没有吗？你敢对天发誓，这件事和你汤尼没有半点关系吗？""我敢发誓！"

杰锐点点头："好，用我的生命发誓！假如有，我马杰锐今生就不得好死。你敢发这样的毒誓吗？"杰锐凑近汤尼的脸问。汤尼躲开："干吗要发这样的毒誓，有必要么？"

"别忘了，过年的时候我们还去庙里拜过。想想当时双手合十的样子吧，你有多么虔诚。你在菩萨面前闭眼为我许愿，你所有的愿望都和我有关。而现在，你不怕佛祖在看你吗？不怕显灵吗？不怕你的罪行得到印证吗？啊？"杰锐红着眼，死死地盯着汤尼。

一时间，空气似乎都凝固了。

汤尼终于承受不住，"啪"的一声跪倒在地，抱住杰锐的腿开始痛哭："对不起、对不起、对不起……"杰锐呆了："真的是你干的？真的是你汤尼的所作所为？"

"是我，是我，我承认是我干的！我恨苏阳，恨你要她不要我，我恨透了！我真的快疯了！是我把我们的资料发给八卦周刊的。我可以让你成功，也可以让你在一夜间跌落千丈。可当我发完邮件的那一刻，我就后悔了。我让杂志社不要刊登这篇文章，可已经来不及了。"

杰锐哭着说："汤尼，你要我说你什么好呢。我知道你恨我，你想让我身败名裂，想置我于死地，这都没关系。男子汉大丈夫能屈能伸，大不了东山再起重头来过！可是，你不该把苏阳也牵扯进来。她自始至终都只是个受害者，她是无辜的。你为什么要这样毒害她？"杰锐伤心地摇头，"别人若是不知道还好，要是对她的工作和个人声誉造成了影响，我马杰锐唯你是问！"

汤尼哭着忏悔："我有罪、我有罪！我只要一想到苏阳放我走的那个眼神，我晚上都会睡不着。"

杰锐抬起头："你说什么？你还对苏阳做了什么？做了什么？"

"我……我拿刀劫持了她。原本想把她的脸刮花，这样你就不会再爱她了。可她却说了一番让我心软的话，她点醒了我。我以为苏阳会把我交给警察，可她毫不犹豫地让我跑路。我对不起她，我都做了些什么……”

“你……你怎么可以……怎么可以对苏阳做出这种伤天害理的事？你的良心去哪儿了？”杰锐使劲捶打汤尼的后背。“杰锐,你打吧，不要手软。我是罪有应得，我知道老天也不会宽恕我的。”

杰锐瞪大眼睛吼道：“你知不知道，你用自己的爱，害了你和身边的人。这种感情,是致命的！”汤尼把头埋在地上,苦苦哽咽道:“我知道自己有病，病入膏肓，已经无药可救了……”

两天后，杰锐收到了汤尼的一封电邮。

邮件中讲述了汤尼 10 年来的心路历程，觉得现在该是解脱的时候了。他承认给杰锐和自己造成了巨大的痛苦，最后，还连累和伤害了无辜的人。汤尼觉得罪不可赦，不配得到任何人的原谅。他觉得失去杰锐，比失去自己的生命更为心痛。所以，现在要结束自己的生命，来成全失去杰锐的痛。

最后，汤尼说如果还有下辈子，希望母亲给他生个女儿身。这样，汤尼就可以堂堂正正地去爱杰锐,做他背后真正的女人了。到那时候，汤尼会给杰锐生个可爱的孩子。

汤尼最后让杰锐转告苏阳，他向苏阳诚心道歉。还想告诉她，杰锐是个好男人，如果可以的话，希望她能重新回到杰锐身边。虽然自己不能和杰锐牵手度过余生，希望苏阳能完成他的心愿，牢牢抓住他的手。这样等到下辈子，自己就可以以一个女人的身份和苏阳好好地争夺杰锐，做一回真正的情敌了。

这一刻，汤尼终于卸下了沉重的担子，带着深深的愧疚与遗憾走了。他以死谢罪，来结束和杰锐这段长达 10 年的痛苦爱情。

等杰锐看到邮件后再赶去汤尼家时，已经晚了。汤尼安详地睡在大床上。杰锐上前抱起他，失声痛哭。

自杀前一刻，汤尼把自己好好打扮了一番。把两人一起拍的生活照打印出来，一张张分散在整张大床上。汤尼吞下一整瓶安眠药，又去厨房开了煤气。床柜上，摆着一对情侣戒指，一只放在盒子里留给杰锐，另一只则戴在自己的手上。

汤尼在字条上写道：最爱的杰锐，我走了。愿我的离去，能给你带来永久的平静。保重，平安。永远爱你的汤尼。

120 和 110 赶到后，在把汤尼送去医院的途中，已经窒息停止了心跳。

苏阳流泪看完了杰锐打印出来的邮件稿，心痛不已。阴郁的午后，两人抱头痛哭了很久。

几天后，杰锐和苏阳参加了汤尼的葬礼。头一次，她看见一个男人如此悲痛欲绝的样子。遗像上的笑容，似在对自己笑，笑得那样灿烂。如果时光可以倒流，苏阳宁愿不认识杰锐。自己怎么就无端地做了两个男人间的第三者，又做了间接杀死汤尼的凶手？

汤尼的骨灰在墓地下葬后，杰锐与苏阳，在这片凄凉的山林中做了最后的告别。

杰锐说，等处理完上海的所有事务后，会远赴法国巴黎，重新开始自己的设计之路。他祝福苏阳，希望她能找到真正的幸福。他会在大洋彼岸为她默默地祝福。

相亲第五记——居家好男人

人这一辈子，能活好当下已经很不错了。有时，真的该学会知足。也许无所求的人生，会获得比别人更多的幸福和快乐。

初恋情人 = 伴郎伴娘

这个 5 月，对于苏阳来说，注定是个黑色的季节。

又一场婚礼如期举行，这回，她不但要形单影只地前来道贺，更为讽刺的是，苏阳和潘静作为新娘的朋友，还将以伴娘的身份隆重登场。

新娘正在化妆，两位伴娘穿着礼服坐在后面等待。潘静笑容满面："芳芳，今天你可是世界上最美的新娘，加油哦！"新娘从镜中看着身后的伴娘："我怎么觉得，我倒不像新娘子了。"两人不解地望着她。新娘笑笑："我觉得，你们才是今天的主角。"苏阳忙说："说什么呢，我们是来给你当配角的，你才是今天最耀眼的呀！"新娘微笑着："你俩要是往人群中一站，没人会认出我是新娘了。呵呵。"

苏阳和潘静尴尬地对望了一眼。潘静回了一句："要是你担心，就不应该找我俩当伴娘嘛！""哎，你们是我们同学中唯一两个单身的，我不找你们还能找谁呀！"苏阳、潘静一阵尴尬。新娘似乎意识到了什么，赶紧补充："不过，找你们两个大美人来做我伴娘，我还是很有面子的。"

苏阳说："我答应过自己，这是我人生中最后一次当伴娘。"潘静也发誓："这也是我最后一次当伴娘。我还真怕自己嫁不出去了。"新娘很感激："谢谢你们把最后的美丽献给了我。"潘静突然想起什么："对了，伴郎是谁呀？""你们不知道吗？是庄博和欧阳。"

呵呵，还有比这更凑巧的吗？潘静一阵讥笑："这世界上最讽刺的事怎么都被我们遇上了？芳芳，你为什么不早告诉我们？""嗨，我说了，你们还会当我伴娘吗？你或许肯，但我知道，苏阳是一定不会来的。"

"好吧，算我们是好人，下不为例啊。"芳芳扑哧一笑："喂，还希望我有下次啊！""哈哈哈，今生就只这一次。"

出了化妆间，苏阳、潘静见欧阳和庄博站立一旁。潘静小声说："我敢肯定，这辈子你和欧阳是分不开的。"苏阳冷笑一声："全是冤孽。""让我们这两对初恋情人重温片刻，也是件不错的事。"正说着，徐雅突然从对面经过。

潘静的脸立马拉了下来："她怎么又跟来了，今天好像完全和她没关系吧？牛皮糖啊，甩都甩不掉。""算了，来就来吧。""我看，她八成是来监督欧阳的。"

空隙时，欧阳接近苏阳小声说："你瘦了。""是吗？最近我正想减肥，省力了。""不要给自己太大压力，有空一起吃饭吧。"苏阳本想说好，见徐雅走来："她过来了，回见。"苏阳与徐雅打了招呼，往反方向走去。只听身后的徐雅说："总有一天，我们也会成为婚礼的主角，对不对，欧阳哥？"

婚礼开始，苏阳、潘静、欧阳、庄博跟在新人的后面。苏阳和欧阳笑得并不开心，而潘静和庄博的脸也没好看到哪里去。新人宣誓时，苏阳的眼眶红了。

这一刻，苏阳后悔答应了芳芳的邀请。所有的朋友在碰杯、祝贺，而她的心，却异常冰凉。汤尼死了，杰锐走了，就算用10场婚礼也冲不掉她的内伤。现在，又让她面对欧阳与徐雅，那颗患得患失的心该何去何从呢？也许，哪里都去不了吧。

晚上，大学同学以婚礼的名义又聚了会。KTV里，大家点歌唱歌好不热闹，只是如今，再也听不到欧阳和苏阳的合唱曲目了，也不会再有人扯着嗓门大喊："双阳来一个，来一个！"

苏阳独自唱着《后来》："后来我总算学会了如何去爱，可惜你早已远去消失在人海。后来终于在眼泪中明白，有些人一旦错过就不再。永远不会再重来，有一个男孩爱着那个女孩……"

高手出马

萧雨，小柔丈夫王辉的朋友，某事业单位的工程师，30 岁。

苏阳与萧雨的第一次见面，是小柔和王辉两夫妻作的介绍人，大家在一起吃了个饭。萧雨，皮肤白净细腻，长着一张圆脸，笑起来还有两个小酒窝，看上去和善、稳重，没有距离感。

第二次，他们单独约会吃饭。点了吊锅鸭舌、滑炒虾仁、粉皮烧鱼头、果仁酱仔排、青菜钵和大酱汤。萧雨凑近苏阳，眯着眼笑说："今天点的这些菜我全都会做，下次有机会我做给你吃啊。"一顿饭下来，主题始终围绕着生活和美食。

这天，苏阳主持完会议回到办公室，突然发现电脑屏幕死机了，怎么动鼠标都没反应。她拔掉电源强行关机，可再想开机却难了。懂行的同事都外出了，电脑里还有重要的文件要打印。苏阳急得像热锅上的蚂蚁，这好坏不坏偏偏在这节骨眼上使坏。突然手机响起，苏阳边敲打电脑边接："哪位？"

"苏阳，是我，萧雨。""谁？""萧雨。""哦，萧雨是你啊。真不好意思，我正捣鼓破电脑呢，一时没听出来。""没关系，你的电脑怎么了？""也不知怎么的，电脑好好的就突然死机了。我强行关机后，怎么开都开不起来。急死了，电脑里还有重要文件要打印，明早就要用的。"

萧雨仔细地询问："你是笔记本还是台式？""台式的。""你强行关机时电脑什么反应？""关机的速度特别慢。"萧雨想了想："你再试着打开电脑时，主机上有没亮灯？”“绿色的灯亮了下。”“听到有风扇在转的声音吗？”“风扇转，大概五秒左右绿灯就灭了，风扇也不转动了，显示屏始终都不亮。”

萧雨说：“可能是硬盘或内存有问题。这样吧，我现在去你公司，你等我！对了，你电脑多大内存？”“2G的。”“苏阳，你在公司等我啊，一会就到。”

没多久，萧雨及时驾到，像一阵春风吹过来，让苏阳看到了希望。“萧雨，真麻烦你了。”“不客气，应该的。”他放下包，熟练地检查起电脑来。

苏阳问：“是不是电脑中了病毒？”“不是病毒，是内存条坏了。我给你换一根内存条。”“内存条？你都事先准备好材料了？”萧雨边装边答：“呵呵，通电话的时候我就猜到了，去市场买了内存条过来。正好，派上用场了。”

正说着，欧阳也来了电话。“欧阳？”“阳阳，在忙吗？”“嗯，我正捣鼓电脑呢，有紧急的文件要用！”“出什么问题了？”“好像是内存条坏了，正找人在修呢！先不和你说了啊，挂了。”

萧雨打开电脑，笑着说：“苏阳，好了，你来看看。”“太感谢了，真的修好了。”

苏阳赶忙把重要文件打印出来，用简易袋装好放进包里。“这下心安了，要是今天打不开电脑，明天我就交不了差了。萧雨你喝茶，歇会。”“谢谢，我不累。你的杀毒软件快过期了，我给你装一个永久免费版的吧。”

苏阳在一旁看着：“谢谢啊，平时工作忙，都没有好好维护电脑。”萧雨边下载软件边说：“这电脑啊，其实跟人一样，需要保养和清理垃圾，否则它也会生病的。”苏阳赶紧从包里掏皮夹：“没错！对了，这内存条多少钱？我把钱给你。”

萧雨爽快地说：“嗨，你还跟我那么客气。几块钱的东西，不用了！”“你别唬我，虽然我不是内行，但知道这内存条还是值点钱的。”“真的不用了，我朋友在市场就卖这个的。我拿的进价，不贵。”“那也要花钱买的，我的电脑要不是内存的问题，那你不是白花钱了。况且，让你跑一趟已经很麻烦了，油费不算，还要你花钱帮我修电脑，这怎么说的过去。”

萧雨擦擦额头的汗：“苏阳，你就不用和我算这么清楚啦。如果想还我人情的话，就答应我一个请求。”“什么请求？请你吃饭对吗？”

“嗯，差不多。”萧雨喝一口茶水，“一会去我家，吃我给你做的饭，就算是还我的人情了。”

苏阳惊讶地一笑：“啊？还有这样还人情的？”

上海新好男人

萧雨和苏阳一同出了公司，却在楼下碰到了欧阳。

苏阳看了眼身后的萧雨，上前一步小声说：“欧阳，你怎么来了？”“阳阳，我……”苏阳一眼瞥见欧阳的车上放着电脑配件，心里一阵感动。她尴尬地一笑：“谢谢你的好心，我已经有约了。”欧阳一拍大腿：“没事，我正好路过，那就下次吧。”“空了打给你。”

萧雨带着苏阳先来到了菜市场。“苏阳，你在这里等我，我马上回来。”“我和你一起进去。”“不用了，上午下了点雨，菜场里又脏又滑，你穿的鞋要弄脏的。”看着萧雨渐远的背影，苏阳心里一阵感动。

走进萧雨家里，苏阳惊呆了。没有满地的臭袜子、没有满桌的瓶瓶罐罐、没有满沙发的报纸与书本……它们都被整齐地放在书架上和茶几下，桌上还摆着一束鲜花。就连厨房的锅碗瓢盆也是摆得整整齐齐，水池里没有一口剩碗。洗手间的洗衣机里甚至找不到一件脏衣服，它们全被晾在阳台的内侧，紧挨而有序。卧室内的大床铺得十分平整，丝毫看不出睡过的痕迹。就连地板上，几乎看不到一丝灰尘。每个重要的角落里都摆放着绿色植物，充满了生机。

苏阳不禁感叹：“真没想到，萧雨，你可真是名不虚传的居家好男人啊。我看，就连很多女孩的小窝都不如你的整洁吧。”“还行吧，我挺喜欢收拾的，看不惯家里乱糟糟的样子。你先看会电视吃点水果，一会开饭我叫你。”

“要我帮你吗？”“不用，你的任务就是品尝我的手艺。”看着萧雨在厨房里熟练地忙活，苏阳心里感觉暖暖的，很温馨。

突然，萧雨的手机传来一阵悦耳的铃声。苏阳喊他：“萧雨，你的电话响了。”“哦，你帮我看看是谁的来电。”苏阳看看闪亮的屏幕，上面显示“文”。萧雨手上在捏生粉，苏阳拿着电话凑近他的耳朵。

“是你啊，我正做饭呢，你想过来？”萧雨看看苏阳，“呵呵，要不改天吧，今天不太方便。对啊，你很聪明。行了，过几天就做给你吃啦，留着你的那点口水吧，拜拜。”

他回头笑着看看苏阳：“谢谢啊。”只见萧雨左边油锅、右边砂锅，有条不紊。

苏阳把手机重新放回茶几，心想：看那来电名字，再听口气，对方应该是个女孩。

不多久，只听萧雨喊：“苏阳，来吧，开饭啦！”坐定后，萧雨又一番简单介绍：“四菜一汤，脆梨炒鸡丁、咖喱牛肉、油焖大虾、清蒸大黄鱼、西芹百合、冬瓜排骨海带汤，快尝尝吧。”

苏阳很兴奋：“太棒了，都快赶上一级厨师了！我都不知道该先尝哪个菜好了。”

萧雨边倒饮料边说：“呵呵，全是家常小菜，别介意啊。”“这还算是家常小菜啊，放在大饭店里一定能卖个好价钱。”“谢谢，来，尝尝我的手艺。”萧雨为苏阳盛了一碗汤。

“好鲜啊，真好喝。”“冬瓜海带是清凉的，初夏快到了，我们的饮食也该和养生联系起来。”“你不仅懂烹饪，还懂养生，真不错。以后，说不定还要请你给我们的杂志提供一些养生之道呢。”“没问题啊，你的事一句话，我愿意把自己多年积累的经验分享给大家。只要下班或周末有空，我都会和朋友一起去餐馆品尝美食。觉得新颖、好吃的菜，回家后我就学着做，然后请亲朋好友前来品尝。为大伙做饭，我觉得是件挺幸福的事。”

苏阳心想：这萧雨真是典型的上海新好男人，不仅顾家会做饭，而且还把做饭当作一种乐趣。这在现实生活中应该是不多见了。

苏阳故意问：“萧雨，刚听你打电话说，是不是过几天还要请朋友来家里吃饭？”“哦，你说刚才那个电话啊？是我大学室友张文。”

“张文？”“因为我们哥儿几个都是单名，所以就打一个字，方便。”

原来如此，萧雨的坦诚打消了苏阳心中的疑虑。

饭后，苏阳主动提出洗碗。萧雨连忙阻止：“你是我们家的贵客，怎么能让你动手洗碗呢。厨房这种地方，不适合像你这样的女生进来。女人的手是用来欣赏的，不是用来干活的。快出去吧。”苏阳只好乖乖回到客厅。

这饭刚下肚不久，萧雨又端来了水果沙拉：“苏阳，吃水果。”

两人一边看电视，一边聊天。萧雨告诉苏阳，父母在他 6 岁时离异了，自己判给了父亲。母亲在他 8 岁时有了新的家庭，又生了一个女儿。父亲虽然没有再婚，但在外面一直有个要好的女朋友。为了萧雨，他没有把女朋友带回家。

每每这时，萧雨只有给自己做饭吃，然后躲在冷冷的房间里复习功课。萧雨给母亲打电话，那头传来的总是小妹妹的吵闹声，还有继父的吆喝声。母亲每次都是说不到两分钟，便急匆匆地要挂电话：“儿子，妈妈要去忙了，你自己乖乖的啊，妈妈明天再打电话给你。”

萧雨知道母亲那边有个家，有个需要照顾的小女儿还有她的丈夫。母亲一定是忙得忘记了，这边还有一个同样需要她关爱的大儿子。

萧雨只要一个人在家时，就会假装是三口之家的情景。他把电视打开放出声音，然后开始做饭，三菜一汤。萧雨会在茶几上摆上三副碗筷，爸爸的、妈妈的、自己的。他会盛上满满的三碗饭，对着左边和右边依次说："爸爸、妈妈，吃饭了，尝尝今天小雨做的菜好不好吃。"然后顾自己大口大口地往嘴里扒饭。吃完后，再把那两碗饭倒回锅里放起来。有一次，父亲提前回家，看见桌上摆着的饭碗问："儿子,怎么有三口碗啊？""同学本来说要到家里吃饭的,现在不过来了。"

第二次，父亲在萧雨正吃完饭时回来了，看见桌上的两口碗里，盛着满满的饭和菜。他纳闷地问："儿子,今天同学又没来吃饭？""对，又不来了。"萧雨说着把饭菜倒回锅里，冷冷地说："明天，我煮泡饭吃。"

萧雨读高中时，父亲正式和阿姨结了婚。在家摆酒接待亲朋好友时，萧雨一直躲在屋里不肯出来。上大学后，他终于离开家，如愿以偿地过起了集体生活。这时，萧雨总会承担起烹饪组长的职务，满心欢喜地为大家做菜做饭。

工作后，萧雨最大的愿望便是有个幸福的家庭。他想把自己毕生的爱，献给未来的妻子和可爱的孩子。他想把自己在孩童时得不到的温暖和幸福，用另一种方式延续下去。因为只有这样，才能弥补萧雨在幼年时的心理阴影和缺憾。

现在住的这个房子，是单位分配的，面积虽不大，但在萧雨的精心布置下，很是温馨。萧雨说，因为这里是家，一个最值得依靠的地方。只是，目前还缺少一位女主人，但萧雨相信，凭着自己的真诚和努力，幸福的大门一定会为他开启的。

苏阳认真地听完了萧雨的故事，她明白了居家好男人的由来，明白了一个家对萧雨来说，有着何种重大的意义。

回家的路上，苏阳感到前所未有的空旷。她为萧雨出生在单亲家庭感到遗憾，为他心里的缺憾和愿景感到心痛。虽然，离婚在现今社会已成为很普遍的现象，但在孩子的内心深处，多多少少有了一个缺口。不管过去多少时间，不论用什么方式都无法填补它，相反，只会越蚀越深。

回到家，苏阳打开包，却发现文件没有了！她猛地回想，刚才在萧雨家，因为怕文件放在包里被压坏，所以特意拿了出来，放在了茶几上。聊完天后，苏阳看茶几上没有其他东西，也忘记了文件这回事。

她打电话给萧雨："萧雨我想问，你有没有看见一个绿色的简易袋？刚才好像落在你家了。""绿色的简易袋？原来那东西是你的？""对啊，我明早要用的文件。""哎呀，我还以为是自己的东西，顺手就放在茶几下了，你等等。真不好意思啊，你看我粗心的。""要不这样，明天一早我过来你家取文件，行吗？"

只听电话那头的萧雨想也没多想："那怎么可以！这样，我现在把文件送去你家。""那怎么好意思，不能让你特地跑一趟。"没等苏阳说完，萧雨已经出门了。

一刻钟后，萧雨按响了苏阳家的门铃。此时，已过了零点五十。萧雨满头大汗地把文件递到苏阳手上。"萧雨，这么快？""呵呵，物归原主了。"苏阳一看表："天哪，我花了半小时到的家，你只用了一刻钟？"

萧雨擦擦脸上的汗："呵呵，我油门力道足，穿街走巷绕近路，还闯了两个红灯。""啊？你闯红灯了？""没关系，那两个红灯的路口没有监控。""太不好意思了，要你大半夜赶来为我送东西。""没事，应该的，就是下刀子我也会赶过来的。何况是我不好，把你的文件'藏'起来了，呵呵。""看你满头大汗的，进屋喝杯水吧。"

"不打搅你休息了，明早你还有重要的事情呢。做个好梦，晚安。"萧雨笑着转身。苏阳看着他的后背喊了句："萧雨！"他回过头浅笑："嗯？"

“谢谢你！”苏阳这一声温柔的感谢，发自内心。

第二天，苏阳拿着那份“特快”文件，兴高采烈地回到公司。看着签了字的合约，终于舒了一口气。键盘上的手指似乎格外灵活自如，像飞舞的鸟。伴着“噼哒噼哒”的声响，每一次的按键都富有弹性。苏阳顺畅地写稿，码字如飞。

新的一周，萧雨又约了苏阳几次，吃饭、逛街、看戏。两人似乎很平和，苏阳也觉得几乎找不出有什么不对称的地方。可直到现在，苏阳都没有等到萧雨对自己聊些和工作有关的事。

他曾经说过，自己的职业比较枯燥乏味，无非就是负责安全生产和管理、技术开发与服务等。所以，萧雨不会在苏阳面前过多提及本职工作。而苏阳认为，年轻人应该说些将来的规划，哪怕只是一个打算，只是口上说说的蓝图也好。如果连一点想法都没，那岂不就是过一天算一天吗？就好比有多少能力就过什么样的生活，虽不至于吃咸菜泡饭那般穷苦，但也永远不会想着去吃那一口美味的鲍鱼。

可苏阳又转念一想，萧雨大学本科毕业，考进事业单位，职务稳定，有上升空间。不出意外，他可以做到退休拿养老金。房子也分配了，虽然面积小点，但那也算是最大的固定资产了。车子虽然是二手买的，也算是一项家庭资产。三十而立的年轻人，已经拥有了别人要用三十多年工龄才能换来的成本。这些，难道不都是萧雨努力而来的结果吗？

大扫除

周日，天气晴朗，萧雨来接苏阳逛街。苏阳却接到了大伟的电话，说策划案有些问题，今天必须改好发给客户。

苏阳只好转身对萧雨说：“真不好意思，萧雨，我必须马上回公司改案子。今天，恐怕去不了了。”萧雨并没在意：“没关系没关系，工作要紧，逛街什么时候都行。”

苏阳又想想，萧雨好不容易兴致勃勃地赶过来，总不至于还没喘口气又叫人家走。“要不这样吧，你先在家待着，我大概要两三个小时回来。晚饭，我们就在家里吃。你看行吗？”

萧雨一脸平和：“可以啊，我在家里等你。”“家里有点乱，还没来得及打理，你别介意啊。有水果和点心，你随便吃。我办完事马上回来。”“不急不急，你去忙你的，不用管我。”“家里钥匙我就不带了。”苏阳把钥匙放在桌上，“回来后，你给我开门。”“好的，你开车慢点。”

苏阳前脚刚走，萧雨转身看看有些凌乱的家，一时兴起，便穿起围裙开始打扫起来。

欧阳给苏阳打电话，手机一直无人接听，着急之下，他便赶到了苏阳家。按下门铃，前来开门的竟然是一位穿着围裙的男士，欧阳一脸疑惑。“您好，我是苏阳的朋友，请问她在家吗？”萧雨热情地说：“您好您好，苏阳去公司了，要傍晚回来，您先进屋坐吧。”“哦，不用了，我再打给她，再见！”“您慢走。”

苏阳赶到公司，和大伟、章勇一起修改策划案的细节，直到傍晚 4 点才完工。章勇提议一起吃晚饭，苏阳赶紧拿包起身：“不去了，家里有朋友在，我先走了。”她回到家楼下，先按了门铃：“萧雨，是我，苏阳。”到了楼上，门虚掩着，苏阳刚想打开，突然伸出一朵鲜艳的玫瑰花来，接着是萧雨的笑脸：“欢迎主人回家！”苏阳接过玫瑰花：“呵呵，好漂亮啊！”

进门后，苏阳更是看傻了，这屋里像是变了个样。地板比原先亮了，客厅被收拾得整整齐齐。就连苏阳平时用来喝茶、看电脑的小圆桌也被更换了新的格子布。花瓶里，还多了一束新鲜的粉色玫瑰。

“萧雨，这都是你收拾的？”“呵呵，是啊。”他挠挠头，“我想，反正待着也没事，就顺便帮你整理一下。看着还行吧？”苏阳一时没适应过来，又径直往里走去。阳台上晾起了自己的睡衣，还有枕边的抱抱熊。每一盆绿色植物也都浇过水了，重新焕发了生机。

“我看天好，你又这么忙，顺便帮你洗掉了。你放心，我知道你的睡衣很贵,全都是用手洗的,没用洗衣机。”萧雨指指抱抱熊,笑笑说,“我看它有些脏了，给它洗了个澡。”

苏阳再来到洗手间，架子上的牙杯、牙刷、洗面奶、肥皂盒等，都被排列得整整齐齐。

看着萧雨为自己所做的这一切,苏阳心里有一种说不出的愧疚感。

“哦,对了,刚才有位朋友来找过你。”萧雨突然想起来。“是吗？”苏阳这才恍然大悟，“哦，我把手机落家里了。”她走进卧室拿起手机一看，有数个欧阳的未接来电。苏阳回到客厅看着萧雨，才注意到他身上还穿着围裙：“我朋友来的时候，你就是这样开门的？”萧雨挠挠脑门笑笑：“是呀。”

苏阳站在餐桌前平静地说：“晚上，我们出去吃吧，就在家对面的饭馆。我有些累，不想做饭了。”“没关系，不用你动手，我来做就可以了。”

“可我没买菜，家里也没什么东西了。”苏阳来到厨房，想确认下冰箱里还剩下些什么。刚一打开，她便愣住了，自己的冰箱里什么时候多了那么多东西啊？蔬菜、水果、鸡蛋、酸奶……水槽里，还有活蹦乱跳的虾和鱼。

苏阳感动地说：“晚上，我们一起做饭吧。”

苏阳第一次在萧雨面前展示了手艺，做了其中两道菜。萧雨尝过后连连赞叹：“阳阳，原来你是深藏不露啊，做的菜味道真不错。”她笑笑：“本来手艺应该还算可以的，不过在你面前，可就是小巫见大巫了。”

苏阳不停地往他碗里夹菜:“今天真是辛苦你了,多吃点。”“谢谢。”萧雨满脸幸福地看着她，大口往嘴里扒饭。

走时，苏阳把萧雨送到楼下。借着灯光，他对她说："阳阳，我有句话想告诉你。"苏阳似乎已经猜到了萧雨想要说的话，便抢先说："时候不早了，赶快回去吧，今天你很累了。谢谢你！""应该的。"萧雨不舍地望望她，上了车。

苏阳明白，这个世界上，原本就没有应不应该这回事。

等萧雨走远后，苏阳想起欧阳来找过自己，便拨了电话："下午，你来找我了？""哦，嗯，是啊。"苏阳听出欧阳的口气："她在？""对。""那没事了，我挂了。""哎……"

徐雅的身影时常出现在苏阳的脑海中，她的附着力让苏阳惶恐，心虚像是与生俱来一样。

不期而遇

周末，萧雨邀请苏阳参加家居节展会。整体厨具、地板、灯具装饰、家具家电，款式众多、琳琅满目。

萧雨带着苏阳从这家逛到那家，乐此不疲。他除了和苏阳谈生活、谈家庭，似乎再也没了其他有奔头的话题了。她开始觉得，两人的交往中欠缺了一些重要的东西。

而萧雨似乎很享受这种氛围，并时不时地问苏阳："阳阳，如果你以后家里装修，喜欢什么样的风格？喜欢哪些品牌的产品？"他注重细节，看瓷砖的时候，甚至可以细微到去观察上面的纹路。看着萧雨，苏阳虽有些不情愿，但想到他年幼时的经历，也就多了一份释然。罢了、罢了，毕竟，没有一个人是完美的，自己也一样。

正当两人准备离去时，却遇见了欧阳，他正在为新公司的装修选材料。三人不期而遇，互相礼貌招呼。看着两人的背影，欧阳误以为苏阳和新男友即将好事临头。

晚上，欧阳约庄博喝酒。他满脸失望地说："今天我在家居展上看见阳阳和她的新男友了。”庄博想了想说:“你说的是萧雨吧?”“嗯。他们……是不是快结婚了?”“嗨，那是王辉介绍的，才认识没多久。这八字都还没一撇呢，怎么可能闪婚!”

“你的意思是，他们还不是男女朋友?”“当然不是!”“你怎么这么肯定?”“这个……”庄博顿了顿，“实话告诉你吧，自打今年苏阳开始相亲，凡是有个风吹草动，她都会在第一时间告诉几个闺蜜。你知道，我和潘静之间是没有秘密的。”

欧阳大口喝下半瓶啤酒:“真难为苏阳了。”“心疼了是吧，舍不得了是吧?那就放马去追啊!”欧阳又无奈地一口喝完了剩下的半瓶。

“有后顾之忧了吧，我就说，那个徐雅没那么简单。现在的90后厉害着呢，她怎么可能把那么有才的一个大海归拱手让给情敌，还是初恋情人。你呀，若真是把徐雅当纯粹的妹妹，对她没有半点非分之想，还是趁早和她说清楚吧。时间久了，不利于民众哦。”

“你明白的,我只是,不想伤害她。毕竟,她为我放弃了学业回了国,我心里过意不去。”“你就是个老好人，还拖泥带水，永远不会说NO。这是你的优点，也是你的致命点。”庄博拍拍欧阳的肩膀，“兄弟，自求多福吧。”

欧阳愣愣地说:“如果，苏阳能找到她的真命天子，我是不是该真心祝福她?”“不要问我,问你自己的心,它会告诉你怎么做。”“我的心……现在正被别人侵袭着，由不得我。”“呵呵，所以说你和苏阳老是阴差阳错，你们之间似乎总是有各种各样的阻隔。徐雅从英国缠你到上海，苏阳呢，相亲对象又是接连不断。我看你们啊，真是够累的。”“如果她真心愿意，能选中一个，我也就安心了。”

庄博瞟一眼他:“哼，真心愿意?你认为她是真心愿意?要不是因为你，她哪有这功夫天天相亲啊，闲的啊!”

一句话，让欧阳无言以对。

与世无争

这天，萧雨来电话约苏阳："阳阳，晚上有空吗？我们一起吃饭吧？"苏阳想了想说："晚上，我请你吃饭，咱们聊聊。"

位于东方明珠广播电视塔267米球体上的东方明珠空中旋转餐厅，有着金碧辉煌的背景灯、宽敞明亮的落地玻璃窗，还有眼下美丽的浦江夜景……你能感受到置身高空的壮丽，还有，人类的渺小。

两人边吃边聊。萧雨问："阳阳，怎么想到请我来这里吃饭了？""你为我做了这么多事，我请你吃一顿饭，是应该的。""阳阳，你别误会。我那都是自愿的，顺手的小事，不值一提。你千万不要觉得我做这些，是想图你什么回报，不是这样的。"

苏阳点点头，放下手中的刀叉，平静地说："我知道你为我做的这些，都是你生活中力所能及的事。"她开始旁敲侧击，"你有没想过，将来的生活状态是怎样的？"

萧雨转移了话题："我出生那天，正值秋末的小雨。绵绵细雨下了一整天，也浇湿了父亲那急迫的心。"萧雨曾算过命，说自己这个名字这辈子注定在事业上不会大起大落，最好的状态是循序渐进。

"所以我从小的性格就很平和，不争、不想、不恨。夫唯不争，故无尤。"读书时，有个同学和萧雨以同票的成绩竞选学习委员，最后萧雨把这个位置让给了那个同学。萧雨对苏阳说："其实当不当都一样。荣誉和职位是别人给的，但是能力，却掌握在自己手里。如果你优秀，即使什么都不当，别人照样也会服你。最后，同学们一致选我为生活委员，我答应了，因为没有一个人愿意当。他们想当的是班长和学习委员。"

苏阳问："这么多年来，你都是以与世无争的状态学习和工作的吗？"

"基本是这样，其实真要做到老子的守柔、居后不争、寡欲、无为和善为下，并不是件容易的事。人毕竟不是动物，只要捕食吃、有窝住这么简单就可以了。人都是有欲望、有所求的。大家都想跑在前面，谁也不愿做缩头乌龟。从小我就看透了，我谦让，并不代表懦弱，不争取，也并不代表不上进。工作上也一样，当大家头破血流地想要争取地位、名利和职称时，我都是淡然处之。该是我的，总归会是我的；不是我的，再强求也没用。”

萧雨沉默了一会儿，然后喝上一口水继续说："其实我评上工程师的那一刻，心里并不觉得有多开心。因为我的人生，不是为拿这个职称而活的。中国人就是喜欢好面子，觉得这些是自己的名片，是身份和价值。其实，真正的价值是你心里的一个标准，你认为有价值它就有价值。早餐店卖大饼油条的阿姨还觉得自己很有价值呢，为民服务了嘛。”

苏阳浅笑，不置可否。

“所以啊，人永远不能老去比较，谁都想当比尔·盖茨，可是要看清眼前的啊。大家都想拥有的更多，欲望多了，动机也更复杂了。人这一辈子，能活好当下已经很不错了。有时，真的该学会知足。立于不争而无忧，立于不争而有成。也许无所求的人生，会获得比别人更多的幸福和快乐。”

听萧雨娓娓道来，苏阳再也问不出别的问题了。她往窗外望去，映入眼帘的，是一整片的霓虹闪烁。

扶不上墙的“阿斗”

苏阳回到家，望着阳台上那个还未干的抱抱熊，好像正笑着对自己说："我现在洗干净了，你喜欢我吗？”苏阳走近它，用手轻轻抚摸，发起呆来。

半夜，苏阳梦见自己和萧雨结婚了。此时的苏阳，已成为身价千万的女老板，每天为工作忙于奔波。而萧雨成了一位名副其实的家庭妇男。除了日常工作，萧雨包揽了所有的家务活。就连苏阳的洗澡水，都由他事先备好，甚至有时还帮着按摩。

看着萧雨为自己默默付出而没有半句怨言，苏阳越发难受和心痛。

一天，苏阳在外边应付完客户后疲惫地回到家。萧雨像往常一样送上拖鞋和热茶："老婆，很累吧，喝口茶水。我去给你放水，你好好泡个澡。"苏阳坐在沙发上，静静地说："老公，明天你去外面打理生意吧，我在家里洗衣、煮饭、打扫房子，让我做一天家庭妇女，行么？"

萧雨拿着她的外套奇怪地问："让我去打理生意？老婆，我没听错吧。我又不会谈生意，又不会和人沟通。更何况，我已经习惯了做你的后勤，让我去打前战，这怎么可能？"

苏阳一听来气了："怎么不可能？为什么非得要我一个女人整天风里来雨里去的，你就不能帮我减轻些负担吗？""老婆，要我怎么帮你啊？你这不是做得顺风顺水的吗？"

听萧雨这么说，苏阳更添堵了："你是不是一辈子就只愿意在家里拖拖地、洗洗衣服、做做饭？难道，你都不想进步吗？""我怎么没有进步了？我天天抱着一本烹饪书，每天研究变换食物的花样和口味。这难道不是进步吗？你在外面辛苦赚钱，我在家里服侍你，这样不是很好吗？"

"很好？你觉得很好？那能不能你去外面赚钱养家，我在家里服侍你？"萧雨尴尬地笑笑："可以是可以，只不过，我的能力不如你嘛。我是个技术人员，没你的能耐大。既然我做不了大将，主不了外，那就把家打理好，让你回来能彻底放松筋骨。你在外面大展拳脚，赚大钱，我很开心啊，我甘愿做你背后的小男人。"

看着萧雨自得其乐地诉说，苏阳的心凉到了谷底。她的眼泪不禁流了下来："你知不知道，别人是怎么说的，说我在家里养了一个小白脸。还有的说我老公是个孬种，是个要女人在外面赚钱养家的小男人！”

苏阳本想用这些话来刺激下萧雨，可没想到，他不以为然地傻笑，像个没事人似的，拿过苏阳的衣服开始熨起来：“老婆，别人怎么说让他们去说好了，我们不可能改变人家的想法。我只要把你服务好，这就够了。”

苏阳气得跳了起来：“你，你怎么那么没出息？现在连女人都不愿意干的家务活，你却干得这么起劲。你成天窝在家里做这些不会腻啊？”苏阳指着家里的东西，“你看看你，做的什么沙发靠垫、床套、窗帘，我一回来只要看见你又在那里缝缝补补，我就生气，我就难受！你才 30 出头啊，怎么就提前过起了老年人的生活呢？”

萧雨说：“我这么做，不都是为了你，为了这个家吗？”苏阳一摆手：“我不需要你为我做这些！我宁可你什么家务活都不会做，回到家把臭袜子一扔、把脚一搁，等着吃现成饭。所有的家务事我可以请阿姨来做，你可以什么都不用管！”

“那你要我做什么？”萧雨无辜地望着苏阳。

一句话，让苏阳呆住了。她红着眼眶问：“要你做什么？你连这个还要来问我？我要你做的，是去工作、去赚钱、去打拼你自己的事业！而不是要我一个女人来承担你们男人的责任！”

“老婆，现在什么时代了，讲究男女平等，不一定非要男主外女主内，也可以女主外男主内嘛。谁擅长什么就做什么呗，何必都和别人走一样的路。老婆，我会一如既往地支持你，做你坚强的后盾。只要有我在，你回来就不怕没有一口热饭吃！”萧雨拍拍胸脯自信地说。

苏阳失望地坐在沙发上，呜呜地哭了起来：“你，你真是气死我了！一辈子平庸，胸无大志，软弱无能。你，你真是个扶不起的阿斗！”“我至少没有他那么傻气，还能做出花样别致、五味俱全的菜肴！这起码也算是我的特长！”苏阳扑打自己的胸膛：“啊……我怎么会碰到像你这么个阿斗啊！”

苏阳猛地惊醒过来。她摸摸自己的脸，湿了。

似是似非

这周末，是萧雨的大学同学会，苏阳被邀一起参加。吃饭时，苏阳与张文的女友小冰坐在一起。席间，苏阳总感觉对桌有一双眼睛时不时地盯着自己，让她浑身不自在。

趁萧雨上洗手间，苏阳小声问张文："哎，那桌穿黄色衣服的女孩挺漂亮的。""哦，你说婷婷啊，还行吧。"

小冰突然来了句："她不就是照片里萧雨的那个初恋女友吗？"张文瞥了眼小冰低声道："嗨，少说两句！"张文边吃菜边说，"人家现在啊，嫁了个有钱人，过起了阔太太的生活。和那个时候不好比啦。"

敬酒时，婷婷和一男士走了过来。女孩得意地举起酒杯："我和我先生敬大家！祝亲爱的同学们，事业顺利、全家幸福。还有张文，下一个就该喝你的喜酒了！"

"是是，到时候和你先生一定要光临啊。""呵呵，老同学的喜酒，我喝定了。"她转头看萧雨，"那萧雨呢，你什么时候啊？"

萧雨尴尬地低下头。另一同学赶紧帮忙解围："嗨，婷婷，你怎么都不关心一下我的动态。我宝宝满月办酒时，你都没来捧个场，真不给面子。"

婷婷低头抿嘴笑："真不好意思，那天我和先生在欧洲旅行。这样吧，宝宝的礼物，我补给你。"她又转头说，"老公，明天我们去定条金老虎的吊坠，送给小宝宝。""呵呵，好，没问题。"

中途，苏阳去洗手间，擦手时看见婷婷也在。她友好地向自己打了招呼："苏阳小姐是吗？""你怎么知道我？""我看过你主编的杂志，很不错。""谢谢。"

婷婷问："你是萧雨的……女朋友？""不是，好朋友。""好朋友？

那就是，以后有可能会成为女朋友了？”“这个不好说。”苏阳回上一个笑容，准备转身走人。

“请等一下！”苏阳转身站定，依然保持着笑容：“你想和我说什么？”婷婷上前一步：“我知道这种聚会普通朋友是不会被邀请参加的。”她将苏阳从头到尾地扫视了一遍，然后又补充了一句，“我是萧雨大学时的女朋友。”

苏阳没做声，她无法猜透这婷婷到底想表达什么，示威吗？

婷婷见苏阳没回应，便定了定神：“苏小姐，你别误会，我不是想有意挑拨你和萧雨之间的关系。”“呵呵，我并没这么想。”

“我只是想告诉你一些事实。我个人认为，假如以后你和萧雨在一起了，你们两人之间应该会有不小的差距。呵呵，当然了，是萧雨赶不上你的步伐。”

苏阳依旧不作答，只是抿嘴浅笑。苏阳从镜子里注视婷婷，自信、美丽、优雅、大气。如果真要用情敌来解释她俩的关系，苏阳认为，自己一定会心服口服。可是现在，婷婷还成不了自己的情敌，因为萧雨和苏阳，还没有够成恋人。

婷婷用手捋了捋头发：“说实话，我承认萧雨是一个好男人，而且是女人们心中梦寐以求的那种顾家好男人。他上大学那会，对我特别好，帮我洗衣服、织围巾、送饭……萧雨可以心甘情愿地为我做任何事，我心里也很感动。同学们都很羡慕我，说我太有福气了。可就算这样，我还是认为，他缺少了男人身上必须具备的一样东西，那就是闯劲，这非常重要。”

婷婷说，当其他同学都在努力学习或打工时，萧雨却在努力研究做菜。他似乎一点都不担心毕业后的前途和发展。她问他，将来最想做的是什么。萧雨说，将来最想天天给自己做饭吃。

“我当时很矛盾，不知道和他继续在一起会不会误了对方的前程，因为他的心思全在我身上。最后，我还是决定和他分手。我并不是对萧雨没有感情，选择离开，是为了让他明白：一个男人的责任，不仅仅是忠于自己的女人，如果他没有坚实、宽大的臂膀，没有哪个女人愿意留下来的。我原以为我们分开后，萧雨会有所觉悟，可他好像并不这么认为，他觉得我选择别人是因为我现实，看不起他。”

当年，婷婷对萧雨说：“我希望你成功，有良好的前途和发展。只有这样，才能让对方幸福。”萧雨说：“事业上没有很大的成就，也可以让她幸福。难道只有钱，才会让人感到快乐吗？”婷婷说：“钱和前途是两个概念，没有很多钱或许也能过得快乐，但是没有好的前途，那就一定不会过得幸福。”

婷婷看看苏阳：“萧雨总是固执地认为，平庸就是平稳，敢于奋斗就是有野心。也许像他这样中庸的性格，只能走一条相对平淡的路。人都有欲望，总想自己的生活过得更好。我想让他明白，我也没有错。”

“你没有错。”“谢谢。”苏阳不忘补充说：“萧雨评上了工程师的职称。”

婷婷不屑地一笑：“我听说了，很为他感到高兴。可就是不知道，他骨子里是不是还和从前一样，那么喜欢安逸。我不知道是不是我要求的过多，人总是没有完美的。毕竟，我们都要生活。所以就逼着你，不断前进和突破，否则你只能永远停留在原地。也许，会被社会的大浪吞没；又或许，就这样平稳地过一辈子，没有痕迹。”

苏阳伸出手：“谢谢你告诉我这些。”婷婷握过她的手：“今天这番话，绝不是挑衅之言，而是我这么多年来发自肺腑的，谢谢你能够听我说完。祝你幸福！”“也祝你幸福！”

婷婷与苏阳友好地握了手，先一步离开了。苏阳伫立在镜子前，只觉得眼眶有些湿润。

聚会结束，萧雨把苏阳送回家。“今天，你还开心吗？”“嗯，挺开心的。”“我那些大学同学，是不是都挺有意思的？”“挺好的。”

萧雨借着路灯望向苏阳：“阳阳，不知道，你能不能给我这个机会，让我来照顾你？”

苏阳看着萧雨那真诚的脸，想开口却无言以对。萧雨低头笑笑：“呵呵，我知道，你需要时间考虑，我尊重你。如果阳阳不反感我的话，就握一下我的手吧；如果讨厌我，就不要伸手。以后，我知道该怎么做了。”

苏阳望向萧雨，沉默。灯光很昏暗，照出两个寂静的长影。最终，她还是伸出了右手，两人的手紧紧握在了一起。苏阳没法讨厌他，也没法亲口说一句：“我喜欢你。”

这深情的一幕，竟被远处等待的欧阳看见了。他喝了酒，待萧雨离开后给苏阳打了电话：“苏阳，我真心祝福你和萧雨牵手。”苏阳愣住，刚想解释，却还是忍住了：“谢谢，萧雨是个不错的好男人，我会考虑我们的将来。”

“苏阳，其实我一直想告诉你，其实我和徐雅并没有什么，她只是一心向着我，而我只把她当妹妹。”“徐雅为你牺牲了那么多，你当然不能辜负她。”

欧阳激动地说：“并不是这样的，苏阳你不懂，真的不懂。”“是啊，我是不懂，不然我们两个也不会到了30岁还在游荡人生！”苏阳气急地挂了电话。

欧阳多想让苏阳明白自己的心……

“告别”晚宴

又是一个下雨天，初夏带来的闷热和潮湿让人烦躁不安。苏阳走出公司，萧雨已在楼下等候，手里拿着伞。“阳阳，今天的雨来得急，你没带伞吧？走，去我家吃晚饭。”

车上，萧雨准备了矿泉水和饼干。

苏阳接过水，喝了一口。她转向窗外，眼眶不自觉地湿润起来。

她很想哭，因为这样的场景，正是自己日夜渴望的，多么温暖和幸福。可它偏偏发生在萧雨身上，苏阳有种说不出的痛心。

到了家，照例，萧雨还是让苏阳坐在沙发上看电视，自己则在厨房里忙活。吃饭时，萧雨为苏阳倒上红酒，只一口，已醉到了她心里。萧雨关切地问："阳阳，你怎么了，是不是今天我做的菜不好吃？"苏阳摇摇头。他走到她身边，蹲下："你怎么了？为什么不高兴？是不是，我做了什么让你不开心的事？"

苏阳沉默。萧雨不多说，一下抱住她。这个拥抱，如此柔软，却又痛心。这顿饭，吃得有些忧伤，像告别晚宴。

苏阳知道，自己该给萧雨一个交代了。临走前，萧雨拿出一个大礼袋来："阳阳，这些东西给你。上次我在你家的垃圾桶里看见这个巧克力的包装纸，知道你喜欢吃。这盒是台湾的乌龙茶，我托朋友带的。看见你家的茶罐里有乌龙，知道你爱喝。这两包大红枣和枸杞，补血提气的。看你最近工作辛苦，记得一定要吃啊。"

苏阳迟缓地接过袋子："萧雨……""那个……如果你没有时间煮红枣，我可以在家把煮好的红枣汤送去你公司。如果你忙，我就在楼下等你。"苏阳半天才说出话来："谢谢你，萧雨，谢谢。"

萧雨摇摇头说："谢什么呀，这都是我应该做的。"

萧雨把苏阳送回家，温和地说："早点休息吧，阳阳，晚安。""萧雨，很感谢你为我做的一切，谢谢。"萧雨已觉察出苏阳心里有事："有什么话，就说出来吧，别憋在心里。"

苏阳哽咽地问："为什么？为什么要对我这么好？"萧雨笑笑，捋了捋她的头发："傻瓜，因为我喜欢你啊。我想让你开心。""萧雨，我……"苏阳猛地抱住他，用颤抖的声音哭着说，"萧雨，我承认，我对你有感觉。可是……可是我想，我们，只能是好朋友！"

萧雨松开了手："今天看见你不开心，眼里总带着些忧郁。是不是我有什么地方做得不好，惹你不开心了？要是我不对，你说出来，我改正！这样我也可以做得更好。”苏阳使劲摇摇头：“不，不，你已经做得够好了，不用改，是我的问题。没有一个男人能做到像你这样的细心，真的！”

“那是为什么？”萧雨眼神里透露出来的真诚，让苏阳更为矛盾。“我觉得，自己配不上你。”苏阳脱口而出。

萧雨诧异地说：“阳阳，你怎么会这么想呢？我知道，是我配不上你。”苏阳鼓起勇气说了一句：“我觉得我们之间，缺少了一些重要的东西。”“是什么？”

看着萧雨虔诚的双眼，她只能说：“萧雨，我想你如果结婚了，会是个好丈夫。你的妻子会很幸福，但前提是，她一定要懂你，懂你的用心良苦。我想你会找到一位和你相称的女孩，可是，不是我。”

萧雨挽着苏阳的胳膊，问：“为什么不会是你？既然你不反感我，我想我们应该可以交往得很好。”苏阳摇摇头：“生活很现实，不仅仅是有喜欢就可以相处的。两个人在一起，需要很多的基础和条件。”

萧雨想了想：“我觉得我们的基础都不差，甚至，比一般的同龄人要好很多。”“可是，这不是单单能成为两个人在一起的理由。人生，总该有些追求。”

萧雨的手松了松，轻声问道：“阳阳，你是不是觉得，我是一个没有追求、没有抱负的男人？”苏阳有些心虚：“并不是这样……而是，我觉得我们，真的不太合适。对不起。”

萧雨的手慢慢放开了，他红着眼说：“不管你的理由是什么，我萧雨，都尊重你！”苏阳含泪问道：“谢谢你，萧雨。我想，我们还是好朋友，对吗？”

萧雨没有正面回答，只是希望能最后给彼此一个拥抱。苏阳抱住他，在心里默默地说：萧雨，如果你不为我做这些，或许，我们真的可以在一起……

苏阳最终没能说服自己的心，没有与萧雨牵手。她对萧雨有感觉，但那份感情似乎离爱情还差一截。如果萧多些事业心，如果苏爱欧少一些，或许事情还会有转机。

十字绣与绿色植物

第二天，有人送来公司一个牛皮纸包的框架，足有半人高。“请问哪位是苏阳小姐？”“我是。”“请在这里签字。”“我没有定过东西，是谁送来的？”“一位姓萧的先生。”

苏阳打开牛皮纸一看，是一大幅印着“福”字的十字绣。接着，又有工人送来了二十多盆大小不一的绿色植物：文竹、吊兰、仙人掌、芦荟、绿萝。苏阳傻眼了，问：“这又是谁送来的？”“一位姓萧的先生。”

这时，苏阳的手机响了，正是萧雨的短信：苏阳，你好。不知我定的东西你有没有收到。请别误会，我并不是想挽回什么。这都是事先预定好的，打算今天送来。十字绣，我花时间赶出来了。放在你的办公室里，应该会增添些喜气。还有绿色植物，可以减少电脑辐射，净化空气，添些生气。希望你能喜欢。再祝工作顺利，生活幸福！

苏阳立刻拨通萧雨的电话：“萧雨，你送的十字绣和绿色植物，我都收到了。很漂亮，谢谢你。”

“呵呵，不客气。只要你开心就好。”“萧雨，我们还是好朋友吗？”“呵呵，当然了，能够做你的好朋友，是我的荣幸。”“萧雨，别这么说……我是真心想和你做朋友的，不知你能不能接受？”

萧雨诚恳地回答：“我接受。”

晚上，苏阳与潘静见了面。苏阳问：“我到底是对了还是错了？”

潘静冷静地回答：“在感情面前，没有对错之分。只有合适不合适这一说。”苏阳捂着头：“要是换了别人，一定幸福得没话说了。别人肯定羡慕死我了，这么细心的顾家好男人，打着灯笼都找不到，就被我这么放掉了。”

潘静抽一口烟，然后缓缓吐出："萧雨是好，你也好。只能说，你们不合适。你的起点比别人高，所以，你必须找一个比你更优秀的男人来配你。'门当户对'不是没有道理的，老底子传下来的观念得到了多少代人的验证。萧雨本身条件并不差，但和你摆在一起，还是显得有些差距。"

潘静看苏阳没有反驳的意思，便继续道来："假使你遇到了一个各方面都不如你的男人，你会矛盾、会指责、会埋怨，会心里不平衡。就算现在不会，迟早有一天你也会的。两人在一起，就算女人再要强独立，她还是希望身边的男人能胜她一筹。男强女弱，从古到今，这个真理为什么能流传几千年？虽然现代社会讲究人人平等，那是针对个人的尊严与权益。但在能力与现状面前，女人还是希望男人能比自己强。这样，女人才会感到安全。"

别看潘静平时一副对什么事都满不在乎的样子，真到关键时候，口里那是字字吐金，句句在理。

苏阳遵照萧雨的意见，把那幅十字绣挂在了办公室墙上，然后又把那些绿色盆栽安置在了公司的每个角落。她笑着对同事说："大家可要好好爱护身边的这些植物哦！"大伙齐声回答："明白！"

从这天起，苏阳每天来到公司的第一件事就是给植物们浇水、晒太阳、修剪枝叶……

相亲第六记——“假”医生

它像一张无形的大网，想要将我一口吞没。我总觉得身上有很多不干净的东西，无论洗多少遍，它还是会跟随我。

洁癖男

贾俊波，某二级甲等医院的外科医生，34 岁。婚介公司的红娘做的推荐。

初次见面，苏阳与外科医生约在一家茶馆。苏阳坐下后，总不见对方坐定。而是看他从桌前拿出一张餐巾纸，仔细地擦拭起椅子来。苏阳疑惑地问："贾先生，椅子很脏吗？"

"哦，呵呵，好像看上去是有些灰。"他来回擦了几遍后，确定干净了，才小心翼翼地坐上去。服务员把单子递给他："请问两位，喝什么茶？"

贾俊波用大拇指和食指翻开单子，两个兰花手指翘得老高。他看了看："那就龙井吧，苏小姐喝什么茶？""八宝茶。"放下单子后，他来回把手掌拍了拍，起码有个 10 下。

苏阳拿了点心和食物回到座位上，只见贾俊波还在低头看桌上的灰尘，用手纸来回不断擦。苏阳刚想动手拿食物，他抬头看看她："苏小姐，请问你洗手了吗？"

"洗了啊。""什么时候洗的？""就刚才啊。""哦，那好。"贾俊波若有所思地说，"注意卫生很重要，为了大家的健康。那你等我，我去洗个手。"他端着两只爪子一扭一扭地走向洗手间。苏阳一看自己白白净净的双手，被他这么一显摆，好像上面真沾了污迹一样。

贾俊波洗完手，拿着碟子去挑食物。回到座位上，他又拿出一张纸巾使劲地擦手，并笑笑说："这碟子黏手。"吃东西时，苏阳观察贾俊波，他不用茶室的勺子、筷子，而是从自己包里掏出一双银色的不锈钢筷子。苏阳惊讶："贾先生，你还自己带筷子啊？""是啊，习惯了。在外面吃饭，老用公家的不卫生，自己就备了一双，多方便。"

吃之前，他又把自己喝汤的碗和茶碗里里外外地擦了一遍。苏阳一看，心想：妈呀，这家伙是典型的有洁癖啊，难对付。

苏阳问："是不是职业的原因，医生都很爱干净？""基本是这样吧，你看医生给患者看过病后，通常会去洗手，以免交叉感染。注意卫生，这是最基本的道理。在动手术前，还有一套非常繁杂的清洁消毒准备工作。"

期间，苏阳拿了些水果，西瓜、小西红柿、石榴、草莓和金橘。贾俊波一看："你怎么拿了这些水果？"苏阳一听不高兴了："这里就只有这些水果，不好么？"

贾俊波一皱眉："哦，不是，拿就拿了吧。"苏阳心想：什么叫拿就拿了吧，古古怪怪的。她拿起一片西瓜放进嘴里："很甜，你吃啊。"他捂住嘴，轻飘地说："哦，我不吃这些的。"

苏阳不再殷勤地给对方水果了，她又拿过一颗鲜红的草莓放进嘴里。只见贾俊波抵触地看着她，眼神中时有不屑。最后，他只拿过一颗金橘，用纸巾反复地擦擦，才慢慢放入口里。苏阳心里犯疙瘩，医生有洁癖也就罢了，难道对水果也排斥？

贾俊波与苏阳吃着东西，浅聊了一些医学上的知识。苏阳认为医生是救死扶伤、造福人类的大功臣。可眼前这位的做作和洁癖，反倒让苏阳心里咯得慌。用两个字形容：拧巴。

买单时，贾俊波主动付了账。他用一张餐巾纸将自己的筷子包住："你等我一下，我去洗下手和筷子。"

回来时，他把筷子用塑料带装好放进包里，笑着说："我们走吧。"服务员正巧过来："先生，找您的零钱。"贾俊波一看还有一张 20 元纸币和两个硬币，无奈地接过来。当然，他只是拿了钱的一个小角，还不忘翘着他的兰花指。放进皮夹后，贾俊波朝苏阳傻傻一笑：“对不起，再等我一下，我去趟洗手间。”

苏阳傻了，这一顿茶喝下来，贾俊波去洗手的次数不下五次。这再厚实的皮肤照这么洗下去也会脱皮的吧。苏阳就差没拿出包里的护手霜递给他说：“哥们，润润手吧，快脱皮了。”

苏阳客气一声：“需要我送你吗？我有车。”“哦，不用了，我打车回去。”

他拦下一辆出租，手上拽着一张纸巾开了车门。

剖　析

晚上，苏阳与闺蜜们见了面。几个女人很有默契地把话题转移到了这位外科医生贾俊波身上。对于杰锐的事，是丝毫未提；对于萧雨的事，她们也像没发生过一样。

苏阳想不通：“你说他一个外科大夫，连开膛破肚都不怕，怎么就那么要洁癖呢？”她拿过一张餐巾纸，学着贾俊波的样子，低头仔细地擦起桌子来。还时不时地斜过头看看上面的反光，确定干净后再坐下来。苏阳又拿过菜单，学着他翘兰花手指的样子，然后在掌心来回拍了 10 下。闺蜜们看了捧腹大笑。

苏阳学着贾俊波的口吻说：“请问，张小柔小姐，你洗手了吗？”小柔很配合：“我洗了。”“什么时候洗的？”“刚才。”“哦，那就好，注意卫生很重要，为了大家的健康。你等我，我去洗个手。”闺蜜们又一阵大笑。

“我当时那个尴尬啊，真的特别想笑。你知道他一个大男人，居然还自己带筷子，太让人诧异了。”

程程顿了顿：“哎，这样的人是有的呀，我们单位就有一个大姐，走到哪儿都把自己的筷子和勺子带上。”

潘静一拍手："典型的洁癖。"

苏阳疑惑地说："你们倒帮我分析一下，我拿了水果，但是他好像很反感，还反问我怎么拿了这些水果？"

程程问："你都拿了些什么？""西瓜、小西红柿、石榴、草莓，还有金橘。"

小柔："他一样水果都没有碰吗？""好像就吃了金橘。"几人互相望望，各自琢磨着他不碰其他几样水果的原因。苏阳补充："尤其是我在吃西瓜、草莓和西红柿的时候，他特意捂住了嘴，眼神很抵触。"潘静一拍手："哎呀，我后悔自己当初学新闻了，要是去学心理学就好了，现在一个动作和一句语言，就能分辨出他心里在想什么了。"

程程自问："只吃金橘？难道是因为它酸吗？"小柔："那石榴也有酸的，草莓也有酸的，西红柿也有酸的。"

几人你一句我一句，似乎也没说上个正理来。最后，潘静突然爆出一句："对了，我想到了！从颜色上来看……"苏阳怯怯地问："难道，他对红色敏感？""对，他应该很排斥红色。"潘静在向福尔摩斯靠近。"红色，血！"几人异口同声，气氛变得诡异起来。

程程不解了："他为什么要抵触血呢？他每天接触的不都是血么。"苏阳开始找理由："也许，他每天手术时看多了血，所以对红色就会本能地感到厌恶吧？""很简单啊，下次找个机会试试他不就知道了。"潘静诡秘地笑笑。

说也巧了，贾俊波的电话来了，他约苏阳什么时候再见面。苏阳放下手机，做手势。潘静凑近苏阳耳朵："就说下次一起吃饭，我们也去。"苏阳点头："贾医生，我有几个女朋友说想一起参加，你看行吗？""行啊，一起吧。"

挂掉电话，小柔在一旁笑了起来："哈哈，我听你喊他贾医生，怎么就那么别扭啊，贾医生，假医生。""他本来就姓贾啊。"三人瞪眼瞅瞅她。

四面夹攻

贾俊波趁茶馆的余温还没退却，再次约了苏阳吃饭。三个闺蜜也准时驾到。

潘静穿了一身大红的套裙闪亮登场，引来一阵尖叫。小柔嗲声嗲气："妈呀，你穿得这么艳，是要去参加婚礼吗？"程程埋怨道："你这不是喧宾夺主嘛。""哎，你们有点智商好不好！"潘静一抬头，"我穿成这样，无非就是要试探下贾俊波。"姐妹们恍然大悟。

"你以为我愿意把自己打扮成个新娘似的花枝招展，这纯粹是为了苏阳。""太感谢了，宝贝儿。那请问，今天我们吃什么？"潘静一招手，诡秘地一笑："当然是吃火锅啦。"

她们来到火锅城。贾俊波随后赶到，他主动问好："几位美女好。""嗨，贾医生好。""叫我贾俊波就好了。"他本是面带微笑的，一看到潘静那身血红的衣服，立马把目光定住，继而猛地扭头。姐妹们心领神会。

他问苏阳："怎么想到来吃火锅了，现在可是夏天了呢。"潘静接话："6月天吃火锅最刺激了，再来瓶冰镇啤酒，味道不要太好噢。"苏阳赔上笑脸："贾医生，我朋友特别想吃火锅，我想你不会介意吧？"他勉强地从嘴角挤出一丝笑意。

火锅底端上来了，一半清汤，一半红汤。红汤的那一半正好对着贾俊波。他立马捂住鼻子："你们叫的什么锅底啊？"小柔接上："鸳鸯锅底啊。"程程故意问："看样子，贾医生好像不喜欢吃辣？"他点点头："对啊，我不吃辣。"苏阳忙把锅转了位置："那，你吃清汤，我们吃辣的。"

"呵呵，四位辣妹子，失敬、失敬啊。"说着，贾俊波又从包里掏出了筷子和勺子。“呦，贾医生这么讲究的噢，连筷子和勺子都是自备的。”潘静像发现新大陆似地提高嗓门。

贾俊波一边用茶水烫筷子和勺子，一边说道：“是啊，我保持这个习惯很久了。你们想，你今天吃的这双筷子它进过多少人的嘴巴里，想想就不卫生。”

小柔不解：“可碗筷都是消过毒的呀。”

贾俊波翘起兰花指，反驳道：“消过毒也没用，你能保证店家一定都会消毒吗？有些洗不干净的污迹会停留在筷子表面，多脏啊。你们算算，吃过多少家店，一共用过多少双筷子，这是一个多么密集的数字啊。现在流行病这么猖獗，什么肝炎、非典、甲流，哪一个不严重？所以啊，以后你们外出吃饭，也最好带双自备的筷子，卫生。”

程程客气一声：“好，我们会认真考虑的。”

只见他盛过一碗汤，让服务员拿来一碗米饭。大家把盆里的生羊肉和牛肉放在清汤里一半，红汤里一半。火锅开了，大伙纷纷用筷子去夹锅里的菜。苏阳刚想把羊肉放进嘴里，贾俊波连忙说：“苏阳，你的羊肉好像还有一点血，没熟透吧？”“呵呵，没事，羊肉一涮就好。”“这样多不卫生，吃不全熟的肉对身体不好的。”苏阳只好朝他笑笑，又把羊肉放入锅中继续涮了。

“哎呀，好辣啊！”小柔连连张嘴，她顺手把红汤里的几片牛肉夹到清汤里涮了涮，红色的油水瞬间漂浮在清汤的表面上。贾俊波瞅瞅说：“呀，混了！”小柔假装娇气地说：“贾医生，真不好意思啊，那边太辣了。一点点油水没事吧，我也改吃清汤的。”

小柔说着夹过蛋饺、白菜和粉丝放进清汤的那一半里，还不时用筷子在里面搅拌搅拌。贾俊波一看傻眼了，自己辛苦筑起的围城被她这么一搅和给毁了。他失望地放下碗筷，不再夹菜了。

程程问：“贾医生，原来你这么怕辣啊？”他两手放在腿上，身子前倾：“是啊，吃不惯。”小柔夹了块蛋饺放进他碗里：“这个不辣。”

贾俊波连连摆手："哎，你自己吃就好了，谢谢。"

潘静边吃边问："贾医生，怎么不动筷啊？""呵呵，我差不多吃饱了，你们多吃点。"其实，他就吃了半碗清汤拌白饭，几乎没有吃菜。

席间，一个小男孩在过道里追逐，猛地撞到了贾俊波。他胳膊一抖，手里的筷子掉到了地上，发出轻微的响声。小男孩朝他诡笑，转身时又一脚踩住了他的筷子。贾俊波脸上的表情那叫一个痛苦，惹得闺蜜们在一旁捂住嘴直想笑。

男孩母亲过来道歉："真不好意思啊，对不起。""哦，没关系没关系，小孩没摔倒就好。"贾俊波用纸巾包住筷子拿起来，对着苏阳她们赔笑脸："不好意思啊，我去洗一下。"程程也起身，悄悄地说："我去看看他怎么个洗法，学习学习。"闺蜜们笑着挥手。潘静点上一支烟："估计我这根烟抽完，他应该还没回来。"

程程跟随在贾俊波身后，只见他辗转到厨房里问阿姨讨了点洗洁精。在洗手台前，贾不停用手来回搓洗筷子。程程凑近他："贾医生，洗筷子呐？"他回过半个头："是啊，你先去吃吧，我一会就过来。"

等贾俊波回来后，潘静一看表，足足过去了五分钟，她连烟头都不剩了。苏阳问他："你还吃吗？""不吃了吧，筷子都洗干净了。"

付账时，贾俊波主动拿出皮夹掏钱。几人起身后，他又说："请稍等一下，我再去趟洗手间。"待他一离开，姐妹们将憋了一顿饭的笑都给释放出来了。大伙异口同声："他的洁癖，真不是盖的！"

寻找症结

这天见面，苏阳特意把地点约在正大广场，吃饭、逛街、看电影一条龙。并不是对贾俊波有好感，他的洁癖已经让她倒尽了胃口，苏阳只是想从中找出对方的症结。

吃饭时，贾俊波忘记带自备的筷子了。他叫来服务员："请给我一次性筷子。”苏阳特意说：“其实一次性筷子也未必有多干净。制作中用双氧水和滑石粉的，有很强的腐蚀性。而且还不环保，所以，还是少用为好。”

贾俊波笑笑说：“偶尔用一次没关系，总比用无数人吃过的筷子强。”

苏阳特意点了道罗宋汤，贾俊波看到满满一碗血红的汤水，立马捂住嘴巴直恶心。“贾医生，你没事吧？”“我，我没事。”他忽地起身去了洗手间。

一会儿，贾俊波回来了，看样子像是洗了脸：“不好意思，刚才有点不舒服，现在没事了。”“你不喝罗宋汤吗？”“不，你吃吧，我吃其他菜就可以了。”贾俊波为什么排斥红色？为什么看到有关红色的就感到恶心？难道，真的和血有关吗？苏阳越发觉得贾俊波身上似乎有着谜一样的故事。

逛街时，贾俊波倒很绅士，陪着苏阳边挑选衣服边聊天，还不时地给些意见。无意间，苏阳看见了一件女款的大红衬衫。她特意上前询问：“贾医生，你看这件衣服怎么样，很漂亮吧？”

只见贾俊波低头皱眉：“这件，太艳丽了。”“我觉得很好看啊，颜色很出跳，也很有个性。上次我朋友穿的那件红的就很好看。”贾俊波搓搓鼻头：“我觉得不怎么样，不太合适，还是这件好。”他指着一件白色的衬衫说。“这件太普通了，类似的我已经有了，再看看吧。”

在电影院，苏阳选了一部灾难片。贾俊波又开始皱眉：“要不我们看喜剧吧。”“怎么了？这部可是大片，很刺激的。”他挠挠头皮，尴尬地说：“会不会，太血腥了？”苏阳盯着贾俊波的眼睛问：“你不会看这个也害怕吧？”

“哦，那倒不是，只是觉得看喜剧比较轻松。”“现在这个点只有看这部灾难片，要不就得等 40 分钟。”贾俊波为难地说：“那……好吧。”

电影院漆黑一片，屏幕里放着紧张、刺激的剧情。只见贾俊波神经紧张，额头直冒汗。苏阳递上一张纸巾："贾医生，你很热吗？""呵呵，有点。"

从电影院出来后，苏阳才发现贾俊波的脸比刚进去时白了一圈，还有些发青。"贾医生，你没事吧？看你脸色不太好。"贾俊波抹着脸上的汗说："哦，电影院太闷了，冷气开得小了点。"

苏阳故意笑着说："这电影真不错啊，很惊险。"贾俊波舒了口气："嗯，的确很惊险，有心脏病的人可不能看。"

一天的行程结束，苏阳回到家，开始反复琢磨贾俊波的动作和神态。究竟是什么让他如此抗拒和排斥？她想从中找出贾俊波爱洁癖和怕红色的症结所在。

蹊 跷

这天，苏阳在公司接到朋友的电话，说出了车祸，左腿粉碎性骨折正在住院。她立马买了水果与花篮赶去医院探望。

走出骨科病房，苏阳才突然意识到这家医院正是贾俊波所在的单位。她拨通了对方的电话："喂，贾医生，我是苏阳。""啊，阳阳，你好啊。""请问你现在忙吗？""还好，你在哪儿呢？""是这样的，我有个朋友骨折了，正好住在你们医院。我刚从病房出来，你在哪个科室，我来看看你？"

没想到贾俊波居然支支吾吾的："哦，那个，我，我不在医院。"

苏阳纳闷，刚才在公司他还和自己通话，说正准备做手术，怎么这一会功夫就不在医院了呢。她又问："你刚不是说有手术吗？""哦，对啊对啊。我刚做完手术下来，现在有点事跑开了，不在医院。""本想着就近来看你一下。你不在那算了，我回去了。""那好那好，阳阳，你先回去吧。真不好意思啊，回头我再打给你。"

贾俊波闪躲和退缩的口气，让她觉得事有蹊跷。

苏阳来到大厅，恰巧遇到欧阳面容憔悴地走过来。苏阳赶紧迎上去：“欧阳，你怎么了，病了吗？”“阳阳？你怎么在这里？我没事，就是有点累。”苏阳很担心，正想上前搀扶，却见徐雅拿着药从对面走过来，她便止步了。

徐雅眼睛一亮：“哎，苏阳姐，这么巧啊？你也来医院看病吗？”“我不是来看病，我是来看病人，顺便看看我的那位医生朋友。徐雅搀扶住欧阳：“这几天把我的欧阳哥累坏了，我都心疼死了。”苏阳低头：“那多亏你照顾他了，我有事先走了，再见。”

苏阳转身离开，背后，满是徐雅对欧阳的温柔嘱咐。

苏阳走出医院大楼，回头仰望那几个被炽烈的阳光映衬的大字：×××医院。

事与愿违

当晚，苏阳辗转难眠，终于还是鼓起勇气拨通了欧阳的电话。她觉得两人再怎么互掐，关键时刻还是需要关心和慰问的。

可没想到，接听电话的却是徐雅。苏阳一慌张，竟快速地挂断了。卧室里传来欧阳的询问声：“是谁的电话？”徐雅愣了会儿：“哦，打错了！”她刚想放下手机，转念一想，又收了回来，快速删除了来电记录。徐雅来到卧室为他盖好被子：“欧阳哥，你好好休息，我去客房睡。”

徐雅往门口走，欧阳叫住她：“徐雅！”徐雅转头：“请叫我小雅！”“小雅，你还是回家吧。”“我不回家，我要留在这里照顾你。”“我只是发个烧，又不是断胳膊断腿的，可以照顾自己。”徐雅回到床前：“不许你这么说！”欧阳郑重地说：“好，那你现在马上回去，别让家人担心。”

徐雅有些激动：“Why, I am a dult!”“成年了也一样。”“但是，我不放心你。”“别担心，我可以照顾好自己。走，我送你。”“哎，好啦好啦，败给你了。你还是躺着吧，我自己会走。”徐雅最终拗不过欧阳的执意，只好依依不舍地离开他的单身公寓。

待徐雅离去，欧阳翻看手机，无奈地叹了口气，然后给苏阳打了电话：“阳阳，你……刚才给我电话了吗？”“我……我……我没有呀。你好好休息，再见。”

欧阳放下手机，躺在床上，仰望着苍白的天花板，许久。

第二天上午，徐雅拿着大包小包赶到欧阳家里，并拿着他的衣服准备去洗。欧阳上前阻止：“这些活不该是你做的，周末阿姨会来。”徐雅抢过衣服：“为自己心爱的人做任何事，我都心甘情愿。”

他委婉地嘱咐：“小雅，你还年轻，应该把心思放在学业上，而不是过多地关注我。当初你执意从英国退学跟我回国，已让我很是内疚。如果你再不好好深造，我怎么向你父母交代？”

徐雅娇嗔地说：“那你娶我啊，娶我就是给他们最好的交代了！”“好啦，不要闹了。”徐雅上前一步，从背后轻轻抱住欧阳。她将头贴在他的后背，伤感地说：“请不要拒绝我对你的好。I just want to, love you。”

欧阳倒吸一口气，万般无奈。

傍晚，欧阳来到苏阳公司楼下等她。苏阳上了欧阳的车，第一句话就没好气：“有人照顾你，怪不得恢复得这么快。”欧阳照例没当回事：“我知道，昨晚的电话是你打来的。”苏阳委屈地说：“不好意思，打搅到你们小两口了。”

欧阳还是将实情告知了苏阳，希望她不要误会。可谁知，苏阳更添气，红着眼大声说：“我和你之间没有误会，我们什么关系都没有，你不必解释。”一阵沉默中，徐雅来电。苏阳气急地下了车：“不打搅你们了。”

欧阳靠在椅背上，已记不清有多少次的欲言又止。对于苏阳，他有太多的话想说……

匪夷所思

贾俊波主动来到苏阳公司，并带了些点心。

“昨天真不好意思，你给我电话的时候，我刚好离开医院。”“没关系啊，”苏阳边整理桌上的资料边说，“我也是去医院看病人，正好打个电话给你，没事。”“晚上我请你吃饭，算是对你的补偿，好吗？”

苏阳笑笑，起身关电脑：“贾医生，你言重了。”他盯着她，平和地说：“阳阳，喊贾医生太见外了，叫我俊波吧。”苏阳抿嘴笑：“走，吃饭去。”

到了餐厅，贾俊波先让苏阳点菜，自己则去卫生间洗备用的筷子。苏阳笑着摇摇头，拿起菜单浏览。这时，对桌的四位青年吃着吃着，嗓门就扯大了，大庭广众之下竟挥起手来。贾俊波回来一看不妙，立即说：“阳阳，要不我们换个地方吧，这儿不安全。”

苏阳看着他，又看看喝醉酒的那四张猪腰子脸：“这茶都上了，我都开始点菜了，走掉不好吧。我们吃我们的，碍不着什么。”贾俊波眉头一皱，懦懦地说：“谁说碍不着了，看这架势，他们铁定要打起来的。这群酒鬼，一副要殃及无辜的样子。我们还是走吧，别把吃饭的好心情给弄糟了。”

拗不过贾俊波，苏阳只有起身拿包，堆上笑容对服务员说：“真不好意思，我们不吃了，对不起啊。”他拉着她往门口走去，只听身后传来打骂的响声。贾俊波转头：“快，快走，酒鬼开打了！”他三步并作两步快速冲了出去，像只落荒而逃的老鼠。

苏阳挣脱他的手，站在门口说道：“胆小的家伙！”

他俩来到另一家小饭店，那里安静、人少，适宜聊天。贾俊波一坐下便说：“还好我们逃得快。你刚看见那个高个男人手里拿的啤酒瓶没，多危险啊。医院里经常有类似的伤情，比如患者的眼睛被啤酒瓶的玻璃渣子刺伤，导致视网膜脱落等。我们离开，是上上之计。”

苏阳反问：“你怎么就那么肯定他们一定会打起来？”贾俊波双手合十：“这还看不出来吗，明摆着要开打的样子，很恐怖的。”苏阳盯着贾俊波问：“可我并不这么觉得，我都不怕，你怕什么？”

贾俊波尴尬地笑笑：“呵呵，怕，不也是为了顾及你的安全吗。我们惹不起难道还躲不起吗，你说是吧。”

这话表面看似好听，说到底还不是为了保全自己的安危。可苏阳奇怪，凭他这点胆量，怎么拿手术刀给病人开膛破肚、缝合伤口呢？

这天下班，苏阳刚想给贾俊波打电话，没想到他不请自来了。

“阳阳，晚上我们见个面吧，我有些话想对你说。”苏阳一听，立即回答：“好，我也有话想问你，一起吃饭吧。”

这次，贾俊波没有再从包里拿出筷子。苏阳纳闷：“今天，又忘带自备的了？”他笑笑：“不是忘记，是不再带了！”“为什么？”

贾俊波一脸真诚地说:“因为我要和你同步！”苏阳疑惑地看着他:“什么意思？”“就是说，我不想和你有差距。我不想对方已经在路上了，而我还在起跑线上没有动身。”

贾俊波的脸上没有一丝退缩和游移，很真诚、很坚定。

苏阳迟疑了，一个在生活中如此胆小怕事的男人，对待感情问题却能表现得如此大胆和直接。

他低下头说:“我知道，你一定有些意外。我承认，我是直接了点，我不想刻意回避。苏阳，我们可以进一步发展吗？”

苏阳愣住了，她本想问问对方为什么怕红色、是不是对血过敏、如果晕血平时又是怎么工作的……纠结多日的问题，无数次像蚂蚁般横扫她的心。人的窥视欲有时往往比求知欲来得更为猛烈，她承认自己想了解更多的内幕，而并不是贾俊波本人。

苏阳转移了话题："贾医生，你是个善良的人。我佩服医生这个行业，救死扶伤，真的很伟大。""呵呵，救死扶伤是天职，这是医生的职责和义务。"他喝一口水说，"但有时候，医院也是个魔窟，医生就成了将患者推向死亡的魔鬼，不再是人们心中神圣的天使。"

沉默片刻后，苏阳说："我觉得，我们还不够了解，先从朋友做起吧，好吗？""好，我尊重你。我也觉得彼此需要进一步的了解。"

吃完饭后，贾俊波主动买了单。这次，他从皮夹拿完钱后，不再像往常那样急着去卫生间洗手。而是拿纸巾简单地擦拭下双手，然后回给苏阳一个浅浅的微笑。

贾俊波，从这一刻开始改变了。

胆小如鼠

出了饭店，贾俊波提议去公园走走，吹吹夏季的微风。俩人一路散步，苏阳看他的状态很平和，觉得这个时候把那些积压在肚里的问题说出来最合时宜。

当她刚想开口时，树丛里突然窜出了两个人影，将他们团团围住，还从怀里掏出明晃晃的刀子。大个男威胁道："不许出声，只要把钱拿出来，你们就可以安全离开！"

贾俊波吓傻了，怀揣的包"啪"地掉在了地上。小个男捡起皮夹："老大，有钱！"贾俊波连连摆手："要钱都拿去，我皮夹里就这些了。只要你不伤害我们，还有，把皮夹还给我。"

小个男拿出钱后把空皮夹扔了回来。贾俊波赶紧接着，看看里面的身份证还在，快速放进口袋。然后，大个男将目光转向苏阳，"大美女，只要你肯交出钱包，我保证不花你的脸。"

却没想，苏阳一股正气："你们想要钱，门都没有！"

"哟呵，还挺犟。"大个男上前抱住苏阳，"快，搜她的包！"小个男夺下苏阳手里的挎包。“给我住手！住手！别碰我！”苏阳死命大叫着，贾俊波却只在一旁看傻了眼。

苏阳失望透顶，就算是路人站在面前被欺负了，也应该有所反应吧。她喊道：“贾医生，快打电话报警！”没想他吓得躲在一旁：“别，还是别报警了。阳阳，你有多少钱就给他们吧，就当破财消灾，命要紧啊！”

苏阳斜眼看他：“你这个没用的家伙！”她突然灵机一动，大喊道：“有人来了！”歹徒往那边一看，她趁机猛地打掉他的手。大个男反手拦住苏阳：“妈的，耍我们！”他把刀架在苏阳脸上，“信不信我真刮花你的脸？”

“哼，有本事你就试试。这里到处都是监控，看你也逃不远。”苏阳毫不畏惧。而越站越远的贾俊波吓得满脸是汗，两脚不停发抖：“阳阳，别再硬撑了，给他们钱就完了，你也不差这一点。不要以小失大，千万不要啊！”苏阳气不打一处来，小声嘀咕：“怕死的孬种！”

小个男冷笑一声：“看来，你这位男朋友很不可靠啊，连自己的女朋友都保护不了。”“他可不是我的什么男朋友，你们今天就算把我杀了，他也照样无动于衷。”苏阳强硬地说道。

俩歹徒互相看看，有些意外。只见贾俊波一副欲哭无泪的样子，摆着两手：“别伤害她，别伤害她！”

大个男对小个男说：“哎，你说，这么正点的妞，不上了她多可惜。”“是啊，老大，我也有这个想法。”贾俊波颤抖着声音：“不要，不要这样，不要！”苏阳心凉到了谷底，眼泪充盈了双眼。

大个男把苏阳往里拖，贾俊波吓得大气不敢出。苏阳实在看不下去了，大声喊道：“贾俊波，亏你还是个医生！你就眼看着我被坏人欺负。你还是不是个男人，是不是个男人？”

他哭了出来，大声喊道：“不要逼我，不要逼我！”苏阳撕裂地喊着：“贾医生，你不是说喜欢我吗？不是说想让我做你的女朋友吗？

看到我这样，你不心疼吗？不气愤吗？”

“啊……啊……”贾俊波突然像发了疯一样大叫起来。他闭上眼，低头往大个男身上狠命地冲过去：“我跟你拼了！”

“妈的，你找死！”大个男顺手拿过匕首往贾俊波的手上就是一划，鲜血瞬间流下来。他一看，吓得脸都绿了，惶恐地自言自语道：“我的手流血了，流血了！啊……啊……我流血了……”

贾俊波扔下苏阳，跌跌撞撞地跑向远处。

无底深渊

苏阳恍如掉进了无底深渊，再没有人会来救自己。她正想和歹徒做最后的搏斗，突然旁边亮起一束光，保安过来了。警觉的歹徒发现不妙，立刻甩开苏阳，丢下匕首，快速逃跑了。

“小姐，小姐，你没事吧？”保安打着手电筒扶起她。“我没事，没事，他们往那边跑了。”保安追过去，苏阳满面泪水地站在原地。她倒不是为自己感到伤心，而是替贾俊波感到悲哀。

贾俊波这一跑，让苏阳又证实了一点：男人也有靠不住的时候，也许，本就不应该靠。幸好，他不会成为自己的下一任合适人选。

她望向周围，一片漆黑，似乎看不到一点光明。此时想到的人只有欧阳，她打电话给他。欧阳正在公司里忙活装修的事，手机放在一边。徐雅拿着夜宵进来，见是苏阳来电，没多想便将手机关了机。

苏阳在医院做检查，手上脸上均有外伤，闺蜜们陪伴左右。潘静埋怨道：“这个欧阳也真是的，关键时候找不到人。”小柔也不服气：“平时说得好听，要他出力时人影都没了。”程程想了想：“也许，他是真的有事呢。”

苏阳轻声说：“别怨他了，我们只是朋友，他没有义务一定要来帮助我。”她面无表情地坐在长椅上，同时接受了公安人员的询问。

第二天，苏阳在家休养。门铃响起，见是欧阳，她赶紧往里躲。看到昔日恋人伤痕累累，欧阳心疼地说：“要不是潘静她们告诉我，我真不知道会发生这样的事。为什么不在第一时间找我呢？”苏阳很是委屈：“我给你打电话，一直都打不通。”

欧阳心疼地一把抱住她：“对不起，我来晚了。”此时的苏阳，没有了强硬的外表，只剩下一颗受伤的心。

当晚，欧阳在新装修的公司忙活，徐雅陪伴左右。他放下手中的活，冷冷地说：“徐雅，时间不早了，你回家吧。”徐雅感觉不妙：“我想陪着你。”欧阳的脸拉了下来：“我的话不说第二遍，现在请你立刻回家！”

徐雅拿上包，缓缓地转过身。欧阳将双手搭在桌子上，背对她郑重地说：“从现在开始，请不要擅自接听我的电话，不要动我的手机。”徐雅愣然：“我，我只是想关心你。”

欧阳猛地转过身，大声地说：“就是因为你的太过关心，差点酿成了大错！”“发生什么事了？”“如果真出了什么事，我不会原谅我自己！”徐雅伤心地离去。

探听真相

第三天，贾俊波才打来电话：“阳阳，你怎么样了，没事吧？”苏阳一听他的声音便火冒三丈：“你还好意思问？你知不知道我差一点就栽在那两个王八蛋手里了！”

“对，对不起啊，我不是故意要撇下你不管的，我自己也受伤了。对不起，真的很对不起……”“对不起？现在来说对不起？幸好我不是你的女朋友，要不然我真倒了八辈子的霉了。贾医生，没想到你的胆量这么小？”

“我，我也是没办法，不知道该怎么办。毕竟人比钱财重要，你说对不对？”“哼，命确实很重要，但人若是没了胆量和勇气，那也是很可悲的。你甚至不能保护身边的朋友,眼睁睁地看着她落入虎穴，你却无动于衷。你的胆子小得和老鼠一样，不，还不如老鼠大胆。我真的无法想象你的生活……”

“我……我……阳阳，不要逼我，不要再逼我了……”电话那头传来贾俊波的哭腔。

“贾医生，你究竟有什么难言之隐？你一定有秘密，对不对？”苏阳想追个究竟，她要击破贾俊波的底线，“你害怕红色，害怕血，讨厌一切不干净的东西。你能告诉我，这到底是为什么吗？”

贾俊波不住地哭泣：“阳阳，不要逼得我无路可走，求你不要！”

“我哪里在逼你，是你在逼你自己！你有强迫症，对不对？”苏阳继续挑拨贾俊波敏感、脆弱的神经。“没有,我没有,我没有强迫症！苏阳，你别再逼我，别再逼我了，啊……”贾俊波崩溃似地狂吼起来，继而挂断了电话。再打过去，已关机。

苏阳觉得不妙，该不会是自己的一番言论刺激到贾俊波了吧？胆小、软弱的人往往容易走极端，万一有什么事，自己不就成了间接的凶手了吗。苏阳立马往医院赶去。

苏阳一个一个科室去找、去问，从这幢楼跑到那幢楼。终于有人回应了。一位 40 出头的女医生转身问：“你找贾俊波吗？”“对，我找贾医生,请问他是这个科室的吗？”女医生冷冷地看了苏阳一眼,问：“请问你是他什么人？”“我是贾医生的朋友，找他有点急事。”

女医生顿了顿：“你不知道吗，贾俊波医生已经不在医院了。”苏阳愣住了：“怎么可能呢，他不是一直在这家医院工作的吗？”女医生笑笑：“难道贾医生没有和你说，他早就不在这里工作了吗？”苏阳摇摇头：“没有。对了，他是辞职的吗？”

女医生又顿顿：“嗯，算是吧。”苏阳又问：“他多久前离开医院的？”“两年前。”苏阳震惊：“两年前？能问下是什么原因吗？”女医生低下头："这个……院方不方便透露，你最好去问贾医生本人吧。""谢谢您了，医生。"

苏阳缓缓走出医院大门，脚步变得越来越沉重。原来贾俊波早在两年前就已经不在这家医院工作了，为什么他要隐瞒真相？究竟有什么隐情，让贾俊波变得如此敏感与懦弱。疑问在苏阳心里接二连三地冒出来……

贾俊波的电话依旧是关机，苏阳没有办法找到他。她唯一的办法，便是等。

罪恶的战争

又过去了三天，苏阳终于接到了贾俊波的来电："阳阳，是我，贾俊波。""贾医生，你没事吧？"苏阳反应异常小心，生怕又刺激到他。这一次，贾俊波很平和："我没事，谢谢你。""对不起，贾医生。那天是我不好，情绪太激动了，你不要把我的话放在心上。""没关系，你说的没错，点中了我的要害。"

苏阳不语。

贾俊波低缓地说："我已经不再是什么医生了，配不起这个称呼。""别这样。""阳阳，我现在很平静，从未有过的平静。我想，到了该告诉你真相的时候了。假如，你给我这个机会的话。""好，我们见面谈。"

在咖啡馆里，苏阳见到了几天不露面的贾俊波，右手背裹着白色纱布，嘴角长出了一圈胡茬儿。疲惫的双眼，没了任何精神。

苏阳首先开了口："对不起，贾医生。那天我的话重了，你别介意。"贾俊波低头，眼睛直直地盯着咖啡杯："阳阳，你没有说错，你说到了我的心里。的确，像你所说的那样，我是个胆小懦弱的人，没有能力保护身边的人。我没用。"

苏阳安慰道："别这么说，你一定有苦衷对不对？"他望着善解人意的苏阳，眼神中充满了感激。

苏阳又问："伤口厉害吗？有没有大碍？"贾俊波斜过头，红着眼说："手上的伤口就算再深再疼，也总会有愈合的那一天。但是心里的创伤，怕是一辈子都难愈合了。"

在这个阴郁的午后，贾俊波含泪向苏阳讲述了发生在两年前的故事……

那时，贾俊波有一个非常要好的女朋友，两人感情很稳定。眼看着就要到谈婚论嫁的阶段，一场突如其来的意外却改变了他俩的命运。

女方在大学同学聚会上遇到了大学期间一直爱慕自己的男同学。当晚，喝醉酒的男同学强行和她发生了关系。第二天，女孩清醒后懊悔不已，痛恨自己不该喝那么多酒。她不敢把这件事告诉贾俊波，怕他会不原谅自己。

一个月后，女孩没有按时来月经，贾俊波以一个医生的直觉推断，她怀孕了。无奈之下，女孩哭着向贾俊波坦白了这件事。他流泪抱住女友，没有任何责怪的声音。

贾俊波说："发生这样的事，我知道你也不想的。没关系，你别怕，我陪你去医院把手术做了。""俊波，你真的不怪我，不恨我吗？发生这样的事后，你还会在我身边吗？会吗？"

他抱住痛哭的女友："我不怪你。我答应你，不会离开你！"贾俊波的内心，恨透了那个糟蹋女友的男人。他带着女友去医院检查，医生让她趁胎儿还不太大尽早动手术。女友提出让男友为自己人流，她才肯亲手签字。贾俊波含泪答应了女友的要求。

考虑到两人之间的关系，院方领导特意找到贾俊波："我们可是二级甲等大医院，声誉一向很好。几年来，你的业务水平也很优秀。但这次情况有些特殊，患者是你的女朋友，你能保证手术顺利完成吗？"

贾俊波信心十足地承诺："我能保证！领导，我恳求您这一次，让我替我女朋友手术吧。她说，她只相信我。"

平日，领导和贾俊波私交不错。当初，也全靠领导一手提拔。这些年来，贾俊波很是努力和刻苦，实践操作能力与医术水涨船高。

领导拿出笔："丑话我可说在前头，如在手术过程中出现任何问题，一切责任与后果全权由你个人负责，和院方及科室没有直接的关系，你可以做到吗？"贾俊波爽快答应："领导，我可以做到！一切后果由我贾俊波个人来承担！我一定不给医院添任何麻烦。请相信我一次！"

最终，贾俊波拿着领导的"通行证"上了手术台。

看着心爱的女友即将面临一场抉择与磨难，贾俊波的心里像倒翻了五味瓶，万分复杂。他握住她的手："亲爱的，别怕，有我在，一切痛苦都会过去的。"女友流泪点点头，贾俊波在她额头给了深深一吻。

当贾俊波拿起手术器械时，双手还是止不住地微微发颤。女友安静地望向他，眼里充满了依赖与信任。下一秒，自己就要亲手为女友摘除罪恶的孽种。这是见不得光的血肉，伤口长在女友身上，也同样痛在自己心里。他们仿佛是重判的囚犯，被押上刑场，正面临着一场残酷无情的刑罚。

这是一场罪恶的战争，多么讽刺和荒唐！

纠缠的"幽灵"

贾俊波心跳加速，眼睛发花，冒出层层虚汗。他甩甩头，让自己保持清醒。

贾俊波死死地盯住屏幕，这个像肉团一样的黑色光影，像个小小的幽灵，若隐若现地蠕动着。忽然，那团光影逐渐清晰起来，形成一张人脸，正向自己慢慢逼近。它在奸笑，狡黠而犀利。这个恐怖的鬼影，想要一口吞没贾俊波。他下意识地往后倒退，手上的器械“咣当”一声掉在了地上。

“贾医生，你没事吧？”助理用纸巾擦掉他脸上的汗珠。贾俊波摇摇头：“我，我没事，开始吧。”慢慢的，他眼睁睁地看着那暗红的血液顺着透明的管子缓缓地流了出来。

按照采用一次性双腔吸引管技术，不需要扩宫及刮宫，但贾俊波因担心宫腔内还残留着未被清除干净的胚胎组织，为了避免漏吸，他又拿起手术器械为女友做了刮宫处理。

清晰的屏幕上，恐怖的脸在看着他，那个幽灵又出现了！它越逼越近，就快冲出显示屏朝自己的脸上奔过来。贾俊波二话不说，拿起器械往女友的体内伸去。他下意识地使劲摆弄，想把这个妖魔去除掉。助理连忙提醒：“贾医生，你怎么了？小心，小心！注意手下轻重！”

贾俊波像中了邪似的，根本听不见旁人的劝阻。他变得面具憎恶，失去理智：“我要消除你这个妖孽，我要杀死你！”

“贾医生，快停止操作！快停止！这样下去患者会有危险！”贾俊波的手已失去控制。突然，一股鲜血如同泉涌般从女友的体内喷了出来。贾俊波的脸上、身上和双手，全是一片红色。

“啊……”器械掉在了地上，贾俊波往后倒退几步，大口喘着粗气。护士说：“糟糕，患者呼吸急促、血压下降、血氧饱和度降低，快！”

贾俊波被迫出了手术室，全身不断发抖。刚才的一幕像一场噩梦，全然不知自己做了些什么。他抱住头，懊悔地痛哭起来。

由于贾俊波手术操作粗暴不当，造成女友子宫穿孔、回肠挫裂、严重失血性休克。幸好其他医生采取了补救措施，为其做了小肠部分切除术及子宫修补术，这才保住了她的生命。

女友的家人找到医院，要求做出相应赔偿。院方则表示，患者指定让外科医生贾俊波为自己动手术，患者本人也要承担一部分相应责任。贾俊波之前签过字，一切后果及风险由他个人承担，所以院方不应承担主要责任。

根据医疗事故技术鉴定，患者回肠部分被切除后，影响消化吸收功能，属八级伤残，子宫穿孔属十级伤残。最后，医院与患者家属协商，院方及贾俊波赔偿相应的经济损失。碍于名声与面子，女友的家属没有上告法庭。医疗单位责令对造成医疗技术事故的直接责任人贾俊波，作出书面检查，给予警告行政处分。

至此，女方母亲严厉禁止女儿再和一个“凶手”有任何来往。贾俊波懊悔不已，是自己的双手摧毁了心爱的人。他觉得自己罪大恶极，哪怕倾其所有来弥补过失，无论如何也没法还女友一个健全的身体和心理了。

女友绝望了，两人分道扬镳。

从这时起，贾俊波的心理也跟着发生了明显的变化。他时常在夜里做噩梦，那些血腥的场面不断在脑海中盘旋。罪恶的血液像甩不掉的牛皮糖紧随着他。

他冲到卫生间开水龙头，只见满手的血腥，白色的池盆瞬间被染成了红色。抬头看镜中的自己，竟是一张可怕的血脸。贾俊波连忙用水冲洗，却是越洗越模糊。他大叫一声，用拳头朝镜中狠狠地砸去，鲜血从指缝中流出来。贾俊波一屁股坐在地上，抱头痛哭起来。

贾俊波的生活彻底改变了。每天来到办公室，他总要先擦桌子、拖地，一遍又一遍。只要看见哪里有灰尘和污迹，他会拿来抹布马上擦掉。一天之内要洗上无数遍的手，只要碰过东西，他都会一遍遍不断冲洗。同事看了说：“贾医生，你别再洗了，这样下去，你的手都要洗裂了。”

贾俊波却执意说：“不，我要洗，我的手很脏，我要把它洗干净、洗干净！”同事无奈地摇摇头。

从此，贾俊波开始怕红色、怕血、怕一切和红色有关的物体，总觉得手上有洗不干净的血腥。

名副其实的“杀手”

一次，一名 20 岁的患者右下腹疼痛难忍来医院诊治。贾俊波为其诊断为：慢性阑尾炎急性发作。当晚，他决定为患者实施阑尾切除手术。同事问：“贾医生，你可以吗？”贾俊波定定神说：“我可以！”

再次拿起手术刀，贾俊波似乎觉得有些陌生了。治病救人是天职，无论遭遇什么天大的事，只要站在手术台上，就必须是一名合格的医生。他提醒自己要重新振作起来。

贾俊波切开患者的腹部，只觉一阵恶心头晕。他一遍遍告诉自己：我是一名医生，我是一名优秀的外科医生！贾俊波查看了一番，却没有发现结肠，也找不到阑尾。最后，他只好先将伤口缝合上。

晚上，贾俊波又为患者进行了第二次手术。按照原先的切口又向上延长了两厘米，同时将缝合线拆开；按照回肠末端往下顺利地找到阑尾，半小时结束手术。

术后的第四天，患者仍然没有排气，腹部胀痛，还起了包。术后第七天，依然未见胃肠蠕动，肠音消失，X 光的检查结果是“肠管积气扩张且见有液平面”。

贾俊波一看不对劲，请来了外科主任医生，结果诊断为：肠梗阻。主任立即为患者实行第三次手术。当打开腹腔一看，患者的小肠已经腐烂，肚里全是血水，散发出阵阵恶臭。医生切除掉患者体内坏死的小肠，在其肚脐上实施改道造瘘。术后诊断：患者肠梗阻、小肠坏死、弥漫性腹膜炎。

由此，患者失去了将近两米的小肠，腹部多了一个人造的排泄口，每天只能依靠药物和营养来维持生命。因为小肠改道造瘘，患者的排泄物只能从造瘘口流出来。今后的生活，给他和家人造成了极大的不便和影响。

家属一纸诉状，将医院告上了法庭，要求索赔患者的医疗费、精神损失费和营养费。经鉴定，主治医生贾俊波在实施手术过程中，由于操作时间过长导致肠管损伤。在第二次手术时，腹腔探查不仔细，导致病情加速恶化。术后，没有及时对患者进行“腹透”、X 光检查和灌肠。出现的病情和医院的医疗行为有着直接的因果关系。鉴定结果为：三级丙等医疗事故。医院愿意承担相应的责任。

这一次，再也没有人能为贾俊波说情和担保了。他被院方予以责令暂停临床工作六个月，降级临床岗位一年的行政处罚。贾俊波觉得自己没有脸面再待在医院，他的双手已没有能力治病救人，最后选择了自动离职。卫生行政部门也已注销其执业医师资格证书。从这刻起，贾俊波不再是一名医生……

“假”医生

贾俊波喝着冷却的咖啡，低着头，很平静：“这就是发生在我身上的故事，听起来，是不是很离奇？”苏阳沉默了，她不知该如何应对。

贾俊波的眼眶有些湿润：“阳阳，我是一个不称职的医生，我理应受到惩罚。”苏阳摇摇头：“不要这么说，你也是不得已的。那这两年，你都在哪里工作？”

贾俊波把头望向窗外：“从医院离职后，我原本可以当一名兽医。凭我的技术和经验，完全可以救助那些可怜的小动物，可是我放弃了。看着那些无辜的生命，我却只能束手无策。我害怕，看到那些鲜血和伤口，我会崩溃的。所以我选择去福利院，想把自己的爱，献给那些需要帮助的孩子。我要用实际行动，弥补以往的过失和错误。我对不起我的前女友，我断送了她的幸福，也葬送了我俩一生的幸福；更对不起那位患者，给他的生活造成了终身的遗憾和影响。我是个罪人，我恨我自己……”贾俊波捂住头痛哭起来。

“不，你是个好人。”苏阳同情地握住他的手。如果不发生那样的意外，苏阳相信贾俊波会是个好医生。

“所以从那时开始，你就害怕红色、害怕血。”

他点点头：“自从我脱下白大褂后，我对一切红色的物体感到本能的抵触和害怕。每次只要看到红色，我就会感到窒息、恐惧。它像一张无形的大网，想要将我一口吞没。我总觉得身上有很多不干净的东西，无论洗多少遍，它还是会跟随我。我闻自己的手，总有一股很难闻的恶臭。两年前的那股血腥味，直到现在还停留在我的掌心里。那是罪恶的味道，可耻的味道。不信，你闻。”

贾俊波缓缓伸出右手，凑近苏阳的脸。她闭上眼，心里一阵刺痛。一滴泪落在贾俊波宽大、厚实的掌心里。他接过，紧紧地拳握住。

贾俊波冷冷地自嘲：“就是这只手，毁了两个人的健康和幸福，也毁了我的大好前程。现在，我的手掌又流出了你的泪，落泪手心。我让所有的人伤心、失望，我是个没用的家伙。”

苏阳握过他的手：“不要这么说，俊波。在我眼里，你就是一名好医生。”

贾俊波低头：“呵呵，其实我知道，你心里一定很看不起我。遇到危险居然临阵脱逃，连朋友都保护不了。这样懦弱、胆小的男人，没有人会喜欢。”

苏阳摇头：“真的别这么说，我理解你。”贾俊波叹了口气：“像我这样的男人，也许永远没有资格找到真爱。这是对我的惩罚，我愿意接受！”

苏阳含泪：“不会的，其实你的内心深处充满了正义和善良，你是个勇敢的人。错误的根源并不在你，你已经做到了最大的宽容。那件事是意外，不能全怪你。俊波，你是个善良的人，老天一定看得到你的忏悔，它一定会原谅你的。”

苏阳不得不承认，这番话是为了安慰贾俊波，但也绝对发自内心。

走出咖啡馆，苏阳与贾俊波并排前行。他转身说：“阳阳，你那么优秀，我知道自己根本配不上你。其实我早就想过，像我这样的人，注定和你是两个世界的。从我第一次见到你，我就知道。我的内心很自卑，成事不足败事有余，再也无法逃出那个怪圈了。所以你不选择我是对的，因为我也说服不了我自己。”

苏阳看着他，缓缓道来：“俊波，每个人都有权力选择自己要走的路，你也一样。如果半路走错了，前面绝对不会是末路。一定还有很多方向在指引着你，让你重新做出选择。下一个路口，我相信你一定不会再走错。”

贾俊波虔诚地望着她：“真的，你愿意相信我吗？相信我，不会再走错路？”

苏阳拉过他的手握住，微笑：“我相信你，事实上，你也已经在这么做了。我为你感到骄傲，真的。”贾俊波颤抖着声音：“谢谢你，阳阳。感谢你能耐心地听我说完这段灰色的历史。谢谢。”

苏阳想了想又说：“不过我觉得，你现在首要的任务应该去看心理医生。在医生和药物的帮助下，你会得到改善的。总有一天，你可以克服一切困难和险阻，勇敢地面对生活和他人。”

贾俊波低下头，缓缓地说：“谢谢你的提议。事实上，在我们被歹徒劫持的第二天，我已经去看心理医生了。所以现在我才有勇气，站在你面前，将自己灰色的过去告诉你。希望，你不会看不起我。”

苏阳摇摇头：“不会的，我从心里尊敬你。你是个好医生，一直都是。”贾俊波红了眼眶：“真的谢谢你。阳阳，我们，还会是朋友吗？”

苏阳点点头：“当然，我们当然是朋友。以后有什么事，只要你有需要，我都会支持你的。”“真的很庆幸，我们还能是朋友。祝你幸福。”

“谢谢，也祝福你，祝你幸福。”说完，苏阳慢慢松开了手，“俊波，我们，下个路口见。”

贾俊波点点头：“阳阳，下个路口见。”他们一左一右，往两个方向走去。

天空突然飘起了雨点，淅淅沥沥地洒下来。苏阳认为，这是雨过天晴后的释然。她的眼眶虽红着，但心里却没有感伤。凡是犯了错能有所悔悟并做出弥补的人，老天一定会原谅他的。因为，大家都是善人。

苏阳赶到闺蜜的聚集地，见到她们的第一句话便是："原来，贾俊波真的是一名假医生。他，再也不是什么医生了……"

她倒在女友的怀里，欲哭无泪。

耀眼明星

周末，苏阳参加了欧阳咨询公司的开业典礼。蓝天、白云、阳光，不再是连续数天的阴云密布。这一切好像都是为了欧阳的新生特意准备的。

出门前，苏阳选了一套纯白的无袖连体套裙，系上腰带，窈窕的身材显而易见。从前的清纯，如今的稳重。这样的装扮，还会是十年前欧阳深爱的吗？

苏阳来到新公司，看见现场布置得热闹、喜庆，欧阳正忙着与客人打招呼。她送上大花篮，附上微笑："恭喜你，欧阳，祝你开门大吉！""谢谢你，阳阳，你能来真是太好了！哎，你不是说，会带朋友一起来吗？他来了吗？"

苏阳低头，低沉地说："没有别人，就我自己。""哦，那也好。我真怕你临时有事来不了。""我怎么会不来呢，你的开张宴，我早就想来吃了。恭喜你！""谢谢，阳阳。"欧阳凑近她的身边，"其实，今天我最想见的人就是你。"

苏阳后退半步，只觉得鼻子微微发酸。她浅笑，没有回答。

今天的这一幕，对于欧阳来说也许很受用，因为验证了曾经对自己说过的话。但对苏阳来说，却十分讽刺。苦心等待了这么多年，周而复始后，得来的却是一句感谢之词。欧阳拥有自己的事业了，可是他却做不到，拥有自己的爱情。

开香槟酒庆祝时，全场的气氛沸腾了。大家欢呼、鼓掌、庆祝，苏阳站在人群的角落里，脸上始终挂着微笑。她默默注视着男主角和跟随在侧的徐雅，心里感到莫名的刺疼。所有人都在兴奋地庆祝，唯有苏阳的心，降到了冰点。

欧阳立帆永远都是主角，这一刻，他是富有的。尽管苏阳也很优秀，但和他在一起，顶多就是一个看客，一个路人甲。人们更多关注的，是欧阳身上折射出来的光芒。它无比耀眼，却灼伤了苏阳的眼睛。

苏阳觉得自己像个蜗牛，蠕动弱小的身躯慢慢前行着，却始终走不到对方的身边。她觉得自己，越来越爬不动了。

他近在咫尺，却又那么的，遥不可及。

相聚、分离、相守、再分离、重逢……如今，欧阳不会再离开了。可就算这样，他们再也没有机会回到从前了，是这样吗？

苏阳来到洗手间，恰巧遇见徐雅，两人同时站在洗手台前。徐雅兴奋地说："苏阳姐，今天欧阳哥真的好帅哦，你觉得呢？"苏阳只是笑笑。她继续挑衅："我对欧阳哥是越来越迷恋了，他呢，也把我当左右手。我想，我会一直陪在欧阳哥身边，成为他背后的那个女人。"

说完，徐雅得意地转身离开了。潘静进来找苏阳，见苏阳愣在水池前，便安慰道："她竟敢公然叫板？你一个80后，什么都有，还怕输给一个90后的徐雅？"

苏阳无奈地说："我确实什么都有，可就是没有他……"

苏阳来到大厅，见欧阳向自己走来，想先走一步。哪知他将酒杯递给她，兴奋地说："今天你不能临时退场，晚上有聚会，你要留到最后一刻。"

自欺欺人

晚上，大家一起聚餐、喝酒、K歌。

欧阳很兴奋，像个可爱的大孩子。他虽和朋友们谈笑着，可最后的视线总会停留在苏阳身上。苏阳坐在沙发上看欧阳与徐雅合唱，默默地往嘴里灌酒。

潘静也喝多了，走到苏阳身边悄悄说："告诉你一个消息，庄博10月份要结婚了。"她猛地回头："真的，他告诉你的？"潘静靠在苏阳肩上，带着哭腔："嗯，庄博亲口和我说的，他要和那个女人结婚了。"

苏阳喝一口杯中的红酒，镇定地说："你不是庄博的红颜知己吗？他结婚，你应该高兴才对。"

潘静冷笑一声："去他妈的红颜知己！如果我们能够在一起，哪来个屁的知己！要知道，这世上没有这么多红颜、蓝颜，都是因为不能在一起，才找个理由和借口来充当，都是自欺欺人罢了。"

苏阳拍拍她的脸："你喝多了，宝贝。"潘静一挥手："我没喝多，我清醒得很！我知道庄博心里其实最爱的人是我，可最后他还是选择了别人。这叫什么，这叫最爱的人未必可以在一起，能在一起的未必就是最爱。"

苏阳的眼眶红了，潘静的这句话触痛了自己，她不想在这种场合下看得太透彻。她定定神："我看你真的喝多了。舌头打弯了，绕来绕去就是这两句话。有没有点新鲜的？"

潘静点了一首《原点》："今天这里在座的就我们两个还是单身。来，我们姐妹合唱一曲。"

苏阳接过话筒，和潘静合唱起来："拥抱的时候心情有点痛，也许提早感受到寂寞。离开的时候只听见沉默，除了沉默我还能怎么做选择。别对我抱歉，别总觉得对我亏欠。现在他在你的身边，就对他好一点。不要再让你们的爱败给了时间，既然遇见了永远就不要说再见。不要再让你们的爱输给了永远，我们曾经过那么多考验，最后还是回到了原点。我应该就走开就算感情还在，我应该就放开对他不再依赖。忘了曾有过的片段，这是属于你们的未来。不要看到你们的爱败给了时间，我宁愿选择离别没有一句怨言。直到你能若无其事聊起了从前，我才发现彼此都了解，默契是最宝贵的语言。”

她俩紧握双手对唱，眼中闪烁着晶莹的泪花。

苏阳激动地出了包厢,欧阳也追了出来。转角处,苏阳默默抽泣着。欧阳上前，两人面面相对。苏阳心痛地欲言又止。“欧阳哥，原来你在这儿？”徐雅可谓寸步不离。苏阳见状，急忙谎称:“我去洗手间。”

欧阳和友人连连干杯，徐雅在一旁帮他挡酒。苏阳坐在角落里，思考潘静的话。看似胡言乱语,却是酒后吐真言,一针见血。她和欧阳，不都是处在天秤的两端，往哪一边，都觉得不堪重负。如果庄博和潘静临了只能以知己相称，那么自己与欧阳的结局，就注定是个悲剧。

看着倒在怀里的潘静，苏阳感慨：岁月催人老，感情的伤，在体内沉淀。直到烙下一个个伤疤，如同脸上那日积月累横生出的细纹。人们总是想尽各种方法掩盖面上的纹路，那是岁月留下的罪证。

可却偏偏，欲盖弥彰。

苏阳自问：岁月，除了脸上的条条细纹，还能留下什么？

其实道理我们都明白，只是不愿去面对。因为人类最擅长做的，就是自欺欺人。

清醒与混沌

大伙难得聚在一起,很兴奋,基本都醉倒了,只有苏阳是清醒着的。

她不爱酒，她要清醒地看着这个世界和周围的人。可苏阳又觉得自己是醉的，所有人都清醒着，只有她是混沌的。因为自己还是那么爱幻想，而其他人都已看清了现实。

潘静喝得烂醉，中途去洗手间吐了两次。第一次扶她的人是莫华，顺便让那花心大少占了个小便宜。潘静丝毫没有忘记该说的，用纤细的食指点点对方的胸口："莫华，你可千万别忘了自己的身份。你是个有家、有老婆、有孩子的已婚男士。如果你记不住规矩还是想偷腥的话，迟早有一天会火山爆发的。到那个时候，没人能帮你圆得了场。你那黄头发的小野猫，一定会死得非常难看！"

莫华瞪起眼问："潘静，原来你都知道了？""哼，你偷情的本事再好，纸永远包不住火的。你还是给我小心为好，别到时东窗事发收不了手，大家都撕破脸，那就不好看了。"

莫华哭丧着脸："潘静，我求求你，千万别告诉程程，千万别让她发现！如果她知道了，一定会崩溃的！"

"我呸！"潘静一把甩开莫华，借着酒劲骂开了，"你这个混蛋！我有那么傻会当面戳穿你的把戏？你别搞错了，不是我潘静给你面子，我是怕伤了程程的心！你看她现在那么开心地坐在沙发上，要是有一天知道你偷鸡摸狗的真相，你说，她会怎么做？别怪我没有提醒过你，男人，千万别贱到了骨头里。否则，你会死得比狗还惨！你们男人，还真他妈不是东西……"潘静骂完，跌跌撞撞地离开了。

第二次扶她的是庄博。这一回，潘静只是呜呜地啼哭，什么话也不说。庄博温柔地抱着她，让她靠在自己怀里。苏阳知道，潘静等这一刻等很久了。看着她痛哭，大把大把的眼泪和鼻涕滴在庄博的衣服上，他却丝毫不介意。再回头时，苏阳看见潘静与庄博在角落里拥抱着亲吻，从未有过的激情与缠绵。脸上，还挂着泪痕。

即使酒精也好，疯狂也罢，就让潘静在爱的人怀里，最后再任性、霸道一次吧。过了今夜，庄博就会成为别人的好丈夫。只是，新娘不会是自己。如果哭有用的话，苏阳也想在那个人怀里放肆一次。至少这一刻，她的心里还有爱。

结束时，欧阳酒醉，大伙把他搀扶到出租车上。欧阳的钱包不小心掉在了地上，夹在里层的照片被苏阳看见。那是她大学时拍的生活照！徐雅见罢立马将皮夹捡起塞进欧阳口袋："欧阳哥喝醉了，我送他回去吧。"

看着车子远去，苏阳愣在原地许久。

第二天醒来，苏阳觉得胸口堵得慌。昨夜，她是唯一没有喝醉的人，清醒得很。欧阳又一次进入了自己的生活，或许，他本就没离开过，驻足在体内十余年，只是他一直沉睡着。如今醒了，苏阳该不该张开疲惫的双眼，去看看眼前的那个人，还是否在为自己执着地守候？

如果要形容，欧阳就像一根鱼刺，如鲠在喉。她每每在伤心时，咽一咽喉咙，会感觉刺痛。一不注意就会发炎红肿，甚至还会起泡化脓。所有药物都是失效的，唯有欧阳是治疗疼痛的根本良药。

这一次，苏阳的喉咙又疼了。而欧阳，能做到药到病除吗？他能拔出卡在苏阳喉咙里 10 年的这根鱼刺吗？

潘静来电，昨夜和庄博大醉。在车里，庄博抱着她哭了。他说如果现实不这么残忍，或许还能和潘静再续前缘。说不定，牵手的新娘就是眼前的这位女子。

潘静对他说，现实里不存在如果和或许，只有命定。庄博听完这句话，狠狠地放声痛哭。潘静紧紧抱住他，默默地流泪。

这一刻，她说自己酒醒了。

同日，欧阳约苏阳见面，解释昨日酒醉失态。他向苏阳坦白："我只是不想伤害徐雅，不想伤她的心。""我们只是朋友，你不必再次解释。""其实，从过去到现在，在我心里一直住着一个人。她从没走出过我的世界，很多年。"

苏阳眼眶微红，脑海里不断浮现徐雅对自己挑衅的话。苏阳勉强笑笑，继续回避："其实我也觉得，你和徐雅很相配。她冰雪聪明，机灵能干，将来定能在事业上助你一臂之力。"

苏阳没有勇气再争些什么，在爱情里，她争取过太多次，早已筋疲力尽。她只是希望,如果不爱欧阳,那么事情,就会是另一个样子了。

摊 牌

这天下午，苏阳接到徐雅电话："苏阳姐，我是徐雅，我想和你聊一聊。"出于礼貌，苏阳答应了。

露天咖啡吧，徐雅搅拌着杯中的摩卡："苏阳姐，我不会耽误您太多时间，我知道你公司有很多事要处理。""没关系，差不多已经忙完了。""那好，咱们开门见山。其实，我在英国就知道你，也知道，你就是欧阳哥的初恋女友。"苏阳不语，只顾低头喝咖啡。

徐雅继续说道："在英国，自从和欧阳哥认识，我就不自觉地迷恋上了他。欧阳对我很照顾，但似乎只把我当妹妹。有一次，我无意中看到了欧阳哥的皮夹，也看到了内侧夹着一张女生的照片。"

徐雅回忆起当时的情景。她问欧阳："欧阳哥，皮夹里照片上的女孩是谁呀？好漂亮啊！""小鬼灵精，你翻看哥哥的皮夹了？""没有哦，你皮夹掉出来了，我无意中看到的。对不起。""想知道她是谁吗？""一定是欧阳哥非常喜欢的女孩。不然，怎么会把她的照片放在皮夹里呢？"

欧阳没有否认："的确，她是我的初恋女友……"欧阳讲述了自己与苏阳的故事，包括毕业时苏阳去北京等候欧阳的那次。欧阳说，他最后悔的就是没有及时开手机，让苏阳苦等十天成了自己最大的愧疚。欧阳飞往伦敦那天，正好是苏阳到达北京的同一天。只是苏阳打电话给他时，自己已在飞机上了。走的前一晚，欧阳打电话给苏阳，此刻，她正在赶往北京的火车上，手机没电关机了。欧阳到了英国忙完事务后，打开手机已是十天后。他恨不得掐死自己，最不愿伤害的女孩却被他深深地伤害了。

在英国，哪怕身边有女孩围绕，欧阳内心最想念和牵挂的，还是苏阳。当年，欧阳向苏阳违心地说出“祝你幸福”，其实他的内心也在滴血。自己的事业在国外刚起步，他又怎能忍心再对她说出“等我”这两个字呢。

欧阳只能远远地惦着她、看着她，知道她幸福、快乐，这就够了。

苏阳听了徐雅的诉说，红了眼眶：“欧阳真傻，把我的照片放在皮夹里，对他的女朋友多不公平。”

“苏阳姐，也许你不知道吧，欧阳哥有个习惯，就是无论如何不允许让人翻看他的皮夹。所以他之前的女朋友，并不知道。”这句话，让苏阳自愧不如。原来欧阳一直把自己放在一个最重要的位置，精心呵护着。想到这里，她的心更痛了。

“其实我挺羡慕你的，有欧阳哥那么好的一个男人爱着你。虽然，他只把我当妹妹。不过没关系，只要欧阳哥能让我待在他的身边，不管是何种关系，我都愿意。”

苏阳无奈地笑笑：“所以现在，如你所愿了。”徐雅冷笑一声：“如我所愿，倒不如说一厢情愿。当我放弃学业准备和欧阳哥回国时，他是坚决反对的。”

当时，欧阳和徐雅说：“人这一辈子的好机遇不多，也许错过一次就不会再有第二次了。你自己掂量一下，到底是学业重要，还是留在我身边重要。一个人可以谈很多次恋爱，爱上不同的人。可是大学生涯，只有一次。”

徐雅对欧阳说：“你说的我都懂，就让我随着欧阳哥吧。假设当初不出国，我也能在中国上一流的大学。出国是父母的期望，我的梦想，是拥有爱我的和我爱的人。如果没有爱情，那么读再多书又有什么用呢。”

欧阳和徐雅的父母通了电话，还是不能劝住她。徐雅说回来后，一定要亲眼见见传说中的苏阳姐。欧阳还和徐雅说：“如果当初苏阳愿意，也可以跟着我一起出国。但是她没有，我觉得她的选择是正确和成熟的。一个女孩选择了个人前途，并不代表她心中放弃了爱情；相反，恰恰说明了她对感情的态度很慎重。她把爱情视为生命中最重要的一部分，但不会因此让爱情来主宰自己，这是关键……”

徐雅回想着，对苏阳说：“也许，这就是我和苏阳姐的不同之处。在我眼里，爱情就是我的全部，甚至是我的生命。从我爱上欧阳哥的那天起，我就准备将自己的一生都奉献给他。哪怕，他爱的是你。”

苏阳无奈地笑了笑，点点头：“的确，我没有你这么伟大，对爱情也没有这么深刻的体会。我只是觉得，爱情需要心灵相惜，需要缘分，更需要理解。”

徐雅缓缓道来：“每个人对爱的理解不同，做法也不同。我的爱情原则只有一个，只要爱上了，就会一爱到底。不管对方爱的是谁，我只知道，我爱的是他，这就够了。”“你的理论很先进，也很独断。看来，我们在爱情观上是有差距的，而且还不小。”

徐雅盯着苏阳道：“原本，我以为只要留在欧阳哥身边，一切都会变得顺理成章。可没想到回国后，他对你的态度比原先更加浓烈了，只是你不知道。从前，我很羡慕苏阳姐；见到真人后，我开始有些嫉妒你了。你独立、能干、漂亮，还有些清高，最重要的是，你能让欧阳哥为你魂牵梦萦，还有这么多男人围着你转。我觉得苏阳姐，拥有的太多了。”

苏阳不反击：“说了这么多，你想表达什么？”

徐雅抬一下眉头：“我的意思很简单，我不会放弃欧阳哥。我相信精诚所至，金石为开。”

苏阳忍住情绪：“那么祝你心想事成了！没其他事，我先走一步。”她站起身，在桌前放了两张人民币。“不用了苏阳姐，我已经买单了。”她愣住，冷冷地说：“那么，谢谢你的下午茶，改天我请你。再见。”

苏阳转身往前走去，徐雅突然在身后冒出一句：“我有先天性心脏病！”苏阳停了步。“说不定哪天就会离开！”苏阳转身惊讶地问：“你有先天性心脏病？”“对，先天性的。”“欧阳，他知道吗？”“欧阳哥不知道，我也不会告诉他。”

徐雅上前握住苏阳的胳膊，用近似恳求的口吻说：“苏阳姐，看在一个随时都将面临生命危险的人份上，求你和欧阳哥分开吧。就当是可怜一下我，不要破坏我最后的也是唯一的一个心愿。让我和欧阳哥在一起，好吗？”

苏阳慢慢放开徐雅的手：“我想你误会了，我从没想过要和他重新在一起。我们分手很多年了，也不会再有什么瓜葛。请放心。”“可是，你们还是经常联系啊。”苏阳停顿了会儿，补充道：“联系，是因为我们是同学，也是好朋友。男人和女人，不是只有恋人这一种关系。”“那么，你能不主动联系欧阳哥吗？让他一心一意地，陪我走完剩下的日子。”

苏阳平复情绪后说：“现在医学这么发达，一定会有解决的办法，你不要太灰心了。”“我想，欧阳哥是唯一能给我希望和力量的人。也谢谢你的理解，苏阳姐，帮我保守这个秘密好吗？”苏阳点点头，徐雅上前拥抱了她。

苏阳觉得自己输了，输给了一个90后。这个重磅炸弹，是阻碍她与欧阳之间的最有力武器。但凡有些善心的人，都不会拒绝徐雅的恳求。何况，苏阳从不想去伤害谁，或者，被伤害。

苏阳只想走得远远的，不再和欧阳立帆有半点情感上的瓜葛。只为求得，良心上的平安。

相亲第七记——记仇的"型男"

我从小就是一个很有主意、特立独行的人。如果别人做了对不起我的事,或是无缘无故批评和冤枉我,我会反抗、会怀恨在心,甚至会借机报复。

大龄剩女

不管发生什么，生活总要继续，路总要前行。这是苏阳在起床时经常对自己说的话。她没有将此事告知欧阳，而是处处躲着他。她怕背后那双乌黑的大眼睛在监视自己的行为和意念，审视她那善恶的灵魂。

这一刻，她真希望自己从没和欧阳相爱过，这样，他就能与徐雅名正言顺地在一起了。

盛夏，空气中到处弥漫着闷热和潮湿的感觉。身上的皮肤黏糊糊的，如同过往的记忆。近段时间，周围的亲朋好友不断传来订婚、结婚的好消息，唯独苏阳，如昨日一样。

当“大龄女青年”、“剩女”这样敏感的字眼被人们快要说滥的时候，苏阳感觉异常疲惫。自己不是没得挑，而是没得爱。想爱的人爱不了，算是可悲吗？有良好的生活和光明的事业，所有一切靠自己丰衣足食。苏阳不信三十不婚就注定会成为悲剧。

当她在搜索栏中打入“剩女”二字，密密麻麻的相关文章跳了出来。苏阳只感觉眼睛一阵发酸。

其中一段写道：剩女，她们或许很优秀，有事业和故事，有追求和要求，有圈子和朋友，只是没有结婚。男人三十未婚事业有成是钻石王老五，女人三十未婚事业有成便是败犬。

苏阳自言自语：“照这么说，我苏阳真成了名副其实的败犬女王了？”

她继续浏览：在西方，单身是一种个人的选择。但在中国，高龄而未婚，就是“剩女”，也就是“被男人扔掉的女人”。

苏阳不以为然：难道像潘静和自己这样的独立女性没结婚，就一定是没人要的吗？我们不结婚，有错吗？难道女人就只有被选择的份，是这样吗？

羊入虎口

为了让自己努力忘却欧阳，苏阳接受了第七次相亲。

曾磊，36岁，健身教练。身高1米82，属虎，和朋友合股开有一家运动健身馆。

这次相亲前，苏阳先见了三位闺蜜。“我这次要见的相亲对象，是属虎的。”潘静激动地大喊一声：“好啊，去啊。”“哎呀，你们忘了啊。我是羊尾猴头，对方是虎，会相克的。”

小柔叹气道：“现在都什么年代了，你这个时尚达人还信这老一套啊？”程程也回应：“就是，难道虎和羊就真的会水火不相容啊？”

苏阳瘪瘪嘴说:“羊入虎口啊。”潘静:“哎呦,真把羊和虎放在一块，还指不定谁吃谁呢。我和你一样，也是羊的尾猴的头。前几年我不和一个属虎的接触过么。”

几人齐声：“对啊。”潘静接着说：“你们知道后来怎么样，不是他降了我,反而好像是我克了他。”她回想说,“我和他交往到第三个月，他就出车祸去世了。幸好那时候他家里人都不知道我们的关系。开追悼会时，我是以他好朋友的身份出席的。”

小柔倒吸一口冷气：“幸好你没和他结婚，要不然，他们家该说你是大克星，是克死自己丈夫的罪魁祸首。”潘静输一口气：“所以，你就尽管大胆放心地去接触，不要以为遇到一只老虎就能把你这只假绵羊怎么的。说不定还是你这头羊厉害呢，也许对方是只纸老虎呢。咩……”小柔：“哈哈哈，就是的。你这头羊，也不是人人都能牵得动的。”

第一次见面，苏阳安排和潘静一起前往曾磊的健身馆。前台服务员误将两位当成了顾客，热情地给予接待：“两位女士好！我们会馆开设了有氧操、拉丁舞、健身球操、舍宾、瑜伽、搏击操、中国舞、异国风情舞等特色健身操，还设有各种健身器械。同时，我们还配备了私人教练，您可以随意挑选。”

苏阳耐心听完介绍后问：“请问，曾磊教练在吗？”“哦，原来您是来找曾教练的？”“是啊，朋友介绍我来做篇访问。”“请问小姐贵姓？”“姓苏。”“您稍等。”

一会儿，背后传来一个富有磁性的洪亮声音：“请问哪位找我？”苏阳和潘静转头，只见一位身材健硕的高大男子笑脸相迎，两人同时被吸引了。潘静小声嘀咕：“哇塞，型男啊！”

苏阳递上名片：“您好，曾教练，我是百马广告公司的苏阳，想请您为我们《秀》杂志做篇访问。”曾磊接过名片一看，立马会意。红娘事先和他打过招呼，说有位苏阳小姐会去健身馆拜访。

“苏阳小姐，幸会幸会。”“这是我的好朋友，潘静。”“潘小姐幸会。我们有事办公室谈，二位请。”他转身对前台说：“泡两杯咖啡。”

离开前，曾磊分别送了她俩一人一张白金健身卡。苏阳推却：“这怎么好意思。”“没什么，二位美女就收下吧，也算是给我们会馆做做广告。以后你们要报名健身班，只要凭这张白金卡，任何项目都可以参加。”

潘静倒是自然领受了：“那我们就先谢谢曾教练了，以后我多带朋友来光临。”“为美女们服务，我深感荣幸。苏阳小姐，回头我电话你。二位慢走。”

出了大楼，潘静笑说：“看来，你们有戏了。”苏阳笑笑：“潘大仙，你又知道？”“他看你的眼神，傻子都明白啊。”

“我倒是觉得，曾磊挺适合你的。”潘静跳上苏阳的车，问：“何以见得？”苏阳臭她：“肌肉男啊，你不是最爱这一款了。”“得了吧，我的口味随时随地都会变的。”

苏阳从车内取出一包烟问：“抽吗？”“嗯，非抽即死。”潘静吐出一口烟，来了句：“其实，你何必呢？”“何必什么？”“欧阳都回来了。”“那跟我有什么关系？”

“他没娶,你未嫁。这不明摆着是老天安排的么。”“那又怎么样？”苏阳回过头问她，“能说明什么？现实不就如此，我还是要通过不断地相亲来寻找所谓的另一半。很好笑吧。”

潘静变得一本正经起来：“一点也不好笑，这些本来都可以过滤掉的。”

苏阳躲开她的话题：“别说我，那你自己呢。到最后，庄博不还是要和别人结婚了。”

潘静轻声来了句：“我们，破戒了。”苏阳一愣：“什么？你们，越轨了？”“嗯。”“欧阳开业的那晚吗？”“不，在这之后。”

苏阳转头问：“照这么说，你是清醒着的，为什么还……”潘静眼睛直盯着前方：“正因为清醒，才能做出糊涂的事。可我们都知道，那不是糊涂。那一刻，我非常清醒。”

苏阳哑然，觉得自己没有权利也没有气力去指责她，沉默了一阵后说道：“大家都是成年人，懂得因果关系就好。”然后，她一脚油门冲了出去。

回　味

这天，曾磊邀请苏阳去吃新疆菜。她已有很长一段时间没有光顾了，久得几乎快忘了清真的味道。这里的大盘鸡和烤全羊，还会有北京10年前那种洒着孜然纯纯的原味吗？

记得上大学那会，欧阳带着她，还有潘静、庄博、小柔和程程，经常去学校附近的一家新疆菜馆。欧阳每次都会兴奋地拿着一个烤羊腿说："我要吃羊羊（阳阳）腿啦，好香啊！"苏阳会假装立即抢过去说："不给你吃，那是我的！""好好好，那我吃你的酸奶和手抓饭啦！"欧阳说着便用双手往盘子里抓。

苏阳急了："呀，你还没洗手呢，脏了我的饭！呜呜……""好啦，不和亲爱的闹了。你爱吃的都给你，我吃馕。"欧阳拿起面前的馕包肉啃起来，苏阳一看，心里泛起暖意，又把羊腿塞进欧阳的嘴巴。她常弄得他措手不及："亲爱的，你想噎死我啊。""瞎说，羊腿都给你吃，都是你的。"两人开心幸福的样子惹得一旁的潘静和庄博吃醋："你们小两口可真够滋润的，害得我们只有喝酸奶的份，好酸呐！"

"阳阳，想什么呢？来，尝尝羊肉串，很正宗的。"曾磊将一串烤好的肉串递到她面前，一阵刺鼻的烧烤味把苏阳拉回了现实中。如今对面坐着的，再也不会是那个和自己抢羊腿的大男孩了。物是人也非。

孜然重了，辣椒多了，苏阳的眼眶红了。

曾磊关切地问："怎么了，阳阳？味道不好吗？看你的样子，好像不喜欢吃这里的东西？""我挺喜欢吃的。只是，太辣了。"

结账时，曾磊还外加了一份馕包肉和羊肉串，说带回去给父母当宵夜。这又让苏阳想到从前，欧阳也常会打包一份回去，不过是给她留的。

这顿晚餐，苏阳吃得食不知味。尽管曾磊开朗幽默，不断说着笑话，但似乎都没有逗乐苏阳。

苏阳不得不承认，自己是个念旧的人，容易触景生情。一口孜然的味道，便能将自己带回10年前。接纳不了新鲜事物，也忘不了老地方、老口味、老朋友？

难道真是自己心老了吗？

型 男

这天，苏阳主动给曾磊打电话。他刚上完课，听到她的声音很兴奋：“阳阳，你给我打电话了，你好吗？”“曾磊你好，我是想让杂志的记者来给你做健身馆的访问。你看今天方便吗？”“当然可以。下午我没有课，我等你们。”

做完访问，潘静背着大包风风火火地赶来了：“我来了。嗨，曾教练你好。”潘静朝他妩媚地打了招呼。

“嗨，潘小姐，快请坐。你们看看，想报哪个班？”曾磊把健身项目表递给二位。潘静顿时来了兴趣，平时一点没见着有动力，运动的细胞此刻瞬间被激活了。“哇，我想学有氧操、瑜伽还有拉丁。请问，可以同时学吗？”

曾磊爽朗地笑笑：“当然可以，只要潘小姐有时间，天天都可以来会馆健身。你可以穿插学习不同的项目，感受各种运动带来的乐趣。”“那好，那我们就先报有氧操和瑜伽吧。”

“没问题，一动一静，完美的结合。”“我还想请位私人教练，教我器械和瘦身，可以吗？”潘静开始“得寸进尺”。“当然可以。”曾磊朝身后一招手，“谢军，这儿！”又一位“肌肉男”朝他们走来：“嗨，你们好！”

“我给你们介绍，这是谢军，我的合作伙伴。这是我的朋友苏阳、潘静小姐。”“两位美女好，欢迎光临。”潘静直对着他看，眼里放光。曾磊见罢，立即说：“潘小姐想找私人教练。”

谢军立刻会意：“好，没问题。如果潘大美女不介意的话，由我来为您服务，可以吗？”潘静毫不犹豫地答应：“可以啊。”“我深表荣幸。”两人笑眯眯地朝一边讨论起来。

曾磊低下头笑，凑近苏阳轻声说：“如果阳阳小姐不嫌弃，我也可以做你的私人教练。免费的。”“是吗，那，我考虑一下。”苏阳转身拉着聊得起劲的潘静说:“那我们先走一步,明天下午见!”两位“型男”向她俩挥挥手:“OK,明天见。”

走出会馆，苏阳说:“怎么样，和那个谢军对上眼了?”潘静笑眯眯地答:“还行吧，我觉得，他挺man的。”“就知道这类是你喜欢的型。”潘静回想着谢军的模样:“你看他的手臂和腹部的肌肉，太性感了!”

“是你梦中情人的形象吧，看把你美的。如果我相亲不成，反而把你顺道配上了，那也是件美事，再怎么说我都有功劳了。”潘静推了苏阳一下:“少来，我可不会把自己的快乐建立在你的痛苦之上，罪过!”“说实话，我对‘型男’的兴趣，绝对不会比你的大。所以这样看来，你的成功几率比较高。”

“天哪，上帝才知道我们苏阳到底喜欢哪一款!”

健身运动

这天午后，苏阳和潘静提前来到健身会馆。曾磊嘱咐她们做些训练前的准备工作。

“训练的目的是为了获得健康和自信。如果在训练中造成不必要的身体损伤,那就得不偿失了。”苏阳虚心地倾听着曾磊的指导和建议。曾磊又问:“你多久没有锻炼了?”苏阳回想:“真的有好长一段时间没有运动了，每天都忙于工作，没时间。”

曾磊笑笑:“不是有没有时间的问题，而是有没有心。就是再忙，人也要抽一小部分时间来锻炼身体，这是必需的。没有心情运动，哪怕你天天闲着,也不会主动去锻炼。所以健身,往往健的是心和情绪。”

曾磊一针见血点中了苏阳的要害。也许用健身的方式，可以缓解沉重的心和浮躁的情绪。只是，快乐很容易获得。那么幸福，该往哪里去找?如果真的能遇见幸福，那自己就不会是假装快乐了。

曾磊说道："我们活动下全身的关节和筋骨，促进关节和周围组织的血液循环，可以预防关节损伤。很好。拉伸全身的肌肉和韧带，起跳，可以调动心肺功能和肌肉的伸缩功能。好，上课了，希望美女们学习开心。一会自由活动时间见。"

有氧健身时，潘静笑眯眯地对苏阳说："亲爱的，谢军放消息给我了，他还是单身。"苏阳镇定地回答："正常。对于一个专职的健身工作者来说，是不会过早地把自己交给婚姻的。他们需要的是绝对、充足的时间和自由。他们很享受在健身房与各式各样的人打交道。尤其是，美女。这就是他们的工作。"

潘静接上："精辟！他们选择职业的类型是由自己的性格和爱好决定的。他们完全可以不费吹灰之力就找到想要的女人，因为女人都是想要窈窕身材的。所以说，曾磊和谢军才是聪明人，懂得自己要什么。"

苏阳边跳边说："的确，对他们来说，事业所赋予的平台和空间，比一个束缚的婚姻来得更有吸引力。"

潘静摊开双手："假如是一个成天面对电脑的工程师，他很容易获得一个家庭。因为他所要面对和需要的，仅仅是一台电脑、一位妻子和一所房子。而不是像他们那样，需要不停地更换新鲜血液。"

苏阳臭潘静："哟，我们潘静什么时候变得这么英明。我还以为你又要被激情冲昏头了呢。""本来就是事实，我看得很透彻。"

苏阳问："什么时候变透彻的？和庄博破戒之后吗？""不，向来都看得透彻，不想承认而已。"轻飘的一句，却说到苏阳心坎里去了。自己不也和潘静半斤八两，她承认向来都看得很透彻，也只是，一直不愿去承认。

健身操结束，苏阳和潘静流了一身的汗，感觉很舒畅，好似将体内的垃圾和不好的情绪全部代谢和蒸发掉了。休息片刻，曾磊和谢军又以私人教练的身份开始督促她俩器械健身。

当曾磊手把手教苏阳时，她的全身立马起了鸡皮疙瘩，全身扩散的毛孔瞬间被收拢住了。她转头看潘静，那女人倒正享受着和谢军的“肌肤之亲”。

健身结束后，两位型男主动提议请二位美女吃饭。当然，潘静不会说拒绝，好像她也向来不会说拒绝。

趁热打铁

四人吃了一顿价格不菲的晚餐，潘静和谢军的谈笑风生带动了全场的气氛。也许是运动后刺激了胃肠的加速蠕动，这一餐，苏阳和潘静吃得很是尽兴。

分别前，谢军主动提出送潘静回家。当苏阳看见闺蜜不假思索地坐进了谢军的车，她便清楚这女人可能又要“赴汤蹈火”了。只要一有男人追，潘静都以为是爱情的大门向自己敞开了，却不知她面临的兴许是扇地狱之门呢。

回到家，苏阳突然觉得脚下的步子变得轻盈了。她回忆曾磊的模样：高大、威武、率性。虽谈不上有过多的好感，但也不至于十分讨厌。不知道潘静和谢军怎么样了？会不会在回家的路上，那“死性不改”的女人就已经对他投怀送抱了呢？想到这些，苏阳摇头笑笑。

周末，曾磊趁热度没退却，约苏阳喝下午茶。

曾磊是个活泼健谈的人。苏阳笑着说：“看你的样子，以前在学校一定是个体育健将。”一说到体育，曾磊更加活跃了：“没错，长跑、铅球、篮球、足球，我样样精通。不是我自吹，高考时我的体育是以满分保送到上海体育学院的。我很爱运动，所以现在选择了自己喜爱的职业。”

“你是个懂得追求梦想的人。照这么说，你从小是一个爱学习的好孩子咯。”“小时候学习马马虎虎，我是个很调皮的孩子。”曾磊似乎想要将自己的过去一吐为快。

苏阳问："是吗，有多调皮？""非常之调皮，很爱捣蛋。""呵呵，男孩子嘛，小时候都是调皮捣蛋的，说明很聪明。"曾磊眯眯眼笑说："好吧，我承认自己很聪明，不过有时也坏得可以，也许说出来会吓到你。"

"我从小就是一个很有主意、特立独行的人。如果别人做了对不起我的事，或是无缘无故批评和冤枉我，我会反抗、会怀恨在心，甚至会借机报复。"

还没等苏阳表现出惊讶，他又忙解释道："当然，我所说的报复并不是用恶毒的方法对付别人，而是用些小小的惩罚，那是要让他们明白，我没有错，并无他意。"

接着，曾磊便开始回忆起往事来。

那年，他8岁。一次隔壁邻居小虎子踢球时打破了家里的窗户。伙伴们一看玻璃碎了，吓得各自逃回了家。只有曾磊拿着足球，一动不动看着窗户上那个大窟窿。母亲回来看到了，不分青红皂白上前就是一顿责骂。

曾磊表面顺从，心里却很不服气。晚上，曾磊独自一人面对冰冷的墙壁，他的脑海里浮现出小虎子幸灾乐祸的模样："活该，你活该！谁让你平时总那么霸道，连球都不让我玩。"

一气之下，曾磊拿拳头狠狠地打在了墙壁上。自己明明是被冤枉的，白白替小虎子背了黑锅。这口气，曾磊实在咽不下。

第二天，曾磊下课后来到中药房买巴豆。老师傅不卖，说巴豆不能随便乱吃。曾磊趁着人多，当老师傅抓药时，偷偷地从抽屉里抓了一把。回家后，他把巴豆磨成粉末放在事先准备好的饮料中，然后和院里的伙伴们玩耍。小虎子悄悄走过来："小磊，对不起啊，昨天我不是故意打坏你家窗户的。"

曾磊不以为然地说："没关系啊，你又不是有意的，妈妈让我以后小心点就行了。""小磊，你在喝什么？"小虎子的眼睛盯着曾磊手里的饮料，抿抿嘴巴。

"刚买的饮料，甜着呢，你要喝吗？"曾磊知道小虎子的弱点，平日里就他最嘴馋。曾磊将装有巴豆粉末的饮料递给小虎子。他开心地说："谢谢你了，我正好渴了。"

小虎子拿起饮料咕咚咕咚喝了起来："真甜，真好喝。不过甜得嗓子有些痛，呵呵。明天，我请你吃爆米花。""好啊。"曾磊看着小虎子，心里暗自窃喜：小虎子，这下看你还怎么和我硬。

晚上，小虎子的肚子剧烈疼痛起来，出现大量腹泻和头痛头晕现象。小虎子的父母看情形不对，便立即把他送去了医院。到了急诊室，小虎子的脸色白得发青，呼吸困难，甚至出现了脱水，医生即刻对他进行急救处理。当时为80年代中期，医院夜间不开化验室，故不能抽取粪便化验。医生最后就当急性肠胃炎处理了，挂生理盐水，留院观察一晚。

第二天，曾磊见小虎子没来上课，得知他腹泻脱水，现在还在医院留院观察。曾磊知道是自己的巴豆起了作用，他在暗自偷笑之余，也感到了一阵后怕。

放学后，他来中药房问老师傅，才知道巴豆是一种有毒的药物，食多了会因呼吸及循环衰竭而死亡。以前曾磊只听说巴豆吃了会泻痢，并不知道它的危害。那一晚，曾磊没有睡安稳。

第三天，曾磊见小虎子拖着虚弱的身子来上课，心里才舒缓了下来。他庆幸没有多放巴豆，要不然那虎子的小命，说不定真就一命呜呼了。他决定把这个秘密永久地深埋在心底，天知、地知、自己知。

冤 枉

“你是听到过这个故事的极少数人之一，”曾磊对苏阳说，“直到现在，只要一想起那件事，我还是会有些后怕。”

“原来你还有这样离奇的故事，太惊险了！”苏阳只觉得背脊一阵发凉，一个年仅只有8岁的小孩，竟会有如此险恶的心理。虽然他并没想将对方置于死地，可动机也已说明了问题。

曾磊将茶一饮而尽：“我这个人有个原则，人不犯我我不犯人；人若犯我，我必犯人。”

苏阳反问：“那也许有些并不是故意的呢，你也一定要反击吗？比如在运动场上比赛，你的朋友不小心把你绊倒了，你也要将他再次绊倒吗？”

“有意和无意完全是两个概念，我不是这么不通情理的人。你知道运动场好比战场，没有朋友和友情，只有比赛。如果有人将我绊倒，他一定不是无意，而是有意。因为他可以比我先到达终点，拿到比我更好的名次。你说，这是有意还是无意呢？”

“呵呵。可我认为，你太主观了，事物都是有两面性的，不用那么绝对吧。”曾磊平静地回答：“阳阳，你知道被人误解和冤枉是什么滋味吗？如果你经历过，一定也能体会我的感受。”“我明白，可以理解。”

他把头转向窗外：“尤其，是被最亲的人误解和冤枉。这种感受，最不好过。”

曾磊10岁那年，一次母亲发现抽屉里少了20块钱，各个角落都找不到，便问曾磊：“儿子，你看到抽屉里的20块钱了吗？”他摇摇头：“没有啊。”

“真的没看见吗？”“真的没看见，妈妈。”

母亲不再多问，悄悄来到房间，查看起曾磊的书包。她在夹层中发现一张 10 元的钞票，还有一个变形金刚的模型。母亲一下来了气，认为肯定是曾磊偷偷拿了家里的 20 元钱去买了玩具。早前就听曾磊说过很想要一款新型的变形金刚模型，自己一直没同意买。

母亲拿着钱和玩具，质问起曾磊来："我问你，这个变形金刚是不是偷家里的钱去买的？这 10 块钱，是不是买玩具找下的？"他不服气地回答："不是，不是！10 块钱是中午爸爸出差前给我的，明天学校要交春游费。这个变形金刚是同学借给我玩的，明天也要还的！"

"你小小年纪居然学会撒谎了啊？怎么没听你爸爸说起过，我怎么不知道你要交春游费？""妈妈早上去上班，我都没见着你的人，怎么和你说呢。"

"你还要抵赖？还不肯承认？"母亲拎起曾磊的耳朵，"我们平时是怎么教育你的，学校老师是怎么教你思想品德的？小时候撒谎、偷钱，大起来怎么办？赶快承认错误！"

曾磊倔强地说："我就是不承认，我没有做过的事情为什么要承认？""好啊你，还敢顶嘴！"母亲二话不说，拿起一旁的扫帚对着曾磊的屁股就是一顿猛打。

"还不承认？"曾磊依旧忍痛哭闹："我不承认，我不承认！我没有错，我就是没有错！"

母亲实在没法了了，指着曾磊的鼻子说："好！等你爸爸回来，看你还怎么再编瞎话！今天晚上罚你不准看电视，默写课文三遍、做五十道数学题、面壁思过一小时，不完成不许上床睡觉！"母亲没收了他的变形金刚和 10 块钱。

曾磊哭着接受惩罚，心里对母亲充满了深深的怨恨。直到凌晨，他才拖着疲惫的身体上了床，屁股还伴着一阵阵火辣辣的疼痛。

人若犯我　我必犯人

第二天，班里交春游费，看着别人都把钱准时地交到了班主任手里，曾磊的心里很不是滋味。同学问他变形金刚哪儿去了，曾磊也只能说是忘记了，明天一定带回来还给他。

放学回家，曾磊翻箱倒柜也找不到玩具。气愤之余，他想到了对付母亲的办法。曾磊随即找出母亲的几双长丝袜，拿来剪子，把每双袜子在不同位置上分别剪一刀，再放回柜子里。又将梳妆台上的散粉全部倒掉，从厨房里拿来散装的面粉换上。

曾磊来到院子里，看见母亲买的金鱼，正自由地在水里游来游去。他气得从盆里抓起一条恶狠狠地说："小鱼儿，你那么开心，而我却饱受煎熬。我也要让你陪我一起痛苦，我要让你生不如死！"

曾磊把金鱼猛地摔在地上，离开水后的小鱼活蹦乱跳了一会，随即翻肚皮折腾起来。他拿过树枝，往小鱼的身上狠狠刺去，口里不断喊着："杀死你、杀死你！"直到小鱼被摧残得一动不动为止，他才放下树枝，舒了口气。

母亲回家后，曾磊一声不吭地在屋里写作业。她发现盆里的金鱼少了一条："小鱼怎么突然少了一条？"曾磊面无表情，异常冷静地回答："小鱼儿死了。""啊？怎么会呢，我早上刚换过水……""小鱼儿翻肚皮了，我把它埋了。"

深夜，母亲一人睡在床上，隐约听见外面传来阵阵回音，像婴儿的啼哭，又像是有人在呼唤，忽远忽近。她越听越不对，起身来到曾磊房间，发现儿子正睡得安稳，也就安心回房了。直到后半夜，那恐怖的声音才消失。曾磊翻开被窝，拿出小录音机，窃笑地把它放到床底下便顾自睡觉了。而母亲，一宿没睡安稳。

次日清晨，母亲边做早饭边问曾磊："儿子，你昨晚有没听到什么声音？""什么声音啊？""就是那种很奇怪的声音，飘来飘去的感觉，说不清。”“没有吧，我很早就睡了，没听到。”“那也许是我的幻觉吧。”母亲觉得很蹊跷，有些后怕。

吃完早饭，母亲在里屋突然大叫起来：“怎么回事？丝袜洗干净的时候明明好好的，怎么现在都破了个大洞？”母亲拿着丝袜出来质问：“是不是你干的？”曾磊瞪着一双无辜的大眼睛反问：“妈妈，你在说什么呢？”“这又是你的杰作，对么？”“妈妈，我已经接受过惩罚了，怎么还会做这事呢？”

待曾磊走后，母亲坐在梳妆台前准备化妆。她习惯性地打开散粉盒，直接就往脸上一抹。哪知镜中出现了一张恐怖的白脸，母亲立马意识到了什么：“小王八蛋，看我怎么收拾你！”

晚上，父亲终于出差回来了，所有的误会也就迎刃而解了。原来，那天清晨母亲上班走得早，曾磊就把春游费的单子拿给父亲看。父亲的钱包里只有整钱没有零钱，就打开抽屉顺手拿出那张 10 元的交给了曾磊。还有 10 元，父亲顺手拿走买早餐了。

曾磊终于为自己洗刷了冤屈，母亲诚恳地向他道了歉，并交出了变形金刚的模型玩具。当然，曾磊的小把戏也被拆穿了，他承认破损的丝袜、散粉盒里的面粉、小金鱼之死，以及半夜的怪声，全都是自己所为。虽然曾磊最后还是被母亲臭骂了一顿，但他心里却有一种从未有过的胜利感。

苏阳听完了曾磊的故事，不禁感慨：“天下的父母就算再怎么有错，他们的动机都是为了孩子好。这点，你不能否认。”“是，但无缘无故蒙受不白之冤，谁心里都不好受。我不愿被屈打成招。我想你也不愿意。”苏阳不置可否。

这顿下午茶，似乎喝了很久。这些骇人听闻的小故事灌入苏阳的耳里，也刺激到她的心脏。也许对曾磊来说，他的那些举动只是要为了证明自己的清白，但苏阳却觉得，他身上存在着很多可能与不确定的因素，会是个危险人物吗？也许只要一个小点，就可能引爆一场大战。

出娄子

苏阳来到公司，见同事们正一筹莫展。她笑着说："怎么了，一个个都愁眉苦脸的？"章勇着急地说："马上要启动的手表广告遇到难题了。""怎么，甲方要终止合同吗？""早上刚收到消息，我们找的模特丹尼尔，昨晚飙车出了车祸，正躺在医院呢！"

苏阳大惊："什么？丹尼尔出车祸了，严不严重？""外伤加颈椎错位。""有生命危险吗？""目前没有。"苏阳默默脑门："天哪，到了关键时刻给我出这岔。这样，你和我去趟医院，大伟和手下再去找合适的模特。记住一点，产品的定位是30岁左右的成熟成功男士形象。尽量靠近丹尼尔的风格，百变不离其宗。一定要在最快的时间里定好人选，否则甲方随时都会和我们解约。要知道好多人都盯着这块大肥肉不放呢，今年的广告利润，顾总的这笔单子占到了总额的70%，我想大家都不希望竹篮打水吧。"

大伙们开始分头行动，苏阳和章勇带着花篮和补品来到医院。出电梯时，苏阳接到曾磊的电话："苏阳，我已经几天没在健身房看到你的身影喽。""呀，真抱歉，这几天公司特别忙，把这事给忘了。""知道你是大忙人，什么时候有空过来呢？""也许这周都没有时间过去了，工作上临时遇到一些棘手的问题，我要忙着处理。等空了就过去。""好吧，公事要紧。你先忙，空了给我电话。"

苏阳和章勇来到病房，只见丹尼尔脸色苍白，面部、手上均有外伤，脖子上还戴着颈椎套。苏阳上前："丹尼尔，你感觉怎么样？""苏总、章总，谢谢你们来看我。"章勇在一旁安慰道："有什么需要就和我们说，你在医院好好养伤。""那，我的广告……"苏阳面有难色地说："按照合同，下周就要开始拍摄了。所以，这次的合作，我们只能和你解约了。”

丹尼尔紧紧地闭眼，痛苦地说：“我真该死，要不是昨晚几个哥们硬要和我飙车，就不会发生这样的事。我后悔死了！那这样，我是不是还要赔偿违约金？”苏阳和章勇对望了一下：“我们已经在找合适的人选了。只要能找到模特，还是可以正常开工。所以，你不用担心违约金的事，好好养伤。等到下次有合适的项目，我们还可以合作。”

丹尼尔一脸歉意：“真的太抱歉了，临时给你们出了这么大个娄子，我心里非常过意不去。如果有下一次合作，我愿意无偿劳动。”苏阳笑笑：“真的没关系，只是，我们都觉得很可惜。”章勇逗趣：“丹尼尔，你可是我们费尽周折，扫变上海滩才找到的呀！”丹尼尔皱皱眉：“我知道贵公司对我的期望很高，也培养了我这么久。这一次，真的要让你们失望了。我感到很遗憾。”

苏阳安慰：“丹尼尔，不要内疚了，好好养伤。等你康复后，我一定给你找一个更好的广告，让你红遍上海滩。”丹尼尔握住苏阳的手，感激地说：“苏总、章总，你们都是好人，我爱你们。”

“你更要爱你自己，保重。”走到门口，苏阳又转身：“丹尼尔，以后不要再冒险了，生命只有一次。”丹尼尔竖起大拇指：“苏总，我听你的，下不为例。”

走出医院，章勇看着头上的烈日：“现在怎么办？”苏阳苦笑道：“期待老天，给我们第二个丹尼尔咯！”

寻找“丹尼尔”

三天后，甲方来到苏阳公司。会议室里，章勇将候选的模特资料交给顾松董事长及其助理。苏阳、章勇和大伟在一旁紧张地守候。只见顾松不停地翻阅着照片，来回比较，一会皱眉，一会叹气。

最后，助手将所有资料整理好放在桌上。顾松起身离开："我去外面吸根烟，让我的助理和你们先聊。"苏阳小心翼翼地问："请问，顾董的意思是……"助理有些尴尬地回答："三位，顾董看了这些资料后，都觉得不是特别满意。"章勇忙解释："这些模特，可都是我们精挑细选出来的。"

助理点点头："这些模特确实都很优秀，但离我们产品的定位还是有些距离。我们要的感觉，是像丹尼尔先生那样成熟稳重，身上带着英式的贵族气息。可是他临时发生状况，我们也感到很可惜。"

章勇小声和苏阳窃窃私语："要是他真稳重，现在也不会躺在医院里了。"

大伟又拿出两份资料："您看，这两位模特的气质形象和丹尼尔会不会更贴近些。"助理看看："顾董还是觉得，离他心目中代言人的形象要差那么一点。"

三人互相看看，为难地愣在那里。

顾松站在会客室吸烟区吸烟，正巧，欧阳跑来找苏阳。从吴珊珊那儿得知苏阳正在开会，欧阳便前往会客室等待。

欧阳走进会客室，和正在吸烟的顾松点头示意后，便拿过一本杂志翻看起来。顾松见到欧阳的那一瞬间，似乎有种眼前一亮的感觉。他仔细观察了一番欧阳，然后若有所思地低着头。

吴珊珊来到会议室，在苏阳耳边小声说了话。苏阳起身："抱歉，我失陪一下。"苏阳来到会客室，看见欧阳和顾松都在，先和顾松打了招呼："顾董，不好意思，失陪一下，一会我们会议室见。""您请便。"

欧阳放下杂志起身向苏阳走去。苏阳轻声问："欧阳，你怎么来了？"欧阳无奈地笑笑："你处处都躲着我，我不知道这是怎么了，只有到你公司来了。""抱歉，我正在开会，接待一个非常重要的客户。""没事，你先忙，我在这里等你。""可我不知道什么时候结束。"

苏阳想到徐雅，又马上补充说："今天很多事，可能没时间应付你了。不然你先回去，回头我联系你。"欧阳将双手插在裤袋里，只好勉强接纳："那么，也只好这样了。不过我还是想找个机会和你好好聊聊，可以吗？"苏阳没有正面回答："等空了再说吧。"

苏阳将欧阳送到门口，还没来得及伤感，便又回到了会议室。顾松见到苏阳回来，有些兴奋地问道："刚才在会客室的那位先生是谁？"苏阳一时没反应过来："他是我的……一个好朋友。"顾松点点头："能问下，那位先生是从事哪一行的？""企业咨询师。""哦，很有前景的行业，不错。"

顾松又转身和助理商议了一下，然后起身说："还有三天时间，我希望能看到合适的人选。"

三人起身，分别和顾松握手告别："顾董，请放心，三天之内，我们一定找到您心目中的丹尼尔。""好，我很期待。"

原来是他

送走顾松这位大客户，苏阳立马召开紧急会议。

苏阳举着丹尼尔的近照严肃地说："我们离最后期限只有不到 72 小时了，大家必须在这段时间内加班加点分头行动。要动用身边所有的资源和关系，在上海滩找出第二个丹尼尔来。甲方的要求是 30 岁左右的成熟成功男士，稳重、英俊不失贵气。这三天，大家把丹尼尔的照片带在身边，凡是发现有一丝一毫相像的都要'追拿归案'。这一次，只许成功不许失败！为了百马的声誉和客户对我们的信任，我们必须赢在前头。现在散会，行动。"

大家纷纷投入紧张的"搜星"行动中……

三天后，顾松和助理再一次来到百马公司。苏阳提交了第二批模特的候选资料，结果依然是没能通过。顾松摇摇头："还是差一点，差一点……”

苏阳开始焦虑，她拜托大伟和章勇先稳住顾松，自己则走向会客室，希望可以寻得短暂的缓冲期。苏阳关上门，点上一根烟，开始四面转悠。

回到会议室，只见顾松满怀希望地看着苏阳。苏阳上前：“顾董，您是不是看中哪位模特了？”顾松双手环抱，思索一下：“不瞒你们说，我心中倒真是有位人选。”苏阳赶紧将模特资料一张张摆开：“顾董您选的是哪一个？”

哪知顾松推掉桌上的资料，摇摇头：“我看中的，不在这里。”苏阳有些发懵：“什么？不是这些？那是……”顾松向助理使了个眼色，助理凑近苏阳耳边小声说话。她顿时睁大眼睛，惊讶地望着他：“顾董，您看中的人竟是……”

顾松胸有成竹地点点头：“没错，就是他。”苏阳着急：“可是，他不是科班出身，没有任何表演经验。”顾松手一挥：“哎，这没关系，我要找的是他这张脸，还有他身上散发出的贵族与儒雅的气质。我见到他才觉得，本人甚至比丹尼尔更适合这款手表广告。苏总，您不觉得吗？”

苏阳尴尬地笑笑，回头看大伟和章勇。两人狐疑地问：“到底是谁呀？”苏阳做了个口型：“欧阳。”“啊，是他？”

顾松笑着说：“怎么样，三位，可以拜托你们帮我向他发出邀请吗？我们可以当面聊聊。”苏阳想了想：“我现在就去做工作，给我一天时间。”顾松站起身，伸出手：“好，万事拜托三位了，谢谢！”

三人送走顾松。大伟疑惑地说：“这真的太神奇了，不可思议啊。”章勇也表示很意外：“我无论如何也没有想到顾董看中的人竟然是欧阳。”大伟不解地问：“可顾董怎么会认识欧阳的呢？”苏阳想想：“也许是那天欧阳来公司找我，正巧被顾董看见了。”

章勇：“一面之缘呐，他就一眼认定是欧阳了？”大伟大声道：“奇葩！欧阳就是一朵奇葩呀！”章勇点点头：“兴许欧阳就是我们百马的大救星呢！”大伟有些为难地说：“你说欧阳会答应吗？这个事可大可小啊。”章勇也沉静下来：“欧阳做事一向谨慎，很难说啊。”

苏阳也不是很有把握：“哎，不知道，听天由命吧。我现在就去欧阳公司，你们等我消息。祝我好运吧！”大伟赶紧给力：“苏阳，这次就靠你了！”章勇拍拍苏阳的肩膀：“一切以公司利益为重。”苏阳点点头：“我会的。”“加油，苏阳！”

大救星

苏阳来到咨询公司找欧阳,不料,徐雅也在。苏阳急匆匆地说:“欧阳，我有很重要的事情要找你商量。”欧阳上前：“进我办公室说。”

徐雅进了欧阳办公室并端上茶水：“苏阳姐，喝水。”苏阳尴尬地一笑:“谢谢你。”徐雅拿着托盘站在门口:“欧阳哥，10 分钟后要开会，别忘了。”欧阳连忙说:“将会议延迟。”“可是,这个会议很重要。”“再重要也一会再说好吗？徐雅你先出去吧，我与苏阳有重要事情要谈。”

徐雅心生不快，缓缓地关上门，但并未离开。

苏阳将事情的原委告知欧阳后，他竟然毫无迟疑地答复道：“走，我们现在就去见顾董！”苏阳愣了下：“你，不考虑一下吗？”“考虑什么，再耽搁，人家真的会另找门户的。”

苏阳感动至极：“欧阳，这次真的要谢谢你了。”两人走出办公室，发现徐雅正站在门口。欧阳也没顾得上责怪，急匆匆地说:“徐雅，通知他们将会议延迟到明天。走吧,苏阳。”苏阳尴尬地向徐雅点下头，两人离开了办公室。

“哎，欧阳哥，你们……”徐雅望着他们离去的背影，心中充满了怨愤。

傍晚，苏阳、大伟、章勇和欧阳在饭店与顾董见了面。当顾松再次近距离地注视欧阳时，更加肯定地说：“对，就是你，我们要找的人就是你！”

顾松表示，欧阳的形象、气质十分符合产品的定位和要求，尤其是那股儒雅的英气和深邃的眼眸，深深吸引了自己。顾松希望欧阳能作为产品形象代言人，参演此次广告拍摄。欧阳表示非常愿意，顾董能在茫茫人海中看中自己是种荣幸，只是怕做不好。顾董笑着给欧阳斟酒：“欧阳兄，你的这张脸就是最好的广告效应。你往那一站，我们的产品瞬间就复活了，哈哈哈！”

几人一边吃饭喝酒，一边聊具体细节。这时，徐雅来电。“不好意思，我接个电话。”欧阳走到一边，“什么事？”“欧阳哥，公司有紧急的事务，需要你马上回来处理。”欧阳挡住嘴巴，轻声说：“一切紧急的事放到明天再说，我现在有重要的事要谈，挂了。”

苏阳心里很是感动，当着顾松的面，真诚地举起酒杯。“欧阳，这杯酒我敬你。谢谢你！我先干为敬。”欧阳一直深情地注视着苏阳，顾松多少看出了些端倪，顺势也给欧阳斟满酒：“来来来，为我们的相遇干一杯！”

欧阳与顾松很是投缘，两人像老朋友一样，喝酒聊天，好不热闹。这一晚，欧阳喝了不少酒。

分别时，几人先把有些微醉的顾松送上了车。随后，章勇拉住欧阳的手，激动地说：“欧阳，你就是我们的大救星啊，我们百马全体同仁向你表示诚挚的感谢！”大伟也是满脸感激：“你可帮我们解决了燃眉之急，这一次，你可是我们的大功臣啊！”

欧阳摇摇晃晃地说：“哪里，只要能帮你们解决困难，我欧阳就是上刀山下火海也在所不惜！”大伟、章勇识趣地说：“那我们先走了，苏阳，照顾好我们的大宝贝哦！”

醉倒怀中

欧阳一把拉住苏阳，摇晃着身子说："阳阳，我送你回家……"她看着他的眼神，游移、恍惚，还夹杂着10年前的真诚与笃定。说完，他便醉倒在了苏阳的怀里。

出租车上，欧阳靠在苏阳肩上，她能明显感觉到他手心里透出粘湿的汗液。自那年分别后，这是第一次握欧阳的手。还是如10年前那般温暖。

欧阳喃喃地自言自语，苏阳只听清了其中两个不断被重复的字："阳阳，阳阳……"

突然，欧阳的脸色变得难看起来。"欧阳，欧阳，你感觉怎么样？""我，我好难受，难受……""你想要吐是吗？"欧阳闭着眼点头。

苏阳赶紧让师傅靠边停车。她扶欧阳下车，一到路边，欧阳便哇哇地大口吐起来。苏阳不断轻拍欧阳的背，心疼地关切："欧阳，你没事吧？没事吧？"

欧阳摆摆手："我没事，别担心。好了，吐出来舒服多了。"欧阳跌跌撞撞地靠着苏阳，嘴里还不忘说"谢谢"二字。

待欧阳感觉舒服些后，苏阳把他搀扶回车里，然后又转去一旁的便利店买了水和牛奶。上车后，苏阳向司机表示歉意："真不好意思，师傅，给您添麻烦了，我们走吧。"司机朝后视镜看看，笑着说："没事，理解。你男朋友喝多了吧，有你这么细心的女朋友，他可真够幸福的。"

苏阳忙开口："哦，不是，我们不是……"没想到欧阳挡住她的话："对，她是我的女朋友。告诉你啊师傅，今天，我特别开心。因为，看见我女朋友开心，所以……"

苏阳尴尬地说："师傅，别听他瞎说，我们不是男女朋友，他喝多了……"欧阳用手在嘴上指指，轻声说："嘘，别破坏了这美好的气氛。"

“你醉了。来，我们喝点水。”上大学那会，欧阳和同学喝醉后，苏阳也是这样抱着他喂水喝。如果可以，苏阳愿意这样一辈子待在他的身边照顾他。

到了公寓门口,苏阳付了钱。转头一看座椅,欧阳的皮夹掉了出来。她伸手去拿，突然想起了徐雅的话。她悄悄打开皮夹，那张熟悉又陌生的照片果然躺在里面，那样安静与自然。苏阳的眼眶顿时湿润了，想起这张大学时拍的照片,是欧阳从自己的皮夹中抢过去的。“亲爱的,这张照片太美了！留给我作纪念吧,我要把你的笑容留在我身边。”“准备留多久？”“永远。”“才不信你的鬼话呢。”“总有一天，鬼话也会变成真的。”

欧阳真的把鬼话变成了现实。而苏阳呢，虽然皮夹里空缺着，但她的内心深处，其实一直被这个叫欧阳立帆的男人填得满满当当的。

下了车，欧阳跌撞地抱住苏阳，喃喃道:“亲爱的，今天我很开心，真的开心。你呢？”苏阳扶住站立不稳的欧阳，镇定地说：“我也是。快回家睡觉吧，零点了，晚安。”

苏阳扶着欧阳一转身，竟看见徐雅正站在面前。苏阳忙解释:“欧阳他喝醉了。”徐雅上前从苏阳手里搀扶过欧阳：“欧阳哥怎么喝得这么醉？”“真不好意思，今晚纯粹是应酬。”“我看欧阳哥是昏了头了，连公司都不要了,尽去帮别人家的忙。”“对不起,耽误你们的正事了。”徐雅扶着欧阳向前走了两步，突然又想起什么，转头说道：“苏阳姐，谢谢你把欧阳哥完好无损地送回来。”

苏阳看着两人离去的背影，然后转身，默默上了车：“师傅，我们走吧。”望着窗外，苏阳的双眼渐渐湿润。

形象代言人

终于，欧阳作为新款手表形象代言人与甲方签订了合同。

双方握手的那一刻，苏阳感动万分。摄影棚里，欧阳的出色表现和敬业精神让摄影团队很是敬佩。苏阳在一边默默注视着欧阳，心里满是感慨。就算两人无法再续前缘，如果能这样远远地守望着他，也是一种别样的幸福吧。

拍摄期间，徐雅突然拿着大包小包进来了："同志们辛苦了，我来给大家送吃的啦！"她热情地为每个工作人员分发点心和饮料，最后来到欧阳身边，递上饮料："欧阳哥，累了吧，喝饮料。""好，谢谢。"她又将饮料递给苏阳："苏阳姐，你也辛苦了。"苏阳委婉拒绝："谢谢，我不渴。"她走到一边，默默地低头看资料。徐雅对欧阳又是递纸巾擦汗又是递水，不时嘘寒问暖着。欧阳尴尬地对徐雅说："好了好了，我没那么娇贵，你也休息会吧。"

拍摄期间，造型师临时走开。摄影师说："谁把欧阳的发型和衬衣整理一下？"苏阳看周围没人，便上前主动帮忙打理。她梳理他的发型，他微笑地注视她。苏阳的手每次触碰到欧阳的发丝，心就刺痛一次。

这时，徐雅进来了，自告奋勇地上前："来来来，我来帮他打理！我是欧阳的私人助理，兼女朋友。"欧阳小声："徐雅，我在工作，别捣乱！"徐雅鬼魅地一笑。苏阳赶忙退下阵来，走到一边。

拍摄时，徐雅在一边注视欧阳，得意地称赞："看我们家欧阳，一举手一投足，活像个大明星！客户真是慧眼识英雄啊！我更加崇拜欧阳哥了！"苏阳站在一旁很是尴尬，她悄悄走出摄影棚，感觉有东西涌出眼睛。

来到化妆室将门关上，苏阳靠在门背后闭眼。欧阳的西服挂在衣架上，她上前，用指尖轻轻地触碰，猛地被抽了回来。它像一股强烈的电流，电满苏阳的全身，让她瞬间起了鸡皮疙瘩。苏阳用手轻轻地抚摸，凑近它闭上眼感觉他的气息和味道。

那是多么熟悉的感觉！

忽然，徐雅闯了进来，苏阳赶紧放下西装，走到一边。徐雅："苏阳姐，你在化妆间干什么？"苏阳灵机一动拿出手机："摄影棚不方便打电话。"徐雅点点头，经过苏阳面前："我给欧阳哥送西服去。"她松了口气，放下手机。

一天的拍摄结束后，徐雅又提议："咱们去吃宵夜吧，我请客！"欧阳再次邀请："大家都辛苦一天了，也该饿了，一起去吧？"苏阳婉拒了，转身拿包："你们去吧，我还要准备明天的工作。"欧阳见状，立马又改了意见："今天大家工作都累了，还是早点回家休息吧。"

双双"触电"

这天，大家开始拍摄电视广告片，顾松也来到现场参观学习。摄影师看着摄像机镜头前的欧阳，连声称赞："欧阳绝对有大明星的范儿，一点都不亚于那些专业的模特。"苏阳看着欧阳："也许，这就是天分吧。""哎，你们在这么短的时间里从哪找到的他？"苏阳笑笑，拍拍摄影师的肩膀："呵呵，秘密。"

苏阳上前，将广告分镜头剧本递给欧阳："怎么样，本子背熟了吗？""没问题，可比以前背公式和课文简单多了。只是，第一次出镜，心里非常紧张呐。""呵呵，你是假装镇定是吗？""有你在，紧张少了一半。"苏阳害羞地低头看剧本。

现场正在做准备工作，摄像机、灯光、剧务……

趁空隙，苏阳向欧阳讲述广告片分镜头的拍摄内容。整场戏，表现的是黄昏时，一成功男士在高级公寓的镜子前整理好发型，穿好衬衣，扣上袖扣。他低头笑笑，将桌上的名牌手表拿起，戴在手腕上，出门。

男士开上车，穿梭在城市中。霓虹灯逐渐亮起，男士微笑地看一眼手上的手表时间：6 点 18 分。经过十字路口，男士遇上红灯停下。

右道街边停着一辆车，一时尚女子身穿晚礼服，手挽时装包，用车钥匙开启车门。

忽然，一束耀眼的光闪到女子的眼睛。她转头看，男士手上的手表在霓虹灯的照射下散发着阵阵闪烁的光芒。女子向男士微微一笑，转身坐进车内。红灯变绿灯，男士盯着女子看。女子用手指指前方，男士恍然大悟，发动油门。再一转头，女子已向右转弯道风驰而去。男士摇摇头笑笑，快速地往前行驶。

男士来到高级会所前停下车，抬头看看会所。黄昏的光芒打在身上，手表散发着独特的魅力。会所中，男士和宾客们握手打招呼，举杯庆祝。一圈下来，男士转头的一瞬间，竟看见刚才路上巧遇的时尚女子也在此。两人对望微笑，彼此走近，碰杯。女子感叹地说："So beautiful!"男士张大眼睛望着她。女子低头看男士的手表示意，男士心领神会地点头微笑。

两人来到室外平台，靠在栏杆前，男士的手表散发出闪耀的光芒。彼此间隔 1 米站开，凝视一望无际的明湖。黄昏最后一缕夕阳照在他们身上，两个人的背影显得唯美和温馨。

欧阳捧着剧本感叹："很棒的剧情，很美的场景，很完满的结局。呵呵，相信我，一定不会让你们失望的。"

开拍时，欧阳表现得很自然，完全看不出是第一次触镜。每个镜头都做到了精准和完美。苏阳在一旁看得很是满意和感动，这一次，在顾松面前算是长足面子了。

一个镜头完成，大家齐声鼓起掌来。顾松更是搭着欧阳的肩膀赞道："欧阳兄，我顾某果真没有看错人！"欧阳含情脉脉地看着苏阳："哪里，是苏总他们带得好！"苏阳赶紧低头看本子："来，下一个镜头准备！"

中午过后，大家要赶在落日黄昏前抢拍男士与女子在街头相遇的镜头。眼看着各个环节准备就绪，却迟迟不见特邀的女模特出现。苏阳赶紧打电话给模特助理："什么？你们还在机场？最快也要晚上到？"

大家齐问："到底怎么回事？"苏阳着急地说："女演员临时接到一个影展活动，本来说好今天上午赶早班飞机回上海的，但因昨晚通宵庆祝，今天早上起晚了。"

大伟气呼呼地说："什么？这么不敬业？我来和她说！"他抢过电话，"大小姐，我们现在全体都在现场等你们。什么？就算赶来也只有明天一天空档期？不行啊，我们不是都说好的嘛，接下来的几天都要接戏的呀，你必须都在场。哎，你怎么能这么说呢！太不负责任了！喂，喂！"

大家问："怎么样？"大伟叹口气："她们要赶飞机，把电话挂了。"章勇着急了："合同上不是都说好的，她的戏份要三天，怎么临时又变卦了？"大伟皱着眉头："她说昨晚在影展上遇到个一线大导演，邀请她临时救场客串个角色，就是这几天。她说给我们只有明天一天时间，要在明天拍完她所有的镜头。"章勇大声道来："这怎么可能，难道要这么多人围着她一个人转？改一个环节就要牵扯那么多人力物力，所有细节我们都是安排好的，根本没法改。""她还说，我们只不过是个广告公司，她的戏份也只是个特邀。人家是名导演，得罪不起，她必须奉陪到底。"

苏阳想了想："是不是我们给的酬劳少了，她不愿意？"章勇和大伟已是一肚子的不满了："这和钱是两码事，这是做人基本的诚信问题。"

苏阳一脸茫然地说："现在怎么办，人家大老板还坐在后面等着看好戏呢。这回，可真有'好戏'看了。"

大伟又拿起电话："我再给她打。喂，什么，如果不能一天拍完戏份，你就要解约？赔偿金，这不是赔偿金的问题，这是信誉问题。这么大一个团队眼看着就要泡汤了，什么？人家上千人的团队，你更得罪不起？喂喂喂！"大伟气得双手叉腰，"听到没，听到没，这就是一个自称敬职敬业的女明星说出来的话，太势力了！”

章勇怒气地说：“什么人呐，撑死不过一个三流女演员，摆什么臭架子，太没艺人素养了！人家名演员都准时准点，碰到撞戏还不是两边辛苦跑。她倒好，直接和我们谈条件！”大伟一叉腰：“这么不敬业的演员，以后再也不和她合作了。”

苏阳极力保持冷静：“真是一波未平一波又起，刚补了个娄子又出个娄子。”大伟苦笑道：“我们今年没烧香吗？怎么倒霉事都被我们摊上了！”

苏阳再一想，轻声说：“大家都别气了，不要让顾董看我们的笑话，赶紧想办法补娄子吧。这样，影视部包括摄影、灯光、剧务、化妆和我们一起，赶紧动用身边所有的关系和资源，一定要找出一位女模特来。身高在 1 米 68，长发、气质好，和欧阳能搭配就行。不管出多少价钱，只要能把她请来，一切条件都可以商量。”

大家齐上阵，纷纷拿出手机打起电话来。

忽然，身后传来一个声音：“大家都别费力了。”只见顾松向他们走来。苏阳尴尬地说：“顾董，您放心，我们还有很多后备的女演员，马上就可以找到。”顾松摆摆手：“都别找了，别找了。”大伟和章勇有些担心：“顾董……”

顾松笑笑：“我知道大家很尽力，我都看在眼里了。不如，听听我的意见？”大伟和章勇异口同声：“难道顾董也有认识的女演员？”“呵呵，女演员，我倒没什么接触，不过，我觉得有一位倒是很合适。”“是谁？”顾松看看苏阳笑着说：“就是眼前的苏总咯！”

苏阳惊讶不已：“我？这怎么可能？”顾松：“怎么不可能，我觉得苏总您就很合适呀。”苏阳忙摆手：“不行不行，绝对不行，这可不是开玩笑的。我从没触过电，要在全国人民面前丢脸的。”

顾松一再坚持：“那有什么关系，人家欧阳兄不也是第一次触电吗，还表现得这么好。更何况，苏总是这个广告的负责人，没有人比您更了解剧情了。让您来参演女模特这一角色,我顾某认为是最合适的了。”

大伟兴奋地表示同意:“对啊，我们怎么没想到呢！苏阳的自身条件这么好，也是可以尝试触下电的嘛！”章勇也表示肯定:“是啊，更何况苏阳和欧阳是好朋友，搭档起来一定很有默契。”大伟和章勇齐声:“再说，一切以百马的声誉和客户对我们的信任为重，这可是苏总您自己说的！”苏阳很为难:“你们这不是给我出难题嘛！”

欧阳笑着走过来:“苏阳，我知道，这个广告对你来说非常重要，关乎整个公司的荣誉。顾董对你们也是期望很高，这一次，无论如何不能让大家失望。”苏阳捋捋刘海:“可是，我对自己没有把握，也没有信心。”

欧阳语重心长地说:“你看，你对我都持有信心，那么对自己，更应该有信心了。当初杰锐让你救场，你对朋友都能帮忙，那么对自己的公司，更应该亲历亲为了。何况你已经有表演经历了，这一次，一定可以的。”

在欧阳的支持和顾松的点名下，在所有伙伴的怂恿下，这一回，苏阳算是豁出去了。

她舒了口气:“好吧，我就答应这一次。不过，如果你们觉得表现不好，我可要随时退场的。”大伙拍手:“哈哈哈，没问题，苏总一上战场，绝对马到成功！”

开拍前，苏阳换好礼服，化好妆，拿上时装包出现在大伙面前。她腼腆地问道:“不知，这样可以吗？”大伙鼓掌:“可以，太可以了！”顾松连连称赞:“苏总，您就是个天生的美人胚子。这身装扮太配你的气质了。一个字,好！”苏阳倒有些害羞了:“谢谢大家对我的肯定。”

准备开拍时，苏阳与欧阳站在现场等候。欧阳轻声说:“我觉得，我们真的很有缘分。”苏阳苦笑道:“呵呵，是有缘分，孽缘啊。”“孽缘？”苏阳顿顿:“开始了，工作吧！祝我们成功！”她主动伸出手，两人的手紧紧地握在一起。欧阳笃定地说:“一定成功！”

拍摄时，两人的眼神、动作和表情，精准得出乎所有人的意料。顾松在一旁是连连点头。

一天的拍摄任务终于结束了，大家接连鼓掌。顾松兴奋地说："太棒了！你们配合得很完美！镜头里的画面非常漂亮！"当两人看完回放，苏阳赞道："还不是多亏了我们杰出的摄影师，要不然，也不会有这么美的画面。"

这一天，苏阳与欧阳工作得很开心，两人默契无边。

梦中的约会

第二天，拍摄酒会大场面的戏份，徐雅也赶来了，见苏阳成为广告片的女模特，心里很是不爽。她讽刺道："没想到苏阳姐摇身一变，从广告达人变成模特啦！这个广告成本一定不大吧，还自产自销呢。"大伟回头瞟了她一眼，伸出七个手指："这个数目还不大？"徐雅捂住嘴，睁大眼睛点点头。

苏阳觉得浑身不自在，开拍时，几次都不能入戏。她主动喊了停："对不起各位，再重来一遍。"趁调整机位时，欧阳鼓励她："放轻松，别多想，就当这里只有我和你两个人。"

他悄悄叫来徐雅，在其耳边说了几句，她便拿着包走出了现场。见徐雅离开，苏阳才放松下来。否则，她没法面对一双犀利的眼睛在注视着自己和欧阳"打情骂俏"。直到夜幕降临，整场戏终于顺利地拍完了。

第三天，大家等待黄昏前最后一缕夕阳的到来，准备拍摄男士与女子在湖边的最后一场戏。

欧阳和苏阳站在平台前，望着寂静的湖面。欧阳打趣："阳阳，我看你改行得了，不要这么辛苦地管理一大家子人。做广告模特吧，挺适合你的。做上道了，也不比你现在差。还有休假，不像你现在忙得没一天空闲。”

苏阳笑笑：“谢谢你噢，你想得真周到，我可没想过做什么明星梦。我都三十出头了，可比不上那些十几二十的小姑娘。将来的天下，是属于她们的。就像，徐雅那样。”

欧阳看着远方：“哪里。在我眼里，你一点都没变，还和从前一样。”“是吗？和从前一样的天真吧？”“我不是这个意思，你明白的。虽然你的年龄在增长，但有很多东西，是那些小屁孩无法相比的。”“呵呵，比方说？”“比方说，思想、阅历、感悟……还有那一份永远不会缺失的青春活力。”

苏阳讥笑：“呵呵，你认为，在我身上还能看到青春活力？我怎么倒觉得，自己的心已经苍老了。”“呵呵，你这是在暗示你自己。以为年龄到了，就不能拥有活力了。其实你完全可以活得更洒脱，何况，有些东西在你身上是无法遮掩和蒙蔽的。”“什么东西？”欧阳想了想：“最初的梦想，和那颗……驿动的心。”

欧阳一针见血地说到了苏阳的要害，事实不就是这样吗？

苏阳点点头，感叹地说：“你似乎比我自己还了解我。”欧阳笑笑，捡起一颗石子投向湖面：“谁让我是最懂你的那个人呢。”

苏阳岔开话题：“哎，今天徐雅怎么没来？太阳打西边出来了。”“呵呵，我让她去珠海了。以出差的名义，带上她全家旅游，费用公司全包。这样，她还会不乐意？”

苏阳明白其中之意，喃喃道：“欧阳，我……”欧阳无奈地叹口气，笑笑：“哎，这样，你才可以安心地和我看夕阳啊。”

苏阳抿嘴笑笑，摇摇头。欧阳深情地注视她：“回国这么久，今天可是我看到你笑容最多的一天。”苏阳也打趣道：“因为能和你一起看夕阳呀！这可是千载难逢的！”“呵呵，好啊。那么，我真希望每天都能拍广告。”

“你想当明星了吧？”“不是。这样，我就每天可以和你看夕阳西下啦！”“少来了，难道每个广告我都是女主角啊？真逗。”“为什么不可以？你难道不信我的说服力，可以让每个商家都来邀请你，到时候别怕你的手机打爆啊！”

“好好好，我信我信，我相信你可以做到一切你想做的事。言归正传，最后一组镜头，加油！”“好，一起加油！苏阳……”“怎么了？”欧阳认真地说：“希望你以后多笑笑，少些烦恼。”苏阳点头：“嗯，借你吉言。”

最后一组镜头完成时，大伙很有默契地鼓起了掌：“杀青咯！”苏阳与欧阳默契地拥抱，互相表示鼓励和感谢。苏阳眼眶微红，感动地说：“欧阳，这一次，我发自内心地感谢你。真的很谢谢你，谢谢！”欧阳将苏阳抱紧：“我也谢谢你，让我在梦里拥有这么完美的女主角。此生无憾了。”

两人分开后，夕阳慢慢散去。他们看着彼此，欲言又止。

大伙回头看他俩，大伟和章勇逗趣：“晚上的夜景更美，你们要不要再浪漫会儿？或者，让顾董投资你们拍系列广告！”“你们真讨厌，走了。”苏阳赶紧从平台上下来，一个没走稳，右脚高跟鞋的鞋跟卡在木地板的缝隙里了。“呀，我的鞋！”大家回头，赶忙跟上去。

苏阳蹲在地上，使劲地拔着高跟鞋。欧阳和苏阳一鼓作气，同时摔在地上。他手里拿着高跟鞋，而鞋跟却卡在了地板里。两人尴尬地笑笑。

苏阳踉跄起身：“好好的一双鞋，就这么报废了。”欧阳问：“鞋跟还要吗？”“算了吧，反正广告拍完了，用不着了。”“有没扭到你的脚？”“还好，我们走吧。”

苏阳一瘸一拐地往前走了几步，想想，干脆脱掉高跟鞋，赤着双脚踩在木地板上。她拎着鞋子转头对欧阳调皮地说：“这下轻松了，哈哈哈哈！”

苏阳从没像这一刻这么放松过，她一蹦一跳地往前走，呼吸着夕阳下的晚风。欧阳在背后柔情地注视着，微笑着。忽然，他快步上前，一把抱起她。苏阳吓了一跳："欧阳，你干什么？快放我下来！""地板上有小石子，可别刮坏了我们女主角的脚啊！""没关系，我可以自己走，快放我下来，被他们看到多不好！"

章勇和大伟只顾向前走，特意背对着挥挥手："我们什么也没看见！"苏阳害羞地捂住脸："欧阳，你讨厌啦！""哎，忘了问你，这个剧本是谁写的？我很喜欢。""我啊。"欧阳嬉笑地抱着苏阳快速地奔跑着……

回到家，苏阳从袋里取出礼服，又拿出那只掉了鞋跟的高跟鞋，却发现还有一只完整的鞋子不翼而飞了。她猜想，兴许是掉在车里了吧。

苏阳刚想将鞋子扔进垃圾桶，忽然想起与欧阳的那一幕，不禁甜甜地笑了。她将鞋子擦干净，放在桌子上，双手搭着下巴，虔诚地看着它……

杀青时，欧阳以个人名义请顾松及苏阳的团队吃了一顿饭。席间，徐雅一副女主人的样，替欧阳挡酒、夹菜，好不亲切。苏阳默默地吃饭，欧阳时不时地将目光放在苏阳身上。顾松似乎明白了几分。

感觉来了

忙碌了多日，苏阳才想起已有一段时间没去健身房了。正巧，曾磊来电："你好，阳阳。不知最近忙得怎么样了？""还真是忙得没有一点空闲。""下午来健身馆吗？"

曾磊像是准时的闹钟，在苏阳每次快要忘记时间时，都会给她来个温馨提醒。苏阳有着无形的压力。难不成是听了对方儿时的那些"惊悚"故事，对他有了抵触和排斥？

为了缓解一周的疲劳和紧张，苏阳来到健身房。曾磊上前迎接，很是关切。苏阳先问:“潘静来了吗?”“早来了,和谢军做器械训练呢,在那儿。”苏阳顺着曾磊手指的方向,见谢军托着潘静的背部,两人正谈笑风生地做器械运动,好不暧昧。

曾磊事先预约苏阳:“下课后,我们一起吃晚饭吧?”“叫上潘静和谢军吧?”苏阳想拉人陪同。曾磊望望暧昧的两人:“我问过了,他们晚上要去看电影。”“这样啊,那,行吧。”

苏阳心想:这死女人动作倒是够快的,这么快就把自己给撇下了。

上健身课时,苏阳问潘静:“那天零点给你打电话,怎么关机了,睡了吗?”潘静鬼魅地一笑:“我和谢军一直在一起。”

苏阳瞪大眼睛:“什么?你和他……你们这才是第三次见面就……”“那怎么了,有些人见三次面就约定终身了呢。”“你们这算什么关系呢?”潘静轻率地回答:“有感觉就在一起咯,何必要扯上什么关系。”

“你们的感觉来得可真够快的,小心激情来得快,去得也快。”苏阳提醒她,不要每次一有感觉,就蒙蔽了自己聪明的大脑。

潘静连忙反驳:“你以为都跟你似的,见了十回八回的也没感觉。别以为那是矜持,那叫浪费时间。最好的时光,就这样在你的徘徊中溜走了。”潘静说话刺人,可又句句在理。

“你说得对,有些人,见了再多也不会有感觉。可有的人,只一面之缘就会记住……”比如杰锐,可那又如何,结局不都一样。

苏阳委婉地说:“你的事自己把握,我不多说。重要的是你的感受,开心就行。”她不知道这一次,恋爱女王又能维持多久。如果她能快乐,那也罢了。苏阳真不希望感情游戏再给这个女子带来伤痛。男人无所谓,女人一遇情就难以控制。如果是模糊的,那就模糊着伤害吧,总好过清醒的疼痛。就怕是清醒地做着模糊的事,久而久之,不知是模糊还是清醒了。一觉醒来,也许一切又将回到原点。

潘静笑着说:“你看,曾磊追你那可紧着呢。你在里屋健身,他在外边翘首等待，脖子都等长了，哈哈哈。”

健完身，潘静迫不及待地上了谢军的车，像风一样地离去了。苏阳看着她的背影，风一样的女子，注定有着风一样的行为。来来回回，像风一样的飘忽不定。只是潘静，你又是风尘中的哪一粒分子？

火锅之争

曾磊请苏阳去吃涮羊肉，她不反对。大夏天，火锅店的生意依然很兴旺。曾磊边吃边流汗，他感叹道：“坐在沸腾的火锅面前，吹着冷气，喝着冰镇啤酒，那叫一个享受。阳阳，你觉得呢？”“是啊，还不错。”

尽管曾磊很绅士，为苏阳倒饮料、夹菜，讲小笑话，百般地讨好自己，可苏阳心里想的全是锅里的涮羊肉，表面敷衍微笑，对他的话却是左耳进右耳出。

中途，服务员拿着一盆火锅底经过。通道的路狭窄，客人多，一不小心碰到了曾磊的身上。锅里的油水晃了出来，正好洒在他的胳膊上。苏阳赶紧拿桌上的毛巾：“哎呀，快擦擦。”

曾磊看看自己的胳膊，再抬头看看那莽撞的服务员。店里生意好到火爆，那小姑娘忙得晕头转向，她似乎什么都没察觉，甚至连个招呼都没打就从桌前走了过去。

曾磊见状，忽地立起来，追上小姑娘，用自己的大手一把拉住她那细小的胳膊。锅里的鸳鸯汤水再一次晃了出来，洒在她的工作服上。

服务员惊讶地回头：“你干什么？”曾磊瞪起眼睛大声说道：“你把汤洒在我的手上了！”她见他死命拉住自己的胳膊，不服气地说：“我又不是故意的，你那么凶干什么？”

“你弄得我满手都是油水，说都不说一声就想离开，快向我道歉！”曾磊仍拽着人家的胳膊不放。服务员动弹不得，急得说：“你弄疼我了，放手！”曾磊指着她的鼻子说：“你先给我道歉，我就放了你！”

服务员也急了："你这人怎么回事？我刚才已经说了不是故意的，你还想干什么？放开！别妨碍我做事！"

苏阳上前劝阻："算了算了，她也不是故意的，确实是没看见。你就不要计较了，去卫生间洗洗手吧。"服务员补上一句："就是啊，我是真的没看见。"

曾磊还是不依："你这姑娘眼睛长那么大是画着的吗？这都看不见？"苏阳拉他："算了吧，这里忙得不可开交，我们就别添乱了。""可是阳阳你看……"

"算了，回去吧。"苏阳拉过曾磊的手，对服务员赔上笑脸，"真不好意思啊，一点小误会，你去忙吧。"那姑娘对苏阳勉强地笑了下，转身时嘴里还不忘唠叨一句："神经病，弄不灵清！"

曾磊火冒三丈："你看她什么态度？是她犯了错，你还要向她赔礼？""算了，这种地方，你还想他们怎么给你道歉啊。去卫生间洗洗吧。"

好不容易把他们劝说开，苏阳舒了口气坐下来。她看着火锅底，"咕噜咕噜"涮得正旺，把人的火气也给烧上来了。面上的一层油脂不断沸腾着，像巧克力泡沫。

看着曾磊回到座位上，满脸涨得通红，脸上的肤色就像这锅底的红汤水一样。她小心询问："没事了吧？"曾磊用纸巾擦擦手臂："这丫头真是过分！"苏阳心想：你也不见得有多好，要是你不冲动，或许她也不会是那种态度。

"这家店生意这么好，服务态度却这么烂，砸了招牌了。以后，再也不来这里吃饭了！"曾磊对刚才的一幕耿耿于怀。苏阳实在忍不住，来了句："至于嘛，不用那么生气吧。还好，你也没什么大碍。"

谁知，更是火上浇油。曾磊瞪大眼，扯着嗓子说："谁说没大碍？幸好是冷油，那万一是滚的油水呢，我这胳膊怎么办？我就是靠这身行头吃饭的，她赔得起吗？吃顿火锅损失惨大了！"

苏阳不再吭气，生怕多说一个字又会被曾磊给呛了回来。他灌下最后一口啤酒，眯着眼说："给我等着。服务员，买单！"

这顿火锅，两人吃得食不知味。

曾磊开上车说："阳阳，刚才吃得太憋气了，我们去放松一下，我请你去足浴吧。""洗脚？""对，缓解疲劳嘛。"

两人半躺在足浴房，看着电视，喝着绿茶。曾磊主动问："半天都没听你说句话，是不是不高兴了？""没啊。我看电视呢，琢磨里边的剧情。"

电视台正在重播当年火得朝天的家庭伦理剧《不要和陌生人说话》,正好放到安嘉和暴打妻子的一段戏。梅湘南的脸上被打得全是血，安嘉和把她推倒在地，用脚狠狠地按住她的脸。

苏阳自言自语道:"太恐怖了。"哪知曾磊漫不经心地回应："呵呵，你还真当回事了？只是演戏而已，别太投入了。"

苏阳觉得曾磊有些冷漠,又说:"这一幕让人看得揪心。演员很棒，演得非常到位。""你觉得演得很像吗？可我觉得还差点儿。"苏阳问："为什么？"曾磊轻描淡写地补充："一看男演员就不会真的打架，打女人的手势和姿势都不够那个份。"

苏阳猛地转过头,颤颤地问:"为什么不像真的？""因为不够狠。"曾磊的语气和眼睛里，透露着一股杀气，"如果让我来演这出戏，我一定会演得更到位。"

苏阳怯怯地问："难道，你有过这种亲身经历吗？""像这样的，没有。"曾磊简明扼要。苏阳一愣，像这样的没有，那么就是有其他类似的经历了？

苏阳特意补充："真恐怖！和这种丈夫生活在一起，太痛苦了，任何女人都会绝望的。"曾磊却一笑而过："呵呵，女人被男人打，一定是有原因的。"

苏阳盯着他："那男主角心理有问题！"曾磊盯着电视机："能发

展到这一步，不会是一次事情造成的，而是有沉积的。”

“有沉积就非要动手吗，就不能好好谈？他的怀疑心太重，已经到了病态的程度！”苏阳和曾磊杠上了。曾磊补充：“那也是因为男主角以前有阴影，他怀疑前妻背叛了他。”

“怀疑前妻背叛他，不代表现任妻子也会这么做。难道梅湘南就要在张小雅的影子下生活？就必须受丈夫的挨打吗？”苏阳抬高了嗓门。

曾磊也不甘示弱：“那也是因为梅湘南的行为让安嘉和不放心，为什么就不能从自身找原因？女人要是没有一点私心杂念，男人又怎么会怀疑？所有事物都有连带关系，不能光说是哪一方的责任。”

苏阳无语。

曾磊缓了缓：“其实若是好女人，男人一定会尊重对方的。但如果不好，那再好的男人也不会手下留情的。”

“你这话什么意思？”苏阳问，“就算是女人的问题，男人一定要动粗吗？”“呵呵。洗完脚我们出去说。”曾磊不再说话，只是盯着电视机目不转睛地看。

红颜祸水

走出足浴店，曾磊两手插兜，神情有些凝重。“阳阳，我给你讲个故事吧。”说着，他点上一支烟，缓缓抽起来。

上高中时，曾磊很喜欢一个女孩，他向她表白过，女孩也承认很喜欢他。可后来，他发现女孩原来是一个招蜂引蝶的人，她喜欢所有男生围着自己转。然后男生与男生之间，斗得鱼死网破，老死不相往来。

曾磊回忆说：“这就是她的目的，和很多男同学都有暧昧不清的关系，整一个活脱脱的现代版潘金莲。”。女孩也承认，自己不是个用情专一的人。她就是喜欢被不同的男人追捧，这让她有成就感。她甚至强调，女人天生就是用来诱惑男人的，而自己对男人的风情万种就是她的生活习惯。

曾磊对苏阳说："当她盛气凌人地说出这段话时，我整个人都呆了。我无法想象一个外表美丽的女孩，骨子里原来这么放浪。可爱的面容，却有着如此赤裸的内心。所以说，女人千万不能太得宠，一受宠就变坏。"

苏阳尴尬地一笑："你说的这种现象确实可能存在，但并不是所有女孩都是如此。"

"阳阳你知道吗？有些女人会给身边的男人带来福运，可有些，却只会给男人带来灾难。比如，像她。"

曾磊说，女孩就是个红颜祸水。高中毕业前夕，曾磊找过女孩，告诉她既然不可能把真感情分给一个人，就不要玩弄那么多人的真心。哪知，女孩高傲地说："要你来管，连我爸都管不了我，你算老几？""怪我当初太喜欢你了，这么在乎你，你却一点都不讲情分。当初你为什么要说喜欢我，为什么又要和别的男孩勾勾搭搭？"

女孩轻率地说："笑话，我什么时候说只喜欢你一个了。不错，我曾经是喜欢过你，但也没承诺要永远喜欢你一个人。你喜欢我那是你的事，那我喜欢谁就是我的事，你管那么多干吗？"

曾磊握住女孩的胳膊，质问道："这样算什么？你为什么要对所有人都这么多情？"

女孩猛地甩开他："对，我就是喜欢多情，那又怎么样？我讨厌一成不变的生活，我喜欢刺激，喜欢激情，喜欢和不同的男人分享不同的感情。怎么样，不可以吗？"

曾磊用手指着她说："你是在利用他们的感情，来满足你的欲望和私心，对不对？我真没想到，你的本性这么低劣，你真犯贱！"

女孩含着泪，打掉曾磊的手："你有什么资格说我，你们男人又有哪个会专一？为什么男人可以花心，女人就不可以？男人还不是见一个爱一个，爱一个甩一个！你们就是喜新厌旧、见异思迁的高级动物。”

“你说什么？你再说一遍！”曾磊恼了。

女孩用手指着曾磊的胸膛：“我说你们男人只不过是喜新厌旧的高级动物罢了，怎么了？没听清楚吗，需要我再重复一遍吗？你们男人喜欢我，是真心想和我在一起吗，还不是想占我便宜。这和动物有什么区别？不用大脑，靠身体都可以来完成。你说，你们男人是不是高级动物啊？”

“啪！”一个响亮的耳光打在了女孩的脸上。

女孩捂着脸：“你竟敢打我？”曾磊气呼呼地骂道：“打的就是你！你这个贱女人！要是在古代，你就是一个被人唾弃的娼妇，早就该当众斩首了！”

女孩也被惹恼了，她上前回了曾磊一个耳光。“王八蛋！曾磊你混蛋！”女孩哭着说，“你们男人没一个好东西，吃不到葡萄就说葡萄酸！有本事正大光明来追我啊，不要就只会在私下里嚼舌头，无能！”

一番话更激怒了曾磊，他上前狠狠拽住她的胳膊往反方向拧：“你这个贱女人，真是贱到骨头里了！”女孩疼得大叫：“你放手，混蛋！你弄疼我了，快放手！疼死了，手要断了！”

曾磊猛地把她往前一推，女孩重重地摔在地上，只听“咯吱”一声，左手脱臼了。曾磊指着女孩的鼻子说：“你这个风骚的坏女人，会得到报应的！”他拍拍屁股，丢下她扬长而去。女孩倒在地上呜呜地哭着，左手疼得丝毫不能动弹。

嫉恨的代价

第二天上课，女孩裹着石板和白纱布慢慢地走进教室。

面对曾磊，她的眼里闪过难以言表的神情。这种眼神，他说自己一辈子都不会忘记。从未有过的清澈，就像第一眼遇见她的感觉一样。湿润的眼角还带着深深的怨恨，却又无力诉说。也许，已经麻木和绝望了。

下课时，曾磊经过女孩的位置，被她叫住："小磊！"他站定，背对着她不说话。

"现在，你满意了吧？"她用颤抖的声音一字一句哭着说，"用暴力来伤害我，这就是你爱我的方式，对吗？"曾磊红了眼，沉默。

"你对我的恨，现在也算消解了吧？身体上的伤害和疼痛，总会有痊愈的那一天。可是内心的伤害，有办法弥补吗？你给我带来的痛，就像在离心脏最近的地方，深深地刺了一刀。这个伤口，也许永远都无法痊愈。"

曾磊闭上眼，没有回音，他心里也在纠结：你是我曾经最喜欢的女孩，我怎么可能无动于衷？伤在你身，却同样痛在我心。我的手有罪恶，掌心里写着"怨恨"二字。你的泪，也流出了我的痛。很抱歉，即使我心里再内疚，也无法做到平静地抹去一切。因为，我是个男人。

"小磊，我承认自己喜欢过你，非常喜欢。而现在，我只想对你说一句，也是我们的最后一句话。"女生边哭边颤抖地说，"小磊，我恨你！"

曾磊还是什么也没说，风一样地离去了。只听见教室里，传来一阵凄凉的哭泣声。

两个月后，女孩转了学。对于受伤这件事，她说是自己不小心摔的，没把曾磊交代出来。之后，他们再也没有联系过。

上大学后，曾磊觉得自己成熟了，应该主动向女孩说一声对不起。彼此之间就是再有怨恨，毕竟自己当年也有错。于是，他托人找她，听说了她所在的学校。曾磊找机会来到她的学校，却得知她因意外出了车祸，重伤在家休养。

曾磊打电话给女孩，听到她微弱的声音，心痛如昨。

“喂，请问你哪位？”女孩问。曾磊只是沉默。女孩问：“喂，怎么不说话，到底是谁呀？”曾磊想，追求她的男孩那么多，女孩一定猜不出会是谁。

“请问你到底是谁？不说我挂电话了。我的手很痛，电话拿不久。”一说到手，曾磊想起自己伤害过女孩的那只左手，一阵心痛。喘息声被女孩听到了：“你是谁……是小磊吗？是不是小磊，是不是你？”

一连串的追问让曾磊不知所措，他捂住嘴，不让自己发出半点声音。女孩轻轻地问：“小磊，我知道是你，我感觉得到。你现在过得好吗？学习还顺利吗？我知道你被保送到体育学院，真替你感到骄傲。你一定会有所作为的，我相信你。”

一番话，说痛了曾磊。他没想到事隔大半年后，女孩不但没有怪罪自己，反而还替自己着想。他没有勇气，甚至说不出那一句：对不起。

曾磊懊悔不已，快速地挂了电话，怕再晚一秒，便会揭破自己的罪行。他只有在心里默默地祝福，希望女孩的伤势早日康复。

女孩休息了一个月，又重新回到学校。只是她的脸上和手上，留下了明显的伤疤。大学四年，曾磊一直从朋友那打听女孩的消息。每次拿起电话，他又放下，心里矛盾和纠结着。女孩在校期间，任众多男生追求，她始终无动于衷。四年里，女孩与所有男生保持着距离。

后来，听说女孩去了另一座城市工作，身边的朋友几乎没有一个能联系到她。按当时的话说，女孩消失了，杳无音讯。直到 2006 年的一天，曾磊收到消息：女孩回上海了，但想要皈依佛门，剃度出家。

那天清早，曾磊悄悄赶到寺庙，看见曾经心爱的女孩虔诚地站在那里宣誓。“我弟子 XX，愿意尽形寿归依佛法僧！誓永远为三宝弟子。做到守五戒、修十善……”

她的眉毛边和右手背上，有着两道深深的大疤痕。曾磊在一旁偷偷看着，心里默念：不要出家，不要。他回想起过往：她纯真的笑容和清透的眼神深深地吸引了自己。接着她被男生拥护、爱慕、追捧，暧昧地穿梭于他们之间。她用自己的美艳去色诱不同的人，变得轻浮和堕落。她把外貌和多情的本性当筹码，利用各种手段来博取男生的心。她变得妩媚和妖娆，她的笑容不再单纯，她的眼神从此不再清澈和纯净……

曾磊认为，是自己的粗暴行为和那一记响亮的耳光，竟将女孩推向了另一个世界，他很懊悔。若是能回到当初，他宁愿自己没有爱过女孩，宁愿远远地看着她。那么，他们之间就不会有任何纠葛，女孩也不至于走到今天这步。

值得庆幸的是，女孩最终并未削发为尼。法师告诉曾磊："她本来是有打算出家的，但我劝她不要。只需皈依佛门，一心向佛，定期来庙里接受开导就行。至少这样，还可以过正常人的生活。毕竟，她才 30 岁。"

"那这么说，她只是皈依佛门，并没有出家？""对，她成了佛门的弟子，现在是居士。她说自己有罪，要在佛前忏悔，以减轻今世的罪行，好让自己的心灵回归平静。"

曾磊在法师的指引下，奔跑下山。到了半山腰，他突然站定，有些不知所措。许久，曾磊才鼓足勇气喊了女孩的名字："小静！"女孩猛地回头，惊讶不已："小磊？"她的第一反应就是用手遮住自己的脸，她不敢再次面对曾磊，匆匆转身，继续赶路。

当曾磊再次喊了女孩的名字，她站住了。十余年后，这一次，女孩背对着曾磊。他问："你现在好吗？这些年你去了哪里，我们大家都找不到你，很挂念你。"女孩回过半个头说："我去了哪里，过得好不好并不重要。重要的是，我现在的心很平静。"

曾磊忽然又问："大学时的那场意外，现在应该没事了吧？"女孩顿了顿，轻声说："你也都看到了，这样的下场，是老天对我的惩罚。"

"不，不是！我希望你过得好，没有其他意思。这些年来，我一直很想亲口对你说一声……"

“不用说了，什么都不要说。”女孩堵住曾磊的话，“以前的事我已经忘记了。我现在什么都不想，只想好好地做人、好好地修行。这样，我的罪孽才会变得少一些。说不定轮回转世后，还能做人。”

“你这又是何苦呢，何必要这样对自己？”曾磊很想将内心的话一吐为快，可面对女孩的执着与冷静，他无法再多说一个字。

女孩最后说了句：“珍重吧，愿佛祖保佑你，阿弥陀佛。”她快速下了山，没有留给他任何忏悔的机会。

曾磊看着女孩远去的背影，终于明白他们从此将变成陌路人。那一句“对不起”，也许这辈子都无法说出口了。

因果报应

曾磊费尽周折找到女孩最好的同伴，才得知她坎坷的境遇。

女孩的家庭背景并不好，父亲在她上初中时经常在外面寻花问柳，和很多女人有过关系。为此，女孩的母亲天天和父亲吵。而父亲，常是整夜整夜不归家。母亲恨透了花心不忠的丈夫，而女孩也同样恨透了毫无责任心的父亲。

在女孩初三那年，情窦初开的她本对爱情充满了无限的幻想。她爱上了同班的一位男生，男生也非常喜欢她，两人开始了一段非常纯洁的爱恋。哪知毕业前夕，女孩却得知深爱的男孩疯狂地去追求自己最要好的女朋友。一次放学后，她亲眼目睹了两人手拉手的情景。男孩轻描淡写的一个眼神，没有一句致歉和对白，甚至没有一句解释，男孩就这样毫无缘由地背叛了女孩。

女孩回到家痛哭。初恋带给了她无限的伤害，从此她再也不相信所谓的爱情。她更加嫉恨男人，尤其是花心不忠的男人。慢慢地，她甚至觉得天下的男人一个样，都是见一个爱一个的花心动物。于是，她选择了另一个极端：与其守护一份不值得的情感，倒不如将它看成一场游戏，只要不投入，自己就不会再受任何伤害。

女孩上高中后，身边围绕的男生不断，表面看似风光，其实内心却是悲哀不已。她自问，又有哪个男生能真正对自己付出真感情呢，还不都是贪图她的美貌而已。直到曾磊真诚的告白，女孩终于心动了。她承认自己也很喜欢对方，但强烈的意念控制着她不能再投入真心与情感。与其痛苦，倒不如活得洒脱些。因为没有一个人能真正懂女孩的心，包括曾磊。所以她对曾磊也是若即若离，然后再狠心把他甩了。

曾磊也许永远不会懂，当女孩面对他假装和另外男生说笑时，她的内心其实非常痛苦和不忍。她看得出曾磊眼里的失望与憎恨，可又能如何呢?

之后发生的事情，女孩更加心痛和失望。曾磊上前责问，她以为他能倾听她的心声。女孩用轻率的语言刺激对方，只为了保护自己脆弱的内心。令女孩万万没想到的是，曾磊居然会动手打她，甚至没有一句道歉便甩手而去。女孩万念俱灰。

第二天，当女孩在教室里叫住曾磊时，她原本只想亲耳听对方和自己说一声“对不起”。可没想到，曾磊什么都没说。女孩终于下定决心结束这段情分。

女孩决定转学，离开伤心地。虽然她心里充满了对曾磊的恨意，但她并没有想要报复他。善良的女孩知道，一旦向学校报告此事，曾磊就会受警告处分，他的档案上将留下一笔抹不掉的罪证，而他上体育大学的梦或许就会因自己的一句话而毁于一旦。

上大学后，女孩立誓，不再和任何男生有牵扯。她只想好好读书，过平静的校园生活。期间，她遭遇了一次车祸。后来女孩在医院做了全面的身体检查。医生竟发现左手比右手短了一截。医生问女孩是否受过伤，她承认在上高中时左手错位脱了臼。女孩明白，这个缺陷将会一辈子陪伴自己。

大四的时候，母亲突然得了胃癌晚期去世，父亲又再婚了。大学毕业后，女孩去了深圳工作。

2006年，女孩回到上海。那一年，她刚满30岁。回来是因为有两件大事：第一，最好的女朋友大婚，她要为她当伴娘。第二，父亲突发脑溢血去世，走时没有留下一句话，她要为他下葬。

在女孩为父亲办理丧事的过程中，她始终没有掉过一滴泪。她告诉女友，自己终于在这一刻解脱了，很轻松。而在女孩参加好友的婚礼时，她穿着白色的礼服，却流泪了。女孩在零点脱下那件高贵的白色礼服后，终于决定：皈依佛门，削发为尼。第二天，她便来到了寺庙……

女孩的同伴告诉曾磊："在小静每次虔诚的祈福中，一定有你的一份。因为她觉得对不住你，她说，用这样的方式赔给你，应该够了吧。所以，你们不必再见面，因为不见面，也就意味着永远不会说再见。她说用这样的方式生活，很好，很清净。她在佛祖面前立过誓，今生，都不会嫁为人妻了。"

听完了小静的故事，曾磊抱头痛哭了一整夜。

这几年，曾磊一直在背后默默地关心和帮助着小静，他只想用这种方式来弥补自己当年的过错。

"这就是我的初恋故事，很辛酸吧。"曾磊感伤地说，"我是因为嫉恨，那些表面文章蒙蔽了我的眼。因为爱，所以会小心眼。我想教训她，让她醒悟。那些言语和行为，深深地伤害了她。我不懂她的内心，那种误会是致命的。"

苏阳感叹："所以人类真正的敌人，并不是背叛，而是可怕的言与行，它会比背叛带来更大的伤害。也许背叛只是一次，或是一时；可那些伤人的话和举动，会给人的内心带来永远无法弥补的创伤。那种疼痛，是刺到骨子里的，比背叛本身要疼一百倍、一千倍。"

故事讲完了，苏阳沉默了。6月末的夏天，她却感到一阵冰冷。

曾磊和小静的故事，让她联想到了很多……苏阳开始思考人的感情，思考因果报应。

虽然曾磊后悔了，可手上的罪证永远也去不掉了。有了一次就会有第二次，这和偷腥是一个道理，和犯罪也是一个道理。有哪个男人在尝到偷食的甜头后不想要第二次的，有哪个罪犯尝到不劳而获的乐趣后不会再犯第二次的。情况不相同，本质却大致雷同。

背后有鬼

这天，到了健身时间，苏阳还没有去会馆。曾磊的电话一个接一个打来，苏阳却无心接听。

“阳阳,还没过来吗？是太忙了还是忘记时间了？”曾磊发来短信。

苏阳回复：“抱歉，我在公司忙，今天赶不过去了。”

大半个小时后,门口有人敲门,只见曾磊拿着一大束百合站在那里。

“曾磊，你怎么过来了？”苏阳惊讶。“苏总是大忙人，连健身都顾不上了,只有我亲自来拜访您啦。”“请坐。”“送给你的。”“谢谢啊，百合很漂亮。”苏阳找来花瓶将百合插上。

曾磊笑着说：“我路过花店，就顺手买了，可以装饰你的办公室。还在忙吧？”“对啊，写份报告，快好了。”“我看会杂志，等你。”曾磊随手拿起茶几前的杂志翻阅起来。

苏阳回到电脑前，象征性地在键盘上敲敲打打了10分钟，然后说:“好了。”曾磊立即合上杂志，神秘地说:“我们去吃饭好吗？今天，我们要去两家饭店，所以时间紧迫。”

“为什么要去两家？”苏阳有些诧异。曾磊则故意眨眨眼：“去了就知道了。”

车开到饭店的停车场，苏阳一看：“这不是我们那天来过的火锅城吗？”“没错,下车。”“你不是说再也不来这里吃饭了吗？”“走！”曾磊二话不说，拉起苏阳的胳膊大步向前迈进。

曾磊找了和那天相同的位置坐下，时间有点早，店里的客人不算太多。他翻开菜单，点了同样的鸳鸯火锅，还点名叫来了那天的小姑娘为自己服务。女服务员一看，小声嘀咕了句："怎么又是你？"

曾磊没生气，不紧不慢地说："我是消费的客人，为什么不能来？"服务员边拿菜单边说："来就来吧，请问二位要点些什么？""一份羊肉、一份牛肉、一份白菜、一份墨鱼卷、一份冻豆腐……"

苏阳被搞得一头雾水，曾磊怎么隔了几天又来吃火锅，还是同一家、同一个位置、同一个服务员？她越想越觉得蹊跷："怎么又来吃了，很喜欢这家吗？""对啊，你不觉得这里的味道很正宗吗？现在是5点40，等到6点，大厅就全爆满了，要排队等候了。上次没有吃尽兴，今天，我们要放开肚子好好吃。"

苏阳点点头，认为曾磊的话也有道理。五分钟后，服务员端上了食材。待火开了后，曾磊便往锅里放菜。他往苏阳的碗里夹牛肉卷："来，多吃点，那天没有吃好。""那天吃得挺饱的。""是被气饱的，呵呵。"

6点过后，店里的客人逐渐多起来。只一会功夫，便全部满座了。曾磊对苏阳说："我说的没错吧，你看，连排队的人都这么多了。""是啊，你很明智。"

汤水加了两次，曾磊说："阳阳，差不多了吧，别吃了。""怎么了？刚才你不是说要放开肚子好好吃的吗，怎么放筷子了？"曾磊看看周围："刚才吃得太快了，有点饱了，休息一下。""那好，先歇会，我去下洗手间。"

一粒老鼠屎坏了一锅粥

等苏阳回到座位，正要拿起筷子夹菜时，却被曾磊制止了。

"别吃了，阳阳。""怎么了？"他拿起汤勺往红汤锅底里捣鼓了一番，然后拾起来："不对，好像有东西。"

苏阳睁大眼睛一看，发现那黑乎乎的一块竟然是一只完整的大蟑螂。“天哪,怎么会这样？太恶心了！”苏阳用手捂住嘴。曾磊忙大喊：“服务员，过来！”女服务员不紧不慢地飘过来：“有什么事？”曾磊拿着汤勺质问：“你没有看到这是什么吗？”

服务员一看，愣了，小声嘀咕：“怎么会这样？”她马上弯下半个腰身说：“对不起，请二位稍等一下。”不一会儿，女经理走过来，服务员怯怯地跟在她身后。

“请问二位有什么吩咐？”经理毕恭毕敬地问。曾磊手里拿着汤勺，笃定地反问：“这是怎么回事？我们都快吃完了，居然发现锅里有只这么大的蟑螂！”女经理脸色立刻变得尴尬：“怎么会这样？这种情况一般不会出现在我们饭店。”

“可它就是出现了，”曾磊说，“还是在我们快吃完发现的。要不是我用勺子搅拌，说不定一不当心，连蟑螂都吃下去了。你让我们消费者还怎么敢在这里吃饭，太恶心了。”

苏阳一直用手捂着嘴，也不发话，她被眼前的景象倒尽了胃口。

经理转头问服务员：“这桌客人是几号负责的？”服务员低下头拉拉衣角，轻声道：“是我负责的。”经理问：“你从厨房拿出锅底时没有发现什么异常吗？”

服务员仔细回想，摇摇头：“没有啊，我记得没什么问题。”“那么菜呢？”“那更加不可能了，要是有这黑乎乎的东西在菜里，我怎么会端出来给客人呢。”“加水的时候，没发现什么吗？”“一共加了两次汤水，都没有问题啊。”

曾磊回过头看看服务员，恍然大悟道：“噢，我想起来了！前两天我来这里吃饭，就是这位姑娘，将火锅汤水倒在了我身上。我找她理论，她不但没道歉，态度还很差，竟然反骂了我一句。”

苏阳一听，觉得有些变味了，拽拽曾磊的胳膊：“别这样吧，不要说了。”

经理问："02 号，有没有这样的事？" 服务员低下头："是有这样的事，但我真的不是故意的。客人的态度也很强硬，当时店里忙，我没顾得上。"

"就是客人态度再不好，也是你有错在先，不能计较的。"女孩的脸色变得难看起来："我没有计较。"曾磊道："该不会是你心里不平衡，想借机报复我吧？我明白了，原来你想请我吃鸿门宴。"

经理立马赔笑："先生，您这么说就不太好了，我们店里的服务员都是受过正统教育和培训的，照理不会做这样的事。"曾磊将胳膊架在椅背上，轻笑地说："那可说不定。这个服务员一向都是板个脸，我来这儿吃过好多次，她从来没有笑容。说不定就是不想让我再来这里吃饭了，要点小把戏愚弄我一下，也不是没有可能啊。这大夏天的，你敢说厨房里干净得没有一点脏东西？"

苏阳劝道："应该不会的，这么说真的有些过了。"曾磊摆手："哎，现在的人可说不好，心眼多着呢。你没听说有个厨师和老板起了冲突，老板让他走人。结果他在辞职前一天在菜里下了老鼠药，老板的命险些毁在他手里。这样的事情不要太多噢，现在的人都狠着呢。还好这次是吃到一只蟑螂，那下次呢？"

服务员委屈地说："经理，我可以拿人格保证，真的没有做这样的事。我就是再有情绪，也没有这个胆子加害于客人啊。"

"口说无凭，谁能证明呐？"曾磊不依不饶。

"先生，您看我们这里的服务员年纪都不大，参加工作也没多久。她们绝不会刚上岗又急着想把饭碗丢掉的。"经理解释道。

"哼，你们都只会推卸责任。那就奇怪了，难不成这蟑螂是自己跑到桌子上再跳进锅里去的？"

"对不起，我们没有推卸责任的意思。既然事情已经发生了，要不先生您看这样行吗，这顿餐二位消费了 210 元，我给您打个对折，再免单一顿。您看可以吗？""哟，你忽悠老百姓呐？你认为我还敢在你们饭店消费吗？我要求，一赔十。”

经理犯难了：“这个要求恐怕不太合适吧。”“怎么不合适，《食品安全法》里面写得可是清清楚楚啊！”“咱们应该还有再协商的余地。您看，这严重程度还不至于吧？”

曾磊瞪大眼睛质问道：“那您觉得什么程度算是严重呢？吃到食物中毒去医院急救，吃出病来才算严重吗？我倒想请问经理，假如你去饭店吃饭，吃出了一只大蟑螂，你就不想追究自己的合法消费权益？”

“那是的，先生您说得都对。只是我们要按事实说话和办事，是我们的责任，我们一定不会推脱。要不，饭店支付您200元的赔偿金，这顿免单，您看行吗？”

曾磊不看经理，眼睛直盯着前方：“我这位朋友是从事媒体工作的，我还有朋友在消协。”

经理犯难地说：“请稍等一下。”她走到后方打了个电话，又上前说：“真的很对不起，我代表本饭店向二位表以真诚的道歉。我们愿意赔偿500元的损失费，二位看行吗？”

苏阳凑近曾磊小声说：“我看这样就可以了，反正也没太大问题。”曾磊摊开手掌说：“那好吧，既然我朋友这么大人有大量，不和你们计较，今天就放你们一马，这事就这样处理。可是我希望，你们饭店应该引起高度的重视，尤其是要加强员工素质的培养。”

“对不起，我们确实有疏忽的地方。有什么不妥，还请二位多见谅。饭店一定会引起重视，加强各方面的监督管理，尤其是在卫生条件方面。”经理和服务员不断地点头哈腰，好不容易平息了一场战争。

曾磊站起身，活似打了胜仗的将军，大摇大摆地往门口走去。苏阳跟在他身后，只能尴尬地附上笑容：“不好意思啊。”“二位请慢走。”

栽赃陷害

曾磊上车后，一脸快意和轻松："阳阳，要是没吃饱，我们再换第二家吃。"苏阳一脸沉重，这哪还有心思和胃口再吃东西。她说："曾磊，我觉得你刚才有些话说重了。"

曾磊边开车边说："是吗？我倒觉得没什么，像这样的饭店出现这种事，是应该严厉指责的。""你不觉得自己说的话有些过分吗？也许蟑螂是什么时候自己飞进去的，不一定就是服务员的责任。我倒觉得，你有些在针对她。"

曾磊不紧不慢地说："有吗？""没有吗？"苏阳侧过脸问，"因为那天她的态度不好，让你很不服气。今天正好遇到这样的事，所以你就把苗头指向了她，对吗？"

曾磊抿嘴笑笑，用右手指指她："苏阳，你真不愧是干媒体的，嗅觉敏锐又准确，被你看出来了。"他拿出那 500 块钱说，"这就是对他们店的惩罚，理应赔偿我们。不过，我并不是看向这区区的几百块钱，而是为了出一口气。我就是想看那服务员一脸的无辜和委屈样。"

苏阳不解地看他。

曾磊诡异地一笑："实话告诉你吧，刚才那蟑螂不是自己飞进去的，而是我特意放进去的。"苏阳瞪大眼睛直盯着他，结巴地问："你，你说什么？原来，蟑螂是你放进去的？"

曾磊得意地回答："是啊，是我放的。趁你去洗手间的时候，我偷偷把事先准备好的蟑螂放进锅里。所以你放心，我们吃进去的食物都是干净的，没有问题。"

苏阳加大嗓门愤怒地说："你怎么能这么做呢？你这是栽赃陷害，让服务员和店方背了黑锅！怪不得你说要去两家饭店吃饭，原来你是早有预谋啊。"

曾磊不以为然地冷笑一声："没这么严重吧，我只不过是想教训一下那丫头，让他们饭店出出血，解我心头的不快而已。再说，她也没什么损失。”

“她不就是不小心在你身上洒了点汤水吗，至于这么毒害人家？”苏阳恼了，没想到一个大男人居然还能干出这么低级、龌龊的事情来。

“谁让她不向我道歉，这是对她应有的惩罚。明明是她不对，还强词夺理。我这么做，是在变相地教育她。希望她把态度摆端正，要知道自己身为一名服务人员，必须有最起码的职业道德。”

“你这也叫教育？荒唐,太荒唐了！”眼前的这个男人简直是变态，报复心超出了正常人的理解范畴。苏阳一阵恶心，用手捂住嘴，大声嚷嚷：“停车！停车！我让你停车！”

“阳阳,你怎么了？”“我恶心！”“是不是刚才的情景让你难受了，你是不是要吐啊？”“不是刚才的情景让我恶心，是你让我恶心！”

曾磊反问：“我怎么让你恶心了？”苏阳拉车门：“快靠边停，我要下车！”曾磊踩住刹车：“下车可以，但你得给我一个正当的理由。”“下车，让我下车！我闷得喘不过气来了！”

苏阳猛地跳下车，曾磊跟了出来:“阳阳，你告诉我，到底怎么了，为什么这么反感我？我只不过是教训一下别人,你那么生气干什么？”

她边走边说：“原因很简单，因为你的行为让我感到恶心。我觉得很可耻、很低级！”曾磊跟着她，本性显露了出来：“呵，笑话，有你说得那么严重吗？这么点小事，用得着这么小题大做么？”

“小题大做，你认为这只是一件小事？这关系到一个人的品格和态度，我觉得你做人很有问题！”

曾磊两手一挥：“我做人有问题？你怎么能这么说我呢？你不要觉得我在他们菜盆子里放了只蟑螂就是我人品有问题。我一向不轻易犯火，但也有原则。”

苏阳脱口而出：“人不犯我，我不犯人。人若犯我，我必犯人！”

曾磊笑笑：“对，就是那样。”

苏阳不回头,径直往前走:“你不要再强调了,我只相信事实!”“事实是什么，你也都看见了。是那女的态度强硬，她如果主动向我道歉承认错误，我干吗非要抓着她不放？”

苏阳回过头，大声喊道：“可她是个女的，你连女孩都不放过！”

“男人、女人都一样，犯了错不承认不悔改，就要受到应有的惩罚！”曾磊盯着苏阳的眼睛狠狠地说。

“假如有人踩了你一脚,你是不是非要踩回别人十脚才罢休？”“那得看那人是有意还是无意了。”“要是无意呢？”“如果是无意，他只要道歉了我可以不追究，要是有意的还不道歉那我就不会放过他了。”

“那不就结了，女服务员不是有意的，你为何还要刁难她？”“问题就出在这里，关键在于，她没有向我道歉！”曾磊喊道，眼睛里放射出凶狠的目光。这一刻，苏阳终于看清了他的本性。她想起曾磊儿时的荒唐行为和遗憾的初恋，现在往菜盆子里放只死蟑螂，对他来说那都是小菜一碟、绰绰有余的事。

苏阳提醒他：“曾磊，你忘了你曾经的历史了吗？忘了曾经因为冲动给别人造成的伤痛吗？”

曾磊爆发了：“苏阳，这完全不是一回事！你不要混为一谈！”

苏阳站定:“就是一回事！其实道理是一样的。因为你心底不服气，你不允许别人对你有一点点的不尊敬和犯错，无意的也不行。你这一生不可能活在真空里，现实生活中总会遇到各式各样、磕磕碰碰的问题。就像你开车，人家总有不小心擦到或是追尾的时候。难不成，你都要把别人的车砸烂？难道，你每次都要报复别人，才能满足自己内心的平衡吗？”

曾磊两手抓住苏阳的胳膊摇晃，大声吼道：“你不要咄咄逼人，像个救世主一样来教育我！我讨厌这样！你不要挑战我的心理极限！”

苏阳喊道：“你这是干什么？放开，放开你的手！”曾磊并没松开手，直直地望向她。

苏阳冷静地问："怎么，说到你心里去了？你是不是也想教训我，让我不要赤裸裸地拆穿你的真面目？很可惜，我都看到了。如果你觉得对你初恋女友伤得还不够重的话，我可以成为第二个她！"

曾磊愣住，慢慢地将手松下去，一脸失望的神情。

"我想，我们恐怕连朋友也做不成了。抱歉。"说完，苏阳揉揉胳膊，往反方向走去。

曾磊立马上前挽回她的手："阳阳，阳阳！你别这样，或许我们还可以再谈谈！这几年来，我接触过很多女孩，她们都主动向我献殷勤。但我对你很有感觉，我想和你发展下去！"

苏阳一把甩掉曾磊的手，说道："你觉得还有可能吗？我没法接受像你这么极端的人做朋友，更别提做什么男朋友了。收起你所谓的好感吧，我苏阳承受不起。保重！"她甩开他，大步向前走去。

只听曾磊在身后大喊："苏阳！你不要以小失大，不要因为这点小事就断送了你的个人幸福！我觉得我们很般配，我追求你，是看得起你！你别后悔！"

苏阳闭上眼心想：和你在一起，那才是断送了我的个人幸福。

羊脱虎口

第二天，苏阳出公司大楼，意外地看见曾磊在等自己。

他嗖地下车，拿出一大束粉色玫瑰递到苏阳面前："对不起阳阳，昨天我太激动了，话说重了，你别介意。希望你能消消气。"

苏阳冷冷地说："曾磊，你就不要白费苦心了，我是不会对你有想法的。""可是阳阳，不管你认为我是怎样一个人，我是真的想和你发展，这点你不能否认。不然，我怎么会把心底隐藏这么深的秘密都向你毫无保留地坦露呢。难道你看不出来，我对你还不够真诚吗？"

"你的为人处世，让我无法接受，抱歉。"苏阳继续往前走。

曾磊紧紧相随："也许你觉得我偏激，做事荒唐，可我的心是好的呀，至少我很真诚。和那些外表虚伪、假正经，其实内心低劣的人比起来，你不觉得我这样很透明、很高尚吗？在这个世上，究竟有几个人能说真话？这个社会已经蒙蔽了我们那么多，到处都是虚假和谎言。像我这样能掏心掏肺的人真的不多了，你应当庆幸，因为我会说真话！"

苏阳依然径直往前走。曾磊拉住苏阳，求饶道："你就不愿尝试着去了解我，试着了解一个内心柔软真诚的男人？或许他可以感动你！"

"那又怎样？即使你再真诚，我也无法从内心深处接受你。我想，我们不是一个世界的人，我们不是同类。"

曾磊没再说话。苏阳低下头，十分冷静地说道："请你放手！"

曾磊缓缓收回手。苏阳又补充说："真的很抱歉，玫瑰花很漂亮，但不适合我，你收回去吧。再见。"

"送出去的东西就是泼出去的水，我是绝对不会收回来的。既然你不肯要，那我就是把它毁了，也不会再回到我的手里来玷污我。我的心意已经到了，是你自己不肯领情的，别后悔！"曾磊用手指着苏阳，狠狠地说道。

苏阳没有回头。

曾磊愤愤地把花扔在地上，用脚狠狠地踩下去。罢了，他拍拍身子，上车发动油门，旋风一般地离开了。苏阳半转身子，面对一地的狼藉，沉默。

来到办公室，苏阳看见桌上放着曾磊亲自送来的白色百合。它开得正好，花瓣上还沾着透明的水珠，散发出淡淡的优雅清香。

吴珊珊经过办公室，苏阳叫住她："珊珊，你来一下。把花拿出去，帮我扔了吧。"珊珊诧异："苏总，这不是您朋友送来的吗，开得正好啊。而且,你不是最喜欢白色百合了？""我这段时间对花粉过敏，你帮我拿出去吧。"

“那好吧。”珊珊拿出花瓶里的百合，瞅着摆弄它，“扔了怪可惜的，多漂亮啊。不如，放在我的办公桌上当摆设行吗？”苏阳抬起头，冷冷地说道：“你很喜欢吗？那中午我去楼下花店给你买一打，你把这束给我扔了。”珊珊领悟：“噢，那好，我马上去扔掉。”

“等等。”苏阳从包里拿出一张卡递给她，“这是健身馆的贵宾卡，我现在用不到了，给你吧。”“这怎么行呢，苏总上回送我的美容院贵宾卡还没用完呢。这健身卡，您就自己留着用吧。”

“我送你的都不领情，你不要我扔了。”苏阳拿着卡要往垃圾桶扔。吴珊珊立即迎上去：“哎，别啊，好好的浪费了多可惜。”“那你就快收下，要是会馆的人问起来，你就说我最近没时间去健身，把卡转给你了。”

珊珊为难地收下卡：“那谢谢苏总了啊。”“不客气，去忙吧。”珊珊关上门，自言自语道：“苏总这是怎么了，最近老是把东西送给我。该不会，是失恋了吧？”

部门开会时，苏阳拿着这一期的杂志定稿翻阅，眉头皱了又皱。她指着其中那篇采访曾磊健身馆的文章，说：“姗姗，这是你写的吧？”“对，是啊。”

“怎么给他们四个版页，那么多干吗？”姗姗：“苏总，不是您说的给健身馆好好宣传宣传嘛。”“不用那么多，浪费，缩减到一个页面就够了。”“那这样，文章要重新调整过了。”

苏阳面向大家说：“这一期内容比较多，所以要适当地删减和控制。姗姗，就麻烦你把文章再调整下，今天下班之前发到设计部。我们接着开会。”

5点一刻，会议结束。苏阳回到办公室，看见有潘静的两个未接来电。她回过去：“找我啊？”“宝贝儿，你怎么没来健身馆上课啊？”

苏阳叹口气：“我正想和你说，以后我不会去那里健身了。”“怎么了，出什么问题了？”“没什么，就是很忙。”“你和曾磊出什么问题了？今天看他垂头丧气的，心情很不好。你们吵架了？”

“不是吵架的问题。”“你们，是不是谈崩了？”“准确来说，是我羊脱虎口了。看来属相学还是很准的，我要是和曾磊在一起，说不定真的会被他给克死的。”

“啊？没那么严重吧？”“没那么严重？好了，你健身吧。”

苏阳挂了电话，一连几天的周旋，都忘记看望父母了。她拿起电话：“妈妈，是我。今天我回家吃饭。”

报　恩

近期，以欧阳为代言的新款手表广告纷纷登上了电视、各大杂志封面和室外灯箱。苏阳看着杂志上的欧阳，用手细细抚摸，感慨万分。

夜幕降临，苏阳开车穿梭在华丽的大都市中。十字路口，等待绿灯亮起的间隙，她望向窗外，无意间看见欧阳代言的广告灯箱，那熟悉的面容，曾在梦里无数次的遇见，却又总是擦肩而过。苏阳看着入了神，直到后面的车子频频按喇叭。

苏阳回家洗完澡，又见电视上在放欧阳代言的广告。当看见自己的身影出现在屏幕中时，她突然分不清是现实还是梦境。苏阳被画面中的男女主角带入了另一个世界，在那个美妙的世外桃源里，自己和欧阳在夕阳的映衬下，说着只属于他俩的情话。

闺蜜的电话一个接一个打来：“好啊，不声不响地都和欧阳拍起广告来了，搞得这么神秘。还别说，这片子拍得太美了，嫉妒死了，你们要不要这么暧昧呀……”苏阳赶紧向她们解释。

欧阳已完全充斥了苏阳的生活，走到哪里都有他的身影。

欧阳因为此次代言，在上海滩的名气渐长，陆续有商家来找他拍广告，却都被他一一拒绝了。苏阳觉得有些可惜，便打了电话：“欧阳，我觉得这正是你发展的一个好契机。你一边经营公司一边接拍广告，互利互惠，对你的事业也能起到推波助澜的作用，这是双赢的。

也许，你会成为上海滩下一个广告大明星呢。别人梦寐以求都做不到的事，为什么你要拒绝呢？”

欧阳语重心长地说道：“其实我根本不喜欢拍广告，更不想当什么明星。这次代言，完全是为了帮助你。如果将来你再遇到问题，我还是会尽全力地帮助你。不过接拍广告这事，我想，这是我人生中的第一次，也是最后一次。”

苏阳愣然，内心感动不已。为了表达谢意，她主动邀请欧阳吃饭。正巧，欧阳也想请苏阳吃饭。

她把柜子里能穿的衣服通通拿出来，几个钟头过去了，仍旧没有半点主意。

手机响，是潘静：“在家吗？我正好在你附近。”苏阳一头蓬乱的长发，在屋内来回走动：“我在，我在，不过马上就不在了。”“怎么，有约会啊？”“哎呀，我乱了套了。到现在还没准备好。”“哈哈，你也有今天，我上来了。”

苏阳忙开门：“你来得正好，帮我参谋下，我到底该穿什么衣服出门？”潘静笑着问：“这么六神无主，头一次啊。和谁约会？”

苏阳挠挠头皮：“欧阳。”“是嘛，那是该好好策划下。毕竟，这是你们破镜重圆的第一次约会。”“破什么镜重什么圆啊，这次是为了感谢他帮我公司解围。”“是呀，报答他的恩情，然后以身相许呗！”“少来了！”

潘静跟苏阳进了卧室，看到满床如山的衣服，大笑：“天哪，就你这架势，参见国家领导人也不过如此吧。”苏阳一头乱：“别取笑我了。我已经想了四个小时了，到现在也不知道该穿什么？还有，我是应该先化妆还是先上厕所？”“哈哈，宝贝儿，你快成神经质了。”

苏阳喋喋道来：“我想我是快了。如果先化妆，我可以很自信地去上厕所。”“对，你上厕所起码要 10 分钟，因为你在马桶上最有灵感，可以写长篇大论、可以思考腐败的人生。”

苏阳坐在马桶上，拿起手中的粉扑朝脸上抹去。潘静问：“欧阳喜欢你穿什么颜色的？”“白色。”“还有呢？”“米或是黑。”

“他喜欢你穿什么款式的？”“哎呀，这么多年过去了，我怎么知道他的口味有没有变。”潘静拿了白色套装进卫生间：“这套，如何？”“大姐，上次在他的开业典礼上刚刚穿过，你忘了？”

潘静又拿一套：“怎么样？”“也不好，再换。”潘静拿了好多套，苏阳都觉得不合适。她突然觉得自己的衣服怎么看都不顺眼，一套不如一套。最后，苏阳把目光盯在潘静身上：“亲爱的，我知道该选哪件了。”

“哪件？”潘静累得靠在门上问。“远在天边近在眼前，就是你身上这件。”“你要穿我的？”潘静睁大了眼睛。“对，就是你这套，脱下来给我穿吧。你要喜欢我的，拿多少件都无所谓。”潘静哭笑不得：“原来女人也一样，吃着碗里的看着锅里的，衣服永远是别人身上穿的好。”

“你借是不借？”“借借借，你的事还不是一句话。”潘静边说边跑去卧室换装，“只是晚上，我要和谢军赴约。我得从你这挑件性感的换上。”“随便挑选。”

苏阳换上潘静的衣服，改头换脸一番：“怎么样，还行不？”潘静从上到下打量了一遍：“一个字，赞！”“你确定这是刚买的吧？没有在别人面前穿过？”苏阳担心地问。“废话，我上周刚在太平洋买的新货，你就放心吧。怎么样，我穿你的感觉如何？”“风情，性感！”

“那你和曾磊就这样算了？”潘静边整理衣角边问。“什么叫算了，本来就没有怎么样。听了他的个人传记，了解他的为人后，我对他‘敬而远之’了。”潘静取笑：“亲爱的，保持三尺距离，是你欲擒故纵的手段之一吧。”苏阳扔了一件衣服过去：“少来了，我和曾磊，完全就是两个世界的人。”

“明白，欧阳和你才是一个世界的人，地球人都知道。”潘静跟着苏阳出门，“记住了，保持镇静，在欧阳面前展示一个最真实的自己。

其他的，什么都别考虑。”

苏阳拿起皮包：“什么都别考虑，我估计就惨了，已经有人给我敲响警钟了。”“是那个徐雅？”苏阳想想，还是没将那次摊牌告知潘静。“时间到了，走了。”

潘静的车子刚出去，欧阳便来了。他下车，绅士地为苏阳开车门：“阳阳，等很久了吗？”“没有，刚好。”苏阳柔和地望着欧阳，优雅地上了车。

“我们去吃意大利菜，可以吗？”“好。”一路上，两人不多话，只是时常给对方微笑。预热的阶段，一切都要掌握火候。习习微风拂面，苏阳感觉空气中充满了一股淡淡的甜味。

特殊的约会

欧阳载着苏阳来到南京西路的帕兰朵意大利餐厅，低调的华丽。两人默契地走进去，像进了意大利的优美花园。波特曼的建筑、经典的白色拱门、低调的华丽。如果这时，苏阳能挽着欧阳的胳膊入场，岂不是更完美。

这种顶级的意式餐厅，情调高雅，柔和浪漫的灯光与音乐，是约会求爱的最佳场所。这里没有高谈阔论的热闹声，有的，只是两人间的窃窃私语。

欧阳定了靠窗的位置，向外望去，一片开阔的绿色草地。烛光、红酒、鹅肝、羊排、海鲜……欧阳很了解苏阳的口味，还不忘为她点上钟爱的蘑菇汤和巧克力慕斯。

他们各自谈论了这些年来所发生的事，还有周围的家人和朋友。欧阳不像其他男人那样，在女人面前刹不住车地高谈阔论自己的历史和成就。他在苏阳面前，一切都是点到为止。

苏阳问：“目前公司运营得还顺利吗？”欧阳回答：“还行，主要还是以房地产、旅游信息和企业管理咨询策划为主。等这块项目做稳了，将来还会涉及会务、礼仪服务和展览。”

“照这么说，我应该是你的前辈了。我手上有很多资源，应该可以共享。如果需要帮忙的话，你尽管开口。”欧阳用餐巾抹抹嘴巴：“好，我有需要一定会来麻烦前辈的，先谢谢了！”

苏阳说：“你是个很有规划的人，我相信你能把这几块项目很好地发展起来。”“谢谢。这个团队的班底刚刚建立，需要大家更多的努力和磨合。存在风险和不确定因素是必然的，但我希望，会越做越好。”

“我相信你可以做得很好。想当初百马成立的时候，也是从无到有。我们的团队有的就是年轻和激情，所以，没有什么不可以。”

“呵呵，可是我，已经不再年轻了。都说三十而立，而我才刚开始起步。”欧阳感慨道，“我最好的年华，都献给了学业、打根基、积累经验……还有，毫无条件地服从。直到今天，我才能站在故土上，真正开始做自己想做的事。只是……有很多事，就这样被无情地错过了。阳阳，你说，我是不是很失败？”

“不！”苏阳摇摇头，“我不觉得。在我眼里，欧阳立帆一直是个有主见，勇于追寻梦想的人。现在，你的愿望达成了，恭喜你。”

欧阳低头：“可有一件事，我始终都没有达成。所以我觉得，这并不算成功。”

苏阳听得出，欧阳在暗示自己。很露骨，却也很显真诚。她低头浅笑：“你的名字，注定会成功的。立帆，既能独自承担一切又可以架起风帆远航。所以，你一定是个会成大器的人。”

欧阳笑笑：“谢谢你的肯定，对我来说，这是莫大的鼓舞和动力。敬你，我的前辈。”“呵呵，我要特别感谢你，有你的鼎力支持和帮助，才使百马渡过了重大的难关。我苏阳，感激不尽。我敬你！”

欧阳喝上一口红酒：“我们之间，应该不需要感谢吧！”“呵呵，说再多的感谢也无法表达我的心意。”欧阳盯着苏阳的眼睛问：“那么前辈，我还赶得上你的步伐吗？”苏阳听出他话里的意思，马上转移：“你的学习能力比我强，只需半步就超越我了。”

欧阳先是一愣，而后微笑：“我们共同进退吧。”

两人似乎没什么隐瞒和顾虑，彼此沟通很默契。但说的最多的，都是别人的生活。虽然他们依旧能端着红酒谈笑风生，可谁也没有提及那个敏感的字眼。看似薄薄的一层纸，想要穿透它，却是何等艰难。

这顿精致的晚餐，吃了上千大洋。结账时，欧阳抢先一步。苏阳着急：“不是说好这顿饭我请的吗？”“就让我有个表现的机会吧！”苏阳点头笑笑。欧阳起身说：“失陪，我去下洗手间。”

那只褐色的牛皮皮夹就放在桌上，自己的相片还放在里面，完好无损。欧阳回到座位上，正好有一对男女经过他们身边。女子停步，小声对身边的男子说：“哎，亲爱的，你看他们，是不是我们看过的那个手表广告的男女主角？好像啊！”“好像是的呀。”苏阳和欧阳同时对望。

那女子悄悄走过来，轻声问：“不好意思打搅一下，请问，你们是那个名牌手表广告的男女演员吗？”苏阳拿起水杯喝水，用眼神示意欧阳。欧阳转头笑笑：“抱歉，您认错人了。”女子尴尬地说：“不好意思啊，打搅了。”“没关系。”

女子挽着男子的手离开，小声嘀咕：“认错了？可我觉得就是他们呀，真的很像啊！”欧阳和苏阳对望窃笑。

两人经过门口，迎面走来一对情侣。苏阳赫然地发现那女子穿的衣服竟和自己这身十分相像。她低头看了一眼，糟糕，撞衫了！只能怪这世界太小，女人们都喜欢去太平洋购物，还都喜欢同款风格的。苏阳尴尬地把脸撇到一边，掩耳盗铃地走出去。

欧阳载着苏阳兜风，没有过多的语言，只有眼神和表情的交流。车内放着浪漫的爵士乐，符合这样的夜色和气氛。他们从这条街穿梭到那条街，仿佛穿梭了一个世纪。时光隧道把两人带回了从前，熟悉又飘渺的感觉，让人晕眩。一路上，窗外的景色不停更换，一幕一幕，都是心底片片的记忆。苏阳有些微醉了。

到家了，欧阳深情地望着苏阳："今天，我过得非常开心。谢谢你能答应与我一起共进晚餐。""应该谢谢你的晚餐。今天，我也过得很开心。说好了，下次一定要换我请你。晚安。"苏阳转身。

"阳阳。"苏阳回头："怎么了？"欧阳迟疑了一会儿："其实，我和徐雅，一直是朋友关系，从未越界，甚至……没有……""我知道！"苏阳打断他的话，"我明白。""阳阳，请你相信我！"苏阳愣了愣："我相信你。晚安。"他附在她耳边，悄悄地说了句："这身衣服很配你，比起那位女子，它更适合你。"

欧阳见苏阳房间亮灯后，才缓缓离去。

12 点，只差一刻钟时间。零点到来后，苏阳既变不回灰姑娘，也成不了什么白雪公主。卸下白天的装束，她只是一个等爱的小女人。

既近又远

下班后，苏阳来到公司楼下的银行取钱，发现卡上忽然多了一笔数额庞大的资金。她问财务，问父母，问朋友，都说没有汇过钱。她左思右想，大致明白了。

她开上车，给欧阳打了电话："欧阳，你在公司吗？""我在。""我刚好经过你公司，你下来一趟吧。"

欧阳小跑到苏阳的车前："来了怎么不上去坐会呢？"苏阳想了想："我一会就走，上车吧。"欧阳坐上车："这么好，来看我？"苏阳顿了顿："有件事我想和你说。""怎么了，心事重重的？"

她看着欧阳："我银行卡上的那笔钱，是你汇的吧？"欧阳低下头："还是被你发现了。""卡上忽然多了那么多钱，我怎么会不知道呢？为什么？"欧阳装糊涂："什么为什么？""为什么要义务拍这个广告？”“……为了你。”“……”

狭小的空间内，瞬间一片寂静，只传来电台里那首熟悉的歌《你把我灌醉》。苏阳的眼眶红了，不知该说什么，好像说什么都是多余的。黄大炜那沧桑的嗓音唱痛了苏阳的心：“你把我灌醉，你让我流泪，扛下了所有罪，我拼命挽回。你把我灌醉，你让我心碎，爱得收不回……”

欧阳开口：“我知道你不会接受，但我还是想说，这一次，纯粹是帮你忙，不为别的。”“可是，你没有理由义务劳动啊，酬劳是你应得的。”“听大伟说，前段时间公司在资金周转上遇到了困难。我想这样，可以帮你减少一些压力和负担。”

苏阳为难地说：“这样，让我怎么心安？我会内疚的！要是让公司同事知道了，会怎么想？会怎么看我？”“只要你不说，没人会知道。”“欧阳！”

欧阳深叹一口气，无奈地说：“不能用其他方式来对你好，也只有这样了。”

一句话，让苏阳心痛地哽咽：“为什么要对我这么好？”欧阳深情地看着她，摸摸她的脑袋：“因为你是苏阳啊。”苏阳无奈地摇头，没有说话，只在心里默默回应：欧阳，你不该对我好的。

欧阳的手掌穿过苏阳的长发，她能感觉到指尖传来那股温柔的力量。彼此想要靠近，却怎么也走不近。两人只有久久对望着。

这是暧昧吗？当然不是，苏阳可以确定。那么是什么？是无奈的痛楚吧。也许，苏阳和欧阳终将只能两两相望。即近又远，至此一生。

而这一幕，又恰巧被远处的徐雅撞见了……

化为废纸

深夜，欧阳和同事才将方案赶完。他伸了个懒腰：“今天就到这儿吧，大家辛苦了，明天继续奋战。”同事们先一步离开。徐雅将咖啡放在桌上：“欧阳哥，累了吧，喝杯咖啡。”欧阳将资料合上，闭上眼:“晚上不喝咖啡了,睡不着。”“那,我给你冲杯人参去去疲乏。”“不用了，徐雅你坐下。”

徐雅战战兢兢地坐下。欧阳想了想说：“这段时间你为公司做了很多事，大家都看在眼里，我也很感谢你。你聪明，悟性好，什么东西都是一学就会。这些经历，对你将来踏上工作岗位是很有帮助的。不过，我希望暑期过后，你还是要把精力放在学业上。毕竟，校园才是你真正的舞台。”

徐雅喃喃地说：“难道，欧阳哥讨厌我了？”“徐雅，我不是这个意思。”“那么这段时间我为公司,为欧阳哥做的这一切,算什么？”“算是，实习锻炼吧。”“在我徐雅的字典里，没有实习二字，对学业、对生活、对爱情，都是如此。”

欧阳着急地说：“你不应该继续留在我这里，会耽误你的。难道你甘愿一辈子留在我身边做杂事？”“有什么不可以？我愿意！不论干什么我都行，端茶送水、打印文件、接待客户，买外卖，甚至是做清洁工。我愿意从底层做起。我相信以我的双手和头脑，终有一天会给公司带来效益，让欧阳哥没我不行！”

欧阳语重心长地说：“徐雅，我是为了你的将来考虑，你应该有自己的一片天。”徐雅撒娇地说：“如果真的是为我打算，那么就让我待在欧阳哥身边。”欧阳无奈地摇头：“你不应该留在我身边，为我做这些。”

徐雅忽地起身，大声地说道：“难道，你就应该为苏阳姐做那些事吗？”“徐雅，请你理智点！”她红着眼眶：“我很理智，不理智的是你！你甘愿为苏阳姐付出这么多，那么她呢？她又为你做了什么？她清高得不把任何人放在眼里，不断地相亲更换男朋友，一次次让你深陷痛苦中。她就是要你们所有男人都围着她一个人转，为她魂牵梦萦，为她心碎！而你却像个傻瓜一样为她劳心劳力！你们早就已经分手了，为什么还要藕断丝连？”

欧阳沉默了。

“每次看到你们在一起，我就难受，刀割一样地难受。”她激动地喊道，“你为她做那些事的时候，有没有想过背后还有一个我？”

欧阳的眼眶红了，面对徐雅，他只能沉默，一直沉默……

徐雅生日来临，邀请苏阳一同参加。聚会上，徐雅边流泪、边唱歌，兴奋地喝了很多酒。欧阳在一旁劝阻，帮着挡酒。朋友们起哄：“今天是我们徐雅大小姐的生日，不知道欧阳哥送了什么礼物给她呢？”徐雅鬼魅地一笑：“欧阳哥当然送了我一份大礼，不过这是秘密，不告诉你们。”

徐雅兴奋地挽着欧阳唱歌，苏阳坐在角落，默默地看着两人一唱一和。到了高潮，朋友们起哄：“亲一个，亲一个！欧阳哥亲徐雅！亲徐雅……”欧阳尴尬地站在那里，徐雅害羞地低头，等待他亲密的一吻。拗不过众人的围攻，他只能在徐雅的额头上轻轻一碰。大家鼓掌：“噢……”

徐雅挑衅地看向苏阳，苏阳故作镇定，装作不在意的样子。

结束时，徐雅已大醉，伙伴和欧阳搀扶她上了出租车。苏阳站在一旁目送。车子启动时，徐雅忽然抱住欧阳猛烈地亲吻起来。苏阳看不下去了，转身离去。

欧阳见苏阳独自一人离开，立马让司机停车。他奋力挣脱徐雅，跑下车追去。徐雅在车里大喊：“欧阳哥，今天是我的生日，你却临阵脱逃去追别的女人。我看不起你，我恨你！”

而苏阳见状，快速拦下一辆出租车，疾驰而去。眼泪，终于在这一刻掉了下来。

惊 雷

第二天醒来，苏阳感到一阵头痛。昨晚那一场荒唐的生日宴会，终于将自己和欧阳变成了陌生人。欧阳的电话一个个打来，苏阳再也找不到接听的理由。那些连苏阳自己都听得发腻的解释，早已变得苍白不堪。

电话又来了，这次是徐雅。她是来向自己示威，还是来作解释？乱了乱了，这个90后小女生已把自己的生活搞得天翻地覆。苏阳承认，自己的心理素质远远没有徐雅来得好。接就接，怕什么！

苏阳拿起手机："你好。""苏阳姐，我是徐雅。昨晚我喝多了，如果有什么做的不当的地方，还请苏阳姐大人有大量。""没事。""我有一件非常重要的事想和你说，你能出来和我见一面吗？""什么事？""电话里说不清楚，我们还是见一面吧。"

苏阳想了想说："好吧，白天我公司有事，晚上，我请你吃饭。""谢谢苏阳姐，希望你不要告诉欧阳哥我们见面的事。""放心，这是我们两个女人间的谈话，没必要让他知道。""好，我们不见不散。"

苏阳纳闷，不知这次徐雅的葫芦里卖的又是什么药。

夜幕降临，苏阳准时出现在西餐厅。徐雅起身迎接："苏阳姐，你真准时。""这是我的习惯。""想吃点什么？""随便吧。""服务生，给我来个墨西哥套餐，一个甜点，然后再来个蘑菇汤和一个蔬菜色拉。苏阳姐，要喝酒吗？""谢谢，不用。"

用餐时，徐雅只吃面前的蘑菇汤和蔬菜色拉。苏阳疑惑地看她："你怎么吃这么少？""我没有什么胃口，吃蔬菜色拉就可以了。""不吃主食怎么行，来，我的这份太多了，给你一半。""哎，不用不用，苏阳姐你自己吃就可以了，我真的吃不下。""看你的脸色不太好，是不是身体不舒服？"

徐雅放下刀叉，心事重重地说："胃有些不舒服。""昨天酒喝多的缘故吧？”徐雅不发话，只愣愣地盯着面前的水杯。

苏阳喝下一口水：“好了，现在可以告诉我什么事了。”徐雅将手放在桌下，喃喃地说:“我希望，苏阳姐能替我保守秘密，行吗？”“你说吧，什么事？”

徐雅低头，害羞地说:“我怀孕了。”苏阳顿时觉得眼前一片灰暗。她将信将疑地问：“你怀孕了？”徐雅点点头，继续道来：“前段时间我没什么胃口，老是头晕恶心，以为是贫血症又犯了。这几天我到医院一检查，才知道，我有了。”

徐雅将一张化验单放在桌上，推到苏阳面前。苏阳缓缓地拿起一看，上面清楚地写着：徐雅，尿液检查呈阳性。苏阳的喉咙不知被什么东西堵住了，变得无法发声。她把单子推回到徐雅面前，忍住情绪问：“是谁的？”徐雅小声说：“是欧阳哥的。”

苏阳扭过头，一阵天昏地暗，感觉世界末日来了。她万万没想到，口口声声向自己保证清白的人，居然做出如此破天荒的事情来。“他知道吗？”徐雅摇摇头：“还不知道，我不敢告诉欧阳哥，第一个知道的人就是苏阳姐。”“什么时候的事？”“就是……欧阳哥庆典的那晚。”

苏阳猛地回忆起那天欧阳公司庆典，晚上聚会他喝多了，徐雅送他回家的情景。苏阳不敢再往下想，那不堪的一幕就发生在欧阳身上。她又想起，隔日，欧阳还约了自己见面，解释前一日的酒醉失态。欧阳向自己坦白，因为不想伤害徐雅，只得任由她在身边。欧阳还表明态度，暗示自己才是他心里最深处的人。

原来，欧阳为自己的所作所为找了一个最恰当的理由。怪不得他会迫不及待地来找自己，他的解释就是掩饰！他用“坦白”来掩饰自己的心虚，为的就是换取苏阳的同情和理解。

谎言比事实更让人觉得可怕！

徐雅嘤嘤地回忆着：“那晚欧阳哥醉得很厉害，我把他送回家安顿好后准备回去。没想到，他抱住我说了一番情意绵绵的话。然后，欧阳哥就……”苏阳一摆手：“够了，别再说了！”徐雅带着哭腔：“苏阳姐，我真的不是主动的，是欧阳哥他……”

苏阳控制住情绪：“好了，不要再追究是谁的问题了。你现在打算怎么办？”“我打算把他生下来。”“什么，你要把孩子生下来？你才 20 岁，你还是在校大学生，你这可是未婚先孕啊，你家人会同意吗？”“我知道这么做是很荒唐，可我没有办法，我只能把他生下来。”

苏阳疑惑地问：“为什么？”徐雅看一眼苏阳，小声说：“苏阳姐，你忘了上一次我和你说过，我有先天性心脏病，还有贫血。医生的建议是，最好不要做人工流产，否则，也许会有生命危险。”

苏阳红着眼眶说：“那么，你打算和欧阳……”“我想过段时间再告诉欧阳哥，看看他的态度。如果他愿意，我先把孩子生下来。等我大学毕业后，就和他结婚。如果他还是不愿意，那么我会独自一人把孩子带大。”

苏阳抹了一下眼睛：“这样对你太不公平，你的人生才刚刚开始……”徐雅也湿了眼眶：“我认了。从第一天爱上欧阳哥就知道，这是一场没有结果的感情。永远是我追他跑，无论我多么努力想追赶上他的步伐，却始终到不了那一头。不过没关系，现在我有了肚子里的这个宝宝，即使没有欧阳哥，可我还有他的孩子。这辈子，够了。”

苏阳开始心疼起眼前的这个情敌来：“徐雅，你太傻了，你这又是何苦呢？只怪欧阳，他应该给你一个说法的。”“只要能让我看见欧阳哥，不管是何种答案，我都认了。”“你还真是执着。”“苏阳姐，出于我对欧阳哥的爱，原谅我之前对你的不尊。对不起，真的很抱歉。”

苏阳摇摇头：“没关系，都过去了。你目前最重要的是好好调养身体，不要太劳累了。”“谢谢苏阳姐，我会的。”“对了，你昨晚还喝了那么多酒呢！”徐雅尴尬地笑笑：“哦，昨天的酒，我做了手脚的。”“噢，那就好。那么，我买单了。”“苏阳姐，我来买吧。”“我请，服务生，买单！”

和徐雅分别后，苏阳坐上车，整个人瘫软了。强装了一晚上，终于在这一刻爆发了。她在车厢内把音乐声放大，狠狠地痛哭。欧阳的电话一个接一个打来，苏阳还是没有接，一切的愿想在这一刻全部瓦解了。最后的筹码被徐雅的一句“我怀孕了”，彻底粉碎。

“欧阳立帆”这四个字，从此，要和苏阳彻底说再见了。

天下起大雨，苏阳觉得无路可逃。她一路开车，不知不觉来到了那次和欧阳拍摄广告的旅游景点。苏阳冒雨走在湖面的室外木地板上，一个个角落寻找起那个失落的鞋跟来。没有路灯，她就趴在地上一遍遍抚摸。苏阳在雨里痛哭，痛自己、痛欧阳、痛徐雅，更痛，徐雅肚子里的孩子……

终于，苏阳摸到了那个鞋跟，可木板的缝隙太小，没法用手指抠出来。她将头趴在地板上，用钥匙抠了半小时，终于将后跟取了出来。她紧紧将鞋跟握在手里，一阵绝望的心痛。

苏阳全身湿漉地回到家，从鞋柜中拿出那只鞋子放在桌上，又将后跟轻轻地放在它的底部。看到鞋子和鞋跟合二为一了，她趴在桌上，再一次泪如雨下。

崩　塌

一整天，苏阳都无法安心工作。脑子里不断出现徐雅的话，一遍又一遍。昨夜淋了雨，喷嚏不断，垃圾桶里装满了一堆卫生纸。

吴珊珊敲门进来：“苏总，一家化妆品公司发邮件过来，想邀请欧阳先生担任新款洗发水的广告。”苏阳一听恼火了：“找他拍广告给我们发什么邮件？我们又不是他的经纪公司，让他们自己找他去！”

“可是，那家公司以前和百马合作过，只知道我们，所以想请您牵个线。”“你把欧阳先生的电话给他们，让他们自己去联系，我没空！”“那，好吧。”珊珊疑惑地出门：“苏总这又是怎么了，之前不是和欧阳先生合作得好好的吗？”

欧阳发来短信：阳阳，你能见我一面吗？我要和你当面谈！

苏阳立马将短信删除，拿包出门。她对吴珊珊说：“一会我不回公司了，所有事务帮我记录下来。”“好的，苏总。”苏阳一心只想快点逃离，她怕欧阳又来公司找自己。

正当苏阳将车开出车库，欧阳猛地上前挡住去路。苏阳探出头：“你不想活了吗？让开！”“你不肯听我解释，我就不让！”“你让不让？你不躲开我真踩油门了！”“好，我宁可你向我撞上来，也好过你误会我！”

苏阳开始轰油门：“你给我让开！”“你先听我解释，说完任你开刀！”“不要和我解释，和你女朋友去解释吧。”苏阳一把拉方向盘，向旁边猛地开出去。欧阳追上前，脚下没踩稳，一下摔在地上。苏阳立马停住向后看，她想下车，却没有勇气。眼见一旁的保安把他扶了起来，苏阳一狠心，踩下油门冲了出去，不留一点幻想。

夜晚，欧阳在公司办公室，埋头不断吸烟。徐雅将茶放在桌上：“欧阳哥，你怎么抽这么多烟？”“我想静一静。”“那我不打搅你了。”徐雅转身，刚想开门，欧阳在身后叫住她：“徐雅，我想，我们该好好地谈一谈了。”徐雅愣住，知道欧阳会和自己说什么。她转身：“欧阳哥，你想和我谈什么？”

欧阳叹口气：“我知道你生日那晚很开心，喝了很多酒。在你那些朋友眼里，我就是你正牌的男朋友。可你不能因为自己是寿星就为所欲为。我不管你和他们怎么说，但请你尊重我，也尊重你自己的行为。每个人都有原则和底线，我也有。请不要拿我的宽容当做你放纵的资本。希望，这件事没有下一次。”

徐雅顿时红了眼眶：“怎么，难道我就这么不吸引欧阳哥？和我接吻特别丢你的脸是吗？”“徐雅，这分明是两回事！”“我知道，是不是让苏阳姐误会了你心里就特别不好受？那么你和她在一起情意绵绵地拍广告时，我就会好受吗？”

欧阳终于忍不住了：“所有一切都是你一手造成的，怪得了谁？别说我没有提醒过你，你的固执和一意孤行让大家都拿你没辙。所有后果必须由你一个人负责，所有伤痛也必须你自己来承受。既然想无条件地付出，那就不要埋怨！你给我听清楚，这是你的意愿，但并不代表我的立场！”

欧阳站起身，走出门去。徐雅紧随其后：“你开始厌烦我了是不是？和苏阳姐旧情复燃就想把我一脚踢开，然后你们就可以双宿双飞了是不是？”“徐雅，你不要无理取闹好不好？”“我没有无理取闹，是你们太过分了！”

欧阳大声地吼道：“徐雅！你够了！”他叹口气，平静下来，“很晚了，我送你回家！”欧阳说着拿起徐雅的包。“别每次一说你就逃避好不好？”徐雅一把将包抢过来，正巧拉链没拉，一张白纸掉了出来。欧阳瞄到了徐雅和医院几个字。徐雅赶紧捡起纸条塞进包里。

欧阳问：“那是什么？”徐雅将包背在身上：“没，没什么东西。我们走吧。”回去的路上，两人没有再说一句话。

重磅炸弹

第二天，欧阳在公司处理事务。他将一张单子递给徐雅：“徐雅，如果你有空的话，帮我去税务局跑一趟吧。”徐雅站在原地不动。欧阳将单子收回：“那我叫财务去吧。”“财务正在核算账本，我去吧。”她接过单子走向门口，欧阳在身后说：“徐雅，昨晚我的态度不好，对不起。”徐雅摇摇头，走出门去。

中途，徐雅给欧阳打电话：“欧阳哥，我刚走得匆忙，把电话簿落在公司了。于科长不在，我得给他打个电话。”“好，你的电话簿放在哪里？”“在我办公桌右边的第二个抽屉里。”“你等一下。”

欧阳来到徐雅的桌子前，在第二个抽屉里找出电话簿。“于科长的电话是……”“我记下了，现在就打给他。”“好，辛苦你了，徐雅。”欧阳将电话簿合上，刚想放回抽屉，却在里面看到一张医院的化验单。他拿出一看，傻眼了，上面清清楚楚地写着：徐雅，尿液呈阳性。

徐雅刚打完电话，忽然想起什么，立马用最快的速度奋力地往回跑，脸上透露着万般焦急的神情。

徐雅下了出租，冲到公司楼下，只见欧阳站在那里，一脸的严肃。徐雅气喘吁吁地小声说：“欧，欧阳哥……”“你这么急着跑回来，是为了这个吧？”欧阳将那张化验单举在手上。徐雅忙上前去抢：“还给我！”欧阳将手一伸，严厉地问：“告诉我，这是怎么回事？”“还给我！”徐雅抢过单子，塞进自己的口袋。

“说，这是谁的孩子？”徐雅低下头，双手不停地揉搓：“欧阳哥，别再逼我了。”“徐雅，你知道自己在做什么吗？啊？”“我……我知道自己在做什么！”“快说，这到底是怎么回事？怎么突然会怀孕的，孩子是谁的，是谁的？”

徐雅带着哭腔，气喘喘地说：“孩子是你的！”欧阳惊呆了，愣在那里一动不动。

“孩子是你的，是欧阳哥的……”“你说什么，孩子是我的？呵呵，你在开什么玩笑？”“我没有开玩笑，孩子真的是你的！”“徐雅，请你理智点，请不要拿这种事开玩笑行吗？”

“我没有骗人，孩子真的是欧阳哥的。”欧阳急得团团转：“我们，我们什么时候有过那种事了？”“就是，公司庆典那晚，你喝醉了，我把你送回家后……”

欧阳努力回忆那晚的情景，他只记得自己喝多了，徐雅把他送回家后，倒在床上昏昏沉沉。之后的事，自己一点也想不起来了。难道，就是酒醉不清的状况下，和徐雅……

欧阳摆手：“不可能，绝对不可能。我虽然喝得很醉，但是绝不会做出那种事！”“我从头到尾就只有欧阳哥一个人，绝没有第二个！”“No,No,No,不会的，我可以用人格保证，我没有做那种事。你应该清楚的，我不是趁人之危的人。”

“我知道欧阳哥是个好人，但是那一次，你的确是做了。”“够了够了，别再说了。在事情还没搞清楚之前，不要妄下断论。”“欧阳哥，欧阳哥……”

欧阳完全乱了，他脑海里的那点零星碎片，无法证明自己的清白。但他很肯定，绝对不会做这种事来伤害徐雅。可徐雅一口咬定孩子是自己的，难道，真的是酒后乱性吗？

一次宿醉便换来一个无止境的大麻烦。欧阳知道，麻烦来了。

乱　了

欧阳将自己泡在酒吧里，一杯一杯地灌酒，庄博在一旁陪他。

“哥们，到底什么事让你这么苦恼？”欧阳一口灌下酒：“遇到大麻烦了。”“怎么了？”“徐雅怀孕了。”“天哪，这可确实是个大消息。那……孩子，不会是你的吧？”“徐雅一口咬定孩子是我的。”“这果真是个大麻烦。你真的和她……”

“她说，是那天公司庆典，我喝醉了，她把我送回家，然后我们就……”“然后你们就酒后乱性了？”“你知道我不是这种人。”“我当然知道你不是，谁不知道你对苏阳一心不二呀。可这种事，也是很难说的。孤男寡女，共处一室，谁能保证酒醉后不犯点毛病？”

“可是我断定我没有！”“你没有，那你记得后来发生的事吗？”欧阳抱住头，苦恼地说：“倒在床上，我就什么都不记得了。”“那不就得了，谁知道后面发生了什么。知情人没有别人，只有徐雅。第二天醒来后，你看到了什么？”

“看见徐雅在客厅里为我做早餐。”“多么贤妻良母的形象啊，欧阳,你可以啊。""别取笑我了,我都乱成一团了。徐雅生日时偷亲了我,苏阳因为这事再也不理我了。现在徐雅又给我来了个重磅炸弹，我都快爆了。"

"好好，不取笑你。""你帮我分析分析，这到底是怎么回事？"庄博想了想："事情有几种可能，一种，孩子确实是你的，只是你酒醉不知道而已；还有一种，就是徐雅有其他男朋友，孩子的父亲另有其人。她在那个男人身上讨不到公道，或者想移花接木，所以就一口咬定这是你的；那么还有一种，就是她根本没有怀孕。""没有怀孕？那她干吗要这么做？""讹你呗！""讹我？讹我做什么……""嗨，想让你对她负责呗！"

欧阳挠挠头发："我真不知道该怎么办了，从没发生过这么荒唐的事。你认为会是哪一种呢？""我认为，每一种都有可能。奇迹总是发生在你意料不到的时候，给你来一记重磅炸弹。只能说兄弟你很不幸，被摊上了。""如果要证明孩子的父亲是谁，也只有等孩子出生后才能做亲子鉴定。可我等不了那么久……"

庄博左思右想："不如，我们来做个试验怎么样？""什么试验？"庄博诡秘地小声一番，欧阳睁大双眼："你疯啦！""嗨，又不是来真的，只是做做表面文章，看看你的记忆功能怎么样。"

这一晚，欧阳把自己泡在酒精里，喝得大醉。这一次，他是真醉。庄博和潘静把他抬回家，放在大床上，两人累得上气不接下气。"妈呀,喝醉酒的人可真是沉啊。""你喝醉酒的时候也轻不到哪里去。""讨厌。""好了，现在他醉倒了，你可以上了。"

潘静看看庄博："哎，为什么每次都让我来当这种角色？""不让你当让谁当，难道让女主角苏阳来当啊？""好吧，我就舍命陪君子一回。"

潘静假装躺上床，轻轻在欧阳耳边叫唤："欧阳，欧阳……"欧阳早就醉得云里雾里，迷糊地没动静了。庄博摆手命令："脱衣服，脱衣服！”潘静将欧阳的衬衫纽扣解开，两人好不容易帮他脱下衣服。看着他赤裸的上身，潘静问：“接下去该干什么？”“拍他脸！”

潘静拍拍欧阳的脸：“欧阳，欧阳，知道我是谁吗？”欧阳没有半点反应，只是呼呼大睡。两人看着他的身体许久，庄博双手叉腰：“看样子，没什么反应嘛。”潘静说：“不如，你去碰碰他。”“我……我又不是同志！”“嗨，让你占欧阳便宜你又不会少块肉。”

潘静将头转过去，庄博从上到下摸一遍。潘静问：“有什么不同吗？”“没任何反应。”潘静一屁股坐在对面的沙发上：“那还继不继续？”庄博看看手表，午夜两点半：“要不，你就躺在他身边，你睡觉，我盯着他。要是有动静，我马上叫你。”

“得了吧，照他老人家这么睡下去，地震都叫不醒他。我就在这趟会吧。”庄博想想：“你要是不困的话，咱们聊聊天？”“好啊，今晚，我们就借欧阳的房子，畅所欲言。”

庄博和潘静，坐在欧阳家的沙发上，有说有笑地聊着，聊着……

第二天，欧阳迷迷糊糊地醒来，打开被子发现自己赤裸上身地躺在床上。他起身，发现对面沙发上四仰八叉地躺了一个男人一个女人。欧阳指着庄博和潘静：“你，你们怎么在我家里？”

两人睡眼惺忪地醒来。潘静揉揉眼：“还说呢，为了你，我们坐在这里聊了一夜，刚刚才合眼，困死我了。”庄博则郑重宣布：“试验到此结束。”

欧阳疑惑地问：“试验？”庄博笑笑说：“你忘啦，昨晚说好做试验的。”欧阳挠挠头皮，恍然大悟：“噢，原来如此。那我……有没有对潘静怎么样？”潘静捋了捋散乱的头发：“还说呢，不论我怎么勾引你，你都毫无反应。”“你都怎么我了？”潘静偷笑：“我是没怎么你，不过有人可怎么你了。”

欧阳看看庄博，庄博打个哈欠：“我可以确定，你在醉后的情况下，根本没有应战的本领。”欧阳笑着摇摇头：“我就知道，我喝醉后不是我欺负别人，是别人欺负我嘛。”

三人蓬头垢面地对笑着，欧阳望向窗外，似乎又看到了一线希望。

识　破

欧阳为了查清真相，根据徐雅单子上的地址，找到了那家医院。

他来到妇科，向医生询问："您好，请问前段时间有一个叫徐雅的女孩来这里检查身体吗？”“你是谁？”欧阳故意说："噢，我是她的未婚夫，那天她来医院查身孕我正好出差了。也许她想给我个惊喜，还没告诉我检查结果。您能帮我查一下吗？拜托了！”

医生看看欧阳，问:“你说一下本人的状况吧。”“噢，徐雅，20岁，家住徐汇区，电话是……”“你等一下，我查查。”医生在电脑上搜索:“嗯，徐雅在前段时间是来医院检查过身体，她怀孕了。”欧阳愣在那里："真的怀孕了？”“没错，尿液呈阳性，你看！”欧阳看看电脑屏幕，点点头："谢谢您，医生。”

欧阳木木地走出医院，情绪凝重。他回到公司，只见徐雅在办公桌前认真地工作。欧阳特意大声对同事们说："不好意思各位，今晚又要辛苦大家了。”一连几天，徐雅和平日并没两样，还是照常上班、下班、加班。欧阳为了照顾徐雅的身体，每回会在她的办公桌前放上牛奶和点心，并叮嘱她早点回家休息。

这天，大家一起在会议室讨论方案。欧阳关心道:“辛苦了，徐雅，如果觉得累，你可以先回家。”“我不累。”她回到座位上，继续看起资料来。

深夜10点，欧阳疲惫地靠在座位上："大家今天辛苦了，回去好好睡一觉，准备明天继续应战。等这个案子做好了，放你们大假。”“谢谢老板，我们先走了。”欧阳收起资料，坐在原位。徐雅起身:“欧阳哥，我先出去了。”“好，你早点回家吧，我再坐会。”徐雅轻轻将门关上。

欧阳搓搓脸，长长舒了口气。空旷的会议室里，欧阳木然地坐在位置上，不断地更换幻灯片，一张又一张，一张又一张。他忽然觉得，人生就像播放幻灯片，一遍又一遍，没有头也没有尾，只是不停地旋转、再旋转……

许久，他关掉电脑，走出会议室，发现徐雅还在办公桌前坐着。欧阳上前问道："徐雅，你怎么还没回家？"只见徐雅趴在桌上，身体紧紧蜷缩着。他拍拍她的肩膀："徐雅，徐雅？你怎么了？"

只见她捂住肚子，脸色苍白，嘴唇发紫。"我……我好难受……""你哪里难受？""我的肚子……肚子……好痛……"

欧阳上前扶徐雅："我送你上医院吧。"哪知徐雅死命地扒住桌子："我不去医院，我不要去医院。""不行，你都这样了，一定要去医院！"欧阳一把拉起徐雅，竟发现座位上一片鲜红，再看她的白色裤子上也被染成了一大块红色。

他吓得一把抱起她："徐雅，我带你上医院，别怕！"徐雅拼命挣扎："欧阳哥，我不要去医院，我害怕去医院！"欧阳抱着她冲出门："听话，别闹，不去医院要出人命的！"

欧阳抱着虚弱的徐雅冲进急症室，大声地叫嚷："医生、护士，快来人呐，救命啊！"医生匆匆过来，欧阳着急地说："她流了很多血，快休克了，医生，救救她！"

徐雅躺在床上，不停地叫唤："欧阳哥，欧阳哥……"欧阳握住她的手，安慰着："徐雅，别怕，欧阳哥在这里，你一定会没事的！"两人的手被迫分开，只见徐雅的眼里流露出无助的神情。

徐雅被推进检查室，欧阳在走廊里来回踱步，急得像热锅上的蚂蚁。他一遍遍告诉自己，徐雅不能有事，不能有事，否则自己一辈子都会内疚不安。不管她肚子里的孩子是谁的，但那都是一条生命，只要有一线希望，都要保住他。

好久，医生终于走了出来，欧阳忙上前询问："医生，她怎么样了？

有没有危险？”医生摘下口罩：“还好，患者没有大碍。”欧阳赶紧又问：“那，她肚子里的孩子怎么样了？有没有事？”

医生抬起头，疑惑地看着欧阳：“孩子，什么孩子？”“她肚子里的孩子啊！她流了那么多血，孩子保住了吗？”医生摇摇头笑笑：“患者只是生理痛，我们已经给她注射了止疼药，挂了葡萄糖。观察两小时就可以回家了，不要吃生冷的东西，好好休息。”

欧阳一下懵了：“医生，你说什么？她只是生理痛，没有怀孕？”医生笑着叹口气：“来例假怎么可能怀孕呢，哪来的什么孩子？”“那么就是说，她是生理期，没有怀孕？”“当然没有怀孕了，小伙子，你太紧张了。不过她有你这样的男朋友,真是很幸福啊。”“谢谢。谢谢医生。”

欧阳傻了，脑袋一片空白。原来徐雅并没有怀孕，更没有欧阳的孩子，一切都是她自编自演的荒唐剧。他重重地将手敲打在窗栏上，自言自语道：“哎，我怎么这么傻呢！”

欧阳来到病床前，只见徐雅蒙着被子嘤嘤哭泣。他长叹一口气，沉默。许久，徐雅放下被子，轻声道歉：“对不起。”欧阳依然没有说话，只是站在窗台前发呆。

“欧阳哥……我……”“什么都不要说，你先休息。”

欧阳来到室外的阶梯上坐下，抽起烟来。一根接一根，没多久，只见满地的烟头。伴着昏暗的路灯，将他的背影拖拉得很长很长。

真相大白

第二天，欧阳来到公司，发现徐雅没有来，也没有她的电话。直到夜幕降临也没见着她的影子。欧阳在办公室草拟文件，一遍又一遍，心绪混乱，频频出错。

他整理好资料走出公司大门。没想到，徐雅站在那里：“欧阳哥。”“徐雅？”“我知道你现在很恨我，我再也没有脸见你了。我……

我要向你道歉，向你忏悔……”“进去说吧。”“不进去了，就在楼下的花园说吧。”

两人在花园的台阶上坐下，顿时寂静一片。欧阳拿出烟刚想点，又放了回去：“算了，你身体不好。”“你抽吧，我没有身孕。”他还是将烟盒放回裤兜里。徐雅哭着说：“欧阳哥，我骗了你，对不起……”欧阳回头盯着她：“为什么，为什么要这么做？”“我……我是太爱欧阳哥了，因为不想失去你，所以，所以……”

欧阳平静地说：“所以，就用了这一计。想把我拴在你身边，想让我对你负责，想让我离不开你。”“我不知道怎样才能拴住欧阳哥的心，虽然你的人是在我身边，但是你的心其实自始至终都在苏阳姐那里！”

“所以，你就想方设法地破坏我和苏阳的关系。其实，我们没有你想象中的复杂，所有的一切都是你假想出来的。不是所有恋人到最后都会变成敌人，不是所有恋人分手后都会藕断丝连。徐雅，即使没有你，苏阳也不会和我在一起。你这么做太天真了，会毁了你自己！”

徐雅哭得更厉害了，她捂住脸忏悔道：“欧阳哥，我对不起你，更对不起苏阳姐……”欧阳转头看她：“什么意思？”这一刻，徐雅没法再伪装下去了。

“我处处想阻止你们见面，看见你和苏阳姐联系，我心里恨极了。我向她当面挑衅，想让她知难而退，想让她离你远点儿！报复情敌，让我心里确实很有快感。当看见你为了苏阳姐公司的事而拖延自己的工作，我更加嫉恨她了。可万万没想到，你们竟然还出双入对地出演了广告，当时我整个人快崩溃了。看着电视里你们那暧昧的样子，我恨不得一把砸烂电视机。我害怕你们旧情复燃，害怕你们比以前更牵扯不断。我知道你们背着我暗中来往、约会，所以我要处处跟着你，我害怕你被她抢走了，害怕极了。让我更没想到的是，欧阳哥竟让我回学校，我知道你想撇开我了，你不想要我了，所以……”

欧阳恍然大悟：“所以，你就做了一系列让苏阳误会我的事？”

徐雅点点头："在我生日那天，我假装喝醉酒，故意当着苏阳姐的面偷吻了你。我知道这么做一定会刺激到她，让她恨你，然后远离你。在这之前，我竟然还骗她说……说我有先天性心脏病，也许没有多少时间了。我想利用苏阳姐的同情心，让她自动放弃你。"

"徐雅，你，你怎么能这么做呢？你太不爱惜自己了！""我知道这很荒唐，但为了你，我还是做了。然后我请求在医院当副院长的干妈，给我开了一张假怀孕的化验单。我找到苏阳姐，把单子交给她看。还和她说，因为心脏病的特殊性，我没法做人工流产，唯一的办法就是生下孩子。我知道这是最好的杀手锏，筹码，便是苏阳姐的善良。事情果然在我意料之中，苏阳姐彻底离你而去了，她不会再听你的任何解释。"

听到这里，欧阳整个人惊呆了。他终于明白苏阳为什么躲避自己，为什么那么恨自己，比敌人还多。他恨自己的愚蠢和懦弱。

欧阳抖动着嘴唇，轻声说："可是你瞒得过苏阳，也能瞒我一辈子吗？""我都想好了，先是假装怀孕，让你不得不负起责任。这样，你就会渐渐地忘记苏阳姐，把心放在我这里。很抱歉，我也利用了你的善良。然后，我会假装意外流产，让你内疚和心痛。我想用柔弱来博取你的心疼，这样你就会对我比从前更好了。也许，你还会考虑重新爱上我，忘记苏阳姐。可没想到，谎言这么快就被拆穿了。"

徐雅俯下身，捂住头痛哭。

欧阳红着眼："你要知道，纸是永远包不住火的，谎言终有被拆穿的一天。这一次，你是被你自己拆穿的。"徐雅不住地哭泣："我明白，我再也得不到欧阳哥的信任了……"

这一次，徐雅是发自内心的。

徐雅终于醒了，她为自己愚蠢的行为感到深深地自责和懊悔。她擦干眼泪，鼓起勇气说："欧阳哥，去向苏阳姐说清楚吧。我不希望你们再继续误会下去。"

欧阳看看徐雅，她挤出笑容点点头："去吧，去到苏阳姐的身边，向她说明一切！”欧阳猛地起身：“别走开，在公司等我回来！”徐雅望着欧阳的背影，轻轻地忏悔：“对不起，欧阳哥……”

欧阳来到苏阳家楼下，正巧她下车锁门。他在身后叫道：“阳阳！”苏阳快步向前，欧阳上去一把抓住她的胳膊：“想听听徐雅的故事吗？”苏阳猛地甩开他，径直往前走：“我不想听，你们的事我一点也不感兴趣。你走吧！”

欧阳站定，面对着苏阳的背影，红着眼眶说：“徐雅根本就没有怀孕！”苏阳缓缓转身：“你说什么？”“她也根本没什么先天性的毛病！”“你说徐雅，徐雅她没怀孕，更没有先天性的心脏病？”“如果你愿意听我解释，说完我会离开，任你恨我怨我都行。”

小区的石椅上，借着月光，欧阳向苏阳说明了一切。苏阳听完后，欲哭无泪，沉默了很久。

待欧阳匆匆回到公司，发现徐雅已离去。他叹口气，突然觉得一切都空了。

第二天，欧阳来到公司，发现徐雅没有出现，她桌上所有的物品已被清空了，只留下一封信。信上写道：

> 亲爱的欧阳哥，请允许我用这样的方式和你道别。经过这件事，我再也没有脸面对你，面对苏阳姐。我犯了一个无法弥补的错误，我愿意离开你作为惩罚自己的代价。
>
> 其实我一直清楚，自己是一厢情愿，只是不愿面对现实罢了。也许是生在这个年代的通病，我不甘心，不服输，不愿意败在眼前。所以，我要争，我要夺，不愿意妥协和善罢甘休。只能说，我的争强好胜用错了地方。
>
> 你说得对，女人的事业不是为了一个不该等的男人，而是要好好地爱自己。如果以此想博得感动，结局只会比同情更可怜。女人如果连自己都不爱自己，又如何奢求别人来爱你。

在这场闹剧中，我伤害了这么多人，得到现在的下场，是我咎由自取。直到今天，我才终于明白你和我说的话。真正爱一个人不是自私地占有，而是成全对方的幸福。现在，我真的愿意放下了。我像是做了一场梦，现在梦醒了，该回到原来的位置，去过属于自己的生活。我准备回英国深造，继续未完成的学业和梦想。

欧阳哥，原谅我的无知和幼稚，原谅我的愚蠢行为。我们还能是朋友吗？你还会是我的欧阳哥吗？只希望你能幸福，我欠苏阳姐一句“对不起”。希望，你们不会因此而看不起我。

最最亲爱的欧阳哥，祝福我吧，祝福我在大洋彼岸能真正拥有属于自己的那一片天和幸福。这也是你对我最大的心愿，不是吗？也祝福你和苏阳姐，这一次，是发自内心的祝福。

欧阳哥，谢谢你，曾经那么大度地爱护我。保重。

永远把你放在心里的，徐雅

徐雅临走时，欧阳与苏阳一行人来送她。徐雅流泪与苏阳拥抱：“苏阳姐，对不起。”苏阳摇头：“你没事就好，好好生活比什么都重要。”徐雅激动地说：“我把欧阳哥还给你，希望你们能够在一起。”苏阳无奈地摇摇头。

徐雅轻轻在苏阳耳边说：“欧阳哥很抢手的，不要让他被别的女人抢走了。”她留下感触的眼泪，“这一辈子，我只允许苏阳姐你一个人带走他。否则等我下次回国，还会将欧阳哥从别人手中抢过来。所以，千万不要放开他。欧阳哥是个好男人，你们一定要好好地在一起。”

最后，徐雅与欧阳紧紧拥抱，她哭得很伤心。这一次，苏阳再也不会尴尬和心痛，只是感慨。望着徐雅离去的背影，苏阳觉得自己还是输了。透明玻璃外，飞机从地面缓缓升起，苏阳和欧阳同时望向天空。她默默在心里说：再见，徐雅。

两人转过身，彼此两两相望着。

相亲第八记——将“纠缠”进行到底

“我和你见了三次面，难道就必须要发生些什么吗？”“我知道，但你不能否认感觉这回事。也许就一眼，已经注定了两人的缘分。这或许就是爱的开始，我们都不能逃避。”“我觉得，彼此还不是很了解。”“没关系，我会尽快让你了解我的。我也希望，我能了解你的全部。”

单身与婚姻

和徐雅的这一场较量过后，苏阳感到疲惫不堪。她与欧阳之间，又回到了原初的位置。

苏阳来到补鞋店，将高跟鞋和鞋跟交给师傅。看着他认真地为鞋子粘胶水，记忆重蹈覆辙。回到家，苏阳赤脚将右脚伸进高跟鞋，思绪繁多。最后，她将只有一只右脚的高跟鞋放在鞋柜里。那一排里，只有这一只鞋子。

时间飞驰，转眼到了 8 月。百马广告公司周年庆的日子在即，又是匆匆的一载时光。

五年来，公司的规模逐步扩大，业绩可谓蒸蒸日上。其中的酸甜苦辣，那是一笔用任何金钱都买不来也带不走的无价财富。这年头，有多少人真正是在做自己愿意做的事？现在的社会，人人都有双手也有脑子，可不见得人人都能混上饭吃，更别提混好这口饭了。这天时地利人和，一样都不可缺。

苏阳一直觉得自己是个幸运儿，在同龄人随着时代大流走的时候，她已经出了大流。所以，她注定了要做一个活在风口浪尖上的人。尤其是爬上 30 的大龄单身女青年，最容易被人拿来当话柄。

就像小柔对苏阳说的 :“假如你一事无成，别人要议论，说你没志气、不上进、很平庸。你要是比同龄人好那么一截，也必定会说你心气高、爱现实、野心大。那些表面夸你优秀、才女、能干的人，背地里也许就会说你精明、有心机、势力，靠着关系往上爬。因为你比那些说你的人更先吃到肥肉，他们当然垂涎欲滴了。会鼓励你不断前行的，一定是那些比你更成功的人；而那些不如你的人，他们只会嫉妒和不服气。就像大雨天在马路上骑自行车的人，不小心被脏水溅到，他一定是痛骂开车的人，而不会去骂和自己一样骑车的人。”

苏阳想，难道单身就一定比左手有老公、右手有宝宝的人过得差吗？结了婚有了家庭的女人，就一定各个幸福了？未必。得到的同时就是失去，这话一点不假。

像程程那样，她的生活里没有自我，终日为他人、为了家而辛苦地活着。还有那个花心不忠的丈夫，愣是做到了家里红旗不倒，外面彩旗飘飘。谎言要是能欺瞒到老，那也算是一种高境界，至少可以精明地戴着面具过日子。只要不被戳穿，这面具终有一天也会变成铁做的。如果程程觉得这样好，那就自欺欺人地过一辈子也罢。如果这就叫幸福，最多是叫伪幸福吧。

苏阳想，尽管真命天子没出现、尽管自己还没为人妻为人母，尽管在外人看来一直是个独立的“剩女”，但依然可以活得真实不虚伪，活得有价值、有自我，这不也是对自己负责的一种表现吗？

正如潘静所说：“因为年纪到了要成家，否则久后就无人配对。因为寂寞要成家，否则久后无人陪伴。因为想繁衍后代要成家，否则老来床前无孝子。因为社会的压力与责任要成家，否则会被唾沫星子淹没。那么又有多少人，是因为真正的相爱想要一辈子厮守终身而选择在一起呢？上一刻在婚礼上哭得稀里哗啦，承诺要白头偕老的人，下一刻怎么就嚷嚷着要去民政局离婚，成为老死不相往来的敌人了呢？那些闪婚、闪离、无爱、无信任的婚姻，甚至是无性的婚姻……现今社会还少吗？”

如果说，婚姻是承诺与责任并重，那么现在又有多少人能真正履行承诺？爱呢，去哪里了？也许只有白头偕老的人，在闭眼前的那一秒，承诺的誓言和责任才能真正兑现。否则，谁能保证会有一成不变的生活？

这又算不算是一种悲哀呢？

人的一辈子到底要的是什么，追求的是什么，也许很多人琢磨了一辈子也还是没弄明白。

苏阳觉得可笑，现在的人大多活在自己和他人编织的假象里。只是有些人掩耳盗铃得好点，有些人，却被自己的谎言给拆穿了。如果真要这样生活，苏阳宁可成为一个看客。

她认为，心中有爱，也好过爱那些不该爱的人、做那些不该做的事，到老了悔那些不该悔的人与错。

短短一辈子，做些真实的事儿，不好吗？

“查户口”的来了

一段时间没有相亲了，苏阳觉得耳根清静。没了那些离奇的故事，虽平淡，但也平静，做人不必太复杂。与欧阳之间这一场剪不断理还乱的情感，也该有个收尾了。

近段时间与程程、小柔来往得较少，她们是结了婚的人，不便多打扰。程程询问苏阳的个人情况，说自己的姨妈认识一位小伙子，属羊，在电信局工作。人老实，品性好，不如见面认识一下，就算是做朋友也好。

当天傍晚前，程程来到苏阳的公司：“大忙人，我们来看你了。”随后跟进一位男士，个子不高，斯文清秀。乍一看，模样和某人有两分相像。苏阳仔细回想，原来是和李民长着相近的一张脸。

程程说：“我来介绍，这是我最要好的姐妹苏阳，这是周建峰。”

“你好。”苏阳主动与他握手，凑近程程小声嘀咕道，“什么时候你也学会当起红娘来了？”“不好吗？如果你们能成，那我可就是大功臣了。”“美的你吧。”

周建峰直盯着苏阳看，眼神不带半点游移。

程程见状，忙对他说：“哎，别光顾着发愣啊，说点什么。”周建峰搓搓双手，递上一张名片，腼腆地说：“苏总你好，很高兴认识你。我在电信局工作，以后你有什么相关的问题可以找我帮忙。”

苏阳接过名片一看，某区电信局，周建峰，数据通信二级技师。这职业，和萧雨应该算是同行。苏阳把名片往桌上一搁，问：“您是负责数据通信的，那对网络一定很精通了？”

周建峰浅笑：“那当然了，学的就是这个。以后苏总有任何关于网络的问题都可以问我。”周建峰开始发出了礼貌的邀请。“好的，谢谢。喊我名字就行了。”

“好，”周建峰又马上补充说：“晚上一起吃饭吧，我请客。”苏阳忙着收拾资料，程程笑着与周健峰使了个眼色。

苏阳去取车时，他俩在门口等候。程程借机探问：“怎么样，不错吧，我姐妹可是很优秀的。”“苏阳小姐，比我想象得更有魅力。她一定有很多男人追求吧？”“那当然了，我们苏阳可是人见人爱啊。哎，你可要把握好机会啊。”

周建峰郑重地回答：“你放心，我会的。”

上车后，程程坐在副驾驶位，周建峰坐在后座。苏阳调了下后视镜，正好看见那双眼睛，透过薄薄的玻璃镜片，正盯着自己。她发动油门：“二位想去哪里吃饭？”

周建峰抢着说道：“麻烦苏阳小姐去南京东路的燕云楼，我在那里定了位子。”“吃烤鸭，好啊。”

到了饭店门口，周建峰先一步下车：“周小姐，你陪苏阳小姐停车，我先进去点菜，这样你们来了就可以开吃了。”等周建峰稍走远，程程便开始探问：“怎么样，这小伙子还是挺细心的吧。”“嗯，还行。好久没吃北京烤鸭了，还真想这口了。”

程程诡秘一笑："他呀，来之前特意问了我你爱吃什么。我就告诉他我们以前在北京上学的时候，很喜欢吃一种特色的菜。他想了想就猜出来了，嘎嘎。"

"你告诉他我们在北京上学的事了？""就说了我们在北京读的大学。其他的，我一概没说，等你们自己去了解吧。"

进包厢后，桌上已摆满了菜：北京烤鸭、燕云蒸饺、香葱麻饼、糟溜鲈鱼片、芦笋蟹钳肉。

程程一拍双手："哇，这么丰盛啊，我已经迫不及待了。"周建峰连忙起身："应该的，邀请二位美女吃饭，怎么能怠慢呢。快请坐。"

苏阳见桌上的那盘烤鸭，色泽鲜艳、皮质光亮，散发着一股扑鼻的醇香，让她想起了在北京吃"全聚德"烤鸭的日子。

周建峰将裹好的馅分别递给苏阳与程程，便开始侃侃而谈起来："这俗话说得好，北有'全聚德'，南有'燕云楼'。二位尝尝这上海的烤鸭，有没有北京那地道的口味？"

程程笑着点头："嗯，很正宗，皮脆肉香。"苏阳抿了下嘴："肥而不腻。"程程转头对苏阳说："亲爱的，我尝到了当年的味道。"苏阳也点点头："我也一样。"

"看来，大家都很满意燕云楼了，再尝尝蒸饺吧。"饭桌上，周建峰热情地招待着，和刚才初见时的腼腆判若两人。

饭后,周建峰提议去喝茶。苏阳以公事推托,周建峰感到有些扫兴。

在苏阳送他们回家的路上，周建峰自我介绍一番后，便询问起苏阳的个人情况来：你是哪年上的大学、哪年参加的工作、哪年创办的公司……苏阳简明扼要地回答了他，却不作过多的补充。

"你是到这里下吗？"苏阳问周建峰。"对对，就是这里，谢谢啊。那户亮着灯的，就是我家了。"周建峰指指远处的一幢房子。苏阳问："你和父母一起住？"

"对啊，没有成家自然是和父母一起住了。苏小姐，也和父母一块住吧？”“我自己有房子。”“哦，原来你不和父母住一起啊？”周建峰透露出一丝诧异。苏阳直白地回答：“平时自己住，空的时候就回父母家。”

周建峰下车，走到一旁弯下身：“苏阳小姐，今天很高兴认识你。我们下次见了。”“好，再见。”

苏阳刚要发动油门，周建峰把手扶在车窗上问：“你们还要去哪儿呢？”苏阳没有看他：“我把程程送回家。”“噢，那好，路上小心开车。”周建峰附上笑意，“苏小姐，回到家后来个消息，好让我放心。周小姐、苏小姐，再见。”

苏阳应付地笑了下，发动油门。而周建峰，则站在原地，目睹车子慢慢地消失。脸上，还挂着一丝灿烂的笑容。

程程问苏阳：“怎么样，周建峰还行吧？”苏阳冷冷地答：“我觉得，他问的有点多了。”“那说明他对你的印象很好啊。”

“可是，我不喜欢他的问话方式，跟查户口似的。”“那也是想了解你啊。”程程很快又转移了重心，“看来，我们苏阳大小姐对人家没什么感觉。也难怪，心里有个人一直住着，想再接受别人是不容易。”

苏阳冷笑一声：“那也说不定啊，要是真遇上什么喜欢的人，没准我就嫁了。”“哈哈，你呀，就会嘴硬。随缘吧，该是你的就一定会是你的，不论过去多久，他总会来到你身边的。”

“哎，你和那个周建峰很熟吗？”苏阳转移话题。“不熟，见过三次。我姨妈说他人老实，还是单身，我就想着给你们介绍认识一下。对了，你把我送到我妈家，妍妍在那儿，我不回自己家了。”

“你和莫华，还好吧？”苏阳小心翼翼地问道。程程似乎有些勉强：“嗯，还行。不过他很忙，平时很少在家陪我。今天出差不回来了，我就去我妈那。”

苏阳不再多问。下车前，她特意对程程说：“空了和我们一起做做美容、健健身、逛逛街吧，把自己打扮打扮。你知道，我们想你。”

程程摸摸苏阳的头，欲言又止："明白，宝贝儿。我走了，你路上小心。"

苏阳看着她的背影，只不过大半年光景，就已瘦回了原来怀孕前的模样。可这并不是苗条，苏阳一点也不觉得这是美。就像一朵曾经盛开的鲜花，在岁月的蹉跎下变得日益枯萎。在苏阳眼里，这种瘦弱，更像是一种摧残。此时此刻，她倒希望程程捂着自己的肚子埋怨道："我还是那么胖，没瘦下来，看来一定要忌口了。"这样至少说明她很健康，心是宽的。

苏阳为程程感到一阵心痛，岁月带给她的不是财富，而是丝丝痕迹。就像参天大树，在树墩的横断面上，有着一圈圈色泽不一、大大小小的同心环纹。它代表了树木的成长，年龄越大，环纹越多。那一圈一圈长在上面的同心环纹，叫做"树木的年轮"。

紧紧跟随

回到家，已是深夜。苏阳见手机没电自动关机了，便直接充电睡了。

第二天清晨打开手机，上面有两个陌生来电显示。苏阳急着出门，也就没把这事放在心上。

11 点公司会议结束，又有陌生电话打来。"我是苏阳，您哪位？""看来苏总是大忙人，昨天我们刚见过面的，这么快就忘记了。我是周建峰。"

苏阳拿起办公桌一角的名片："噢，不好意思，我刚开完会，没来得及注意。""我昨天看苏总把名片往桌上一搁，您没把它放在身边呐？"

苏阳解释："昨天走得急，忘了。"周建峰继续："我是这样认为的，既然咱们认识了，就应该把彼此的号码存进手机里，方便联系嘛。您看呢？"苏阳勉强地"嗯"了一声。

周建峰又问："昨晚我们分开后，您是把周小姐送回家了吗？""是啊。""哎，那我 11 点给你打电话，怎么就关机了呢？"

苏阳反感周建峰的盘问方式，但出于礼貌，她还是作了回答："昨晚手机没电，自动关机了。"他继续盘问："那回家充电后，就没有开手机吗？"

苏阳本想干脆回答"没有"，忽然想起周建峰说过到家给个消息的。为了不让对方多加猜测，她撒了个小谎："充电器放在公司了。"

周建峰沉默两秒："噢，原来是这样。哎，那您就不能用家里的固定电话给我打一个呀？"苏阳觉得气闷，但仍耐着性子："我刚不是说了，名片在公司。更何况，我家里没有装固定电话。"

周建峰一听纳闷："啊？你没有固定电话，这怎么可能。""现在都用手机联系，固定电话用不到了，装了也是浪费。""哎，那可不能这么说，装固定电话是很有必要的。""可对我来说，没什么大用。"

"呵呵，苏小姐，我劝你还是装一部。""为什么？"

周建峰想了想："那个……哎，这手机打多了不是对脑子不好嘛，用固定电话，环保又省钱，您说是吧。""呵呵。""说真的，苏小姐的电话，我一遍就记住了。""您的记性可真好。""你还没吃饭吧？""刚开完会。""晚上有空的话，我请你吃饭吧。""昨天不是刚请过吗？""呵呵，昨天是昨天，今天是今天。如果晚上没其他事的话，就一起吧。"

苏阳看了下日程，没有其他安排。她本想找个理由拒绝，但出于礼貌，还是答应了："要不这样，今天这顿饭我请？""呵呵，谁请吃饭是次要的，主要是和谁吃饭。"苏阳提议："那就去小南国吧。"

"小南国，好啊，哪一家？"周建峰能约到苏阳吃饭，不论何时、何地，哪怕是去摊上吃碗阳春面他也乐意。"吴江路那家吧。""那好，晚上见。"

下午 4 点 50 分，苏阳和同事正讨论杂志版面的事，电话又响了。她没看就顺手接了起来："哪位？""我，周建峰。""你好。""看来，苏总还没有把我的名字存进手机里哦。”“存了，我在讨论工作，没仔细看。”正沉着于思考中的苏阳又顺口撒了个小谎，“有事吗？”

“噢，没什么大事，就是问个好。顺便提醒下苏总，别忘了晚餐时间。”周建峰一句话，苏阳觉得他比曾磊还要上心和负责，就连吃饭也要来个提醒。

“不会忘的，那先这样，我手上还有些事要做，晚上见。”“好，晚上在小南国，我们不见不散。”

“诡”

晚上 6 点半，苏阳赶到吴江路的小南国餐厅，周建峰已在座位上等候了。

“你好，我没有迟到吧？”苏阳问。他一看手表：“不早不晚，刚好。是我早到了，怕路上堵车。”苏阳坐下：“看来周先生非常有时间观念，能比预约时间提早到。”周建峰盯着她说：“这是我的习惯，宁早勿晚，是我的原则。”“点菜了吗？”

“还没，不知道你喜欢吃什么。”“那我来点吧，周先生平时喜欢吃什么？”“我不挑食，你随便点。叫我建峰就行了。”周建峰坐在那里一动不动，像尊雕像。

苏阳边拿菜单边说：“那就来个脆皮手撕鸽、糯米甲鱼、蟹粉豆腐、蔬菜色拉、糖藕。”她抬头笑笑，“这些都是小南国的招牌菜，味道不错的。”

“看来苏小姐是小南国的常客，对这里的菜肴是如数家珍呐。”周建峰的嘴角闪出一丝邪笑，苏阳嗅出了一些怪味道。

“算是常客吧。”苏阳合上菜单抬头，“我们公司和小南国有些合作，怎么了？”“噢，没什么。我是感叹苏小姐的见多识广，比我更了解上海的美食。”周建峰意识到自己的口气，马上解释打了圆场。

“我是做媒体的，了解美食是基础。要不然，怎么向读者介绍上海博大精深的资源。”周建峰点点头：“呵呵，那是那是。算我孤陋寡闻。”

席间，周建峰又忍不住再次问：“对了，苏小姐，我就一直纳闷，你家里为什么不装固定电话呢？”

苏阳尽力保持平静地回答：“我说了，有手机就够了。”周建峰立马赔上笑脸，还是不忘建议道：“你看这样好吗，我呢，想办法给你装一部固定电话，免费的。”

苏阳有些不可思议，只能保持沉默。周建峰见状，忙补充：“别误会，我给你开通固定电话完全是个人行为，在单位没有提成拿的。”

“这个我知道，我不是这个意思。谢谢你的好意，不过我真的不需要再额外安装电话了。谢谢啊。”苏阳一句委婉的拒绝，让周建峰很不舒服。他极力克制情绪，夹起一块鸽子肉猛地放进嘴里，大口大口地嚼了起来。

饭后，周建峰提出要送苏阳回家。她委婉拒绝：“不用了，我自己回去就行了。”他倒毫不客气：“男士就应该送女士回家的。”苏阳敌不过周建峰的坚持，让他上了自己的车。

一路上，周建峰侃侃而谈自己的成长史。从小学、中学到大学，毫无保留地向苏阳一一作了汇报。她开着车，右耳进左耳出。苏阳只想赶紧到家，至少耳根可以清静些。

周建峰结束自己的介绍后，又开始问起苏阳的经历来。

“我，没什么可说的。这几年和朋友开了这家广告公司，你也都看到了。”苏阳应付着回答。

“不会这么简单吧？”周建峰并不满足。“就这么简单，和普通人一样，上学、工作，没什么区别。”见苏阳不想多说，周建峰也不好再多加追问。他笑笑：“看来苏总，是一个很理性的人。”

到小区门口，苏阳停下车：“我到家了。”周建峰望望前方：“哎，你开进去啊。”苏阳笑着说：“谢谢你送我回家。”周建峰脸色渐变：“你，不请我去楼上坐坐吗？”

“下次吧。”苏阳不多解释，脸上维持着不卑不亢的微笑。“噢，这样啊。”周建峰有些失落地下车，望望前方的楼房。苏阳正准备发动油门，不料周建峰一手拦住车窗：“那我们，什么时候再见面？”“再约吧，随时能联系。再见。”

周建峰站在原地，依依不舍地看着苏阳的车子驶入小区内。他看看门口的保安，上前询问：“师傅，您知道刚才进去的那位女孩住哪幢吗？”保安瞅瞅他：“对不起，我们不能向陌生人透露住户的信息。”

“哎，我是她的朋友啊，刚才你也看到的。”周建峰解释。保安笑笑说：“那既然你是她的朋友，应该比我了解啊。”“嗨，我忘性大，她刚跟我说了几幢几号，我回头就给忘了。”周建峰随口就来。

保安再次打量他：“那你给她打个电话不就完了。”周建峰只好没趣地低下头，转身离开。没走两步，他又折了回来，挠挠脑门尴尬地说：“其实啊，我是想给我朋友一个惊喜，想给她送份特殊的礼物。如果再去问，那不就露馅了嘛。”

保安没有回应，只是站在岗亭里对着他乐。周建峰也冲着他傻乐，见问不出什么，只能掉头走人。

第二天上午，苏阳在公司忙于干活，又接到周建峰的电话，便应付了两句。她实在没有多余的时间和他闲情逸致地周旋，哪怕有，她也不乐意。

周建峰在办公室是坐立不安，一副不服气的样子。自己那么诚心地给对方电话，没想却被当头泼了冷水。他拨弄着手里的电话，又给程程打了过去：“我觉得苏小姐，好像成天很忙的样子。我刚给她电话，也是匆匆就挂了。”

程程说：“是啊，她是大忙人，很难约的。”“那就算是再忙，打个电话的时间总应该有的吧。”周建峰有些不耐烦了。“那你更要耐心点了。她平时事务多，你得时刻把握好机会啊。”“哎，程程，她该不会已经有男朋友了吧？”周建峰狐疑地问。

程程迟疑了一下：“嗯……没有吧。要不然，我也不会介绍给你认识啊。”“那追求她的人，一定不少。”“呵呵，成功的美女有人追求是正常的。你呀，如果真有想法，就好好花花心思。”

周建峰定定神说：“嗯，我会的。”

等我！

苏阳和大伟、章勇忙于确定来宾名单，他们邀请了相关领导、重要客户、朋友，于 8 月 21 日周六下午在酒店宴会厅举行公司周年庆酒会。最后一张邀请函握在手里，苏阳思索片刻，在嘉宾一栏上写下了欧阳立帆的名字。

大伟说道：“酒会邀请老黄来担任嘉宾致辞，这是刚拟好的稿子。苏阳你看一下。”

下午，苏阳驱车来到电视台，把邀请函和致辞稿亲手交给了黄主任。出大楼前，她打电话给潘静：“亲爱的，我正好在台里，把邀请函带给你。”

“宝贝,我在外面开会呢。改天碰面吧。”“那行,挂了。”“哎,等会，听程程说又给你介绍了一位，怎么样？”

苏阳撅撅嘴：“不怎么样，没想法。”“完了完了，你不会对谁都没感觉吧？”“大姐，我要对谁都有感觉，我不成花痴了。”“我知道，大情敌徐雅辞职隐退，是不是该我们女主角登场了？”“少来了，我和欧阳不会因为徐雅的离去而有半点改变。别说我了，你和谢军怎么样？”

潘静轻率地说：“能怎么样，想在一起就在一起，烦了就分开。他那么花心，又不止我一个。我清楚得很。”“你自己收着点吧，嘴硬心软，别到时又哭哭啼啼骂男人了。”苏阳提醒她。

“你们放心，这一次王八蛋再骂男人。”潘静果断的一句话，让苏阳顿悟，也许她真的看开了世间的情事。爱情，并不是承诺，只不过是你情我愿而已。除此之外，没有任何法宝可以驾驭它。

苏阳走出大楼，恰巧碰到欧阳，他正快速地往阶梯上跑。欧阳先叫住她：“阳阳，是你？”“欧阳，怎么是你？”苏阳惊讶地站定。“我来台里办点事，想做个广告宣传，把资料交一下。你呢？”

“我给领导送份邀请函。”欧阳赶紧问：“你准备走了？”苏阳捋捋头发，低头：“差不多了吧。”“你一会有事吗？”“我，没什么事了。”

欧阳赶紧适时抓住这个从天而降的机会：“那这样好吗，你在车里等我一会，办完事我们一起吃晚饭吧。”苏阳腼腆地低头：“嗯，好啊。”

欧阳笑着两步并作三步跑上阶梯，然后转身兴奋地说道：“阳阳，等我啊！”苏阳点点头，这一连两声“等我”，让她的心又颤动了。

记得那一年，欧阳也是这样信誓旦旦地对自己说：“阳阳，等我！”可是最终，苏阳没有等来欧阳的身影，而只有那一声无力的，“对不起”。

苏阳坐在车里，开启广播。电台里正在放单曲《王子归来》：“童话故事里王子公主多美啊，无论世界变化永远在一起。可不是所有故事的结局都完美，还是有很多悲剧在演。相爱离散错过了一些怪王子，你曾发过毒誓要守护她一辈子……那是谁的温柔，是你的英雄来啦，他带着迟来的爱他来啦。这并不是童话，是真的爱上你啦。还有太多誓言没实现呢，我是王子啊……这并不是童话，是我真的复活啦。还有太多歌没唱完呢，王子归来啦。”

苏阳的眼眶湿润了。公主等待了那么久，王子真的归来了。他站在她的面前，说自己复活了。可那些曾经的海誓山盟与情意，如今还能回来吗？这一刻，他还能看懂她眼里的孤独与无奈吗？今时今日，欧阳真的会再重提当年的那句话吗？

如果王子肯说，公主愿意相信。

正想得出神，手机响了。“喂，你好。”“阳阳，我是周建峰。”“噢，你好。”“今天看你白天很忙，就没打搅你，现在忙完了吗？”

“我在外面。”“有空的话，一起吃晚饭吧。”“不好意思，今天有约了，改天吧。”周建峰很是失落：“看来我又晚了一步，能问问是和谁共进晚餐呢？”

她冷冷地答：“我和朋友谈些事情。”“噢，谈事情啊？”电话那头传来周建峰缓慢的拖音，“能问下，是公事还是私事呢？”“那先这样吧，我要开车了。空了联系。”

苏阳赶紧挂了电话。半分钟后，周建峰的短信又紧接而来：“苏阳，我本想约你吃晚饭的，可没想到你却拒绝了我。”

苏阳被震慑住了，只觉得背脊一阵凉意。她回过去：“改日吧，我真的有事。”

这时，欧阳敲响了车窗。苏阳下车：“你的车呢？”“我的车借给公司同事了。”“那你来开吧。”

“好啊。”欧阳走到副驾驶门边，打开车门让苏阳坐进去，还是一如既往的绅士风度。

欧阳发动油门：“今天想吃什么？”苏阳的脑海里突然闪过日本料理四个字。还没等她开口，欧阳先提议：“我想想，嗯，日本料理怎么样？你很喜欢吃的。”看来两人的默契程度依旧未减。苏阳抿抿嘴：“好啊，就日本料理吧。”欧阳转动方向盘：“那我们就去永源路的森本料理。”

她喜欢此时的感觉，欧阳开车，她坐车。其实苏阳并不愿意做什么独立的女强人，她也本不是。如果可以，苏阳宁愿自己是依附在男人身边的小女人，哪怕是依附在他们身上的小毛球。只要能和心爱的人在一起，不论到哪里都心甘情愿。

10 年后的日本料理

来到“森本”，苏阳望去，壁画上的艺妓媚笑着，正翘首等待食客的到来。黑胡桃木制的餐桌，榻榻米座位，竹藤挂帘，十足的京都装饰风情。这景象，多像当年在京的那家日本料理店。

欧阳要了个包间，清静，适合聊天。桌上摆满了食物：三文鱼、帝王蟹、海胆、寿司、鹅肝、烤银鳕鱼，还有梅酒。

苏阳兴奋地说：“好丰盛啊，谢谢。”欧阳把蘸过芥末的三文鱼递到她手里：“这是从挪威的深海中跋涉而来的，保持了鱼生的鲜美。尝尝。”

苏阳把它放进嘴里，刺鼻的芥末瞬间冲到了眼睛。欧阳递上纸巾：“很辣吧，这是你最喜欢吃的。”“其实最喜爱吃三文鱼的是小柔。”苏阳含着眼泪说。

欧阳回想着说：“小柔不是最爱吃金枪鱼吗，最爱吃三文鱼的应该是王辉啊？”“你错了，其实，最爱吃三文鱼的不是王辉而是小柔，最爱吃金枪鱼的也不是小柔而是王辉。他们看对方都喜欢吃自己喜爱的食物，就把最爱的换给了对方。”

“原来是这样。但我确定，你是最喜欢吃三文鱼和寿司的。”苏阳沉默，而后说：“谢谢你还记得。”

“关于你的一切，我都记得。”欧阳喝下一口梅酒。苏阳再一次沉默，平时的伶牙俐齿，此时却变得愚钝，心跳加速。“不知道，北京的那家料理店现在还在么？”欧阳低头，陷入沉思。

苏阳转过头去：“应该还开着吧，只要有食客，老板娘是不会让他们饿肚子的。”“呵呵，这个回答好，我喜欢。”欧阳喝下杯中剩余的梅酒，鼓足勇气，“对不起，阳阳。”苏阳纳闷：“怎么了？”

“如果当时我能多留一天，我一定不会让你等。真的对不起。”欧阳郑重地鞠了一躬。

要说自己对他没有责怪是假的，但说到恨，苏阳还是舍不得。她冷静地说："都过去了，不要再提了。快吃，别让这么多好吃的食物浪费了。"

苏阳觉得鼻子发酸，她克制住情绪，不想让多年来压抑的情感在这一秒功亏一篑。她往嘴里塞了一大块三文鱼，芥末继续刺激着她的鼻子和眼睛，泪花在眼眶里转动。欧阳也吃了一块，同样，眼里泛光。

苏阳觉得眼泪快掉出来了，她赶紧说："我想吃冷水豆腐，这里有吗？"欧阳赶紧起身："好，我去看看，你等我。"他快速开门走出去。

苏阳望着眼前满桌子的食物，终于忍不住流出眼泪。那次去北京的日本料理店等他，就是在八年前的 8 月夏天！同样的季节，等待同样的人。从前的空等，换作如今的重逢……时间多残忍啊，毕业到现在，都过去八年了。那时稚嫩，现在也该成熟了吧。可为什么自己的心，还是会刺痛，纠结如旧！

苏阳快速起身，捂着嘴躲进了洗手间。伴着哗哗的水流声，自己的哭泣声才不会显得孤独和凄凉。

重新回到包厢，苏阳抬头望见欧阳的双眼泛红，正直直地站在原地看自己。她躲开他的视线，关门。

桌上摆着冷水豆腐，还有天妇罗大虾。曾几何时，欧阳会把这两样食物亲手喂到自己嘴里。他说女孩要多吃豆腐和虾，那样会更水灵和聪明。为了这句话，苏阳就不停地吃豆腐和大虾。

欧阳哽咽地说："我拿来了你最喜欢的食物。"

她抬起头看他，眼里充满了怀旧与渴望。欧阳上前，两人猛地拥抱在一起。苏阳感觉天旋地转，闭上眼，一滴泪滑落在欧阳的衣服上。她嗅着他身上那股熟悉的味道，那是自己曾经最爱的味道。

服务员敲门，两人瞬间放开了对方。回归原位后，一切照旧，没有敏感的语言，只是闲聊。苏阳也喝了梅酒，这炎热憋闷的盛夏，需要它来降温。

走出“森本”，欧阳搀扶住苏阳：“阳阳，你的脸很红。最后的梅酒都被你喝光了，头晕吗？”“还好，梅酒解暑。”

欧阳熟练地开到小区门口。苏阳一看：“这么快就到了。”“是啊，感觉刚踩下油门就到了。”

苏阳想起什么，从包里拿出一个信封：“对了，这是给你的邀请函，欢迎你届时参加我们公司的五周年庆祝酒会。”欧阳接过信封打开一看：“21 日，好，我一定准时到。祝贺你，阳阳，真为你骄傲。”

“谢谢。那，我进去了。谢谢你的晚餐，谢谢你送我回家。”欧阳迟疑了一下：“以后，能麻烦你一件事吗？”“什么？”“不要和我说谢谢，以后都不要，好吗？”

苏阳低头不语。欧阳看着她，挥挥手，然后往对面走去。

小区门口边，还停着一辆黑色的车。

苏阳回到家，换下鞋放进柜子里，一眼瞥见最上面一排的单脚高跟鞋。她拿出看了看，又不舍地放回去，关上柜门。

粘人的人

“是阳阳吧。”苏阳刚到公司，就又接到周建峰的电话。“我想请问，苏阳小姐昨晚和人谈事谈得如何？”语调还怪里怪气的。

苏阳不情愿地回答：“嗯，还好。”“我想，你们一定不是在谈公事。”“为什么这么说？”“感觉吧。”

苏阳有些生气：“那随便你了。”这让周建峰很不舒服，他又紧追着问：“哎，你是和一位男士共进晚餐的吧？”

苏阳纳闷了：“对。”“而且，还是他开着你的车。”“你，你怎么知道？”

“我看到的。”周建峰趾高气扬地说。“你看到的，你哪里看到的？”这下轮到苏阳追问了。

“噢，在，在路上经过看到的。你们开车快，我没能叫住你。”苏阳忙解释：“我，我朋友刚从国外回来，昨天谈些事情。”苏阳觉得自己毫无底气，从来没有过的心虚。

“原来是这样，如果不清楚的，还以为你们是恋人呢。”周建峰挑衅。“没有的事！”苏阳提高嗓门说道。

“没有就好，没有就好。”周建峰一改刚才的口气，平缓了语调问，“我本想昨天约你，可你那么忙。今天是周五，下班后你应该没事了吧？”

“现在是上午，我还不知道下班后有没有事。”“那要不，先忙着，到时联系。”周建峰松了口气。“好，电联吧。”苏阳把手机放在一旁，通话记录上还显示着没有名字的陌生号码。

下午5点，苏阳和大伟、章勇正商量周年庆的事宜，周建峰又打来电话：“阳阳，还在公司吗？”“我在啊，还没忙完。你有事吗？”“没事，我差不多忙完了。那，你先忙着。”

5点30分，办公室有人敲门。苏阳抬头一看，是周建峰。她诧异：“周建峰，你怎么来了？”他站在门口，笑着说：“我下班了，没事就过来看看你。没关系，我等你。”

苏阳尴尬地看看身边的大伟和章勇，起身说：“那，你先在外面坐会，我们还要一会才好。”周建峰两手插在裤袋里：“没事，你先忙吧，我到处转转。”

苏阳招呼前台：“小张，给周先生倒杯茶。”她走回办公室，皱眉舒了口气：“我们继续吧。”

周建峰喝了两口茶，随便翻了两本杂志。他似乎无心看下去，向周围扫视一番后，便起身向前台走去。“你好。你们公司平时都挺忙的吧？”周建峰开始见缝插针。

前台边看电脑边回答：“是啊，是挺忙的。”“那请问，你们公司上班时间怎么安排的？”“上午9点到下午6点。如果加班的话，就会很晚。”

“噢，那挺辛苦的，做广告不容易啊。”周建峰假模假样地说，“我想再问下，你们苏总平时一般几点到公司？”前台想想说：“苏总，一般在9点后到吧。”

“9点以后？”周建峰若有所思，“那，你也是9点上班的？”前台微笑地望着他：“公司员工在9点前到，我一般8点半左右就到了。”

“那，苏总平时有没有8点就在公司的？”“我一般是公司来得最早的，不过领导经常会加班到很晚。”

周建峰拿出手机翻看：“那您能回想一下前两天，就是周三那天早上，你是几点到的？”前台开始诧异：“周先生，您到底想问什么？”他挠挠头：“没什么，就是想了解下你们的工作情况。不方便说，就算了。”

前台倒很大方：“那没什么不方便的，我那天也是8点半到公司的。”

“那苏总，是几点到的公司？”前台回想说：“大概，是9点多吧。”“9点多？”周建峰加强语气问，“你确定苏总那天是9点到的？”“是啊，我确定。9点半公司开集体会议。”“谢谢你啊。”“不客气。”

周建峰回到沙发上拿出手机翻阅，眉头紧皱着，脸色变得异常阴郁。他拿起水杯，咕噜噜一口气将它喝完。

苏阳看看时间，希望时钟走得快些，耗在办公室的时间越长，周建峰兴许会等得不耐烦，自然而然地打退堂鼓走人了。直到6点30分，苏阳还是没有“赶走”周建峰。

大伟伸个懒腰，合上了资料：“今天，差不多就先到这儿吧。”苏阳忙说：“哎，这里面还有很多细节要再商量下。”章勇耸耸她的肩膀：“不是还有朋友在等你嘛，都那么久了，总不能再让人家等下去吧。”

苏阳抓抓脑门：“他，也没说非要等我的，没关系啦。”大伟起身：“你没关系我有关系，我要接老婆回丈母娘家吃饭。明天再商量吧。”章勇也跟着起身：“我也要走了，朋友约了谈事。你也快点和朋友吃饭去吧，啊。”苏阳只能无奈地看着最后两个挡箭牌也“逃之夭夭”了。

她走出办公室，对周建峰勉强笑了笑：“不好意思啊，让你久等了。”周建峰一副大度的模样：“没关系，再久我都能等，一个钟头不算什么。”苏阳倒吸了一口冷气，开始有些语无伦次了：“那个，什么，要不你先坐会，我，我马上就好。”

为了舒缓情绪，苏阳去了洗手间。周建峰看着办公桌上的手机，随意就拿了起来。等苏阳擦着手进来时，他赶紧放下手机，假装没事似地问：“回来了？”“嗯，我们走吧。”苏阳拿起手机放进包里。

刨根问底

吃饭时，两人没有太多的话语。苏阳拿起玻璃杯喝水，偶尔回给周建峰一个不太自然的笑容。他盯着她，欲言又止。苏阳躲开周建峰的视线，怕会更显出自己的心虚。

吃到最后，周建峰还是忍不住发话了：“阳阳。”“啊？”“我觉得，你对我不真诚。”一句话，让苏阳顿时语塞。

“你为什么不说话，难道，你心虚了？”周建峰逼问。“没，没有啊。”她拿过水杯喝水。“没有？没有为什么不说话呢？你昨天，真的只是和朋友谈事情吗？”“是啊，你为什么不相信我呢？”苏阳也开始急了。周建峰还是不放心，又加问一句：“只是，普通朋友吗？”苏阳回给他一个假笑：“你到底想问什么？”

周建峰意识到有些过了，立即收起缠人的嘴脸。“呵呵，别多心。我只是，想关心你。”苏阳听得出话里的意思：“谢谢你的关心。可我认为，这是我的私生活。所以，请你谅解。”

“我，我谅解。可是，你不能因为这样而漠视我的存在啊。”周建峰突如其来一句话，苏阳差点被水呛到。“你说什么？”周建峰盯着她：“我说，你不诚实。”

苏阳不知何来的心虚，脸微红：“我没有啊。”“没有？那好，你能把我的号码说出来吗？你的号码我当场就记住了。”周建峰盯着苏阳的眼睛，想要从中发现蛛丝马迹，好当众拆穿她。

苏阳低头解释：“我确实不能。但我想说，我所有的电话号码都存在手机里，要找谁，翻通讯录就行了。几百个号码，我哪有本事全记下来。”

周建峰话里带刺：“哇，阳阳的人缘真好啊，几百个号码，我可没你这么厉害。那，我的号码，在你的通讯录里吗？”苏阳一回想，好像还没把他的号码存进去。

“我的号码还没存进你的手机里，是吧？”苏阳终于招架不住了，只好承认：“很抱歉，你的号码我确实还没存进去。”她刚想往下解释，周建峰将身子前倾接了话：“因为我的名片放在了你的办公桌上。”

苏阳尴尬地说：“不好意思，当时事一多，就给忘了。”周建峰不依不饶：“随后就顺手放进了抽屉里，然后就忘记有这回事了。出于礼貌，所以就谎称已经存了我的号码。是这样吧？”苏阳感叹：“我佩服你的分析能力！”

“不是分析，是事实。”“就算是事实，可我认为，这只是一件很小的事情，用不着这般计较吧？”“可我认为，这并不是一件单纯的小事，这说明一个很重要的问题。我想，既然程程介绍我们认识，说明咱们有缘分。既然有缘认识，那就应该好好相处。至少，要真诚地对待彼此。不是吗？”

周建峰的话的确有道理，可现在，并不是真不真诚的问题，而是愿不愿意的问题。

周建峰继续说：“你还记得前几天我们第一次见面分手前，我让你回到家给我来个信息报平安，可是你没有。我 11 点给你打电话，你关机了。”周建峰用缓慢的语气，审问着苏阳的“罪行”，他要“温柔”地攻破她。

苏阳补充：“是的，我手机没电了。”“好，你说你手机没电自动关机了，是第二天到了公司才充的电，对吗？”“嗯。”

周建峰拿出自己的手机，开始刨根问底：“可是我的手机有来电助手功能。只要我拨打过的电话关机，在对方开机时都会有短信提醒。上面清楚地显示，你是早上 7 点 40 开的机。可我知道，你是不会那么早就到公司的，对吗？”

苏阳惊呆了，周建峰像个侦探似的把问题剖析得如此精透，让人无地自容。她终于意识到，自己无心撒的一个小谎，要用另外十个谎来圆最初的那个谎。撒谎其实不难，困难的是圆谎。圆好了算你本事大，圆不好，你就要为之付出意想不到的代价。

苏阳只能硬着头皮继续圆谎：“我的手机就是好，还有一点余电可以开机。”

周建峰望着她，不语。气氛变得异常尴尬，说话不自然，不说话更别扭。

苏阳主动开了口：“我想请问，你对身边的每个朋友都是这么在意每个细节吗？”周建峰摇摇头：“那不一定，我只对，我觉得重要的人才会这么做。”他喝了一口水，“我很高兴能认识你，可我发觉你并不开心。”周建峰一语道破苏阳的心思。她解释道：“事多了，有时候会觉得疲惫。”“那我可以理解为，你是无视我的存在吗？至少，并没有在意到我。”

苏阳抬起头：“周建峰，你言重了。”“阳阳，我希望，我们的交往是对等的。”周建峰的语调虽平和，背后却充满了强大的威慑力。

他的眼睛里放射出无形的杀伤力，想要将她一口吞没。苏阳觉得这股力量离自己慢慢靠近，近了，更近了。

搜罗蛛丝马迹

饭后，周建峰上了苏阳的车。他低头俯视，用鼻子嗅嗅，四下张望，想要从中搜罗出蛛丝马迹。“你在干什么？”周建峰假笑：“没什么，我在闻你车里的香水味，很好闻。哎，让我猜猜是什么牌子的？一定是兰蔻的吧？”

苏阳笑笑：“香奈儿的。”“噢，很香。”其实，周建峰压根就不是在闻什么香水味。

“我把你送回家吧。”“那好啊，正好去我家坐坐，我爸妈都在家。”苏阳立即推辞：“还是算了吧。我也没准备什么东西，临时去了不礼貌。”周建峰连连摆手：“没关系的，我爸妈很随和，不用带东西。”“我看，还是下次吧。今天，我有点累了。”

周建峰关切地看了看苏阳的脸：“我看你气色不太好，工作太辛苦了吧。”“嗯，压力大。”“累了就早点回家休息，把你送到后我再打车走。”苏阳发动油门，她似乎已经没了拒绝的本领。不是妥协，而是思想迟钝了。

半小时的车程，仿佛开了一个世纪那么长。每一秒，都似煎熬。

终于到了家门口，周建峰搓搓手掌心，不忘再问上一句：“阳阳，就不能，请我上你家喝杯咖啡吗？”“下次吧，我今天真的很累了。”

周建峰停顿了几秒，突然转头深情地望着苏阳，冒出一句：“阳阳，你能闭上眼吗？”“干什么？”“闭上好吗？我想给你一个礼物，一个小小的惊喜。”

苏阳全身起鸡皮疙瘩，她明白他的话，便开始装傻：“我干吗要闭眼睛呐，张着眼不好吗？”

“嗨，你知道我想送你什么吗？”周建峰急切地问。苏阳转移话题：“我们，只是在了解中。”“对啊，我们是在了解的过程中，我们这不是在热恋吗？”周建峰兴奋地说。

一滴汗从苏阳的脑门上掉落，她震惊地伸出三个手指：“我们，才不过见了三次面。”周建峰一脸幸福的样子：“对啊，是见了三次！”

苏阳缓慢地说：“三次，并不代表什么。”周建峰则认真地回答：“老底子三次见面，都可以私定终身了。”

“可现在是2010年，不是老底子了。”苏阳提醒他。周建峰仍然固执：“对啊，2010年了，早已不是当初的封建社会。时代在进步，应该变得开放了，怎么你的思想还停留在老底子呢？”

苏阳继续解释：“这完全是两回事。我和你见了三次面，难道就必须要发生些什么吗？”

周建峰点点头，拍拍苏阳的手：“我知道，但你不能否认感觉这回事。也许就一眼，已经注定了两人的缘分。”他激动地握住苏阳的双手：“阳阳，你知道吗？这或许就是爱的开始，我们都不能逃避。”

苏阳赶紧抽手：“我觉得，彼此还不是很了解。”周建峰毫不松懈：“没关系，我会尽快让你了解我的。我也希望，我能了解你的全部。”苏阳有些不知所措：“时间不早了，你快点回家吧。”

周建峰很不情愿地下了车，依依不舍地转头，笃定地看着她：“阳阳，记住我说的话，我们要尽快地，了解彼此。答应我，好吗？”

苏阳不再作任何回应。周建峰只有摸摸后脑门，转身离开。他打上一辆的士，拿出手机：“小陈啊，我是周建峰。明天上午的事，千万别忘了。到时我来接你，好，就这样。”

周建峰“啪”地关了手机，自信满满地望向窗外。

噩梦刚刚开始

苏阳回到家，把所有的门窗、帘子都关了起来。8月盛夏，却从骨子里透露出一股逼人的寒气。周建峰的眼神、语言和行为，让她不寒而栗。

沐浴后，苏阳蜷缩在沙发里，忽然觉得这屋子变得空旷无边，令人恐惧。她拿起手机拨通了潘静的电话：“我被人缠上了。”

潘静正与谢军在酒吧里醉仙欲死，嘈杂的混音让她根本听不了电话里头的声音。她穿过拥挤的人群，来到酒吧门口："宝贝儿，你刚说什么？" 苏阳无奈地说："我觉得，自己快被人给缠上了。"

"该不会是小周同学给你介绍的那个通信技师吧？" 潘静的酒喝得不少，可判断力却丝毫没下降。"我感觉不太好，也许……他并没想象中的那么简单。" 潘静的口气突然严肃起来："程程不是了解人家的嘛，应该不会太离谱吧。"

"程程和他也只不过两三面之缘，不太熟络，对他的底细不了解。总之我的预感不太好。"

潘静开始劝慰："要知道现在的男人都犯贱，都爱钻空子。你随便应付给他个笑脸，他还真就把自己当王子了。别给对方留有幻想的余地，好就争取，不好就拒绝，别拖泥带水的。现在是快餐经济，需要立竿见影的效果，拧巴的生活不适合我们80后一代。"

潘静的酒后真言又一次戳在了苏阳的心上。她觉得潘静是在说自己和欧阳。

苏阳自嘲，说得好听点算是在相亲，找合适的另一半；说得直白点，不就是拿别的男人来作挡箭牌吗？这么想来，苏阳倒觉得有些对不住和自己相亲的那些男士们了。真心与违心，只有自己才明了。

哎，谁知道最后修成正果的那个人会是谁，也许真就是你呢？

苏阳刚合上手机时，又来了电话。那头传来阴沉的声音："阳阳，那么长时间，你在给谁打电话？" 苏阳睁大眼睛，觉得这声音怎么那么耳熟？ "安嘉和？"

那头的周建峰纳闷了："你说什么？" "噢，没什么，是周建峰啊。"

"正是，我给你打了好多个电话，你一直在通话中。" "哦，我和朋友在打电话。" "是男朋友还是女朋友？" 苏阳烦透了这句话："朋友。"

显然，周建峰对这样的回答并不满意："什么朋友，能打那么长时间的电话？你要知道，我打了9个电话给你，手都打酸了。"

苏阳回答："我想，我在自己的家里，和自己的朋友通电话，应该没什么问题吧？”周建峰提高嗓门：“那是，那是。只不过，我很担心你的个人安全问题。”

“你多虑了，你是看着我到家门口的，还有什么不放心的。”“那也不放心呐，现在这世道可说不好，你一个女孩子可要多加小心。记得以后回到家都要给我来个信，我打过来也行。总之，要让我知道你安全回到家里为止。”

“谢谢你的关心，那晚安了，我睡了。”“阳阳，记得把门关好，手机充好电。晚安。”

苏阳哪里会知道，真正的噩梦才刚刚开始。

“爱心牌”固定电话

第二天上午9点，苏阳慵懒地从睡梦中醒来。她打开手机，收到欧阳一条讯息：“阳，今天我去宁波出差，本来周末想与你一同过的。下周末的周年庆酒会,我一定准时参加。谢谢你邀请我！祝周末快乐！”

苏阳备感温暖，她回复：“明白，工作重要。一路保重，下周见。”

起床后，苏阳忙着收拾屋子。周建峰来电，她装作没听见，继续拖地。手机铃声接连不断地响起，苏阳只有无奈接听：“喂。”

周建峰气喘吁吁地说：“阳阳，你在家吗？”“我在。”“我和你说啊,我现在就在你家小区门口。我和单位的同事来给你安装固定电话，免费的。你告诉我门牌号，我们已经在楼下等了20分钟啦。”

这周建峰，怎么自说自话呢。苏阳本想一口回绝，可一想到他都带着人到家门口来了，顶着烈日“为民服务”，怎么忍心说不呢。她只好换衣服开门，见周建峰满脸大汗：“阳阳，这是我们单位的小陈，来给你安装电话的。”苏阳有些尴尬：“请进吧。”周建峰和同事麻利地拿出鞋套穿上，一进屋便开始四处打量。

她倒上两杯茶：“请坐吧。”周建峰笑着说：“不坐了，我们先干活。”小陈忙活开来，周建峰在一旁指点着。苏阳站在一旁问：“来了，怎么不事先打个招呼啊？”周建峰挠挠头皮说：“嘿嘿，正好今天小陈外出在这一带，顺便给你家也安装上，方便啊。”

苏阳尴尬一笑：“我不是说了嘛，有手机就够了，没必要再装固定电话。”周建峰提高嗓门，煞有介事道：“要要要，非常有必要。一个家要是没有一台固定电话，怎么说都不像个完整的家。这是单子，你只需要给我身份证复印件就可以了。明天我去单位给你全部办好，不用担心。”

“明天我自己去营业厅办吧，不用麻烦你了。”周建峰连忙摆手：“不麻烦，近水楼台嘛，何需你再跑一趟。”“可我身边没有复印件。”“没关系啊，去小店复印一份就可以了。”

苏阳不发话，后退一步。周建峰看上去是自说自话，其实就是挖空心思步好了局。他是将军，而自己则成了他手中操控的一粒棋子。

安装完毕后，一阵响亮的电话铃声把苏阳吓了一大跳，还没等她反应过来，只见周建峰晃着手里的手机，嘟嘟嘴说：“接电话啊。”

苏阳拿起电话：“喂？”周建峰回复说：“喂，阳阳，听得到吗？”“听得到。”“话音清楚吗？”“嗯，挺清楚的。”“清楚就好。这下行了，终于有固定电话了。苏阳，这可是我的爱心牌电话噢。”

小陈喝了一口茶水，准备撤退。苏阳又递上水果。小陈抹抹嘴说：“不了，谢谢。我还要赶下一家，有任何问题，可以随时给我打电话。”

苏阳把小陈送到门口，却不见周建峰要离开的样子。他两手插在裤袋里，对小陈说：“你辛苦了，我再和苏阳小姐聊会。”周建峰送走小陈，顾自坐回沙发，慢慢喝起茶来。

苏阳心想，他还真把自己当回事了，来去自由。“那个，要不你吃点水果吧。”

周建峰毫不客气，拿起盆中的一颗鲜红草莓，扔进嘴里。“嗯，很新鲜，很甜。哎，阳阳，你也吃啊。”苏阳感觉脸上的肌肉变得僵硬起来:“哦，你先吃，我进去一下。”她溜回卧室，伸出半个头张望。只见他边吃草莓，边翻看茶几上的杂志，一副悠然自得的模样。

苏阳轻跺脚，看看时间，10点35分，她要用最快的速度搬个救兵过来。想来想去，只有打给潘静合适。电话那头传来慵懒、沙哑的声音 :“喂，谁啊？”

苏阳压低声音，着急地说 :“是我，你还在睡觉啊？”潘静咳嗽一声道:“哦，宝贝是你啊。我们凌晨3点才喝完酒，现在困着呢。”“你在家吗？”“我在谢军这，怎么了？”

“那个，你现在能不能马上到我家来一趟，有急事。”“什么事那么着急啊？”“周建峰，他堵到我家来了。”“哪个周建峰啊？”“哎呀，就是昨晚和你说的那个周建峰，他赖在我这不肯走了。”

潘静从睡梦中惊醒，立马坐起身来 :“什么？他居然赖皮到在你家不走了？”“他刚才自说自话地上门来给我装什么固定电话，我都不知道该怎么让他走了。你马上来一趟吧，我真的快烦死了。”苏阳急得快哭出来了。

潘静赶忙抓抓散乱的头发 :“好，你等我，半小时就到。”她嗖地从床上跃起，抓过衣服穿上。谢军迷糊地问:“亲爱的，谁的电话啊？”潘静边穿丝袜边说:“苏阳,她有急事找我,我现在得过去一趟。你睡吧，回头联系。”潘静在谢军嘴上亲了一口,“走了，亲爱的。”“路上小心，宝贝儿，完事找我。”“好的。”

潘静关上门后，谢军迷糊地翻出手机拨号码，深沉地说 :“喂，我现在空着，你过来吧。”

搬救兵

苏阳慢慢走出卧室，极力稳住焦躁的情绪。她似乎从没有像现在这刻那么紧张、心虚和惶惶不安。

只见盆中的草莓已被他消灭得所剩无几了。周建峰擦擦嘴："阳阳，你家的草莓真好吃，你看都快被我吃完了。"

"没事没事，你吃吧，好吃你就多吃点。"她心想：要是一盆新鲜草莓可以将他打发走，就算买十盆也心甘情愿。只可惜看这情形，一盆草莓不但不能打发走，反而更让他流连忘返了。

苏阳坐在一旁，小心翼翼地问："你，今天不忙吗？"周建峰摇摇头："不忙啊，陪你。"那温柔的两字，如同晴天霹雳一样敲打在苏阳头上。"可是，我今天有好多事要做。"周建峰翻着杂志："没事啊，你忙你的，我可以看书、看电视，陪着你。"

"不是，我的意思是，一会还要出门。"周建峰嘟嘴，想想说："那也没关系，你出门忙你的，我在家里等你回来好了。"苏阳傻了，这周建峰的脸皮简直比那树皮还厚。他像块牛皮糖，粘在自己身上，赶都赶不走了。

苏阳不停地看着时钟，希望潘静能快点来拯救自己。半小时后，门铃响了。苏阳欣喜地从沙发上一跃而起，心想：终于得救了！周建峰放下杂志，问："谁啊？"苏阳假装意外地说："不知道啊，我去看看。"她拿起可视电话，转头说："是我朋友来了。"周建峰忙起身："是嘛。"他装模作样地整整衣领和衣角，上前迎候。

潘静一进屋，便和苏阳使了个眼色："亲爱的，我来了。呦，有客人呐。"苏阳忙介绍起来："这是我好朋友潘静，这位是，周建峰。"他主动伸出右手，微笑说："你好，我是周建峰。幸会。"潘静斜眼看看，快速抽出手。"不好意思啊，我有手汗，见谅。"

苏阳开始演起戏来："你怎么来了？"潘静提高嗓门，眯眯眼："呀，你贵人多忘事啊。今天是小柔的产日，马上就要生了。我们不是说好中午去医院迎接宝宝出生的吗，这么重要的事你居然给忘了。"

苏阳恍然大悟："噢，对啊，我一忙把这事给忘了。你等等，我去拿包。"一旁的周建峰尴尬地问潘静："你们，要去医院啊？"她斜过头："是啊，我们要去妇保。怎么，你也要一起去吗？"

周建峰挠挠头，低头笑笑："那我就不去了，我在这里等她回来。"潘静凑上前："不好意思周先生，苏阳可能没有这么快回来。今天她和我们有一整天的行程，你都要等吗？""那，我和你们一起去。"

"我看还是给你报告一下今天的行程吧，中午我们去医院，看望好朋友生孩子。我想你一个大男人，去那地方也不合适吧。下午呢，我们要去健身，再去美容院做脸、做身体。那些女人的场所，我想男人也进不去。晚上呢，我们姐妹几个约好了要聚餐，还要开妇女大会，拒绝男士参加，而且会到很晚。这样下来，可能一整天，你都和苏阳说不上几句话。"

苏阳拿包走出来，堆上笑容对周建峰说："真不好意思啊，你看你也不事先说一声，今天真的没时间了。"潘静拉着苏阳的手往门口走："来不及了，别磨蹭了。"

周建峰没趣地低下头，走到门口停住。潘静灵机一动，三下五除二地将他推搡了出去。"周先生，麻烦你改日吧。以后要和苏阳见面，记得提前预约。"

苏阳赶紧锁门："不好意思啊，我们要走了。谢谢你给我安装电话。"周建峰在她们背后叫住："哎，那你的身份证复印件还没给我呢。"苏阳一扭头："明天上午，我自己去营业厅办理，我会把初装费都交齐的，谢谢啦。"

周建峰失落地将手插进口袋，忽然摸到了什么东西，又朝苏阳喊去："那我下午定了两张电影票怎么办啊？还是部大片呢！""那你只能自己去看了，或者找朋友一起看。再见。"苏阳和潘静手拉手快速下了楼。

此时的周建峰，眼里充满了懊恼和不服气。他拿起那两张电影票，看着"情侣座"几个字，一气之下把它们撕了个粉碎，小纸片天女散花般地落在空旷、整洁的楼道里。

你情我不愿

苏阳和潘静上车后，捧腹大笑。

潘静捂住肚子："哈哈哈，总算把那个难缠的家伙打发了。""小柔要是知道你这么说她，肯定气死了。她还要享受二人世界，才不要那么早生孩子呢。"

潘静撅嘴："那我怎么办，总得编个让人信服的理由吧。朋友里也就她最合适了。"她又笑道，"你好歹也和我混了这么多年，久经沙场了，居然不知道怎么应付一个小男人？"

苏阳沉下脸说："这周建峰可不是那么容易对付的。不像以前认识的那些，好拒绝。"

潘静眯眼："这个周建峰，一副贼眉鼠眼的样子，看着就不是个什么好东西。你说程程怎么会把这样的男人介绍给你？"苏阳忙替程程解释："程程也不太了解，觉得他老实，就介绍认识了。没想到他缠人还真有一套。"

潘静摸摸鼻子："这个周建峰，小心眼多着呢。他倒挺会算计，专找人的软肋下手。你还是防着点吧，免得到时候甩都甩不掉。"

"你别吓唬我了，你这个半仙可是说什么就会应验什么的。他已经是块烫手山芋了，还咬文嚼字地来声讨我对他不真诚，然后像个侦探家一样来分析我的破绽和罪行。我在他面前简直是无地自容，要有多心虚就有多心虚！"

潘静瞟瞟她："是啊，你是够心虚的。人在曹营心在汉，傻瓜都看出你不真诚了。"她顿了顿，"欧阳约你了吧？"苏阳温柔地回答："嗯，出差了，要两天后才能回来。"

潘静指指她："你看看你，一遇到他你就是用再多的脂粉也掩饰不住躁动的心情。换了是我，我也有意见呐。"苏阳反驳："可相亲也得看两个人愿不愿意啊。感情本来就是你情我愿，两个人的事。周建峰他那只能叫单相思，完全就是自作多情。他明知道我对他没想法，他还……”

潘静笑了："说明他够执着啊，一遇到困难就退缩，那也太没恒心了。这也是他表达爱意的一种方式啊。”潘静调皮地表演起来，握住拳头，“他要用各种手段来接近你，要让你一点点地被他的独特魅力所吸引，要渐渐地融化你那颗冰川般的心，直到你伸出自己的手说，我愿意。”

“少臭美了你。不过还是很感谢亲爱的及时驾到。”潘静揉揉眼睛：“为了你，上刀山下火海也在所不辞啊。只是苦了我的身体，还没睡醒就开车飞奔过来，差点被开了罚单。”

苏阳摸摸她的脸蛋:“对不起噢,下不为例。影响你们小两口休息，真不好意思。”潘静一摆手:“没事，朋友和男人，当然是朋友重要了。不过我到现在还没吃一点东西呢，快饿晕了，罚你请我吃大餐。”

“没问题！”苏阳即刻发动油门。

暗　示

周一，苏阳一到公司便叫来吴珊珊。她递上资料、钱和身份证复印件："珊珊，你帮我跑一趟这家电信营业厅，把费用交了。”

午餐后，苏阳见前台，忽然想起什么。“小张，上周五我朋友来公司等我时，他都做了些什么？”小张扭头回想："苏总，您是说那位周先生？他翻了翻杂志，还和我聊了几句。”

苏阳忙问："他都说了什么？”“他问了公司的作息时间，还有，您上班的作息时间。”“噢。”苏阳点点头。小张又说："周先生还特意问了上周三那天，您是几点到的公司。”

苏阳皱眉问："上周三？你说的几点？”小张低头，喃喃地回答："我如实说了 9 点后。我是不是说错了？”苏阳拍拍她的肩，一笑而过："没有，你说得很好，忙吧。”

下班前，周建峰来电："阳阳，真不好意思，今天都在忙，没时间给你电话，没生气吧。"苏阳耷拉着脑袋心想：你不来电，我也许还不会生气。"没有，我也挺忙的。"

周建峰说："今天上午，你让别人来办理业务了？""是啊，我走不开，让别人来代理。""我都说了嘛，我会给你办理好的，你就是不给我一个表现的机会。"

苏阳叹口气："谢谢你的好意，我心领了。可这是两回事，应该我自己来承担的。"周建峰笑笑："好吧。不过我不认为，这是你拒绝我的方式，对吗？"苏阳不说话。他继续："有了固定电话，我就可以随时联系你了。晚上空吗？"

"晚上约了客户。""噢，那我先下班了，记得到家后给我来电。"苏阳挂了电话，心想：凭什么要我给你回电话？

下班进车库时，欧阳来电："阳阳，我出差回来了，刚到上海。你忙吗？"苏阳一阵兴奋："我下班了，在取车。""那如果有空的话，我们一起吃晚饭好吗？"

7点，苏阳和欧阳在自助餐厅会面。在外出差两天，他明显没有平日的精神。虽没有多余的胡渣，但还是掩饰不住眼里的疲惫和淡淡的血丝。

苏阳心疼地问："出差很辛苦吧，看你累坏了。"欧阳笑笑："还好，休息一晚就好了。阳阳，我能先吃吗？好饿噢。中午来不及吃饭，所以现在肚子不听使唤了。嗯，好香。你也快吃，别饿着。"

她把牛肉、大虾、排骨通通放到他碟里："我不饿，你辛苦了，多吃点，保持能量。"欧阳忙推辞："你别都给我啊，自己也吃。"

苏阳说："再拼命，也要记得按时吃饭。你的胃不太好，经常饿肚子很伤身的。哪怕再辛苦，也要记得照顾好自己。"

欧阳拿过水杯，看着窗外，大口地喝水。他回头，微笑说："好啊，我答应你。不过我也有个条件，你也要答应我。"

“什么条件？”欧阳眨眨眼：“你以后要经常督促我按时吃饭，如果我一忙起来，说不定会忘了时间。如果没有你的提醒，我还是会老方一贴的。能答应我吗？”

这是暗示吗？暗示自己有这个权力来关心他，来管理他的身体和作息，来走进他的生活？

苏阳喃喃地回答：“你又不是小孩子了，连按时吃饭这点事都记不住吗？”欧阳装作一副赖皮样：“啊，既然你不答应我，那我只有继续伤害自己的身体啦。”

苏阳赖不过：“好啦好啦，我答应你，以后督促你按时吃饭。”欧阳眯眼笑：“错，是督促我的一日三餐。可以吗？”

苏阳想，那就是变相地要求我一天给你打三个电话，是这样吗？她斜过头调皮地说：“嗯，如果你不嫌我啰嗦的话，一天三个电话，折合人民币两块钱，我愿意支付啊。”

欧阳拍掌，哈哈大笑：“好，那就这么说定了。以后，你要比平时多付两元钱，可不能吝啬哦。呵呵。”苏阳点点头，抿一口果汁。

她在心里自言自语：欧阳，你是要我来照顾你的生活，对吗？假如你说好，我真的愿意放下一切来照顾你。这曾是我内心最深刻的愿望，我多想每天清晨起床，在你的酣睡声中给你做可口的早餐。可我们什么都不是，只是朋友，特殊的好朋友。

苏阳看着满桌自己爱吃的食物。欧阳两手环绕搭着桌子：“现在，轮到我要求你了。你要把面前的食物，通通给我吃光。开始吧。”

苏阳抿嘴一笑：“哦，你现在吃饱了，中气十足，就有力气来要求我了吗？”欧阳搓搓鼻子：“呵呵，咱们平等一点好不好。刚才你看我吃，现在该轮到我看你吃了。”

苏阳点点头，拿起刀叉，腼腆地回答：“是，我吃。”欧阳搭着腮帮子，脉脉地望着她。虽然什么都没说破，但这感觉非常微妙，也许只有他俩才能感受到。

12 朵红玫瑰

餐后，两人沿着黄浦江边漫步。

微微夏风，空气中透着一丝甜意。四处都是三三两两的情侣，欧阳与苏阳融在其中，甚是一对甜蜜的恋人。虽没有亲密的举动，但那深情暧昧的眼神早已出卖了他们的心。

突然，苏阳手机响了，看是周建峰，便把手机直接放回了包里。欧阳问："怎么不接电话呢？"苏阳笑笑："打错了。"周建峰连续打了两个，音乐声在包里此起彼伏地响起。苏阳看着夜色中的黄浦江，不想这难得的好气氛被他破坏了。

一小女孩拿着一把红玫瑰走到他们跟前，抬头眨眼说："大哥哥，买朵玫瑰花送给漂亮的大姐姐吧。祝你们爱情甜蜜，白头到老！"女孩清脆、天真的声音逗乐了他俩，苏阳捂住嘴不好意思地笑了。欧阳笑着摸摸她的头："小妹妹，你真可爱。"

女孩望着他："大哥哥，你就买一朵送给大姐姐吧，那样她会更开心的。"苏阳偷拉欧阳的衣角，使了个眼色，示意他走人。欧阳蹲下身问："小妹妹，你手上还有多少玫瑰花？"

她答："还有 12 朵。"欧阳微笑着拿出皮夹："多少钱一朵？""4 块钱一朵。"小女孩开心地拿出其中一朵红玫瑰。欧阳递给她一张 50 元的人民币："小妹妹，这 12 朵玫瑰花我全买下了，不用找了。"

小女孩脸上乐开了花，不住地鞠躬："谢谢大哥哥，好人有好报，祝你们有情人终成眷属！谢谢！"欧阳接过花，又摸摸她的头："不客气。哎，那 12 朵玫瑰花代表了什么呢？"

女孩小跳两步，回过头答："12 朵玫瑰花，代表了全部的爱！大哥哥、大姐姐，祝你们幸福，再见！"

苏阳虽不说话，心里却是小鹿乱撞了，脸上微微地发烫。欧阳认真地说："小女孩挺可爱的。"苏阳害羞地低头："是啊。"欧阳把花递到她面前：“玫瑰花，送给你。”“谢谢，很漂亮。”

苏阳已不记得这是第几次收到花了，但这一次，感觉最特别。她紧紧握着玫瑰花往前漫步，心儿乐了，花儿开了，一切都变得美好了。

准备打道回府时，欧阳说：“走吧，我先把你送回家。”苏阳问：“你今天没开车？”他咳嗽两声：“嗯，出差坐大巴去的，回来直接来见你了。”看着一脸疲惫的欧阳，苏阳上车：“今天换我送你回家，上来吧。”

苏阳把手机调整到静音状态，放在仪表盘的凹槽里。放上轻缓抒情的音乐，稳稳地驾驶着。

聊了一会，欧阳靠着椅背闭上了眼，苏阳把音乐声开到最小。红灯时，她回头看他睡着了，发出微弱、平稳的喘息声。苏阳静静地望着他，看得出了神。

手机屏幕亮了，还是周建峰来电。苏阳没有接，任由亮光不停地闪烁着。

苏阳把车平稳地停在欧阳家门口，她不忍唤醒他。此时的欧阳，耷拉着脑袋，像个可爱的大孩子。苏阳悄悄伸出手，就在指尖快要碰触到欧阳时，他动了动，她心虚地将手收了回去……就这样多好，可以静静地待在欧阳身边，呼吸着他的气息。哪怕什么都不做，只有这静默的气氛，苏阳也觉得好幸福。

10分钟后，欧阳睁开了眼：“哎呀，我睡着了，不好意思。”苏阳温柔地说：“你太累了，要好好休息。”欧阳伸个懒腰问：“眼睛一闭上，就去见周公了。我睡觉的样子是不是很丑，流口水了吗？”

苏阳捂住嘴笑：“没有，你睡着的样子，还蛮可爱的。”欧阳挠挠头，往窗外一看：“呀，都到家门口了，这么快。我一定睡了很久，对不对？”“还好。”

“谢谢你，阳阳，还要让你送我回家。”“哪儿的话，客气。那我走了，你快进去休息吧。”欧阳下车：“谢谢你今天的赴约。”

“一样。谢谢你的玫瑰，花很美。”欧阳有些不好意思，欲言又止。“我回去了，晚安。”“记得到家，给我来个电话报平安。哦，还有，别忘了从明天开始的温馨提醒。”欧阳笑着做打电话的手势。苏阳笑着点点头：“ok。”

苏阳回到自家小区，停好车，带着玫瑰花兴冲冲地上楼。刚一进门，家里的固定电话便发出了刺耳的响声。她小心翼翼地接起：“哪位？.”

“是我，周建峰，你回家了？”“刚上楼，还没喘气呢。”“你去哪儿了，我给你打了好多电话，为什么都不接？你知不知道，我很担心你！”

苏阳沉住气：“不好意思，让你担心了。我的手机一直放在包里，没听见。”周建峰阴阳怪气地问：“这么晚了，你去哪儿了？”“我和客户在谈事情。”“是谈工作吗？”

苏阳冷冷地回答：“是啊。”“有什么工作不能在白天谈，非要那么晚谈呢？”“你不了解我们这一行的性质，白天大家很忙，一些工作上的细节，就只能放在晚上谈了。”

“我就是担心，不知道你去哪儿了。看到你回家了，我终于可以放心了。你现在最需要的不是工作，而是好好休息。阳阳，晚安。”

这一通诡异的调查“问候”，让苏阳一整晚的好心情一扫而空。幸好，还有那12朵红色玫瑰。她赶紧拿起手机，轻声道：“欧阳，我到家了，放心吧。晚安。”

疑心鬼

清早，苏阳刚打开手机，便收到了欧阳的来电：“早上好，阳阳。”苏阳欣喜地问：“欧阳，怎么是你啊？”

“怎么，清早醒来，第一个听到的声音不希望是我吗？”“不是不是，本来不是说好，由我打电话给你吗？”欧阳调皮地回答：“但也没有规定，我就不能打电话给你啊。”

“当然可以啦。”苏阳笑笑，慵懒地在床上伸展胳膊。有多久没有像这一刻那么温馨甜美了，睁眼便能听到爱人的声音。

“昨晚睡得好吗？”苏阳摸摸头发：“嗯，你呢？”“和你通完电话后，便去见周公了，睡得很香。”“那记得吃早饭啊，别空着肚子去公司。”欧阳一阵爽朗的笑声：“哈哈，遵命！有你的温馨提醒，我一定不会饿肚子。不过今天会很忙，要开会写策划书。那就烦请苏阳小姐在中午也来个温馨提醒吧。”

“没问题啊，不过……”“不过什么？”苏阳调侃地补充：“不过我要是忙起来，说不定也会忘记给你电话，别介意啊。”没想到欧阳生气了：“我一定会介意！我会很失落的，说不定工作时会出错，那损失就大了。”

苏阳咬咬嘴唇，抿笑：“贫嘴。好了，答应你就是了。”她挂了电话，把头埋进枕头里，幸福满溢。

中午，苏阳从客户那回到公司。手机响起，她欣喜地拿起一看，又是周建峰。这家伙，怎么老是阴魂不散？真想直截了当地告诉他“我对你并没有感觉，我们不合适，我们不会有任何发展”。可不知为何，只要一看见周建峰三个字，苏阳就本能地感到紧张和退缩，哽在喉头的话怎么也说不出口。

周建峰约她晚上见面，说两天没有碰面了。她又怕他像上一次那样自说自话地跑到公司，便谎称晚上在外边谈工作。苏阳想，今天约客户、明天赶计划书、后天搞活动，一周五天的谎话还是可以编出来的。

周建峰很是不快：“你怎么天天都要加班干活？没有一次约你是一口答应的。”苏阳不紧不慢地回答：“真不好意思，这段时间我们特别忙。快到公司周年庆了，要准备的事务特别多。”

周建峰一听来劲了：“是吗，公司周年庆？什么形式的？怎么没有听你说起过？”苏阳说：“就是搞个小型的酒会庆祝一下。都是工作上的事，没什么好说的。”他用半责怪的语气说：“周年庆都不邀请我参加，你真不够意思。”苏阳解释：“周年庆邀请的都是工作上的客户单位。”

“那邀请朋友参加，岂不是更好。我也去吧，也能给你捧捧场，这样更长面子了。”这周建峰的脸皮可真够厚的，还真把自己当个人物了。

苏阳尴尬地说：“真抱歉，邀请函全部发完了。”“嗨，那有什么关系，这公司都是你的，我到了现场说是你的朋友，人家难道还不让我进门了？”

“就算你来了也挺无聊的，到时我很忙，顾不上和你说话。而且其他人你都不认识，在那干坐着会很闷的。”“那有什么关系，酒会嘛，本来就图个热闹的气氛。认不认识不重要，大家聚在一起，自然而然就熟络了。这点，你不用担心。”

苏阳实在没辙了：“那好吧，如果你一定要来的话，到时请着正装出席。”

挂了电话，苏阳靠在椅背上闭眼。这个难缠的家伙，注定要干涉自己的生活了。她想起要给欧阳打电话，听到他的声音后，才露出了笑容：“吃午饭了吗？还忙呐？”

自从上周末周建峰给苏阳家安装了固定电话后，只要一到晚上，铃声都会准时响起。苏阳 8 点回到家，想着兴许可以清静会儿，周建峰知道自己还在外面谈工作，应该不会再来打扰。可没想到，他还是打来了。难不成，他还想试探？

苏阳和欧阳聊了会电话，正准备洗澡，周建峰的电话又追了过来，她还是接了。只听对方急迫地问：“阳阳，你手机怎么一直打不通啊？你不是说在外面谈工作吗？”“是啊，一个客户的电话。”

“噢，怎么这会这么安静？”苏阳忙打开水龙头：“那个，我在洗手间呢，有什么事吗？”周建峰硬生生地问：“看看你的工作谈得怎么样了，何时能结束？”

苏阳回答：“还早呢，好多事呢，你先休息吧。周建峰，我和你提个意见行吗？”她咬咬牙说出了口，“以后我在工作的时候，不要时不时地打电话给我，会影响工作。”

周建峰沉默了三秒：“这个，我能理解。但我总是想，就算再忙，接个电话的时间总是有的。更何况，你不工作的时候，好像也挺忙的。那你说，我该什么时候打给你呢？”

苏阳真服了他了，口才一流、狡辩一流、钻空子一流！

她说：“先这样吧，我工作了，挂了。”两分钟后，又传来周建峰的短信：“阳阳，我很想你。我只是想关心你，请不要拒绝我的好心。”

苏阳没有回，她把手机扔在一旁，开始放水洗澡。“请不要拒绝我”，这条简短的信息如颗定时炸弹哽住了苏阳的喉咙，让她发不出声。

躲过初一　躲不过十五

中午，苏阳和欧阳挂完电话，又给家里去了电话，希望父母也能参加公司的周年庆活动。父母为避嫌，还是婉言谢绝了。母亲欣慰地说：“到时，我们会让人送花篮和大礼，以表心意。等你周日回家，我和你爸再给你补个小宴。”

和母亲通完电话，苏阳正准备在椅子上小憩一会，没想周建峰又来电了：“阳阳，下班后，我来接你。”苏阳脱口而出：“我不知道什么时候忙好。”“没关系，我等你，今天我要给你一个惊喜。就这么说定了，等我哦。”

苏阳“啪”地把手机扔在桌上，她痛恨现代社会的进步，痛恨高科技的诞生，为什么要发明电话和手机。方便联络的同时，也给人造成了诸多困扰。它像一部无形的监控机，时时刻刻监测你的动向，让人失去自我。

手机，让人类学会了隐瞒、学会了撒谎，更学会了，口是心非。

下午，苏阳和章勇、大伟在小会议室开会，修改策划案。时针走在4点55分，苏阳猛地看下手表，睁大眼："今天就到这里吧，我还有事，要提早走一会。"章勇随即伸了个懒腰："这两天大家辛苦了，要好好休息。"

苏阳急忙跑回办公室，关上电脑，把笔记本、手机、化妆盒逐一放进大包。时针正好一分不差地走到5点，有人敲响了办公室的门。

她一抬头，周建峰！

当手上最后一只签字笔落进包里时，他正咧着嘴朝自己笑。苏阳觉得眼前一片漆黑，世界末日来了。紧赶慢赶还是没有躲过周建峰，他又把自己给逮着了，罪孽！

终究还是逃不出这规律，躲得过初一，躲不过十五。

苏阳笑容僵硬："你，你来了啊。""是啊，我来接你下班啊。""你今天又提早下班？""今天的活都干完了，就过来了。你忙完了吗？"

"哦，差不多了，我们走吧。"苏阳看看时钟，只希望接下来的几个小时可以快点过去。

来到车库，周建峰在背后叫住她："阳阳，等等！"苏阳转头，只见他从车里拿出一大束白色的玫瑰花。他深情地说："30朵，代表了请你接受我的爱。喜欢吗？"

苏阳不知所措："那个，你太破费了，其实不需要这么浪费的。"周建峰忙说："不破费，这怎么是浪费呢。你要是喜欢，我还可以买99朵。"苏阳连连摆手："不用不用，你的好意我心领了。可是，我不能接受你的花。"

"为什么？"苏阳鼓起勇气说："因为……因为我们只是朋友啊。"他把花递到她面前："朋友就不能送花了吗？所有的恋人也都是从朋友开始的，我们不就是在交往的过程中吗？"

苏阳被迫接过花，淡淡地说了句"谢谢"。晶莹的水珠还在花瓣上跳跃着。雪白的玫瑰象征着纯洁，可在她眼里，这皎洁的颜色如同惨白的床单，折射出刺眼的光芒，令人恐怖。

周建峰一脸兴奋："走，今天你坐我的车。"他不由分说地把苏阳挪到自己车里，一溜烟地开走了。苏阳问："我们这是去哪儿？"他习惯性地眯眼，转头："一会你就知道了。"

周建峰拐弯抹角地绕了几条胡同，过了许久，终于开进了一个住宅区门口。苏阳似乎有些眼熟。

周建峰嘴角上扬，缓缓把车停在一幢楼房前。他下车将副驾驶的门打开："阳阳，到了。这儿，你来过的。"苏阳故意抬头问："这是哪儿啊？"周建峰微笑地回答："家。"

"家？""对啊，我的家。"苏阳不知所措："周建峰，你都不和我事先说一声，怎么就到你家来了？"他不紧不慢地回答："想给你一个惊喜啊。"楼道口，站着两位60出头的中老年人，对着这边微笑。苏阳说："好像有人在看我们。"

他朝那边看看："对啊，那是我爸妈，他们在迎接你呢，下车吧。"这一来，苏阳不得不下车了。这狡猾的周建峰，竟把父母搬了出来。

先斩后奏这一招，估计没有几个人赶当众掉头走人吧。

苏阳慢慢挪动脚步，小声嘀咕："你都不告诉我要来你家，这两手空空的什么也没准备，怎么见长辈？"周建峰可是不在乎什么见面礼，能把苏阳这美人带到家里见父母，就已是成功了一大半。

"不需要带什么，我爸妈很通情达理，不会介意的，你人来了就好。爸、妈，这是苏阳。这是我爸妈。"

苏阳上前，低头鞠躬："叔叔、阿姨，你们好。"周建峰母亲拉过苏阳的手，满脸欢喜地说："你就是苏阳姑娘吧，长得真好，一表人才。建峰早就提起你了，我们一直想见见你来着。现在见到真人了，真不错，不错！"

苏阳尴尬地说："叔叔，阿姨，真不好意思，事先不知道要来，我也没有准备什么，请二位见谅！"周建峰父亲一挥手："我们家不需要这些客套东西，苏阳姑娘能来那就是给我们最好的礼物。”母亲也在一旁乐呵：“对对，来了就好，来了就好！我们上楼吧。”

进家门后，周建峰父母热情地端茶、递水果，弄得苏阳很是不自在。周母说：“你们坐会，马上可以开饭了。他爸，帮我把汤拿出去。”苏阳说：“你爸妈真热情啊。”他笑笑：“是啊，他们人很好的，也很好客。对于我邀请的贵客，尤为热情。哎，阳阳你吃水果啊，这按科学的说法，是饭前吃比饭后吃更好。”他递给她一个红红的大苹果。

这时，欧阳的电话到了。苏阳忙说：“我借用一下洗手间。”“好，请便。”苏阳在洗手间小声回复：“欧阳，我在朋友家做客，推不掉。”“是吗？好吧，那我不打搅你了，回家后联系。路上注意安全。”“好，先不说了，挂了。”

苏阳似有做贼心虚之感，把手机设置成静音，放回包里。然后假装洗完手，出门。没想周建峰早已在门口堵着了：“来，参观下我的房间吧。”

他的卧室不大，但很整洁。橱柜里摆着他小学、中学的奖状，还有一个先进工作者的奖杯。苏阳边看边说：“你小时候学习成绩不错。”周建峰在一旁解说：“还行吧，主要是我妈舍不得把这些放在抽屉里，就让我放在看得到的地方，以此好鼓励我继续努力。”

周建峰告诉苏阳，父亲是中学教师，母亲是会计，现在都已退休在家。他们平时爱好广泛，锻炼身体、养养花草、唱唱戏曲。他说：“目前二老最希望的，就是我能带一位女朋友回家。然后看到我们修成正果，让他们抱上孙子，三代同堂，其乐融融。”

周建峰的愿望很好，但不适合苏阳。

他继续说：“爸妈一看就很喜欢你，看他们乐呵呵的样子。”苏阳勉强地笑笑。周母过来敲门：“开饭了，苏阳姑娘，请吧。”

他们热情招呼着，在苏阳的碗里夹了好多菜。眼看着就快堆成山了，还不时地问：“你喜欢吃些什么？这个菜味道怎么样？”苏阳只有堆上笑脸道："叔叔阿姨做的菜真好吃，很香。"

周母望着她："好吃就多吃点，我看你偏瘦，一定在减肥吧。女孩还是胖点好，不要太瘦了。"苏阳解释："我不瘦阿姨，吃得可多了。"周母夹上两块硕大的红烧肉："那就多吃，吃吧。"看着碗里如山的一堆菜，苏阳狠狠牙，拼了。

饭后，周母拿出周建峰儿时的相簿，一张张仔细地介绍。"你看，我们家建峰小时候的样子，虎头虎脑的，多可爱。大家都喜欢他，又聪明又乖巧。有两家，争着抢着要和我们定娃娃亲呢。"

周母乐呵地合不上嘴，娓娓地细数家珍。儿子对于母亲来说，永远都是最好的。可他们或许不知道，一个人的秉性有很多面。内心最丑陋的一面，不会轻易显示在父母面前，这是本能。

周母继续叨叨："建峰以前处过一个女朋友，对她可好了。女孩要啥他给啥，做到有求必应。每天，他都接送女孩上下班，照顾得无微不至。有几回他们吵架了，建峰就整夜整夜守在女孩的楼下等。回到家都给累病了。可人家呢，不但不领情，最后啊，还和我们建峰吹了。那段时间，把我们建峰折磨得是人不像人鬼不像鬼，差点想不开寻短见了。就是这样，女孩都不愿意上门来看一眼建峰，就这样失去了踪影，再也联系不上了。那女孩，真是太不懂事了！"

周建峰在一旁听着，母亲为自己说话，可长面子了。周父边看新闻边摇着大蒲扇说："嗨，儿子过去的事情，就不要在苏阳姑娘面前多提了。"周母不依："过是过去了，可那是事实啊。你说像我们家儿子这么好的人，上哪去找？那个女孩啊，是没有福气进我们周家的大门。"

周母的话戳到了苏阳的心里，她表面上是说着过去的人，其实就是有意说给自己听的。他的前女友不是不懂事，一定是受不了周建峰无时无刻的"骚扰"才会躲开的。那女孩要是再搭理他，就是自己的脑子"坏特"了。

苏阳看看表，起身："时间差不多了，叔叔阿姨，我得走了。"周母有些不舍："再坐会吧，看会电视。""不了，谢谢叔叔阿姨的热情款待，我真的要告辞了。这几天工作很忙，要早点回家。"

周建峰的父母将苏阳送到门口："听建峰说，苏阳姑娘自己开公司的？""嗯，和几个朋友一起开的。"周母说："呦，这么厉害啊。话说回来了，一个女孩子家这么拼命可不太好，做女强人太累了。女孩子说到底都是要嫁人的，还是安安稳稳地过日子妥当。总是在外面抛头露面，太张扬了。"苏阳尴尬地红了脸，蹲下身穿鞋，真希望找个地洞钻进去。

周母又想起什么："苏阳姑娘，你等等。"她从卧室出来，手里拿着一个暗红色的小盒子："这个，送给你。"苏阳连连摆手："不行不行，我不能收这么贵重的东西。怎么能又吃又拿的，绝对不行。"

周母拉过她的手："这个是给你的见面礼，一定要收下。是我们二老的一点心意。""真的不用客气了阿姨，我不能收的。""哎，这你就不大方咯！阿姨喜欢你，喜欢送给你。不贵重的，一点小心意。拿着。"

苏阳被迫收下了："真的太感谢叔叔、阿姨了。有空，我请你们吃饭。叔叔阿姨保重身体，再见。"周母喊道："慢走啊，有空常来啊。阿姨给你做好吃的！建峰，你送送人家。"

周建峰把苏阳送下楼。"你不用送了，我打个车回去就行。""不行，一脚油门的事。上车吧。"

到家门口，苏阳下车。周建峰从后座拿出白玫瑰："阳阳，你把花忘了。"她接过花："谢谢，周建峰。不过……""不过什么？"

苏阳本想把自己的真实想法和盘托出，可现在吃了他家的饭，收了他家的礼，还怎么说得出口呢？就算现在当众拒绝，看周建峰的样子，也还是会一如既往继续坚持不懈的。与其多一事不如少一事，再是心里不舒服也都得等到周年庆结束后再说。

“你的好意我心领了。可是麻烦你以后有什么情况，事先通知我一声，这是对我最起码的尊重。”“可以啊，今天只不过，想给你个惊喜。我想，这应该不算不尊重吧。”

苏阳无语。周建峰跟在一旁：“我送你上去。”“不用了。”“送到上面我就下来。”

苏阳径直开门，不理他。周建峰探头探脑地张望。她没好气地问：“你看什么呢？”他摸摸鼻子：“噢，没什么。”苏阳把包一放，盯着他低沉地说：“别看了，这屋里就我自己，连个鬼影都没有。”

周建峰挠挠后脑勺：“没有啦，我就是看看你住得怎么样。”他一回头，望见茶几上的那束红玫瑰：“哎，有人给你送玫瑰花啊？”苏阳恍然大悟，边拿花瓶边说：“噢，是我自己买的。”

周建峰走到茶几前，摸摸那鲜艳的红玫瑰：“谁会自己给自己买玫瑰花啊，还是12朵呢。”苏阳不紧不慢地回答：“怎么不会呢，你可能不了解，我经常买花回家的。玫瑰、百合、康乃馨、勿忘我……很奇怪吗？”

周建峰低头凑上去闻：“呵呵，我还以为，是哪个男人送你的呢。”苏阳把白玫瑰放在饭桌上，不语。他走到电话机前，拿起查看一番：“这电话还好用吧，没什么问题吧？”

“嗯，好用，好用极了。”苏阳想，除了接你那一个个恼人的电话，我压根就没用过它，“时间不早了，我想休息了，你早点回去吧。”周建峰没趣地走到门口，转头：“噢，对了，我妈送你的礼物，希望你好好收着。我走了，晚安。”

苏阳送走了周建峰，一屁股坐在沙发上，这一晚过得真是累人呐。她看看茶几上的红玫瑰，又看看桌上的白玫瑰，不禁觉得好笑。她翻开暗红色的礼品盒，那是一个晶莹剔透，飘绿花的翡翠玉镯。

苏阳拿在手上，在光线下望了望，又用手轻轻敲打，发出清脆的悦耳声。看样子，这是个天然的翡翠手镯。她小心翼翼地收好，摆进抽屉里。

周建峰回到家,母亲问:“把苏阳送回家了?”他晃着手里的钥匙:“是啊,送到楼上的。”母亲说:“这姑娘不错,你要加把油啊。”周建峰盯着电视,信誓旦旦地保证:“爸妈,你们放心吧,我一定会加油的。”他拿出手机翻看:“我先回屋了。”

苏阳拨了欧阳的号码,两人聊了好一会儿。刺耳的电话铃声传过来,苏阳不接。欧阳问:“哎,你家装固话了?”“嗯,刚装的。”“有电话,先接吧。”

“欧阳,你别挂。”苏阳把手机放下,接起电话。那头传来周建峰低沉的嗓音:“阳阳,我到家了。给你打手机一直都不通,这么晚了你在给谁打电话?”“和朋友。”“男的女的?”“女的。”

周建峰沉默两秒,怪异地说:“阳阳,你别老是让我担心啊,特别是在大晚上,会让人多想的。”苏阳沉不住气了:“我在自己的家里用自己的手机打电话怎么了?有错吗?”

周建峰缓慢地答:“你让我着急了,你知道我打了多少个电话吗?14个,一直是占线,你和什么朋友有那么多天可以聊?也不看看几点了,你不是说很累要休息吗,怎么这会煲起电话来就这么有劲头了?”

苏阳想还嘴过去,换了往日的脾气,她早就不给对方留情面了,大不了撕破脸一拍两散。她告诉自己要理智,这会谈崩了周建峰是不会善罢甘休的,说不定大半夜又会上门来讨说法。

苏阳沉住气:“我睡了,你早点休息吧。”周建峰:“这就对了,你是该休息了。”挂掉电话,她拿起手机说:“欧阳,要不我们先挂了。有事,发短信吧。”欧阳感觉出了什么:“阳阳,是不是不方便?我,打搅到你了?”

苏阳忙解释:“不不不,你没打搅我。”他叹口气:“我明白的,那我不打搅你了,免得有误会。早点休息,晚安。”欧阳挂断电话,苏阳欲哭无泪。她把手机放在一边,不敢再去动它。

没两分钟，手机又响了，是周建峰。他一定是来探测自己有没有再打电话，响了两声就挂了。在洗手间洗漱时，她隐约听到固定电话铃声又在此起彼伏，在安静的夜里划过一道道清脆的痕迹，像个幽灵自由地来回穿梭。接近零点，苏阳迷迷糊糊地躺在床上，听见客厅的电话铃声又响了。她把头埋进被子里，还是遮挡不住那闹心的声音。

实在是熬不过，苏阳努力睁眼来到客厅，拿起电话。只听周建峰用幽灵般的声音问："睡了吧？"

苏阳迷糊地说："我已经睡了，别再打了。""真的睡了？那好，睡吧，晚安。"苏阳没说再见就挂了电话，闭着眼上了床。

翡翠玉镯和夺命连环 call

下班前，苏阳拿着周建峰母亲送的玉镯，来到老城隍庙古玩市场找熟悉的商家鉴定。

老师傅拿着镯子定睛一看，用放大镜在光下仔细研究，敲击两下。他点点头说："嗯，是块好玉啊。"苏阳问："是吗？那是什么玉？"

老师傅抚摸手镯，感叹道："老坑玻璃种阳绿飘花，天然的缅甸翡翠。小苏，你看这手镯，通透润滑、厚重圆实、光泽度好，成色漂亮没有杂质，水头不错，音质清脆，符合玉质金声的说法。好玉啊。"

"是吗？我看着也觉得好，但估不准，就来向您讨教。"师傅爱不释手地抚摸一下，把手镯轻轻搁在绒布上："难得啊，要好好收藏保存。"苏阳问："按市值，大概估多少价钱？"

师傅指指手镯："这个品种，起码要上万，到数十万不等。"苏阳睁大双眼："这么值钱？""那是，老坑玻璃种翡翠是所有玉镯价格中最贵的。翡翠以绿色最美最贵，如果是满绿的翡翠手镯，那就是极品。那价格就是天价，起码要数百万，甚至高达上千万。"

苏阳愣住了。原来周建峰的母亲是想以这只值钱的手镯守住自己！可惜苏阳无法领这个情。想到种种后果，她决定在周年庆过后，抽一天时间好好和周建峰谈谈，表明自己的立场，并把玉镯物归原主。

那恼人的周建峰，只要自己没有及时接电话或回电话，他就马上打到公司、打到家里，想尽一切办法要找到自己。下午苏阳去城隍庙，没有接到电话，他就发了数个短信：你在哪里，为什么不接电话？为什么我发信息你都不回？你不在公司，也不在家里，你到底在干什么？你不接电话不回信息，到底干吗去了？阳阳，你知不知道，我很担心你，你到底在哪儿？

未接来电 29 个，短信 10 个。苏阳简直快疯了，这可怕的夺命连环 call，让她从头到脚的冰冷。

苏阳把手机往旁边一扔，猛踩油门。遇到前方红灯，她分了神，惊慌失措地又一脚刹车。一个大前倾，头差点撞到车玻璃上。只听见车柜里发出轻微的玻璃碰撞声。她赶紧拿出礼盒，幸好玉镯没有损伤。苏阳小心翼翼将它放在包里，这个礼物，还真是个定时炸弹。

手机又响起，苏阳的脑袋都快炸了。她真想扔了手机，一看是欧阳，马上接起来："欧阳，是你？"那头传来温柔的声音："下班时间到了，在路上开车，请小心驾驶。"

一个善意的提醒竟让苏阳红了眼眶："欧阳，你在哪？""我还在公司，你呢？"苏阳控制住情绪问："我能来找你吗？""现在吗？"苏阳的眼泪快掉下来了："对，就现在。"

欧阳觉得不对劲："阳阳，你怎么了？要不我来找你？""不，你在公司等我。"

来到欧阳公司，见欧阳正和两个同事讨论工作，苏阳悄悄站在一边等候。如果没有他人在场，苏阳只想上前紧紧地抱住欧阳。

晚餐后，两人在街头漫步。欧阳问："你今天看起来很不开心，到底怎么了？"苏阳摇摇头："没怎么，就是有点累。"欧阳搭住她的肩膀："你是不会伪装自己的，告诉我发生了什么，我可以帮你吗？"

看着真诚的欧阳，苏阳有一股冲动，真想狠下心拉着他去见周建峰，告诉他这才是自己的男朋友，请他以后不要再来打搅自己的生活。

苏阳欲言又止，只是不住地摇头。包里的手机一次次地震动，她无心理会。内心一阵阵地发颤，如同这手机的震动频率一样，震到她想逃。

夜色上来了，欧阳照例想把苏阳送回家，可她拒绝了。欧阳问："为什么？"苏阳摇摇头。欧阳想想："是不是，还有人在等你？"她还是摇摇头："我走了，再见。"

苏阳独自把车缓缓驶进小区，四处张望着。熄火、下车、上楼，每一步都格外小心。直到关上房门的一刹那，她的心才终于落定了。

苏阳在门边站了好一会，正准备进里屋，突然有人敲门。她转身看猫眼，是周建峰！只见他急促地敲着门，大喊："阳阳，开门！开门！我知道你回来了，你在家！快开门，开门！"

苏阳被迫开了门。周建峰恶狠狠地质问道："我给你打了这么多电话，为什么一直不接？你在干什么，你和谁在一起？"

苏阳不断后退："周建峰，你要干什么？""苏阳，你是我的女朋友，怎么可以对我不理不睬？告诉我，刚才你和谁在一起？告诉我！"苏阳摇摇头，咬紧嘴唇。

周建峰抢过她的手机翻看起来，脸上露出狰狞的表情："噢，原来你是和他在一起，欧阳对吗？你和这个男人在一起，你背着我都干了些什么？快告诉我！"

"没有，没有！我们什么都没有做！"周建峰用手捏住苏阳的脸，苏阳被吓得不知所措，眼泪不禁掉了下来："我没有，没有，没有！"周建峰瞪大眼睛说："信不信我去找他，当面问问看，是不是真有这么回事？"

苏阳狠命摇头："不要，不要，不要！"

她猛地睁开眼，原来是做噩梦了。她真想给欧阳打个电话，可又不敢开机。这样的深夜，令人惶恐。

玉碎和心碎

又是新的一天，苏阳就是再害怕，还是要面对。她谎称昨天手机落在办公室了，没带在身边。周建峰很是怀疑，在他眼里，似乎没有什么事情是真的，除非亲眼所见。他要求下班见面，苏阳拒绝了。

周建峰沉默许久，来了句："苏阳，你是不是很讨厌我？"苏阳愣了，立马回答："不是这样的。""不是就好。"

苏阳鼓起勇气说："今天，我真的有很多事情要做，明天的酒会要准备，我需要静心。""好吧，今天你忙，明天我就可以见到你了。"

下午，他们赶去酒店实地布置现场。一直忙到晚上9点，大部队人马才坐下来吃饭。周建峰又追来电话："忙完了吗？回家了没？"苏阳的脑袋快炸了。他听到电话那头闹哄哄的："怎么，你不是说今儿一整天都很忙吗，好像很热闹么？"

苏阳压低声音："我们刚忙完，现在才坐下来，饭还没吃呢。"周建峰怀疑地说："是吗？我看你们挺开心的。该不会是，和朋友在哪里玩吧？"

苏阳真恼了，起身走到一边，小声说："周建峰，你到底什么意思？你要是不信，就自己过来看看，不要老是一副怀疑人的样子！"一听苏阳来了气，他立马说："我没有什么意思，你别多心，我并没有怀疑你，我是关心你啊。你这么辛苦，应该早点回家休息才对，不该还在外面瞎闹。"

"我说了，我在工作，工作！"苏阳吼了起来，同事们纷纷回头看她。周建峰倒是慢条斯理了："好好好，工作就工作嘛。哎，我妈送你的礼物还不错吧。明天，我希望看到你带着玉镯参加酒会。"

“明天是工作，带着这么贵重的东西，不方便。”周建峰不高兴了：“怎么，有什么不方便的？带着镯子，更彰显你的气质。难道，你还看不上？”

“不，不是这个意思。我怕一忙一乱，伤了镯子。你妈这么好心送我，当然希望我好好珍藏，你也不希望看到玉碎，对吧？”听苏阳这么一说，周建峰只好作罢。“好吧，你好好吃饭，早点回家。明天我们在酒店，不见不散。”

苏阳挂掉电话，走回饭桌。吴珊珊问：“苏总，没事吧？”“没事，大家辛苦了，多吃点，再点几个菜，我买单！”

苏阳拖着疲惫的身体回了家，欧阳来电：“阳阳……”“怎么了？”“那个，明天，我有可能又要出差……”

苏阳泄气了：“去哪儿？”“南京，不过还没最后确定。如果可以，我一定会争取过来的，好吗？”又是争取，又是如果可以，为什么每次都是给一点希望，然后再亲手把它摧毁。看来真的是天意。

苏阳丧气地说：“没关系，看你方便吧。明天要早起，我睡了，晚安。”一年一度的公司庆典，苏阳就盼着欧阳能来。可结果，欧阳又要食言了。

庆典酒会

百马广告传播有限公司的五周年庆典，于2010年8月21日周六下午1时在酒店隆重举行。业界百余名嘉宾受邀出席了此次盛典，苏阳、大伟、章勇作为领头人，忙着招呼宾客。

潘静插空问：“怎么样，欧阳来吗？”苏阳扫兴地摇头：“应该不会来了，他要去南京出差。”“这么重要的日子，他怎么又不出席。”“算了，随他吧。他那么忙，不来也正常。”

不知何时，门口走进一位男士，身穿衬衫、西裤，脚下一双黑皮鞋擦得锃亮。前台小张认出了他：“周先生，您好，欢迎光临。请在这里签字。”

周建峰今天是精心装扮了一番，头发梳得油光发亮。他熟练地拿起签字笔在红色的本子上大大地签上自己的名字。前台小张递上礼品：“周先生，这是礼品，请拿好。”周建峰惊喜：“哦，还有礼品，谢谢。请问苏总在吗？”“她在里面招呼客人。”

周建峰走进宴会厅，四处扫视一番后，把焦点聚集在了苏阳身上。潘静和闺蜜们聊着天，一转头，看见了他。潘静对程程说：“哎，那个周建峰怎么也来了？”程程望向那边：“估计是苏阳邀请的吧。”

只见他往这边走来，脸上带着大笑容：“你们好啊！程程你好，这位是，潘小姐是吗？我们又见面了，你们也来参加苏阳的庆典活动啊，真巧。”程程附上微笑：“原来你也来了啊。”“是啊，苏阳邀请我来的，她说一定要让我参加公司的周年庆，要我帮她助兴。”

潘静头一斜，小声嘀咕：“是么，不会是自己想要来凑热闹的吧？”程程立马说：“我来介绍，这位是苏阳的朋友周建峰，这位是……”当说完小柔的名字，周建峰敏感地想起什么，问：“您叫小柔？”小柔眨巴眼睛说：“是啊，怎么了？”

周建峰笑着说：“那如果我没记错的话，上周末，您应该是在妇保医院生产吧？”小柔一听急了：“谁说我在生产啊？我还没过完二人世界呢，怎么可能会生孩子。是谁造的谣？”

周建峰狡诈地指指潘静：“是这位潘小姐说的。”“怎么回事？我怎么突然间就成了别人口中当妈的人了？你给我解释一下！”潘静一听坏了，赶紧堆上笑脸不以为然地圆场：“哎呀，误会！这个叫张小柔，我们说的那个叫陈小柔！不是同一个人！”

周建峰斜眼冥想：“还有两个叫小柔的？”小柔也真是不灵光：“还有叫陈小柔的，我怎么不知道？”潘静瞪瞪她：“哎呀，是有一个和你同名的，只不过你不认识罢了。”小柔回头问程程：“是吗？你认识吗？”程程反应过来：“认识啊，就你不认识而已。”

小柔撅撅嘴，嘀咕："怎么你们都认识，就我不认识？"周建峰看出了苗头，不作声。他又说："你们坐，我和苏阳打个招呼。"周建峰一离开，潘静就拍小柔的脑袋："你这个木瓜脑袋，怎么这么不会转弯啊？"小柔委屈地揉揉头："我又怎么了，我说错什么了吗？"

潘静解释道："哎，这个周建峰一直缠着阳阳，那天他堵到她家去了，我去当救兵。我一着急，就说你要生孩子，想躲开周建峰。"小柔恍然大悟："噢，原来是这样。怪不得说我呢，只有我没生过。""不然还说谁呢！"小柔一捂嘴："呀，那这样，是不是穿帮了啊？"

潘静看看远处的周建峰："应该不会吧，我都圆场了，还是程程反应快。要让你做间谍工作啊，上岗第一天就要被开除了。"小柔委屈地说："我又不是故意的嘛，希望不会给阳阳造成麻烦。"

苏阳看见周建峰，附上笑容："你来了啊。""阳阳，恭喜啊。""谢谢，今天很忙，恐怕没时间应付你了。自便吧。"周建峰笑笑："没事，你忙吧。哎，对了，上周你朋友生产，是叫小柔对吧？"

苏阳回答："是啊，怎么了？"周建峰眯着眼问："是叫什么小柔来着？"苏阳忙着招呼，没多想，便脱口而出："张小柔啊。"周建峰点点头："噢，张小柔。没事了，你忙吧。"只见他握住拳头，朝前方走去。

苏阳看看时间，还差10分钟酒会就正式开始了。她发信息给欧阳："你到南京了吧？"欧阳回复："我来了，就在你面前！"苏阳猛地抬头，见欧阳站在门口，正朝自己微笑。苏阳顿时激动得满含泪水，好像这30年来，所有努力的结果，就是为了等这一天！

音乐声响起，庆典正式开始。主持人吴珊珊笑容满面地上台发言：

尊敬的各位领导，各位来宾，各界朋友，大家下午好！首先，请允许我代表公司的全体同仁向关心和支持百马的领导和来宾表示衷心的感谢，热忱欢迎大家的光临！在此，也允许我代表公司向各位员工的辛勤劳动表示诚挚的慰问！

2010 年 8 月 21 日，对于百马的同仁来说，是个丰收的好日子。五年前的今天，诞生了百马广告；五年后，我们在此相聚，来回顾这些风风雨雨的日子，来守望它的成长。下面，我们有请百马文化传播有限公司的副总经理、《秀》杂志主编，苏阳女士，为庆典致辞！

苏阳一身职业装，缓缓走上台。她扫视台下的嘉宾，只一眼就看见坐在远处的欧阳，正对自己微笑。

敬爱的各位领导、来宾、朋友们，下午好。非常感谢大家能从百忙之中抽出宝贵的时间莅临本次庆典。

百马从 2005 年 8 月 21 日成立迄今，已走过了五个春夏秋冬。几年来，公司从无到有，从筹备、诞生到成长，走过了一条充满挑战和艰辛的道路。回首往事，一幅幅难忘的画面在每个百马人的眼前闪烁。员工整体的平均年龄不超过 35 岁，我们凭借年轻、凭借一股热情和激情，带着那份执着的精神，引领百马团队不断向前奔跑。

历经了五年的创业之路，1825 个日日夜夜，泪水、汗水、欢笑、争执、磨难……都留在了百马人的心里。企业品牌形象设计、广告摄影、电视传媒三大领域，致力于为客户提供高水准的专业服务。2006 年底，又诞生了《秀》杂志，经过团队的合力打造和社会各界的大力支持，得到了业界和市场的一致好评。去年，《秀》还有幸荣获了“上海最具休闲时尚杂志”的称号！

我们真诚地对指导、帮助过百马的领导和前辈表示由衷的感谢！对百马的全体伙伴们表示特别的感谢！没有大家的团结和辛劳付出，就没有如今的百马！今天，还有同事在一线辛勤地工作着，再次对你们表示感谢，大家辛苦了！

风雨同舟的五年，是一段不可磨灭的历程，充满了无数回忆；今后的五年，是一个新的台阶，充满了竞争、挑战与无限可能。相信我们的努力，能赢得更多客户的信任和厚爱。我们深知肩上的责任重大，我们会珍惜每一次的合作机会，一切从客户利益出发。立志做优秀的广告人，更要做优秀的人！

年轻没有失败，我们需要永不磨灭的梦想与激情！更需要勇往直前的拼搏精神！百马人在成长、在滚打、在蜕变！犹如那四蹄生风的骏马，在辽阔的原野上，自由地奔腾。听，那强劲的铁蹄，发出“嘀哒、嘀哒”的蹄声，正是百马人辛勤作战的步伐，那是多么强劲而有力的声音！我们相信，百马的明天会更加灿烂！

现在有请百马的领头人钟大伟、章勇先生上台，让我们共同举杯！感谢领导、同仁们一如既往的支持与厚爱，祝愿大家度过一个美好而难忘的午后！再次表示感谢！

三位百马的年轻领导人，齐聚舞台倒满芬芳的香槟，与宾客共度难忘一刻。

酒会顺利地进行着，领导发言、文艺表演、魔术表演……还有浪漫的舞会，苏阳和百马的同事一一招待着大伙。潘静、欧阳一行人围坐一桌，小声讨论着。

心猿意马

周建峰拿着酒杯，四下张望，偶尔往嘴里塞点美食，寻找对口的人唠嗑几句。他见苏阳与那些领导们交头接耳，很是亲热，更有甚者把那咸猪手搭在她的肩部和纤纤细腰上。嘉宾邀请苏阳跳舞，那紧握的手与手，四目相交的暧昧眼神，让周建峰的大脑几度产生混乱。手里的酒杯在微微发抖，他仰起头“咕咚咕咚”一口气喝完。

一旁的潘静没好气地说："你们看那个周建峰，都没人愿意搭理他。怪不得阳阳不喜欢，我都觉得很讨厌。"欧阳笑着问："那位周先生，是阳阳的朋友吗？"

潘静拉长音调："是啊，而且是紧追不舍的朋友。苏阳走哪儿，他就跟哪儿。我想再是爱慕阳阳的人，都没有他这么执着。五分钟不接电话，他就会把电话给打爆了。"

小柔说："哇，那个周建峰这么夸张啊？""可不是嘛，苏阳早就想躲开他了。"潘静故意凑近欧阳大声说道，"只可惜啊，没有一个男人能拯救苏阳，帮助她脱离苦海。可怜了我们苏家大小姐，一直处在水深火热之中啊。"

欧阳不作声，明白潘静的话是有意说给自己听的。他拿起酒杯，一口饮下。潘静拉过庄博："走，去跳舞。这也许是你在结婚前和我跳的最后一支舞了，下个月你就再也不属于我潘静了。"

庄博牵起她的手："亲爱的潘大小姐，能不把我们的关系说得这么悲观吗？"潘静盯着他："那不然，还会变成怎样呢？"两人缓缓地舞动着，眉眼间传动的全是暧昧与留恋。

小柔与王辉也上去凑热闹了，留下欧阳独自看这群人的表演。周建峰用余光一扫，苏阳那堆朋友中，只剩下那位男士。他忽然像被电击到似的，使劲眨了眨眼。

苏阳暂时空些了，她站在一边，拿起酒杯，望着周围。欧阳正想上前，却见周建峰先一步站到了苏阳身边。他邀请她舞一曲，苏阳勉强地回以笑容，把手搭在他肩上。她一边和周建峰跳舞，一边四处张望，寻找欧阳的影子。

"阳阳，你看什么呢？""没，没什么。"他凑近苏阳小声说："阳阳，今天你真美，全场的亮点都在你身上。只是太过耀眼，便宜了那些老男人。"

苏阳冷笑："你想太多了，这些嘉宾都是我们百马的客户。客户是上帝，我当然不能怠慢了。”周建峰哼了一声：“难不成，对客户要陪笑脸，还要陪酒陪舞，这好像不太合乎情理吧。说得难听点，这和三陪……”

苏阳压低声音：“周建峰，今天我不想和你计较。请你尊重我一点，大气一点，行不行？”

他凑到苏阳的耳根，怪里怪气地说道：“阳阳，我已经够大方了，还要怎么样？我不想让我的女朋友和别人搂搂抱抱，我看了心里很不舒服。你的工作给你带来了成就，也给你带来了困扰。身边这么多来来往往的男人，你应该很难对付吧。像你这样的公众人物，很容易让人产生误会的。你应该学会自我约束，这点是你欠缺的。”

苏阳瞪着他：“周建峰，你够了啊！我再和你重申一次，我们不是男女朋友，我并没有答应过你什么。所以请你不要干涉我，请你尊重我！”

周建峰一脸无赖样：“现在不是男女朋友，但马上就会是了。我妈都把那么贵重的礼物送了你，其实就已经认定了你是我们周家未来的过门儿媳妇。你应该高兴才对，我父母很喜欢你。难道，你还有什么不满意的地方吗？”

苏阳觉得眼前一片漆黑，火从脚底一直窜到了头顶。“失陪一下，我去洗手间。”周建峰看着她的背影，嘀咕道：“哎，我一说重点你就走，一点都不把我放在眼里！看来，要我好好地调教你一番才行呐。”

苏阳拉过正跳得起劲的潘静：“陪我一下。”又对庄博说，“借用一下你的红颜知己，五分钟后归还。”庄博笑笑：“去吧去吧。”

她们来到洗手间，四下看看有无进出的人。苏阳趴在水池台上，头耷拉着：“有烟吗？”潘静忙给她点上：“有烦心事？是欧阳，还是那个周建峰？”

苏阳无奈地说：“我已经无能为力了，一点办法都没有。”“他还是一直缠着你？我看，他是不会善罢甘休的。”

苏阳边抽烟边问：“告诉我，有什么方法可以让我摆脱？”她气急地喊了出来，“我真的快炸了，那个周建峰就是个无赖！无论我说什么做什么，他都不会知难而退，他是铁了心要缠住我了！”

潘静平静地说：“最好的办法就是找个男朋友或是挡箭牌，杀杀他的威风。”苏阳回头问：“你让我临时找个挡箭牌？”潘静抿嘴笑：“现场不就有个不二人选嘛，再合适不过了。”“你是说，欧阳？”

“对啊，你们站在一起，没人说你俩不是情侣。何况又是初恋情人，这么浓厚的基础，简直是太般配了。双阳一出马，绝对能镇住周建峰。”

苏阳当即拒绝：“不行，找谁都不能找他，绝对不可以！”“我明白，欧阳的意义对你来说太特别。”“我不能伤害他，一点也不行。”潘静拍拍她的肩：“行吧，看看现场能找到哪个倒霉鬼。实在找不到，改天给你揪一个过来。走，别让别人等你太久。”

她俩出了洗手间，一个身穿名牌的女人从最里一间缓缓推开了门。她站在水池前，死死地盯住镜子，狡诈地自言自语：“苏阳，这下我可找到你的软肋了。哼，看你还能牛多久！”

周建峰没趣地拿起点心往嘴里送，见苏阳回到现场，他刚想上前，见那位有些眼熟的男士迎了上去。欧阳点下头，伸出左手：“美丽的苏小姐，能赏光请您跳支舞吗？”苏阳歪歪头，一笑：“Of course。”欧阳牵着她的手走向舞池，随着音乐，两人默契地跳起了交谊舞。

周建峰定睛一看，像悟到了什么，那牵着苏阳共舞的男士不就是送她回家的那个男人吗。他的醋劲越发强烈了，苏阳居然当众拒绝让自己难堪，却和别的男人暧昧地共舞，成何体统！周建峰的拳头握得更紧了。

欧阳深情地望着苏阳：“我们有多久没在一起跳过舞了？”苏阳温柔地回答：“真的很久了，好多年。”在大学期间，每年的新春晚会上，欧阳与苏阳总是以一对情侣的身份出现在舞池现场。两人精湛的表演时常惹得众多男女眼红。自从他们大学毕业分开后，就再也没有一起牵手共舞过了。

“这么多年了，你的步伐还是和以前一样利索，一点都不陌生。”欧阳注视她，细细回味：“有些东西，也许时间长了会生疏，但无论如何是不会忘记的。比方说和你共舞的步伐……”“谢谢你，带得很好。”

两人的舞步引来了众多宾客的围观，大家默契地腾出空地，让他们自由发挥。苏阳好似回到了大学时代那翩翩起舞的场景，布鲁斯、华尔兹……在欧阳的带领下，苏阳脚下的步子变得异常轻盈，像飞了起来。多么美妙的场景，多么温馨的气氛，多么珍贵的时光！

如果可以，苏阳愿意和欧阳就这么一直跳下去、跳下去……直到跳到天荒地老，白发苍苍为止。

周建峰也挤到人群中，他问一旁的程程：“哎，和苏阳共舞的男士是谁啊？”程程没有回头看他，只顾着欣赏这美景了。她笑着随意说了句：“欧阳啊。”周建峰思量：“欧阳？”程程猛地回头发现是他，尴尬地问：“怎么了？”“哦，没怎么，他们跳得挺棒的。”

一曲完毕，来宾们纷纷鼓掌。在众人眼里，他们就是一对默契的情侣。苏阳弯腰，双手合掌以示谢意。

周建峰接近欧阳，拿着酒杯与他问好：“嗨，欧阳先生，我觉得，咱们好像在哪里见过？”欧阳诧异地问：“是吗？可如果我没记错的话，这应该是我们第一次见面。幸会，欧阳立帆。”他友好地伸出自己的手。周建峰附上：“幸会，很高兴认识你，周建峰。刚才你和苏阳小姐的舞跳得很棒，像练过似的。”

欧阳笑而不答。周建峰试探地问：“你和苏小姐是好朋友？”欧阳大方地答：“对，好朋友。你也是她的朋友吧？”周建峰一听，来了兴致：“是啊，我是她一个非常特殊的朋友。我们的关系很特别，是有别于一般朋友的那种。”

欧阳礼貌地给予微笑。潘静一看，这俩情敌怎么突然说上话了。

她立马上前阻止，拉过欧阳："哎，有人找你，来一下。"他回头："不好意思，失陪了。"

潘静把欧阳叫到一边："你和那个周建峰说什么呢？""没什么，他主动和我打招呼。""告诉你，别理他啊，苏阳可不喜欢和他在一起。"潘静凑近他耳边，"是个难缠鬼，知道了吧。"

欧阳低头，若有所思。

会场内，那位身穿名牌的女人扫视一周，最后把视线落在了周建峰身上。她递过酒杯："你好，请问您是周建峰先生吗？"失落的周建峰抬起头："是啊，我就是，您好。"

"不介意我坐这里吧？""哦，不介意，您随意。""您是来捧哪位场的？""苏总的，我和她是很好的朋友。您呢？"那女人秀出手上的大钻戒："哦，我也是来给她捧场的，我们也是好朋友。对了，这是我的名片，我姓金，新洲广告传媒。以后有什么事，可以和我联系。"

周建峰接过名片："金璐总经理，幸会啊。"他也递上自己的名片。"周先生，是做通信技术的？""对，搞技术的。""搞技术的好啊，稳当。不像我们，起起落落的。一个大浪打过来，就有可能全军覆没了。"

周建峰腼腆一笑："哪里哪里，这有技术的不如会闯的，机会无限大。所以还是金总您比较有魄力啊。""呵呵，周先生可真会说话。苏总，也很优秀啊。年纪轻轻，却是大才女，她可是百马的顶梁柱啊。"

周建峰赞叹："是啊，苏总很有才华，很是耀眼呐。"金璐斜嘴轻笑："是很耀眼，都有些刺到眼了。"周建峰听出她不屑的口气："金总，您说什么？"金璐立马收起脸色："哦，没什么。那我先过去了，有事给我打电话。"

周建峰拿着名片，嘀咕着："金璐……"他望着婀娜的背影沉思，这个神秘的女人，有何目的呢？

死皮赖脸

酒会结束后，苏阳和同事一一送走来宾。会场上只剩下百马的员工和好友，当然，还有那不死心的周建峰。他以为终于可以和苏阳单独共进晚餐了："阳阳，这下，我们可以走了吧？"

没想苏阳边整理东西边说："我还有事，你先回去吧。"周建峰诧异地弯下腰问："哎，怎么还有事啊，这不结束了吗？"她冷淡地回答："我们公司还有内部活动。""那，我等你好了。"苏阳拿包出门："我们会很晚，所以，你不必等我了。"

一群人走向电梯，周建峰紧跟其后。电梯告警，所有人把目光盯向周建峰，他没趣地四下看看，沉默两秒，然后走了出去。电梯关门的一刹那，苏阳把自己的身体埋没在人群的最后，低下头。潘静则用手招招，露出挑衅的笑容："周先生，再见咯！"

周建峰不服气地握紧拳头，跺跺脚。他立马按了另一部电梯，希望下楼时能赶上他们的队伍。前台小张从会场出来，周建峰认出了她："哎，小张，你们现在去哪搞活动啊？"小张热情地露出笑脸："去钱柜！"

"噢，钱柜啊。"小张进电梯，他也跟进："那是去哪家钱柜？""这我不是很清楚，我坐公司的车一起走。"

下楼后，见路口集中着几辆车，周建峰发动油门，跟在他们后面。他自言自语："苏阳，我不会让你离开我的视线的，你是我的！"

来到钱柜，周建峰把车停好。他尾随一群人进KTV，却见潘静、程程还有欧阳立帆等人也在此，唯独不让自己参加。他一阵火大。

一伙人进了大包厢，周建峰则在角落里蹲守着，想时刻注意里边的一举一动。小张进去时发现了鬼鬼祟祟的周建峰："哎，周先生你来了啊？怎么不进去？"他尴尬地摆摆手："你先去吧，我打个电话。"

小张对苏阳说："苏总，我在门口看见周先生了。"苏阳纳闷："哪个周先生？”“就是刚才在酒会上和苏总跳舞的那位啊。”“什么？他怎么会来的？”“您没有邀请他吗？”苏阳摇摇头：“我没有邀请过。”小张笑笑：“周先生在门口呢。”

门外，周建峰的电话突然响起，那头传来母亲急促的声音：“建峰，你在哪儿？”“妈，有什么事吗？”“你爸爸突然心脏病又犯了，我们都在医院呢。”“什么？老爸心脏病又犯了？现在情况怎么样？”“还在急救，医生说他疲劳过度。你要是忙完就赶紧来医院吧。”

“好，我马上去医院！”周建峰望了眼包厢后，便快速向门口冲去。

苏阳出来四下张望，已没了周建峰的人影。

周建峰赶到医院，见母亲正在急救室外焦急地等候。他上前：“妈，爸怎么样了？”“还在抢救。”“怎么又会突然晕倒了呢？”“今天下午和你爸去超市买米，弯腰的时候，他说心脏不舒服。可能是室内空气太闷，买完东西就出来了。这不还没走到车站，你爸就开始心绞痛，晕了过去。”

“哎呀，不是都说了让你们出门打车嘛，省那两块钱干什么？”周建峰责怪道，“还有我说过，以后买米买油的事交给我就行了。我一脚油门方便得很，用得着你们二老大夏天的瞎忙活吗？”母亲哭着说：“我们反正也没事，就到处逛逛。再说就那几站路，也用不着打车。没想到你爸心肌梗死的老毛病又发作了，怎么办呐。”

“好了，妈，别担心，医生会抢救的。”周建峰搀扶母亲安慰道。半小时后，医生出来了。周建峰上前询问道：“医生，我父亲怎么样了？”“暂时没有什么危险，别担心。心肌梗死对中老年人来说要特别引起重视，注意休息，不能太劳累。你们去办理一下入院手续，观察几天看看。”

“好的好的，我这就去办理。谢谢医生。”

对酒吟歌

苏阳坐在大包厢内，心情复杂。她和每一位同仁碰了杯，嘴里的红酒直达心脏最深处。甘甜的味道，她却尝到了甘苦，泪水在眼眶中涌动。苏阳和自己说，今天绝不能成为第一个流泪的人。

大伙兴奋地唱歌、喝酒，一首又一首。激扬的、疯狂的、抒情的、悲伤的……大家的心情随着音乐节奏的变化跌宕起伏，笑里含着泪。

轮到苏阳，她为大伙点了一首《最初的梦想》:“希望我们的百马，乘着最初梦想的翅膀，飞得更高更远！感谢大家五年来的团结和努力，为了下一个美好的明天，加油！”

百马的员工搭着苏阳的肩膀，一同哼着歌。她看着大伙默契的配合，想到一路走来的艰辛，感动哽咽在喉咙口。那是梦想的声音、青春的声音、团结的声音！有这样一群充满智慧和同心的团队，就算经历再多艰难，也依然觉得满足。

欧阳坐在沙发一角，苏阳默默地在心中诉说：亲爱的欧阳，你看到了吧。这就是我毕业来一路的成长历程，虽然曲折，有风有浪。但是，我依然不放弃……

唱到高潮处，吴珊珊突然哽咽住，眼眶泛红：“沮丧时总会明显感到孤独的重量，多渴望懂得的人给些温暖借个肩膀。很高兴一路上我们的默契那么长……最初的梦想紧握在手上，最想要去的地方，怎么能在半路就返航……实现了真的渴望，才能够算到过了天堂。”

苏阳一把揽过珊珊，终于没忍住，小女生倒在她那并不宽大的怀里放声大哭。几首抒情的歌曲下来，接二连三地有人流泪、感伤起来。苏阳很想哭，若是身旁只有潘静她们，她会放下包袱，好好地痛哭一场。

不知谁点了一首《十年》，大家争先恐后地抢话筒。几种高低不同的嗓音穿梭在一起，变成了当晚的一幕闹剧。那讽刺的歌词说出了每个人心中的秘密：“成千上万个门口总有一个人要先走……十年之前我不认识你，你不属于我，我们还是一样陪在一个陌生人左右……十年之后，我们是朋友，还可以问候。只是那种温柔再也找不到拥抱的理由，情人最后难免沦为朋友。”

每个人都感伤起来，在酒精的作用下，默默地回味起属于自己的十年。《十年》，唱出了苏阳和欧阳的故事。十年之前，十年之后。情人沦为朋友，还可以问候。

潘静点了一首彭佳慧的《一九九几的他》，献给8月末最后的庄博。“一九九几的他，一根他的头发……以前有多想他，现在还可能吗？时间带走了童话，带来另一个他……他不是他呀，他不会了解我心中的怕。他不是他呀，我再也进不去爱情了吧。”潘静的眼泪静静地滑落。庄博握住她的手，久久凝视。

接着，潘静又点了《走在红毯那一天》。从只要爱情不要婚姻的女人嘴里唱出这样的旋律，别人会认为她喝多了。可苏阳明白，她是唱给自己听的，唱给他听的。贴切的歌词，说出了每个女生想要表达的话和那颗恨嫁的心。四姐妹中，也只有她俩享有这份“优待”。

苏阳拿起话筒，搭着潘静的肩合唱：“算一算时间，认识他也好几年。看一看身边，好朋友都有好姻缘。只剩下我，只剩下你。还继续苦守寒窑，一等十八年……走在红毯那一天，蒙上白纱的脸，微笑中流下的眼泪一定很美。走在红毯那一天，带上幸福的戒。有个人厮守到永远，是一生所愿。”

唱着唱着，苏阳的眼泪终于不争气地掉了下来。两人的歌声，盖过了哭泣声。她们相拥着，给予彼此最后一丝勇气。“女人呐，要找个真诚的男人。哪有那么难，真有那么难！”这最后一句，让两人哭得喘不上气。心底赤裸裸的渴望被毫无防备地揭穿了，透明得彻底。

心　魔

凌晨，大伙已喝得醉成一团。苏阳走出 KTV 时，忘记是谁搀扶的了，只记得有一双温暖的大手搂着她进了车。天空开始下大雨，苏阳靠在椅背上狠狠痛哭。忽然有人抱住她，把她紧紧搂在怀里。

苏阳连忙摆手："放开我，放开我，你要干什么？"那男人用温婉的声音说了句："阳阳，是我，我是欧阳。"苏阳推搡："你走开，你骗人！"

他握住她的胳膊，镇定地说："阳阳，请你看清楚，我是欧阳！我就在你面前！"苏阳满脸泪痕傻傻地问："你是欧阳，你真的是欧阳？没骗我？""我从来不会骗你，现在更不会。我是太阳，你不是月亮，太阳和月亮永远不会同升。"这句话，是欧阳与苏阳在大学时定下的私语，没有第三个人知道。苏阳顿时清醒了："你怎么知道这句话，太阳、月亮？"男人抚摸着苏阳的脸，抹掉她的泪痕："因为我是欧阳，只有我才懂苏阳的心。""不，你不是，不是！"

男人抓着苏阳的手在自己脸上抚摸："你睁大眼睛好好看看，看看面前的人是不是欧阳！"

苏阳泪眼模糊地望着他："可是欧阳他早就离开了，他再也不要我了！"欧阳心疼地把她抱在怀里，流泪："我回来了，再也不走了！再也不离开你了！"

压抑多年的思念与痛苦终于在这一刻迸发出来，她哇哇大哭起来："我恨你，我恨死你了欧阳！"她用力捶打他的胸膛，"这么多年，你把我害惨了，你知不知道我为你付出了多少？你是个混蛋！混蛋！啊……"

欧阳贴着她的脸："要是这样觉得痛快，你不要心软，狠狠地打、狠狠地骂！你说得没错，我是个混蛋！我伤透了你的心！""我太傻了，苦苦守候了这么久，换来的却是你的不辞而别。我等、我盼，最后全变成了空气。我只有一心扑在工作上，我要告诉所有人我苏阳没有爱情照样也可以活得很好，我不要你看不起我！我不要！”

欧阳吻着苏阳的脸，内疚地说：“我明白，我全都明白！对不起，亲爱的对不起……”

苏阳推开他，质问道：“你明白？你明白什么？要是你理解，就不会这样扔下我，去实现你的什么伟大理想。我比你勇敢，我成全了你，让你去飞、去闯，去拥有你想要的人生！因为你当初那句可恶的‘等我’，不是因为你欧阳，我早就结婚生子去了。我放弃了很多人做梦都想要的阔太太，我明明可以过比现在更好的生活！可是为了你我没有，为了你这个混蛋，我一直单身着，就是为了等你的一句话。我要承受家人、朋友、同事、社会给我的压力和舆论。我累啊……如果你就此和我说‘祝我幸福’，我明天就会把自己嫁掉！我苏阳一定会嫁个比你好千倍万倍的男人！啊……啊……”

欧阳搂住她，流泪忏悔：“我懂，我都懂！你所说的一切我心里都明白！”

苏阳捶打着欧阳的胸膛喊道：“你不懂，你根本就不懂！没有人知道我为了什么到现在还如此‘清高’，还不肯放下姿态。我是真的清高吗？这么多优秀的人，为什么我都不要，谁知道？谁知道！我是死要面子活受罪对不对，随便找一个都不会比你欧阳立帆差！可我也不知道为什么这么傻，傻到所有人都笑我。你以为我真那么要强吗？我不是！我要什么破公司，要什么破头衔？要在陪笑脸和掌声中来回游走和挣扎？然后拿着辛苦赚来的票子去买化妆品来填补内心的恐慌。如果上天真要让我用事业来换取常人简单的幸福，那么我认了。可我不甘心，真的不甘心呐！哪怕拥有再好的成绩，不能拥有自己的爱情，不能和心爱的人在一起，那么要这些所谓的成功又有何用？”

苏阳终于借用酒后的余力，一口气说出了多年来积压在心底最深处却又无法表达的情感。

欧阳紧紧拥着她：“你说的我真的都明白，我比任何人都理解你心里的感受！所以，我回来了，我要回到你的身边！只要还有一丝希望，我都会努力争取！”

苏阳强硬的口气变得松软下来：“欧阳你知道吗，这一年来我经历了前所未有的考验。我把自己放低了位置，我学着去妥协、去接受和适应。”

欧阳抚摸她的脸，轻声回答：“我知道，你去相亲了。”苏阳点点头：“为了争一口气，为了给所有人一个交代和说法，我去相亲了。可到后来才发现，即使我学着努力尝试改变，可还是不能违背内心的意愿，还是不能说服自己去接受那些不喜欢的事物。我，终究过不了自己这关……”

欧阳托着苏阳的脸颊：“我知道，你是在和我赌这口气，对吗？”他说出了她的要害。苏阳泪如雨下：“原来，你都知道，你都懂。”欧阳一把抱住苏阳：“傻瓜，在这个世上，还有比我更懂你的人吗？即使我们分隔得再远再久，我的心始终没有放弃过你、离开过你。在欧阳立帆的心里，没有任何人可以取代苏阳。我爱你，我要你！”

苏阳喃喃地抱着欧阳痛哭：“你是个魔鬼，掌握了我整个内心，你就是我的心魔。你那么懂我，为什么当初还要放开我？”

欧阳无奈地说：“为了父母、为了生存、为了理想，为了在所有人心中树立一个男子汉的形象。我知道你会看不起我，可是现在，这些都不重要了，我不能因为这些而放弃生命中最在乎的人。我已经长大了，三十而立，现在我有权也有资格选择自己的生活和爱情了。苏阳，你明白吗？”

“你知不知道，为了赌你这口气，我已经相亲了八次了！八次！我都不知道自己做了什么，就像打了鸡血一样不停地相亲、相亲、相亲！八个男人的故事，我都可以写一本长篇小说了！”

欧阳低下头：“对不起，我让你受苦了。从我回国后，我就看出你眼里的不快乐、不安定。我本以为你会过得很好，这样至少能让我彻底地死心，后悔内疚一辈子。那段时间我很怕也很矛盾，怕会收到你和杰锐的喜帖。可最后因为那件事你们分开，我并没觉得轻松。我在想，究竟什么样的男人才能呵护你、照顾你，可以带给你幸福。我不知道自己还有没有这个机会和资格再来牵你的手，你又会不会恨我，种种因素困扰着我无法做出选择。直到从庄博那里又得知你相亲的消息，我再一次退缩了。我只能祈祷，希望能有一个真正懂你的男人来带走你，带出我的视线，让我甘拜下风。现在，你找到了吗？”

苏阳使劲摇头："没有，没有，没有！即使有再多优秀的人，还是敌不过那个叫欧阳立帆的臭男人！他已经完全将我俘虏了，我无处可逃。”

欧阳贴近苏阳的脸，喘着粗气问："你愿意被我俘虏吗？愿意吗？”苏阳闭上眼，感受对方的气息。欧阳吻她的眼、吻她的泪痕、吻她的脸和鼻翼，最后吻住她的唇。

曾经，这是多么熟悉的亲吻啊！如今再次触碰，仿佛还是如昨日般温柔，心痛与甜蜜并存。苏阳被欧阳彻底征服了，全身轻盈地飘浮起来。彼此吻得越炽烈，内心越纠结。就算明天是世界末日，她也愿意倾其所有，用全身的激情与力量来拥抱这美妙的一刻。

凌晨 1 时半，电台里正放着“Smoke gets in your eyes”（烟雾弥漫你的眼），抒情、浪漫，带些感伤，符合这样的气氛和夜色。此时那句“我爱你”是多余的。车厢内，充斥着甜蜜的味道；车厢外，下起瓢泼大雨，弥漫住透明的车窗。

来到苏阳家，欧阳抱着她经过客厅。茶几上那束火红的玫瑰开得正好，似在对他俩微笑。而桌上那束白玫瑰，已被苏阳扔进了垃圾桶。他们靠在沙发边，激情地拥吻。苏阳轻轻将手机关上，又将一旁的电话机话筒隔开。

今夜，她不想被任何人打扰……

红玫瑰与白玫瑰

周日，刺眼的阳光洒在苏阳身上，她缓缓睁开眼，只觉得头有些痛。虽然昨夜醉得厉害，但却清楚发生过的景象。苏阳穿着睡裙来到卧室门口，看见那个熟悉的身影正在客厅里忙活着。

她把头靠在门上，轻轻地喊了声："欧阳！"他快速走过来："亲爱的，这么快就醒了。头还疼吗？"苏阳小女人地点点头。欧阳摸摸她的脑门，搀扶住她："都怪我，昨天没劝住你喝酒。""没事，一年一次庆功宴，不喝多扫大伙的兴啊。你那么早起来在忙活什么呐？"

欧阳把她搀扶上床："给你做午餐，你再休息会，好了我叫你。""不用麻烦了，我们出去吃吧。"欧阳笑着握住她的手吻道："不，应该让我为你做一顿午餐。"

苏阳低头，脸微微泛红。昨晚发生的一切，像是她的初夜，害羞、新奇、刺激、措不及防。她喃喃地说："欧阳，我……"

他吻住她的嘴："什么都不要说，我明白。你放心，这一次，绝不是我的一时冲动。我们都是成年人了，应该对自己的行为负责。昨晚我所说的，全是肺腑之言，你也是。不要再怀疑我，请相信我，也请相信你自己。好吗？"

苏阳点点头。

"对了，我看见垃圾桶里有一束白玫瑰，它开得正好，为什么扔了？"

苏阳一斜嘴说："我不喜欢多余的东西，就把它扔了。有红玫瑰陪着我，足够了。""谢谢你。""谢我什么？"欧阳调皮地一歪脑袋："谢谢你，没有把我扔到垃圾桶里啊。"

苏阳咯咯笑了："或许你再晚来一步，我就把你也给扔了。"欧阳刮了下她的鼻头："小坏蛋。"他顿了顿，"说真的，你预备怎么和白玫瑰交代？"

"你说他？"苏阳低头想想说，"他只不过是朋友而已，并没什么。"

苏阳叹口气，“那只是他的一厢情愿罢了，并不代表我的态度。”“那怎么和他说呢？看得出，他很喜欢你。”

苏阳走向前，笑着问：“呵呵，要是有10个人同时喜欢我，我都要接受吗？”欧阳嘟着嘴，为难道：“会不会，我破坏了你们之间的感情？”苏阳转过身摸他的脸：“放心，你不是第三者，我和他之间没有任何感情。我会处理好的，相信我。”

欧阳握住苏阳的手说：“好，我相信你。对了，明天一早，我要赶去南京出差，要周二晚上回来。等我两天，就两天，好吗？”苏阳想起来：“对啊，你不是说周末要出差的嘛。”“为了你的庆功宴，所以我推迟了。”

苏阳担心地问：“那这样，是不是误了你的生意？”“没关系，就算这桩生意谈不成，还有下桩啊。可是这世界上只有一个苏阳，我不能再眼睁睁地看着她溜走了。”

苏阳内疚地说：“对不起，你应该先顾好工作的。”欧阳将她抱在怀里：“没关系。明天我去了南京，和他们解释一下就行了。如果对方是诚心和我们做这笔生意，一定会体谅的。好啦，你再休息会，等着享受美味的午餐吧。”

欧阳扶苏阳躺下，抚摸她的额头，用命令的口吻说：“在我喊你之前，不许下床，给我躺着，听到没？”“是。”苏阳环抱床上的枕头，好幸福。

苏阳打开手机，除了几个朋友的简讯外，并没有看见周建峰的任何来电提示和留言。苏阳庆幸，或许，他是知难而退了吧。她满意地闭上眼，享受这难得的美好时光。

藕断丝连

临别前，两人拥抱了很久。两天，其实很短，也就48小时而已，但对此时的他们来说，却是相当漫长。

欧阳吻着苏阳的脸颊，不舍地说：“如果可以，我真想把你装进口袋里。这样不论我走到哪里，都可以带着你了，不会再把你丢下了。”

苏阳捧住他的脸，温柔回道：“那从现在开始，你就带我走吧。让我待在你的口袋里，时时刻刻和你在一起。这样，我就不用提心吊胆地过日子了。”

下车前，欧阳嘱咐道：“乖乖等我回来，就两天时间。你那么繁忙，两天很快就过去了。”苏阳担心地问：“两天后，你不会又消失不见了吧？”

欧阳一阵心痛。他抬起头，捏捏苏阳的脸蛋：“小傻瓜，我现在已经回来了，不会再走了。要是真找不到我，你可以去家里、去公司劫我。再不然，你可以登寻人启事，一定可以找到我的。上海这个地方，你混得可比我好。这辈子，欧阳立帆是逃不出苏阳的五指山的。我走了，宝贝，保重！”

望着欧阳远去的背影，苏阳相信，这一次，他一定会说到做到。

闺蜜的电话一个个袭来，她遭到了强烈的“逼供”。三位考官一脸的“正经”，对苏阳进行了炮轰式的“拷问”。她害羞地看着她们，喃喃地说：“对不起，我犯了一个非常严重的错误。”三个女人齐刷刷地将头探出：“什么错误，是政治上的，还是经济上的？”

苏阳低头抿嘴，小声回答：“比政治的和经济的更为严重。”

“是什么？”其实闺蜜们早已心知肚明。“我……我……”“哎呦，别老是我我我的，爽快点，想得到我们的认同，就如实招来。”“我，我和欧阳……又在一起了。”

此话一出口，闺蜜们就笑出了声。潘静说：“你们，一夜情了？”苏阳赶紧解释：“我们可不是一夜情。”

潘静捂住肚子：“我知道，你们是多夜情。”程程说：“你们，重蹈覆辙了。”“你们那是，藕断丝连啊。”小柔夹着一片桂花莲藕，“看看，妾心藕中丝，虽断犹牵连。啧啧啧，儿女间的情思难断啊。”

苏阳不好意思了:“你们还臭我。”潘静点上一支烟,忍住笑说:“好了好了，我们不臭你。言归正传，这次，你们俩真的想好了要再续前缘吗？”苏阳点点头。程程问：“不会再后悔吗？”苏阳答：“没得后悔。”小柔想了想：“那，那个周建峰你打算怎么处置？”

潘静吐一口烟，向苏阳使了个鬼眼：“只要有欧阳立帆，哪怕是10个难缠的周建峰，苏阳也能独当一面，对吧？”小柔有疑惑：“你确定能把他甩得一干二净？”苏阳犹豫着答：“我尽量吧。”没想到三闺蜜齐声道：“什么尽量，要全力以赴！为了苏阳和欧阳的美好明天，让那个周建锋去‘屎’吧！”

为了爱，苏阳决定一路向前冲。

摊　牌

周一，苏阳到公司后，看见办公室里一片热闹。同事们纷纷议论着周年庆典上的各个细节。

苏阳坐在办公桌前，翻开日历，8 月 21 日周六一栏，自己曾在上面做了大大的记号。她又拿起笔，在旁边画了个大大的笑脸。此时此刻，他应该在去南京的路上了。

欧阳来短信：“阳阳，我出发了，大概中午到南京。由于时间赶，途中不作逗留，到达目的地后就联系你。想你，宝贝，勿念！”

她立马回复：“开车小心，一路保重，等你平安到达。想你！”

苏阳用指尖轻轻触碰手机屏幕,用心感受对方传来的思念与暖意。正当时，吴珊珊敲门提醒：“苏总，半小时后开会，总结周年庆。”苏阳回过神来：“好的，我知道了。”

她看着手机纳闷，那个周建峰已经一天一夜没和自己联系了，这在平时是绝对不可能发生的事。这时的苏阳，倒希望对方能主动来找自己。因为要和周建峰正式摊牌，彻底把话说清楚。

她鼓足勇气，拨通号码，那头传来周建峰低落的声音："喂，哪位？"苏阳赶紧回答："你好，我是苏阳。""噢，是你啊。"他有气无力地说。

"那个，你今晚有空吗？我请你吃饭，有些事想当面和你说。""今天恐怕不行了，我有事出不来。明天好吧，我们一起吃晚饭，我也有话想对你说。"

苏阳迟疑地问："明天？""对，明天。"苏阳定了定："那好吧，明晚7点在旋转餐厅见面，我请你吃饭。""好的，明晚7点，不见不散。"

听周建峰的口气，如同换了个人，没有了以往的咄咄逼人、紧追不舍与疑神疑鬼，这倒让苏阳觉得不对劲了。周建峰也有话想对自己说，莫非，他最终想通了？既然不能两情相悦，倒不如放开手，各自去寻求各自的幸福。

可要等到明晚，这一天对苏阳来说太漫长了。足足32个钟头！

如果要拿一辈子的时间来兑换，那么这一天，苏阳愿意等。这么多年都等过来了，32小时，又算得了什么？

好不容易熬到周二下班，苏阳到达目的地后，从包里取出那只昂贵的翡翠手镯看了看，又小心翼翼地放回礼盒中。

苏阳选了安静的位置，却不见周建峰的踪影。等了10分钟，仍不见他来。她打去电话，那头传来缓慢的语气："再等等，我一会就到。"两日不见，他大变样了，这反常的状态，让苏阳慎得慌。

都到8点30分了，周建峰还是没出现。这分分秒秒折磨着苏阳，如同成千上万只小虫子在挠她的心窝。终于按捺不住，她拿起手机再次拨通了电话："喂，你来了吗？""已经到了，在这里！"

苏阳回头一看，周建峰正向自己走来。她赶紧起身，像接待贵宾一样谦卑地将双手重叠放在前边。周建峰审视苏阳："等很久了吗？"

苏阳微微低头：“还好。”他看看表，撅起嘴说：“哦，一个钟头 30 分钟，是有点久。不过，比起我等苏阳小姐，这点时间不算什么。”

苏阳不语，忍耐是此时该有的风度。她露出微笑：“你一定很饿了吧，去选餐吧。”“不急，慢慢来。”苏阳这时才发现周建峰一脸疲惫，嘴角泛出一层浅显的胡须，双眼布满了血丝。他揉了揉眼睛，喝了一口白水。

“看你的样子，好像很累，发生什么事了吗？”周建峰一抬头，望着她：“没想到，苏阳小姐也会关心起我来了。”她沉默。

周建峰缓缓地说：“我已经，两天两夜没有合眼了。”“发生了什么事？”“我父亲，突发心脏病抢救，人还在医院。”“什么，叔叔突发心脏病？现在情况怎么样了？”“人暂时过危险期了，还在观察。”“所以你都在陪护，没有睡觉？”“是啊，把我们全家都吓坏了。我父亲心脏本身就不好，一劳累，容易突发心肌梗死。”“那真的要多加小心了，要注意休息。”

周建峰突然盯住她说：“苏阳，空了，去看看咱爸吧。”苏阳想了想，答：“嗯，好。”

周建峰大口大口地往嘴里夹菜：“周年庆，搞得不错嘛，挺红火的。”“呵呵，凑合吧。”“那么多男嘉宾与你共舞，看得都让我有点受宠若惊了。”“客户而已，跳支舞是起码的礼仪。”

周建峰一边低头吃菜，一边说道：“好像有位叫欧阳的男士不是客户吧？”“呵呵，那我不是，和你也跳舞了吗？”

“那可不一样，我和你是要发展成恋人的。难道你和他，也要发展吗？”一句话，噎住了苏阳。她定定神：“周建峰，有些话，我想和你说清楚。”他喝口白水，轻飘地来了句：“叫我全名，生分！你该改口喊我建峰了。”

苏阳鼓起勇气：“我想，我是改不了口了。”她从包里取出礼盒，递到他面前，缓缓地说，“很抱歉，你母亲送我的礼物，我不能收。”

周建峰一看，皱眉道："苏阳小姐，我不太明白你的意思。"

"我的意思是，阿姨的心意我领了，但如此贵重的老坑翡翠手镯，我真的不能收。"周建峰用餐布抹抹嘴巴："看来，你对它有所了解。知道它的市值吗？""大致知道，总之，很名贵。""确实很名贵，我母亲可是花了血本收藏着的。"

"既然如此，那更不能送人了。应该让阿姨好好保留着。""你可能不知道，我妈留着那手镯，就是为了送给未来儿媳妇的。既然她老人家能把这么贵重的礼物送给你，就说明我们全家都已经认定了你。难道，你不该好心收下吗？"

苏阳缓缓情绪："不好意思，我想，我们不合适在一起。所以，手镯我不能收。"

周建峰靠在椅背上："送出去的东西如同泼出去的水，是收不回来的。我是无论如何不会收下的。"苏阳再次鼓起勇气："感情，不是单方面的事，不是你愿意就可以的……"

周建峰摆摆手，打断苏阳的话："你不要和我讲这些大道理，我又不是小孩子。我从小就这脾气，只要我认定的事，就一定要达到目的。"他往前倾斜，死盯着苏阳的眼睛，"而且，会动用一切办法来达到目的。所以，你和我解释这些是没用的。"

苏阳靠在椅子上，倒吸一口气。怎么办，该怎么办？对于这样的无赖，该如何是好？

三十六计　走为上计

苏阳灵机一动："我去趟洗手间。"她借机悄悄拨通了潘静的电话："他和我杠上了，怎么办？我和他摊牌，讲道理，他根本不吃这套，简直就是个无赖。"潘静想了想："别慌，稳住气。无赖不是不懂理，讲道理那是浪费口舌。我之前不是也有无赖缠着我吗，最后不都被我赶跑了。”

苏阳急得直跺脚：“周建峰不一样，他是个有文化有智商的人，靠的不是武力，而是脑子。”

潘静义正言辞地说道：“对付无赖的方法，就是比他更无赖。用他对待你的方法对待他，以牙还牙。周建峰不是爱骚扰你吗，那你也反过头来骚扰他啊。在他工作、开会、休息、吃饭、心情烦躁的时候……让他的生活不得安宁，让他反过头来厌烦你，最后对你敬而远之。”

“这个……恐怕更不行。说不定他反而喜欢这套呢，巴不得我粘着他。况且，这需要时间成本，我恐怕没那么多精力和他耗。”

这可让潘静也犯了难：“让我想想，想想。无赖是没脸皮的，只有抓他的弱点才行。”苏阳挠挠头皮：“拜托，我现在都一团乱了，哪还有智商去分析他的弱点！”

潘静言传身教：“你现在有两种选择，一种是冷静对待，和他打太极。心平气和地面带微笑，你笑得越自然，他会感到越恐惧。再不然，三十六计，闪人为上计。闪到他找不到的地方，等你差不多感觉你都快成无赖了，那就出师了，一切自然会风平浪静。”

“我现在没那么多脑细胞和精力和他打太极，我需要的是当机立断。既然这样，那就听你的，走为上策。”“这样吧，你一会摆脱他后不要回家了，直接来我这儿，然后再想下一步对策。我保准他今晚会按破你家的门铃。”

苏阳点点头：“好，一会摆脱他后我就过去。”她往那边一看，周建峰正在按手机。苏阳转身悄悄往吧台走去，买完单后，溜之大吉。按电梯、进电梯，出门取车，一切安然。等自己的脚放在油门上的那一刻，苏阳的心终于落地了。

周建峰左等右等不见苏阳的身影，便喊来服务员，让其帮忙去洗手间看一下。“先生，里面没有您要找的人。”他立马拨了苏阳的电话，已关机。周建峰气急了：“小姐，买单！”“先生，这桌已经买过单了。”

他甩掉餐布，拿着桌上的手镯礼盒，气匆匆地离开了。

他一脚轰油门，往苏阳家的方向驶去。果不其然，周建峰在苏阳家楼下按了一夜门铃，还几乎打爆了她的手机和固定电话。而苏阳，则在潘静家窝了一整夜。

今天，是农历7月15日，恰逢中国民间的传统节日“中元节”，俗称“鬼节”。这天，人们要烧纸钱，摆供品祭奠故去亲人的亡灵。

晚上，潘静在家门口焚烧纸钱，祭奠逝去的外婆。伴着徐徐火苗，苏阳希望周建峰不再像个幽灵一样侵扰自己。这一刻，她只想平静。苏阳不怕那些孤魂野鬼，传说中那些虚无缥缈的东西，其实并不可怕。那只是一种想象意识，它伤害不到也威胁不到人类。

而真正可怕和能产生威胁的，恰恰不是鬼，而是活着的人。

“无赖鬼”缠身

周三早上，苏阳打开手机，铺天盖地的电话提示和短信。她没有细看，一股脑儿地删除了。苏阳没有按时去公司，而是去了两家客户单位。

中午接到周建峰电话，质问她昨晚为什么临时脱逃，整夜又不在家。这一次，苏阳没有回避，说昨晚朋友突发车祸，来不及打招呼就赶往医院了，手机没电自动关机。

周建峰拖着长音问：“是嘛，那你朋友的伤势怎么样？严重吗？”“非常严重。”“你朋友在哪家医院，我空了好去看望他。”“谢谢你，如果你真想看他，不用来医院了，直接去火葬场吧。”

“你……”一句话，让周建峰哑口无言，“苏阳，你什么意思？”她慢条斯理地回答：“没什么意思啊，你不是说要来看我朋友嘛。可惜他今天凌晨去世了，你要是想来，就只有参加他的葬礼了。”周建峰轻笑：“哼，苏阳，下回编个好点的理由，别老咒朋友的死，会有报应的。”

“怎么会，这可是事实啊。对了，你昨天烧纸钱了吗？如果没烧，记得今晚补上，省的小鬼老是在你身边阴魂不散的。”周建峰气急地说：“苏阳，你，你是不是昨天鬼节还没过够？有意思么？”

苏阳此时不怕他了：“怎么，原来你也怕鬼？你心虚了？是不是做了很多犯冲的事，现在害怕了？”“苏阳，你，你简直是满口胡言乱语！你是个文化人，原来也讲封建迷信！”“周先生，我讲究的是事实和因果报应，难道这也算是迷信吗？”“苏阳，我不和你争。你在公司吗？我现在要见你。”

“不好意思周先生，我不在公司。从现在开始，你没有权力过问我的生活。我说过，我们是不可能的，就不必浪费你的时间了，现在汽油也挺贵的。”“你在哪，我要马上见到你！”周建峰一副誓不罢休的语气。

苏阳缓慢地回答：“想见我，好啊，那火葬场见吧。”说完快速地挂掉电话。

没一会儿，电话又响了，苏阳没看手机便接了起来：“怎么，这么快就到火葬场了？看来，你很喜欢那个地方。”“什么火葬场啊？阳阳你在说什么，怪吓人的。”苏阳一听不对，赶紧改口气：“噢，欧阳啊，不好意思。”“你是在和我说话吗？”

苏阳尴尬地回答：“我和朋友开玩笑呢。你回来了？”“是啊，回来了，这不向您汇报情况呢，在公司吗？”“我不在公司。”“晚上能一起共进晚餐吗？我，很想你。”“我也是……”

这天，他们早早地见了面，开车去偏远的地方兜风，电台里正好播放欧美经典歌曲 When a man loves a woman。麦克·鲍顿用那独特的沙哑嗓音、灵魂般的唱腔，深深震撼着这对昔日恋人。他们在夕阳下牵手漫步、在小溪边拥抱、在农家小院里品味美酒，享受黄昏时的田园生活……

驱车回市区途中，周建峰来电。“接吧。”欧阳绅士地将音量调低，把头转向车外。苏阳按下通话键,冷冷地说:“哪位?”“你男朋友。”“不好意思，我没有男朋友。”

“苏阳,能告诉我你在哪儿吗?”周建峰压低语气。苏阳反问:“这和你有什么关系?”“当然有关系，我有权力看住你!”“你有什么权力这么做?”

周建峰义正言辞道:“就凭，就凭我们在相亲!所以，我有权力掌握你的任何行踪!”苏阳气不打一处来，脏字也上来了:“放你的狗屁!”欧阳见形势不对，拉拉苏阳的胳膊。

苏阳稍缓和下语气，继续说:“你别以为吃几次饭、见几次面就可以称得上朋友,就可以为所欲为。告诉你，你想用这两字来圈住我,门都没有!”“事实上我就是你未来的男朋友,你就是我将来的女朋友,更是我们周家未来的儿媳妇!”“做梦吧你，周建峰!”

“苏阳，你现在一定和什么人在一起对吧?”“没有，我没和谁在一起。”“没有吗?那你在哪里?”周建峰步步紧逼。苏阳沉默。

“难道在家里?”苏阳转头看看欧阳:“我,我在……我在公司。”“是吗?你真的在公司?”“是啊，我在公司……加班。”

周建峰沉默了一阵，瞬间吼道:“苏阳，你撒谎!你根本就不在公司，你骗我!”“我有什么好骗你的，你凭什么说我不在公司?”周建峰冷笑一声:“哼，想不到吧。我现在就在你公司楼下，你办公室的灯是黑着的!告诉我，你在哪里，到底在哪里?你和谁在一起,和哪个臭男人在一起?”周建峰像条疯狗一样地大声狂吼。

他终于触及了她的底线。

苏阳瞪大眼质问:“什么,周建峰,你居然跑到公司来监视我!”“怎么，心虚了是吗?继续编谎话啊!到底在哪里?老实告诉我，我现在就要见到你!”

苏阳毫不示弱，既然大家撕破了脸皮，就不必在乎所谓的表面文章。她喊道:“告诉你周建峰，你别得意忘形。我苏阳是绝不会向你妥协的，你还是趁早死了这条心！再警告你一次，别再纠缠我、监视我、跟踪我！别再自作聪明干涉我的生活，我的一切和你无关！混蛋，回家去吧你！”

苏阳气得关掉了手机。欧阳问：“怎么，真的有麻烦了？和周先生有矛盾？”苏阳甩甩头，大声吼道：“我压根和他没有矛盾，是他一直纠缠我不肯罢休！欧阳，周建峰他就是个无赖，无赖！”

欧阳将她抱在怀里，安慰道：“没事，别害怕，有我在，我会保护你的。”苏阳猛地推开他：“这事和你无关，是我的问题，由我自己去处理和解决吧。”欧阳有些不安：“你确定自己可以吗？这么看来，那个周建峰真的有些麻烦。必要时，还是我出面比较好。”

“不，不要！”苏阳一口拒绝。即使自己内心再胆怯，也不能让欧阳跟着操心。

当晚，苏阳没有让欧阳送自己回家。因为她担心，周建峰又会从哪个阴暗的角落里突然冒出来，然后阴森地来一句：“苏阳，我终于逮到你了，看你往哪里躲。”

苏阳小心翼翼地回到家，一阵刺耳的电话铃声划过寂静的深夜，毛骨悚然，恐怖至极。她冲过去，拿起抽屉里的大剪刀“咔嚓”一声剪断电话线，并把电话机直接扔进了垃圾桶。

苏阳站在原地，自言自语道：“周建峰，我就不信我治不了你。”

恼羞成怒

清晨，苏阳缓缓睁开眼，这一刻，不会再有恼人的电话铃声将自己吵醒。

周建峰是恶人做到底了，晚上逮不着苏阳，白天再继续到她公司守株待兔。幸好，有同事们的帮助。周建峰见人多势众，自己也是有些身份的人，不好在大庭广众之下撒野耍无赖。他趁周围没有人时，指着苏阳的鼻子说道："苏阳，你够狠！"

苏阳不再气急，手抱资料，脸上露出淡定的微笑。

下午开会，苏阳把定稿扔在桌上："这就是9月杂志的封面吗，我不知道你们拍了些什么？谁能告诉我，9月代表了什么？"下面一片鸦雀无声。"9月是丰收的季节，是学生开学的季节。读者在这时最想看到的是什么？"

策划负责人李维解释："我们认真讨论过，这期的封面杂志人物是经过策划部精挑细选出来的。"

苏阳不接他的话，继续："我们杂志的定位是什么？受众群是哪些？这样的照片做封面，和街摊上那些二三流的杂志有什么分别？这种模特大马路上随处可见，任意拉一个来都比她好。卖笑谁不会，摆pose谁不会？仅仅这样就能成为一个模特？你们告诉我，模特最核心的是什么？"

大家沉默，低头认真倾听。

"是feeling，feeling懂不懂？照片上有吗？一点内在的感觉都没有，俗不可耐！杂志封面不仅仅是sexy、会搔首弄姿就能博取众人的眼球。无非就是两个胳膊、两条腿、一个细腰。读者也会审美疲劳，看多了也会腻味。没有内在、没有涵养，读者照样不会买账。没有生命、没有灵魂的作品，又怎么打动他们的内心？能打动你吗？"

大伙赞同地点头，虽然苏阳言语重，要求严格、完美又总爱挑刺，可她说的却是事实。

"9月，我们要的是清爽、纯真、梦想和希望。你却给我找了一个少妇来，我完全感觉不到清新的味道。真不行，就去高等院校找，最好是刚进学校的大一新生。稚气未脱，又对人生和爱情有真切的渴望和憧憬。千万别找大三、大四的学生，那些女孩，早已和社会上的人没任何区别。老成、世故、自以为是，无法再从她们的眼神中剔除惯有的毛病。别人觉得像弱点，她倒看成是身上特有的优势和资本，自傲得很。我怕把她们找来,真不知道拍照时谁是摄影师谁是模特了。”

李维点头,承诺道:“苏总,您的指示和要求我们清楚了。您放心,策划组一定在一周之内找到您最满意的模特。”

苏阳面不改色:“错,不是要让我满意,而是找到最符合 9 月杂志封面的女孩。明白吗?”李维赶紧接上:“明白,找到最具有清新气质的女孩。”“对,就是这个概念。”

同事们明白苏阳受困多日,发发脾气、挑挑刺也是正常的。况且,杂志办到今日,确实要走走清新脱俗的路线了。否则永远是一个模子不变,就算苏阳不挑刺,读者也会有疲乏的一天。

苏阳回到办公室没两分钟,周建峰又打来了电话。苏阳不等他开口便骂:“周建峰,你不要给脸不要脸!我的忍耐是有限度的,你别得寸进尺!你要是再纠缠不休,还要继续妨碍我的工作和生活的话,我不会手下留情!”

周建峰阴阳怪气道:“苏总,你怎么冤枉好人呐。我哪有骚扰你,我想疼你还来不及。你可真是狗咬吕洞宾,不识好人心呐。”

苏阳气得直咬牙:“无耻!周建峰,你再这样,我真的不给你脸面了。我会拨 110、告到你单位、告到你父母那,让他们看看周建峰的另一面有多么无赖!”

“好啊,苏总有本事那就试试,看看谁会相信你说的话。我周建峰,一定会奉陪到底!”

苏阳摔掉电话:“妈的,混蛋!”她又拔掉办公室的固定电话,在手机里把周建峰的号码拖进黑名单。然后三步并作两步来到外面,对着同事大喊:“以后凡是周建峰本人和他的电话,通通给我挡掉!应付不来就喊保安,再不行,就拨 110!我就不信他没完没了了!”

“遵命,保护苏总是我们的首要大事。”

苏阳“噗嗤”一声笑了:“谢谢大家的配合和爱护,干活吧。”

下班前,苏阳接到一个陌生电话。那男人自称姓郑,名超龙,前两个月在一次聚会上彼此见过面。苏阳听得耳生，努力回想当时的细节。她赶紧从抽屉里拿出一堆名片疯狂地寻找着，并圆场道："郑总，今天这么难得给我电话啊。"

"在下郑某一直想请苏总吃饭，就不知对方百忙之中能否抽点小空赴个约。"苏阳终于找出了那张名片，回想起6月在一次客户酒会上确实与一位姓郑人士握过手，交换过名片。对方经营酒楼、夜总会，还投资房地产。事后，朋友悄悄告诉苏阳，这位郑超龙来头不小，人称"龙哥"，表面做生意，实际上是白道黑道一把抓，大有"黑社会"背景。

苏阳立即回道："郑总，平日公司事务多，如果有招呼不周的地方，还请您多多包涵。"郑超龙倒是开朗："呵呵呵，哪里的话，本来就该男士主动的。不过话说回来，我还确实约过苏总几次，都是发的信息。不过一直见您没什么动静，我也不好多加要求。"

"是吗？那一定是小女子眼拙了，忙得连郑总的邀约都没顾上。实在是抱歉。"

郑超龙说改日不如撞日，就约今天见面吃个饭吧。苏阳思来想去，节骨眼上也不敢多加得罪，便同意了赴约。

"黑老大"出马

郑超龙穿戴体面，在中餐馆等候。苏阳进入包厢，见他热情起身迎接，身旁还笔挺地站立着两名保镖，活生生的香港电影版情节。她一愣，看时间没迟到。

"郑总，真不好意思，让您久等了。""哪里哪里，是我早到了。主人请客，理应早些来等候宾客的。"郑超龙上身着浅色太子龙T恤，下面配一条便裤，头上抹了些发胶，表面看上去和一般的生意人没多大区别。

苏阳刚坐下，服务员便上了龙虾、鲍鱼……满满一桌子的菜。"郑总，点这么多菜，怕吃不完。不如，让您的手下也一起吃吧。”郑超龙给苏阳夹菜：“哎，请客时，手下怎么能和主宾一起同桌吃饭。这是规矩。”

苏阳见两位面不改色地站在一旁，自己没法下手夹菜。她尴尬地说：“郑总，这样，我不太习惯。”郑超龙立马领悟，向身后挥挥手：“得，你们去外边吃吧。”

待两位退下，苏阳才敢动筷。和传说中的黑社会头头吃饭，她是第一次。郑超龙显示出绅士风度，又是倒茶又是夹菜，好不热情，还不时向她讨教生意经。

苏阳有些受宠若惊，这年头还有如此儒雅、谦逊的黑老大？他还坦露，早就耳闻苏阳的大名，一直以来很欣赏她。为了今天的见面，他推掉了所有的活动。苏阳惊叹，自己不知不觉怎么就成了郑超龙的焦点了。

甜点上来后，郑超龙见苏阳没有动筷，便把一块榴莲酥放在她面前。他轻声细语道：“苏总，看您好像有心事？”苏阳诧异，难道他还会读心术？郑超龙将榴莲酥放入嘴里：“有什么烦恼，方便的话，不如说出来，兴许我还能帮上点忙。”

见郑超龙这么说，苏阳也无需避讳了：“郑总，实不相瞒，最近，我确实遇到点麻烦。”“哦，哪方面的？是经济上还是……”苏阳嘟嘟嘴：“是，是私人问题。”

她向郑超龙道出了自己的心头之困，郑超龙耐心地听着。他把手下叫来：“查查周建峰那小子的底。”苏阳说别搞出大事，如果郑总能帮忙，只要他以后不再来烦自己就可以。郑超龙一口答应，并坦言：“在江湖上混的，也讲信誉和规矩，也有社会规则和游戏规则。”郑超龙告诉苏阳，他的宗旨是：绝不错伤一个好人，也绝不放过一个恶人。

出了酒店，苏阳说：“谢谢郑总的盛情款待，改日，我请您！”“这么客气，家常便饭而已。苏总的事包在我郑某人身上，保证给您一个满意的答复。”“要我怎么谢您呢？”“呵呵，在事情还没办妥之前，先别急着谢我。到时候，一定有你感谢的时候。现在，我送你回去。”

“不用了郑总，我自己开车来的。谢谢您。”郑超龙确实有些不放心：“这样吧。你在前面开车，我在后面跟着，把你送到家楼下我再离开。”苏阳为难地说：“这样，不太好吧。”“呵呵，难道，还是让那个无赖继续纠缠着你好？一个单身女子，晚上回家该有人保护。”

这下，苏阳不再拒绝。前面马自达跑着，后边保时捷跟着。别人看着威风，苏阳倒觉得有些尴尬。龙哥的那句话，还真说到自己的心里去了。确实，苏阳是单身，理应有人保护。只不过，按常理不应该是黑社会的头，而是欧阳。

到家门口，郑超龙看着苏阳停车上楼后，才开始发动油门准备离开……

苏阳拿出钥匙开门，却从背后窜出一个黑影。他压低嗓门道：“苏阳，我总算逮到你了。”她一回头，是周建峰。苏阳立马下楼道台阶。她对着窗台外喊道：“龙哥，别走！救我！救我！”

周建峰三步并两步追下来，死死抱住苏阳，并用手去堵她的嘴。苏阳急中生智，一口咬住周建峰的右手大拇指，并猛踢他的脚踝。疼得周建峰一把将她推倒在地：“臭娘们，竟敢咬我！”苏阳赶紧往楼下跑，大喊：“救命啊！救命啊！”周建峰在后面紧追不舍：“苏阳，看你还往哪里逃！”

她索性脱掉高跟鞋赤脚跑出来，见保时捷还没离开，大喊：“龙哥，救我，救我啊！”郑超龙和手下下车，一把抱住跌撞的苏阳：“苏阳，别怕，有我们在。你去车上待着，我不叫你别下来。”

苏阳还没反应过来，只见车外一片混乱。郑超龙和两名手下对着周建峰一顿猛打，顿时血光四射。苏阳想开门下车，却被反锁在了里面。她不断敲打车窗，希望他们赶紧住手。见周建峰躺在地上一动不动后，郑超龙才捂着手腕过来开门。

苏阳下车，战战兢兢地走过去，只见周建峰满身伤痕地躺在血泊中。她捂住嘴惨叫起来。郑超龙则平静地一笑而过："好了，摆平了，他已经死了。"苏阳睁大双眼问道："什么，他死了，你把他打死了？"郑超龙笑笑："谁让他不识抬举，这是他应有的下场。"苏阳两腿一软，晕了过去……

苏阳猛地从床上一跃而起，满头大汗，不停喘粗气。原来是场噩梦，好险！她走到门口检查门锁，看看猫眼，把阳台的落地窗户锁好。确定一切安好后，才敢继续回卧室睡觉。

郑超龙到底是道上混的，说话算话。他在第一时间找到周建峰，警告他不要再接近、招惹苏阳，从此远离她的生活，否则下场他本人负责。周建峰看对方来头不小，但并不服软，还反问郑超龙是苏阳什么人，凭什么替她出头。郑说这不是他该关心的问题，让他管好自己的嘴巴、手脚就行。并扬言，要再敢接近苏阳，到时候就不会像现在这么手下留情了。

周建峰望着扬长而去的郑超龙，心里很不服气。但之后听别人说郑超龙有涉黑背景身份，心里不禁产生了几分畏惧。为了不让自己得不偿失，他放下了苏阳，还留下了保证书和手印，由郑超龙保管。并向苏阳本人承诺和道歉，答应不再接近她的生活。

多日来的骚扰风波终于在龙哥的帮助下得以平息，苏阳的心总算落下块大石头。这一刻，苏阳轻松了。

当晚，她主动邀请郑超龙，来到顶级私人会所用餐。360度环绕全城夜景，优质的中式风格，雅致的氛围。

看着郑超龙慈眉善目的模样，苏阳无法想象黑社会团伙在江湖上厮杀打拼的景象。整个晚上，苏阳时刻保持谨慎，每句话出口前必先斟酌后果。这一晚花了她口袋里不少的银子，但能让黑社会老大替自己出头，就是花再多的钱财也在所不惜。

吃完饭，郑超龙还像上次一样，将苏阳绅士地送到家楼下。苏阳和龙哥道别后，第一时间便想着给欧阳去电话："亲爱的，我终于可以自由自在地生活了。"

梦　碎

8月，最后一个周末，苏阳决定正式和欧阳在一起的大好日子。

她兴冲冲地采购晚餐必用的材料，上等红酒、新鲜牛排、蔬菜、水果、咖啡，还有蜡烛和香薰。

回到家，苏阳打开音响，换上家居服。《此情可待》、《当我坠入爱河》、Always on my mind……伴着一系列抒情浪漫的情歌，她铺上碎花桌布、放好蜡烛、煮好浓汤、煎好牛排、切好水果、倒上红酒。想着马上就能与心爱的人见面，苏阳的心，开始怦怦直跳。

她换上白色礼服，涂上金色眼影与唇彩，这都是欧阳喜爱的style。她对着镜中微笑，今夜，将是最值得纪念的一刻。多年后，终于可以来个华丽的转身。

一切准备就绪，苏阳点上蜡烛，关上大灯，又在刻有碎花的香薰灯里滴入精油……昏黄的色调充满了激情浪漫，幸福的味道飘散在空中，弥漫在整个房间。

6点，门铃响起。苏阳欣喜地开门，却是快递员送上的礼盒。苏阳有些失落，坐在桌前等，一分钟、两分钟、三分钟……她托着下巴，看着蜡油经过蜡烛渐渐往下流淌，一点点慢慢变少。

6点20分，欧阳来电。苏阳惊喜地起身："欧阳，你到了是吗？我这就给你开门！"电话那头传来欧阳低沉的声音："阳阳……对不起……"苏阳站定："怎么了？"欧阳喃喃地说："我……我今天，恐怕来不了你这儿了。真的对不起……"

苏阳的心顿时凉了下来，她小心翼翼地问："是不是，公司有什么重要的事情，需要你去处理？”那头沉默了一会：“不，不是公司的事。我……”

苏阳红了眼眶：“今天是个大日子，除了工作，没有什么事比我们的重逢更重要的了。”欧阳压低嗓音：“阳阳，我明白。不管怎样，你记住一句话。在我心里，你永远是最重要的。”

“那为什么来不了？”苏阳隐隐感觉出什么，强忍住眼泪，“告诉我，究竟有什么事，比我更重要？”

欧阳似乎很为难：“真的非常对不起。办完事，我马上来你这儿。好吗？”苏阳终于控制不住了：“我不要听你说对不起，我只要答案。告诉我，为什么来不了？”

CD 机里正巧播放 She’s Gone，高亢的悲情嗓音划过苏阳的耳畔。讽刺的消息如同晴天霹雳，苏阳再也承受不起，任眼泪不断滑落。那凄楚、悲惋的歌声，像要撕碎她的心脏。

“欧阳立帆，我看清你了！”苏阳最后回了一句，然后愤愤地摔掉手机，摔掉桌上的红酒、杯子、盘子……地上一片狼藉。

在欧阳不知情的状况下，父母将世交及他们的女儿叶佳慧请到家中吃饭。欧阳说有急事恕不能奉陪，父母告知另一目的是要给他和叶佳慧相亲。欧阳当场拒绝，却遭到父母严厉的指责。欧阳坦言早已有心仪的对象，父母说怎么从来没见带回家过，欧阳沉默。饭菜上桌，对方父母及叶佳慧正在客厅等欧阳一人。无奈之下，他只有打电话和苏阳说明一切，希望能得到她的谅解。

苏阳绝望了。欧阳要她理解他，可又有谁能理解自己？他亲手将她精心编织的梦打碎了。

苏阳坐在地上，靠着沙发，那瓶还剩大半的红酒，一点一点流进嘴里。烟缸里，满是剩了半截的烟头。苏阳累了，躺在绒毛地毯上，蜷缩着、趴着……她变换着姿势，想把自己保护起来，却始终无法寻得依靠。

CD 里响起《天赐恩宠》那辽阔、悠远的女声，海浪的拍打声和海鸥的鸣叫声，带走了苏阳的心。她平躺在地上，仰望苍白的天花板，脑海里浮现着和欧阳相处的画面。

泪水顺着眼眶流下来，直到再一次，泪流满面、天旋地转。

遍体鳞伤

外面开始下起雨来，苏阳被淹没在泪海中。欧阳不断按门铃，苏阳抱膝，用双手捂住耳朵。她的心，已被他狠心地抛到远处，再也捡不回来了。

她下楼，对满身湿透的欧阳大喊道：“我什么都不想听，你走吧！不要解释、不要道歉，那只会显得你更加虚伪！”欧阳手拿 99 朵粉色玫瑰，内疚地说：“苏阳，我欠你一个解释，从过去到现在。不管你接不接受，我都要向你证明我的心从来没有离开过你，从开始到现在！”

看着欧阳将功补过的样子，苏阳更来气。她喊道：“怎么，拿几朵破花就想收买我的心吗？被你哄几句好话，我就会重回你的怀抱？你当我是什么？你要我笑就笑，要我哭就哭，让我走就走，让我回来就回来？欧阳立帆我告诉你，我是个女人，不是你手上随处可以拿捏的玩具！”她心痛地哽咽着，“玩弄了这么久，够了吧？”

欧阳上前，握住她的胳膊：“阳阳，我没有，没有！”苏阳一把推开他：“你别碰我，别碰我！”“好好，我不碰你。你冷静点，听我说！”

苏阳崩溃了：“我不听，我不听！你走，你走！我不想再听你的任何解释！欧阳立帆，你是个懦夫！我从心底里看不起你！”她指着花，“你应该把花送给她，送给她去！不要再来侮辱我的感情，你不配！”

欧阳扶住苏阳，她狠狠推开：“放开我！从现在开始，我们各走各的。你继续做你的孝顺儿子，我继续寻找自己的真命天子。不过那个人，绝对不会是你！”

苏阳甩手转身，玫瑰花掉落满地。欧阳上前抓住苏阳的胳膊。她狠狠瞪着他:“放开我！放手！请你离开,离开！”“我不放,我不放！”苏阳眼里充盈着泪水，冷冷地说道：“我不想看到第二个周建峰，再来继续骚扰我的生活！够了！”

他一把抱住她，哭着道:“苏阳，我不放你走，我不会放你走的！”

苏阳闭上眼，心里想说：欧阳，我也很想跟你走，可我说服不了我自己。你把我伤得够透了，我已无力再重拾那颗破碎不堪的心。太久了，心也会累病的。如果你爱我，就放了我吧。既然到如今你还是不能选择自己的生活，那么就试图妥协吧。反正在你心里，最看重的只有你的家人和事业。那么，就不要再假装重视了。爱得这么牵强，何必呢。亲爱的，再见了。也许那个她，会更适合你和你将来的生活。

苏阳轻轻推开他，缓缓地说：“我们完了，完了……”“不要，不要……”欧阳无力的劝说，让苏阳的心沉到了谷底。她走在雨里，甩手大喊着:“我们完了,欧阳立帆和苏阳真的玩完了！”然后转身离去，不给他留有任何机会。

欧阳的手心里，紧紧握着装有钻戒的小礼盒。雨越下越大，他站在原地一动不动。苏阳站在阳台上，看着欧阳在雨中孤独的背影，哭到不能自已。

她坐在沙发前，环抱一堆零食，边吃东西边看电影 Once。苏阳的心每每受伤后，她都会拿它来温暖自己冰冻的身体。

一群在柏林街头卖艺的朋友，两位主人公努力写歌、排练和录制。她和男孩第一次有了共同演奏的机会，他是主弹，她是伴奏。男主角写了一首曲子，问女主角有没有兴趣帮他填词。她咬了一个晚上的笔头，终于把词填好了，刚想试唱发现 CD 没有电。女主角只好在夜里穿着睡衣和拖鞋，来到超市买电池，边往回走边哼唱 If You Want Me。

苏阳流着泪，嚼着薯片，跟着轻吟：“Are you really here， or am I

dreaming, I can't tell dreams from truth……"

漆黑的空间，只有电视屏幕闪耀的光线，照在苏阳脸上，寂寞而凄凉。当电影放到两人在山顶，男主角用刚学的捷克语问女主角："你还爱他吗？"女主角转过头，用捷克语回答了他。

她说："我爱你。"

散"心"

周日，苏阳在床上躺了一天。昨夜喝了酒淋了雨受了风寒，此时只感觉头痛欲裂。

周一午后，苏阳把大伟和章勇叫进办公室："我可能几天不能来公司了，如果有什么事，你们就多担待点。"大伟问："看你脸色很不好，是不是病了？"章勇也问："是不是遇到了什么麻烦？有什么事别一人扛着，说出来我们好帮你。"

苏阳摸摸额头："没什么，别担心。只是觉得有些累，想休息几天。""这段时间你的心情一直不稳定，是该给自己放个假了。""出去散散心吧，呼吸一下新鲜空气，好好放放松。""谢谢你们的理解。公司，就麻烦你们多操劳了。如果有什么情况，你们就多指点一下。拜托了。"

苏阳分别和大伟、章勇拥抱。她红着眼说道："谢谢你们一路来的扶持和包容。没有你们俩，我真不知道该怎么撑到现在。谢谢！"大伟、章勇拍拍她的肩安慰道："今天你是怎么了，有这么多感慨？"

苏阳忍着眼泪："就是觉得，有你们在身边真好，很安心。对了，我不在的这几天，手机都不会开。有任何事，我让小张记录着。""明白，我们苏阳要与世隔绝了。"

此时的苏阳，只想离开市区、离开嘈杂的人群、离开那些恼人的心事，好好呼吸一下新鲜的空气。

她将音乐开到最大，把油门踩下去，一百二十码、一百四十码、一百六十码，她只想快点、再快点。伴着车窗外的大风，苏阳的眼泪就这么流下来，直到再一次，泪流满面。

她松开油门，一脚踩在刹车上。刺耳的声音划过晴朗的天际，路边的鸟儿被吓飞了。苏阳把头靠在方向盘上，喇叭发出尖锐的鸣叫声。

她抬头打开天窗，蔚蓝的天空、洁白的云朵、自由的小鸟，看得眼睛生疼。苏阳想：有时还不如做只快乐的小鸟，可以来去自如地到处飞翔。飞向哪里，哪里就是自己的家，天空便是它的海洋。天有多大，海洋就有多深。

苏阳开车来到电视台，潘静赶了出来："周末怎么样，也不见你来个消息，一定和欧阳甜蜜得忘乎所以了吧？"苏阳冷静地说："以后，不要再提起这个人的名字。"潘静诧异："怎么啦？前两天不还好好的，怎么一下子，又出什么问题了？"

"是姐们就别问了。对了，你这几天要是空的话，陪我出趟门吧。"潘静想了想："行，正好上一个活动刚结束。我把手头的事安排一下就陪你出去，你想去哪里？"

"……北京。"一句话，潘静立马心领神会。"想什么时候走？""越快越好。""好，我一会就去订机票。"

谁知苏阳斩钉截铁地说："这次我们不坐飞机，坐火车。"潘静猛地回头，沉默了三秒："好，那我一会去订软卧。""不，硬卧。"潘静迟疑了一下，然后点点头："好，我去订硬卧。"

出　走

9月1日，孩子们入学的时间，也是苏阳与潘静踏上北上列车的日子。她们不去求学、不去看风景、不去看旧友，只是为了，旧地重游。

记不清有多久没坐过火车了，还是硬卧。苏阳与潘静坐在靠窗的位置上，看着外面的风景，一路上，没有任何对话。

旁边的下铺，坐着四个穿T恤的学生，两男两女。他们边嗑瓜子边打牌，传来阵阵欢笑与逗趣声。那是多么熟悉的声音！

回想十几年前，苏阳、欧阳、潘静、庄博、程程、小柔六人，坐在开往北京的列车上，也是同样的白T恤、蓝仔裤，同样的硬卧，同样的心情。那时的自己多简单、多快乐。不需要思考复杂的人生，思考人与人之间的关系，思考人心的深浅与真假。只有学业、友情、梦想，还有，爱情。

苏阳回过神来，羡慕地看着他们。从对面那个女孩脸上，她看到了从前的自己，还有那股熟悉的方便面的味儿。

潘静起身："我去餐厅点菜，一会你过来。"苏阳拉住她的手："不，我不想去餐厅吃饭。""那你想吃什么？我给你去买。"苏阳平静地说："想吃方便面。"

正好服务员推车过来，苏阳说："麻烦来两桶方便面。""好的，请问小姐还需要什么？""再来两个卤蛋和两根火腿肠吧。"

潘静一边泡面，一边嘟嘴道："晚饭就吃这个，也太亏待自己了吧。旅途本来就是个苦差事，还不得赶紧补补。"

谁知苏阳笑笑，感慨地说："现在生活条件好了，天天吃香喝辣的，肚子里的油水不断。毫不夸张地说，我们现在连吃方便面的机会都没有。说真的，还怪想念这个味儿的。"

潘静明白苏阳的意思，她并不是真的爱吃方便面，而是想念10年前列车上吃面的心情和味道。简单的要求，只要能吃饱肚子，只要大家互相依偎，便是幸福。

记得上大学时，每个寝室都会AA买回一箱方便面来，以备不时之需。可笑的是到最后，居然出现了严重缺粮的现象，几个人抢一包方便面的情景时常上演。你一口、我一口、他一口，一碗面三下五除二就被干光了，连汤汁都一点不放过。

现在生活水平好了，人们渴求的东西越来越多，要求也越来越高。

当下一包不起眼的方便面，放在 10 年前，就是同学们垫饥的救命稻草。只是，从前简单的快乐，如今，却再也回不来了。

苏阳和潘静看着那几个大学生，每人一碗方便面，吃得不亦乐乎，嘴上，还残留着那明晃晃的油水。他们没有软卧、没有可口的饭菜、没有富足的钱，只是一批去远处求学的大学生。可他们，依旧快乐。

苏阳大口大口地往嘴里送方便面，顿时红了眼眶。

到了北京，苏阳与潘静拖着沉沉的行李，双脚踩在地上，心绪凝重。北京的天和那年的夏末一样晴朗，云朵灿烂，还是同样的干燥和闷热。

坐上出租车，苏阳看着窗外，车水马龙，一片繁忙的景象。潘静问："坐了一天的火车，累吗？"苏阳摇摇头，继续看窗外的高楼大厦。

良久，她才淡淡地发出声："再累，有心累吗？"

来到宾馆，潘静放下行李，便一头倒在松软的大床上。"哎呦，真是不如当年了，老了。换作是从前，就是坐上三天三夜的火车也不觉得累，就是新鲜。现在，让我上海滩转一圈都觉得累。"

苏阳坐在床脚边，愣愣地说："是啊，那时候我们都年轻，有激情。"潘静转过身："我们现在也有激情啊。"苏阳躺在床上，看着天花板："不一样了。现在，因为什么都有了，所以都觉得不新鲜了。从前，正因为什么都没有，什么都觉得特新鲜，所以格外珍惜。那时的激情，是因为有盼头；而现在，是拼命地想熬啊熬，却怎么也熬不出个头。"

潘静拿出一支烟，静静地抽着："上学那会大家都有激情，因为金色年华才刚刚开始，人生有大把的青春等着我们去享受和消耗。我们大可放肆地去笑、去哭、去任性，大可洒脱地去爱、去恨、去感受。"

苏阳感慨："而现在呢？当我们试图抓住青春的尾巴时，它却像泥鳅一样从手中无情地滑落掉。我们不可再像当年那样自以为是地去疯狂，我们没了最初的资本，我们再也任性不起了。我们就是打破脑袋想要冲出重围，却又一次次地，背道而驰。"

在聊天中，苏阳得出一个"蚕宝宝与人的进化论"理论。她说人的生长过程就像蚕宝宝破茧而出的艰难过程。从卵中孵化出蚕宝宝，一段时间后开始脱皮。这像我们的婴儿时期，吃着奶粉长大，然后生出乳牙。

而蚕蛹经过一次脱皮后，变成二龄幼虫。脱一次皮增加一岁，直到脱皮四次成为五龄幼虫后，才开始吐丝结茧。这像人类的幼年，慢慢地成长至上学。

而幼虫经过两天两夜的时间，结成一个茧。这又像人类的少年，慢慢地成长至青少年。那做茧的丝可以抽到长达 1.5 公里，这像我们 9 年的义务教育，紧张而漫长。

再然后，茧进行最后一次脱皮，成为蛹。这像我们的大学生活，新青年即将诞生。10 天后，再化成蚕蛾，破茧而出。这像人类终于学有所成，真正开始走上社会。

出茧后，雌蛾尾部发出气味引诱雄来交尾。这像是我们人类男大当婚女大当嫁，彼此结合共度一生。最后，雄雌交尾后雄立即死亡，雌蛾花一晚上产下 500 个卵，然后慢慢死去。这像我们夫妻相伴到老，丈夫走在妻子的前面。当妻子把儿女辛苦地抚养成人后，自己也将离开人世。

从蚕卵到蚕蛾直至死亡，只不过 40 多天时间。而人的一生，却有长长的几十年！

多么形象和讽刺的比喻！

潘静苦笑一声："唉，人生呐人生，把我们都骗了。好好的姑娘就这么熬成了婆，我还没过够呢。"

苏阳想表达什么，却又无力诉说。

算命先生

两人旧地重游，晚餐在朝阳门的餐馆吃了香辣蟹，又去了北京有名的后海酒吧一条街。还是一如既往的灯红酒绿，热闹非凡。

古庙、牌楼、四合院，地道的北京胡同建筑改建成了各式酒吧，云南、西藏、后现代风格，应接不暇。少了商业味道，却多了老北京的民俗风情。三三两两的友人聚在一桌，喝着啤酒、吃着烤串，还能乘船夜游，不亦乐乎。

走累了，潘静提议找一家店坐下歇会儿。她们挑了面靠河边的小酒吧，坐在室外，伴着习习微风，感受夏末带来的惬意。潘静问苏阳："要喝什么酒？""随便，你定吧。""那就来两杯燕京扎啤，还有花生米、鱿鱼丝、拍黄瓜，再来 20 串羊肉串。"

小吃一上来，潘静的电话开始响个不停。苏阳深知这次诀别，欧阳会发了疯似地拼命找自己。可那又如何呢？再是内疚和忏悔，都已经伤害了。结局只有一种，就是不断地周而复始，一次又一次的分开、重逢，重逢、再分开……

算了吧，凡事总有个底线的，"忍让"不是一种优势和惯性。到此为止吧。至少这样，可以停止伤害，停止纠缠。

苏阳拿着烟和扎啤杯起身走到河边。潘静定定神，接起电话："欧阳，如果你真爱苏阳，真为她好，现在就不要打扰她。你知道，她能清静的时候，实在是太少了。放过她吧，让她喘口气，她只是个……女人。"

潘静挂了电话，拿起扎啤杯走过去。"你想清静，我陪你。"潘静将手机关掉。苏阳朝她笑笑，两人看向远方。

期间，有位算命先生经过，在她们身边停下脚步。潘静问："你有事吗？"算命先生笑笑说："两位小姐，让我给你们看看相吧。"潘静反感地一摆手："不要不要，你走吧！"算命先生站着不动，目不转睛地盯着她俩出奇地看。潘静火了："哎，我让你走怎么不走啊？"

他笑着对潘静说："呵呵，小姐，我要恭喜您啊！"潘静斜着眼问："恭喜我什么？""不瞒您说，您有喜了！"潘静一听更火大了："哎你这人怎么回事，瞎说八道什么？什么我有喜了？”“恭喜恭喜，小姐怀的，还是双胞胎！”“你有问题啊，我没让你给我看相，你再乱说信不信我找人抽你！”

“小姐莫动气，动气伤了身子损了元气，对腹中胎儿不好。”潘静抡起拳头想向他挥去，被苏阳挡住：“哎，别动手。师傅，你还是走吧，我们不想看相。”算命先生又盯着苏阳看了会儿：“小姐，您印堂发亮，命中桃花啊，好运就要来了。”

苏阳疑惑地说道：“是吗？我怎么不觉得。”“而且，你的真命天子就在眼前，要好好把握。”她轻笑：“真命天子，呵呵，好啊。”隔了会儿，算命先生又补充说：“只不过，你们之间被外界的东西所干扰和阻挠，但只要有信心，纵使千山万水，有情人定会终成眷属的。”

苏阳一听，心里还是咯噔了一下。

算命先生笑笑：“宁可信其有，不可信其无啊。祝二位小姐好运，心情愉快。”说完，站在原地一动不动。

苏阳从包里掏出一张50元打发他：“谢了，你可以走了。”算命先生拿着钱，摇摇头：“哎，我的预言不会有差错。我算的，可是两个人的命运呐。难道，只值这个价？”

潘静大声嚷嚷：“喂，你还想怎么样？我们本来就没要你看相，是你自己硬要揽上来的。就凭你这么胡言几句，给你50算不错了，别敬酒不吃吃罚酒！拿了钱快走！”

苏阳拍拍她的手，又从包里拿出一张50递给他：“师傅，这下你可以走了吧。”算命的再次接过钱，摇摇脑袋转身：“哎，看了两位的相，50一人，到哪里去找这么便宜的事哦？比捡漏还值当呢。”

潘静气不过：“这疯子满口胡言乱语，什么我有喜了，还是双胞胎？钱就这么好骗啊！苏阳你也是，就这么轻而易举地让那个老头赚了100块！”“拿钱打发他走，这不是很好吗？”

潘静不服气：“开玩笑，今晚的酒钱也就100块，凭什么让那个疯子得这个便宜。他要是算准了，别说 100 块，1000 块我们照样付。可这种骗子满大街都是，要是我们一路上都被他们缠着，我看你怎么办。我警告你啊苏阳，这趟到北京，你不是来做慈善家的。别手一松，把血汗钱都让骗子给卷走了。”

苏阳揽过潘静的肩膀，露出了久违的笑脸：“好好好，你的话我谨记在心，下不为例嘛。这次就当，花钱买清静。好啦，来，我们喝酒！”她拿过扎啤与潘静碰杯。潘静撅撅嘴：“你呀，就是太善良了，容易心软。”

桃山庄

第二天清晨，苏阳趁着潘静还在熟睡中，悄悄赶往天安门广场，观看隆重的升国旗仪式。

7 点 36 分，当太阳的上部边缘与天安门广场所见地平线相平时，武警国旗护卫队护送国旗走向广场升旗台。随着嘹亮的国歌响起，苏阳和其他民众一样，原地肃立，轻哼国歌，眼看五星红旗冉冉升起。

苏阳的心里，从未像此刻般平静。想起在大学时，国庆节那天，一帮同学凌晨起床倒几趟公交车赶往天安门，为的就是亲眼目睹升国旗那雄伟、壮观的场景，感受百姓举国同庆的情景。当国旗升到顶部时，一群白鸽飞向天空，大伙激动地互相拥抱、击掌。

如今，苏阳再一次感受到了！这一刻，她不再孤单害怕！

苏阳带了豆浆、油条回宾馆。潘静还在睡梦中，苏阳却一刻不停歇，9 点未到，都已经跑遍大半个北京城了。她留了张字条：静，早餐给你买来了。如果累，就待在宾馆休息。我去顺义办点事，傍晚联系。勿念。阳。

苏阳打上车，赶往北京顺义县的桃山庄。

10 年前，她和某人，约上三五好友，周末经常上那儿游玩。摘桃子，看风景，在田地里漫步散心，然后去农庄吃农家饭并留宿一晚……阳春三月，桃花盛开的季节，成片成片的桃树林，放眼望去，似一片火红的朝霞。红色、粉色、红白相间的桃花，像置身世外桃源，花一般的海洋。

渐渐地，桃树上结了很多青色的小果子，隐秘地藏在茂盛的绿色桃叶里，像害羞的待嫁女子。到了盛夏，桃树枝叶茂盛，挂满了又大又红的桃子。伙伴们常常迫不及待地摘下一个，用纸巾一擦，咬下一口，酸甜的汁水，令人回味。

桃林深处的农家小院，像是桃树的护卫队，与它们朝夕相处。姚师傅是农场中的大户头，经营种植业。他日夜精心料理，给桃树松土、修枝叶、浇水。只要桃子长得多、长得好，姚师傅总是会乐呵地合不拢嘴。为了增加收入，姚师傅还将自家的小院开辟出来，摆上简单的桌椅、茶具，对外招揽客人。

每次去顺义，姚师傅总是热情地招待他们。特别是他那黝黑的皮肤，手上始终不断的中南海香烟，一双军布鞋从夏穿到冬，常年舍不得更换。姚师傅烧得一手好菜，让当年的苏阳和欧阳流连忘返。姚师傅很喜欢他俩，去得多了，当自家孩子看待。

每次离开桃山庄，师傅总要给他们带些桃子、红枣、熟玉米和零食。为此，老惹得小女儿伟桃眼红，说父亲偏心。每当这时，姚师傅总是摸摸女儿的头说：“他们是远道而来的客人，在北京上学不容易。你天天在家都有的吃，他们难得来一趟，招呼招呼是应该的。将来你长大了，也要这样去招呼自己的客人。”

小伟桃眨巴眨巴大眼睛，将一颗大红枣往嘴里一扔。“爸爸，我也要上大学，我也要向欧阳哥哥和阳阳姐姐那样做个光荣的大学生！”姚师傅笑着看她，抽一口烟，眼睛眺望前方：“好啊，那就看我们桃桃自己的努力和造化了。”小伟桃一阵嘎嘎笑，跑出去玩耍了。

毕业8年后，再次来到这片农庄，已大变样了。桃山庄比原先的面积更大了，放眼望去，几乎看不到尽头。周围有了新翻盖的现代建筑，农家乐也从当年少有的几家发展成了几十家。唯独不变的，是院落的朴实与纯美，土狗柴鸡、绿竹环绕，城里难得一见的农村风貌。

苏阳凭借以前的记忆往里走，来到一家院落门口，映入眼帘的便是那副桃木做的对联。她依稀记得是姚师傅的笔迹，喊了声："请问，屋里有人吗？"只见姚师母从里屋出来，一抬头看见苏阳，眼睛一亮。她咧着嘴，用一口纯正的北京翘舌音大喊道："呀！这不是阳阳嘛，几年不见，变成大姑娘了！什么风把你吹来了？快快，让我好好瞅瞅！"

苏阳赶紧上前："师母，我是苏阳，您还记得我？""当然记得，以前你和欧阳常来这儿玩。现在你们都在做什么？还好吧？""嗯，挺好的。我和别人合办了广告公司。""是嘛，当老板啦，我就知道阳阳有出息。那欧阳呢？他在做什么？"

苏阳顿了顿，说："他大学毕业出了国，今年回上海的，现在也开公司了。""我说你们就是能干，郎才女貌。对了，你们应该结婚了吧？"一句话，让苏阳语塞。她尴尬地回答："师母，我现在还是单身。"

师母愣了愣："哦，原来你们没有结婚啊。我还当，可以吃上你们的喜糖了呢。"她拍拍苏阳的手，"没关系，师母等着吃。""我和欧阳，没有在一起。"师母脸色一变："哦，这样啊，好事多磨，好事多磨啊。对了，这次来北京是出差还是旅游？"

"算是散心吧，难得到北京一趟，就想来看看你们。师母，姚师傅呢？我带了点茶叶，还有他喜欢抽的中南海。"

师母低下头，脸上的表情骤然神伤："你姚师傅……""姚师傅怎么了？"师母红着眼眶，缓缓地说："阳阳，你姚师傅在屋里，和我进来吧……"

苏阳感到不对劲，慢慢跟在师母身后。屋里的设施和从前不太一样，做了些调整，中间的那张八仙桌没了。屋里没有人，更显空旷。

师母轻声道："阳阳，你姚师傅，在那儿。"她手指着墙上，一张黑白照赫然出现在苏阳眼前。

苏阳惊呆了："师母，这……""你姚师傅，去年得胃癌走了……"苏阳顿时红了眼眶。在自己的记忆里，那时候的姚师傅身强力壮的，穿着一双军布鞋一口气可以走好几十里路，做一天的农活也不会累，晚上还要为全家老小做饭菜。他的音容笑貌还在脑海里转悠，那么有活力的一个人，怎么就……

苏阳为姚师傅上了香，磕了三个头，把带来的茶叶和香烟放在桌上。她对着黑白照片哽咽道："姚师傅，还记得我吗？我是苏阳，我来看您了。我带了您爱喝的黄山毛峰，还有您喜欢抽的中南海。如果您喜欢，明年我再给您带。姚师傅，您安息吧……"

姚师傅的一家

师母告诉苏阳，前几年农庄搞扩建，姚师傅又做起淡水渔业，承包了养殖热门品种鳜鱼（桂鱼）的业务。一年内，效益翻了一番。

一天早上，池塘里的鱼大多翻了肚皮，奄奄一息了。他们怀疑，是村里另一个养殖渔业的同行心里不平衡，后半夜趁大家熟睡后偷偷来到姚师傅承包管辖的池塘旁，放了化学药物，导致大量鳜鱼死亡。

这次事件直接经济损失达 8 万元，姚师傅一年的心血就这样白费了。虽然没有确凿的证据，但他们明白一定是那人所为。姚的一家老实、纯朴，不愿和别人争抢什么理。他有苦说不出，只好把委屈咽进肚里，重头再来。

每日，姚师傅天不亮就起床，整日围着桃树和池塘转。常年来，姚师傅的胃一直不好，他把好吃的留给家人吃，自己总是就着冷馒头和咸菜过稀饭。师母多给他夹些菜，他总会放到老母亲和儿子女儿的碗里。师傅憨憨地一笑："我吃得太饱了，让孩子们多吃点。"

姚师傅时常会胃痛，吃不下东西，晚上疼得睡不着觉，家人劝姚赶紧去看医生。每当这时，他总是固执地说："不就是个小胃病嘛，没什么好看的。"

直到有一次，姚师傅胃痛得在池塘边晕了过去。儿子立马将他送到县里的医院，一检查才得知是胃癌晚期。师母凑了一部分钱准备给师傅治病，哪知他说："别在我身上砸钱了，我知道，我这病也拖不了多久。我走了以后，就麻烦你辛苦照顾这个家，照顾老母亲和两个儿女还有孙子。"

师母流着泪："你怎么可以不治病呢？你的身体是第一位的，其他都是次要的。老伴，我们保命好吗？"姚师傅摇摇头说："嗨，迟早都是要去的，何苦这么折腾呢。说白了，人的生命就是个数字，时间长短没关系，只要把每天活好了，早两年走又何妨？我的老父亲在那边等我呢，母亲托我带了很多话给他。到了那一天，父亲就不孤单了，我可以陪着他，聊上一辈子的天了。"

"可是，你是姚家的顶梁柱，怎么可以撒手不管？你走了，家里的桃园和池塘怎么办？一家老小怎么办？你就这么忍心一走了之？女儿现在大着肚子，小外孙还没出世，你就不想亲眼看看他吗？啊？"师母扑倒在床沿，将头埋在师傅的怀里痛哭起来。

姚师傅眼角流泪，用双手轻拍师母的背："现在，不是还有儿子和女婿吗？我不在了，他们就是家里的顶梁柱！"师母摇摇头，抹抹眼泪。

师傅叹口气道："老伴啊，这世上的家人再亲，都不如你了解我。你，都明白的呀……""我明白，我心里都明白！可是我舍不得你走，家里人都舍不得啊！我就是砸锅卖铁，就是卖了桃园和池塘也要治你的病！不管结果如何，我都要和老天爷赌这一把！"

姚师傅激动地连连摆手："万万不可，万万不能犯糊涂啊，老伴！你拿所有的钱治我一人的病，那一家老小吃什么？你花了这些钱，到时候治不好我还是要走的。可你们怎么办？一家九口人怎么办？你拿钱赌我一人的命，难道还不如九条命吗？”

师母看着师傅，痛哭地挣扎道：“啊……啊……老伴啊，老伴啊……”“老伴啊，你是我老姚上辈子修来的福分，下辈子，我还要娶你做我老婆。”师母抱住他，激动地喊道：“我也和你一起走，我也和你一起走得了！这样，我们就永远在一起了……”

师傅痛苦地摇头：“别傻了，老伴。你是世上最伟大的母亲，不能在孩子面前失信。答应我，好好过好下半辈子。这些钱，好好留着做家用。还有，把我这些年辛苦建立起来的桃树庄和池塘管好，别再让人家来迫害咱们。儿子长大了，可以代替我了。我把家业交给他，我放心。让儿子、女婿去打理，他们不会让我失望的。”

师母心痛地摇头。

师傅握住师母的手，语重心长地嘱咐：“老伴，记住我的话，一定记住我的话。把家业建设好，富足后代……”姚师母泪流满面地点点头：“你放心，你交代的事，我一定做到！”

最后，姚师傅在医院只是用了些简单的中药，就决定回家。他不想死在医院里，他想和家人在一起，想和桃园和池塘在一起。师傅在病重期间，晚上胃痛得厉害时，就拿毛巾咬在嘴里。师母看在眼里，疼在心里。他走的那天，床前放着三块被师傅咬破的毛巾……

姚师傅走之前，在老婆、儿女的搀扶下，把桃树园和池塘好好整理了一番，并向他们交代和传授了养殖经验和管理方法。黄昏时，他和家人，在这片火红的桃树林前，留下了生前最后一张全家福。

师母把照片拿给苏阳看，她落泪了。照片上的姚师傅和当年健硕的模样成了两个人：从前的黝黑皮肤，身材挺拔；照片上，他变成了一个小老头，脸上的颧骨显得尤为突出，全身上下瘦得除了皮只剩下骨头。他弓着身子，眯着双眼，勉强地挤出最后一丝笑容。

苏阳能体会到师傅在照相的那一刻，用尽了全身的余力在支撑着、微笑着。那道黄昏的阳光温柔地折射在姚师傅脸上，成为了桃树庄最后一道美丽的风景。

它灼伤了苏阳的眼，直到热泪盈眶。

师母喊出了在里屋哄孩子睡觉的女儿伟桃。她抱着一个几个月大的婴儿走出来。苏阳一看，这就是从前那个灵巧的桃桃吗？初见她才14岁，如今，小丫头已是两个孩子的母亲了。大儿子4岁，小女儿出生才6个月。22岁的她早早地做了母亲，而30岁的苏阳到现今迟迟还是单身。

伟桃抱着嗷嗷待哺的婴儿入睡，边和苏阳说话，边用五音不全的声音哼着《摇篮曲》。想起当年，桃桃不过是个刚发育的小女孩。而今，生完孩子的她，腰身并不圆润，因为年轻。要是不说，没人相信她是两个孩子的妈。一件淡色的无袖T恤，映衬出桃桃那毫不遮掩的前胸。想当年平坦的胸部，如今，那对本该坚挺的乳房却因生育和哺乳的原因变得肿胀下垂。她可以随时随地撩起衣服给孩子喂奶："宝宝乖，吃奶奶，吃着吃着我们就长大了。"桃桃的眼神里，没有了以往的天真和任性，有的是责任、义务、期盼，还有，深重。

孩子午睡醒了，一个拉着母亲的衣襟吃苹果，一个则被她绑在背上。桃桃边和苏阳聊天，边干农活。大儿子幸运，出生时见着了自己的外公。小女儿在自己的肚子里，父亲就得病了。走的时候，没能见到外孙女出生，成了父亲一生的遗憾。

现在，桃桃的哥哥和她的丈夫顶下了父亲生前留下的产业，做得很红火。桃桃说，要把桃园和池塘不断做大做强，为了给英年早逝的父亲一个交代，只为了还他的遗愿：把家业建设好，富足后代。

她还说，自己的奶奶已是90高龄了，吃得下，睡得着，精神也不错。四代同堂，是她活到现在的精神支柱。只是有时会自言自语喊早逝的儿子："儿啊，回来吧，我们都在等你。你看，你的小外孙女在等你回家。你还不看看她可爱的小脸，在对你微笑，对你叫一声'外公'……"

苏阳看着眼前这一大片的桃园，感悟：岁月无情，它能让人成长，也能催人老却。生命无常。

临走前，师母又热情地送上两大包红枣、葡萄干和杏仁，当然还有当季的大桃子和煮熟的甜玉米。师母的儿子一定要开车送苏阳，她回头和他们分别，那一眼，让她感动不已。

师母招手："阳阳，带我向欧阳问好。有机会再到北京来！桃家庄欢迎你们！"桃桃一手抱着小女儿，一边拽着大儿子："阳阳姐，下次你再来的时候，我的小女儿就会说话了。"

桃桃的丈夫，向苏阳招手，她相信这个朴实的男主人，会照顾好这个家。还有姚师傅的老母亲，弓着背眯着眼瘪着嘴，喃喃地说："客人好走，好走！太阳快下山了，客人要走了，我的儿也该回家了……"

他们站成一排，微笑且谦卑的模样，像目送国家领导人。旁边还有一条黄色的大土狗，也在摇着尾巴目送苏阳。听师母说，这是上一条你看到过的土狗生下的娃。它的母亲，前两年因为年龄太大，老死了。埋葬它后，娃便渐渐长大了。娃现在的模样，和当年你看到的那条土狗一样大。

生命无常

回到宾馆，天色已暗。

潘静迎上前："我的姑奶奶，你可算回来了。北京这么大，你就这样留一张字条走了，手机又关着，我怎么找你啊？""别担心，我这不是回来了嘛，好好的。""你跑顺义干吗去了？"

苏阳放下师母送的一大袋东西："我去摘桃子了。"潘静打开礼带一看："你去……姚师傅家了？"苏阳坐在床沿边，点点头。潘静拿出一个桃擦擦，咬了一口："嗯，真甜。你还真有心，一到北京就去看望他们。怎么样，姚师傅他们还好吗？"

苏阳平躺在床上，问："有烟吗？"潘静给她递上："你一有心事就抽烟，快赶上我了。"

苏阳吸了一口，缓缓地说："姚师傅，他不在了。""啊？不会吧？他还这么年轻……""他去年得了胃癌晚期，走了。"潘静放下桃子，感慨道："太可惜了，姚师傅这么好的人，说走就走了……"

"是啊。他是累倒的，累倒在了那片果树园……"苏阳红了眼眶。这个老实巴交的农民，把一生的心血都放在了那片土地上，农庄园里的一草一木就是他的命根子。姚师傅一辈子勤俭节约，从来舍不得多吃一块肉、多穿一件好衣服。哪怕这一年的效益很好，他还是蹲在家门口，一手拿馒头、一手叼支烟，注视眼前的家园。偶尔，还扒下馒头的碎末末扔给面前的家禽吃。

姚师傅的一生,没有别的愿望,他只想让自己的家人,生活得更好。

苏阳的脑海里至今还清晰地记得，那个身穿白色老头衫、脚踩军布鞋、手拿中南海香烟的背影，总在桃园里辛勤地劳作着。偶尔，他站在原地歇息，抹一把脸上的汗水，一手叉腰，抽着最后一口中南海，默默地凝望果园、凝望远方……

想到这些，苏阳再一次热泪盈眶："生命好无常……"

这一晚，苏阳梦到了姚师傅。他拿着大蟠桃对自己说："快吃吧，这一季刚成熟的大桃子，保准比你以前尝过的还要甜！"苏阳接过桃子咬了口，却尝到了辛酸的味道。然后，她流泪了，说了句："师傅，我想您。"

二日醒来，苏阳发现自己的眼角湿润着。她感悟：看透了，生命不过是一场戏。生命到头了，戏也该落幕了。来的时候，是别人把你迎接到世上；走的时候，是别人送着你去天堂。只是，来的时候别人都在为你笑；走的时候，别人都在为你哭。又只是，来和去的时候，你都感受不到这一切。

苏阳躺在床上，对一旁睡眼惺忪的潘静说："我好想他。"潘静迷迷糊糊地问："你好想谁？欧阳吗？"苏阳摇摇头："不，我梦到姚师傅了。"潘静叹了口气："日有所思夜有所梦，姚师傅还好吗？""他给我送桃子吃，很甜的大桃子，把我甜醒了。"

潘静起身，揉揉眼睛："你那么想着姚师傅，他一定感受得到，他会在天上保佑你的。"苏阳默默地说："希望姚师傅在天国能快乐，我们大家都想念他。"

苏阳又想起了杰锐，那个让他曾经心痛的男人。还有，死去的汤尼。

"他是因我而死的，没有我的出现，汤尼完全不用走上一条不归路，杰锐也不会远赴法国。如果不是我，说不定现在，他们还会好好地在一起，幸福地过着属于他俩的日子。不知道，在天国的汤尼和法国的杰锐，还会不会恨我。"

"你看你又想多了不是，就算你没有出现，也会有其他女人出现。杰锐和汤尼的结局，注定了都是一个样。你就不要再自责了，你没有错。"

苏阳陷入了沉重的思考中。

重返校园

9月4日，苏阳和潘静去了母校，看望了曾经培育过自己的老师。老师得知昔日的两位学生，如今一个开了广告公司，一个在电视台当节目部主任，很是为她们高兴。

当问到两个学生的个人问题时，她们都是一笑而过："目前我们都以事业为主，婚姻大事顺其自然。"老师拍着她们的手："那我就等着吃你们两个人的喜酒了，可不能让我等太久噢！"

两人对笑，脑海里浮现出四个字：遥遥无期。

她们走过校园的每一处，找寻着曾经踏过的足迹。那个曾经住过4年的寝室，不知现在住着怎样的女生，她们是否也和当年的自已一样，正怀揣着希望和梦想？

她俩来到操场上，看着远处踢球的学弟们，在草坪上席地而坐。从他们身上，两人又看见了自己的影子。年轻有朝气，就像天上那自由自在的飞鸟。

苏阳不禁感叹："多么可爱的孩子，多好的青春年华啊。心中有梦，即使有烦恼和困惑，可依然快乐。曾经，我们也是这样过来的。"

潘静也是若有所感："我们曾经那么抵触'孩子'这个字眼，总想变得成熟些。可现在，我又多么渴望自己还能是个孩子，还有权力撒娇，有权力说'不'。可是我们长大了，再也回不去孩子那个年代了。"

苏阳接上："所以，我们就拼命地跑，拼命地追。做不回纯真的孩子，那么就努力尝试做个成熟的大人。可我们很失败，想成熟，却又总是做出天真的事；想纯真，却再也做不像了。"

潘静感叹着："岁月埋葬了我们的青春，所以，我们要寻找重生的青春。我们要适时地给它加些色彩，不能让自己的眼睛干涩。否则，生活永远是一张黑白照。"

苏阳笑笑："如果能让时间停止，就留在这美好的时光，那该有多棒！"她拿双手摆出一个相框的形状，眯起眼。相框前，是他们在运动场上奔跑的景象。

潘静伸个懒腰，深吸一口绿草的香气："只有到了校园里，我才觉得自己曾经是年轻过的，他们揣怀着我们曾经的梦想，还有，对爱情的渴望。你闻，就连这里的味道，都是清新和恬淡的。真美！"

"是啊，这里没有纷争、没有虚假、没有黑暗，只有纯净。"潘静自嘲："呵呵，是啊，纯净得让我觉得自己与校园里的一切是这么的格格不入。像是，外星人降临地球。"

苏阳又红了眼眶："残酷的生活，把我们每个人都骗了。曾经以为，只要努力，只要有追求，一切都会在自己的掌控之中，一切都会如愿以偿。可没有想到，信誓旦旦只能证明我们的天真和无知。学校和社会，是两个完全不同的世界。走出校园，我们就是另一个世界的人了。”

“可我们还不愿承认和面对，那只跨出校园的脚还在徘徊和犹豫。就这样，在困惑和矛盾中，现实把我们最初的梦想一掌击碎了，多么残忍！我们努力去寻找、去拼凑那些破碎的愿景，可总是事与愿违。到底要怎样才能重拾最初的信心呢？”

苏阳叹一口气：“如果可以，我宁愿过平淡的生活。大起大落，不适合我，也不适合你。真想回归最初的宁静，就像这个操场一样，当所有人离去时，这里有的只是平静。”

两人默契地平躺在草坪上，伸开臂膀，拥抱蔚蓝的天空。“我感觉自己飞了起来，很轻盈、很自由，你感觉到了吗？”“嗯，感觉到了，我们飞得很高、很远、很自由……”

岁月无情　现实残忍

9月5日，苏阳和潘静报名参加了一个“长城一日游”的团，八达岭长城、十三陵定陵、鸟巢、水立方，处处留下了她们的微笑与倩影。只是，照片中的伊人显得有些憔悴。

这天晚上，苏阳拉着潘静去了大学经常光顾的那家日本料理店，还是原先的那个包厢。店里的老板没有换，这么多年过去了，她依然守着它。

苏阳点了很多菜：三文鱼、寿司、金枪鱼、天妇罗大虾、味噌汤、日本豆腐……潘静一看，赶紧制止：“够了吧，点太多，吃不完浪费。”苏阳冷冷地说：“放心，我不会浪费的，我要把它们全部吃完。”

忽然，潘静一阵恶心，用手捂住嘴，起身出了包厢。她跑到洗手间吐了两口清水，脸色发白。

苏阳跟过去，担心地问：“刚才还好好的，别吓我啊，是不是中暑了？”潘静洗了把脸：“没事，有点反胃。这几天有些累，走吧。”

回到包厢，苏阳给潘静倒了大麦茶："喝点热茶吧，暖暖胃。"她自己则倒上了清酒。潘静喝下茶，也倒上清酒。"你身体不好，就别喝酒了，喝茶吧。""没事，没什么大不了的。清酒对我来说就是水，喝不醉。倒是你，就怕清酒醉不倒你，却会醉倒你的心。"苏阳和潘静干了一杯："那也好啊，醉人不如醉心。"

店里放着谷村新司的歌曲，温情中带着沧桑和幽远，让人晕眩、微醉。苏阳拿起涂满芥末的三文鱼，一口放进嘴里，刺得她顿时满眼泪光。她又接连往嘴里塞了几块，眼泪不由自主地流过脸颊。她拿起清酒灌下，又吃了虾和金枪鱼，最后拿起寿司往嘴里送。

潘静看着心疼："宝贝儿，别吃了，硬撑下去对身体不好。"苏阳抹抹泪："没事，我吃得下。不就是几块寿司嘛。"

"亲爱的，求你了，别吃了……"潘静上前劝阻。苏阳一把打掉她的手："我要吃，这些都是我点的，我必须把它吃完。""你这是何苦呢？把身体吃撑了，值得吗？"

苏阳硬生生地将食物吞了下去，喝一口清酒："身体吃撑了，有心受伤害受到撑那么难受吗？吃不完的食物，大不了只是浪费一顿饭而已。可是我们的时间、我们的青春，就这样白白给浪费掉了。这么算来，哪个损失大？"潘静低下头，点上一支烟。

苏阳哽咽了："爱情背叛了我们、出卖了我们，还假惺惺地说自己有多么高尚和伟大。难道我们就非要接受伤害吗？伤到体无完肤、伤到鲜血淋漓还不肯罢休。究竟是别人不肯放过我们，还是我们不肯放过自己？"

"自己。"潘静盯着她，吐出一口烟，冷静地回应道。

苏阳心痛地闭上眼，任眼泪下滑。

潘静说："其实，没有比自己更了解自己的人了，只是，我们从来不愿去面对。因为，从自己的口中证实答案比别人口中证实来得更加残忍。你我都一样，都是害怕受伤害的孩子。只是，没人会收养我们的心，除了自己。”

感同身受的苏阳放下筷子，趴在桌上痛哭起来。

“哭吧，压抑了这么久，是该好好哭一场了。虽然爱情会伤害我们，背叛和出卖我们，可是眼泪不会。因为我们的泪，哭出了自己的心。”

苏阳听了更为心痛，痛欧阳，痛现实的残忍，还有，痛爱情。

时间带走了她的心，却带不走她的爱情。

潘静的手机响起，是欧阳来电。她起身：“好，就让我来做恶人吧。”

三分钟后，潘静进来：“欧阳说，无论如何都会当面和你说清楚。家人给他介绍的女孩，之前他并不知道。欧阳不会答应这门亲事，他说请你放心。他一定会给你一个满意的答复，他会一直等你。”

苏阳冷笑：“哼，这种话我听多了，腻了。以前不就是这么说的嘛，让我等他，可是人没等来，他就走了。到底还是血浓于水啊，父母的话他半点都不敢违抗。我忍了。在经历这么多事后，我以为30岁的他可以自己做主了，为爱做主。可是到头来呢？我认了。”

潘静劝她：“你也别这么悲观，事情都不是绝对的。欧阳表面妥协，并不代表他心里愿意。只要没结婚，他都可以为自己的感情去努力、去争取。欧阳不是一个没有主见的人，只是，太看重家人了，这没有错。给他点时间，让他和父母慢慢磨合。或许，结局不会像你想象的这么糟。”

苏阳哽咽地反驳：“难道我没有给吗？给了这么多年，还要我给他多少时间？我的时间耗不起啊，欧阳他考虑过我的感受吗？男人的30岁相当于女人的25岁，他还有时间，可是我没了。潘静，你明白的呀！”

女人的年龄是致命的杀手武器，在男人们无情之前，时间已经先一步无情了。

只能说，岁月无情，现实残忍。

苏阳哭着说："你这个傻女人，要我为感情去努力、去争取。那么你呢？有没有为自己和庄博的事再做努力？当初大家都说得那么好，说过要永远在一起。可是现在呢，不该散的都散了，没有一个人兑现诺言的。"

潘静擦擦眼泪："说你呢，怎么又说到我头上来了？""你我不都一样，嘴硬心软。其实心里都想着对方，都想和他在一起。可是嘴巴上，却永远不肯软一句。没办法，生好的命，改不了的。"

潘静又点上一支烟，看似天不怕地不怕的她，这会也熬不住内心的伤痛，变得热泪盈眶了。"其实我们心里比谁都清楚。我们不得不向命运低头，对吗？"她越想越伤心，"我们女人，哪个不想有男人的疼爱和陪伴？我也想啊。我何尝不想和庄博在一起，像上大学时那样，就这样一直单纯地爱下去。然后有个可爱的宝宝，看着他长大，我们变老。可是老天不眷顾我，它笑我太天真，活生生地把我的愿望剥夺了。"

苏阳抬起头："想想，我们两个还真是同病相怜。这30年来，我们参加了无数次亲朋好友的婚礼，可从来没有一次是自己的婚礼。我们永远都在做嘉宾和观众，永远都在给别人鼓掌祝福，永远都在看别人的好戏。什么时候，也让我们做一回婚礼的主角，让别人来看我们的好戏，让别人为我们鼓一次掌祝福我们？可以吗？可以吗？"

潘静沉默了，这一刻，她想到了很多，感情、命运、人生……

"夜深人静的时候我常想，我们80后的一代，说得好听点是幸福的一代，说得难听点，将来是最痛苦的一代。虽说爷爷奶奶这辈人吃的苦最多，可反过来想想也是幸福的，家族兴旺、儿孙满堂。我们的父母有兄弟姐妹，可以共同照顾两位老人。可到了我们这辈，婚后两个人就要照顾四位老人。如果再找个离异的家庭，有可能就要照顾六位老人。等我们老的时候，身边都是无依无靠的。一个孩子，我们不可能自私地把他拴在身边。也许我这辈子就这么独身下去，不结婚，膝下无儿无女。等我牙齿掉了，手脚不灵的时候，想想都觉得可怕。身边连个端茶送水的人都没有，更别说有人陪伴了！说得难听点，就是等我死了都没有人替我收尸！我只要一想到这点，整个人都不寒而栗起来，觉得特别凄凉、特别惶恐。”

潘静擦擦眼泪继续道，“所以，我这辈子找不到爱的人，也要找个人结婚生子，把他抚养成人，将来等我老了好替我收尸！我他妈就不信我找不到！我他妈就不信我嫁不出去，结不了婚，生不了孩子！呜呜呜……”

苏阳明白，潘静不是不想结婚，她不是真的那么厌恶婚姻的女人，她是找不到那个可以和她共度一生的人。如果这辈子就这么荒废地走下去，那么现实就会像潘静所说的那样无依无靠，多么凄凉和可怕！

这一夜，两个女人醉倒在了那家日本料理店。她们说了很多话，流了很多泪。直到老板喊她们打烊，如同那一年一样。

相亲第九记——恋上“双面人”

在我的心门还没有为你开启时,你已经把它关上了。很抱歉，这不是靠我的能力可以做到的。我以为，我们会是同一个世界的人。今天我明白了，原来，我们并不是同类。

云端相遇

9月6日，苏阳和潘静坐上飞机，离开北京，返回上海。这趟北京之行，带给苏阳的，只有感悟。

飞机上，苏阳结识了摄影师孟泽。长发、帅气，一身白衬衫加黑便裤，瞬间吸引了苏阳的眼球。孟泽在第一时间发现了这两位戴墨镜的独特女子，主动和她们攀谈起来。

交谈中得知，孟泽也是上海人，这次是去北京参加一个全国的摄影展。他的创意摄影工作室承接平面广告、写真和婚纱摄影。孟泽打开笔记本，展示了自己的摄影作品，包括西藏、云南的民族风情，以及欧洲大城市的名建筑风景，让人不禁惊叹拍摄手法的巧妙与智慧。

孟泽庆幸的是，能在飞机上与老乡相遇，并能一起度过这段奇妙的旅途，一起归家。这算不算是一种缘分呢？

回到市区，孟泽提出一起共进晚餐。潘静是明眼人，立即说：“你们去吧，我晚上有约。”苏阳没有拒绝孟泽，反正回去也是要吃饭的，有人共进晚餐，也好平复自己低落的心情。

烛光下，他透露自己还是单身，并毫不避讳地说出，自己是某婚姻介绍网站的白金会员。苏阳一听，原来是“同谋”！世界还真小！孟泽说，因为艺术行业相对特殊，个人问题往往不容易解决。所以想通过婚介，来认识志同道合的异性，并从中找到适合自己的另一半。

苏阳喝着咖啡：“你现在找到了吗？”他笑笑说：“还没有，要真正找到心仪和相濡以沫的另一半，并非想象中那么简单。喜欢和爱，是两码事；爱和相处，又是另两码事。喜欢一个人很容易，相爱也不难。但要相守一辈子，却不容易。婚姻的境界很高，没有修炼到一定程度，是无法维持和经营的，更别说去体会其中的奥妙了。”

苏阳笑笑，不置可否。她问：“那请问孟先生，现在，您修炼到几级了？”“呵呵，不瞒苏阳小姐，我还差得远呢。”

分别后，苏阳打车回家。红灯时，一转头便看见路边挂着欧阳的大幅广告牌，心里万分纠结。车子缓缓前行，她只有回头默默地看着他的音容笑貌，在心里，挥手道别。

苏阳拖着沉沉的行李上楼，一周没归家了，桌上和地上结了薄薄的一层灰。房间内，既平静又冷清。打开行李箱，看着满满一堆给亲朋好友的礼物，却唯独少了自己那一份。

她打开电视，边听声音边收拾。耳边又传来那熟悉的音乐和说话声，苏阳转头一看，欧阳与自己的倩影正在上面跳跃。一阵心酸，眼眶湿润。她快速地换台，想着那连续剧的剧情，应该比自己的要喜剧些吧。

一集播完，中间插播广告，却又放到欧阳的广告。苏阳只有无奈地关掉电视，屋子里顿时一片寂静。洗掉一身的疲惫，她躺在床上，总结一周来的生活和感悟，概括出八个字：人生一梦，白云苍狗。

如获至宝

苏阳准时出现在公司里，大伙蜂拥而至，前台小张把每日的记录拿给她看。密密麻麻的两大张纸，看得苏阳眼花缭乱。

吴珊珊敲门进来：“苏总，您总算回来了，好多单位等着您点头合作呢。这几天，可把我周旋坏了。”苏阳笑笑：“你也可以试着和对方谈判啊，只要他们有意向和诚意。”“苏总，您别说笑了，我一个小编辑，怎么能谈判呢。”“怎么不能啊，难道你就甘愿一辈子待在这里做采访和写稿？”

吴珊珊说笑：“呀，苏总，您这么快就要把我往外推啊？我的翅膀还没硬呢！”“呵呵，迟早都是要独立的。只怕我这个小庙，到最后埋没了你的大才华，那岂不真的是大材小用了吗？”

吴珊珊感动地说：“苏总，原来您这么看好我？就冲您这句话，我也要跟着您干。在百马，永远不会有大材小用这一说。您放心，姐妹情我领了，只要有百马在的一天，我就不会离开。”

苏阳感动地抱住珊珊：“好姐妹，我就知道，你们会坚持到底。谢谢你。”“苏总，我进百马这一路走来，是您教会了我什么叫做‘情’，什么叫做‘一家人’。一家人，无论发生任何事都不会分开，不论过去多少时间。”苏阳的眼眶红了，点点头：“好，我们一起努力，把大家庭建设得更好！”

大伟和章勇走进办公室：“怎么样，苏阳，出去散心了几天，心情好些了吗？”“总结出四个字，白云苍狗，呵呵。”大伟：“唔，这么深刻的感悟？”章勇：“越发显得矫情了噢。”苏阳一笑而过：“事实就是如此。”

章勇刚想出门，又折回来：“哦，对了，欧阳一直在找你，他联络不到你，每天在公司楼下等。我们看到他，都觉得很不好意思。好像我们把你私藏起来，故意在为难他。看他憔悴的样子，我和大伟心里也很不好受。有好几次，我都想脱口而出了。我想，你有这个能力处理好你们之间的关系，逃避不是最终的办法。这么多年了，不容易啊，好好把握吧。”

苏阳摸摸额头：“你们，太看得起我了。也许，我没有这么高的境界。我，只是想清静。谢谢你们没有出卖我。”“呵呵，同条船上的人，出卖你，就是出卖自己。”章勇背对着苏阳挥挥手，示意她放宽心。

策划部李维最后走进办公室，递给苏阳一份样稿：“苏总，请您过目。”苏阳眼前一亮，照片上的女孩眉清目秀，身形均匀，线条优美，尤其是那一双通透的大眼睛，纯净如水。

她拿着样稿，如获至宝："这就是我要找的人，这才符合当季主题的感觉，清新。对，就是她！这女孩哪里找来的？""理工大学艺术设计系的毕业生，叫杨佳。我们找到她，可是费了一番功夫的。""真不错！9月的封面杂志，就用她了！赶紧定稿、印刷！""没问题！这孩子聪明，拍照时一说，感觉马上就出来了。她的素描和图形设计也不错，这是毕业作品，您看看。"

苏阳一看，连连点头："嗯，不错，有潜力！""杨佳的专业成绩在班里是名列前茅的，大四就开始在外面实习兼职了。这不刚毕业，正准备找活干呢。"苏阳一听："行啊，艺术设计正好和我们对口。这样吧，明天让她到公司来一趟，可以的话，试着用用新人。""行，我这就给她打电话。"

苏阳拿着样稿出奇地看，她喜欢这个叫杨佳的女孩。黑色的长发、纤细的腰身、瓜子脸、双眼皮、小酒窝，从骨子里透出来的那股清纯味，让人想有重返校园的冲动。苏阳要找的人，就是她！

下班前，苏阳接到孟泽的电话，请她去工作室参观。

出大楼时，她看见欧阳的车停在路边，立即往反方向走。她在心里默默地说：欧阳，没用的，我们已经回不到从前了，我们不再是为了承诺奋不顾身的傻孩子了。现在你做不到，所以，我也做不到了。你可以说过算过，那么，我也可以。

"M · Z" 创意摄影 LOFT

孟泽的工作室离苏阳的公司不远，开车20分钟便到。她停好车，他热情地上前迎接："欢迎苏总来我的创意小店光临指导。""叫我苏阳吧，不用见外。"

孟泽上身穿一件敞开浅色休闲衬衫，下身着藏青色牛仔裤，帅气前卫。他两手插在裤袋里,时不时用手捋捋飘逸的长发。这个小细节,不禁让苏阳想起那短得不能再短暂的恋情，眼前的孟泽，有杰锐的影子，一个有着同样职业，骨子里满怀艺术细胞的浪漫男人。

门前印着“M·Z”创意摄影工作室的字样，一幢具有艺术时尚感的现代 LOFT，让苏阳眼前一亮。

孟泽介绍 :“以前这里是三层的办公楼，因为整体要搬迁，我们就用低价把它盘了下来。然后将它全部打通，形成一个原始的立体仓库。我想，搞创作又要盈利，既要艺术也要商业，那就干脆做成独特的 LOFT。把它区分成上下两层复式结构，再做成全方位的户型组合，做到大格局不失小格调。”

苏阳看着五彩斑斓、风格各异的工作间，木制地板与水泥地板、白墙彩绘与原始墙砖的完美结合,像置身艺术的海洋。工作室分两层,一楼为接待、化妆、后期制作、展示和休息区域，二楼为各式摄影棚和换装区域。

工作室内大多是清一色的年轻人，前卫、时尚、充满活力。傍晚时，一些员工还在紧张的制作过程中。看着一张张原始照片经过精心处理后变成了一幅幅艺术品，苏阳连连赞叹。

一层至二层的转角楼梯边，白墙上是各式的人物摄影作品秀。时装、婚纱、个性创意，郊外、大厦楼顶、广场前……任何一个具有代表性的角落，都少不了“M·Z”的足迹。孟泽通过自己的视角，用快门记录下无数美丽和惊艳的瞬间。

苏阳看得出奇，那脱俗、清新的杰作正是自己理想中的画面。孟泽笑笑 :“苏阳，你转身再看。”她一回头，见对面的白墙上，是整片的白云、天空、海滩、森林、平原……她不禁脱口 :“ So beautiful ！”

苏阳看呆了，仿佛瞬间置身于大自然中。听着海鸟的鸣叫，踩着温热的沙滩，与蓝天白云尽情拥抱。绿树林中，鸟语花香，在阳光的照耀下，折射出一道道金色的光芒，温婉地洒在枝叶和花瓣上。它们娇羞地互相凝望，说着隐秘的悄悄话。这些神奇的画面，原来就在孟泽的眼睛和手掌中。

优秀的作品苏阳看过不少，也为之心动和喜爱过，那是带着仰慕地欣赏。可孟泽的作品，更贴近生活，让你毫不自主地深陷其中，和大自然的风景有了最直接的亲密接触。再细细品味，又像是一幅幅曼妙的油画，神秘而浪漫。

孟泽带苏阳上二楼，参观了风格各异的摄影棚。约15平方米的房间，摆着桌椅、沙发和一些道具。孟泽说，这是为网上店铺专门准备的摄影棚，拍摄服装、饰品和鞋帽等。“M·Z”拥有全国各地大量的网上商户，还配有专兼职的模特。

旁边一个摄影棚正在拍摄婚纱照。孟泽介绍：“这是我们的首席摄影师在为新娘拍个人写真，明天，他们要去三亚拍摄海边外景。结婚的旺季到了，来预约婚纱摄影的新人特别多。”

苏阳边听孟泽介绍，边欣赏新娘拍照。此刻，她是最幸福的，举手投足间绽放出迷人的光芒。苏阳看得出了神，她曾一度想过要与某人在浪漫的海滩边，在海浪的拍打声中深情地拥吻，要让蓝天、白云、飞鸟来见证他们伟大的爱情。只是这个愿景，最终成了泡沫。

“苏阳，来我办公室坐坐吧。”孟泽一句话，把苏阳的思绪拉了回来。他为她泡上咖啡，放上爵士乐。苏阳说：“真羡慕你，能做自己想做的事，并且做得这么成功。”孟泽很谦虚：“成功倒谈不上，这是我的爱好，爱一行就要干好一行，也是我做事的原则。”“嗯，吃这碗饭很辛苦，和普通行业区别很大。”

孟泽点点头：“像我们晚上加班加点，忙到后半夜是常有的事。”“搞艺术创作，必须要付诸所有的热情和激情。否则，很难长时间维持下去。虽然辛苦，但却乐在其中。”

孟泽一拍手：“太对了！苏阳不愧也是干这一行的，感触一致。虽然这活很累人，但是看见顾客拿到成品后那种如获至宝的感觉，觉得一切都是值得的。搞创作，就像孕育自己的小孩。”

苏阳逗趣：“照这么说，孟大摄影师已经造就出了千千万万个孩子了？”“没错，每一个孩子都是我的心头肉，呵呵！这种感觉，不是人人都能体会的。苏阳，你应该是深有同感吧？”

“对，那种喜悦感往往比作品本身更具有说服力！”

这一晚，孟泽和苏阳聊得很投机，似乎遗忘了时间。

清秀女孩

苏阳在办公室见到了大学毕业生杨佳。

她上身穿白色紧身T恤，下身蓝色仔裤，一头马尾辫。身材匀称，凹凸有致。杨佳本人比照片上更清秀，且不缺时尚气质。特别是那一双纯真的眼，好像从来没有经历过世事一般，甚至可以用出淤泥而不染来形容。

杨佳坐在苏阳面前，像一道清风吹过来。白净的肌肤上几乎找不到一颗黑痣、一粒雀斑。她羡慕地望着她：“你是怎么保持这么好的皮肤的？”杨佳抿嘴一笑，爽朗地说：“开心啊！开心了，从里到外都平衡了，皮肤也好了。所以说这年头，开心最重要，比什么化妆品、保健品都来得有效。”

苏阳又问：“那你能和我说说，你在生活中，有什么开心的事吗？”“苏总，其实您应该这么问，我在生活中，有什么不开心的事。答案是没有，所以，我每一天都是快乐的。”

苏阳想证明些什么，故意问：“那你，就不会碰到什么烦恼和困惑？一路走来，总有不顺心的事吧？”哪知杨佳毫不畏惧：“如果真要说有什么不开心的事，我觉得那肯定是自寻烦恼。人生在世短短几十年，为什么每天都要活得苦了吧唧的，非得和自己过不去呢？有很多问题，其实不是别人带给自己的，是自己给自己找的。别人都活得好好的，就自己在那自怜自哀，何必呢。所以说，我们都要活好每一天。即使有不开心的事，可以躲在被窝里大哭一场。一觉醒来后，又会是个美好的晴天。”

苏阳笑笑，不置可否。但她想说：没烦恼，那是因为你还没碰到困难，没遇到过挫折，没经历过大风大浪，所以你觉得事事开心，那是正常的。人生的道路很长，你才刚刚开始。

这句话，苏阳没有说出口，她想给杨佳保留一个美好的空间，也给自己留条后路。

苏阳点点头：“不错，你的性格倒是很乐观，用积极的心态面对生活，很好。”杨佳眨眨眼，问：“苏总，您看，您是不是该问我点专业方面的问题呢？我说了这么多无关紧要的话，把题给跑偏了，好像不太符合面试的程序吧？”

苏阳淡定地说：“没关系，专业上应该没有太大的问题，我觉得你很优秀。”杨佳咧开嘴：“苏总，您的意思是，您认可我？”

苏阳将杨佳的材料放在桌上，一口镇定地说：“嗯。你希望自己将来成为一个怎样的人？我不要听那些冠冕堂皇的回答，我要你内心最真实的答案。”

杨佳望着苏阳，定了三秒：“我学的是艺术设计，本意上想成为一名优秀的广告设计师，创作出优质独特的艺术作品。事实上，我更想成为像苏总您这样的女性，可以为梦想、为生活努力奋斗的人。我觉得自己到了您现在这个年龄，也能成为像您这样成功的人。您说呢？”

苏阳再次点点头，心想：这丫头有闯劲，很有我当年的气势，自信、坦荡。还有，她最后的那句反问，足见这丫头的聪慧。如果培养一番，说不定能成为一位谈判高手。

苏阳再问：“如果现在让你来独立完成一次杂志的编排工作，有问题吗？”杨佳瞪大眼睛：“什么？让我来独立完成设计工作？”“对。”“我想，我可以试试。”“我不要是与否的回答，我要的是肯定。”“苏总，我行，我可以独立完成工作！”

苏阳一拍桌子：“好，我要的就是这个答案！”“苏总，这么说，您觉得我可以胜任贵公司的设计工作了？”“只要肯努力，没有什么是不能胜任的，我对你有信心。如果没其他问题，你可以加入我们的团队了。”“真的吗？”苏阳笑着点点头。

杨佳起身，几乎快跳了起来：“太好了！我太开心了！谢谢苏总，太感谢苏总了！”苏阳接着说：“这样，鉴于你在大学期间已经开始做兼职，有了一定的经验，所以就省略了你的实习期。试用期为三个月，可以吗？”

杨佳两眼一亮：“真的吗？我可以省略实习期？”“嗯。”“谢谢苏总，您真是我的贵人！大学一毕业就能被百马录用，我真是太幸运了！您放心，我一定会努力的，我一定好好工作！不让您失望！”

“那什么时候可以上班？”“随时，立即！”“好，你今天回去好好准备一下，明天上午 9 点来公司报到，带齐所有的资料与证件。”“好，没问题。”

苏阳鼓励她：“好好努力，我看好你！”“嗯，一定！”杨佳的眼里透露着感激、希望与自信。她的兴奋样，让苏阳想起当年的自己，曾为了得到一份喜爱的工作而激动得彻夜未眠。杨佳的表情，一点也不亚于年轻时的苏阳。

苏阳递给她一个信封：“这是上一次你为《秀》杂志拍摄封面的报酬，拿着。”杨佳接过信封：“谢谢苏总，谢谢您给了我这么好的机会，感谢您！”“我们要谢谢你，谢谢你让我找到了灵感。你很有潜力，加油！”

杨佳的身上，有着太多值得欣赏的特点。她的眼神、她的笑、她的气质、她的性格、她的青春与活力……深深吸引了苏阳。尤其是那一双大眼睛里，透露着苏阳心中的渴望。她留下她、看好她，想要挖掘她身上更多的潜力与闪光点。同时，还想从杨佳身上找回自己当年的影子。

苏阳想，自己过了青春年华的大好年龄，那么就把希望寄托在新人身上，并用她的成功来代替自己没有实现的愿望。从另一种角度来说，也是为了满足自己，最终获得内心的平衡。

这么做，既是为了给 90 后一个机会，也是为了成全即将“老去”的 80 后。

形象模特

自杨佳来百马公司上班后，她总是第一个到，最后一个走。勤奋又努力，做事很主动，业务上完成得也不错。苏阳看了心里满意，故给了她很多优待。工作上提拔着，生活中照顾着，让杨佳感激不尽。

从某种意义上来说，她把杨佳当作妹妹一样看待。仅一周时间，她便完成了别人需用半个月完成的工作量，令苏阳很是称心。

章勇和大伟有些惊讶，他们问苏阳，为何这般照顾一个刚毕业的大学生。苏阳笑笑：“在杨佳身上，我看到了过去的自己。”

而这次相亲中，苏阳不再是扮演被动的角色，而是变得积极起来。她会主动给孟泽电话、短信，以讨教摄影专业知识的名义来拉近两人之间的距离。没想到艺术工作者的习性通常是来去匆匆，定无踪。今天和你好好的在一块吃饭，畅谈理想人生，也许明天你就忽然找不到他了。

苏阳给孟泽电话，不是长音没人接，就是莫名其妙地没信号。她纳闷，是在工作吧，是在拍照吧？一定是这样。不然，他绝对会回自己电话的。然后在苦心等待了几天，在你心烦意乱、怅然所失时，他又突然出现在你面前。并笃定地告诉你，他在忙于赶工，几天几夜连轴转。然后在一阵你来我往的接触后，又像风一样地消失不见，让你摸不着边际。

时间一长，苏阳感到有些倦怠了。她也许等不了太久，在对方还没表露痕迹时，就要急急地知道他的心意。否则，她觉得每一刻的等待都变成了煎熬和徒劳。

苏阳想，是他对自己没感觉吗？或者，这是对方拒绝自己的一种方式？天天围着各种各样的鲜花，那种绚烂夺目，那是一定比自己的形单影只要来得可看的多。或是已经审美疲劳，任何一种姿态在他眼里最多就是平分秋色罢了。

这天晚上，孟泽主动找到苏阳，想请她拍套片，主题为时装和风景。苏阳一阵诧异，这模特百八十个的任意挑选，怎么会把苗头指向自己呢？她问："是给你们的客户做资料用吗？"孟泽说："不是，我们有专业为企业客户服务的模特。我是想邀请你为'M·Z'拍摄一组当季的形象宣传照。"

"为什么会选我做'M·Z'的形象模特？"孟泽淡定一笑，喝一口咖啡："没有原因，就是觉得你特别合适。"苏阳默默地喝着咖啡，也许，孟泽的"没有原因"就是给自己最好的回答。她最终答应了请求，认为自己"以公谋私"也未必不是件美事。

孟泽带着专业的摄影团队，和苏阳在摄影棚、淮海路、外滩、海滩上留下了动人的身影。她没想到，在孟泽和团队的指导下，自己还能有如此的多面性。妩媚、性感、时尚、个性、青春、运动……几十套服装，几百张相片，几十个姿势和表情，将苏阳的风情万种展现得淋漓尽致。

三天，拍摄工作虽然辛苦，但让苏阳暂时忘却了积压在内心深处的烦恼，尽情地展示了自身魅力。她在海滩边奔跑、呐喊，把伤痛丢进一望无际的蓝海中。

晚上，孟泽开车将苏阳送回家。她微笑地看着他："谢谢你，孟泽，谢谢你让我度过了一个非常独特的周末。我很开心。"孟泽给予温柔的眼神："我也很开心。同时也谢谢你，让我找到了新的灵感。相信成品出来后，一定会很惊艳。""嗯，很期待。"

孟泽用手捋捋苏阳掉落的长发，他靠上前。苏阳向后缩了缩："这几天你很辛苦，早点回去休息吧。"孟泽顿顿，把手缩了回去："好吧，你也很累了，早点休息，明天联系。"

苏阳往前走，猛然看见拐角处停着一辆眼熟的汽车，是欧阳！她赶紧转回身，紧紧抱住孟泽。三秒钟后，她放开他，低头："谢谢你，孟泽，晚安。"苏阳快速上了楼。孟泽一时没回过神来，看着她的背影，沉浸在兴奋之中。

欧阳坐在车里，亲眼目睹了这一切。

拿激情当爱情

这天，闺蜜四人难得聚在一起。酒吧里，先来了三人。半小时后，潘静才风风火火地赶来，一脸痛苦的表情。

三个闺蜜齐问："亲爱的，你怎么了？"潘静拿过一杯啤酒，狠狠地灌下，然后倒在沙发上一顿痛哭。她抽泣地说："妈的，爱情是个屁，压根就是一堆粪土！"

原来，北京之行回来后，潘静去"型男"谢军家，却意外发现两人暧昧过的大床早已被一个小狐狸精霸占去了。她将他俩抓了个正着，上前一顿破口大骂，还打了谢军一个耳光。那狐狸精也不示弱，和潘静扭打起来。谢军站在一边也不劝架。最后，他大吼一声："够啦！潘静，你给我住手！"潘静呆了，披头散发地喊道："什么叫我住手？现在抢你的人不是我，是她！她才是我们之间的第三者！"谢军不耐烦地说："你闹够了没有？没闹够出去闹，不要在我家里撒泼！"潘静红着眼："谢军，你到底什么意思？在你眼里，我算什么？"

谢军点上一支烟，光着膀子默默地说："其实你我都是明白人。"

潘静哭着说："我不明白！""别装了，你是聪明人。在这个世界上，不是只有你潘静一个女人。同样，你潘静，也不是只有我谢军一个男人。所以，我们扯平了。你走吧，以后我不想再看到你了。"潘静挂着泪，停顿了几秒，转过头冲谢军骂道："王八蛋，你有种！"

这个场景，其实闺蜜们早就预料到了，只是不愿正面损她而已。只要一旦遇到自己喜欢的或是想猎捕为已有的，潘静总是跑得比谁都快。可也每每都是兴奋得像风一样离去，最后像只泄了气的皮球一样灰溜溜地跑回来。

这一次，她又如同从前那样，抱着闺蜜们，对男人劈头盖脑一顿臭骂："男人都他妈的犯贱，没有一个好东西。不是图你的人，就是图你的钱。我这还没成香港小姐和千万富翁呢，他们就连同人和钱都把我骗了。骗点小钱无所谓，反正都是吃喝玩乐一码事。大钱我也不会愚蠢到白白送给人家，就是再爱再爱，我也不会胜过爱自己赚的铜钱。男人可以成为别人的男人，但金钱一定是属于自己的。骗了我的人我无话可说，他就是再想和我上个床，我也没资格把他告成强奸罪。毕竟我也不是吃素的人，人家没告我强奸他就不错了。最可恨的是，他把我唯一的东西给骗走了。"

"是什么啊？""他把我的心骗走了，把我的真心骗走了。"程程安慰她："嗨，他没把你骗得倾家荡产就不错了，幸好骗的是你的心。没关系，心永远都是自己的，他骗不走。"

潘静伤心地反驳："谁说骗不走，我的心已经被他骗走了，现在还没拿回来呢。他强奸的不是我的人，是我的心！"

"你这是活该！"苏阳生气，"你是自愿被人骗的，只要一有男人上马，你就觉得是彩虹追着你来了。也不用脑子想想这次是真的彩虹，还是雷阵雨。哪一次不是你自己主动？你不答应让男人来接近你，难道人家还拿着刀子逼迫你一定要和他好？每次都是吃苦不记苦，最后就只有回来骂男人的份！"

小柔接着说："你呀你，每次都是做倒贴的买卖。你是没有爱情就不能活的女人，可你的爱情有时候只是激情。男人的激情一过，就离开了。还剩你一人在那哀怨，把激情当爱情。人家啊，早已激情过千回百回了，你还在那连一回激情都没过去。女人啊，还真别把爱太当回事。"

程程盯着她说："你说爱情是个屁，爱情只是一堆粪土。对你来说，有些男人就是个屁，放过就走了。"小柔接上："爱情正因为变不成黄金，所以只能变成一堆粪土，而永远变不成精华。这和人的新陈代谢一样，吃进去的虚不受补，最后出来一堆垃圾。如果你不及时排泄掉，新的爱情就不能吸收进来。"

潘静自顾自地往嘴里灌酒，表面上她不接受姐妹的训斥，其实心里比谁都明白。

一顿鞭策后，三个闺蜜不再臭她，只是陪着她喝酒。苏阳在一旁伤神着，为自己也为潘静。

男人怕寂寞　女人怕孤独

9月16日，苏阳接到潘静的电话，让她到医院去一趟。苏阳预感不妙。潘静默默地坐在走廊上，手里握着一张化验单。苏阳慢慢走过去，轻轻唤了声："静。"

潘静回过头，眼神里透露出无助的光。她把手微微抬起，将化验单递给她。苏阳接过单子一看，顿时傻眼，潘静怀孕了！

"是谁的？"潘静冷笑一声说："说实话，我也不知道是谁的。"苏阳大骂："你是脑子烧糊涂了吗，这种事怎么会发生在你身上？"

潘静说，自己在一个月之内同时和两个男人发生了关系："型男"谢军、初恋情人庄博。苏阳内心很平静，她清楚无论潘静有过多少男人，但内心始终保持一方净土，如自己一样。在苏阳眼里，她还是个好女子。她还是那般渴望被爱，渴望温暖。只是她的那些渴望，都被男人的拥抱和甜言蜜语所替代了。

苏阳明白，出了这种事不是潘静的脑子糊涂，而是她太清醒了。因为她太知道自己要的是什么，这不是意外，是在她意料之内的。

苏阳握住潘静的手："她们知道吗？"潘静摇摇头："这种事，只能你知道。"苏阳点点头，紧紧地抱住她。

潘静说，前段时间人总是觉得没力气，恶心吃不下东西，例假也没有准时来。直到前几天，她买了测纸一试，才知道自己怀孕了。潘静轻笑："现在想起来，北京那个算命的家伙还真是准，一语道破。"

苏阳回想那天的情景，恍然大悟："那这么说，算命先生，全说中了？"潘静点点头，苏阳无奈地闭上眼。

她依稀记得，算命的当时说，潘静怀的是双胞胎。

进手术室时，潘静显得很平静，没有特别紧张的情绪，甚至没有掉一滴泪。手术结束后，潘静半卧在床上休息，苏阳握着她的手，看见她的眼角滑下一滴泪。

潘静平静地对苏阳说："虽然我们在内心深处都是爱情至上的女人，但你知道我们两个最大的区别在哪里吗？"苏阳笑笑，沉默。潘静说："你可以忍受寂寞和孤独，而我不行。我需要男人、需要激情，需要那种时时刻刻用拥抱和亲吻甚至是肌肤之亲环绕全身的感觉。那样我才会觉得自己是一个女人，哪怕，我面对的不是爱情。"

苏阳低头不语，不置可否。

潘静无奈地苦笑："也许，你会觉得我世俗，甚至是天真到不可理喻，但是，这就是我选择的生活，是我生存的一种方式。也许你认为那是自欺欺人，那是对自己不负责任的表现。可我喜欢那种被人需要的感觉，至少还有可用的价值。我需要感情，但那不一定就是爱情，也不一定会厮守。这个年代，没有什么会一成不变，尤其是爱情和婚姻。"

潘静说，不需要男人给她承诺，这反而让她觉得假。事实上，现在有哪种海誓山盟能真正做到？她说自己不需要婚姻，并不是内心不渴望，而是现实不允许。因为一旦你和男人提婚姻了，你就降低了自己的身份。你的筹码变少了，自然就留不住眼前人了。

苏阳很想说，即使你没和别人提婚姻，还是不能保证留住眼前人。你的筹码没有比提婚姻多任何一点，身份，也没有比之前抬高多少。

潘静叹口气说："所以，一切都顺其自然吧。等到哪天有一个男人说要娶我，而我也想嫁给他，说不定我们就结婚了。但前提一定是，我和他都是对方想要的，并且是想长相厮守的人。"

"那么现在呢，你要的又是什么？"潘静如释重负地说："我得到了，我很知足。"

"什么意思？"潘静讽刺地冷笑自己："呵呵，你当我真的会这么傻，不知道自己腹中的血脉是谁的。"苏阳愣住了。

潘静娓娓道来："激情冲昏头的那一刻，我真的会那么感性地什么都不顾了吗？我想自己在最后一道防线上还是有理智的。"潘静说，和谢军在一起，她采取了安全措施。唯独对庄博，她没有，从来都没有。

潘静颤抖地说完最后一句话，便放声大哭起来。

苏阳问："打算告诉他吗？虽然我知道你不会去追究什么，但那毕竟是事实，庄博有权利知道真相。"潘静摇摇头："没有这个必要，有些事，不必说得太明白。我不觉得这是失败，反而，我认为自己拥有了。哪怕是短暂的拥有，够了。"

苏阳心痛地抱住潘静，摸着她的头唤道："你这个傻妞，这又是何苦呢？""你知道今天是什么日子吗？"苏阳摇摇头。

潘静定了定，闭眼："今天，是庄博和他那位登记注册的日子。"

苏阳默然了，她只是紧紧地抱住潘静，再也发不出声。

最后，她们总结出了一句话，男人和女人的区别在于：男人怕的是寂寞，女人怕的是孤独。

神秘的房间

几天后，孟泽打电话给苏阳，让她去工作室看样片。苏阳欣喜地答应了。

工作室的人下班了，只剩孟泽一人。他从电脑里依次翻出相片，苏阳惊呆了。那还是自己吗？简直就是魔鬼与天使的化身，让她分不清是真实还是幻觉。苏阳信了孟泽当时说的那句话：惊艳。

她激动地说："孟泽，谢谢你拍出了那么多不同的我，真的很感谢你。"孟泽看着电脑说："不要谢我，要谢就谢你自己吧。你的条件那么好，不做平面模特那真是太可惜了。""你太看得起我了，是你的摄影技术好，指导得好，才能使我展现得如此自如。"

孟泽一阵朗笑，说："好啦，我们就不要互相夸耀了。用一句话形容，就是金童玉女、郎才女貌。"苏阳低下头浅笑。

孟泽递上一个信封："这是拍宣传片的报酬，不是很丰厚，请您笑纳。"苏阳连忙推辞："不用不用，如果真要这么说，还要我付你工作室的成本费呢。我免费用了你的人、你的机器还有时间，拍了这么多照片，怎么还能拿你的报酬。"

孟泽一拍苏阳的手："苏阳，你这可是说笑了啊。一码归一码，这次是我请你为工作室效力的，这报酬你一定要收下。否则传出去，说我孟泽黑心，那就不好了。收下吧。"

苏阳觉得不好意思："算了，就当我是去免费旅游了一趟，多好啊。""不行，快收下！"孟泽拉过苏阳，把信封塞进她手里。

两人一来一回，信封掉在了地上。苏阳和孟泽赶紧弯下身去捡，就在一瞬间，屋内突然变得一片漆黑。

孟泽的手碰到了苏阳的手背，他一把抓住她。孟泽将头贴近，欲吻她的脸。苏阳往后退缩："不要这样！"孟泽轻声问："那天晚上，你……""那天，那天不算什么。"孟泽把脸慢慢挪开，叹一口气："我去看看电表，估计是跳闸了。”

屋内恢复一片光亮，孟泽有些尴尬：“苏阳，你先转转吧，我做下收尾工作，马上就好。”苏阳“嗯”了一声，快步跑上二楼。她往摄影棚走去，来到最后一间，定住了。它不像前面那些房间大敞着，显而易见里边的一切，而是紧紧关闭着门。

出于好奇，苏阳将手放在门把上，发现它是锁着的。她纳闷：这间房是用来做什么的，为什么要锁着？里面究竟摆放了些什么？她看看楼下的孟泽，正在认真地看电脑。或许，这是孟泽的私人地盘，他不想让外人过多干涉，又或者，是出纳的办公室。

她慢慢往回走，转头看看那间房门，神秘而蹊跷。出于好奇心，她更想知道其中的真相了。

完成工作后，两人出门。一瞬间，LOFT 漆黑一片。孟泽将铁门重重一关：“我们走吧。”苏阳回头望了望，刹那间，感觉有许多高挑的模特在橱窗里向自己招手。

路上，她开口问他：“孟泽，我上楼的时候，看见其中有一间房是锁着门的。”孟泽不看苏阳：“你说最后一间吗？”“嗯。”“噢，那不是对外开放的摄影棚，所以关着门。”

苏阳又问：“是你自己私人用的房间吧？”孟泽头一斜，想了想回答：“嗯，算是吧。有时候工作晚了，就在那里凑合一夜。”这个回答，让苏阳心里的疑惑一扫而空。

到小区门口，孟泽主动申请:“苏阳，什么时候请我去你家坐坐？”苏阳沉默了两秒回答：“改日吧，今天太晚了，你早点回家休息。”孟泽摸摸她的长发，笑着说：“好吧，那就改日，晚安喽。”

不是她抵触对方，而是自从上回出了周建峰这档事，苏阳再也不敢随便把人带进家门了。可是为什么，明明是自己主动进攻的，为什么临了却又一把将他推开？若是今晚应了他那句“请我上你家坐坐”，那结果一定并非是坐坐那般简单。说不定，还会上演一场春宵花月夜。

不过，苏阳就是再疯狂，还是有她的底线和原则，那便是先得有爱。而不会是先有了下文再有上文。

而苏阳家的楼下，始终有一个熟悉的身影在原地等她。看到亮灯后，直到熄灯，最后再静静地离开。苏阳早已习惯了，他们不打招呼、不妨碍对方，更没有任何交集。擦肩而过时，就像陌生人一样。

在苏阳眼里，欧阳就是当下最熟悉的，陌生人。

会生活的艺术家

这天，孟泽难得休假，带着苏阳吃了越南菜，逛了人民广场，走了外滩。他随时可以拿出自己的单反相机，为苏阳捕捉下每一个动人的瞬间。

傍晚，孟泽邀请苏阳来自家吃饭。那是一套精致的单身公寓，白色、灰色的装饰背景映衬出艺术家的完美气质，整洁、舒适又不失浪漫。

孟泽好好露了一手，苏阳大为吃惊："真看不出来，原来大艺术家做的饭菜也这么好。"孟泽边为她添菜，边说："想不到吧，一个终日拿着照相机的大男人竟然还会做饭。"

苏阳笑笑："说实话，是的。在常人眼里，一般的艺术家只懂艺术，只懂创作和制造浪漫。在个人生活方面比较欠缺，甚至是不能自理好。真没想到，你那么会生活。"

孟泽把鱼刺一根根挑掉，然后将鱼肉放进苏阳的碗里。"其实我很喜欢生活，喜欢将生活打理得井井有条。上大学时，我就和同学在外面租房子住，做饭、打扫卫生、洗衣服。然后一边上学一边打工赚房租钱，忙碌并快乐着。"苏阳感叹："真好，你的大学生活是充实的。""你的大学生活一定也很充实吧？"

苏阳低下头，放下手中的筷子，回忆着："那时候也很充实，忙得没有喘气的机会。在飞机上和你相识的那刻，正是我去母校归来的时候。”“是嘛，你回母校了？”“嗯，去看望老师和校园……”

只是对于现在的苏阳来说，大学四年，除了那一张文凭和积累起来的友谊外，剩下的，都只是幻影了。

饭后，孟泽拿来相机，准备将白天外拍的照片放到电脑里。他的书房里有两台电脑，只是摆放的位置不同。苏阳问：“在哪一台电脑上看？”孟泽想了想，指指桌上的那台：“用这台吧，一台用于工作，一台用于生活。”他接上数据线，将照片复制到电脑上。

苏阳问：“那现在用的这台，是工作还是生活？”孟泽边浏览照片边答：“当然是生活啦，工作用的全在那台机子上。”“那能让我看看你工作的照片吗？”孟泽停顿两秒，脸色渐变，想想说：“这台电脑里没有太多的工作照片，你要是想看，下次去我工作室，那里有最全的照片。”

孟泽的拒绝和躲闪让苏阳的心里有些小小失落，这和他之前那大方、爽朗的性格可不太相像。难道，在这台电脑里，有着孟泽不愿向外透露的东西？

三人聚餐

下班时，办公室空了，只见杨佳一人还在电脑前工作。

苏阳上前：“杨佳，还在忙呢？”她回过头：“苏总，我再加会班。”“大家都走了，明天再做吧。”她朝四周一看：“呀，就剩我一人了？”“是啊，你太专注了。一起走吧，我送你一程。”

杨佳边整理边说：“不用麻烦了苏总，我坐地铁回家很方便的。”

“行了，就别跟我客气了。”苏阳揽过杨佳，“现在天都黑了，你一个女孩子回家不安全。况且，公司离地铁站还有好一段距离。”

“苏总，不用担心。别人不会欺负我的。”“呵呵，我是不担心，可你这张脸给人的感觉就是担心。”杨佳害羞地低下头：“其实，我学过跆拳道，一般人都不敢靠近我。”“是吗，你还学过跆拳道？不错，女孩子有点防身技术，可以保护自己。”

“爸爸说我长了一张太过清秀的脸，一副容易被人欺负的样子。其实啊我是外柔内刚型，有些男孩子的性格，所以很少有人能欺负到我头上的。”

苏阳拍拍她的肩：“真棒，我就喜欢你的爽朗。但是今天你就不要推辞了。”杨佳撅着小嘴：“好，那我就恭敬不如从命吧。”

杨佳上了车，看看苏阳：“苏总，我真佩服您。”苏阳系保险带：“呵呵，佩服我什么？”杨佳眨眨眼：“嗯，佩服您对事业的执着和热爱，佩服您的独特魅力、您的处世为人，哎呀，很多很多，我说都说不完。总之，您身上有太多值得我学习的东西。我现在觉得，您就是我的偶像，是我学习的楷模，是80后现代女性的榜样！”

苏阳咯咯笑了：“杨佳，你的小嘴可真甜，我有你说得那么神奇吗？”杨佳抬高嗓门：“有，当然有了！苏总您不知道，当我第一眼见到您的时候，我就非常欣赏您，您身上有种特别的女性气质深深吸引了我。回家我就和妈妈说，我有偶像了，就是百马公司的苏总。您猜我妈怎么说，她说我平时不都是把什么张学友、刘德华视为偶像嘛，现在怎么突然转移目标了。我说我已经长大了，不再是那个只喜欢幻想的小女孩了。”

“那我真的应该感到荣幸了，能和那些大明星齐头并论，呵呵。”“在您身上，我看到了希望，看到了梦想，”杨佳微笑地低头，“还看到了，将来的自己。”

苏阳觉得这个90后的小姑娘，不仅有目标、有闯劲，还有野心。事实摆在眼前，杨佳想做苏阳这样的现代女性，甚至还想超越她。

“好！有志气，那我们就拭目以待未来的新女性诞生咯。”杨佳眯着眼：“嗯，一定！谢谢苏总的关照和提携，我不会让您失望的。在我心里，早已经把您当姐姐看了。”苏阳轻拍杨佳的脑袋：“呵呵，其实，我也已经把你当作自己的妹妹看待了。”

杨佳的肚子忽然发出“咕噜咕噜”的声响，苏阳说：“饿了吧，我车里有饼干，拿来吃吧。”杨佳摆手：“不饿不饿。”苏阳把饼干递到她手里：“还和我客气呐，快吃吧。”杨佳接过：“谢谢苏总。”

苏阳开到路口，孟泽来电：“大忙人，下班了吗？”“孟泽？我刚下班，怎么说啊？”“看来你真是忙过头喽，我的短信一定是漏看了。”“是吗？你给我发短信了？我看看。”她翻开手机的短信栏，果真有一条在下午4点发来的信息：“苏阳，晚上有空吗？我在海鲜自助城定了位置，7点半，我等你。”

苏阳忙说：“真不好意思，下午一忙，你的短信漏看了。”孟泽很是宽容：“没关系，知道你在忙，就没有给你去电话。还没吃饭吧，赏个脸一起共进晚餐吗？”苏阳一想，杨佳还在车上，她回头看看她。杨佳很机灵，连忙说：“苏总，您有事就去忙吧，我下车坐地铁回家就行。”

苏阳心里过意不去，如果把她送回家再赶去海鲜城，那估计饭店都得打烊了。她说：“孟泽，我身旁还有一位小妹妹。”“行啊，那就一起来吧，三个人一块吃。”苏阳转头对杨佳笑笑：“得了，咱们的晚饭有人请了。”

杨佳尴尬地问：“苏总，我是不是妨碍您约会了？我不想做电灯泡的。”“哪有，只是朋友一起吃饭，走吧。”杨佳低头浅笑，不再说话。

苏阳二人走进海鲜自助城，孟泽起身向她俩招手。杨佳见远处衣着宝蓝色休闲衬衣的男子，目不转睛地看着。

苏阳推推杨佳的胳膊：“怎么了，看得入神了。”杨佳猛地回过神来，怯怯地跟在苏阳身后。孟泽上前两步，微笑地说：“欢迎两位大美女的光临。”苏阳忙说：“真不好意思，我们来晚了，让你久等了。”“男士等女士是天经地义的，请坐。”

苏阳拉着杨佳的手：“我来介绍，这位是大摄影师孟泽先生。这位是杨佳小姐，理工大学艺术设计系的高材生，一毕业就被百马看中担任设计工作了。”

“幸会，幸会。”孟泽主动伸出右手，“百马人才辈出，我孟泽不得不佩服啊。”杨佳羞涩地伸出手：“你好，孟大哥，我叫杨佳。”

“杨佳你好，这是我的名片。”孟泽递上自己的名片。杨佳尴尬地说：“不好意思，孟大哥，我刚工作还没有名片。”“没关系，你的脸就是一张最好的名片。”

苏阳见罢，赶紧对杨佳说：“明天我就找人给你印名片。”她眼睛发出亮光：“谢谢苏总！我能为自己设计名片吗？”苏阳笑笑：“当然可以啊。”“太好了！”

孟泽温柔地问：“两位美女，一定饿了吧，我们去拿吃的。”苏阳说：“杨佳饿坏了，孟泽你带她去选吃的吧，我先接个电话。”“好，一会我们帮你把吃的拿过来。”

苏阳一看手机，是郑超龙，连忙接起：“龙哥，您好。”“苏总好，近来还好吗？”“嗯，挺好的，多谢郑总的帮忙。”“什么时间有空？我请您吃饭。”苏阳看看远处的孟泽和杨佳，两人正有说有笑地挑选食物。“要不过几天吧，龙哥您看方便吗？”“呵呵，方便。能约苏总吃饭，我哪天都方便。”

三人边吃边聊，孟泽和杨佳似乎很投缘，讲了很多志同道合的话题。当孟泽得知杨佳为苏阳的《秀》杂志拍摄封面照时，兴奋地说：“杨佳小姐真是多才多艺啊，既是高材生，又能兼职当模特，真棒！苏阳，看来，我们的 90 后有救了，呵呵。”

杨佳低头，脸微红：“孟大哥，您太夸奖我了。是苏总人好，挑中我、指导我、培养我，给我机会和空间。所以，我一定要努力再努力，才不辜负苏总对我的厚望。”

孟泽盯着杨佳，眼里满是欣赏。他喝了口水：“努力是一方面，但天生条件优质，是绝对给你加分的。你这么优秀，苏总都快笑得合不拢嘴了。”杨佳的脸更红了：“谢谢孟大哥对我的鼓励。”

“对了，苏阳，这期的杂志到时候送我一本欣赏吧。”苏阳放下刀叉：“没问题，我车里就有9月的，一会拿给你。”孟泽看着杨佳：“以后有合适的机会，说不定杨佳还可以来我们工作室当兼职模特。不知，苏总给不给这个人情？”

苏阳笑了：“你孟大摄影师一句话，我苏阳还有不答应的。以后我这个小妹就交给你了，你好好栽培一番。说不定啊，在平面界能成一番大器呢。”孟泽点点头，望着杨佳。而杨佳则害羞地低下头，不断往嘴里添食物。

小鹿乱撞

饭后，苏阳从车里取出两本杂志递给孟泽：“9月的杂志，拿好了。”孟泽接过，盯着封面端详，一时不知说什么好。

苏阳看出他的心思：“怎么样，我们杨佳小妹妹有两手吧。”孟泽赞叹：“何止两手啊，十手都不为过。杨佳如果不做平面模特，那真是太可惜了。杨佳，你放心，以后机会多的是，孟大哥一定会优先照顾你的。”

杨佳鞠了一躬：“谢谢孟大哥，谢谢您对我的赏识。以后我有什么专业问题就向您请教了。”孟泽拍拍杨佳的肩膀：“呵呵，没问题，一句话。”杨佳转过身：“还是要谢谢苏总，谢谢您请我吃饭，也谢谢您让我有幸认识了一位前辈。”

苏阳摸摸她的头：“要谢就谢孟大哥吧，今晚，是他请的客。”杨佳忙把手捂在嘴上：“对哦，那谢谢孟大哥的盛情款待。下回，我请您和苏总。”孟泽笑笑：“不客气。对了，你们怎么走？”

杨佳说出自己的住址，孟泽接上：“你和我顺路。这样吧，我来送杨佳。”苏阳问：“方便吗？”“方便啊，我们顺路，你反而要绕圈子。”苏阳不再拒绝：“那好吧，就麻烦你把我的小妹妹送回去。杨佳，到了给我来个信。”“好的，苏总，您路上开车小心。”

杨佳坐上车，他们回过头，向苏阳招手。

苏阳开着车，想着刚才的一幕，不禁笑了。

孟泽将杨佳送到家门口：“好，安全把你送到家了。”她解开保险带：“谢谢孟大哥送我回来，您路上开车小心，我上楼了。”孟泽望着她，笑笑：“不客气，很高兴认识你。”杨佳低头：“我也是。今晚，我过得很开心，谢谢孟大哥。”

孟泽忽然想起什么：“对了，你的电话给我留一个，如果有合适的机会，我找你。”“嗯，好。我打你的电话。”她拿出手机，照着名片上的号码拨出去。孟泽的口袋响起音乐声，他看看号码：“行，我记好了，是这个佳吗？”“嗯，对。我上去了，晚安，孟大哥。”“嗯，晚安。”

孟泽看着杨佳远去的倩影，陷入思考中。

杨佳进家门，母亲正在客厅等她：“女儿，今晚加班又这么晚啊？”“今天没加班，苏总请我去海鲜城吃饭了。”“是吗？苏总人真好，就你们两人？”“不，还有一位她的朋友，我们三个人一起吃的。”

母亲望望她：“是男的吧？”杨佳点点头。母亲问：“该不会是苏总的男朋友吧？你这一去，不就打搅他们的约会了吗？”“不清楚，反正苏总说他们不是男女朋友。”

她赶紧走到阳台上，见孟泽的车刚要离开，喊了声：“孟大哥！”孟泽一抬头：“早点休息吧，晚安。”“嗯，再见。”杨佳朝孟泽挥手，一直目送车子出了小区。母亲问：“谁送你回来的？”杨佳抿嘴笑：“是苏总的朋友送我回来的，我们正好顺路。”

“以后啊，没事别老麻烦苏总，知道吗？要努力工作！”杨佳边拿睡衣边说：“我有数，妈。”

杨佳洗完澡进房间，从包里取出孟泽的名片，好好看了看，又将它小心翼翼地放进抽屉。她躺在床上，回想刚才的情景，心里有些小鹿乱撞了。

十六的月亮圆更圆

中秋节，上午，苏阳在公司处理日常事务，恰巧杨佳也在加班。除了两个工作人员，其他全都放假休息。

苏阳见了有些心疼："杨佳，差不多就回家吧，今天可是中秋节。""苏总，您不也在公司吗？昨天剩下的任务，我上午想把它完成。""你这可不是剩下的，是超前的，等节后回来做也可以啊。不用这么拼命，你的努力我们都看在眼里。"

杨佳挠挠头："苏总，赶在前面总比落在后面好。"苏阳摸摸她的头："那我先走了，你差不多就回家过节吧。""嗯，好，苏总中秋快乐！回来时我给您带月饼。""谢谢，你也节日快乐。"

苏阳走出大门，又回头，见杨佳还在电脑前认真地工作。

苏阳买了礼品，准备上大姨家过节。途径欧阳办公的大楼，心里一阵酸痛。这个曾经想着可以常来报到的地方，如今却再也没有勇气迈入半步。红灯时，苏阳隐约见欧阳从里面走出来，身旁没有别人，形单影只，显得格外孤独。嘴角边，留着厚厚的一层胡渣，更添沧桑。

苏阳的眼眶红了，如果命运不捉弄人，明明可以两人提着礼盒与长辈一起过节，欢声笑语。可在别人眼中最简单的事放到自己身上，为什么就这么难呢？

欧阳向这边走来，苏阳赶紧摇上车窗。绿灯一亮，她踩下油门，飞驰而去。

又是一年中秋佳节，又是独自一人拎着礼品敲开家门。亲人争相开门，看着他们兴冲冲的表情，苏阳的心在不断下坠。屋里明明是一片热闹的景象，可为何感觉如此冷清和孤独？

晚饭前，孟泽发来短信："今夜中秋伴家人，十五的月亮圆又圆。明夜秋分伴佳人，十六的月亮圆更圆。"

晚饭后，欧阳发来短信："衣带渐宽终不悔，为伊消得人憔悴；

众里寻他千百度，蓦然回首，那人却在灯火阑珊处。”

苏阳回复：“哀莫大于心死。”

农历八月十六，孟泽邀请苏阳、同事及三五好友在摄影工作室的顶楼天台聚餐、喝酒、赏月。

天黑前，苏阳赶到那里：“孟泽，原来你还有这么块风水宝地啊，在这里赏月、看星星，还不花钱，太棒了！”

孟泽拍拍双手：“还不错吧？我们哥几个晚上经常在这里聚会。所以，我也要让佳人来一睹大好风景，保证和你平时看到的有所不同。”苏阳点头：“嗯，我很期待。”

天渐渐黑了，晚餐正式开始。孟泽主持：“今晚，让我们共同举杯，享受这美好的生活，可口的食物和奇妙的夜景。还有，佳人的陪伴。”他转头望向苏阳，眼里满是憧憬。

“来，我们干杯！为美好的月色干杯！”“为良宵美景干杯！”“为大家的情谊干杯！”大伙一齐举杯，这种场景，苏阳似乎很久没有遇到过了。热闹的气氛，快乐的人群，被寂静的夜色牢牢地包围着。在一片叽叽喳喳声中，苏阳也被融入其中了。

天彻底黑了，月亮悄悄爬上来，迷情地照在夜空下。用她静止的语言，向万物抛洒暧昧的光亮。她不动声色地目视人类的一举一动，温柔而精致。

微风的陪伴下，一片月色撩人的景象。有的干杯划拳；有的吃烧烤；有的弹吉他唱歌；还有的，在谈情说爱。苏阳拿着酒杯走到天台边，倚在栏杆上，静静地感受夜色的魅力。

孟泽走到苏阳身旁，碰杯，轻声问：“在想什么呢？”她望着远处的灯火阑珊，叹道：“明月几时有？把酒问青天。不知天上宫阙，今夕是何年？”孟泽接上：“人有悲欢离合，月有阴晴圆缺，此事古难全。”两人齐声：“但愿人长久，千里共婵娟。”他们对望，眼神中充满了欣赏的默契。

苏阳看着天上的圆月，感慨道："苏东坡当年在中秋节，也是望着这轮明月，思念远方家人，喝酒到天明，最后挥笔创作出了著名的《水调歌头》。明月总不该有怨恨，为什么老是在人们离别时才圆呢？诗词写得真美，真有意境。"

苏阳想到了欧阳，明明那么相爱的两个人，为什么总是逃不过命运的捉弄？她自言自语道："都说十五的月亮十六圆，可是连月儿都能圆，为什么人就不能圆呢？"

孟泽低下头，叹了口气："人世间的悲欢离合，就像天上的月亮一样，有阴晴圆缺。自古以来都难以圆满，月亮也不会完美无缺，万事都会有缺憾。"

苏阳不语，眼里充满惆怅。

孟泽搭着苏阳的肩，轻声说："想想美好的事物吧，就像苏东坡一样，他不太会喝酒，却喜欢和别人一起喝酒。特别是看别人喝酒时的那种心情，因为别人的快乐对他来说就是自己的快乐。凡事都有两面，就像这轮明月，在一年之中，总会等到月圆的这一天。"

孟泽和苏阳同时将目光眺望远方，她理解了他的话。

欧阳，很遗憾，今年不能和你一同赏月了。曾经的誓言说得再多再美，也抵不过现实的变迁。曾经真的以为能和你相依相伴，直到天荒地老的。即使真的心在一起，身却不能相拥，那么有心又有何用？身体靠心坚固，心靠躯体支撑。如果躯体没了，那心就是在流浪。流浪的心，它又该往何处去？

现在你的身旁，也许有了她的陪伴。假使这样能让你快乐，能让你父母快乐，那么就这样吧。我虽然没有苏东坡的豪情万丈和对酒吟诗的本领，但我能把别人的快乐当作自己的快乐。

如果真是那样，你会快乐吗？

酒醉的午夜

气氛依旧活跃着，大伙陷入自我的情绪中。

苏阳接到杨佳电话，问候她节日快乐。苏阳问杨佳在做什么，她说父母外出，留她一人在家看着月亮发呆。苏阳说，不如让她来孟泽的工作室，和大伙一起庆祝节日。杨佳一口答应，半小时后便赶来了。她是个活跃的女孩，只一会功夫就和大家打成一片了。

杨佳举起酒杯："今天，我很有幸能认识大哥哥、大姐姐们。我来晚了，先自罚三杯，你们随意。"杨佳不由分说自顾自地灌下三杯酒。苏阳在一旁着急："别喝这么多，没人会怪你。"杨佳抹抹嘴："苏总，没事，别担心。"

孟泽拉拉苏阳的手："哎，今天大家高兴，这点酒，喝不倒她。"他凑近苏阳耳边，"看来，这个小妹妹可比你能喝多了。"苏阳反驳："她还是个孩子。"

孟泽笑笑："她已经是成年人了。"一句话，让苏阳无言以对。

在她眼里，还把杨佳当作一个没有出校门的学生，事事都要保护谦让着，怕她受到无谓的伤害。殊不知，如今的90后早已见惯了各种场面，对人对事毫不畏惧。对酒，那更是不在话下了。

苏阳看着杨佳与大伙自如地干杯、说笑、唱歌，便不再多加干涉。能快速地和众人打成一片，找到对方的需求和共通点，这在职场上来说无疑是件好事。如此想来，杨佳的交际能力值得肯定，苏阳应该引以为豪了。

趁大家在热闹，苏阳下楼上洗手间。出来经过摄影棚，回头的无意一瞥，发现最靠里的那间房虚掩着一道缝。苏阳慢慢走过去，她承认，自己的好奇心又在蠢蠢欲动了。

苏阳蹑手蹑脚走过去，周围的一切如此安静。她的心快速地跳动着，一副做贼心虚的样子。苏阳想象着孟泽的休息间里，在贴满模特照片的白墙下，抱着心爱的相机入睡。又或者，模特工作晚了，就和孟泽挤在同一张床上睡觉？各种怪异的想法齐上心头，让她乱了思绪。

苏阳屏住呼吸，慢慢地将虚掩的门推开。房间里什么都没有，既没有大床也没有沙发，更没有什么满墙的模特照片，甚至看不到一张桌和椅。15 平方米的房间内，只有苍白的四面墙壁与锃明发亮的褐色地板。除此之外，什么都没有。就像是刚装修完整的房间，还未往里添置任何东西一样。这更让苏阳觉得诧异和不安，明明是孟泽口里说的休息间，为什么会是这样呢？

她小心翼翼地将门关回去，只露出和刚才一样大小的门缝。转身时，总觉得背后有一双眼睛在注视自己。

苏阳上了天台，依旧是一片热闹的景象。大家挥舞手里的烟花棒，在空中划出一个个圆圈的形状。杨佳歪歪扭扭地跑过来，递给苏阳两只烟花："苏总，这个给您，我们一起放烟花啊！"

苏阳接过烟花棒，随着"噼噼啪啪"的响声，看着烟火一点点在燃烧。她望着孟泽，想从他的眼神里找到想要的答案。

时间过了凌晨，大家都已喝得醉醺醺了。酒醉的杨佳兴奋地倒在苏阳怀里："苏总，今天我过得很开心，认识了这么多好朋友，能和您还有孟大哥一起过中秋。谢谢！"苏阳摸着杨佳的脸："你醉了……"她摆手："我没有，我开心，开心！"

孟泽见状，忙跑过来帮着搀扶："苏阳，杨佳喝多了，刚才和我兄弟拼酒来着。小丫头年轻气盛，哪是大男人的对手啊。""我说嘛，让她少喝点。""今天大家都高兴，难得。我打车把她送回家。你早点回去休息吧，就不用绕远路送她了。"

苏阳为难地看着杨佳："这样行吗？""行啊，你一个女孩子怎么扶得住酒后的人，一个顶俩呢。放心吧，把她安全送回家后就给你来电。""那好吧，一定要把杨佳安全地送回去。"

苏阳将神智不清的杨佳交给孟泽，和他们告别。

凌晨，苏阳披着月光回到小区门口，发现角落里站着一个人影。是欧阳！

她捂住嘴，在心里说：欧阳，看到今晚的月亮了吗？真的很圆。多年来，我早已习惯了一个人看月圆。我向命运低头了那么多次，可我不能永远这么做人，不能永远这样对待自己的爱情。既然到不了那一步，不如就此罢手。再折腾下去，我怕我真的会死。那样，我就看不到你幸福了。

原谅我，让我安静地走。或许这样，你能获得更多的自由。

苏阳悄悄走过去，背着欧阳的夜影，擦肩而过。

证 据

次日醒来，苏阳觉得头疼。昨夜并没喝酒，难道是吹风的缘故？对了，一定是月色太迷人，将自己迷醉了吧。

她想起杨佳昨夜醉酒的样子，和之前那个清纯可人的模样判若两人。这不禁让苏阳联想到人的两面性，或是多面性。究竟哪一面，才是她最真实的自己？

苏阳致电杨佳，电话没有接，估计还在睡梦中。出门前，她来电话了，声音有些沉闷："苏总，不好意思，我刚起床。"苏阳关切地询问："杨佳，昨天你喝醉了，现在感觉怎么样？""谢谢苏总关心，睡了一觉，现在没事了。""昨晚孟大哥把你安全送到了吧？""嗯，安全送到了。"

苏阳还想再说点什么，杨佳立马堵住问话："苏总，我手机快没电了，要先充电。谢谢苏总关心，明天公司见。"苏阳愣了愣："那好吧，明天见。"说完，杨佳快速挂断电话。直觉告诉苏阳，她似乎有意在躲避自己。只一天功夫，这个古灵精怪的小丫头怎么就开始变了呢？

傍晚，苏阳来到郑超龙预定好的饭店。如同上次一样，偌大的豪华包厢，满桌的海鲜，却只有他们两个人。

龙哥为苏阳倒上果汁，关切地问："苏阳，怎么样，这一个月过得如何？还平静吧？""嗯，还行，谢谢龙哥。""没有那小子的出现，应该恢复安宁了。可是看你的样子，似乎不太好，还瘦了些。"

苏阳回头望向龙哥，诧异这江湖上混的大老爷们竟然能将人观察得如此细微，脸上是胖了还是瘦了都能看得出。她说："谢谢龙哥的关心。您觉得我不好？""呵呵，看你的状态就知道了。你的表情和眼神，说出了你的心。我感觉，你很疲惫。"

苏阳放下筷子，叹口气："龙哥，您是厉害人，一眼就看出我的心思。的确，我是一个学不会遮掩的人。不瞒您说，这段时间我确实不太好，很疲惫。工作上的、生活上的，还有，情感上的……"

也不知怎么，苏阳面对这样一位江湖老大，反而没了以往的抵触和提防的戒备心理，竟愿意将自己的真心话坦露于他。

龙哥拍拍她的手背："不管发生什么，只要你愿意，我永远都是你最值得信赖的倾听对象。我郑某说话一言九鼎，说得出做得到，这是我多年来在道上混的规矩。"

此刻，苏阳愿意相信郑超龙说的话。他和那些看见女人两眼就发绿光的男人不同，眼神里没有占有的欲望和邪气，只有一股大义凛然的气势。就冲这一点，苏阳的顾虑被毫无理由地消除了。他给她讲笑话，讲他的生意经，讲他亲身经历的故事，整个气氛被他调动得活跃而轻松。

饭后上完甜点，郑超龙有些严肃地说："苏阳，现在，我要给你看些东西了。"他拿出一个厚厚的信封，挪移到她面前。苏阳纳闷："龙哥，这是什么？"郑超龙示意："你打开看看就知道了。"

苏阳打开信封，厚厚的一叠照片。她惊呆了："龙哥，这，这不是周建峰吗？"郑超龙点上一支雪茄，抽了口："没错，自从你和我说了那事后，我便找人跟踪他。这是近来周建峰到过每个地方的行踪，我这里都有记录，你看看。”

苏阳一张张地翻看照片，郑超龙在一旁提示：“这是周建峰去单位上班，这是他回家，这是他去医院看望他生病的父亲。”苏阳抬起头边想边说：“他是说过，他父亲住院了。”

龙哥点点头:“嗯，好像病得还不轻，心肌梗死，在医院观察治疗。这是他与朋友聚会，这是他去超市和银行，这是……他和女人在咖啡馆见面……”

苏阳定住了,照片上,两人在咖啡厅一角神秘地会面。那女人眼熟,她自言自语道:“金璐？”郑超龙说:“这个女人,你应该认识吧？”“嗯，她算是我的一个朋友，也是同行，开广告公司的。奇怪，周建峰怎么会和她认识？他们怎么会碰到一起的？”苏阳眉头紧皱，仔细回忆，“噢，我想起来了，上个月公司周年庆，金璐和周建峰都来了。如果猜得没错，他们就是在那次聚会上认识的。”

“据我手下说，这个女人先到的咖啡馆，周建峰后到。坐下后，他们聊了半小时就离开了。”“他们，会聊些什么呢？”“不清楚，不过看样子，像是金璐告诉了周建峰一些重要的事情，他听后的表情很凝重。”

苏阳背脊骨一阵发凉。她无法想象，这两人碰到一起能聊出些什么来。难不成,是周建峰主动找的金璐,想从她那里探听自己的情况？不然，他俩之间又会有什么交集呢。从照片上来看，周建峰和金璐并不熟络。半小时的见面，不像是一次朋友间的聚会。

苏阳清楚金璐的为人，气傲、好胜、嫉妒心强，又爱记仇。虽然她俩是认识多年的朋友，但却不属于真正交心的。在金璐眼里，苏阳像是她的眼中钉。表面上看得和气,说白了就是同行之间的勾心斗角。这点，两人心里都清楚。

苏阳对郑超龙说：“谢谢龙哥，让我知道了这件事。”“别担心，有任何问题我都会帮你的。”

苏阳从龙哥的眼里，看出了爱慕之情。她是明白人，没有一个人会无缘无故地帮助自己。不过龙哥的目的看起来很简单，只是想帮助一个他想帮助的人，并非有所企图。

判若两人

中秋休息三天后，开始正式上班。

苏阳的办公桌上，摆着一盒精美的广式月饼礼盒。她知道，那一定是杨佳送的。苏阳走到外面，搭着她的肩膀说："杨佳，礼盒是你送的吧？"杨佳不抬头看她，只是轻轻地点点头。苏阳笑着说："谢谢你。""不客气，苏总，应该的。""很忙吗？""嗯，手头上有些活，要马上赶完。"见杨佳这么说，苏阳便不再多问。"那你忙吧，不打搅你了。"

苏阳回到办公室，琢磨杨佳的反差。她不再像以前那样开朗地说笑，不再像以前那样积极地向自己讨教，而总是刻意回避自己的问话和目光。杨佳的热情没了，在她脸上，只剩下冷漠和逃避。

苏阳想到农历八月十六那天，杨佳还是兴冲冲地来找自己，怎么只过了两天时间，她就完全变了一个人似的。难道是自己有什么说的不对，或是做的不对，让杨佳不高兴了？

而这个周末，孟泽也一改往日的积极，两天都没有主动联系自己了。苏阳觉得他兴许是工作忙而忽略掉了，空下来应该会来个电话问候一声。直到周一，孟泽依然没有消息。

晚上，苏阳终于忍不住拨通了孟泽的电话。那头传来一个生分的声音："喂，你好。""我是苏阳。""哦，苏阳啊，你好吗？""嗯，这两天，你很忙吧？""是啊，临时接了个大任务，在赶工。""噢，就知道你很忙，你在哪儿呢？""我在工作室呢，在加班。"电话里很安静，听不出一丝嘈杂声。

苏阳又问："是给模特在拍照吗？""是啊，还要拍好几组呢，估计又要到后半夜了。"见孟泽在忙着赶工，苏阳也不便多加打搅。"那你忙吧，我就不妨碍你工作了。""好，忙完回头和你联系。你早点休息，晚安。"

苏阳挂掉电话，回想着孟泽的话。自己不也是如此，忙到不可开交时，别说朋友了，就是父母，也会匆匆应付两句便挂断电话。苏阳为孟泽找了个正当理由，这样想来倒也合情合理。

周二开会时，苏阳特意观察了杨佳，只见她一副心事重重的样子。下班前，杨佳也是低头将完成的打印稿交到苏阳手里。"苏总，我的任务完成了，请您过目。"苏阳接过稿子一看，杨佳将10月的工作提前交了上来。她笑笑："很好，明天上班，我会仔细审阅的。""苏总，那没什么事，我先回家了，可以吗？"

苏阳说："当然可以啊，我也要走，送你一程。"杨佳连连摆手："哦不不不，我自己走就行了，不用麻烦苏总了。"

当晚10点，苏阳收到杨佳发来的短信："苏总，我是杨佳。我生病了，发了高烧。明后天我想请假，去医院挂点滴。等国庆节放完假，我再把29和30号两天的工作补回来可以吗？很抱歉。"

苏阳一看杨佳病了，马上拨了电话，结果却是关机。也许，她此时人很难受，不想多说话，关了机想早点休息不被外界干扰。这时，苏阳又为杨佳找了个正当理由，认为这也是在情理之中。

她只好回了个信息："短信我已收到，你好好休息。把身体养好，如有需要请与我联系。"

周三，苏阳来到公司，见杨佳的位置上空着，心里好似也空了一块。

忠言逆耳

9月30日，国庆节前的最后一个工作日。

午休时，章勇和苏阳闲聊了几句。他问："明天是国庆了，准备怎么过？"苏阳耸耸肩膀："照旧。"

章勇点点头，顿了顿："对了，你手下的杨佳不是每天都很积极吗,怎么连续两天没来上班了？"苏阳解释:"她生病请假了,发高烧。"章勇转念一想，问："是吗？她生病了？""是啊。""可是据我所知，好像不太像那么回事。"

"怎么讲？"章勇回忆道："说来也巧了，昨天晚上，我和哥几个在延安中路吃宵夜,正好看见杨佳和一个男人有说有笑地从店里经过。我上去和她打招呼，她看到我吓了一跳。也许，她觉得很意外吧。"

章勇很疑惑："你说，杨佳是真的病了吗？一个生病的人会大半夜跑到外面和朋友吃宵夜，还是吃火锅？"

苏阳连忙帮杨佳说话："那也很正常，小丫头一天没吃东西，吃两口火锅也不为过啊,谁也没规定生病只能喝清粥啊。"章勇盯着苏阳："可是，我看她那个样子倒不太像生病，倒是像……""像什么？"章勇轻笑："像在谈恋爱。"

苏阳一听，立即否认："不可能，杨佳没有男朋友，这点我很清楚。""苏大小姐啊，如今的孩子都很现代的。尤其是90后，和你这个80后有区别，和我们这些70后的，那就更是有代沟了。人前一套、背后一套的事，不是只有那些上了岁数的人才做的出来。"

苏阳皱皱眉头："哎，我说章勇，我怎么觉得，你对杨佳好像很有偏见啊。她一来公司，我就发现你不怎么待见她。莫非，你真是从心里不喜欢她？""呵呵，我喜不喜欢那倒是无所谓，最重要的，是你对她的态度。"

苏阳思虑着："我对她的态度？杨佳她勤奋好学，专业水平好，自身条件不错，潜力也很大，我为什么不喜欢她？我为什么不可以挖掘她、培养她？我们做得再好再大，迟早有一天也会成为过去式。那么从现在开始物色新人，将来就不怕没有人接自己的班了。"

章勇语重心长地说："苏阳啊，你的动机是好的。挖掘和培养新人，对于我们这样的广告公司来说，也未尝不可以。可你的想法，似乎单纯了些，并不是所有人都像你想的这么简单的。"

"章勇，我明白你的意思，我有数。我只是，想给年轻人更多的机会和空间。""难道你不是年轻人吗？呵呵。""我，不算是最年轻的了吧？""照你这么说，就是在说我和大伟老了是吧？""章勇，你知道我不是这个意思。"

"得了，和你开玩笑的。不过话说回来，你啊，用人还是多留个心眼吧。我长你两岁，看人还是比较准的。我劝你啊，还是谨慎一些为好。别人对你热情、对你殷勤，不见得各个都是真诚。这个道理，你可是一直都明白的呀。记住了，别一味对他人太好，没用。小心到时候，她反过头来将你一军。"

苏阳沉默了。

章勇继续说："你啊，什么都好。工作中你很理性，我不担心。就是在生活中有时喜欢感情用事，总让感性占了上风。结果，导致你把感情因素不由自主地就牵扯到工作中去了。这样，你就很难区分和把控两者之间的关系。对你来说，这是百害而无一利的。"

苏阳依旧沉默。

"一句话概括，就是你的良心太好，容易相信别人。别忘了，你现在是个生意人。商人，是不能感情用事的。商场如同战场，没人和你讲真心和情谊。任何一个人都随时随地可能成为你的竞争对手，不是在这里，就是在那里。对待下属也是如此，有时候就该一视同仁。所以，不是自己喜欢谁、看好谁，就必须给谁特殊的待遇，而谁就一定会成为对公司有用的人。一时的优秀，不代表永久的优秀。现在的社会，没有一劳永逸的好差事。这个道理，其实不用我说，你也明白的。"

章勇拍拍苏阳的肩，起身走到门口。他顿了顿，又转头补充一句："阳阳，记住那句老话，'良药苦口利于病，忠言逆耳利于行。'"

章勇这一番长篇大论不是没有道理的，苏阳表面不说什么，心里却也在暗自琢磨。他话里藏话，自己听得是清清楚楚。虽说都是平起平坐的合作人，但这次苏阳不得不好好听劝。

神秘的模特

明天是国庆节，公司放假七天。苏阳抓紧时间，在办公室处理事务，待到晚上近9点。漫长的七天假期，自己要陪家人、陪朋友、陪客户……那么，谁又能来陪自己？

苏阳看看手机，很安静，没有来电记录。她想到孟泽除了周二给自己来过一个电话和短信，之后便又没消息了，又是两天！

她拿起手机拨过去，许久，孟泽接起，电话里一片寂静。苏阳小心翼翼地问："孟泽，在忙吗？"他吞吐地回答着："嗯……是啊，还，还在工作室忙呢。你呢？"

"我也在公司，那你忙吧，不打搅了。""嗯，好，我在赶工呢。也许，又要到后半夜了。我明天给你电话。""好吧，你安心工作。再见。""再见。"

苏阳关灯走人，取车时，忽然又想起杨佳，不知这小丫头烧退了没有。苏阳拨了号码，电话通了，不停放着闹腾的彩铃音乐，却始终没人接。她将车开出去，才发现忙到现在连晚饭都没吃。

在附近找到一家店，苏阳看着琳琅满目的菜单却不知如何下手。对了，倒不如多点些菜和点心，打包去孟泽工作室，也好给他当宵夜。若是他忙，自己送到后离开也成。

这时，杨佳来电话了："苏总，真不好意思，刚才没听见电话。"电话里很安静，隐约还能听见些音乐声。苏阳问："杨佳，烧退了吗？""嗯，已经退了，谢谢苏总关心。""要多喝水，注意休息。在家吗？""嗯，是，是的，在家。""你没事就好。"

"苏总……""嗯？""哦，没事，就是，特别感谢您对我的关心和照顾。”“没什么，不打搅你休息了。好好度长假吧，节后见。”“谢谢苏总，苏总再见。”

20分钟后，服务员喊：“小姐，您打包的食物好了。”苏阳提着打包盒上车。

来到工作室门口，黑夜中，苏阳抬头望向灯火通明的工作室，一楼、二楼都亮着灯。大门没有锁，她轻轻推门进入。一楼没有人，很安静。她不想打搅孟泽，把宵夜放在茶几上，坐等了几分钟。肚子咕咕叫唤个不停，10点一刻，她实在太饿了。

苏阳起身走向二楼楼梯，将脚尖踮起，不让高跟鞋发出声响。苏阳左顾右盼，摄影棚里安安静静，没有孟泽和模特的身影。她继续往前走，隐约听见爵士音乐传了出来，有些耳熟，可一下又想不起在哪听到过。

苏阳顺着音乐声走过去，来到最靠里的那间房门口。原来，那优美的爵士乐就是从里面发出来的。那天自己无意的一瞥，房间里空荡得连灰尘都没有。那么这会，又怎么会有音乐声？孟泽，会在里边吗？

苏阳将手放在门把上，向下一按，门没锁。她缓缓将门打开，抬头的刹那，屋内的景象如同刺眼的光朝自己扑面而来。

褐色的地板铺上了白色的圆形绒毯，墙上挂满了肉色的绒布作背景。孟泽正拿着大相机在认真地拍照，距离他两米之外的女模特，正全身赤裸、一丝不挂地站在白色绒毯上，摆出各种妖娆的姿势。模特身上的每寸肌肤暴露在聚光灯之下，一览无遗！

她略低着头，脸上带着羞涩的浅笑，坚挺、圆润的双乳，纤细、傲人的腰身，还有那修长、笔直的大腿！

苏阳惊呆地愣在原地，瞬间天旋地转。这个女孩不是别人，正是杨佳！

两人猛地转头，顿时脸色大变。杨佳惊慌失措地蹲在地上，随手捡起一块大丝巾遮掩住自己的前胸和下腹。她的肩颈、手臂和大腿，仍被暴露在外。孟泽放下相机，立马从一旁取过自己的藏青色衬衣披在杨佳身上。

苏阳感觉快要窒息了，胸口憋闷，难以呼吸。她红着眼问："你们，你们这是在干什么？"杨佳的脸涨得通红，头低得几乎埋到了胸口。孟泽扶着她，尴尬地解释："苏阳，不是你想的那样，你别误会，你听我说。我们，我们什么都没做，我们只是，在工作。"

她摇摇头："我不要听！你不要解释，你越解释，我就越是觉得虚假！"苏阳把目光挪移到杨佳脸上，却不敢看她的身体。"杨佳，怪我那么喜欢你、看好你。你，你真是太让我失望了！"杨佳躲在孟泽身后，嘤嘤地哭起来："苏总，对不起，对不起……"

苏阳转过身，快速地跑出去。只听孟泽在后面喊道："苏阳，苏阳！你听我说，听我和你解释……"她什么也听不进去，只想马上逃离眼前的一切。

她不想让这污浊的空气迷糊了自己的双眼，她觉得肮脏。

疑云揭晓

苏阳快速跑出工作室，刚才的一幕让她恶心至极。孟泽在背后叫住她："苏阳，请先听我把话说完！说完后，你可以选择走……"

苏阳站在原地，没有回头。孟泽站在离苏阳3米远的地方，看着她的背影。他喘了口气，冷静地说："苏阳，我承认，我的另一个身份，是人体摄影师。"

苏阳闭上眼，两行眼泪掉下来。

孟泽走近一步："其实，我并不想隐瞒自己的身份。怕你对我有误会，所以想找合适的机会告诉你。请相信我，我真的不是想故意隐瞒什么。可我想说的是，人体摄影它并不低级，那是真正的艺术。所以，请不要怪罪杨佳。今天你所看到的，真的只是摄影师和模特之间的一次工作任务。”

苏阳回过半个脸：“你们的工作，真是让我大开了眼界。我没有想到，你和杨佳，你们……竟然是这样工作的。”

“苏阳，我知道你一时接受不了这件事。换了是谁，我想都会接受不了的。可我要告诉你事情的原委，前段时间，工作室临时接了个业务，要找三个风格不同的女孩当人体模特，开出的价钱很可观。”

苏阳质问道：“你为了所谓的利益，出卖了一个刚踏上社会的女孩！”孟泽抬起手：“不是这样的，不是！请听我说，当客户在办公室看到杨佳拍摄的那本杂志封面时，点名要找她，被我一口拒绝了。客户说，这次是为全国的人体艺术摄影展服务，规格很高。他们就想找杨佳那种清纯的女孩来做模特，希望我尽最大的努力去说服她。”

“结果呢？结果就是你们将她降服了，用钱和嘴皮子将她降服了，对不对？”孟泽先是沉默，而后说：“不，我只是把客户的意思转达给她。起初，她是很惊讶，因为从来没有接触过这个特殊的领域。她没有直接拒绝，说要慎重考虑一下。”

苏阳含着泪：“你从中一定做了很多工作，很辛苦吧？”“不，我没有强迫她。我只是告诉她，这不是色情，而是艺术，伟大的人体艺术！最后，她答应了。”

苏阳猛地转过身，大声喊道：“孟泽，她还是个孩子！”

孟泽望着苏阳，冷静地说：“她已经成年了，有能力承担责任了。只要她是自愿的，就没有人能阻止她的意愿和行为。”苏阳不再说什么，转身往前走去。

孟泽在背后喊道：“苏阳，不管现在你用什么眼光看我，我都要告诉你，从在飞机上看见你的第一眼起，我就爱上你了！相信吗？相信一见钟情会发生在我们身上，我相信！”

苏阳流着泪，末了，说：“对你这个大艺术家来说，讲爱太容易了。很遗憾，我还做不到像你这么洒脱地去说爱。”孟泽上前两步，大声嚷嚷道：“可是，你敢说对我一点都没有动心吗？敢吗？你不计任何报酬为工作室拍照。在海滩边，你的笑容不是发自内心的吗？我们一起留下的那些美好回忆都是假的吗？如果这些都不是，那你今天到工作室来给我送宵夜，又是为了什么？为了什么？”

苏阳闭眼，任眼泪滑过脸颊。她转过身，强硬地说：“我今天来，就是为了看你到底是不是真的在工作，有没有和我撒谎。”孟泽失望地说：“结果呢，结果你都看到了。满意了吧？”“是，我是满意了。谎言让我觉得可怕，你的，杨佳的。而我，只是被蒙在鼓里。”

孟泽喊道：“苏阳，那是因为你没有从心底真正地接受我！如果你接受了，你应该会理解我，理解我的工作，也理解杨佳！”

苏阳冷冷地说：“很可惜，你看错人了，我还没有你想象中的那么大方。”孟泽摇摇头：“苏阳，抛开那一切！我问你，你真的……真的就没有对我动过心吗？我只想知道这个答案！”

苏阳转过身，背对着孟泽：“你真的要知道是吗？那好，我现在告诉你。在我的心门还没有为你开启时，你已经把它关上了。很抱歉，这不是靠我的能力可以做到的。我以为，我们会是同一个世界的人。今天我明白了，原来，我们并不是同类。再见！”

苏阳说完进了车里，孟泽喊道：“苏阳，其实你可以的，你可以的！苏阳，苏阳！”她摇下车窗，说了最后一句话：“照顾好杨佳，别让她受委屈。”

苏阳猛地踩下油门，离开了这幢神秘的LOFT。二楼的那扇窗户敞开着，杨佳躲在两边的窗帘中间，朝下凝望着。脸上，满是晶莹的泪水。

苏阳开着快车，冷风刺得她泪流满面。她也不知道究竟在哭什么，哭孟泽、哭杨佳、哭自己？电话一个接一个打来，孟泽的，杨佳的，苏阳无力去接。

原本以为，忘记欧阳的最好方法就是找一个人来代替，把对他的思念转移到孟泽身上。苏阳努力让自己不想曾经的痛，努力让自己慢慢喜欢上孟泽。可当苏阳看到那裸露的一面，她觉得自己受伤了，自尊心又一次受到了重创。

她受骗了，被事实所骗、被谎言所骗。她只要回想起自己推开门的那一霎，脑袋便不断地膨胀起来。她像个小偷一样窥探到了别人最不愿公开的隐私，丢人得很！

苏阳忽然意识到，这间被孟泽称作休息室的房间，自己看见的空房子，原来就是他为模特拍摄人体写真的秘密场所！他不肯公开家中的另一台电脑，都是因为，里面藏有大量的人体艺术相片！

苏阳无法想象，孟泽对着镜头前赤身裸体的女人，就像看镜中的自己一样自如。他拍过那么多模特，看过那么多秀色的酮体，那么女人在他眼里，就是一副相片、一个符号！

苏阳不是不懂艺术，她曾经也称人体写真是高尚的艺术。可当身边的人真正触及到敏感的界线，她还是害怕了，还是退缩了，还是过不了，自己这关。

所有的疑云都在一瞬间破解了。而这代价，竟是用孟泽和苏阳那还没开花的爱情换来的。

而苏阳眼中那清纯、简单的可人儿，一夜间就变成了一个为了利益不惜冲破底线的人；变成了一个苏阳不认识、看不懂的人。或许，自己就不曾看懂过她。她终于明白，杨佳的判若两人，她的逃避和变化，还有她的“生病请假”，全部来自于她的谎言！

杨佳身上的疑云，也在一瞬间被破解了。而这代价，竟是用苏阳对杨佳的信任换来的。

坦　白

2010 年的国庆节，苏阳又没有过踏实。与家人一起吃饭、聊天，也总是心不在焉的样子。表面强装笑颜，内心感触复杂。

下午，她接到杨佳的电话："苏总，我是杨佳。请给我一个机会，让我向您坦白。我们能见面吗？"苏阳沉默几秒，说："明天。"

10月2日下午，苏阳与杨佳在咖啡馆见了面。她始终低着头，手不停地揉搓着。苏阳开门见山："有什么，你就说吧。"杨佳沉默许久，终于开口："苏总，对不起，我辜负了您对我的厚望。"

苏阳把脸转向一边："不要和我说对不起，你没有做对不起我的事。"杨佳拉着苏阳的手："苏总，您能原谅我吗？我把前因后果都告诉你。"苏阳将手缩了回去："你说吧。"

杨佳红着眼讲述了事情的来龙去脉。上月的最后一个周末，孟泽和杨佳见面，将客户点名请她做人体模特的事告诉她。

杨佳睁大眼睛问："人体模特？"孟泽无奈地说："我直接就拒绝客户了，可是他很想请你，觉得只有你才能表现出那种意境。今天来，我只是把他的意思转达给你，但并不代表我的意见。"

"孟大哥，我明白。在我看来，那是一个很特殊、很神秘、很伟大的领域，是我从来没有涉及过的行业。可就因为它的特殊，却招来了众人的偏见和邪念，认为那是低级和色情。但我明白，那才是真正的艺术，是应该得到人类的尊敬和赞美的。它不应该被埋没在视线的背后，而应该站到台前，让所有人都知道，这是高尚、神圣的人体艺术，是美的象征。孟大哥，我说得对吗？"

孟泽兴奋地握住杨佳的手："太棒了，你说出了我的心声！真正的艺术是高尚的，是应该得到人类的尊敬和赞美的。杨佳，假使你拒绝这次摄影展的拍摄，我也认为值了。"

"孟大哥，如果我不参加拍摄的话，后果会如何呢？""这次影展，是受人委托拍摄的。如果不参加，就意味着，工作室会和全国影展失之交臂，失去了与同界交流、学习的机会，也失去了参与比赛的资格。当然了，就工作室的商业利益来说，也是一笔不小的损失。"

杨佳低下头："我明白了，如果我参加了，作品有可能会在全国拿奖是吗？"孟泽笑笑："呵呵，有这个可能。"杨佳想了想："孟大哥，让我好好考虑下行吗？两天后，我给你答复。""其实，你大可不必为工作室着想，这毕竟关系到你的个人名誉。我不想，因为一次拍照，而给你带来不必要的麻烦。"

杨佳握住他的手："不会的，孟大哥。你放心，我自己做的事我有数。"

两天后，杨佳回复孟泽："孟大哥，我想好了，我参加这次拍摄。""你，真的想清楚了？要不要再考虑一下？""不用了，我已经考虑清楚了。我做的事，我自己会负责。"孟泽无奈地点点头。

就这样，杨佳在 9 月 28 日，也就是周二晚上给苏阳发短信，说自己生病要请两天假。在这之前，杨佳的内心纠结了好一阵，总觉得对不住苏总。因为她知道，孟泽喜欢苏阳。杨佳发完信息立马关机，她怕听到苏阳的声音，心里会更添心虚。说不定，会后悔当人体模特……

杨佳对苏阳解释道："苏总，我真的不想骗您的。您对我这么好，可我居然还说自己生病了，还要让您担心。当时，我差一点就放弃了。""继续。"

29 日那天，杨佳来到孟泽的工作室。两人先是聊天，准备了好一阵子。进房间后，孟泽说："杨佳，准备好了吗？""嗯。""如果你排斥的话，我们可以马上结束。""不，我准备好了。孟大哥，我们开始吧。"说着，杨佳脱去了身上唯一的一件衣服。

孟泽看了看，说："好，你现在放轻松，不要有心理负担。我放一些舒缓的音乐，你的表情和动作要尽量自然。将自己想象在沙滩边，你在海里游泳，与海浪亲密接触。你感到很舒服、很自由。你喜欢这种感觉，并且很享受……"

杨佳在孟泽的指导下，慢慢进入了拍摄状态。他拿起摄影机，"咔嚓咔嚓”地拍着。

30日晚，工作室没有别人，孟泽为杨佳拍摄最后一组照片。他的电话响了，是苏阳打来的。孟泽只有走出摄影棚，接起她的电话。没过多久，杨佳的电话又响了。她惊慌地拿起：“孟大哥，是苏总。”“想接就接吧。”“我，我不敢接，我不敢听苏总的声音。”“那就不要接。”孟泽拿过她的手机放回桌上，“我们继续，完了你给苏总打回去。”

一组照片完成后，杨佳穿上衣服给苏阳回了电话，孟泽在一边看样片。杨佳挂掉电话，一脸沮丧：“孟大哥，我觉得很过意不去，我骗了苏总。”他拍拍她的肩：“这是善意的谎言，你不要有心理负担。来吧，我们抓紧时间把最后的照片赶完。”当两人拍摄到一半时，戏剧的一幕发生了……

杨佳说：“苏总，其实孟大哥不想有意瞒您的，他也是工作需要，他的工作性质决定了他必须这么做。”“看来，还是你比较了解他。”“我很欣赏孟大哥，我觉得他是个好男人。”一句话，让苏阳看出了杨佳心底的渴望。

苏阳问：“那么，29号那天晚上，你们工作完了也在一起？”杨佳点点头：“那天晚上拍到10点，我们肚子都很饿了，孟大哥就在附近找了家饭店吃宵夜。说来也巧，正好遇到了公司的章总。”“那这么说，你口中的大哥就是孟泽？”

“嗯。”杨佳点点头，“苏总，对不起，这一次，我真的让您失望了。”

苏阳喝了口咖啡：“你没有让我失望，也没有对不起我。孟泽也说，你是成年人了。所以，你只要为自己的行为负责就可以了。”杨佳还是低着头，沉静了几秒：“苏总，这一次，我是真的对不起您，是真的要让您失望了。”

苏阳抬起头，疑惑地望着她：“什么意思？”

杨佳忽地直起头，紧紧抓住苏阳的手恳求道：“苏总，您，您把孟大哥让给我吧！”一句话，让苏阳差点被呛到。

她红着眼，继续说："苏总，实话告诉您吧，从我第一次在餐厅见到孟大哥时，我就对他动心了。"苏阳顿住了，找不出任何可以回击的言辞。杨佳回忆着孟泽的样子:"他的气质、他的穿着、他的品位、他的表情和声音，还有他的眼神，都深深地吸引了我。"苏阳直直地望着杨佳，她的眼里充满了爱慕之情，像是粉丝看到了崇拜已久的偶像。

杨佳说，当天晚上孟泽送自己回家，她的心里就开始暗生情愫了，兴奋不已。那晚，她失眠了。

中秋节的第二日，也就是农历八月十六晚，苏阳请她去工作室一起过节，她激动得跳了起来。杨佳在五分钟内换了六套衣服，化了妆火速出门。

来到工作室，看见心仪的孟大哥，杨佳别提有多高兴了。她与他的朋友打成一片，就是想引起他的注意，觉得自己是个大方、健谈，能够融入孟泽圈子的人。她承认，那天确实喝多了，因为兴奋。聚会散时，当孟泽主动说送自己回家，她更加装醉了。一路上，杨佳倒在孟泽的怀里，而孟泽则温柔地抱住她。杨佳说，那一刻，她觉得自己是世界上最幸福的人。

出租车到了家门口，孟泽要抱杨佳下车，她死死搂住他，把自己的唇送了上去。两人激情地缠绵片刻后，孟泽说："你喝醉了，我抱你下车。"

就这样，杨佳当着苏阳的面，毫无顾忌地说出了自己的心事。哪怕她低着头，哪怕她红着脸，哪怕她声音低，哪怕她知道面对的是孟泽喜欢的人，她还是将自己的情愫一吐为快了。

苏阳问："这么说，你们那天晚上……""没有，我们还没有像苏总想的那样。""呵呵，那也够快了吧。你们才认识没几天，彼此才见过第二次就……"苏阳无脸说下去，她替杨佳感到羞愧。

谁知杨佳轻轻来了句："苏总，不也只是与孟大哥认识一个月而已。”苏阳无力再反驳什么。她只觉得如今的90后，果真是说得出做得到。

杨佳激动地说：“苏总，我知道自己很不应该这么说，这么做。可是，面对自己喜欢的人，我是真的控制不住，我控制不住不去想他、念他。哪怕，孟大哥喜欢的人是您。”

苏阳无奈地问：“你知道什么是喜欢吗？”“知道。”“那你知道什么是爱吗？”“也知道。”“喜欢和爱，不是只挂在嘴上。真正的感情，不是这么容易就能建立起来的。那样不叫喜欢，叫冲动。你能告诉我，冲动能维持多久？”

杨佳义正言辞地回答：“苏总，我不是冲动。我知道，喜欢和爱代表了什么，我很清楚。”“先把这些放到一边，你做了人体模特那总是事实吧。你为了利益可以付出自己的身体，你想过后果吗，想过自己将来的路吗？”

“苏总，我不是为了利益才这么做的，我是为了孟大哥！”杨佳红着眼说，“我明白，真正的喜欢是要付诸实际行动的。所以，我付出了。”

苏阳红着眼：“你拿自己的身体去付出？”

杨佳盯着苏阳的眼，镇定地回答：“不，不是拿身体，是拿自己的心与爱。您知道我为什么要答应做人体模特吗？一来，是因为人体模特很特殊，不是所有人都能担当得起的，但我想担当；二来，是因为，我爱孟大哥。我爱他，所以我愿意为他做一切事。只要能对他有所帮助的，我都会答应！”

苏阳不语。

杨佳继续：“其实，我特别不想叫他孟大哥，我不想与他有太大的距离。”“那你觉得，你们之间的距离大吗？”“除了年龄以外，我觉得我们之间没什么距离。”苏阳提醒她：“你们之间，整整相差了15岁！”

杨佳立即反驳：“那又怎么样呢，年龄差距不代表思想有距离，不代表心有距离。虽然我比常人早读一年书，虽然我现在只有 20 岁，可我也是大学毕业走上社会的成年人了，我有权力选择自己的爱情和幸福。苏总，我知道自己是很过分，把孟大哥从你身边抢了过来，我也觉得很可耻。可在爱面前，是不讲这些的。只要有爱，只要是爱，任何人都可以去努力，去争取，您说呢？”

苏阳冷冷地说："孟泽，他从来就没有属于过我。所以，不存在谁抢谁，也不存在可不可耻的问题。连你自己都说了，在爱面前，是不讲这些的。可是，这爱还得看双方的意思。"

杨佳想了想："我相信，孟大哥不会一点都不喜欢我，我感觉得出来。"苏阳点点头说："你们说爱，可真是容易呐。见了几次，就能和爱扯上关系了。"

"爱，不是时间和距离的问题。有些人，见了一面便能爱得火热深刻；可有些人，认识一辈子却也爱不起来。这就是区别。"杨佳的一番言辞怔住了苏阳，让她如梦初醒。

苏阳笑笑，最后送上一句："但愿，你的感觉没出错。"

两人喝完杯中的咖啡，准备离开。杨佳拿出两张票子："苏总，今天的单，我来买。""呵呵，不需要，我来就好了。""那我这部分，我来买。"苏阳没有拒绝这特殊的一次"AA 制"，你我互不相欠。从此，也该将这帐一笔勾销了。

走到门口，杨佳还是很有礼貌地鞠了一躬："苏总，感谢您对我的栽培和照顾，您是我人生中的第一个启蒙老师，我这辈子都不会忘记这份情的。"她顿顿，"感谢您，让我认识了孟大哥，让我体会到了什么是爱的感觉。谢谢您，谢谢！"杨佳说完，往对面走去。苏阳看着她的背影，笑笑，然后转身离去。

苏阳无论如何都没有想到自己眼里那清纯的女孩竟然还有这样外露的一面。现在的杨佳在她眼里，再也不是那个单纯的女生了。90 后，比 80 后更大胆、更先进、更疯狂，只要他们认定的事，一点不带犹豫地就会去做。他们似乎还来不及想前因后果，只要抓住这过程，就觉得足够了。

她怪自己的眼力太好，发现了杨佳，让她出类拔萃地做了杂志的封面女郎，又让她当上了别人花几年心血才能换来的设计小编，再让她认识了孟泽，居然还让她当上了什么人体模特。最后，又让她如此疯狂地爱上了孟泽。全是自己一手创造出来的，怪得了别人吗？

原来，90后并不是想取代80后的地位，而是想翻越整个时代，想改变人的价值观和人生观。

苏阳想起那日午后，章勇的一番忠言逆耳，不禁大悟。自己的想法果真单纯，只看见表面，却看不破实质。不是看上去简单的人就都是简单的，表里不一的确实大有人在。章勇说得没错，她还真是反过头来将了自己一军。只是这一军，用的是“渐进之阴谋”。乘隙插足，扼其主机，借助他人的信任，站稳脚跟以达到控制他人的目的。再步步为营，取而代之，最后变成了反客为主。

章勇分析得很到位，在商场上，确实不存在什么真心和情谊。竞争对手不是出现在商场上，就是出现在情场上。无一例外。幸好自己有些远见，没与多情的孟泽发生长篇大论。否则，自己非得惨败得一塌糊涂。

这么想来，还是苏阳的眼力不够宽。刨开外表，其本质都一样。

比如，90后的徐雅和杨佳。

国庆第三天，苏阳收到了一封杨佳的邮件。内容不用看，苏阳也能猜到是什么。除了辞职信，没有什么能让杨佳更为积极的事了。

苏阳回复了邮件，上面只有两个字：“批准。”

相亲第十记——上海滩“第一龙”

有些人，认识一辈子的时间，也未必会真正了解对方。而有些人，恰恰是用最短的时间，却可以了解他整个人生。最重要的，是了解彼此的心。

男人与女人

10月4日，苏阳去潘静家看望她。做小月子的潘静看起来气色还不错，只是显得有些虚弱。

苏阳问："怎么样，这些天感觉还好吗？"潘静笑着说："我去姐姐那住了几天，人都胖了两斤。哎，有时候，营养补多了，也并不是什么好事。""你告诉庄博了吗？""没，现在不打算和他说。他和老婆正在布置新房呢，我不想打搅他。"

见潘静这么说，苏阳便不再追问。潘静逗她："呦，今天怎么有空来陪我，不用和你的大摄影师约会啦？""来照顾你还不好？我和他，断了。""啊？还没好就断了，速度够快的啊。"

苏阳坐到沙发上："问题不在我身上。你知道，谁喜欢上孟泽了？""原来是有第三者插足？所以你选择退出，把孟泽拱手相让？""幸好，我和他还没什么，不存在第三者和退出这一说。"

潘静指指她："理智！到底是谁？"苏阳沉默几秒，说："杨佳。""杨佳？就是你很看好的那个女孩？"苏阳点点头。"就是那个拍杂志封面的女孩？"苏阳又点点头。"就是那个被百马破格录取的女大学生？""没错，就是她。"

潘静躺在沙发上，感叹："天哪，太不可思议了。现在的90后可真是做得出来啊，比80后更大胆。他们怎么会搅和到一块的？""还不是我的功劳，让她认了个孟大哥。怪那本杂志，又让她做了人体模特。"

潘静睁大眼："人体模特，你说杨佳当人体模特？""是啊，想不到吧。孟泽的另一个身份，是人体摄影师。""原来他还拍人体？""最糟糕的是，孟泽竟然给杨佳拍人体写真，还被我当场撞见了。""天哪，天哪，太戏剧了吧。"

"更可笑的是，杨佳最后居然当面和我叫板，让我把孟泽让给她。我成全了他们。"

潘静用手捂住脑袋："我的上帝，太出乎意料了。她居然还有胆量和你提这个？看来她是居心叵测，预谋已久啊。真看不出，那张纯净的小脸背后，满是'用心良苦'啊。哼，看来，这杨佳和徐雅是一样一样的，典型的90后啊。"

苏阳苦笑一声："呵呵，是啊。幸好，我没和孟泽发生什么。不然，我悔大了。"

潘静摇摇头："唉，只能怪你对那丫头片子太好了。人就是这么犯贱，你对她不好，她就要死要活地巴结你；你对她好，她就反过头来咬你一口，一点恩情都不记。我说你也太好糊弄了吧，就这么由着他们去了啊？"

"那还能怎么样？总不能为了个男人，让我和杨佳撕破脸去抢吧。这不是我的风格，更何况，孟泽也不是我要的人。""话虽这么说，可从你的眼神里，我还是看出了两个字。""什么字？""失败。"

苏阳轻笑："呵呵，我失败的还少吗？来来回回，都已经麻木了。"

潘静臭她："苏阳啊苏阳，你一下就被两个90后给蒙了。接下去，是不是还会有第三个张雅、第四个李佳什么的啊，呵呵呵！"

"别笑我了，说不定下回就轮到你了。"潘静抡起拳头："我可不会让那些丫头片子占了上风，我和你不一样，遇到情敌就选择无条件地退出和让步。就算是输，我也要争个你死我活，一决高下！"

"是啊是啊，你最厉害了，谁斗得过你潘大静啊。""哎，你说我们两个怎么就那么容易树敌呢？好不容易想恋一回吧，都会无中生有来个情敌，还都是那种死抓住男人不放的人，真犯贱！”苏阳自嘲：“也许，我们两个树大招风吧。”

潘静摆摆手：“对，要低调，低调，学习人家周程程同学。可是话说回来了，苏阳你还是幸运的，和我不同。至少，欧阳还对你这么死心塌地的。”潘静将自己的心声娓娓道来，“每个女人都渴望爱情，都希望天上掉下一个白马王子来拯救自己。好像有了心爱的人就拥有了全世界，其实生活中根本就不存在什么救世主。那些虚无缥缈的假想只是自欺欺人的借口罢了。”

苏阳不发话，静静地听着，她赞同闺蜜的话。

潘静安静地坐在沙发上，此时的她很淡定：“看看我就知道了，平时有很多男人簇拥着，吃个饭、看个电影搞点聚会什么的那是不在话下。天天电话短信伺候着，排着队等着和我约会。可他们所垂涎的，只是我的姿色。若我是满脸皱纹的老太太，他们还会那么殷勤吗？要你是男人，你会吗？”

苏阳笑笑：“我想，我会。”“少安慰我了！我要是拒绝他们，他们就像狗一样地求我给他们机会。可真到关键时候，他们却逃得比老鼠还快，更会找出无数种理由来拒绝你，忙、出差、没时间，想尽一切办法来摆脱。那些男人只会在开心的时候拿你当乐子，又有谁能真当你一回事。他们所能赋予你的，只是一张嘴皮子和身体。都说女人为了心爱的男人甘愿献身，事实上，男人比女人更懂得如何献身。他们巴不得把自己献出去，就怕女人不肯接受。可是献了身的男人，又有几个是甘愿献出自己的心的。女人一般是身与心同时付出，可男人不一样，他的身与心，是分开的。”

苏阳不语，表示赞同。

潘静颤抖地说完这段话，眼眶微红：“我何尝不想和一个真心爱我的男人厮守到老，哪怕平淡，却也真实稳定。可现实有吗？我身边的那些男人，最多只能算作情，称不上是爱。你真以为我那么喜欢刺激吗？那是因为没办法，得不到真爱，就只能用激情来掩饰内心的空虚咯。激情过后，什么都没留下。我在男人眼里，的确是个好情人的形象，但却始终变不成爱人。因为对方，从来都只把我当情人。很悲哀吧。相比之下，苏阳，你比我幸福多了。”

苏阳默然了，曾经以为自己是那么懂爱、那么会爱。此刻才发觉，原来最懂爱的人是潘静。

她也诺诺道来："我也在想，是不是自己也有问题？不然，为什么相一个，吹一个？别人也许相亲一个就中了，可我相了十回八回，不是撕破脸皮就是心痛离别。除了看到对方的缺点，好像什么都没留下。”苏阳抹抹脸，“我也不是万能的，我更不是完美的，我知道自己也有这样那样的问题。可……我为什么都不能容忍对方呢？是自己太清高了吧，是不肯给别人机会吧？要是我肯妥协，我肯让步，那我和杰锐，不……我和萧雨，说不定也能走到一起。潘静，你骂骂我吧，臭臭我吧，也好让我心里平衡些，让我觉得，我也是个有软肋的人。”

潘静笑笑，讽刺道："你也有软肋？你的软肋，就是欧阳。”

苏阳捂住脸，欲哭无泪。

崩　溃

从潘静家出来，苏阳觉得透不过气来。

盛夏已经过去，秋天都来了，可为何还会如此憋闷？城市中的车水马龙快要将她吞没，她感到窒息。苏阳决定去郊外走走，那里的花草、树木，或许可以让自己轻松些。

她一路停停走走，很快，天色暗了下来。CD 机里正好放出 If You Want Me。她将音乐声开大，合着玛可塔·伊尔格洛娃的女声，共同吟唱："Are you really here or am I dreaming，I can't tell dreams from truth…”

苏阳边唱边走在林间小路上，周围一片安静，只有CD机里的音乐和自己的幽怨声。孤独而凄凉。如果可以，苏阳想这么一直走下去、走下去……

没有尽头，也就没有末路。这一刻，万物真实。

漆黑的夜空，看不见星星和月亮，只有整片的黑云层。没一会，天空作响，雷声不断。一股浓重的泥土味扑面而来，苏阳等待着暴风雨对大地的浸润。

她掉头往回走，突然发觉一直以来自己其实都在走回头路，不曾前进过。刚想开车门，潘静打来电话，口气有些沉重："亲爱的，你在哪？""我在外面。""有很重要的事要告诉你，你听后别太往心里去，事情没有到最后一步，谁都不知道会是什么样子。""到底什么事？""我刚接到庄博电话，欧阳……欧阳好像要订婚了……"

苏阳感觉天旋地转。

"亲爱的，你在听我说吗？""我在。""庄博在欧阳家，欧阳的父母想让他和叶佳慧订婚。不过欧阳没表态，他也不会表态的。我想欧阳一定会给你一个合理的解释，他不能就这样向父母妥协了。他不可以……"

苏阳挂了电话，木木地靠在车上，全身无力。CD机又放出那首撕心裂肺的She's Gone，将苏阳的心脏一点点分裂开来。

手机再次响起，是欧阳！苏阳不由分说接起电话吼道："欧阳立帆，从今以后我们就是陌路人！你去结你的婚，我相我的亲，我们井水不犯河水。你再也不要出现在我面前，我恨你，我恨死你了！"

欧阳在电话那头喊道："苏阳，你能不能先听我把话说完？让我说完，你再骂，行吗？"

"我不听，我不听！我已经听够、听腻了你的谎言！别再来假惺惺地祈求我的宽容，我的忍耐也是有限度的。别再来耍骗我的感情，你不配！不配！"

“苏阳,你根本就不了解事情的真相！你就不能耐心听我说完吗？说完后，我会放你走！”天下起大雨，雨点肆虐地打在苏阳身上，也浇湿了她那破碎的心。

苏阳崩溃了，站在雨里声嘶力竭：“欧阳立帆，我恨你，我这辈子都恨你！”“苏阳,苏阳,你冷静点！你在哪里？告诉我你在哪里？”

苏阳靠在车上，绝望地吼着：“欧阳，你怎么能这么对我，你怎么能这么狠心？你一次次地折磨我、伤害我，还不够吗？还不够吗？你在我的身上割了一刀又一刀，我痛啊，痛啊！你要眼睁睁地看着我死掉是吗？看到我死了你就可以彻底摆脱我了是不是？那我成全你，我成全你！”

欧阳也崩溃了：“苏阳，不用你死，我死行了吧！你杀了我，让你亲手把我杀了，我欧阳无怨无悔！”

苏阳颤抖着声音喊道：“我倒是很想这么做！如果现在我手上有一把刀，我会毫不犹豫地刺向你的心脏，让你也尝尝什么叫痛，什么叫撕心裂肺的疼痛！你伤了我10年，10年啊！我刺你一刀算便宜你了，我应该刺你10刀、100刀、1000刀！”

“你刺吧，只要你能解恨，我的身体任你千刀万剐都可以！求求你告诉我你在哪里，在哪里？”“我也要让你尝尝失去我的滋味。这是你赐给我的，现在你必须承受！告诉你，我苏阳不是你的一个玩偶，任你摆布,毫无条件听你的指挥！如果要玩,这么多年你也玩够了吧？为什么到现在还不肯放过我，为什么？”

那头传来欧阳痛哭的声音，苏阳听了更心痛和愤恨。她喊道：“欧阳立帆，我苏阳这辈子最大的错误就是认识了你，认识了你这个大骗子！你骗了我的青春、骗了我的爱情、骗了我的心！你会有报应的！你现在就去结你的大头婚，老娘不稀罕。你如果不娶叶佳慧，你就不是男人，你就不是欧阳立帆！我等着婚姻将你拖向无尽的深渊！到时候你摔下来，一定会死得比我更痛、更惨！我等着看你的好戏，我苏阳等着看你好戏的那一天！啊……”

苏阳歇斯底里地在雨中疯狂，将手机狠狠扔向漆黑的夜里。她绝望了，靠着车慢慢蹲下去。

一阵阵凄惨的哭喊声，伴随着汹涌的电闪雷鸣，震破了天际。

救命稻草

苏阳坐进车里，摸着黑往前开。雨水模糊了车窗，她看不清前方的路，脸上被泪水模糊得睁不开眼。她从没像现在这般害怕、无助过。

手机扔了，没法联系任何人。苏阳迷了路，怎么也找不到来时的方向。车子又自动熄了火，她狠狠地敲打方向盘，把头埋在上面。

她在附近的路边找到一个电话亭，凭借自己仅有的一点记忆拨通了一串号码。听到对方的声音，苏阳放声大哭：“龙哥……龙哥……”苏阳没有其他的话，只是不断叫唤着他的名字。冷风吹得她浑身哆嗦，拿话筒的手在不停地颤抖。她觉得这个时候，在这个世上只有龙哥才能救自己。

郑超龙开着越野车火速赶来：“苏阳，别怕，龙哥来了！”他脱下黑色外套披在她身上。苏阳扑在郑超龙怀里嚎啕大哭，像抓救命稻草一样死死抓着他的衣襟不放。

郑超龙用自备的大毛巾擦她的头发，并打开热风，让她乖乖待着。自己则从后备箱拿出一个大敞篷，竖在苏阳的车前，打开引擎盖仔细地检查起来。她望着玻璃前被雨水模糊的背影，捂住嘴，再一次哭到不能自已。

龙哥上车擦了擦手，苏阳上前一把抱住他。郑超龙受宠若惊，抬着乌黑的双手：“好了好了，苏阳，别让我的脏手把你的衣服弄脏了。”苏阳使劲摇头，泪水滴在他的肩颈上。

郑超龙打电话给手下：“阿伟，你现在马上打车到松江三路这里。

过来的时候买两杯热饮料，记住一定要热的。用最快的速度，快！”

阿伟火速赶来，郑超龙将热奶茶递到苏阳面前：“快喝吧，暖暖身子。”苏阳低头接过，只喝了一口，又一次泪流满面。龙哥对手下说：“你开后面的这辆车，跟着我走。”

龙哥载着苏阳在黑色的雨夜里奔跑，阿伟开着苏阳的车紧跟其后。电台里，正播放韩国歌曲《一半的爱》：回头看我，就一次也好。念在我仍旧深爱着你，这理由还不够吗……无法说出口的悲伤爱恋，看着胸口快要被撕裂的自己，现在甚至连想恨你的力气也没有。你不会了解，就这样离我远去。没有任何人能取代，剩下自己的孤独人生中，不能没有你的相伴。现在的我发疯地只想拥有你，开始讨厌一无所用的自己。仍祈祷你再爱我一天，对你而言，我已赌上一生的爱。我爱你，我爱你，你占有了我的一切。

悲伤的歌词说到了苏阳的心里，她将头慢慢向左倒下去，轻靠在他的右肩上，眼泪滴在他的灰色衬衣上。龙哥用右手挽住苏阳，并轻轻拍拍她。这一刻，苏阳真的想把自己交给他，将自己的爱分一半给他。

就算是报答，她也心甘情愿、无怨无悔。

车子开到市区，郑超龙摇下车窗对阿伟喊道：“你现在马上去买红糖和生姜，我要回家煮姜汤。”阿伟为难地说：“龙哥，现在是半夜了，没有地方买生姜。”“那你就去便利超市，给我把红糖买回来。”

郑超龙往对面一看：“不用了，我有办法。”他不管红灯，踩下油门冲了出去。转了好几个弯，来到大排档前。他向老板娘要了生姜、红糖，并递给她两张大钞。老板娘一看立马摆手，郑超龙用手指指摊上的食物：“我来点宵夜。我要这个、这个、这个，还有这个……”

他回头对阿伟说：“我先回去，一会宵夜好了你送过来。”郑超龙载着苏阳来到自己的别墅园。他打开了屋里所有的灯，让她坐下，又去卫生间放上热水。郑超龙递给苏阳一套银色的丝质睡衣：“不介意的话，先穿穿男款的，也很不错。放心，这是新的，没穿过。”苏阳接过睡衣，一滴眼泪落在上面。她进了卫生间，锁上门，任由热水不断冲刷自己的身体。

苏阳穿着睡衣慢慢走出来，眼眶红肿。郑超龙回头一看：“很不错嘛，男人的衣服穿在你身上也这么好看。”他手里拿着吹风机：“来，我给你吹头发。”苏阳没有拒绝。突然，她一把抓住他的大手。郑超龙愣了下，然后笑着轻拍她的手背：“乖，我们先把头发吹干。”

阿伟送来了外卖：“龙哥，姜汤叫吴婶做吧。”“都几点了，吴婶也要休息的。我自己来。”郑超龙走进厨房，在锅里放上水和红糖，切好生姜一片片放下去，再用小火慢慢地煮。

他又把宵夜放在桌上，依次排开：“一晚上没吃东西，饿坏了吧。我不知道你喜欢吃哪样，所以就都买回来了。看看想吃什么？填饱肚子后，喝一碗郑氏的红糖生姜水，然后再美美地睡上一觉。保证明天起来后，什么风寒、烦恼啊都不敢接近你了。”

苏阳看着桌上的食物，眼泪再一次夺眶而出。郑超龙拿过纸巾给她擦泪：“好端端的怎么又哭了呢？是不是不合胃口？我让阿伟再去买。”

“不，龙哥，很好了，谢谢你，谢谢。”“不要和我说谢谢。来，我们吃了东西才有力气。来，尝尝虾饺，还有叉烧。”看苏阳犹豫的样子，他也掰开了筷子：“我也饿了，我们一起吃啊。”郑超龙将一个虾饺递到苏阳嘴边：“来，吃了它。”她含着泪，默默地将自己的嘴张开。郑超龙笑了：“对啊，这样才好嘛。”

而后，郑超龙把姜糖水端到苏阳面前：“来，热气腾腾的郑氏红糖生姜水出锅了。这可是我郑某第一次下厨给女孩子煮姜汤，怎么样，赏个脸把它喝了？”苏阳看看郑超龙，又看看满碗的姜水，一口气将它喝了下去。

郑超龙满意地摸摸她的头：“很棒！这样感冒就不敢来侵袭你了。走，我带你去客房。”他拉着她的手进了卧室：“这是我为贵客准备的卧房，你好好在这里睡一觉，什么也别想。明天起来拉开这扇窗帘，会看到外面明媚暖和的阳光。你低下头，就能看见我。我会马上来到你跟前。”

苏阳望着他，心里充满了感激。郑超龙拍拍枕头：“来，看看它合不合适，不舒服的话我去换。”苏阳躺下去，他为她盖上被子：“怎么样，感觉还好吗？”苏阳点点头。

郑超龙透过黄色的灯光注视她，温柔地说：“美丽的姑娘，晚安。”他走到门口，苏阳喊了声：“龙哥！”“怎么了？”苏阳摇摇头，然后说了句：“晚安，龙哥。”他笑笑，将大灯熄灭：“好梦。”说完，郑超龙在门背面的把手上按了下，将门锁上。

苏阳闭上双眼，听着窗外淅淅沥沥的雨声，再一次泪流满面。

特殊的恩情

第二天，苏阳睁开眼，透过窗帘的缝隙，柔柔的阳光洒进房间。她下床走到窗边，想到昨夜龙哥的话。苏阳将窗帘拉开，明媚的阳光透过落地玻璃窗照射在身上。她低头，见泳池里泛着海蓝色的亮光。龙哥正坐在椅子上，喝茶，看报。

有人敲门，一位大姐拿着衣服，笑脸相迎地说：“苏小姐，早上好。我是管家吴婶，昨晚睡得好吗？”“吴婶好，我睡得还好，谢谢。”“这是小姐的衣服，我已经洗好、烘干了。”

她将衣裤放在床边：“我下楼给您喊龙爷去。”“不麻烦吴婶，我自己叫他。”“那好，早餐已经准备好，请苏小姐一会下来用餐。”“好，谢谢吴婶。”

苏阳拉开玻璃窗，对着楼下的郑超龙说：“早上好，龙哥！”他放下手中的报纸，扭头一看：“苏阳，你醒了？怎么样，睡得好吗？”“还好，谢谢。”“我在餐厅等你。”“我马上就来。”

苏阳拿起昨夜被雨淋过的衣服,已被吴婶熨烫得没有一丝皱褶了,还散发出一股淡淡的香味。她来到一楼的餐厅，餐桌两边是整面的落地透明玻璃，坐在那里，便可以观赏到整个别墅花园和游泳池。龙哥摸摸她的脑门："还好，没发烧。"

餐桌上摆着牛奶、橙汁、咖啡、面包、鸡蛋和火腿。吴婶站在一旁："不知我做的早餐合不合苏小姐的胃口？"苏阳喝了口牛奶，尝了一口荷包蛋："很好，鸡蛋的味道很不错，谢谢吴婶。"

吴婶低头抿嘴笑："苏小姐，鸡蛋是龙爷煎的。"苏阳诧异地抬头看郑超龙，他不说话，只是拿刀叉往嘴里送食物。整顿早餐，郑超龙什么也不多问，只是和苏阳聊些无关痛痒的话。她很想说，你就不想知道昨天发生了什么事吗？看着龙哥一脸的淡定，苏阳还是把话咽了回去。

饭后，阿伟来到家中，见苏阳立马鞠了一躬："龙嫂，早上好！"郑超龙瞪了一眼，责怪道："龙嫂是你叫的吗？叫苏小姐！"阿伟低头道歉："对不起，苏小姐。""没关系，阿伟，昨天谢谢你了。""这是我应该做的。"

他随即凑到郑超龙耳边轻声说："龙哥，那批人中午就到，您要过去会面吗？""嗯，你先去车里等我，我一会就来。""好的，苏小姐我先出去了，您随意。"

郑超龙转过身，双手搀扶苏阳的胳膊："让我看看，眼睛还是有些肿，我让吴婶给你准备了眼药水和冰片。现在我要去公司办事，你是要在我这里休息呢，还是回家？"

苏阳想了想，说："回家。""那好，我让吴叔送你。他和吴婶是夫妻,是我的管家。""不用麻烦了,龙哥,我自己开车回去就行。""你可以吗？你确定自己能开回家？""嗯,我可以。""认识回去的路吗？"苏阳眯了下眼，调皮地说："没关系，我有导航。"

郑超龙深情地望着她："你终于笑了，这让我觉得，我的努力还是有成效的，千金难买一笑啊。”苏阳低头，脸沉了下来:“龙哥，你，你就不想问点什么吗？”郑超龙笑笑:“如果你想说，一定会告诉我。”

他挽过苏阳的胳膊，郑重其事地说：“记住，不管发生什么事，我都是你最值得信任的人。有任何困难，我都会帮助你解决。这扇门，会一直为你敞开着。”“龙哥……”郑超龙用手堵住她的嘴：“有些话不必说出来，放在心里就行了。等到合适的机会，再说也不迟啊。”

郑超龙看着苏阳上车：“开车小心，好好休息一下，晚上，我给你电话。”“好，龙哥。”阿伟下车走过来，轻声说：“龙哥，时间差不多了。”“我马上就来。苏阳，我走了，有什么事，随时找我。”郑超龙转身，上了车。

苏阳明白龙哥的心意，明白他的用心良苦。这份特殊的恩情，自己该如何回报呢？

晚上，郑超龙给苏阳打电话，听口气很严肃，像在进行一场秘密的谈判。苏阳感觉有些不妙，手机里一直有“呼呼”的风声，她判断应该是在哪个港口。她问:“龙哥，不会有什么事吧？”“不会，放心，你龙哥出不了事。”

苏阳对郑超龙所有的了解仅限于：开了七家酒楼、两家大型娱乐场所（夜总会、桑拿）、投资房地产等，参与买卖和投资。其余的，便不得所知。这样的男人，本应该让人敬而远之，可苏阳此时想的不是别的，只希望龙哥一切平安无事。

这晚，苏阳的梦里竟是那些打打杀杀的混乱场面，而梦中的主角只有一个人：郑超龙。

特殊的约会

话说回来，郑超龙之前赞助过某婚姻介绍网站，成为其股东之一。这天，他去参加网站举办的一次沙龙活动，却在现场意外地遇见了苏阳。郑超龙什么也不多问，只是挽着苏阳的手共舞。活动结束后，她与他共进晚餐。

几天后，苏阳约郑超龙见面。她说自己想清楚了，要与他正式约会。郑超龙有些受宠若惊，他没料到苏阳这么快就下此决定，还请她慎重考虑。苏阳不加犹豫地说："不用考虑了，这是我自愿的，我想看着你平安无事。"

郑超龙表面不说，可心里清楚苏阳的心思。"好，我们开始约会，但我有个条件。""什么条件？""不能拒绝我为你做的事。"她在心里说：既然我有勇气放下从前，我就有勇气爱上你。

苏阳跟着郑超龙游山玩水了几天，把所有的烦恼抛掷脑后。他有本事让苏阳不想别的，也不愿想别的。在她面前，郑超龙就像一座大山。

郑超龙包下一整个影厅，请苏阳一人看一场特殊的电影。他的别墅里有独立的家庭影院、影碟机，落地式的环绕立体声扬声器，丝毫不比电影院逊色。他怕在家中苏阳会尴尬，就干脆包下了整个影厅。不被打搅，只喜欢和喜欢的人在一起，享受这难得的下午时光。

苏阳看着一排排空荡的座位，很是不习惯。郑超龙说，放轻松，这没什么不妥，我们只是在看一次再正常不过的电影。

他给苏阳买来爆米花、饮料和水果，自己却一口不吃。只是静静地观看电影，偶尔会和苏阳讨论一下其中的剧情和细节。两个小时，郑超龙没有打瞌睡，没有指手划脚地评论演员，更没有对苏阳有半点不尊的行为。

傍晚，他带她去餐馆，来到自家的海鲜酒楼。店内生意火爆，好不热闹。来到三楼，服务员一脸微笑，齐刷刷地站成两排，毕恭毕敬地说："郑总、苏小姐晚上好，欢迎光临龙宝海鲜城。"苏阳一看，这三楼和一楼、二楼相比大有不同，整个大厅竟没有一位客人，只有服务员。

郑超龙带苏阳进了豪华包厢，亲自为她倒上茶水，递上水果和瓜子。"苏阳，等我一会。如果觉得闷，可以和我们的服务员聊聊家常。

我去去就来。”“龙哥你去哪儿？”他眯眼笑：“呵呵，秘密。”郑超龙对身边的服务员说：“照顾好我的贵客。”“是，郑总。”他走到门口，回头说了句：“苏阳，微笑。”她向他浅浅一笑。

包厢内共有五个服务员，一个倒茶、端水果，一个布置餐具，一个搬桌椅、提包，一个负责调冷气和电视。苏阳尴尬地坐在位置上，两手不自然地放在腿前揉搓。

那位身穿藏青色套裙，年龄稍长一些的服务员站在身旁：“苏小姐，我是酒楼的经理，林芳。您有任何需要请和我们说。”“哦，不用麻烦了，这样已经够好了。”“苏小姐您看电视吧，您喜欢看中央台、东方台、湖南台，还是浙江台？”“不用麻烦，随便一个频道就可以了。”

餐厅经理站在苏阳身旁，其余四位服务员站成一排。这高级待遇，她还是第一次体会到。苏阳问：“林经理，为什么三楼没有其他客人？”林经理笑笑：“这是郑总为了招待苏小姐，特意这么做的。”“可是这样，一晚上要损失多少生意啊？”“苏小姐，您别担心。我们老板有自己的打算，他希望能够安静地招待您。”

苏阳不再多问，林经理陪她唠了些家常。时间一分一秒过去，龙哥还没有来，苏阳等得有些急了。“你们知道龙哥去哪儿了吗？”服务员露出一致的微笑，齐刷刷地摇头。苏阳想：莫非，是遇到什么麻烦了？刚才龙哥走得急，不会出什么事吧？

她拿出手机，给郑超龙拨电话：“龙哥，你在哪里？过来了吗？”“苏阳，再等我一会，马上就来了。等我。”

又过了20分钟，服务员将门打开，热气腾腾的菜逐一上桌。海鲜大龙虾、清蒸大闸蟹、虾仔大乌参、明珠鲍鱼、蟹黄豆腐、蒜蓉粉丝蒸扇贝、清蒸石斑鱼、花菇田鸡、粉蒸排骨、八宝鸭、梅子肉、冬瓜盅……满满一桌子的菜，看得苏阳眼花缭乱。数了数，足足有26道菜。

郑超龙最后走进包厢，两手一摊：“欢迎苏阳小姐光顾龙宝海鲜城，请品尝菜肴，并提出您的宝贵意见。”苏阳盯着郑超龙：“龙哥，这么多菜，足足可以请两大桌的人了。这样未免也太浪费了吧？”郑超龙坐下，为苏阳夹菜：“哎，请你吃饭，谈何‘浪费’二字。来，尝尝我们龙宝的招牌菜。”

郑超龙脸上流淌着汗珠，苏阳拿过纸巾为他擦汗。“龙哥，能告诉我刚才半个多小时你去哪儿了吗？”“呵呵，去办了件事儿，我们吃饭吧。”

苏阳心里过意不去：“龙哥，您为了我一人，连三楼的生意都不做了。没有客人，一晚上要损失多少成本？这水电费、人工费……”郑超龙握住她的手：“谁说没有客人，你就是我的客人啊，你就是我的贵客。”

苏阳还是担心：“可是，我只是个小女子，不值得您对我花如此代价的。这样款待我，我实在吃不下去。”“哎，哪里的话。你要是这么想，我可就不高兴了。约会嘛，本来图的就是开心。生意上的事，你别担心。这一楼和二楼不是还在照常营业吗？这三楼啊，就是为你服务和营业的。”“可是，龙哥……”“别可是了，你答应过我的，不拒绝我为你做的任何事。”

苏阳不再说什么，望了望站在后边的一排服务员。郑超龙挥挥手：“先退下吧，有需要我再叫你们。”“祝郑总和苏小姐用餐愉快。”服务员齐声道别后便转身离开了。

郑超龙问苏阳：“怎么样，味道还好吗？”“非常好，太鲜美了。”“这些菜里，你最喜欢吃什么？”“都很喜欢，味道也很棒。不过我个人，最喜欢吃的还是蟹黄豆腐和梅子肉！”

郑超龙看着苏阳兴奋的表情，擦擦脸上淌下的汗珠。

宽　容

一连几天，苏阳都是和郑超龙一起度过的。每每苏阳下班时，郑的车都会准时停在她公司门口。

这天两人碰头，他下车接她。一个黑衣人躲在远处的柱子后，拿着照相机偷偷拍下了他俩的一举一动。

晚上，郑超龙开车将苏阳送回家。“龙哥，上楼坐坐吧，喝杯茶再走。”“呵呵，不打扰你吗？”“不打扰，我应该亲手为您泡一壶茶。”郑超龙想想：“好，去你那坐坐。”

下车时，苏阳见转角处有个人影，心里一阵触痛。见她身边有位男士，人影便退却了。她顺势挽住郑超龙的胳膊，朝他甜蜜一笑上了楼。而这一切，又被躲在更隐秘处的第三人用相机拍了下来。

苏阳请郑超龙在沙发上小坐，然后拿来一个大烟缸放在茶几上，并为他递上一支雪茄。郑超龙笑着问：“这么齐全？为谁准备的？”“特意为龙哥准备的，就等着您来鉴赏。”

郑超龙边看电视边说：“阳阳，喝口水就好了，不用麻烦。”苏阳拿过一套紫砂壶，单膝跪地：“龙哥难得来一次我的小屋，怎么说也要让小女子露一手，为您沏一壶好茶。”郑超龙笑了：“好。”

“龙哥是喜欢喝淡茶还是浓茶？”郑超龙淡淡一笑：“你猜。”“我猜是浓茶。”“聪明。”

苏阳熟练地操作着，将上等的普洱茶放入滤杯中，用滚水烫热茶具，投茶，沸水置入，清洗茶中的杂质。冲茶浸润，盖末茶叶。分头道茶，沸水冲泡，出茶水到公道杯中。过滤碎茶，最后分入小杯中。

苏阳递上：“清香醇和的普洱茶泡好了，请龙哥品尝。”“很香，你的茶技不错，经常请朋友来喝吗？”苏阳起身：“只是偶尔。”

郑超龙突然问：“刚才在楼下的那位男士，是你朋友吧？”苏阳愣住了，这一幕还是被眼尖、心细的龙哥发现了。“他是我的……一个老朋友。”“有两次我在你公司楼下，看见他也在等你。”

原来，龙哥都察觉到了。

“为什么对他视而不见呢？”苏阳沉默。他叹了口气：“都是因为他吧？”苏阳转身，坐在郑超龙身旁：“是的，他是我……很早以前的……男朋友。”这一刻，她不再隐瞒，向郑超龙讲述了自己和欧阳之间的故事。他静静地听着，没有开口评论一句。

末了，郑超龙问：“为什么要这么苦自己，非要逼到无路可走？多给别人一个机会，就是多给自己一个机会。这个道理，你应该明白的。”一句话，让苏阳泪如雨下。郑超龙将她揽在怀里：“傻丫头……”

这一夜，苏阳甚至有冲动把自己交给他。“龙哥，今晚，留下来吧。”郑超龙只是在她额上轻轻地一吻：“做个好梦。明天见，晚安。”

讽　刺

这天，郑超龙携身着晚礼服的苏阳出席了某房地产开盘盛典的时尚酒会，并介绍她认识了诸多业内人士。

中途休息，苏阳去完洗手间回来，竟发现欧阳也在现场，一旁还有个身材苗条、长相贤淑的女人。苏阳躲开他们的视线，背过身去。只听那女人问：“欧阳，这位朋友你认识？”“嗯。”两人上前，欧阳轻声唤了句：“嗨，你好，这么巧。”苏阳尴尬地转过身，强装笑脸：“嗨，真巧啊。”

那女人看看他俩的表情：“欧阳，赶快介绍一下啊。”欧阳愣在那里，吞吞吐吐地说：“哦，这是……这是……”郑超龙走过来，揽住苏阳的腰，笑着说：“亲爱的，原来你在这儿？”四个人面面相觑。

那女人很是主动，将右手伸向苏阳：“你好，我叫叶佳慧。”苏阳愣愣：“你好，我是苏阳。”郑超龙向欧阳伸出手：“你好，在下郑超龙。”“你好，欧阳立帆。”四人交叉握手，表面一团和气，其实却都是心猿意马。

郑超龙反应快：“很高兴认识二位，祝心情愉快。你们随意，先失陪一会。”说完，他绅士地搂着苏阳离开了。叶佳慧搂着欧阳跳舞：“欧阳，苏小姐可真是漂亮呐，你说是吗？”欧阳无奈地点点头。“那位郑先生，据说来头不小，黑白两道通吃呢。”欧阳望着她，很是惊讶：“是吗？”“是啊，你不知道，郑总在上海商界可是很有名气的。你去国外吃了几年洋墨水，连自己家门口的国情都不熟悉了。看来，还真要我好好培养你一番。到时候，看我爸不考倒你！”“呵呵，你说哪里去了，言重了。”

欧阳开始心不在焉，几分钟下来，连连踩了佳慧十来脚。害得她直嚷嚷：“你以前不是号称跳舞王子嘛，怎么今天尽踩我的脚？掉魂啦？”欧阳回过神来，尴尬地朝她笑笑。

那角，苏阳与郑超龙也在跳舞。欧阳那一双眼睛直勾勾地看着自己。“龙哥，我去下洗手间。”她借故走了出去。欧阳一看，忙跟上：“佳慧，我去下洗手间。”

两人在大厅外面打个正着，欧阳左顾右盼一番，把苏阳拉到一边。她气愤地甩开他的手：“别拉拉扯扯的，被人看见该说闲话了。”欧阳焦急地问：“阳阳，这些天来，我很担心你。”“你也都看到了，我过得很好。每天这么跟着我，一定很辛苦吧？”

欧阳低头，又问：“阳阳，你真的，和那个郑总在一起了？”苏阳高傲地抬起头：“怎么，不可以吗？”“我替你感到担心。”“你有什么可担心的？”“他和普通人不一样！”

苏阳直视欧阳，狠狠地说道：“是！龙哥是道上混的人，看上去和你们这些所谓的正人君子是有区别。可我要告诉你，龙哥和别人最大的区别就是，他很真诚，从来不说假话。不像有些人只会说尽好话，却永远做不到表里如一！”

欧阳担心地劝说 :“听说他的背景很复杂，我劝你还是三思而行。”“你有什么资格说别人？你自己还不是一样！”

“不不，不是你想的这样，我没有和她订婚，我也不可能和她订婚。那只是父母的意思，并不代表我的意思！”“你别来这一套了，这种冠冕堂皇的话我听够了！若是你不同意，父母难道会架着刀子逼婚吗？别再把责任推到你家人身上，你已经不是 18 岁了，还要别人来导演你的人生！”

欧阳捂住脑门 :“你为什么就是不肯听我说呢？那只是他们的一个设想，我是不可能妥协的！”

“哼，你现在，不正是在一步步妥协吗？那个叶佳慧，很是依赖你，看来是已经认定你了。你这半推半就的性格，估计马上就会被她给驯服了。”“苏阳，这只是参加一次酒会，酒会！没有你想得那么严重！”欧阳也急了。

“你别再解释了，越解释越乱。我只相信，我所看到的事实。”苏阳冷冷地说。欧阳大声喊道 :“事实是什么？事实就是我们家和叶家是世家，然后他们把叶家的千金介绍给我认识，希望我们能够交往。她只不过来了我家几次，吃了几顿饭而已。我也只不过把她当妹妹一样看待，没有其他任何想法！”

苏阳瞪着欧阳的眼睛 :“可她并没把你当哥哥啊。”欧阳质问 :“那又怎么样？在我心里，已经容不下其他人了！我不可能连自己的婚姻大事都由父母来掌管，你看到的只是我作为一个儿子对他们的顺从，但并不表示我最终会妥协。我今天回家就会和他们说，我爱的人不是叶佳慧，而是你苏阳，是站在我面前的这个女人！现在，我可以掌握自己的人生，我不再是以前的那个欧阳了！他们无权干涉。”

“你吼得再响点，让所有人都听到啊！让叶佳慧听到你喜欢的人是我而不是她，看她会怎么到你父母那去哭诉告状！然后你父母就会命令你妥协，而你为了维护家人的尊严，最终还是会接受。怎么样，我说得很对吧。”

欧阳红着眼眶，抓住苏阳的胳膊喊道：“苏阳，你看到的不是真实的我！你不懂我，你真的一点都不懂我！”她愤愤地甩开他：“是！我是不懂你！我从来就没有懂过你，所以到现在也做不成你身边的那个女人！现在你找到了，她就是叶佳慧。”

苏阳敏感地用余光扫见叶佳慧向这边走来，便轻声道：“她过来了。”两人匆匆分开，朝反方向看去。叶佳慧上前：“欧阳，原来你在这儿，害得我找遍了整个场子。哟，苏小姐也在啊。”苏阳低下头，忙解围：“我在等人。”

郑超龙也赶了出来，将手里的风衣披在苏阳身上：“阳阳，原来你在这儿。天凉了，小心冻着。”叶佳慧见罢，立马说：“欧阳，我们该进去了，爸爸还在里面等我们呢。郑总，苏小姐，你们随意，我们失陪了。”

郑超龙和他俩打完招呼，问苏阳：“怎么样，还进去吗？”“龙哥，我想走了，有点头疼。”“是不是吹风了？你在这里等我，我去取车。”

上车后，郑超龙直视前方：“想回家吗？”“想，想回龙哥的家。”郑超龙笑笑，踩下了油门。

凄惨身世

来到别墅，苏阳身着黑色礼服，站在池边与郑超龙拥抱着慢舞。

他轻轻问：“那位欧阳先生，就是你的……”苏阳点点头，不语。她紧紧地搂住他：“抱紧我，龙哥。”郑超龙什么也不说，紧紧将苏阳拥入怀中。水池里折射出星光点点，若隐若现地照在他俩身上，显得格外迷人。

想到心痛的欧阳，她把他搂得更紧了。

月色下，苏阳双手捧起郑超龙的脸，温柔地说：“我想吻你。”郑超龙愣愣地看着她，问："你说什么？""我说，我想吻你。"苏阳踮起脚尖，将自己的唇慢慢凑向龙哥，温柔地吻了上去。

两人来到卧房，苏阳将郑超龙的手放在自己的腰身，当游移到大腿外侧时，郑超龙停止了。他抽出手："时间不早了，我送你回卧房休息。"

苏阳望着他的背影，问："为什么？"郑超龙淡淡地回答："没有为什么，你很累了，该休息了。"苏阳把头靠在他肩上，默默地说："可是，我想和你在一起。"郑超龙回过脸，在苏阳的额头上轻轻一吻："如果你不困的话，我们就这样坐着聊会天。"

郑超龙一边抽烟，一边说起了自己的身世："小时候，我父母经营着一家大型钢铁厂，生意做得很红火。那个年代在上海，我们郑家算是享有一定名气的。可是树大招风。随着事业的发达，也招来了同行的眼红。他们有事没事就来找麻烦，隔三岔五就到工厂和家里来闹事。幸好那时工厂人多力量大，把他们赶走了。那帮人很阴险，扬言不会放过我们郑家。"

郑超龙说到这里，眼里泛起了泪光。他狠狠吸上两口烟："我记得清清楚楚，那是 1985 年的 9 月 4 日，我上小学六年级，开学的第四天……"

那天，郑超龙正在学校上课，舅舅来电话让他赶紧回去，说厂子出事了。当郑超龙飞奔到工厂时，他呆住了。眼前一片黑烟红光，滚滚的浓烟弥漫在整片上空，几辆消防车正在进行紧急施救。舅舅说，下午工厂仓库突然失火，火势很大，瞬间向其他车间蔓延开来。大火引发爆炸，厂里的 29 人均被遇难，其中包括他的父母。

郑超龙冲上前大声嘶喊："爸爸……妈妈……爸爸……妈妈……"舅舅拉住他："阿龙，你不能过去，太危险了！""爸爸妈妈在里面！我要去救他们！"舅舅哭着喊道："孩子，没用的！你爸爸妈妈，已经被火烧死了！"郑超龙死命地伸出双手，撕心裂肺地喊道："不……

不……”

舅舅悲痛地告诉他，等救火车赶到现场时，工厂的烟雾已经弥漫成一片了。那时，他的父母，还有工人们，正在车间里干活。最后，救援人员从黑色的废墟中挖出了那29具尸体。郑超龙趴在地上一具一具地抚摸、辨认。当他摸到其中的两具尸体，一具头颈上挂着条金链子，一具右手腕上带着个手镯，那是父母随身带的东西。郑超龙抱着父母的尸体，对着浓烟滚滚的天空撕心裂肺地咆哮：“爸……妈……啊……啊……”

听舅舅说，在事发前一天，街坊曾看见那几个死对头在厂子附近鬼鬼祟祟地徘徊，行为很可疑。按照舅舅的分析，这次工厂失火八成不是意外，而是一起有预谋的纵火案。虽然警方在侦查中，询问了和工厂相关的所有人员，但没有十足的证据和把握，还是无法破案。最后，钢铁厂被迫宣告破产。

郑超龙面对父母的遗像，拽紧拳头发誓道：“爸爸妈妈，儿子一定会为你们报仇的！”

舅舅告诉他，一个人首先要想好自己将来要走的路，想好要成为什么样的人，然后才能有方向的去努力。而人分三种，一种是帮助别人，不求回报的，那叫大善；另一种是损人利己，却毫不悔改的，那叫大恶；还有一种，是无利无害，或叫非善非恶的，也叫无记。

郑超龙义愤填膺地表示：“我要做能制服坏人的好人！”舅舅点点头。

从那时起，做皮货生意的舅舅带着郑超龙，教他读书，教他怎样做人，教他如何辨别社会的是与非、黑与白。高中毕业后，郑超龙想放弃上大学的机会，和舅舅学习如何下海经商。舅舅却坚决反对，教育他只有用知识才能改变现状。可郑超龙却等不及，他迫切地想替父母报仇雪恨。

舅舅抽着雪茄，站在窗台边语重心长地对他说：“阿龙，还记得你当年在父母遗像前说过的话吗？”“我记得，我要为父母报仇，要那些人血债血还！”“还有呢？”“要做个能制服坏人的好人！”

舅舅转过身：“就是了，如果连你自己的底子都打不好，怎么有能力去制服坏人？你一个毛头小子，人家现在是身价千万的富翁。你说，你凭什么去报仇？用你的那两个小拳头吗？人家随便两下子就把你打得满地找牙了。”

郑超龙低下头，紧锁眉头。

舅舅拍拍他的肩：“记住舅舅的话，凡事都是行善得善报，作恶得恶报。不是不报，是时候未到。时候一到，一切都报。如果你想让九泉下的父母安息，现在就应该完成学业。等到将来有能力了，就不怕恶人的威胁了。记住，君子报仇，十年不晚。”舅舅搭住他的双肩，“舅舅相信，你一定会等到那天的。因为，你是郑家留下的唯一血脉，你身上带着抹不掉的荣辱。你是龙的后代！”

郑超龙努力完成了四年的大学学业。而后，舅舅带着他闯荡上海滩，教他如何与江湖上那些三教九流的人打交道，教他如何赚得人生中的第一桶金。

就这样，郑超龙在商界从一个无名小子变成了如今的“上海第一龙”。

持久之战

而在郑超龙心里，始终不曾忘记“仇恨”二字。

仇家经营玩具公司，并由他们的下一代子女负责管理。儿子又着手往餐饮业发展，生意做得红火。郑超龙得到消息后，放话道：“我要和仇家打一场持久战！我的使命更重了，要和仇家的下一代继续作战。我要他们在一夜之间，来个翻天覆地的改变！”

郑超龙以低价租用仇家饭店对面的地盘，隔着马路开出了规模更大的海鲜大酒楼。他利用自己的江湖地位，买通了去仇家饭店吃饭的常客，并推出了一系列优惠措施，打出初次来酒楼免费的旗号，二次以半价出售所有食物，并发放每人一张抵价券和贵宾卡。一时间，仇家门庭冷落。

连续几个月下来，仇家饭店的生意一落千丈，亏损严重。无奈之下，他们只有低价转让店面，然后在别处开出了第二家饭店。郑超龙得到消息后，又在他们新饭店的周边开出了第二家酒楼。最后，仇家终于招架不住，只得宣布关门大吉。

同时，郑超龙又通过多年的努力，又一举将仇家对方准备上市的玩具公司收购了下来，成为其第一大股东。后来由于市场竞争的变化，玩具公司的经营不善，状况连年下滑，仇家实在无力再支撑，只能选择撤资，辗转门户。

郑超龙为了报复仇家，运用了一系列复杂的手段。他最后将目标放在了他们唯一的爱女汪虹身上。可当郑超龙真正接近那女孩时，却发现她原来是那么善良，而且内心充满了正义感。渐渐地，他发现自己竟然爱上了女孩。他跪在父母的遗像前忏悔，内心极度矛盾和纠结。

当女孩也得知了郑超龙和自己家几十年来的恩怨后，并没有因此而拒绝他。她对他说："虽然我身上流的是你仇家人的血，但在我心里，并不认可有这样的父母，我从心底里深深地憎恨他们。可我没得选择，我是他们的女儿，就算打断了骨头还是连着筋。虽然我无法弥补他们以往的过失，但我可以保证自己不做对不起别人的事。我决不能再让自己唯一的爱情也毁在他们手里。我们之间的感情和他们无关、和仇恨无关、和利益无关，我不怕舆论！如果父母把我赶出家门，我就跟你走，跟你私奔！从今往后，我的世界里只有你龙哥一人，再无别人！"

郑超龙被感动了，他紧紧将心爱的女孩拥入怀中。那一晚，他们彼此都认定了对方。

俗话说得好，善有善报，恶有恶报。那年金融风暴来袭，仇家在股市里亏损了很多股票和资金。同年年末，仇家唯一的儿子和媳妇，又因为车祸，不幸双双去世。

看着仇家二老悲痛欲绝的样子，郑超龙终于对父母有了交待。

爱是宽容

就在郑超龙的事业蒸蒸日上，而仇家越来越衰败的时候，又一个噩耗降临了。他们唯一的女儿，不幸患上了白血病晚期。

当郑超龙抱着奄奄一息的女孩时，她一脸苍白，喃喃地说道："人作恶迟早都是要还的，现在，老天终于报复我们了。上一代的恩恩怨怨，现在要我们这一代来担当，我本不服气。可回头想想，这也是必然。我的血液里有罪恶，现在，一切都可以了结了。虽然我的生命不长，但我却死而无憾，因为我没有做过违背良心的事。可我最心痛的，就是不能与你结为夫妻，不能成为陪伴你到老的那个人。"

郑超龙拿出事先准备好的戒指套进女孩的手指，哭喊着："你已经是我的妻子了，你永远都是我的女人！"女孩流泪笑着说："我知足了，就算到了那里，我也无憾了。""我要你活着，我要你活着和我走进教堂！"

女孩摸着郑超龙的脸说："龙哥，这辈子能认识你，是我汪虹的福分。我还有一个心愿，希望你能答应我。"郑超龙抱着她，哭着点点头："你说的我都答应，都答应！"

"答应我，放下仇恨，好好过将来的日子。"郑超龙愣住了。女孩继续道："我们汪家这辈子欠你们郑家的，恐怕连下辈子都还不清了。看看他们现在的样子，其实也已生不如死了。他们老了，没有任何力气再去折腾了。如果他们现在走了，倒也轻松，一了百了。可是他们走不得，因为汪家还有唯一的孙子要靠他们二老来抚养。"

郑超龙回头看看，仇家唯一仅存的孙子小军正站在病榻的一角哭泣。那个模样，竟和当年自己失去父母时一般大。郑超龙潸然泪下。

女孩带着恳求的语气说道：“龙哥，在小军的身上，我看到了曾经的你，是那么无助、可怜和孤独。你那时唯一的依靠就是舅舅，是他把你一手拉扯大。而现在，小军唯一的依靠也只有他的爷爷和奶奶了。龙哥,你有一点比小军幸福,就是你成人之后还能看见自己的舅舅，还可以向他回报恩情。可当小军将来长大了，也许连回报的机会都没有了。上一代的恩怨，不应该记到下一代，这是不公平的。龙哥，放下仇恨，试着去宽容吧。或许你会发觉，当你放下仇恨的那一刻，会比从前活得更轻松、更自由。”

女孩临终前的一番长谈，让郑超龙彻底醒悟了。原来真正的爱不是报复、不是恨，而是宽容。最终，郑超龙含泪答应了女孩的心愿——停止报复，放下仇恨。

输了你　赢了世界又如何

女孩离去时，郑超龙那一声响彻天际的咆哮，如同当年失去父母时一样悲痛欲绝。看着仇家接连失去一双儿女，郑超龙的心在慢慢变软。

终于，汪家二老当众向他下跪，承认了他们当年合伙预谋的那起纵火案。因为听信另两家商户的挑衅，决定给郑家一点颜色看看，在其中的一间仓库放火，以此来杀杀郑家的威风。可万万没想到，火会如此快速蔓延，更没想到会导致整个车间爆炸。事情发生后，他们每一天都活在愧疚和罪恶之中。现在终于遭到了报应，报复在自己的儿女身上。他们说现在活得是生不如死，唯一的希望就只有孙子了。

他们老泪纵横地对郑超龙说：“我们保证，把小军抚养长大后，就去自首。我们唯一的心愿，就是让小军能活得久一点。”

这句话，刺痛了郑超龙内心最柔软的地方。

此后，每年的清明和冬至，郑超龙都会来到父母的墓前，陪他们说说话。落日之前，他又会带上汪虹喜欢的鲜花和巧克力，来到她的墓前，讲述自己的心事。就这样，郑超龙一个人，过了一年又一年。

10 年之后，当小军大学毕业那天，汪家二老投案自首了。判刑入狱时，他们已是白发苍苍的老人了。那年，他们 74 岁。

郑超龙来到汪虹的墓前，向她诉说了此事。临走前，他特意为她唱了一首歌——《输了你，赢了世界又如何》。一边唱，一边哭，一直到天黑……

郑超龙对苏阳说，他那时的心情就像那首歌里唱的："你曾渴望的梦，想我永远不会懂。我失去你，赢了一切却依然如此冷清。我只能说如今我已无处可躲，当我默默黯然回首，当我看尽潮起潮落。输了你，赢了世界又如何。"

郑超龙一边说一边走向玻璃窗前，看着泳池中泛起的粼粼波光。苏阳站起身，走到他身后："龙哥，我都明白了。你这一路走来，太不容易了。你的这份宽容，不是常人能做到的。你是个善良、有情有义的人。如果汪虹还在，你们现在一定会过得非常幸福。"

郑超龙缓缓吐一口烟，回过半个头，叹道："呵呵，只可惜，她命不好，生在那样一个家庭里。她善良、可爱，但是结局，注定只能是个悲剧。"

苏阳低吟道："龙哥，你是个好人。从我第一眼见到你时，我就感觉到了。可是，你……"郑超龙回过头，笑着问："你是不是想问我，有没有杀过人？"苏阳一愣，低头不语。

郑超龙抽口雪茄，无意隐瞒："我现在可以明确地告诉你，迄今为止，我的手上没有沾染过一丁点血腥味。你相信吗？"苏阳不语。他继续道："我知道，你一定会怀疑，像我这样的人，怎么可能不打打杀杀呢。表面上，我做的是正当生意，私底下，我顶多就是做些盗版和走私的买卖。我不赌、不毒、不黄，不收买、不欺压、不主动做危害社会和国家的事。在江湖上，我虽然号称‘上海第一龙’，黑白两道通吃，可我从来不乱伤一个好人，但也绝不放过一个恶人。这是我做人的原则。现在，你该明白了吧？”

苏阳走上前，从背后默默抱住了郑超龙。

第二天，重阳节。郑超龙和苏阳一道，带上鲜花和食物，去山上看望了他的父母和汪虹。照片上，女孩的眼神很独特、很清新，苏阳看得入了神。

我愿意

苏阳似乎更懂郑超龙了，爱慕之余，她甚至从心底深处对他产生了敬佩之情。

那一夜，酒宴结束，苏阳跟着郑超龙回了别墅。吴婶和吴叔搀扶他进了卧室躺下，苏阳没有离开。她含着泪轻轻唤道："龙哥，今夜，我苏阳只属于你。"

苏阳趁着郑超龙酒醉不清，背着面解开了晚礼服的带子。衣服瞬间滑落在地，露出了白皙的胳膊、腰身和大腿。当苏阳正想脱去身上仅存的内衣时，郑超龙快速扑上去，为她披上了自己的白衬衣。

苏阳愣住了："为什么？"郑超龙轻声答："你不该这么冲动，我不希望你做勉强自己的事。"

苏阳转过身："龙哥，我不是勉强，我愿意。"他躲开她："你愿意，我不愿意。""为什么？"

郑超龙走到一边："女人对我来说太容易了，尤其是像我这样的男人。可是我清楚，如果我一定要你，你会坚决地从这间房里走出去。因为你心里不愿意，所以我也不愿意。如果我真那样做了，我失去的，就不仅仅是你的人，还有，你的心。那样，我们之间的距离会越来越远，我也将永远追不回你的心。你说，那不是更可悲吗？"

他走向前，摸着苏阳的落发："我心里很清楚，我真正需要的是什么。你也一样。"他深情地注视着她的眼，"你需要什么样的男人做你的另一半，其实你比我更清楚。"

一番话，让苏阳潸然泪下。她摸着郑超龙的脸："我，已经准备好了，我要爱你，接受你！"他盯着她："你真的准备好了？愿意爱我，接受我？"苏阳用力地点点头："嗯！"

郑超龙温柔地捧起苏阳的脸，问："那么，你能接受……做我郑超龙真正的女人吗？"

苏阳愣住了："做你真正的女人？你的意思是……让我嫁给你？""呵呵，我知道吓到你了，你不会愿意的，对不对？"苏阳低下头，思考着。郑超龙摸摸她的胳膊："傻丫头，没事了，我和你说笑呢。"苏阳还没回过神来。他再次补充道："好了，别当真。我郑超龙，可不是个会抢妻的人。很晚了，我带你去客房睡觉。"

之后三天，苏阳一直处于恍惚中。找一个你爱的，他也爱你的，为什么就这么难？婚姻里，如果被爱比爱多一些，会不会更幸福一点？自己等了这么多年，已是心力交瘁了。

苏阳忽然醒悟到了什么，她不能再这么像个傻瓜那样遥遥无期地等下去了！再下去她真的会耗死的！不得不承认，她已对郑超龙产生了一种依赖感，一种无法道明的情感。他就像一座大山，可以给她足够的安全和温暖。在她眼里，他是个真正的男人。这样的男人，她应该爱！

10月末的深秋。这天，阳光明媚。苏阳打电话给郑超龙，兴奋地问："龙哥，你在哪里？我有很重要很重要的事要告诉你。""很重要很重要？呵呵，什么事这么开心？你电话里告诉我吧，我和客户正在高尔夫球场呢！"

"不，我要当面告诉你。""太远了，你过来不方便，一会完事了我过去接你？""不，我等不及了，我一刻都等不了，我要马上见到你！"不等郑超龙说话，苏阳便挂了电话，快速赶去目的地。

来到高尔夫球场，苏阳远远看见郑超龙和客户在草地上打球。她喊道：“龙哥……龙哥……”郑超龙转过头，立马放下手上的球杆，对客户说：“你们先玩，我女朋友来了，失陪一会。”

苏阳跑到郑超龙面前，满头大汗地说：“龙哥，我来了！”他连忙从裤兜里掏出纸巾帮她擦汗：“什么事这么激动？看把你跑得气喘吁吁的。”

苏阳不由分说，踮起脚冲上去，一把吻住了毫无准备的郑超龙。他着实被吓到了：“宝贝儿，这是公共场所啊。”“我管不了那么多了，我就是要吻你！”郑超龙拍拍她的背：“好好，你要是想吻，我们回家好好吻上一夜。可是请你先告诉我，这么一大早，你又这么大老远跑过来，究竟要告诉我什么重要的事？”

苏阳红着眼，摸着他的脸说：“我要告诉你的是，我想清楚了。”“你想清楚什么了？”“我，苏阳，我要做你的女人！”郑超龙笑笑：“呵呵，你已经是我的女人了，不是吗？”

苏阳摇摇头，认真地说：“不，我说的是，我要嫁你，我要嫁给郑超龙！”

郑超龙呆呆地看着她，然后摸摸她的脑门：“苏阳，你没事吧？”“我没事，我没有发烧，没有在说胡话。我要郑重地告诉你，我苏阳，愿意嫁给你！我要做郑超龙的女人，做你的老婆，做龙嫂！”

郑超龙有些意外的激动，摸摸她的头问：“你确定自己说的是真的吗？不怕将来后悔？”“我不后悔！从答应和你交往的那天开始，我就没有后悔过！”郑超龙不再说话，只是紧紧抱住苏阳，不断轻吻她的额头。

提　亲

这天，郑超龙带上重礼和礼金，和舅舅一道上苏阳家提亲。苏阳的父亲招待了他俩。苏阳的母亲则把她拉进房间，郑重其事地问："阳阳，你真的想好了？想明白了？""妈妈，我想好了。""确定以后不会后悔？终身大事，还是要慎重考虑啊。"

苏阳拉着母亲的手说："妈妈，我想了这么多年，再想不明白那真的成傻子了。""那你确定是和郑先生吗？不换人了？""龙哥是个好人，我了解他。两个人在一起，不光是有爱就够了，最重要的，是要懂一个人。这比爱本身可难得多，这一次，我做到了。"

母亲还是有些担心："看得出，郑先生会对你好。可你们毕竟认识不久，是不是再多些时间熟悉对方。等真正了解透彻后，再谈婚嫁也不迟。"

"妈妈,我知道您的担心。可您不觉得,有些人,即使认识了一辈子,也未必真正了解对方。而有些人，却可以用最短的时间，了解他整个人生。最重要的是，了解彼此的心。这样想来，用一辈子的时间去了解一个人，不觉得太不值得了吗？把心思花在那样的人身上，会耗尽你所有的能量的。等你真正了解他后，你的心，也早已在漫长的等待中耗死了。"

母亲摸摸苏阳的头，明白女儿的心思："只要你愿意，不后悔，爸爸妈妈一定支持你！妈相信你，如果你真的能放下一些东西，再去接受一些新的东西，你会比从前过得更快乐。前提是，你认为那些新的东西值得就好。"

苏阳笃定地说："妈，值得，都值得。遇上龙哥是我上辈子修来的福气，如果我能早些认识他，或许，我就会少受那么多伤害了。"

晚上，郑超龙请苏阳一家在附近的五星级酒店用餐，并商谈婚事的具体事项。他表示要送给苏阳父母一套整体别墅，婚后，二老可选择单住，也可以和他们住在一起。郑超龙说自己的父母走得早，他会把苏阳的父母当作自己的父母一样对待。婚后，苏阳可以选择将公司交由他人管理，自己在家做全职太太；也可以选择继续经营公司，每年给其上百万的资金支持；或者，投资她开发新的项目。所有事项，全由苏阳本人决定。

苏阳看看郑超龙，说："龙哥，我还是希望能拥有自己的事业和生活。结婚后，我的名分有所改变。但，实质和从前一样不变，好吗？"郑超龙拍拍她的手："一切都听你的。"

苏阳的父母，虽说不十分赞成女儿这么快就决定结婚，但看到她自己愿意，心里也只能由着她了。

苏阳将此事告知了几个闺蜜。潘静当然是赞成的："你就是应该过上真正幸福的好日子，爱情，别太把它当回事。真正的幸福，是看得见摸得着的东西，而不是天天开空头支票。"

程程则表示反对："你是哀莫大于心死，干脆就把自己的幸福一股脑儿地赌进去。到时候想反悔，恐怕就来不及了。"

小柔总没个明确的态度："现在谁都说不好将来会怎样，说不定你这一嫁，会断送了自己美好的前程；但也说不准，你这惊人的一嫁，反倒是踏上幸福的快车道了呢。人生在世，谁知道明天会发生什么。只要抓住今天，就不要考虑明天会怎么样。"

不管怎样，苏阳是心意已决了。她千叮咛万嘱咐，这事先不要告诉其他人，等到登记那天再说也不迟。其实，她是怕某些人来"从中找茬"，打乱了自己的计划，受到无端的干扰。她要一鼓作气地、毫不犹豫地将自己交到郑超龙的手里。

谋　害

这天晚上，郑超龙陪苏阳吃完饭，接到电话要去夜总会谈些事情。"阳阳，你先乖乖回家，我可能要谈到后半夜。明天我来接你上班。"苏阳有些不放心："龙哥，我想跟你一起去。"

郑超龙扶住她的胳膊，耐心地抚慰道："只要能带你去的场合我都会带上你，因为你是我郑超龙的女人。可是今晚，我们要谈一笔重要的买卖，都是男人的聚会，你去了不合适。我也不想把自己的老婆带进那样的场合和他们认识，都是道上的人，不安全。”“那你自己可以吗？”“没问题，只是谈判，阿伟和我一起去，你放心吧。”

郑超龙将苏阳送上车后，便和阿伟开车离开了。近段时间，苏阳心里总有种莫名的惊慌。对龙哥的依赖越深，这种感觉就越强烈。苏阳总会在半夜被噩梦惊醒，然后打电话给龙哥，确保他安然无恙后才又安心睡去。

郑超龙和阿伟先一步来到夜总会的包厢。阿伟看着手机：“龙哥，我去外面接个电话，老婆的娘家打来的，有急事。”“你去吧，我在这里等他们。”

阿伟出了包厢来到夜总会门口，和端着酒水的服务生正好擦肩而过。接着，旁边一位戴帽子的男子走过来，突然，他的钱包掉在地上。服务生看见，立马弯下身去捡。那位男子快速将一包白色粉末洒进盘中装满酒的酒杯。

服务生站起来，将钱包递给那位男子：“先生，您的钱包掉了，请收好。”“谢谢你。”服务生继续往前走去，男子则向另一边离开。

当服务生走近包厢的时候，旁边正好经过一位醉酒的男子。他摇摇晃晃地撞到了服务生，服务生一不小心将酒杯、酒瓶全撒在了地上。

“不好意思啊，又要让你跑一趟了。这酒钱，算我的。”服务生则说：“对不起先生，是我没拿稳，真对不起。”那躲在角落里的男子一脸丧气地握紧了拳头，低头鬼祟地向大门口走去。

阿伟接完电话进包厢，那些客户已到。服务生又重新拿了酒进来，看见阿伟，忙说：“不好意思啊，先生……”阿伟打断他的话：“快给我们几位老总倒酒！”“好的好的，几位老板请稍等。”阿伟坐在郑超龙身边，拿纸巾擦拭自己的双手。郑超龙问：“没什么问题吧？”“嗯，没事，丈母娘让我明晚带他们全家去看戏。”

那男子来到夜总会门口，压低帽檐，四下张望一番。然后沉住气，上前对保安说：“你好，我是这辆车子的司机，把钥匙给我吧，我要出去一趟。”保安上下打量他一番，拿起对讲机：“帮我问问包厢的郑总，门口有司机说要动车。”那头传来一个声音：“收到，稍等。”

一位内保敲开包厢的门问：“不好意思打搅下，请问哪位是郑总？”“我是。”“您的司机在门口，说要动车，请求您的批准。”郑超龙已有些醉意：“这么早就来了，好吧，让他动吧。”“好，祝各位玩得开心。”

内保向外保通话：“可以动车了。”外保收到后，将钥匙递给那男子：“你动车吧，大概要多久？回来后不一定有车位了。”“不会太久，到时我自己找地方停车。”

那男子开启汽车，一脚油门开了出去。大约40分钟左右，他又将车开了回来。保安看到他笑笑：“算你运气好，这边刚走了一辆车。”男子将钥匙还给保安：“谢谢啊，我随便转转。”保安看着他的背影，笑了笑。

事情谈完后，郑超龙和客户在夜总会门口告别。他摇摇晃晃地从保安那里拿来钥匙，又把它交给手下的司机阿辉。“你把车开回公司，我和阿伟打车回去。”“龙哥，要不我把你们送回去吧。”“不用了，我们不是一个方向，何况我还要去别的地方。你开车走吧。”手下坐进车里，和他们招招手：“那龙哥，阿伟，我先走了，你们自己回去小心。”

郑超龙和阿伟向他招招手，分别坐上了两辆出租车。那手下发动汽车，向前驶了出去。开到半路，前方遇红灯。他习惯性地踩刹车，却发现刹车突然失灵，无论如何都停不下来了。车子先是撞上了两辆轿车，然后撞到了隔离带上，他往反方向打，再撞上路边的店面，再猛地一打方向，一头冲到了路旁的水沟里。汽油漏了出来，没两分钟，车子自燃了。

郑超龙来到苏阳家楼下，对着乌黑一片的阳台出奇地看。此时，已是凌晨两点半。他没有打搅她，只是站在原地，合着月光，边看边微笑着……

第二天一早，阿伟急匆匆地赶到郑超龙的别墅。他神色慌张地说："龙哥，出事了！"郑超龙放下手中的报纸，转头问："怎么了，慌慌张张的？"

阿伟红着眼说："阿辉，阿辉出事了！"郑超龙瞪大眼睛问："阿辉怎么了？"阿伟低下头，悲痛地说："今天凌晨，阿辉……出车祸……死了。"

郑超龙猛地起身："你说什么？阿辉死了？怎么会这样？""凌晨我们分开后，阿辉开着那辆车出去，后来就发生车祸了。车子掉进了水沟里，自燃了。"

郑超龙又一屁股坐到了椅子上："怎么会这样，阿辉的车技一向很好。""警方还在调查中，根据现场的判断，这不是一起普通的车祸，很可能是有预谋的。"

"你说什么？有预谋？""嗯，根据现场和录像带的分析，是因为车子的刹车突然失灵，才发生的车祸。"

"这么说，本来死的，应该是……"郑超龙低下头，"有人想置我于死地。如果昨晚我没有去苏阳那里，那么我们，我们三个人……"郑超龙捂住头痛苦地哽咽。

"龙哥，昨晚我喝醉了，没来得及向您汇报。不瞒您说，昨晚你进包厢后，其实已经有人想害你了。不过幸好，被我及时发现，撞翻了那杯酒。"郑超龙回想起来："这么说，昨晚包厢外那服务生不小心把酒水洒了一地，原来是……""没错，我出来接电话时，已经有人在下手了……不过他戴着帽子，我没看清他的长相。"

郑超龙点上一支雪茄，冷静地回想着："昨天我们去夜总会时，车子的状况还是好的，难道……"阿伟补充道："保安说，中途有一位自称是您司机的男子，要求拿钥匙开车出去。”

“噢，中途是有保安来问我，我以为是阿辉到了。我还想我们要到后半夜，他那么早怎么就来了。哎……”“龙哥，照保安的描述，我估计在酒里下药的和给车子做手脚的应该是同一个人。”郑超龙一把掐灭雪茄，狠狠地发话：“把这个王八蛋给我找出来，我要他一命换一命！”

阿伟站得笔直，低头道：“是，我们会用最快的速度找到凶手，把他带到龙哥面前。”

郑超龙挥挥手：“所有的后事和费用全由我们龙会来解决和负责，再给阿辉的家里100万赔偿金。还有什么需要的，尽管让他们提。”

阿伟点点头：“好的，我明白了，马上就去办。”然后又补充说，“龙哥，您马上要大婚了，会里的事就由我们兄弟去处理吧。您要好好调养，和龙嫂好好享受二人世界。”

“嗯，我知道。”

捉奸在床

苏阳定下了登记日期，并打算在这之前和龙哥去拍婚纱照。他们计划在游艇上举行婚礼，以环游欧洲一个月作为两人的蜜月之旅。

晚上分手前，苏阳借着月光看郑超龙：“龙哥，这几天，我看你情绪不是很好，出什么事了吗？”郑超龙强忍悲痛，笑笑说：“傻瓜，我会有什么事。我现在最大的事就是和你完婚，没有比这更重要的事了。别担心，这段时间你可要好好休息，然后，做我郑超龙最美丽的新娘。”

他在苏阳的额头上深深一吻：“早点休息，天凉了，别冻着。”

分手后，苏阳接到程程电话：“阳阳，我，我想离开这里，我想走……”苏阳感到不妙，听着手机里传来呼呼的风声：“程程，你在哪里？”“我恨死那个混蛋了，他要把我和宝宝逼死，逼死啊……”程程还没把话说完就挂了电话，苏阳再打过去便是无人接听。正当苏阳不知如何是好时，潘静来了电话：“出事了，程程在家里捉奸捉个正着。现在我正赶去她家里，你也赶紧过来吧。”

苏阳立马转身下楼，发现郑超龙还没离开。他看着急匆匆的苏阳，问道：“你还要出去吗？”“我闺蜜出事了，我现在要过去。”“出什么事了？我送你过去吧。”“不用了，龙哥。是闺蜜的家事，不麻烦你了，你回去吧。”“那你路上小心！”

来到程程家，只见房门大敞着。屋内一片狼藉，莫华低着脑袋坐在椅子上。潘静站在一旁，上去就给了他两个耳光：“好你个花花肠子，胆子够大的啊，竟敢把小狐狸精弄到家里来了！我上次已经警告过你了。你要搞上外头去搞啊，你在你自己家的床上搞什么搞？你把我们程程当什么，当什么？”

莫华不说话，只是低着头叹气。苏阳拉住潘静说：“现在骂他也没用了，先找到程程再说。她跑哪里去了？”莫华说：“她应该回她妈妈家了。”潘静说：“她刚才和我通电话，听声音根本就不在家里。”正说着，程程的妈妈来电话了。莫华一抬头：“糟糕，程程从她妈妈那儿抱走了妍妍，不知去向了。”

潘静一声令下：“走，赶快去找程程！”大家一齐冲了出去。

几人分头行动，开着车满大街找。终于，程程来了消息，她打电话给苏阳：“我在黄埔大桥上，不要和任何人说，我等你。”苏阳第一时间先赶到那里。只见程程抱着刚满 1 岁的妍妍，站在那儿吹着冷风，呆呆地看着桥下。11 月的天，阴冷。苏阳走过去，程程看见她便抱头痛哭。

原来，今天报社有出差任务，程程便把孩子放在妈妈那儿。下班时，出差任务临时延期了。于是她和往常一样，先跑去妈妈那儿，吃完晚饭哄妍妍入睡后，便准备回家。这次，她没有打电话给莫华。她怕他累着，又想给他个惊喜。没想到回到家，竟看见自己的老公正与别的女人在床上欢愉。程程几近崩溃，上去给了莫华两个耳光。接着，她发疯似地摔掉了屋里所有能摔的东西……

程程流着泪对苏阳说："我现在唯一的希望就只有宝宝了，她才那么小，她不应该受到伤害。苏阳，你以为我是真的不知道莫华偷腥吗？我只是为了这个家，为了妍妍，睁只眼闭只眼罢了。有好几次，我发现他的衣服上都沾染着黄色的长头发，还留有女人的香水味。你知道，自从我结了婚，就没有再染过头发。怀孕到现在，我没有再用过香水。我总想，男人有哪个不花心的，只要他别太过分就行，也就一直没有戳穿他。可我没想到这一次，他竟然，竟然把那个女人带到家里来了。他太过分了，以为我软弱，就好欺负。他怎么对得起我，怎么对得起宝宝……"

莫华沉不住气，走到了大桥上。程程一见他就怒气冲天："混蛋，你别过来！你再过来，我就带着妍妍跳黄浦江，让你一辈子都看不见我们娘俩。""老婆，你别冲动，你先冷静下！""我不是你老婆！你别再侮辱我！"妍妍被吓到了，"哇哇"地大哭起来。

程程的母亲也追了出来，哭着央求道："妍妍还小，你做母亲的，总不忍心让她也跟着你一起受苦吧？来，先把妍妍给妈妈吧。"程程母亲小心翼翼地上前，想接过孩子。没想到程程一转身，怒吼道："这孩子是我的，是我的！"

母亲心痛地哭喊着："这孩子也是我的！没有我，就不会有今天的妍妍！你把她还给我！她才刚来到这个世上，就要承受她不该承受的伤害和痛苦！你们做大人的，怎么好意思当着孩子的面吵架？妍妍长大后，会怎么看你们？你们真不配做她的父母，不配！"

几番争夺后，程程母亲终于从程程手里安全地接过了孩子。程程几乎失控，她大叫起来："你们都拿走吧，我什么都不要了！老公不要了，孩子不要了，家也不要了，你们都走吧！我连我自己都不要了，不要了……”理亏的莫华，满是无力地劝说着。

路边的车子“哗哗”地行驶而过，夜色中的黄埔大桥，昏黄的灯光下，上演了一幕凄绝的“追人记”。

看似软弱的程程终于下定决心，她要和莫华离婚。程程告诉他，她要结束保姆样的生活，她决定找回自我。莫华痛下决心悔改，发誓再也不拈花惹草，努力做个好丈夫、好父亲。只要是程程提出的任何要求，他都将毫无条件地答应和服从。

程程不再相信这样的誓言。她已决定成全他要的自由。她对莫华说，这就是你最自私和霸道的地方，我领教到了。从这刻起，我不再承受。

程程说，男人的发誓就是毛毛雨，飘过就过了。要学着做个真正的好男人其实很难，因为你要去学；可是偷腥不用学，因为那是男人的本能。

第二天，程程带上妍妍，收拾衣物回了娘家，和莫华正式开始了分居的日子。

拿一辈子当赌注

苏阳和郑超龙，选定在公元2010年11月19日登记注册结婚。18日，他们准备在上海最高档的影楼拍摄婚纱照。

17日晚分别前，两人相拥着不愿分开。郑超龙恋恋不舍地望着苏阳：“亲爱的，今晚好好休息，明天有个好精神拍照。千万别再熬夜等我，有了黑眼圈，该不好看了。”

苏阳娇嗔地说：“呦，这么快就嫌弃我啦。只要没到后天，我都不算是你郑超龙的老婆，小心我中途反悔啊。到时候，看你一个人怎么结婚！”郑超龙一把从后面抱住苏阳，吻着她的脸：“呦呵，苏小姐敢和我顶嘴了啊？在上海滩，还没有人敢和我叫板，你是第一个，哈哈哈！”

苏阳搂着郑超龙的胳膊：“我才不怕你呢，我光明正大得很。”“是是是，我的老婆最光明正大了。”正笑闹着，背后闪过一个人影。

苏阳和郑超龙顿时回头，见欧阳站在路灯下。郑超龙拍拍苏阳的胳膊，轻声道：“亲爱的，我先回去了。明早，我接你去影楼。”苏阳拉住他的手：“龙哥……”郑超龙勉强地笑了笑：“没事，龙哥相信你。”他看了眼欧阳，转身开车离去。

郑超龙开了一段路程后，打电话给阿伟：“明天那批货，应该没什么问题吧？”“应该没有问题。我在码头接应对家，到点就验货。事情办妥之后，我就去接龙哥。”

“好，明天一切就看你的了，但愿老天帮我的忙。明天我不在场，你多叫些弟兄过去蹲点。海关方面，一定要做好工作。”

郑超龙挂掉电话，又在手机上看看苏阳的号码。他没有打过去，往别墅的方向快速驶去。

苏阳红着眼，向欧阳质问道：“你来干什么？想破坏吗？你也知道江湖规矩，龙哥那是大人有大量，不和你计较。你这是在往枪口上撞，你知道吗？”欧阳走近苏阳，激动地叫喊道：“是，我愿意往枪口上撞！我的女人要被别的男人抢走了，我怎么能无动于衷？就算是死，我也要阻止你的愚蠢行为！”

苏阳猛地推开欧阳：“谁是你的女人！我苏阳这辈子只属于郑超龙一个男人！我是龙哥的女人！除了他，我谁也不嫁！”欧阳紧紧抓住她的胳膊，质问道：“你问问你的心，你真的爱他吗？你真的愿意嫁给他吗？嫁给那样的男人你不会后悔？”

“我不后悔！不后悔！我死也不会后悔！”苏阳发疯似的甩着头。

欧阳的眼眶湿润了，他轻轻扶住她，哽咽道：“苏阳，你是糊涂了吗？你怎么能和那样的人在一起呢？就算是我对不起你，你也不能拿自己一生的幸福开玩笑。你这样赌气，把自己的一辈子当赌注压在黑道的人身上，不觉得太荒唐了吗？”

“你没有权力这样说龙哥，他就是比你好，比你强！他有情有义，不像有些人那么薄情寡义，得了便宜还要卖乖。像他那样的男人，我才应该去爱！”

“苏阳，我向你道歉，向你认错，一切都是我不对。你打我，骂我，怎么处置我都行。就算我求你，求你不要嫁给郑超龙！我求求你了！”欧阳边说边蹲下身跪在地上，把头埋在苏阳的腿上呜呜地哭起来。

苏阳痛苦地闭上眼，泪流满面。两个男人，两种情感，她该如何是好？

苏阳鼓足勇气，缓缓脱口道：“欧阳，求求你放过我吧。我们别再互相折磨了，对谁都不公平。这是命运的安排，我们必须学着接受。”她拿开欧阳的双手，转身离去。

欧阳跪倒在地：“苏阳，假使这样能让你快乐，我会祝福你。可你问问你的心，把自己这样嫁掉，真的会快乐吗？”

苏阳没有回头，她只在心里默默回应：原谅我，欧阳，原谅我……

出　岔

2010 年 11 月 18 日，阳光明媚。郑超龙接上苏阳前往影楼拍摄婚纱照。他包下了整个影楼一天的生意。门口，站着一排穿黑衣的手下。

苏阳正在梳妆台前化妆，做发型。潘静、程程、小柔则在一旁陪护。郑超龙身穿白色礼服，与阿伟在一旁等候。待苏阳完妆后，换上白色的婚纱一出来，全场人惊呆了。“太美了！真是完美、完美！”

郑超龙出奇地注视着苏阳，许久，他才回过神来，走上前，用手接过苏阳：“我最美丽的新娘，请吧。”正当两人准备上楼时，潘静递上手机：“苏阳，你的短信。”郑超龙拍拍她的手：“我在楼上等你。”“好，龙哥，我马上就来。”

苏阳接过手机，是欧阳的短信：“苏阳，不能拍照、不能嫁给他，不能嫁！你要为自己的行为负责，为自己的人生负责！”

潘静小声告诉她：“欧阳在外面，他在花园外等你。”苏阳握着手机，朝上边看了眼。郑超龙正与阿伟在摄影棚前说话：“阿伟，你看我的领结打得好吗？有没有歪？”

苏阳红着眼眶，在心里默默地说：龙哥，原谅我！给我一分钟的时间，就一分钟，我会和他说清楚！

苏阳狠狠心，朝屋外的花园走去。只见欧阳站在花园栏杆外，满脸颓废。眼里，流露出无奈与凄凉。苏阳一阵心痛。

欧阳将手伸过栏杆，小声喊道：“苏阳，不能、不能……不要断送自己的幸福，不要……”

苏阳强忍泪水，压低声音：“欧阳，你走吧，别在我身上浪费时间了！”欧阳不听，将手伸向苏阳：“苏阳，回到我身边吧！我们马上登记结婚，我要向全世界宣布你是我欧阳立帆的妻子，你不是郑超龙的女人！不是！”

苏阳摇摇头：“欧阳，你快走吧，别再自欺欺人了。我们已经不可能再回去了。对不起，我必须嫁他！保重！”说完，她拖着白色婚纱转身向影楼走去。欧阳绝望了……

而郑超龙站在三楼的窗户边，只是默默地看着这一切。

苏阳来到三楼的摄影棚，郑超龙微笑着上前迎接：“好了吗？我美丽的新娘。”苏阳露出不自然的笑容：“好了，龙哥。”

只听摄影师一声令下：“请新人就位，我们开拍了。”苏阳缓缓走过去，脚下的步伐异常沉重。两人随着摄影师的指导摆好姿势，等待拍摄。

正当摄影师准备按下快门时，阿伟上前阻止：“对不起，请稍等。”他走到郑超龙身边，凑上前小声说：“龙哥，那批货好像出了问题，约定时间船还没有到。”郑超龙一听，脸色突变。他想了想，转身对苏阳说：“阳阳，我现在要去码头一趟。你等我，可以吗？”

“出什么事了吗？”“没什么大问题，我亲自过去看一看。你们先休息会，我去去就来。”郑超龙正要转身，苏阳喊住他。她拉起他的手，红了眼眶：“我等你回来！”郑超龙猛地抱住苏阳：“放心，龙哥一定会回到苏阳身边，一定！”两人的手慢慢地分开。

苏阳跑向窗边，目送郑超龙上车，内心却有种不祥的预感。她喊了声：“龙哥！万事小心！我等你回来！”郑超龙仰起头，微笑地看看苏阳：“放心，等我！”他仰头的那一瞬，一束刺眼的光亮闪向他的脸颊。

一行人坐在沙发上安静地等待，苏阳表面镇定，内心却感到莫名的不安。她想起郑临别前的那个眼神，仿佛与自己隔离了几千、几万个世纪那么长。

冲出包围

郑超龙一行人赶到码头，天空忽然阴郁了下来。海面上风平浪静，没有船只显现的痕迹。郑超龙抽着烟，眼睛望向远处，焦急地等待着那一艘装有 1000 条未报关缴税的外烟的远洋货轮。约半小时后，海面上终于缓缓驶来一艘货轮。阿伟接到电话，说船马上到了，请大家前去接头。

影楼里，苏阳满是焦躁、紧张。忽然，左耳的耳环无缘无故地落下来，掉到地上。她的大脑“嘭”地涨开了，一种不祥的预感迎面而来。苏阳给郑超龙打电话，给阿伟打电话，都是长音没人接。她感到非常不安，围着空地来回踱步。

货轮靠岸后，走下一位中年男子。他和郑超龙接上头后，船上的人和手下立马将纸箱从船上卸下，并装进大货车里。眼看着货物就快装卸完成了，忽然从暗处窜出了一群缉私警。他们早前收到线报，在此埋伏已久，今天就是守株待兔要将猎物一举抓获。

郑超龙一声口令，大家分批钻进车里，快速地冲出了海关人群。缉私警紧追不舍，并用喇叭命令“停车！”缉私警见他们没有停车的迹象，立即对天鸣枪了三声。郑超龙和阿伟继续向前冲。缉私警便向大货车的轮胎开了枪。货车左右摇晃，先是撞上了一辆车，又一个大转弯撞上了护栏。再是一枪，货车和迎面而来的客运车撞了个正着，然后翻了身，货物洒了一地。

缉私警又向阿伟的车开了一枪。阿伟低头，对郑超龙喊道：“龙哥，我替你掩护，你快走，快走！”“阿伟，小心，别停，冲出去！我们的人在前面接应，只要不停下来就能甩掉他们！”

前方分批开来几辆大货车给他们解围。郑超龙对阿伟喊：“阿伟！你先冲，冲过我们前方的车子！”“龙哥，你先冲！快，快，不要管我！”正说着，缉私警跟了上来，对准阿伟的左胳膊就是一枪。

“阿伟，稳住，稳住！别停！”郑超龙将车速放慢，然后从右方转到左方，对着缉私警车的屁股猛烈地撞去。哪知身后的缉私警车又跟了上来，对准郑超龙的右胳膊就是一枪。幸好他躲得快，没被击中。

“龙哥，小心！”“阿伟，别停，别停！冲！”两辆车一鼓作气地将油门踩到底，把身后的缉私警车甩出了一段距离。

两辆车从前方一排大货车中间穿了过去，大货车立马一字排开挡住了后面的警车。终于脱险了，两辆车快速踩刹车，在地面发出刺耳的摩擦声。一辆警车来不及便撞了上去，又一转弯，撞在护栏上。

眼见阿伟的胳膊不断流血，郑超龙让他赶紧找私人医院包扎伤口，自己则往别墅方向飞驰而去。他要先回趟别墅，然后再去见苏阳。

生前最后一刻

苏阳依旧在休息室里不停地来回走动，不停地打着电话。终于，阿伟的电话通了："阿伟，你们在哪里？龙哥在吗？"阿伟正在私人医院治疗伤口，他忍住痛："龙嫂，我和龙哥分开了。他说要回别墅一趟，然后马上过来找你。你别急，龙哥他没事，一会就到了。"

苏阳听着阿伟断断续续的口气，还是有些担心："你们真的没事吗？没骗我？"医生正在为阿伟取子弹，他哽咽着说："龙嫂，我先不和你说了。我在开车，交警看到会处罚的。"他匆匆挂了电话，忍不住大叫一声："啊……"子弹终于被取了出来。

苏阳挂掉电话，再也坐不住了："你们在这里等我，我去找龙哥！""我们陪你一起去。""不用了，我自己去。"她摘掉头上的装饰，匆匆跑下楼，开上车冲了出去。

郑超龙来到别墅门口停下车，没人来开门。他感到有些异样，慢慢地走进去。吴叔、吴婶都不在花园，一切显得异常平静。"吴叔，吴婶？"郑超龙喊了两声，见没人回应，便不再叫唤了。

吴叔、吴婶被困在厨房，嘴和手脚都被绑着，喊不出声。正当郑超龙穿过花园，两人从落地玻璃窗看见了他的影子，只能发出"呜呜"的求救声。

郑超龙来到书房，从抽屉里取出那把从未用过的手枪。他慢慢下楼，走向泳池边。忽然一阵枪响，反弹出一股高涨的水花。郑超龙迅速往檐下一躲，知道是仇家找上门来了。

他定定神，对自己说："我郑超龙今生头一次动枪，也是唯一的一次。"他伸出手，对准楼顶开了一枪，两个黑衣人迅速沿着屋檐跑过去。他对准他们，又连开两枪。黑衣人向郑超龙开了一枪，却打在了门壁上。郑超龙又对着屋檐连发两枪，一枪打中了黑衣人的腿。

几个回合下来，郑超龙被连发的子弹逼得无处可躲。他向旁边快速滚去，黑衣人对准他连开两枪，他的腹部不幸被击中。郑超龙捂住肚子，朝上面连发六枪，打中了其中一人的脑门。那人从屋檐上滚下来，掉进泳池里，浅蓝的池水瞬间被染成了一片红色。

郑超龙在厨房里找到了吴叔和吴婶，吴婶哭着帮郑超龙上了药，简单地包扎了伤口。他跌跌撞撞地从卧室衣柜里取出一套银色的西装，忍着剧痛让他们帮自己换上内衣、衬衣和西服。然后又从抽屉里取出戒指盒、身份证和户口簿。

此时，郑超龙满面苍白，却还是挤出笑脸对他们说："我现在要去接我的新娘。"吴婶抽泣着："龙爷，咱们先去医院吧，命要紧啊！""别担心，我见完我的新娘就去医院！"吴叔只有顺从："龙爷，我送您过去！"

吴叔、吴婶搀扶着郑超龙，步履艰难地来到别墅门口。正要进车内，他两眼一阵模糊。郑超龙使劲摇摇头，两手搭在车上，身子慢慢下蹲。

这时，手机忽然响起，是苏阳！他迷迷糊糊地接起，喘着粗气："喂……""龙哥，你在哪里？在哪里啊？""我，我在家门口，我来接你了……等我……等我！""我过来了，我过来找你了，我这就到了！"

郑超龙艰难地爬进车里，吴叔发动引擎。车子向前驶去，他的眼睛已看不清前方的路，嘴里一直念叨着："苏阳，我来了。……"

好日成祭日

苏阳从远方驶来，隐约见对面郑超龙的车。她兴奋地闪烁大灯，按按喇叭。郑超龙极力让自己抬起头来："吴叔，快停车！"吴叔猛地刹了车。

苏阳下车，穿着一身洁白的婚纱，奔跑在清爽的柏油马路上。那是郑超龙请国外知名设计师为她量身定做的婚纱。他强忍住疼痛，艰难地下了车，面带笑容地等待新娘的到来。这温馨的画面，是郑超龙今生看过最美丽的风景。

苏阳跑到郑超龙面前，一把将他抱住："龙哥，我终于找到你了，太好了，太好了！你知不知道，我很担心你！"

郑超龙忍住疼痛强装笑颜："阳阳，没事，我这……不是好好的嘛。"他的身体不停颤抖着。苏阳回过头，捧住郑超龙的脸惊恐地问道："龙哥，你怎么了？怎么了？你换了西装？"郑超龙硬挺着："苏阳，你真美！走，我带你走！"他的脸由苍白变为铁青，嘴唇发紫。

苏阳一看不对，抱住他哭喊："龙哥，你到底怎么了，别吓我，别吓我啊？"郑超龙只是对着她笑，温柔地笑。苏阳瞪大眼睛大声叫喊："龙哥，龙哥，你怎么了嘛？快告诉我，你受伤了对不对？伤在哪里？在哪里？"

郑超龙中枪部位渗出的血慢慢染红了西服，他终于忍不住捧住腹部，眼睛一瞪，一股鲜血从嘴里狂喷出来。"龙哥……龙哥……"郑超龙倒在地上，苏阳紧紧地抱住他痛哭。"苏阳，我要告诉你……我爱……你……"她满手鲜血地抱住他，哭喊着："龙哥，我也爱你，我也爱你！""苏阳，其实我心里明白……你真正爱的……是……欧阳……"苏阳使劲摇头。

"不要为了感激我……违背……自己……真实的意愿……欧阳说得对……不要断送自己的幸福……要过真正属于自己的生活……做……真实的自己……"

苏阳贴着他的脸："不……不……""其实，我心里已经很满足了……你一个姑娘……能把自己的终身幸福托付到我手里……我郑超龙……今生何德何能拥有你……这么好的女孩……我满足了……真的满足了……"

苏阳痛喊："龙哥，我要做你的新娘，我要做郑超龙的女人！"郑超龙用血手摸摸她的脸："不要这样，不要这样……听我的话……

回到欧阳的身边去……我相信……他是个好男人……会好好照顾你的……”

苏阳摇头，心痛不已：“不要！我不要听这些，我不接受……”“乖，听话，不要让欧阳伤心……也不要让我失望……龙哥今生没福气娶你做老婆了……那么……下辈子……如果还有下辈子……如果……你不那么……爱欧阳的话……我就……娶你……做我郑超龙……的妻子……你愿意吗？”

苏阳使劲点头，声音嘶哑地喊道：“我愿意！我愿意做郑超龙的妻子！我愿意！龙哥，你不会有事的！你一定不会有事的！”

郑超龙颤抖着从裤兜里摸出戒指盒，掏出戒指：“这个钻石戒指……是我为你准备的……现在……只能当作礼物送给你了……不过……我还是很想亲手……为你戴上……好吗？”

“好，好！”苏阳不住地点头。当她握住郑超龙的手，刚想把戒指套在自己的无名指上时，他的手落下了，戒指最终没能戴上。苏阳呆住了，抱住郑超龙仰天嘶喊：“不……不……不……”

天空顿时乌云密布，电闪雷鸣。

救护车将郑超龙送到医院不久，他便停止了呼吸和心跳。医生从他的口袋里找到一张身份证和一本户口簿，把它们交给了苏阳。苏阳接过它们，跪在郑超龙的遗体前痛哭流涕。

2010年11月18日，本是郑超龙与苏阳拍婚纱照的大好日子，却最终成了他的祭日。

最后的送别

11月24日，郑超龙出殡的日子。

整个告别礼厅黑压压一片，宾客一批接一批地进来。礼厅容不下那么多人，他们就沿着走廊站成整整齐齐的一排。花圈、花篮多得实在摆不下，就只能沿着走廊摆成一排。郑超龙生前的朋友、商界人士、龙会的弟兄、企业员工，还有政府领导和官员，全都赶来送他最后一程。

苏阳望着遗像上的郑超龙，觉得他正在朝自己微笑。在她心里，龙哥并没有死，他只是累了，需要休息。等他休息好了，还会来接自己去礼堂，为她戴上那枚钻石戒指。

郑超龙的舅舅含泪心痛地致悼词，吴叔、吴婶凄惨的哭声刺痛了苏阳的心。所有宾客流泪默默地低头三鞠躬，和他们心中的龙哥做最后的道别。苏阳看着这一切，刹那间，恍如隔世。那枚耀眼的钻戒，此刻，正戴在她的无名指上。

它散发出刺眼的光芒，灼伤了苏阳的心。

按照郑超龙生前的遗愿，遗体火化后，一半骨灰要洒在那片生他养他的黄浦江里，还有一半要和他的父母葬在一起。

苏阳和郑超龙生前所有弟兄，全体一席黑衣，来到黄浦江边，顶着大风，和龙哥告别。苏阳和阿伟忍着痛，将他的骨灰洒在了这片茫茫大江之中。

他们又来到长安墓园，将郑超龙剩下的骨灰葬在了他父母的旁边。墓碑上，在亲人一栏中，只有舅舅的名字。碑旁，刻不下他手下兄弟的名字，只能写：以周伟、林芳为代表的全体员工及龙会兄弟共计八百二十四人敬上。

黑色的墓碑上写得满满的，却唯独没有苏阳的名字。郑超龙在临终前询问苏阳的意思，她说由你来决定。郑说，苏阳的名字，不用写在上面，因为她会永远在自己的心里。

郑超龙的舅舅为外甥烧了纸钱。他站在墓碑前伤心地说："孩子啊，你这一路走得不容易啊。从小吃了那么多苦，受了那么多罪，可你从没吭过一声。你努力、你奋斗、你拼命，因为你身上承载着特殊的使命与责任，现实不得让你有半点松懈。你真的做到了，舅舅全都看在眼里！

你是个善良的孩子，重情重义，懂得知恩图报，一直没有忘记舅舅。其实在你12岁那年，我已经把你当作自己的孩子看待了。你就是我的儿子！

你知道舅舅最佩服你什么吗，那就是你的宽容，像海一样宽广的胸襟，能容忍天下最难容忍的仇辱。你的大爱，使原本的深仇大恨显得是那么渺小。你用另一种方式报仇雪恨，你成功了！你用自己的行动打垮了敌人的意志，你是个真正的勇者！事实上，你已经拥有了整个天下，拥有了人世间最难能可贵的东西。你爸妈地下有知，他们也会为你骄傲的。

这些年来，你几乎没有睡过一个安稳觉，舅舅都知道。江湖上的事，让你不得不打起万分的精神去对待。舅舅知道你很累，可你从来不会让人看出你的疲惫。你给别人的印象，永远是意气风发的模样。江湖中的龙，上海滩没有第二个人可以取代你！你是我们大家心目中永远的龙！

现在，你终于可以好好休息了。睡饱了，就起来陪你爸妈聊聊天，说说你这些年来的光荣历史。你们一家三口能在此团聚，舅舅，为你们感到高兴！”

吴叔、吴婶二老哭到泣不成声，不断地呼唤着：“龙爷、龙爷……你走了，我们二老活着还有什么意义？我们为谁去伺候？龙爷，您对我们下人这么好，让我们吃最好的，住最好的，我们这辈子就是做牛做马也心甘乐意啊。可是，您怎么能走在我们白发人前面呢？不是说好了您和将来的龙嫂一起为我们二老送终的吗，您怎么可以食言呢？龙爷，龙爷……您最喜欢吃我做的红烧肉，我给您做了。只是以后，我再也尝不到您亲手为我们做的蒜香排骨了……”

吴叔、吴婶做了很多龙哥爱吃的菜，一碗碗地摆在他的墓前。

阿伟在郑超龙的墓碑前，插上香、点上三支烟、倒上白酒。他静静地说：“龙哥，在我心里，您就是我的亲大哥。当初，是您一手把我从恶棍手中救出来。要是没有您，我想我早就去天上见爸妈了。您帮助我、栽培我、照顾我，把我当亲兄弟看待。我周伟这辈子就是做牛做马也报答不完您对我的恩情。龙哥，您放心，'龙社'会继续经营下去，不辜负您对我们的一片厚望。您交代的事我们一定都帮您完成。您安息吧！"

"龙哥，您安息吧！""龙哥，一路走好！""龙哥，您永远活在我们心中，您永远都是我们最敬爱的龙哥！"此起彼伏的声音回旋在空中，黑漆漆的一片人群，占满了整座山林。站不下的，他们就依次分批排队去墓碑前磕头、上香、送花。

从墓园出来后，阿伟带苏阳来到一片别墅园中。他指着其中一幢说："苏小姐，虽然龙哥已经走了，但在我心里，已经把您当成龙嫂了。这幢别墅，是龙哥生前买下送给您的。他现在去世了，房产将自动转到您的名下。请收下。"

苏阳颤抖着双手接过别墅的钥匙和房产证，然后静静地倾听阿伟对她讲述龙哥生前的事……

背后的故事

原来，郑超龙和苏阳认识后，暗中帮助了她很多。当时周建峰缠着苏阳自己不放，龙哥出马后，他最终答应放弃苏阳。但有一个条件，就是要一笔精神损失费。龙哥答应了他的要求，在三天之内便给周建峰汇去了100万。周建峰收到钱后，还得意地给龙哥去了电话，表示既然得不到美人，那就要钱财，总之不能让自己白白浪费了时间和精力。

那天龙哥请苏阳看电影，花高价包下了整个影厅。其实他的别墅里明明有高档的私人家庭影院和放映设备，可为了不让苏阳觉得尴尬，他不惜用高价换得了那清静的90分钟。

晚上在"龙宝"酒楼吃饭，龙哥包下了三楼的生意。为此，他还得罪了一些官场和商场上的贵客。苏阳到包厢后，龙哥突然消失的那一段时间，出门后他立马脱掉外衣，换上白色的厨师服和厨师帽。他要亲手为苏阳做一顿特别的宴席。

在拍婚纱照的前些天晚上，已经有人想暗算龙哥了。幸好那晚龙哥打车去了苏阳家，不然，他恐怕早就去见阎王爷了。龙哥说，是苏阳救了他的命。

每次龙哥凌晨办完事,总会去苏阳家楼下转转。一来是因为想念,哪怕不打扰，只是看看苏阳的影子也好；二来是为了苏阳的安全着想。有一次，龙哥累得在车里睡着了。等他醒来时，已是第二天早上。他便索性去对街买了早点,在车里等苏阳下楼,然后送她去上班。那次，他被蚊虫叮得满手满脸都是包，还谎称是昨夜去野外钓鱼才被咬成这样。

阿伟诉说着龙哥生前对苏阳做过的每一件事，最后，他将 18 日发生的所有细节，一字不漏地告诉了苏阳。

阿伟还将别墅中的监控录像调出来，用 DV 机播放给她看。苏阳捂着嘴痛哭，泪水不断滴在 DV 机上。从仇家进入别墅绑架吴叔、吴婶，到仇家翻遍房间里的角角落落，到龙哥进入别墅和仇家打斗、中枪。再到他进房换西装，拿戒指和户口簿，最后再从别墅里艰难地走出来，整个过程都被清清楚楚地记录下来。

苏阳流泪摸着屏幕上的龙哥，看了一遍又一遍。原来自己和龙哥碰面的前一刻，他经历了一场巨大的灾难!

11 月 25 日，苏阳发现自己的账户上忽然多了 1000 万元。她找到阿伟。阿伟说：“这是龙哥生前的嘱咐，说等他走后，就把这笔钱转到你的个人名下。他希望您能和欧阳结婚,那幢别墅就当是嫁妆了,也可留给你父母住。龙哥生前答应过你的事，他都会做到。看到你真正幸福，他才会开心。”

苏阳只有把这一切牢牢地珍藏于心，在她的字典里，又多了一位叫郑超龙的男人。她来到龙哥曾经住过的别墅，呼吸着曾经的气息。餐厅、客厅、书房、卧室、泳池、花园……

苏阳走遍每一个角落，抚摸着他曾经用过的物品。她觉得龙哥没走，他只是睡着了，很安详地睡着了。

按照郑超龙生前的遗嘱，他去世后，自己的别墅将公开售卖。所得财产的三分之一归吴叔、吴婶，作为他们二老的养老金；三分之一归阿伟个人所有；另三分之一用于龙社的调度资金。其余所有的财产，全由其舅舅拥有及负责管理。

之后，苏阳委托中介公司将郑超龙赠送自己的那幢别墅公开出售，获得人民币2000万元。然后用这笔钱，以郑超龙的个人名义，策划筹建“郑超龙爱心慈善基金会”。以帮助贫困地区的孩子、残疾人士、孤寡老人为主，给予他们爱心及举行慈善公益活动。

另外，苏阳还准备用那1000万元，在全国各地的贫困山村建立以郑超龙命名的15所希望小学。

苏阳选择以这样的方式来思念远方的龙哥。也只有这么做，她才能继续勇敢地生活下去。

尾　声

那些记起的，最后又被遗忘或没遗忘的人与事，那些荒诞离奇令人发指的故事……那些积压在内心深浅不一的伤痕，像青苔一样肆意疯长，越积越厚。

还好，都过去了。

挟　持

12 月，冬天来临。

苏阳的生活恢复了平静，调整一番后重回公司上班。郑超龙的离去,震彻了苏阳的心。她希望能让龙哥放心,自己会比从前生活得更好。

苏阳与欧阳没有因此而有所往来，欧阳又回到了最初的状态，只是在背后默默地关注着她。而苏阳在经过一番思索后，开始怀疑向警方暗中通报的人，也许就是欧阳。

那天，他从中阻扰，然后港口就出了事。苏阳越想越觉得蹊跷，不然，事情怎会如此凑巧？虽然欧阳是个正直的人，绝不会做损人利己的事；但这次面对的是苏阳，连他自己都说了，不能眼睁睁地看着苏阳跳进火坑，赔上一生的幸福。苏阳深知，欧阳为了她，是会豁出去的。难道这一切，真会和欧阳有关联吗？

这天，欧阳来电。他说像郑超龙那样的人，迟早都会走这一步的。让苏阳别太伤心了，节哀顺变吧。

这让苏阳有些意外，在她印象中，欧阳是不会讲这样的话的。难道欧阳真的变了？

12 月 8 日，苏阳下班，走到门口发现电梯在维修，于是改从楼道下去。已记不清多久没有走这寂静的楼梯了，脚下发出高跟鞋碰撞地面的声响，带着空旷的回音。苏阳很享受这种难得的清静感，孤独而高傲。

好不容易走到一楼。就在踏出楼梯口的一刹那，两个黑衣男忽然窜了出来："不许动！"一个用刀顶住她的背部，一个将她双手困住。

苏阳显得很冷静，她猜测一定是抢劫。她小声对他们说："两位师傅是要钱吗？要钱可以，我给你们。"

其中大个男威胁道："少废话，要是不想你的脸被刮花，就乖乖地给我上车！"他把她架到距离楼梯口最近的银色面包车旁。苏阳用余光向四周扫射，她知道这个拐弯处是死角，监控拍不到。劫犯定是掌握了这里的地形，才敢胆大包天地作案。保安在出口，此时过了下班高峰，周围很安静，没有车辆经过。如果现在反抗，必定逃不出两个大男人的魔掌。

苏阳小心翼翼地问："你们要带我去哪儿？我把钱都给你们，放过我吧？"小个男嘴角露出一丝坏笑："哼，我们不要钱，就要你的人，给我上车！"两个男人不由分说地将苏阳推上面包车，将帘子一拉。小个男坐在驾驶位子，大个男绑着她："开车！"

苏阳一慌，叫喊道："你们要带我去哪？我不去，我不去！"大个男绑住她的手："你给我安静点！去了就知道！"苏阳使命挣扎，大喊道："救命、救命啊！"大个男给她的颈项狠狠地来了一锤，苏阳当即晕了过去。

当她迷糊地睁开眼睛，发现自己被扔在一个废弃的酿酒厂里。手绑在身后，全身被封满了塑胶带，动弹不得。苏阳使劲晃了晃脑袋，努力让自己清醒。她向四周望去，那两个大汉不见了踪影。

正当她想开口喊话时，铁门"嘎吱"一声打开了，一个人影站在光下。苏阳猛地斜过头，刺眼的光亮让她睁不开眼。大门口的人向这边走来，脚下的皮鞋发出铿锵有力的响声。苏阳觉得有些耳熟，这脚步的节奏，似乎在哪里听到过。人影渐渐清晰起来，他蹲下身，冷笑着。随即用诡异的声音说："怎么样，苏阳，最近还好吗？"

苏阳抬头一看，眼前的人居然是周建峰！周建峰！

她往后靠了靠，瞪大眼睛说：“是你？”周建峰眯着眼，斜着嘴：“想不到吧？你大概想不到，自己也会有今天。”“周建峰，你到底想干什么？”

他摸摸她的脸：“想干什么，我想和你叙叙旧。”“我们的账不是已经一笔勾销了吗？你还想玩什么把戏？”“错错错，我们的账还多着呢。我要和你，慢慢地算。”

苏阳气急地喊道：“你是个无赖！你收了别人那么多钱，为什么还不肯罢休？”“收钱归收钱，可是我想你啊，我想你了怎么办？那可是用多少钱也买不来的。”

苏阳红着眼：“为什么，为什么到现在还不肯放过我？”周建峰大声地叫道：“放过你？你知不知道，我为了你，差点被那个王八蛋打成了废人，又被迫放走了你。你说，难道我不应该拿他的钱吗？”

“你这是活该！活该！你怎么没有被打死？”苏阳哭喊起来。周建峰起身，两手一摆，大吼道：“因为我命贱啊，所以我死不了。有些人还不够格呢，所以先一步离开了。”他又蹲下身，拍拍苏阳的脸，“那个混蛋已经死了，没有人再护着你了。现在，让我们来好好算算这笔账。”

狗急了跳墙

正说着，门口进来那两个大汉。大个男说：“峰哥，我把人带来了。”“欧阳！”苏阳呆住了。周建峰站起身来，发出近似变态的声音：“啊哈！人到齐了，那我们开始吧。”

欧阳冲他喊道：“周建峰，你有什么气就朝我发，别为难苏阳！我跟她换，你把她放了！”苏阳流泪摇摇头：“欧阳，不要，不要过来！”周建峰一看，往地上吐了口唾沫：“哟呵，怜香惜玉了啊？可惜太晚了。

苏阳，如果今天你想从这扇门里走出去，可以。不过，估计你明天就见不到他了。怎么样，你们想好了，到底是换还是不换？”

欧阳上前两步，大声喊道:“换！我换苏阳！”苏阳压低嗓音:“欧阳，不要管我，你快走，快走啊！”欧阳不由分说走到周建峰面前:“我说到做到！我今天来了，就没打算离开这里！你现在就把苏阳放了，让她先走。然后，随你怎么处置我都行！”

苏阳使劲摇头：“欧阳，你别傻，你别听他的！你快走，不要管我！”她的泪齐刷刷地掉下，“一个人逃脱，总好过两个人一起死。”“我不会走的，我怎么能眼睁睁地看着你被他欺负！”“欧阳，你听我一次，别管我！周建峰他是个疯子，他什么事都做得出来的！你快走啊！”

周建峰耍起花腔来：“啧啧啧，好一对苦命的鸳鸯啊。你们这样，看得我都有些感动了，我是下手好还是不下手好呢？”他看一眼身边的大汉，大个男举着棍棒从身后猛地朝欧阳的腿部打去。欧阳没任何防备，“啪”地一声跪倒在地。

苏阳大叫起来：“不要……不要这样！”周建峰望着跪在脚下的欧阳：“欧阳立帆，没想到你也有今天。”大个男不由分说，又在他的背部和大腿上连砸几棍，欧阳趴在了地上。

苏阳扯着嗓子喊道：“周建峰，你有什么气就冲我来，一人做事一人当，和他有何相干？放了他！”“有何相干？相干大了。只要是你身边的人，我看了都不舒服。看到你和别人在一起的样子，我就浑身难受。”他“嘎嘎”地拽着拳头，“我有一股冲动，想把你们两个一块儿捏死，捏个粉碎！”

苏阳吼道：“你是个疯子，我早就看出你心里有病！”“啪！”一个耳光重重地落在苏阳脸上。周建峰眼里透着魔鬼般狠毒的光，掐住她的脖子大喊道：“不许说我有病！不许说我是个疯子！”

欧阳爬起身，打掉周建峰掐在苏阳脖子上的手。周建峰拿起大个男手上的棍子就朝欧阳身上、腿上凶猛地砸去。苏阳嘶喊着：“不……

住手……住手！”周建峰拿起一旁的砍刀对准欧阳的右腿就是一刀，欧阳惨叫一声，趴在地上，昏了过去。

苏阳挪移到周建峰跟前，抽泣地哀求道："我求你了，不要再打了，再下去真的会闹出人命的！周建峰，我答应你，我跟你走，跟你走！求求你放了他，放了他！”

周建峰扔下砍刀，抓起苏阳的脸："跟我走？可惜太晚了。你早干吗去了，你早干吗不答应我？我好好对你你不领情，非要这样才肯听我的话。你看看你现在的样子，活像一条求饶的哈巴狗。”周建峰甩掉苏阳的脸，站起身哈哈大笑起来。

他从包里取出一个大信封，冷冷地说："这里边，集全了你们背叛我的证据。我要让你们看看，你们是怎么一点一滴地背叛我的。”然后从信封里取出一卷白纸，向下一抖，白纸被拉得很长。

周建峰向他俩吼道："看到这是什么了吗？”只见白纸上密密麻麻地布满了一窜窜黑色号码和文字，都是苏阳与欧阳的通话记录与短信内容，哪月、哪日、哪时、哪分，记录得清清楚楚。

苏阳惊呆了："周建峰，你好阴险！你居然利用你的职权之便，获取我们的私人信息！你知不知道侵犯他人隐私是犯法的！”周建峰拍着胸膛："我管不了什么犯法不犯法，我只知道，你们触犯了我心里的法！想不想听听你们都说了些什么？”

他看着白纸，阴阳怪气地念道："2010年8月23日上午8点50分，欧阳发给苏阳的短信：'阳阳，我出发了，大概中午到南京。由于时间赶，途中不作逗留，到达目的地后就联系你。想你，宝贝，勿念！'苏阳回复：'开车小心，一路保重，等你平安到达。想你！'8月28日下午4点50分，苏阳发给欧阳短信：'亲爱的，今天是我们正式重逢的日子。我会为你换上你喜欢的白色礼服，涂上你喜欢的金色眼影与唇彩。今夜，将是我们最值得纪念的一刻。我终于可以来一个华丽的转身，因为有你……'”

苏阳哭着哀求："别念了，别再念了……"周建峰不加理会，继续道："晚上10点47分，欧阳发给苏阳短信：'苏阳，我欠你一个解释，从过去到现在。不管你接不接受，我都要向你证明我的心从来没有离开过你。'11点10分欧阳发给苏阳短信：'不管事情演变成什么样子，请你记住，我爱你，我爱你，我爱你！只要你记住这句话，就算此生再也不相见，我也无憾。'"

苏阳扑在地上，哽咽着："别念了，求求你别再念了！"

周建峰蹲下身："你也觉得这短信很肉麻，很不堪入耳是不是？"苏阳望着他："周建峰，你变态，你变态的！你心里有问题！你应该去看心理医生！"

周建峰怒吼起来："不许说我心理有问题！"他把白纸重重甩在苏阳脸上，蹲在地上抓住她的脸，"看看你们的勾搭吧！你也觉得很不要脸对不对？你们藕断丝连了这么多年，你们对得起我吗？对得起我吗？当初，在我对你最满怀希望的时候，你们就是这样联合起来背叛我的，是不是？你们在打情骂俏的时候，有没想过我的感受？啊？"

苏阳解释："不是这样的，我们没有，没有！我根本就没答应过你任何要求，也没答应做你的女朋友，谈何而来的背叛？"

欧阳捂着伤口说："阳阳，不要和这种疯子解释，和他解释就是浪费口水！"周建峰气得又在他的伤口上狠狠砸了一棍："你他妈给我闭嘴！就是你这小子，坏了我的好事，搅乱了我和苏阳一次又一次的约会。要不是你从中干扰，我早就把她给上了！"

"你放屁，你嘴巴给我干净点！告诉你，苏阳永远不可能成为你的女人，永远别想！"欧阳朝他吐了一口唾沫。

"我也要让你们尝尝，什么叫作背叛的滋味。"周建峰起身，从大个男手中拿过一瓶白酒，脸上带着死人一般的冷血表情。他伸直手臂，将白酒往欧阳右腿的伤口上洒下去。欧阳疼得满地打滚。

苏阳哭着向周建峰连连磕头："周建峰，我给你磕头！求你别这么残忍了，求求你，求求你！你要我做什么我都答应你，只要你肯放过他！”

周建峰抓住苏阳的脸，上下左右不断揉捏着：“怎么，看到我这样对你的初恋情人心疼了是吗？那为什么当初你就不肯心疼心疼我？我被那个杀千刀的打得趴在地上直咯血，你心疼过我了吗？你不照样和这个小白脸甜甜蜜蜜的吗？你为了避开我，居然找个江湖老手来对付我，还把我差点打成了残废！苏阳，你够狠！”

苏阳直摇头。

暗中谋害

周建峰又说：“想不想知道，我是怎么知道你俩有一腿的吗？”他从裤兜里掏出一张名片，扔在苏阳脸上。上面写着新洲广告传媒有限公司：金璐。

苏阳抬头：“是她？”周建峰缓缓道来：“想不到吧，这位混充是你同行的好朋友，原来是你的死对头，她想方设法借机整你。终于，功夫不负有心人，她逮到了机会。庆功宴那天，她在洗手间无意间听到了你和别人的谈话。后来她便找到我，说要告诉我你的独家内幕。就这样，我从她口里得知了你和欧阳的秘密。”

苏阳落倒在地：“居然是她……”“我猜，你无论如何也想不到是金璐出卖了你。呵呵。其实你想不到的事还多着呢，想不想看更刺激的？”周建峰又从大信封中拿出一叠照片，一张张地翻给他们看。照片上，全是苏阳与欧阳会面的照片。

苏阳瞪大眼睛：“你居然跟踪我们？”“你看你们笑得多灿烂、多放肆啊，真是罪过啊。你知不知道你们在笑的时候，这世上还有一个人在哭？”

“龙哥？”苏阳竟然在照片上看到了郑超龙的身影。“哼，想不到吧，他老人家跟踪我、控制我，想打压我的气势。他教会了我很多，那我反过头来也要回馈给他啊。反跟踪，也不是什么难事嘛。郑超龙让我尝到了死的滋味，那我也要让他知道什么叫死。这样才公平嘛。”

“你什么意思？”

周建峰瞪着她，狠狠地说：“你知道吗，那天郑超龙去夜总会，我本来明明可以置他于死地的。在服务生端酒水进去前，我偷偷在杯子里下了药。如果郑超龙喝下那杯带有巨毒的酒水。不出一小时，他就一命呜呼了。很可惜，他的贴心手下帮他躲过了这一劫。不过没关系，我还有机会。他们喝酒喝到正高兴时，我假装郑超龙的御用司机，从保安那里拿到了他的车钥匙。你知道我坐进他的车里是什么感觉吗？前所未有的兴奋。我摸着方向盘觉得自己像在飞，想到郑超龙将会死在我的手里，死在他自己的高级越野车里，我全身上下有种无法言表的快感，就像血液，快要冲破血管爆裂开来的感觉。我开车来到事先交接好的修车厂，让技师对车的制动系统做了手脚，还是用了他给的钱付的修理费。之后，我把车又开回夜总会停好，等待他出来开车，等待他归西天的那一刻。”

苏阳惊呆了，豆大的泪珠顺着眼眶流下来：“你这个卑鄙的小人！你太阴险了！你居然做出这么狠毒的事来谋害龙哥！”

周建峰不理会，起身看着前方，从小个男手里接过香烟狠狠地吸了一口，然后摇摇头：“只可惜，那次算郑超龙命大。出夜总会时，他竟然没有上那辆车。这么好的下手机会，又让郑超龙给逃脱了。不过，可惜了他那忠诚的司机，做了他的替死鬼，真可怜。”

“周建峰！你还是人吗？这种丧尽天良的事你也做得出来？你这个无耻之徒！”

“我无耻？他郑超龙比我周建峰下流无耻一百倍、一千倍！他才是个真正的无耻之徒！苏阳你瞎了眼吗？那王八蛋究竟给了你多少钱，要你这么为他说话？我告诉你，我是在做正事，我这是在替天行道！看来老天还是有眼的，在我的不懈努力下，阎王爷最终还是将他收走了。”

苏阳疑惑地看着他：“你什么意思？难道，龙哥的死和你有关？”周建峰低下头，阴险地笑道：“哼，这怎么说呢。他和对家在码头的那场交易，最后不是黄了嘛。你知道是谁向警察举报的吗？是我，是我周建峰啊！”他仰起身拍拍自己的胸脯，“海关还赏了我不少奖金呢。你说，我这不是又为社会和国家出了一份力嘛。哈哈哈哈……算他命大，结果还是让他逃脱了警方的包围。只可惜啊，坏人坏事做多了，仇家也会找上门来。这不，我没完成的心愿，自然有人替我了结了。哈哈哈哈……郑超龙是罪有应得，可能连他自己都没想到，最后竟然会死在仇家手里，还是死在自己的别墅中。哈哈哈哈哈，哈哈哈哈哈……”

苏阳流泪喊道：“原来是你从中搞的鬼！卑鄙小人！你这个阴险的家伙，间接害死了龙哥！如果那天不是你向海关报的料，龙哥就不会赶去码头，也不会被追捕。不追捕，他就不会临时赶回别墅去。不回别墅，他就不会被仇家枪杀！他本来明明可以躲过这一劫的，是你！是你！是你杀死了龙哥，你是杀人凶手！”

“这是天意！是天意！哈哈哈哈哈哈……”周建峰仰起头，敞开两手，放肆地大笑起来。

有难同当

苏阳崩溃了：“我他妈跟你拼了！啊……”她扭动被捆绑的身躯，朝周建峰使劲撞去。他上去给苏阳两个耳光，抓住她的头发：“你这个小婊子，尽会在男人面前装风骚样，让男人围着你团团转。竟然也让我对你鬼迷心窍。我只知道，我要得到你，得到你！得不到你，也不能让别的男人得到你！我只要一想到你被郑超龙搂着进洞房，我全身都要爆炸了。所以我要阻止你，阻止你们的荒唐行为！现在郑超龙死了，我终于可以得到你了，你终于是我的了！”

周建峰抱住苏阳就是一顿狂吻。苏阳没有半点反抗的能力：“周建峰，你变态的！”欧阳慢慢醒过来，见罢，拖着伤腿上去拽周建峰。两个大汉一把将欧阳按在了地上。小个男拿来黄色塑胶带，和大个男一起将欧阳从上到下绑了起来。脸色惨白的他已是无力抗衡。

一阵激情后，周建峰放开苏阳，转头对欧阳说：“眼红了是吗？你的女人让我享用，你心里一定很不爽对吧？有本事你爬到我面前来救她啊，爬啊！你现在是自身难保了，还有什么能耐救她！”

欧阳艰难地趴在地上，一点点向前挪移：“我今天就算死在这里，也不能让你这混蛋得逞。像你这样的杂种，就是阴沟底下的驱虫！人渣！”

周建峰朝他的腹部猛踢三脚。欧阳缩紧身躯，疼得再一次昏了过去。苏阳大喊：“不要打了，不要再打了！周建峰，你这样真的会打死他的！”

周建峰朝地上吐了口唾沫：“呸！他这点伤我有数，一时半会还死不了。想当初我被郑超龙收拾，比他这样子不知要惨多少，我不是还没死嘛。现在我倒是要看看，你这老情人的命有多贱，能不能比过我！”

周建峰拍了拍手，顿了顿：“好了，今天的游戏先到这里，我也累了。”他一使眼色，两大汉一人背起一个。周建峰拍拍苏阳和欧阳的肩膀：“你看我多好，还把你们放在一起。今晚，让你们两个老情人好好聚聚，聊聊天，享受美好的二人世界。明天，你们就没这个机会了。哈哈哈哈哈……”

他又转身对两大汉说道：“你们好好伺候着苏小姐和欧阳先生，一会去外边买两个盒饭回来。明天一早我再过来取人。”“是，峰哥，我们有数，你放心去吧。”

周建峰拍拍苏阳的脸蛋："我的小美人，乖乖地在这儿待着啊。我家里有急事，比你们的人命更重要的事。当然了，你也是很重要的。好了，我走了，明天见。"周建峰说完起身，一瘸一拐地向大门口走去。

大汉将他俩抱进旁边的一间仓库房："你们就在这待着，别给我耍花招啊。"苏阳喊着："我们都成这样了，一个已经奄奄一息了，哪还有什么能耐耍花招！"

"哼哼，那就好。做人，要懂得识趣。"说完，把铁门一关，上了锁，将钥匙放进口袋里。大个男对小个男说："你盯着他俩，我去外边买些吃的回来。""对了，别忘了买些酒，要不一晚上在这里不得闷死。反正峰哥给咱们的钱够用。"

大个男开上面包车，出去觅食了。小个男则坐在桌子旁的椅子上，缓缓抽起了烟。

苏阳靠在墙上，环视周围。这是一间废旧的仓库，脏乱不堪，散发出一阵阵潮湿的霉味。地上摆着数只酿酒缸、一个木质的柜子和几把破椅子。铁门旁，有两排生锈的铁栅栏，玻璃窗户掉落了一块，从这里望出去，能看见外边的景象。

欧阳虚弱地躺在地上，脸色苍白。苏阳哭着用身体动动他："欧阳，欧阳，你感觉怎么样？"欧阳勉强地半张眼睛："我还好，就是……就是觉得没力气。""欧阳，答应我，千万别睡过去，千万不能睡啊！我们一定能逃出去，一定！"

欧阳使出仅剩的一点力气，喃喃道："阳阳，真的没想到，我们还能在这里相遇。你说，这是天意吗？如果不是周建峰，我是不是……永远都见不到你了？""欧阳，别说了，别说了……"

苏阳趴在他身边嘤嘤地哭着："你的伤口还在流血，该怎么办？""没事，别担心。我的凝血功能好，流到一定程度自然会结住的。"

"到现在你还有心情开玩笑？"欧阳疼得皱眉，挣扎了一下："不用这样的心态去面对，说不定我们很快会死在这间阴冷的仓库里。""不会的，我们不会死，我们一定能活着出去！”“我就知道，你是最勇敢的。”

苏阳看着欧阳腿上的伤口，又找不到可以止血的东西。突然，她想到了什么，抬起头："欧阳，你忍着点痛。"说着，她整个人压在了欧阳的右腿上。欧阳疼得大喊起来。苏阳心痛地闭上眼："亲爱的，你忍着点，让我把你的血止住！"

"你刚才叫我什么？"欧阳兴奋地问道。苏阳反应过来，喃喃地又重复了一遍："亲爱的。"欧阳的嘴角立马露出了一丝微笑，他闭上眼，似乎忘却了疼痛。"苏阳，你知道吗，我觉得自己好幸福。被周建峰捶打的那一刻，我感受到了，你对我并不残忍，还很仁慈。"

苏阳一边流泪一边还强硬："你别臭美了，就算是一个陌生人被围困，我也会义不容辞地想办法解救他的。""呵呵，你呀，就是硬了一张嘴，其实内心，比谁都柔软和脆弱。"

"只可惜，我还是帮不了你，没能帮你挡下那残忍的一刀。对不起……"苏阳将头埋进欧阳胸前，呜呜地哭着。"为什么要和我说对不起呢？"苏阳抬起脸："因为我，你才会受伤的。你真的不该来的……""傻瓜，我怎么可能不来，怎么可能眼睁睁地看着你落入周建峰的手里。""这是圈套！周建峰诡计多端，他用我来威胁你！"

欧阳深情地望着苏阳："所以我中套了，我愿意中套。为了你，今天就是死在这里我也无怨无悔。""不要说了，欧阳，我不希望你死，更不希望你因为我而死。""呵呵，人生在世，哪有永存于世的。如果能死在心爱的人怀里，那也是一种幸福啊。就怕……死了也不能让她知道，自己的那一片心……"

苏阳摇着头，哭红了双眼："不，我知道，我都知道。对不起……我当时，竟然还怀疑是你对龙哥下的毒手，真的对不起……""没关系，你对我有误会是正常的。其实，最要说对不起的人应该是我。是我让你等了这么久，到头来还这么痛苦。全是因为我！"

求 生

苏阳哽咽着，只将头深深埋进欧阳的胸口。

“其实，我和叶佳慧，真的没什么。那只是父母的意思，我也只是做做表面文章，为了不伤两家的和气罢了。婚姻大事，我绝不会任由他们来操控。我知道，你心里恨我，你恨我是应该的。是我伤害了你，我诚恳地向你道歉……”

还没说完，欧阳闭上了眼睛。“欧阳，你别睡，别睡啊！”苏阳使劲摇他，喊他。外边的大个男回来了：“他们在里边大喊大叫什么？进去看看。”两人开门进入。苏阳挪移过来：“他昏过去了，他要死了，你们怎么能眼睁睁地看着他在这里死掉呢？”

大个男一看情形不对，立马拿来刚买的纱布，给他包扎伤口。“谢谢，谢谢你们的仁慈！”大个男只为欧阳解了下半身的绑带：“别谢我啊，那是峰哥的意思。他不想明早过来看见一个死人，那样，他们还怎么决斗啊。”他们为欧阳包扎完伤口后，又留下了两个盒饭：“吃吧，不想死就吃了它。”

苏阳问：“请问你们这么绑着我们，怎么吃？”“很抱歉，我不能把你们的手也放了。峰哥交代过，说你们俩很活跃。你们有本事就吃啊，只要不想饿死，你们一定能想到吃饭的方法。”

“混蛋！”苏阳骂了一句。大个男准备关门，苏阳又喊：“等一下，给我们水喝总可以吧。”大个男说：“真是麻烦。”他将水放在地上：“好好给我吃着、喝着！享受你们人生中的最后一顿晚餐。很可惜，没有蜡烛。”

他将门锁好，和小个男在桌上吃起盒饭、喝起啤酒来。大个男说：“妈的，忙活了一天，饿死我了。”小个男边扒饭边说：“多吃点，填饱肚子后我们慢慢喝酒聊天。”

苏阳的双手被绑在身后，而欧阳的双手被绑在前面。苏阳看着地上的盒饭，唤欧阳吃。可欧阳只迷迷糊糊地要喝水。苏阳用唯一能活动的手指抓起水瓶，反手将瓶口对准欧阳的嘴巴，慢慢地一口口喂他。等欧阳稍清醒些，苏阳又打开盒饭，用同样的方法，小心翼翼地给欧阳喂饭。

欧阳的嘴巴颤抖着，泪水从眼角滑落下来。“欧阳，你怎么了？”她转头，看见他脸上的泪痕，勉强露出笑脸，“加油吃噢，吃饱了我们才有力气逃出去啊。”欧阳点点头：“我吃！我努力吃！”

他俩依偎在一起。苏阳给欧阳讲笑话：“我现在终于体会到了残疾人的艰辛和不易，真的很伟大。面对残缺的生命，他们依然活得坚强。有了这次的经历是件好事，以后万一我残疾了，还可以这样生活。”“瞎说八道，不许你胡说！”

屋外的两大汉吃饱饭后，开始畅饮起来，又是啤酒白酒，又是花生、烤肉的……开心得不行，全然忘记了仓库里的人……苏阳挪移到铁栏杆那看，兴奋地转头，小声对欧阳说：“看来有戏了。”欧阳点点头，微闭上眼，他的伤口又开始往外流血了。“欧阳，你感觉怎么样？很难受对吗？”他有气无力地呻吟着：“我……好困……好困……想睡……”

苏阳将自己的脸贴在欧阳脸上，滚烫滚烫的。她喊他：“欧阳你别睡，千万不能睡过去，再坚持一下！我们不能死在这间屋子里，我来想办法！我们一定能逃出去！”

苏阳扫视整间屋子，发现柜子后的那个死角，有一块破碎的坛子片。她挪移过去，用手捡起它，轻轻地摸了摸：“欧阳，有救了！”

苏阳拿着坛子片，朝自己手腕上的绑带割下去，一点一点……她满脸大汗，心里不停地念着：快了，快了，再努力点，就成功了。突然，大个男摇摇晃晃地走到栏杆前，眯着眼往里看。苏阳立刻停住。大个男笑了笑，又摇摇晃晃地回到椅子上：“没事，我们接着喝。”小个男说：“干了，今晚不醉不休！”

待形势平稳下来，苏阳又开始继续奋战。一番努力后，终于，绑带被割开了，苏阳先将自己解绑后，又开始帮欧阳解绑。她伸出脑袋看栏杆外，那两人已醉了七八分，趴在桌子上继续干酒。

此时，苏阳却发现欧阳四肢发凉、面颊出汗，处于半昏迷的状态。她赶紧将他侧卧，用手来回晃动制造微风，却仍旧没动静。最后，她将欧阳躺平，对他进行了人工呼吸。苏阳的眼泪掉在欧阳的脸上："欧阳，欧阳！你不能丢下我，不能丢下我不管啊！你答应过我的，答应过会照顾我，你不能食言啊！"她捧住他的脸，轻轻拍着："欧阳，欧阳！振作起来，振作起来！你看，我们离成功只差最后一步了。你不能在最后关头泄气，不能啊！"

渐渐地，欧阳的手指有了知觉，眼睛也微微张开了一条缝。"苏阳，苏阳是你吗？""欧阳，是我，我是苏阳，我是你的苏阳！""看到你真好……原来模糊中的你……也这么美丽……""你看，我们离成功只差一步了。""这次只有看你的了……我真没用……没用……""不要说话，保存能量！"欧阳笑了笑："我刚才……好像听到你说话……"苏阳捧着欧阳的脸，哭着说："嗯，欧阳，我要对你说，你听好了。我爱你！我爱你！我爱你！所以，你不能抛下我，你必须活着从这里出去，听到没？"

欧阳费力地抬起手，摸摸苏阳的脸："有你这句话，我一定会活着出去……这点伤……打不倒我的……苏阳……你现在听好了……我欧阳立帆……爱……苏阳……你相信吗？"

苏阳用力点点头，眼泪模糊一片："我信，我信，我信！我们之间所有的恩怨从此一笔勾销，好不好？我要你活着出去！""好……我们拉钩……"

苏阳又站起身，小心翼翼走到栏杆边，探出半个脑袋观察外边的动静。只见两大汉都醉趴在桌上，几乎没了动弹。苏阳鼓起勇气，又试探性地轻唤了几句。他们丝毫没有反应。大个男的身体突然微微一斜，钥匙从他的裤兜里“唰啦”一声掉了出来，在地上发出清脆的声音。功夫不负有心人，苏阳好不容易在柜子底下找到了一根长竹竿，她走到栏杆旁，小心翼翼地将长竹竿从缝隙中递出去。竹竿头碰到钥匙环，刚想套进去，小个男动了动，发出两声咳嗽声又继续睡过去。苏阳看准后，一把将钥匙环套上，慢慢地将竹竿伸进来。打开门后，苏阳将强忍疼痛的欧阳搀扶到大门口。

苏阳又蹑手蹑脚回到里面，轻轻拿起桌上的汽车钥匙和零钱。苏阳将欧阳搀扶到车里，兴奋地说：“我们要离开这鬼地方了。我们成功了！”

漆黑的深夜，路上几乎没有过往的车辆。苏阳不认识路，只有摸黑往前开。路过对面一个电话亭，她跳下车跑过去，拨通了120。谁知刚挂下电话，只见对面的面包车“轰”地一声自燃了。“欧阳……欧阳……”苏阳扔掉电话，赶忙跑过去，却不见欧阳的身影。苏阳呆立在原地，脑袋一片空白。

“苏阳，我在这里！”突然从车后传来欧阳的声音。苏阳喜出望外，上前一把抱住他：“欧阳，我以为再也见不到你了！如果你不在了，我怎么办，我怎么办呐！”

苏阳扶着欧阳往前走了一段路，隐约见身后有光驶来。她冲到路中间，张开双手挥舞：“停车……停车……”

在苏阳的一再恳求下，卡车司机将他们送到了医院。苏阳疯狂地叫喊：“快，快救救他！他的腿流了很多血，休克了。”当护士接过欧阳的瞬间，苏阳眼前一黑，晕了过去。

笔　录

第二天上午，苏阳睁开双眼，只听一阵嘈杂：“阳阳，你终于醒了？

你吓死我们了！”“阳阳，你昏睡了一晚上！”“我们已经报了案，警察马上就到。”

苏阳忽地从床上一跃而起，只觉得头疼欲裂。母亲忙扶她躺下：“女儿，你发着烧呢，快躺下。告诉妈妈，究竟出了什么事？”苏阳激动地大喊道：“周建峰，是周建峰！他……他挟持了我和欧阳，要把我们置于死地！欧阳，欧阳在哪里？他怎么样了？我要去看他！”

苏阳慌乱地想起身，大家忙上前安抚。潘静握住她的手：“欧阳就在你的隔壁，他……他还没有醒。”“欧阳到底怎么样了？是不是，没有过危险期？”“别担心，他过危险期了，只是麻药还没过去。”“他的腿上流了很多血，身上还有多处瘀伤，我要去看他！”

小柔突然插了句：“欧阳一家人都在呢，还有那个叶佳慧，也来了。”她恳求道：“那，让我去门口看看他，就看一眼。”三个闺蜜搀扶她来到隔壁病房门口。欧阳正熟睡着，右腿上缠绕着白色的纱布，身旁坐着他的父母，还有叶佳慧。

此刻的欧阳是那么安详平静，似乎没有一点疼痛。苏阳想起昨夜那一场劫难，眼泪便止不住地往下掉。她真怕自己再也见不到欧阳，再也没有机会对他：“我爱你。”

回到病房，公安局的警务人员已经在等候了。“请问，哪位是苏阳小姐？”“我是。”“我们接到报警，昨天傍晚有人劫持你和一位男子？”“是的，警察同志，周建峰想把我们置于死地。”“根据流程，我们要向您做一个详细的调查笔录，您现在身体感觉怎么样，可以吗？”苏阳点头。

所有人暂时被清空，苏阳向警方交代了 2010 年 12 月 8 日，周建峰劫持自己和欧阳的整个犯罪过程。

“请问您和犯罪嫌疑人是什么关系？”“一个很普通的朋友。”“你们是怎么认识的？”“通过朋友介绍认识的。”“那您和另一被害人欧阳立帆是什么关系？”苏阳顿了顿：“好朋友。”“你们是怎么认识的？”“我们是大学同学。”

“您知道周建峰劫持你们的主要原因吗？”苏阳一想到这里，神情紧张地喊道：“他，他变态的！他对我有心结，他要除掉我身边的每一个人！警察同志你快去抓他，不能让他再为非作歹了！”“请您冷静点！根据流程，我们必须一步步来。请如实回答你们几人之间的关系及事发之前所产生的矛盾。”

苏阳流着泪缓缓道来：“周建峰，是我的好朋友周程程介绍给我认识的。接触几次后，我发觉不合适，所以一直对他保持着距离。”“等一下，你朋友把周建峰介绍给你认识，是想让你们进一步发展对吗？”

苏阳点点头：“本来是有这个意思，可我对他并没有任何想法。他一直纠缠我不放，时时刻刻电话、短信骚扰我。”“他给你电话和短信的频率是怎么样的？”“只要我一不接电话不马上回短信，他就会接连不断地打给我。一天，甚至会打上好几十个。他还擅自主张跑到我家给我安装了固定电话，说是方便和我联系。我每天回到家，电话铃声就响个不停。他装电话的目的，就是看我在不在家，想掌控我的一切行踪。”

警务人员想了想问：“照你这么说，一直以来都是周建峰在一厢情愿，而你并没有表示过态度？”“从来没有表示过，后来我直接和他摊牌，拒绝了他。可他压根就是个无赖，依旧对我不依不饶，甚至更变本加厉了。”“具体说说。”

“再后来，他就跑到我公司、我家里、我去的公共场所跟踪我、监视我，不断地骚扰我、纠缠我。那段时间，快把我逼疯了。”苏阳低下头，捂住脑袋痛苦地说。

“你说周建峰骚扰你，是电话、短信，或是语言，有实际的身体行为吗？”“基本没有，以精神骚扰为主。可是那样真的会把人逼疯的，他最终触及了我的底线。后来，我有个朋友替我出了面，和周建峰进行了一次交易。”

“什么交易？”“是我到最后才知道的,我朋友教训了周建峰一顿，据说伤得不轻。他就向我朋友狮子大开口，要求支付 100 万作为精神损失费。我朋友答应了，给了他 100 万，这才将此事平息了。”

警务人员眯着眼问 :“你那位朋友是谁? 他为什么愿意为你出 100 万摆平这件事？”

苏阳流着泪,心痛地回答:“他,他是郑超龙。”警务人员恍然大悟，说 :“听说，他上个月去世了。这件事，对上海滩的震惊不小。对了，你们是什么关系？”“那时，我们只是普通朋友。应该是龙哥之前比较欣赏我，所以愿意为我摆平这件事。”

苏阳想起龙哥，立即抬头对警务员说 :“警察同志，我还要向你们报案。周建峰，他之前蓄意谋杀，要谋杀郑超龙！”“你凭什么这么说？”“昨天他挟持我们时亲口说的。”“当时还有谁在场？”“欧阳立帆，还有周建峰的两个手下。对，欧阳可以作证！”“周建峰是怎么和你们说的？”

苏阳不断流泪，悲痛地诉说着……

警务人员惊奇地问 :“原来是他报的案？”“是！周建峰他心理有问题，他变态的！因为得不到我，他就骚扰我、纠缠我。看见和我身边有关的人，他都要将他们彻底铲除。”

“照这么说，郑超龙和欧阳立帆都是你生活中关系密切的人？”苏阳点点头 :“郑超龙帮了我很多，本来，我们打算结婚的。”

警务人员张开口恍然大悟，点点头 :“那欧阳立帆呢？”“我们，是曾经的恋人。周建峰查了我们的底，利用职务之便查了我的电话清单，还找私家侦探跟踪我和欧阳立帆还有郑超龙。他怀疑我和欧阳有私情，所以心中一直耿耿于怀。最后郑超龙去世了，他就要将我们置于死地。如果昨天半夜我们没有从那间厂房里逃出来，估计，你们现在就看不到我了……”

警务人员将苏阳的话全部记录了下来。“苏阳小姐，您以上所讲的是否属实？”“全部属实。”“您所讲的，涉及了两起刑事案件。以上笔录请您看一下，还请确认与您说的是否相符合。如果没有异议的话，请您签个字。”“谢谢你们，我希望公安机关能尽快查清此事并且立案，追究周建峰的法律责任。”

警务人员合上本子：“放心吧，我们会派出警力立即调查此事的。按照规定，您出院后还要和我们回一趟警局。”“没问题，我会全力配合，只要能将周建峰绳之以法！”“好，您好好休息吧，随时保持联系。我们还要向欧阳立帆先生做一份笔录。”

这时，潘静敲门进来：“苏阳，欧阳醒了。”警务人员立即接话：“我们去找他问话，您休息吧。”所有人走了进来：“没事了吧，都交代了？”苏阳显得异常平静：“嗯，都交代了。现在我觉得很轻松。”

母亲坐在床头，握住苏阳的手，流着泪叹息：“哎，原本两个那么相爱的人，为什么到最后会变成这样？”苏阳诧异地转过头看母亲：“妈，您说什么呐？”“别装了，你们的事，她们在外面都和我说了。其实妈早就明白，你心里，忘不掉欧阳。”

苏阳红着眼：“妈，原来你都知道？”母亲摸摸苏阳的头，语重心长地说：“有哪个做母亲的不了解自己的孩子，只是你的自尊心太强，从不愿向我们透露。你所有的苦衷，爸爸妈妈表面不说，其实心里都明白。你是个孝顺女儿，不想让我们操心。所以一直以来，我们也都支持你的意愿。只要你觉得好，你觉得开心，我们都会说好。”

苏阳紧紧拉住母亲的手，默然流泪。

“可妈心里明白，你这不是真正的好，你不是真正的开心。妈只是觉得，路要靠你自己去走，没有任何人可以帮上忙。可你现在这个样子，又叫妈怎么放心得下呢？”

“对不起，妈，我让您和爸操心了。我不是个孝顺女儿，对不起。”“傻孩子，不要和爸妈说对不起。在我们眼里，你始终是最乖最孝顺的。”

苏阳扑进母亲怀里："妈……妈……"她记不得已多久没有这样倒在妈妈的怀里痛哭了。此刻，苏阳觉得自己又重回了儿时，那个受了欺负，回到母亲怀里取暖的小姑娘。她觉得世上没有一个拥抱，比母亲的拥抱来得更伟大和宽容的了。因为，那是世界上最美丽、最安全的港湾。

我终于失去了你

那边，周建峰忙完家里的大事，开车火速赶往酿酒厂。他一看，整个人傻眼了。仓库的门开着，人不见了，车也不见了，摆在眼前的，只有满地的报纸、垃圾和酒瓶子。两个醉汉正趴在桌上呼呼大睡，嘴里还流淌着一抹口水。

周建峰气得拿起地上的木棍给了他们两捶。他们立马站起来，半闭着眼睛，挠挠头发。大个男说："峰哥你来了，怎么那么早啊，我们正睡得香呢。""人呢？"周建峰冷冷地问。小个男用手指指："他们好好的在里边，我带你去看。"

周建峰恶狠狠地盯着他俩，吼道："你带我去看什么，啊？看什么？"两人回头一看，傻了眼。大个男说："怎么会这样的？昨天他们明明关在里面，钥匙都在我手上。"周建峰上前给了他们两耳光："两个废物！这么绑着都会被他们给溜掉，你们是猪脑子啊？我让你们好好看着他俩，你们倒好，喝酒作乐到天明。吃吃吃，喝喝喝！把我的人都放走了！"

他一把掐住大个男的脖子："你他妈的找死是不是？你们放走了我最心爱的女人！啊……"大个男立即求饶："峰哥，您消消气，我们再也不敢了。我们多喝了两口酒，就睡过去了。对不起，下次一定不敢了！""你还想要下一次？没有下一次了！"

两个男人跪地求饶。周建峰抓狂了，拿起一旁的木棍对着周围的酒缸、桌子、椅子、木板、玻璃一顿狠砸。他眼里放着毒光，狂吼道：

“啊……啊……啊……”

两个家伙吓得躲在一旁不敢出声。周建峰一顿发泄后，从口袋里拿出一个信封扔在地上：“拿着你们的钱，给我滚！滚！”

两个家伙一溜烟地跑掉了。周建峰跪在地上，神情呆滞地对着仓库门口。他猛地张开双手，仰天咆哮：“啊……啊……苏阳……我的苏阳……”

周建峰流着泪，傻傻地哼起了歌：“啊，我终于失去了你，在拥挤的人群中。我终于失去了你，当我的人生第一次感到光荣……”

释 然

医院里，待警务人员离去后，苏阳再次来到了欧阳的病房门口。她往窗口看去，里面没有别人，只有欧阳和他的母亲。门虚掩着一条缝，苏阳隐约能听见他们的对话。

“嗨！孩子，真没想到，原来你和苏阳姑娘的情分这么深。回想以前，妈总是想把你塑造成自己心目中理想的样子，却从未理解过你内心真正的感受。妈太强势了，总觉得自己的判断和决定是对的。所以，都要求你照着我的意思去做。妈把你送出国，想让你接受西方的教育，将来能有更大的作为。我到今天才知道，你当初坚持要回国的真正原因是为了苏阳。你为什么不对我说呢？”

“妈，我有得选择说吗？如果我有得选择，我一定会说。但我是您的儿子，就凭这一点，让我无话可说。”

“我知道，你是孝子，什么都听我的，就是为了不让我伤心。这么想来，大学毕业后我又让你再出国，竟是我亲手将你和苏阳这对恋人活活地拆散了呀。是妈耽误了你的幸福。是妈不好，妈向你道歉！苏阳姑娘真不容易，单身至今就为了等你一句话。像她这样执着的女孩，现在真是不多见啦。”

“妈，我知道您疼我，所做的一切都是为我好。所以从小到大我都听您的，绝不敢有半点违抗。”他顿了顿，心痛地说，“可您不能连我的终身大事也一手包办了。就算最后我如了您的愿，和叶佳慧成了婚，可是我不会真正幸福快乐。我若不幸福，您会快乐吗？”

欧阳母亲感悟地说：“我到现在才悔悟，我们是真的老啦。你们年轻人有自己的想法，我们再也不能用陈旧的眼光来要求你们了。毕竟，和你过下半辈子的人不是我和你爸。我们看了喜欢不中用，要你自己喜欢才是关键。”母亲拍拍欧阳的手背，“好了，从现在开始，妈再也不为你主张任何事了，也不会反对你做出的任何决定。只要是正确的，你认为是好的，妈都会站在你这边支持你。”

“那么，您操办的那事，预备怎么收场啊？”“妈去说，妈去和他们叶家商量，不用你出面。要是他们怪罪起来，那就怪罪我好了。本来就是妈擅自主张决定的事，并不是你的本意，他们叶家也都是明白的。”

“哎，早知今日，何必当初呢。我啊，终日捞不着好名声，伤害了一个女孩这么久、这么深。现在，又要让另一个女孩无辜伤心了。”

“唉，不能这么说。你没有答应过叶佳慧，就不能算是伤害她。如果你一边答应了和她好，一边又想法抛开她，那才是对她真正的伤害。像你们这种的，最多只能叫单相思、一厢情愿罢了。都是我们大人在一旁煽风点火，不然，说不准叶姑娘，还不会那么主动呢。”

“妈，您终于开化了。真想不到，难为您了。”“妈不是不开化，而是喜欢左右你的思想、控制你的行为。这不是爱，这是自私地占有。妈可不愿以后被人说成是一个自私的霸道主，妈想将来大家说起我，是一个慈祥、厚爱、宽容的老太太。”

欧阳望着母亲，摸摸她的脸：“妈，您真的变了。”

母亲抹了抹泪水，感慨道：“呵呵，经过你这场生死考验，妈想明白了很多。人嘛，一辈子总要做些称心如愿的事。如果只是为了别人而活，那多没劲啊。儿子啊，你这30年来，一直都是为了我和你爸在活。从今天开始，你该为自己活了。”

“妈，您真该好好谢谢人家苏阳。要不是她，您现在可能都见不到您儿子了。”

“哎,我是该去好好谢谢她。可是话说回来,你也是因为她的缘故，才会变成这样的。”“妈，您看您又想多了不是。您知道这一年来，苏阳经历了许多原本可以避免的事。她承受了太多痛苦和委屈。作为一个女孩，她真的非常不容易。如果不是因为我，她完全可以过得比现在好。不过，经历了这次生死，或许是个好事。也许是老天的意愿呢，它想让我们多经历些风雨，最后苦尽甘来。”

“对！我现在就去和苏阳姑娘说，我要亲口向她说明这一切！等你们出院后，还要请她正式到家里来吃饭，表表我们的心意，也好拉近你们之间的距离。”

听到这里，苏阳赶紧回了病房，假装躺在床上睡觉。欧阳母亲敲敲门，轻轻走进来。她坐在苏阳对面，轻声道：“苏阳姑娘，这是阿姨第一次见你。阿姨有很多话想和你讲，你就睡着听。我知道，你和欧阳之间，有着很深的感情。你对他，也有很深的误会。现在，让我一一来替他解开吧。”

欧阳母亲红着眼诉说起来：“我们欧阳，打小就是个乖巧、懂事的孩子，从不和我顶撞，不让我操心。做什么，他都依着我、顺着我。我事事替他决定，他变得好像没了自己的个性。可是，那不是真正的他，真正的欧阳立帆是个顶天立地的男子汉，是个能承担责任的好男人。其实在欧阳的骨子里，有着他自己独立的脾气、性格和原则，他不是个逆来顺受的孩子。只是在我的严厉管制下，变成了一个看似没有主见的人。只是因为他太孝顺了。”

欧阳母亲为苏阳捏了捏被角，抹抹眼泪继续说：“这一次，阿姨万般地感谢你，感谢你的大爱和勇敢。欧阳的命是你换来的，阿姨为你感到骄傲。”

苏阳的眼泪悄悄滑过了脸颊。

“你们之间的事，阿姨都知道了。今天在这里，阿姨要诚恳地向你说一声对不住。如果没有阿姨的强行管制，也许，你和欧阳早就喜结连理了。说不定现在，我都能抱上孙子了呢。呵呵，后话就先不说了。每个做母亲的，都希望自己的孩子幸福快乐。”她笑笑，笃定地说，“从现在开始，阿姨彻底放手不管了。我把欧阳还给你，你们才是天生的一对。你们之间的爱情，比那些千金万两都要来得珍贵。阿姨被你们感动了。也希望通过这件事，你和欧阳能解除心结，彻底消除彼此心中的那层隔膜。因为这样，你们才会真正的幸福。阿姨祝福你们。”

苏阳背着身，默默流泪。她觉得活到这么大，从没有像现在这般委屈和心酸过。就连昨夜她被周建峰劫持，那种恐惧和凄凉，也远远比不上一位母亲亲口和自己长谈致歉来得更震撼人心。那是她深爱的人的母亲啊！听着这一番绵绵细语，苏阳的心都要碎了。这一刻，她释然了。

终 结

直到傍晚，欧阳的房间里才剩下他一人。苏阳缓缓推开门走进去，握住他的手，默默流泪。

欧阳感叹：“我们经历的这一场磨难，也许并非坏事。它让我们又重新走到了一起，也许，这就是天意吧。”

“我原本以为，和你的缘分在 11 月 18 日，我和龙哥拍照那天就彻底结束了。可没有想到，我们竟然经历了一场生死劫。我们的重遇，是用龙哥的生命换来的。这份代价太沉痛，我担负不起。”

“阳阳，我理解你的苦衷。我知道在你眼里，龙哥是个顶天立地的好男人。可他最初就应该想到，一旦走上江湖，就再也回不了头了。

哎，命数决定的。命中注定，躲都躲不过。生命如此脆弱短暂，我们都应好好珍惜它、善待它。也要好好珍惜身边的人，也许一个不经意的转身，就会错过一辈子。阳阳，答应我，我们不要再分开了。我们经历了这么多事，绕了这么多弯路，错过了这么多美好时光。到今天这一刻，我们不能再错过了。从今天起，我不想看见你脸上的眼泪，我想看见你的笑。因为你的笑，是对我最大的鼓舞。从今以后，让我来照顾你，好不好？”

苏阳趴在欧阳的床前，只是一味地哭，却无法表达此刻的心情。眼前的这个男人，是自己做梦都想嫁的。可如今，伟大的爱情，被掩盖在千种万种的情感之下。她的良心不允许她这么做，她的历史不允许她这么做，她内心的创伤不允许她这么做。逝去的龙哥，此时正在天上看自己。

当周建峰回家的那一刻，民警叩开了他的房门。他们看着屋内的景象，先是愣了愣，然后问："请问你是周建峰吗？""我是。""现在怀疑你和两起刑事案件有关，请跟我们走一趟吧。"周建峰淡定地看着民警，低下头。

母亲在他身后问："建峰，出什么事了？"他转过头："没什么事，妈，警察同志就是让我去问问话。您放心，我很快就回来。"

"建峰、建峰……"母亲上前一步，握住他的手，红着眼说，"这个家，不能再出什么事了。儿子，你要再是有个三长两短，这个家就真的完了。妈也不活了。"周建峰皱皱眉，笑笑，拍拍她的手背："放心，妈，这个家不会完的。等我回来。"

他在心里默默地说：妈，孩儿不孝，儿子要让您失望了。

在警局办案人员的审问下，周建峰紧闭金口，只是一再强调因为女朋友苏阳背叛了自己，在外边红杏出墙，分别和欧阳立帆、郑超龙还有那些不知名的男人有私情。他劝过苏阳多次，希望她能离开他们回到自己身边。可苏阳不听劝，依旧在几个男人之间不停徘徊。周建峰说，这是因情生恨，都是因为爱一个人爱到无法自拔，对方执迷不悟不肯回头，所以才会忍不住做出这些疯狂之举。

按照规定，被害人苏阳、欧阳要到警局分别做二次笔录。当办案人员把周建峰的原话转达给苏阳听时，她气愤地拍着桌子大喊道："他说谎、他说谎！我根本就不是他的女朋友！他那是满口胡言！我说了周建峰就是个彻底的无赖，小人！他死到临头了，还要拉我一起下水。我知道他会来这一招的，他不会放过我！警察同志，你们不能相信他的话！不然，你可以找我身边的朋友，他们都可以替我作证。我不是周建峰的女朋友，不是！不是！"

办案人员将苏阳安置在座位上："你冷静点，平复下情绪。你放心，我们一定会依法办案的。是假的真不了，是真的它假不了。"

办案人员随后分别询问了潘静、程程、小柔及苏阳周围的人。他们一致证明，苏阳和周建峰从来没有建立过恋人关系，是周建峰自己一再地纠缠不休。他的说法，完全是给苏阳扣上了莫须有的罪名。

办案人员二次审问周建峰："现在，请如实说明你和苏阳之间的真实关系。你们到底是不是恋人？有没有谈过恋爱？如有半点虚假，我可以在你的罪名上再加一条诽谤罪。"

周建峰情绪激动，抗拒回答，审讯一度被终止。办案人员觉察其状态异样，随即对他进行了相关的心理测试，发现他原来患有中度抑郁与强迫症。经过心理专家的一番开导，最终，周建峰对劫持苏阳和欧阳的行为供认不讳，并承认蓄意谋杀郑超龙的犯罪行为。同时，他还道出了自己的真正心结。因为初恋女友的背叛，给周建峰的心灵造成了巨大的伤害，于是他开始怀疑身边所有的女性。再加上自卑、心虚，缺乏安全感，以致对女性产生了仇视心理，只要是他喜欢的，都要将她们控制起来。

走出审讯室的那一刻，周建峰突然站定，回头对苏阳说："我不后悔对你的付出，现在我的使命结束了，我感觉很轻松。另外，我还忘了告诉你，绑架你的那天，是我父亲做头七的日子。”他勉强笑笑：“有空就去看看咱爸，给他老人家烧柱香、倒杯酒。你知道，他想你。”苏阳看着他一瘸一拐离去的背影，心中感到万般的痛楚。

苏阳疲惫地回到家，没多久，有人送来一个包裹。她打开一看，是周母曾经送给自己的那只翡翠镯子……

离别前的痛

苏阳在欧阳母亲的盛情邀请下，拿着鲜花和礼品敲响了他家的大门。这幢美丽的别墅，曾经只能远远地站在一角默默仰望。

“阳阳来了，快请进！”欧阳父母热情上迎。苏阳还以礼貌：“伯父、伯母，你们好！”苏阳看着屋里的摆设，似曾相识。欧阳站在一旁，微笑地帮忙提包、泡茶、拿水果。他上身穿藏青色毛衣，下身穿米黄色的灯芯绒悠闲裤。由于伤势的关系，欧阳不能久站。欧阳母亲握着苏阳的手，轻轻地拍打着、揉搓着，眼里满是喜欢和疼爱。而欧阳父亲则坐在沙发那头，看报纸，插几句自己的观点。而欧阳坐在沙发角上，说话期间，还是喜欢将手插在裤兜里，然后将目光放在苏阳身上。此时的欧阳，稳重、温柔、谦和，举止间透露着一股淡淡的沧桑感。

苏阳的眼眶有些微红，这个场景，是自己30年来感觉最温馨、最美丽的画面，也是最向往的。苏阳一时分不清，自己当下身处的到底是梦境还是现实。如果是梦，她愿意这个梦做得久一些。因为自己等这一刻，实在等得太久了。

经过欧阳房门，苏阳愣住了。她赫然地看见书柜的正中央，摆放着一只精美的女士高跟鞋。她瞬间明白了，捂住嘴激动地不知如何是好。眼前这只熟悉的左脚高跟鞋，正在对自己微笑。

她在心里默默地说：原来，我的另一只高跟鞋没有丢。欧阳，谢谢你把它完好无损地保留了下来！左脚在你，右脚在我！

苏阳望着高跟鞋，感到前所未有的释怀。

临别前，欧阳母亲送给苏阳一套精美的白金首饰。这一次，她没有拒绝。苏阳觉得所有礼物都可以婉言谢绝，唯独欧阳母亲送的，自己一定要收下，并且感恩。

欧阳母亲还嘱咐她，以后要常来家里做客，最好每周末都能来。苏阳低下头，微微一笑，心想：伯母，如果可以的话，我也想常来。说真的，这是我第一次来你们家，或许，也是最后一次了。

一切又恢复了平静，而现实却颠覆了苏阳的整个人生。她觉得自己被掏空了。

周建峰的悲剧，并没有给苏阳的内心带来多大的胜利感。他入狱当天，周母那一记凄惨的哭喊声和那句刺耳的“红颜祸水”，都深深地撕碎了苏阳的心。

苏阳没有办法再在这片土地上继续待下去，一切看来，似乎都回到了原点……这一年来，经历和遭受了太多的是非和痛苦，他的，他的，还有他的。苏阳的心，已是无力承受。她决定离开中国，远赴大洋彼岸的加拿大温哥华岛大学，学习为期半年的工商管理进修课。位于岛上的纳奈莫小镇，全年气候温和，风景优美，有如画的山峰、森林和海滩。苏阳想去那片祥和的土地走一走、看一看，也许到了那里，她的心才会得到真正的安宁与平静。

这个决定，她没有告诉欧阳。怕自己一旦说出口，就舍不得走了。苏阳不想有任何牵绊，这一次，她想走得轻松，走得彻底。

苏阳回到公司，将所有事务安排妥当后，便向同事们告了别。珊珊哭着说：“苏总，您怎么可以离开呢？您这一走，我们都没了重心，还怎么工作呢？苏总，别走好吗？我们大家都需要你。”

苏阳笑着说：“看你们一个个愁眉苦脸的，搞得跟生离死别一样。

我又不是不回来了，只是去国外进修几个月而已。我走了以后，地球还是要转动，百马还是要生存，你们还是要吃饭、睡觉、谈恋爱。再说了，我也想休息一阵子，就当是给自己放个长假吧。”

章勇和大伟上前：“阳阳，真的决定了？”“嗯，决定了，不改了。这半年，百马就辛苦你们二位了。我一直很想去国外看看，吸取精华和营养。这样等我回来后，可以把百马建设得更强大。”

章勇、大伟低头：“希望，你是开心地走，再是开心地回来。”苏阳顿了顿，努力露出笑脸：“呵呵，你们什么时候看到我不开心了。哎呀，说真的，我现在就想马上飞到温哥华，可以坐在碧绿的草地上，看看书，晒晒太阳，练练英语。想到这些，我都已经迫不及待了。”

章勇、大伟与苏阳拥抱：“希望你在温哥华，能真正放飞自己的心，找到真正的快乐。保重，照顾好自己。我们等你回来！”

苏阳快速转身，眼泪终于掉了下来。她怕自己再晚一秒，就会舍不得朝夕相处了1825个日子的兄弟姐妹；舍不得这个亲手建立起来，辛苦奋斗了五年的“家”。

苏阳舍不得的东西太多，要一一数来，该是放弃出国进修的念头了。可是这次没有，她咬咬牙，带着满腔的思念离开了。

再　见

走之前，苏阳应朋友邀请，参加了全国的人体艺术摄影展。

在展览馆里，她看到了孟泽为杨佳拍摄的那副人体相片，题为《凝望的青春》。杨佳那白皙、曼妙的身材，在轻盈的薄纱下显得格外迷人。数幅相片中，杨佳的身影最惹人注目，引来了众多围观的眼光。

巧的是，相中的摄影师和模特也在现场。孟泽很礼貌地上前和苏阳握手：“苏阳，真巧啊！你也来看画展？”杨佳搀扶在孟泽胳膊上的手快速地放下来，低头说：“苏总，你好！”苏阳大方地说：“真巧啊，在这里又碰到你们。”

孟泽问：“好久不见，还好吗？”苏阳笑了笑：“挺好的，谢谢。”“最近，忙吗？”“嗯，比较忙。噢，对了，我要出国了。”

孟泽的脸色渐变：“是吗？是去旅游还是工作？”“去……进修。”“那不错啊，去哪里？要多久呢？”“加拿大，大概半年。”“这么久？准备什么时候动身？”“下周。”“这么快？”

孟泽低头，顿了顿说：“那要不，我到时去机场送你吧。”“不用了，你那么忙，就不打搅了。”苏阳看了看杨佳，两人谈话期间，她依附在孟泽身边，始终低着头不说话，宛若一个小女人。

孟泽告诉苏阳，他为杨佳拍摄的这幅《凝望的青春》，获得本届全国人体艺术摄影展的二等奖。杨佳已被一家知名的大型文化公司看中，签约她为专业的平面模特与人体模特。孟泽指着对面那位正在看画展的朋友，说：“那位先生就是公司的大股东之一，当初，就是他发现杨佳的。”

那人转过头，朝这边笑着走来。苏阳愣住，那男人不正是与自己第一次相亲的对象吗。苏阳感叹，这世界真是小，转来转去都是一个圈里的人。如今，与自己相过亲的男人钱亮，竟成了小“情敌”杨佳的大老板。

她笑这个世界太疯狂，每天都会发生意想不到的事。说不定一眨眼，半年后回国，兴许杨佳牵手的不是孟泽而是钱亮了，谁知道呢。又或许，苏阳吃了一趟洋墨水回来，就会给大家带回一个蓝眼睛、黄头发的外国男朋友呢。一切都有可能发生。

走之前，苏阳还做了几件事。她来到长安墓园看望了龙哥，给他送了花和烟。然后，又向龙哥诉说了他走后发生的那些事。

“龙哥，没有你的日子，真的不一样了。现实让我明白，即使没有你保护我，我也要学着保护自己。我会学着坚强勇敢，让你不用为我担心。这次劫难，让我想明白了很多。我知道，一定是你在天上保佑我们，让我和欧阳最终脱离了险境。谢谢你，龙哥！”

苏阳边说边回忆，不禁抽泣起来。

她痛苦地道来：“你在生前，为我做了那么多事，而我却一无所知。现在你走了，也该轮到我为你做些事了。在不久的将来，以你个人命名的“郑超龙爱心慈善基金会”将会诞生。那些贫困地区的孩子、残疾人士和孤寡老人，他们将会得到最及时的帮助。还有，在全国各地的贫困村，你将会看见以你命名的 15 所希望小学拔地而起。龙哥，我把你对我的爱放在心里，然后再捐助给那些更需要关爱的人们。你是个大爱的人，善良的人。我用这样的方式来纪念你、思念你，你一定会欣慰的。对吗？龙哥，我要走了，去加拿大。不论我到哪里，你都会在天上看着我、关心我、帮助我、保佑我。不管将来变成什么样，你都是我心目中的英雄，也是我心中唯一的龙哥。我爱你！”

离开长安墓园，苏阳又来到九天陵园，看望周建峰的父亲，为他上了香、点了烟、倒了酒。

走出墓园，天空突然阴郁下来，刮着呼呼的大风。苏阳觉得眼眶疼痛。一闭眼，泪水留在了这个名叫“生命终止”的地方。

苏阳又来到精神卫生中心，看望一位病人。这位神情呆滞、两鬓斑白的老妇坐在公园的长椅上，手里拿着一件灰色毛衣。嘴里不时地哼唱着：“我给孩子做衣裳，孩子给我添忧伤……”凄惨的声音刺痛苏阳的心脏，她看着她泪流满面。

唱着唱着，老妇呜呜哭了起来，两胳膊不断擦拭眼睛和脸颊，哭一阵后，又继续哼起歌来。这个疯癫的患者不是别人，正是周建峰的母亲。

苏阳上前，蹲在地上，握着老妇的手，轻轻地抚摸着。她红着眼，哽咽地问：“阿姨，您认得我吗？”老妇仔细地看了又看，说了一句：“我认得你，你有一个很好听的名字。”

苏阳笑了：“是吗？您记得我叫什么？”老妇用手指着苏阳的鼻子，

笑眯眯地说："对啊，我当然记得，你叫红颜。"

苏阳怔住了，眼角的泪水慢慢滑落……

她从包里掏出一个小礼盒，拿出那只翡翠镯子，小心翼翼地戴进老妇的手腕里。苏阳问："阿姨，好看吗？"老妇点点头，细细抚摸手上的玉镯，傻笑着："好看，好看，真好看！"

苏阳再一次潸然落泪。

她抱住老妇："阿姨，您保重，我走了。"说完，她猛地起身向远处快速走去。闭眼的那刻，只听身后传来阵阵喃喃的歌声："红颜走了……红颜走了……儿啊……回来吧……回来吧……回到妈的身边来……妈妈想念我的儿……"

告别 2010

上海的 1 月很冷，苏阳想到了温哥华。这个季节，那里应该会温暖些吧。

登机那天，苏阳的亲朋好友和同事全都赶来机场为她送别，唯独没有看到欧阳的身影。潘静抱着她："你真的不打算和欧阳说了？不会后悔？""不说了，不说比说的好。你知道，我没得后悔。"潘静流泪抚摸苏阳的脸："要保重，一定要保重！我们等你回来！"

庄博在一旁悄悄给欧阳拨了电话，希望这对受尽波折的恋人最后能再见一面。或许，欧阳的及时到来，可以改变苏阳的远行。也许，还能改变他俩将来的命运。

庄博小声和潘静嘀咕，她流着泪说："欧阳马上就赶来了，要不，再等等？""不了，不等了。我要登机了。"

大家劝她："还是再等一等吧，就一会儿。"机场响起了登机提示音。苏阳最后说了声："我要进去了。大家保重！再见！"她最后再往远处看看，和大家挥手告别。苏阳推着行李往前走，在心里说：再见了，欧阳！

欧阳捂着还没痊愈的右腿，火速赶到了机场。“苏阳，等我，等我！我来了！一定要等我！”他在心里默念着。

可惜，当他跑到大家面前时，飞机已经起飞了。他双腿一软，跪在地上。大家一拥而上：“欧阳，小心你的腿！”

来到加拿大温哥华，苏阳觉得到了人间天堂。以往，整日浸泡在钢筋水泥的城市中，被憋闷得喘不过气来，心也被泡得发了霉。来到纳奈莫小镇，苏阳觉得自己终于回归自然了。这里的天是湛蓝的，云是洁白的，水是清澈的，鸟儿是自由的，人是可爱的。

她的心，终于落地了。

苏阳脱下那身拘束的职业装，穿上运动服、牛仔裤和帆布鞋，背着大书包来到学校的课堂上，重新做起了学生。记忆中最幸福的时刻，便是在校当学生的时候。有人说，你想念什么，就是自己最缺少什么。所以，苏阳来充电了。

白天，苏阳在学校上课，晚上就在自己租住的小屋里看书、看碟、听音乐。简单、规律的生活，苏阳很享受。有时，她会跑到小镇上的那家中餐馆吃饭。老板也是上海人，苏阳很幸运。

这天，她背着书包独自去那里吃午餐。对面的那桌，正好有一个中年男人。只见他面前摆着一瓶啤酒、一听可乐、一包烟，还有陆续上的菜。苏阳想，这男人也许在等客户、朋友，或是小情人。直到他开动吃菜，她才明白只有男人自己。

他喝着啤酒，大口地往嘴里送菜，唇边油滑滑的，咀嚼的频率相当均匀。期间，男人还不时地轻摇脑袋，嘴里自言自语，右手打着拍子，一副自得其乐的模样。他似乎在评价这顿午餐，又好像在思考一些问题。总之，很是享受。苏阳猜想，这个男人说不定是位金融家、指挥家，或是企业老板。他也许正好在附近办事，因为饿了，经过餐馆便走了进来。也或许，他就是喜欢独自享受这一刻，只喜欢和自己作伴。

男人用完餐，用纸巾擦拭油滑的嘴巴，大松一口气。然后心满意足地起身买单，大摇大摆地走向门口。

苏阳感叹，一个人的世界，原来也可以这么美好！那么自己，也该学着美好起来了。

2011 年春节，苏阳和温哥华的友人一块度过。虽然有满桌精美的西餐，但那醇正的过年味道，她再也尝不到了。小镇上为数不多的中国留学生请假回家了，只剩下苏阳一人。她只有借住在朋友家，以寻找那一点点温暖的感觉。没有亲朋好友的欢声笑语、没有吵闹的鞭炮声、没有丰盛的团圆饭……牛排咬在嘴里，苏阳尝到了一丝苦涩。幸好，她还可以等到北京时间的春节晚会，看到那些黄皮肤、黑眼睛的熟悉面孔。苏阳来到室外，对着寂静的湖面，紧紧环抱自己的身体。

过去的一年，是复杂的一年、纠结的一年、伤痛的一年，所有好与不好的事都发生在了那一年。那些记起的，最后又被遗忘或没遗忘的人与事，那些荒诞离奇令人发指的故事……

那些积压在内心深浅不一的伤痕，像青苔一样肆意疯长，越积越厚。它像是一场马拉松梦境，很累。现在想来，她的心会痛得发慌。

还好，这些都过去了。旧的日历翻过去，新的日历在眼前。但愿今年，不再有那些恼人的是非与悲伤。

31 岁的苏阳对自己说，2011 年，我不求大富大贵、大悲大喜、大起大落的人生，只求，安稳。

那些爱过的、恨过的、疼过的、伤过的人，就留在悲喜交加的 2010 吧。2011，苏阳将背上重负，一个人独自远航。朋友们，如果想念，就把美好的记忆放在心里。

也许，这才是一种崭新的开始。

终　场

忽然发觉，自己与那10位男士相的其实不是亲，谈的更不是情感。10个人，10段故事，10种人生。特殊的心路历程，将成为她生命中最宝贵的一笔精神财富。

享受孤独

这天，苏阳在学校上自习。忽然背后有人用英文喊她 :“苏阳，有朋友来看你！”她放下课本回头一看，竟然是欧阳！

旧的一年是过去了，很多伤痛可以慢慢被消化、被沉淀。可眼泪骗不了人，她可以学会假装坚强，但却永远学不会情到深处难自禁。

两人在学校附近的草坪上漫步，周围是寂静明亮的湖面。苏阳问：“你的腿，现在好了吗？”“好了。身体的伤再严重，总会有愈合的那一天。”苏阳低头不语。

欧阳问 :“在这里过得还习惯吗？”“挺好的，挺适应的。在一个地方过了太久，就想换个新的环境。”

欧阳开始找话题:“这儿的饮食，你还吃得惯吗？”“不错啊，咖啡、汉堡、比萨……呵呵。在中国，那可是我和几个姐妹的最爱啊。如果觉得甜腻，我会跑到镇上的中餐馆去，点一顿地道的中国菜。巧的是，老板居然也是上海人。打烊后，两夫妇会坐在圆桌前和我聊天，吃夜点心。在温哥华，他们就像我的家人。”

欧阳默默地听苏阳讲述着，两人静静地往湖边走去。

苏阳望向一片明亮、清澈的湖面，忽然停住。她缓缓道来 :“以前在国内，被高压的生活逼得喘不过气来，我就常想着能有机会到世外桃源来走走、看看。哪怕，只是呼吸一下新鲜的空气也好。现在终于有机会了，像进了人间天堂。我也终于如愿以偿，又重新过上了真正的校园生活。在这里，没有人会认识我。我不用端着膀子做人，不用对着别人点头微笑，不用做自己不愿意做的事。我觉得特别放松。一个人读书、一个人走路、一个人吃饭、一个人逛街、一个人看风景……”

欧阳看看她：“一个人久了，会觉得冷清和孤独的。”

苏阳点点头：“身在异乡，这是难免的。但我也体会到了，什么叫真正的宁静。在这里，哪怕什么都不做什么都不想，也不用担心天会塌下来。我可以躺在青草香气的绿地上，闭眼听爵士，还有，呼吸大自然中的氧气。如果这时能睡着，那简直就是人生中最幸福的事了。这不是人人都能享受到的，所以，我要格外珍惜这段美丽的时光。好好享受生活，享受自由，享受孤独和宁静。”

欧阳望向远方，叹了口气：“假如这样你可以享受到真正的快乐。”“当然，我很快乐。”“进修结束后，你会不会留恋这片土地，不舍得回国了？”“温哥华当然好了。如果可以，我还真的愿意留在这里。在这个小镇上，开一家中国餐馆或是音乐书吧之类的，做个美丽、可乐的老板娘。过真正的田园生活，自给自足。”

欧阳低下头，踢着路边的石子，将双手放进裤袋。他逗趣道：“被你这么一说，我都有来温哥华的冲动了。人人都爱天堂，我也一样。”“你要是爱天堂，开两个小时的汽车去杭州就行了。何必花那么高的成本，穿越大洋彼岸坐十几个小时的飞机来温哥华？”欧阳低头笑：“呵呵，杭州当然好啊。可是，那里没有你。”

一句话，让苏阳语塞。欧阳转过身，搭着苏阳的肩问：“阳阳，说真的，假如过段时间我也来到温哥华……”“你来干什么？”“不论干什么，考研读博、工作、创业、旅行，或是……移民定居，都可以。总之，如果我也来了，你学成之后，还会走吗？”

苏阳愣住，眼睛红了。她缓缓转过身，看着远方不说话。欧阳没有逼她，只是搭着她的右肩，望向远方。

欧阳来到苏阳租住的小屋，不大，但很温馨。苏阳下厨，为欧阳做了一顿地道的家乡菜。还没等动筷，苏阳只觉得眼睛开始湿润起来。她站起身："你多吃点，我手油去洗洗。"

苏阳关上门，靠在背后，捂住嘴呜呜哭了起来。她看着欧阳的眼睛，根本吃不下去。欧阳在外面敲门："阳阳，阳阳！你没事吧？你在干吗呢？"

苏阳洗了把脸出来："没事。""你哭了？""没有，我没哭。手油擦了擦眼睛，洗了洗。"欧阳手里拿着一个相框，温和地说："这是我在地上捡到的。"

苏阳一看，是欧阳与自己在大学时外出的合影，它和父母、好友的相框一起放在床柜上。刚才欧阳一进门，苏阳猛地用身体挡住。她把那个相框轻轻地打到地毯上，用脚将它往床下踢了踢。不过，还是被眼尖的欧阳发现了。

苏阳连忙去夺相框："还给我！"她拿着相框放进抽屉里："吃饭吧，菜凉了。"欧阳站在苏阳身后，一把将她抱住。苏阳一闭眼，眼泪掉在欧阳的手臂上，心痛难耐。

苏阳明白，即使再爱，自己也无法跟他走了。

这一晚，欧阳去了学生旅舍过夜。虽然，他很想留在苏阳身边，哪怕什么都不做，只是静静地看着她，陪她聊聊天。苏阳何尝不想呢，如果可以，她真想分分秒秒都和他在一起。可现实却把两个深爱的人变得既近又远，又一次变成了最熟悉的，陌生人。

欧阳陪苏阳待了几天，上学、吃饭、购物、看风景。两人表面看似没什么，内心却是十分挣扎。苏阳用理智代替了感情，她忍住了那一句"我爱你"。她觉得自己大了，再也不能像从前那样感性和矫情了。她只想在这片宁静之地，让自己的心慢慢地沉淀和释怀。

欧阳离开纳奈莫小镇的前一晚，又与苏阳进行了一次促膝长谈。苏阳深知他的目的，他想带她走。而头一次，她如此冷静地说出了自己的真心话。

“对不起，欧阳。说真的，不是我对你没信心，是我对自己没信心了。年龄越大，就越害怕，害怕失去身边的一点一滴。曾经，我们是多么的自信和洒脱，认为所有的事情都能在自己的掌控之中。可随着时间的推移才渐渐发现，我们真正能掌握的东西，却变得越来越少了。我不知道还能留住什么，今天抓住了，明天还会不会再变卦。也许只是一场梦，一觉醒来，什么都没了。”

欧阳红着眼，不说话，默默地握着苏阳的手。

她继续说道：“欧阳，我真的怕了，真的折腾不起了。这么多年来，该有的信心和棱角也被现实慢慢地磨没了。那么我现在，到底还剩下些什么？2010年对我来说，很封闭、很不自由，让我透不过气来。所以，我需要新的空间，呼吸新鲜的空气，然后掌握更多的知识和信息。否则，我会死在自己固有的模式里。将来老了，我一定会后悔的。”

欧阳叹一口气，问：“你选择出国，难道就不是自我强迫吗？如果你在这座纳奈莫小镇，能获得真正的自由，那么我祝福你。假如你只是做个样子给大家和自己看，我觉得这毫无必要。因为你的内心，始终不会获得真正的平静。你所谓的平衡，只是一种表象。暂时的安全感，并不能给你带来持续的保障。我们不说逃避，或许你想安静一段时间。那么就当，这次是长途旅行。可是旅行终归有结束的那一天，当你离开了这座美丽的小镇，你的下一站又会在哪里？到了那时，你又会无处可逃了，不是吗？”

欧阳还是最了解苏阳的，他一语道破了她的心。

几天后，欧阳回国了。虽然没有等来苏阳肯定的回答，但他坚信，只要自己坚持，任何事都会有转机的。

告别纳奈莫

4月，苏阳收到了大伟、章勇发来的紧急邮件。

5月下旬，将在上海举办中国电视广告交易会。它大胆突破了以往电视广告交易的传统模式，将全国电视媒体和广告客户首次集合在一起，力求打造全国范围的、公开透明的交流合作平台。本次活动，将成为全国规模最大的电视广告交易盛会、电视媒体的广告洽谈招商会。而百马广告公司有幸被邀请为本次大会的参展单位之一。

大伟、章勇发邮件的目的，是希望苏阳能回国和他们一起商讨并筹备展会事宜。这次盛会对百马将来的发展，有着举足轻重的市场作用。他们希望苏阳能慎重考虑和权衡，尽快给予答复。

苏阳考虑了一晚，第二天一大早，她便给大伟和章勇回复了邮件：对百马来说，这无疑是一次千载难逢的大好机会，绝不能错过！两者权衡之下，我决定将手上的课业和事务处理完后，即刻回国与你们共商大计！

4月下旬，苏阳收拾好行囊，和学校的老师、同学、朋友，还有美丽的纳奈莫小镇告别，匆匆搭机飞回了中国上海。

离开了几个月，苏阳竟发现自己还是那样地热爱这片故土。虽然城市一如既往的拥堵、喧闹，人口还是如此密集、嘈杂。和纳奈莫小镇相比，这里少了一份宁静和安逸。可就算外面的世界再吸引人，自己的根仍在上海。这里有她的事业、她的历史、她的回忆、她的梦想；这里有她的亲人、友人、战友……还有，爱人。

这里有太多的牵挂，苏阳终究无法抛下所有去另一个陌生的地方重头再来。对于纳奈莫小镇来说，留恋和牵挂的，只是那边的美景。这次加拿大远行，就当是给自己放了一个长假吧。

苏阳重回公司，看见可爱的兄弟姐妹们，觉得格外亲切。大伟、章勇微笑道：“怎么样，到底还是自己的家好吧。”三人像往常一样，坐在会议室里，又开始了新一轮的作战计划。

这天晚上，苏阳和姐妹们聚会。程程问："怎么样，最想见的人见了没？"苏阳笑笑："最想见的现在不是正在见嘛。"小柔臭她："少来，你那点心思我们还不知道啊。"潘静说："现在好了，你也回来了，所有的障碍都没有了，你们还要在这里浪费时间啊。"

苏阳笑而不答。她的淡定自若把闺蜜几个惹急了。她们齐声道："告诉你噢，2012 就快来了，你再不赶紧把自己的事敲敲定，到时候，你连哭都来不及。"

苏阳笑笑："你们是不是外国电影看多了，看什么就信什么？如果真是被预言中了，我倒要看看，2012 来的时候，我们还会不会信守曾经承诺过的话。"

大伙异口同声："呵呵，你可真是个完美主义者，典型的梦想家。"

秘密的相亲

5 月 8 日，周末，两位中年妇女相聚在一家面靠湖水的茶艺馆喝茶聊天。

两人坐在那儿边磕瓜子边聊天。其中一位说："告诉你，我们外甥女啊，长得那叫一个标致。从小身边就有一大群男孩子跟着她，老叫她什么'小可人'的。哎呦，那个时候，她妈妈还想给她定娃娃亲呢。长大了，外甥女年纪轻轻就做了女老板，和朋友开了家广告公司，生意做得可好了。对了，你看过一本叫《秀》的杂志吧，就是我外甥女创办的。"

另一位说："噢，对对，好像在我女儿房间里看过这本杂志，讲时尚的，年轻人很喜欢看的。""对啊，对啊，就是为年轻人办的杂志。花了我们外甥女好多心思呢。"

"你外甥女真优秀啊，不简单。""那当然了，我可不是吹的，追她的男孩子那是一把一把的。她要是去竞选什么亚洲小姐啊，绝对不比那些专业模特差半点的。所以啊，终身大事不能马虎，就要认真再认真，一定要挑个最好的、最合适的如意郎君。你说对伐？”

“是噢，是噢。现在的年轻人啊，和我们那个年代不一样了，三十好几不结婚很正常。你看我侄子啊，从小也是万人之中顶呱呱的。相貌、人品那是没话说，一表人才。在学校里，喜欢他的女孩子特别多。大学毕业就到国外留学了，这不刚回来，是个名副其实的海归呢。他把洋本事学扎实了，回国后自己办起了公司。你说牛伐？”

“哎哟，这么看来，我们家外甥女和你们家大侄子那就是金童玉女、郎才女貌啊。如果不让他们认识，那真是太可惜了。说不定啊，就会错过了一桩大好姻缘呢。对了，你怎么不早点把你侄子介绍给我们？”

“嗨，人家不是才回国没多久嘛。他一直在国外，我总不可能让你外甥女放下上海的一切去国外和他生活吧，不现实的。他现在回国了，稳定下来了。之前我哥嫂给他介绍过一个，可他愣是没一点反应。那女孩倒是很积极，三天两头上他们家去做客。我们侄子啊，平时倒是挺灵活的。可是那女孩一来，他就跟个木头似的，一愣一愣的。”

“说明他们没有缘分，不喜欢啊就是不喜欢。和我们家外甥女一个样，哪怕条件再优秀的，要是她没感觉，根本别想两个人有戏。”

“是啊，是啊，现在的年轻人要互相情投意合才好。这不，我知道侄子现在还是单身，就马上帮他参谋了。正好，你说你外甥女也是单身。我啊，就安排了这次秘密的相亲。要是他们真成了，那我们就成亲家了。哈哈哈。”

“是啊是啊，我们这么多年的老姐妹了。要是成功了，那就是亲上加亲咯！我故意和外甥女说，我要约她喝茶。要是说相亲，她保准不会来。她呀，都被相亲相怕了，呵呵呵。”两位老姐妹聚在一起那叫一个开心。

男方先一步到。他走进落地玻璃窗的大包厢，微笑着说：“姑姑，我来了。”“呦，我侄子到了。我来介绍，这位呢是陈阿姨，是姑姑的好姐妹。”“陈阿姨，您好。”“这就是我的大侄子，欧阳立帆。怎么样，帅气吧？”

陈阿姨望了望，眉开眼笑，满意地点点头：“果真不错，一表人才啊。不错，不错。来来，快坐，快坐。”

三人一入座，欧阳便给陈阿姨和姑姑倒茶：“姑姑，看来您心情很好，约陈阿姨来这里喝茶，今天天气真不错。”两姐妹相互使了个眼色：“是啊，今天姑姑高兴，请你们来喝茶。”欧阳问：“姑姑，就我们三人吗？”“嗯，一会啊，还有一位朋友过来。”陈阿姨补充：“对，对，还有一位。”

三人聊了一会，欧阳说：“陈阿姨，姑姑，你们聊着，我去外面接个电话。”“好好，你去吧。”待欧阳走出包厢，两姐妹乐呵地说：“怎么样，我侄子还不错吧。”“真不错，很棒的小伙子。我一看就喜欢。”

“欧阳啊，属于人见人爱型，长辈们都喜欢他。”“是吧，我们外甥女的人缘也是特别好。我打电话问问她到了没。”

陈阿姨拿起手机：“你快到了吗？”“大姨啊，我已经在茶馆门口了，这就进来。”她放下手机兴奋地说：“来了，来了，做好准备。”欧阳姑姑赶快整理下衣服和头发，等待对方的到来。

在劫难逃

欧阳在外面接完电话准备往里走，发现苏阳进了茶馆的大门。他愣住：“阳阳！”苏阳一回头：“欧阳，你怎么在这里？”“哦，我姑姑约我在这里喝茶。你呢？”“这么巧？我阿姨也约我在这里喝茶。”“真是巧，上海这么大，居然约在同一家茶馆。这次回国后，还回加拿大吗？”

苏阳低下头：“不一定。这次回来主要是为了参加全国的电视广告交易会。”欧阳点点头:“希望,这次展会你们能成功。”“会的,谢谢。那,先这样了,我阿姨在里面等我。回头联系。”“回头联系。你先请。”欧阳绅士地伸出手让苏阳先走,待她进去后,他在门口站住,呼了口气。

苏阳走进包厢,阿姨一见她便笑:“阳阳来了啊,来,我给你们介绍。这是大姨多年的好姐妹,梅梅阿姨。”“梅梅阿姨好。”“这就是我的外甥女苏阳。”梅梅阿姨握住苏阳的手,盯着她的小脸看:“呦,真是个美人胚子,长得真标致。”

苏阳被弄得有些尴尬,阿姨耸耸梅的胳膊:“来来,我们先坐下喝茶。”苏阳瞧见桌上有三只倒着茶的杯子,问:“阿姨,还有人来吗?”“有,还有一位,在外边,就进来了。阳阳,先喝口茶润润嗓子。”

阿姨把倒好的茶递给苏阳,苏阳拿起杯子喝了一口,她大约已经猜到阿姨叫自己来喝茶的目的了。

苏阳刚放下茶杯,只见梅梅阿姨笑着看前方:“来了,来了。”阿姨和苏阳说:“今天我们还约了一位朋友,介绍给你认识。”

苏阳转过身去,见欧阳站在门口。她慢慢起身,愣在那里。欧阳抬起头,两人四目相对。

梅梅阿姨赶紧招呼着:“我们来介绍一下,这是苏阳,你陈阿姨的外甥女。”陈阿姨又说:“这是欧阳立帆,你梅梅阿姨的大侄子。好了,人到齐了。今天啊,我们把你们约来,就是想让你们年轻人认识认识。”

苏阳和欧阳面对面低头坐着,也不敢多话。两姐妹一使眼色,欧阳姑姑说:“那什么,我和你陈阿姨去厨房看看有什么好菜,这家老板我认识。中午啊,我们就在这儿用餐。你们先聊着。”

待长辈离去后,他俩倒了一杯茶,默契地相互干杯。“你好,我是欧阳立帆。”“你好,我叫苏阳。”两人一口喝下后,“噗嗤”一声笑开了。

他们来到包厢外的阳台上,放眼望去,是一片明净的湖水。两人禁不住一阵捧腹大笑。苏阳说:“真没想到,阿姨约我来喝茶,原来是要给我相亲。”欧阳也说：“是啊，我也没想到，姑姑约我，原来也是要给我相亲。”

苏阳看着湖面，感慨地说：“呵呵，不瞒你说，加你这次，我是第 11 次相亲了,很夸张吧。”欧阳笑笑:“我还好,加你这次,是第 3 次。一二不过三，到此为止。我想，再也不会有第 4 次了。”

欧阳转过身，望着苏阳：“阳阳，你说，这是不是天意呢？”苏阳低下头腼腆地一笑：“也许吧。”“这就是天意，命中注定，我们要在这里相遇。”苏阳不作声，也不反驳。

两位媒人在另一间包厢里嗑瓜子。欧阳姑姑说：“他们两个年轻人聚在一起，一定有很多话题。哎，我怎么觉得你外甥女看起来有些眼熟，好像在哪里见过？”苏阳阿姨说：“我觉得也是，你侄子看起来好像也有些眼熟，但就是想不起来在哪里见过。好像，是很久以前见过。”“我看也是，好像是很久很久以前就见过。奇怪了。”

屋外，欧阳看着湖面感叹：“想想这一路走来，我们还真是波折。想当初高中毕业，我从上海到英国。你呢，从上海到北京。我再从英国追逐到北京。然后,我们一起从北京回到上海。可我呢,又去了英国。终于，我从英国回到了上海。可是，你又从上海跑去了加拿大。我又追到加拿大，再是灰溜溜地回到上海。最后，你还是从加拿大回到了上海。我已经确定，这次不会再走了，因为这里有我想念的人。那么，你呢？回来后，还会再走吗？”

欧阳眼眶湿润了，他深情地望着苏阳。

苏阳的眼里满含泪水，终于肯定地说：“不走了，这次回来后，我再也不走了。”

欧阳问：“你不是很喜欢加拿大吗？现在舍得那里的风景了？”苏阳忍住眼泪，小女人地说：“加拿大的风景固然美丽，可是，我更舍不得这里的人。所以，我回来了。”

欧阳上前一把将她紧紧抱住：“这一次，我再也不会放你走了。

如果你还想走，我就一路追过去。不管是加拿大、美国，还是法国……我会追你到天涯海角。我就不信，这辈子追不到你！”

两人深情相拥。这一刻，所有的恩怨情仇，所有的心结全消失了。天意，又将他俩牢牢地牵扯在了一起。

欧阳抬起苏阳的脸，深情地问："你说，我能追到你吗？”苏阳流着激动的眼泪："你不用追我，我就在你面前。"

欧阳看着苏阳，深情地说："这辈子，我们恐怕是‘在劫难逃了’。"苏阳点点头："我知道，我这辈子，是逃不出你的五指山的，对不对？”欧阳摸着苏阳的脸，温柔地吻住了她的唇。

湖面很安静，阳光照射在他俩身上，温和而浪漫。

两姐妹站起身，看看手表："差不多半个钟头了，他们应该聊得有些熟了吧。"两人走进包厢，发现屋里没人，桌上只摆着四个茶杯。欧阳姑姑眼尖，指着屋外喊道："你瞧，他们在那儿！”

两人不看不知道，一看不得了，吓得她们赶紧蒙上眼。欧阳姑姑说："哎哟，乖乖！我说让他们年轻人自个聊天熟络熟络，没想到他们这么快就……这未免也太夸张了吧？我没看花眼吧？”

苏阳阿姨说："天哪天哪，乱套了乱套了！不对，不对，一定是你家欧阳看我们苏阳好看，想占她便宜了。赶紧阻止他们，这还成何体统！”

“等一下，我看你们苏阳根本就不害羞嘛，很大方的样子。”“谁说的，我们家苏阳很正经的，不会随随便便和男人发生故事的。哎呀，我们还在这里瞎猜个什么劲，赶紧上去制止啊。”“就是，就是！要不制止，后果更不堪设想。这今天见面接吻，明天牵手回家，后天，就该生出个娃来了。”

两姐妹走上去，吭了吭："你们，聊得还好吧？”欧阳、苏阳连忙放开彼此，低下头不说话。

苏阳大姨耸耸欧阳姑姑的胳膊。欧阳姑姑尴尬地说："那个，我们本来呢，是想让你们认识。这认识的目的呢，你们也都知道那是相亲。可是，这相亲也需要有个过程。先从认识到了解，了解到熟悉，熟悉再到深交，然后再慢慢发展下去。”

“对，对。”苏阳阿姨补充，“这相亲时间不管是长是短，它都得有这么个过程。这急是急不来的，不能绕过流程走捷径啊。”欧阳姑姑接上：“就是，就是。我说欧阳，你们也太夸张了吧。不是姑姑说你们，你们认识，只不过短短的半个小时而已，这还都不了解对方，怎么就……怎么就能那个呢？”她用两个大拇指对着做比划。

苏阳和欧阳互相看了眼，默契地对笑。两姐妹迷茫地看着对方，小声嘀咕：“这年轻人现在真是开放啊，我们说得这么明白了，居然还好意思笑？”

苏阳和欧阳笑着异口同声地说：“阿姨（姑姑），我们认识不是半个小时，我们认识15年了。”两姐妹不解地望着对方：“啊？”

出茶楼的时候，两姐妹走在前面，神情显得异常兴奋。苏阳大姨说：“哎呦，我们真是老糊涂了，怎么没有想到，原来苏阳和欧阳是高中和大学的同学啊。我就想呢，在哪里见过，原来是在他们的毕业合照上。”

欧阳姑姑说：“就是，就是！欧阳的毕业照一直放在他的书桌上，我每次去都能看到，怎么就没想起来呢。”

苏阳大姨开心地说：“兜兜转转了这么久，两个有情人终归还是在一起了，不容易啊。”欧阳姑姑兴奋地说：“是啊，他们两个很辛苦，分分合合了这么多次。这就是天意，老天也要让他们在一起。”

苏阳大姨说：“真好啊！这下，我妹妹和妹夫的心可以定了，女儿终于有着落了。我现在就打电话给我妹，告诉她这个好消息，相亲一次性成功，她一定会乐得合不拢嘴的。”

欧阳姑姑说：“对对，我也打给我哥和嫂子。他们听了，保准要在家里大摆宴席招待宾客，呵呵。”

苏阳大姨搭着欧阳姑姑的胳膊："这下，我们的关系可真的是亲上加亲了。亲家，你好啊。""哈哈哈，亲家，好好！"

两姐妹乐呵地走到一边，各自拨电话通报今年最盛大的好消息。苏阳和欧阳走在后面，两人手拉着手，互相微笑地看着对方。

喜结连理

一对有情人,又一次来到北京旅行。苏阳对欧阳说,这是你欠我的,现在,你要赔给我。欧阳说,没问题。你就是要全世界,我也都会给你。

他们来到那家日本料理店，还是在同一间包厢，举杯同庆。这一次，苏阳不再悲伤地流泪了、不再痛苦地等待了、不再被老板娘催着打烊了……

第二天清晨，欧阳带着苏阳来到天安门广场看升国旗仪式。仪式结束后，欧阳说去上个洗手间，让她在原地等自己。苏阳站在空旷的广场上，感受着初升的朝阳。看着一群白鸽齐刷刷地飞过头顶，她开心地笑了。

忽然，苏阳的手机响起，是欧阳来电。只听他说："苏阳，请嫁给我！"苏阳愣得不知所措。一回头，只见欧阳身穿白西装，手拿一大束白玫瑰，缓缓地向自己走来。苏阳惊呆了，感动地热泪盈眶。

欧阳走到苏阳面前，单膝下跪："我欧阳立帆，在天安门广场前，在国旗下，向伟大的毛主席保证、宣誓。我会永远爱护苏阳，陪伴她一生一世。无论富贵、贫穷、健康、疾病，不离不弃，相依相伴。苏阳，我爱你。请嫁给我吧！"

苏阳感动地说不出话来，只觉得头晕目眩、两腿发软。她曾经幻想过无数种求婚的场景，可万万没想到，竟会是在天安门前。

欧阳拿出钻戒，等待苏阳的回答。忽然，身边传来一个声音："嫁给他吧！"苏阳觉得耳熟，一回头，原来潘静、程程、小柔、王辉、庄博都赶来了。苏阳捂着嘴，顿时泪流满面。

围观的人越来越多，大家都凑上来看热闹。潘静说："宝贝儿，快接受吧。你要是再迟疑，一会城管来了，还以为我们在示威游行呢。"

苏阳哪是迟疑，她是激动得不知如何是好了。在朋友们的促使下，她流泪答应了欧阳。拥抱的那一刻，苏阳感觉天旋地转。她问他："欧阳，告诉我，我是不是在做梦？"

欧阳握住她的手，坚定地说："你以前一直在做梦，现在，梦醒了。"

庄博开着商务车往上海方向的高速公路上行驶。一路上，欧阳、苏阳牵着手，小柔和王辉相拥着。潘静坐在副驾驶看着窗外，程程坐在最后的位置上。

车里，放着黛儿塔的歌曲 Woman。车上的女孩们跟着哼唱："…I'm a woman，a woman with a heart，And I deserve your all，I'm not some girl，who don't know what she wants…"

她们边哼唱，边感叹各自的心事。苏阳眼眶湿润，她没有哭，只是觉得梦醒了，一切释然。小柔还是躲在王辉的怀里，一脸小女人的幸福样。潘静看着窗外，流泪唱歌。庄博递上一张纸巾，轻拍她的手背。程程平静地看着前方，眼眶微红。经历过伤痛和背叛后，她比从前更淡然了。

Woman 的歌词，说出了四个女人的心声："我只是个女人，一心一意的女人，值得你用一切去爱的女人。我不是那种不知道自己要什么的女人。我需要你的爱，因为我不想只是名义上你的女人。我值得你用一切去爱，我是个女人，一个女人。"

5 月底，全国电视广告交易会顺利落下帷幕，百马公司在此次盛会中建立了更为广阔的人脉资源，广告订单已从下半年一直排到了 2012 年。

欧阳为苏阳开了一家日式料理店，取名"阳煦山立の料理屋"。

待店面全部装修好后，给了她一个大大的惊喜。苏阳看着这家风格独特的店面，泪水在眼眶中打转。她疑惑："欧阳，你什么时候开始悄悄准备的这家店？"

欧阳低头笑笑："在你去加拿大的时候。""你怎么就这么肯定我会回来，怎么就肯定我们还会在一起？"

欧阳仰头望着料理店，深情地说着苏阳曾经的誓言："我知道，你一定会回来的。我和你约好的，如果我们分开了，我就来这里等你，在我为你准备的日本料理店等你。你不来，我就不走，守也要守在这里！我亲口和你承诺过的，我不能食言！"

苏阳上前一把抱住欧阳，感动地说："谢谢你遵守了诺言，谢谢！"欧阳感慨地说："谁让我们对日料店的情结这么深呢！那是青春的印证。我说到就一定会做到，否则，就是言而无信了。虽然现在实现得晚了点，但还是希望我的苏阳能喜欢。"

苏阳使劲点头："我喜欢，很喜欢。谢谢你，欧阳！""老板娘，以后这家料理店就归你所有了。我的朋友要是来光顾，你可要打个折扣哦。"苏阳抱住自己的准新郎，两人幸福地依偎着。

2011 年 6 月，苏阳终于结束了 31 年的单身长跑，穿上了洁白的婚纱，和心爱的人喜结连理。她的梦想，此刻不再是梦，全都变成了现实。欧阳为苏阳在游艇上举办了一次特殊的婚礼。所有亲朋好友，送上了真挚的祝福。苏阳母亲感慨道："这次，我们的女儿是嫁对了。"

小柔趴在栏杆上，一直犯恶："苏阳大婚，可苦了我了。"大伙一拥上前："小柔，你晕船啊？要紧吗？"小柔笑笑，摸摸肚子说："我倒是不要紧，可我肚里的这个就要紧了，他好像还没这么快适应坐游艇呢。"所有人恍然大悟，开心地笑起来。

王辉紧紧搀扶着她："老婆，今天真的辛苦你了！"小柔撅撅嘴，调皮地说："我不是辛苦一天，从这刻开始，我是要辛苦一辈子了。"王辉摸摸小柔的肚子，坚定地说："老婆大人，从现在开始，你的任务就是好好保养身子，其他所有的事都由我来承担。”

小柔抿嘴笑笑：“告诉你啊，要是你们王家再敢联合起来欺负我，我，我就跳进这海里，让你们永远看不到孙子！”王辉连忙说：“别别别，老婆你可不带这么吓唬人的。

“我的生命掌握在你的手里，全由你掌控。”“是吗？那好，我现在命令你，给我拿个橙子过来。”“遵命，老婆大人，我这就去拿。”王辉拿来橙子递到小柔嘴里，两人幸福的模样惹得在场的人羡慕不已。

潘静带来了新男友，大学心理系老师。这回看样子，多情女人要稳定了。她说最后还是没勇气和庄博摊牌，没有告诉他怀了双胞胎孩子，那是想给自己一条后路。她怕自己一旦说了，庄博的家也许真的会散的。她不愿看到那一天，因为她信因果报应。潘静说，自己将来也要恋爱、结婚成家。她说，想做个善良的女子。因为善良、宽容的女人，会活得更健康和美丽。

程程最后没有和莫华离婚，他们还是以夫妻的名义出席了婚礼。程程说，现实不允许我们还像当初那样幼稚和天真，再不可那么任性、自我，无拘无束地过日子了。因为有了宝宝，有了新的责任和义务。我是个母亲，母亲是半边天，是为下一代遮风挡雨的港湾，就是再苦再累再委屈也要挺下去。我只能坚强，不能脆弱，因为孩子比我更脆弱。即使婚姻遭遇背叛，即使夫妻感情破碎不堪。但只要自己忍下这口气，那么这个家还在，即便是空心的，但至少，它还是圆的。

新人来到甲板上，欧阳抱着苏阳。她说：“老公，这个场景我原先在梦里见过。”“是吗？梦里是怎么样的？”“梦里梦到我和心爱的人结婚了，可是刚激动没多久，就泰坦尼克了。”“真的？沉船了？”“嗯，结果很惨，把我吓醒了。”“呵呵，没关系，那是梦而已。我现在可以明确地告诉你，这是现实。”

欧阳说着吻住苏阳，忽然，又问她：“对了，你这个梦是什么时候做的？”苏阳回答：“2010。”

《80后相亲记》

一对新人决定去欧洲度蜜月，第一站定为威尼斯和米兰。欧阳决定，以后每年带苏阳至少去两个国家旅行。那么到他们80岁时，就可以周游世界100个国家了。对80后来说，这应该算是一个不小的收获。

蜜月回来后的那晚，苏阳在床上难以入眠。她起身："老公，我觉得不公平。""怎么了？""你看，我们这一路走得太不容易了。我等了你这么多年，大学毕业到现在，整整九年时间。八年抗战都过去了。可你倒好，我去加拿大，你只等了我四个月。这么算来，也太不公平了吧？"

欧阳抱着苏阳："呵呵，傻老婆，原来你是为这事纠结呢。嗯，那你说该怎么办？有了！要不，你再让我重新追你八年零八个月，怎么样？到你39岁的时候，我再向你求一次婚。这样，你总该满意了吧？"

苏阳笑着打了欧阳的脑袋："亏你想得出来，要是真到那时，我就不嫁给你了。""是吗？那你想嫁给谁啊？"苏阳娇滴地说："都快40的人了，你想娶，我还不肯嫁呢。再说了，我还想趁现在年轻，生个健康的宝宝呢。"欧阳一听，兴奋地说："真的，老婆愿意生宝宝？太好了，改日不如撞日，就今晚吧，我们现在就来造人！"

欧阳抱住苏阳亲吻起来。一阵激情后，苏阳郑重地说："老公，我有件事，想和你商量。"欧阳微笑地望着她："什么事？说吧。只要我能办到的，就是天上的月亮我也帮你摘下来。""天上的月亮我是不会要的，你也没这本事。我说正经的，有件事想征求你的意见。如果你反对，那就当我没说过。"

欧阳起身，搂着爱妻的长发："说吧，我们现在是夫妻了。所有事情，都是可以商量的。""经过这次蜜月旅行，我想了很多……"

苏阳说出了积压在心底的想法，她很想将2010年，自己与那10位相亲男士之间发生的点点滴滴记录下来，给而立之年的自己来个总结。

苏阳低着头，等待欧阳的回答。哪知，他听了不但没有反对，而且还很支持。欧阳说，这是你的过去、你的历史和记忆，不可能毫无痕迹地被抹去。记录下它，当作是人生中一份特殊的礼物吧。

欧阳笑着问苏阳："那么我这第十一人，也会出现在你的小说里吗？"苏阳摸着欧阳的脸颊："你介意我把你写进小说里去吗？"欧阳笑笑："当然不介意，因为我是最后的胜者。"

苏阳感激地吻住他，深情地说："欧阳立帆，是我书中的男主角。小说里,女主角怎么能少了男主角呢。""那你的那10个相亲人物呢？他们不是男主角吗？""傻瓜，如果没有你这个男主角，就根本不会出现那10个男角色，明白了吗？"

欧阳紧紧抱住苏阳，歉疚地说："对不起，亲爱的。2010年，让你承受了很多委屈和痛苦。我真诚地向你道歉，对不起！"

苏阳红了眼，摇摇头："不要说对不起，这不应该是你说的。2010年经历的那些事，我并不后悔。我反而要感谢他们，甚至感谢那些伤害过我的人和事。因为他们，我的内心才会变得更加强大和坚定；因为他们，我更加明确了自己想要的是什么；也因为他们，我知道，我更应该珍惜那些爱我的人和我爱的人！"

当欧阳入睡后，苏阳来到书房。她坐在电脑桌前，开始创作小说初稿。忽然发觉，自己与那10位男士相的其实不是亲，谈的更不是情感。10个人，10段故事，10种人生。特殊的心路历程，将成为她生命中最宝贵的一笔精神财富。

苏阳在白色的文档上，写下一句题记：每个人的心中，都有美好或悲伤的记忆。人们都希望留下美好的，过滤悲伤的。留在内心最深处的那些回忆，足以让你刻骨铭心，没齿难忘。

苏阳决定，将自己的处女作小说取名为——《80后相亲记》。

在她身后的那排大书柜里，正中央的位置，摆放着一双完整的高跟鞋，美丽闪亮又夺目。

图书在版编目（CIP）数据

80 后相亲记 / 伊玲著 . —杭州 : 浙江大学出版社，2013.6
（伊玲文集）
ISBN 978-7-308-11339-7

Ⅰ. ①8… Ⅱ. ①伊… Ⅲ. ①长篇小说－中国－当代
Ⅳ. ①I247.5

中国版本图书馆 CIP 数据核字（2013）第 067545 号

80 后相亲记

伊 玲 著

责任编辑 葛玉丹（gydan@zju.edn.cn）
封面设计 项梦怡
出版发行 浙江大学出版社
（杭州市天目山路 148 号 邮政编码 310007）
（网址：http://www.zjupress.com）
排　　版 杭州立飞图文制作有限公司
印　　刷 浙江印刷集团有限公司
开　　本 889mm×1194mm 1/32
印　　张 20.25
插　　页 4
字　　数 530 千
版 印 次 2013 年 6 月第 1 版 2013 年 6 月第 1 次印刷
书　　号 ISBN 978-7-308-11339-7
定　　价 39.80 元

浙江大学出版社发行部邮购电话（0571）88925591